정 민

한양대 국문과 교수로 한문학 자료의 발굴 정리와 한문학의 대중화 작업을 함께 해 왔다. 18세기 지성사에 관심을 두어 연암 박지원과 다산 정약용 관련 작업에 몰두 중이다. 그간 연암 박지원의 산문을 꼼꼼히 읽어 『비슷한 것은 가짜다』와 『고전 문장론과 연암 박지원』을, 다산 정약용이 창출한 새로운 지적 패러다임과 그 삶에 천착하여 『다산 선생 지식 경영법』, 『다산의 재발견』, 『삶을 바꾼 만남』, 『다산 증언첩』, 『다산의 제자 교육법』, 『파란』(전 2권) 등을 펴냈다. 18세기 지식인에 관한 연구로 『18세기 조선 지식인의 발견』과 『미쳐야 미친다』 등이 있으며 청언소품에 관심을 가져 『마음을 비우는 지혜』, 『내가 사랑하는 삶』, 『한서 이불과 논어 병풍』, 『돌 위에 새긴 생각』, 『다산 어록 청상』, 『성대중 처세 어록』, 『죽비소리』 등을 펴냈다. 출판문화대상, 우호인문학상, 지훈국학상, 월봉학술상 등을 수상했다.

이 홍 식

한양대학교 국문과를 졸업하고 같은 대학원에서 석박사 학위를 받았다. 현재 성결대학교 파이데이아학부 조교수로 재직 중이다. 조선 문인 지식인들의 사유와 글쓰기에 관심이 많다. 특히 박제가, 이옥, 홍길주 등 시류에 편승하지 않고 독자적 세계를 개척했던 인물들에 더 큰 애정을 가지고 있다. 최근에는 연행록과 통신사행록을 기반으로 동아시아 문화 교류의 구체적 실체와 양상을 밝히는 데 집중하고 있다. 지은 책으로 『호걸이 되는 것은 바라지 않는다』(공저), 『홍길주의 꿈, 상상, 그리고 문학』, 『한시로 읽는 경기』(공저) 등이 있으며, 옮긴 책으로 『상상의 정원』, 『정유각집』(공역), 『국역 관연록』(공역) 등이 있다.

한국 산문선

근대의 피 끓는 명문

서재필 외

한국 산문선

근대의 피 끓는 명문

서재필 외

안대회·이현일·이종묵·장유승·정민·이홍식 편역

민음사

책을 펴내며

조선 초에 정도전은 "해달별은 하늘의 글이고, 산천초목은 땅의 글이며, 시서예악은 사람의 글이다."라고 말했다. 해와 달과 별이 있어 하늘은 빛나고, 산천과 초목이 있어 대지는 화려한 것처럼, 시서와 예악의 인문(人文)이 있기에 사람은 천지 사이에서 빛나는 존재로 살아간다. 글은 사람에게 해와 달과 별이요 산천과 초목이다.

인문은 문화이자 문명이다. 글이 있어 문화가 빛나고, 글이 있어 문명이 이루어진다. 우리는 글로 인재를 뽑고, 글하는 선비가 나라를 이끈 문화의 나라, 문명의 터전이었다. 시대마다 그 시대의 인문이 글 속에서 찬연히 빛났다. 글로 자신의 위의를 지켰고, 세계에서 문명국의 대접을 받았다.

글로 빛나던 선인들의 인문 전통은 명맥이 끊긴 지 오래다. 자랑스럽게 읽던 명문은 한문의 쓰임새가 사라지면서 소통이 끊긴 죽은 글로 변했다. 오래도록 한문 산문은 동아시아 공통의 문장으로 행세했다. 말을 전혀 못해도 필담으로 얼마든지 깊은 대화가 오갈 수 있었다. 국경과 언어 장벽을 넘어선 소통이 이 한문을 끈으로 이루어졌다. 이제 그 전통이 단절되었다 하여 해와 달과 별처럼 빛나고, 산천과 초목인 양 인문 세계를 꾸미던 명문의 전통을 없던 일로 밀쳐 둘 수 있을까?

한문으로 쓰인 문장은 오늘날 독자에게는 암호문처럼 어렵다. 그러나 그 안에 담긴 인문 정신의 가치는 현대라도 보석처럼 빛난다. 그 같은 보석을 길 막힌 가시덤불 속에 그냥 묻어 둘 수만은 없다. 이에 막힌 길을 새로 내고 역할을 나눠, '글의 나라' 인문 왕국이 성취해 낸 우리 옛글의 찬연한 무늬를 세상에 알리려 한다.

삼국 시대로부터 20세기에 이르는 장구한 시간을 씨줄로 걸고, 각 시대를 빛냈던 문장가의 아름다운 글을 날줄로 엮었다. 각 시대의 명문장을 선택하여 쉬운 우리말로 옮기고 풀이 글을 덧붙였다. 이렇게 만나는 옛글은 더 이상 낡은 글이 아니다. 오히려 까맣게 잊고 있던 자신과 느닷없이 대면하는 느낌이 들 만큼 새롭다.

상우천고(尙友千古)라고 했다. 천고를 벗으로 삼는다는 말이다. 한 시대를 살면서 마음 나눌 벗 한 사람이 없어, 답답한 끝에 뱉은 말이다. 조선 후기 장혼은 "백 근 나가는 묵직한 물건은 보통 사람이 감당하기 어렵겠지만, 다섯 수레의 책은 돌돌 말면 가슴속에 넣고 심장 안에 쌓아 둘 수 있으며, 이를 잘 쓰면 대자연의 이치를 깨달아 우주를 가득 채우리라."라고 했다. 글에서 멀어진 독자들과 다섯 수레에 실린 성찬을 조금씩 덜어 먹으며 상우천고의 위안과 통찰을 함께 누리고 싶다.

책 엮는 일을 2010년부터 시작해 꼬박 여덟 해 이상 시간이 걸렸다. 여섯 명의 옮긴이가 세 팀으로 나뉘어 신라에서 조선 말기까지 모두 아홉 권으로 담아냈다. 먼저 방대한 우리 고전 중에서 사유의 깊이와 너비가 드러나 지성사에서 논의되고 현대인에게 생각거리를 제공하는 글을 선정했다. 각종 문체를 망라하되 형식성이 강하거나 가독성이 떨어지는 글은 배제했으며 내용의 다양성을 확보하고자 했다. 부드러우면서도 분명하게 읽히도록 우리말로 옮기고, 작품의 이해를 돕는 간결한 해설을 붙였다. 더불어 권두의 해제로 각 시대 문장의 흐름을 조감해 볼 수 있도록 했다.

조선 초 서거정의 『동문선』 이후 전 시대를 망라한 이만한 규모의 산문 선집은 처음 기획되는 일이다. 글마다 한 시대의 풍경과 사유가 담기는 것을 작업의 과정 내내 느꼈다. 작업을 마치면서 빠뜨린 구슬의 탄식이 없을 수 없다. 그래도 일천 년을 훌쩍 넘긴 한문 산문의 역사를 이렇게 한 필의 비단으로 엮어 주욱 펼쳐 놓고 보니 감회가 없지 않다. 대방의 질정을 청한다.

2017년 11월

안대회, 이종묵, 정민, 이현일, 이홍식, 장유승 함께 씀

대한의 나라를 세운 문장

1866년 프랑스가 강화도를 침입한 병인양요가 일어났다. 같은 해 미국이 제너럴셔먼호 사건을 일으켰으며, 이를 빌미로 1871년에는 신미양요가 일어났다. 열강이 침입하기 시작하자 조선은 풍전등화의 상황으로 내몰렸다. 일본이 탈아입구(脫亞入歐)의 기치 아래 제국주의 대열에 합류하여 조선을 압박하더니 드디어 1876년에는 강화도 조약을 강요하였다. 뒤이어 미국, 영국 등과 통상 조약을 체결하게 되었다. 「『독립정신』 총론」에서 이승만이 말한 대로 "우리 대한 삼천리 강산은 곧 이천만 백성을 싣고 풍파가 치는 큰 바다에 외로이 가는 배" 꼴이 되었다. 1882년 임오군란, 1884년 갑신정변, 1894년 갑오개혁과 동학 농민 운동 등 굵직굵직한 사건들이 연이어 일어났고 조선은 1897년 대한 제국으로 이름을 바꾸었다. 조선은 황제의 나라를 자처하고 개혁을 추진했지만 열강의 무력 앞에 제대로 힘 한번 써 보지 못했고, 결국 1905년 을사늑약을 거쳐 1910년 국권이 피탈되면서 그 수명을 다하였다.

이 고난의 시기에 '조선 사람'은 '대한 사람'으로 바뀌었다. 『한국 산문선』의 마지막 책은 대한 사람의 글을 모았다. 대한 사람은 낡은 조선을 개혁하여 새로운 나라를 만들고자 하였다. 조선이 문명개화의 대열에 나아가기를 바라는 마음에서 다투어 피 끓는 명문을 쏟아냈다.

화서학파(華西學派)의 학맥을 계승한 의병장 출신의 유인석(柳麟錫), 명문가의 후손으로 문과에 급제하였지만 죽음으로 책무를 다한 이남규(李南珪)와 민영환(閔泳渙), 정통 고문(古文)의 역사에서 큰 자리를 차지하고 있는 김윤식(金允植)과 김창희(金昌熙), 근대적 의학과 국어학의 기초를 놓은 지석영(池錫永), 개화파의 핵심적인 기술 관료 출신의 안경수(安駉壽), 근대 언론인의 사표가 된 장지연(張志淵), 대한의군 참모장의 자격으로 적군의 수장 이토 히로부미를 사살한 안중근(安重根), 미국에서 독립운동을 하고 초대 대통령이 된 이승만(李承晩), 한국 근대 문학을 이끈 최남선(崔南善), 근대적인 법관과 교수를 역임한 변영만(卞榮晩)……. 1부 '근대의 격랑'에서 볼 수 있는 이 모두가 '대한 사람'이다. 이들은 신분과 나이, 환경, 처세의 방도가 같지는 않았어도 대한을 위해 피 끓는 글을 지은 점에서는 차이가 없다.

김윤식과 지석영은 고종을 앞세운 전통적 방식의 글을 통해 동도서기론(東道西器論)을 내세웠다. 통상의 시대 서양의 과학과 기술 도입을 주창하거나, 국제 정세와 시무를 알기 위해 반드시 읽어야 할 명저를 나열하고 개화에 필요한 서적의 간행과 서점의 확대를 역설하였다. 지석영의 글에는 청나라 사람 황준헌(黃遵憲)의 『조선책략(朝鮮策略)』과 미국 헨리 휘턴(Henry Wheaton)의 『만국공법(萬國公法)』, 박영교(朴泳教)의 『지구도경(地球圖經)』을 비롯해 새로운 시대를 이해하는 데 필요한 서적이 소개되어 있다. 현채(玄采)가 량치차오(梁啓超)의 저술 『무술정변기(戊戌政變記)』를 편역하여 간행했을 때 민영환은 그 책의 서문을 지어서 순망치한(脣亡齒寒)의 자세로 중국의 현실을 보아야 함을 역설하였다. 또 김창희는 청의 지식인 장건(張謇) 등으로부터 조선의 난국 타개에 도움이 될 방책을 글로 받고 덧붙여 지은 『육팔보상편(六八補上篇)』에서 외부의 지식을 무비판적으로 받아들여서는 안 된다는 주체적인 입장을 강조하였다. 중국과 일본의 저술을 참조하여 제국주의에 맞서는 '국민주의'를 주장한 변영만의 『20세기의 대참극 제국주의(二十世紀之大慘劇帝國主義)』 서문도 19세라는 어린 나이에 지었다는 점이 믿기지 않을 정도로 성숙된 의식의 명문이다. 훗날 친일 행적으로 지탄을 받게 된 최남선이지만 동지들과 함께 작성한 「3·1 독립선언서」는 망국의 암흑기 최고의 명문으로 꼽힌다.

대한 사람에게는 '개화'와 '독립'이 시대의 키워드였다. 물론 이때의 독립은 일본으로부터 독립만이 아니라 모든 외세에 예속하거나 의존하지 않는 시대정신을 이른다. 1896년 서재필, 안경수 등이 《독립신문》을 창간한 것은 널리 알려져 있다. 이들은 독립협회를 창립하고 기관지로 《대죠션독립협회회보》를 발간하였는데 여기에는 대한의 독립을 주창한 명문들이 여럿 실려 있다. 안경수는 이 회보의 첫 번째 기사에서 독립협회가 홀로 서는 독립을 위해 "우렁우렁 둥둥둥 북을 쳐서 사해(四海)에 거문고 비파 소리로 들리고, 만대(萬代)에 생황과 퉁소 소리로 울리기를 바란다."라고 글을 맺었다. 이승만 역시 1904년 『독립정신』을 저술하여 "나라집(국가)"의 독립을 지키기 위해 국민 모두가 독립 정신으로 무장해야 한다고 역설하였다.

개화와 독립, 애국과 계몽의 목소리보다 더욱 격렬한 것이 망국의 비감을 토로한 글이다. 을사조약 체결에 앞장선 나라의 도적 박제순(朴齊純)의 처벌을 주장한 이남규의 상소와 국권 침탈을 당하자 블라디보스토크에서 국내로 보낸 유인석의 편지는 역적을 토벌하고 적국과의 전쟁을 선포하는 격문으로 독자의 피를 끓게 만든다. 또 널리 알려진 장지연의 「오늘 목 놓아 통곡하노라(是日也放聲大哭)」는 의병의 봉기를 폭발

케 한 격문이 되어 글이 실린《황성신문》이 압수되고 장지연도 옥고를 치렀다. 일본과 무장 투쟁 일환으로 이토 히로부미를 사살한 안중근이 옥중에서 지은 『동양평화론(東洋平和論)』은 자신의 거사가 동아시아 평화를 위한 것임을 차분한 논리로 설파한 것이라 더욱 소중하다.

도도한 역사는 대한 제국이 일본에 병합당하는 경술국치로 흘러갔으나, 그 과정에서 대한을 근대 국가로 만들고자 한 내부의 활발한 움직임이 있었음을 잊어서는 안 된다. 학문과 예술, 과학과 기술 등 다양한 분야에서 선각자들이 변화하는 세상에 대처할 방안을 제시하였다. 그런 성격의 글을 2부 '급변하는 사회'에서 골라 실었다. 근대가 일제의 선물이라는 편협한 시각이 이러한 명문에서 바로잡히기를 기대한다.

대한민국의 근대는 한글 글쓰기로부터 시작한다. 갑오개혁을 기점으로 하여 공식적인 문자는 한문에서 국문으로 대체되었다. 그러나 이때도 문장은 대부분 한문으로 쓰이는 것이 현실이었다. 지식인들은 여전히 자신의 생각을 표현하는 데 국문보다 한문이 편리하고 유용했다. 그런 상황에서 서재필(徐載弼)은 1896년 최초의 한글 신문《독립신문》을 발간하면서 상하와 내외의 소통을 목적으로 하는 근대적 신문의 목적을 압축적으로 제시하는 글을 창간호에 실었다. 본격적인 '국문' 글쓰기의 고심을 보여 준다. 주시경(周時經)도 여기에 호응하여 조선말의 법식, 곧 문법을 배울 수 있는 책과 조선말 사전의 편찬을 주장하는 글을《독립신문》에 실었다. 어근을 고려하여 분철 표기를 제안하고 서양처럼 왼쪽에서 오른쪽으로 글을 써 가는 방식을 채택했으며, 이른 시기 순 국문으로 표현한 논설문이라는 점이 특히 기억할 만하다.

조선의 운명이 풍전등화의 위기를 맞은 시기, 세상을 보는 눈은 달랐으나 세상을 바꾸겠다는 열정은 다르지 않았다. 갑신정변의 주역 김옥균은 근대적인 주식회사의 설립에 관해 설명했으며 도로 정비를 통해 한양을 근대 도시로 바꾸자고 주장하였다. 동학과 천도교를 이끈 손병희(孫秉熙)는 이념과 경제, 외교 등 세 분야에서 전쟁이 일어나고 있는 시대라고 짚었다. "전쟁 없는 난리"를 당하여 국론을 통일하여 민본주의에 뿌리를 둔 개화를 추진하고, 과학과 기술에 바탕을 둔 상공업의 발전을 도모하며, 외국어에 능통한 인재 양성을 통해 외교 담판으로 분쟁을 해결할 것을 강조하였다. 김성희(金成喜)는 종교의 관점에서 유교를 서양 종교와 비교하며 자유와 평등을 바탕으로 한 "국교(國教) 교육"이 필요함을 주장하였다. 일본, 미국, 영국 등에서 유학한 여병현(呂炳鉉)은 과학자가 학회에서 발전시킨 이론이 부국강병의 기초가 되었다면서 서양 과학의 개념과 종류를 자세히 풀이했다. 또 행적이 자세하게 밝혀지지 않은 인물인 김하염(金河琰)은 여성 교육을 위한 여학교의 증설이 자립의 길이라 역설하였다.

개화의 열풍 속에 신학문이 당대의 주된 흐름으로 자리를 잡았다. 그러나 세상은 여전히 공자왈, 맹자왈의 시대였다. 일제 강점기에도 한시가 사조(詞藻)라는 이름으로 여전히 신문의 한 면을 채우면서 문학의 어른 자리를 내어놓지 않았고, 또 한문 글쓰기 방식을 유지해야 한다는 시대착오적 주장도 수그러들지 않았다. 문과 급제자이자 홍문관 부교리를 지낸 전통 한학자로서 개화에 동참한 신기선(申箕善)은 신구(新舊)의 조화를 거듭 주장하면서 신학문과 구학문을 절충하여야 한다는 점을 역설하였다. 이 시기 한국 한문학사에서 높은 봉우리로 평가되는 이기(李沂) 역시 일부벽파(一斧劈破), 곧 한 자루 도끼로 찍어 내라는 제목의 글에서 교육의 개혁을 주장하였다. 이와 함께 지리와 지형을 아는 것이 애국심의 시작이니, 한국의 전도가 그려진 《대한자강회월보》를 품에 안고 입을 모아 통곡하라고 한 글은 당시 독자의 피를 끓게 하였다.

근대적인 '대한의 나라'를 만드는 데 문화의 힘이 중요하다는 사실을 변화하는 세상 속 지식인은 놓치지 않았다. 청춘의 동경 유학생 최남선은 화재와 홍수로 집이 타들어 가는 상황을 설정하고 부모와 처자를 구하기 위해 '시간(試看)'하고 '시사(試思)'하고 '맹성(猛省)'하고 '분기(奮起)'하라는 뜻을 새로운 형식에 담아 청년들의 분발을 촉구하였다. 지금은 그 존재조차 희미한 김문연(金文演)은 연극을 통한 개인과 사회의 개혁을 주창하였고, 이광수(李光洙)는 서양의 문예 부흥이 사상의 자유를 자각하게 하고 과학과 기술 발전의 전제가 되었다면서 프랑스 혁명과 미국의 노예 해방을 이끈 것이 문학자의 힘이라 하였다. 1세대 국학자라 할 만한 안확(安廓)은 당시 문명개화를 시도한 사람들조차 "시사를 통렬히 꾸짖으며 구습을 질타할 뿐이요, 한 사람도 탐구하는 힘을 일으켜 자기의 장점을 자랑하는 자가 없다."라고 개탄하면서 조선인에 의한 미술 연구의 필요성을 역설하고, 우리 미술이 서양과 어떻게 다른지 설명하는 글을 남겼다.

국권 침탈 이후 해외를 떠돌며 독립운동에 투신한 신채호(申采浩)는 일본의 역사 왜곡을 바로잡고 제구실을 하지 못하는 국내 언론을 대신하여 정론을 펼치기 위한 목적으로 1921년 북경에서 《천고(天鼓)》를 창간하였다. 창간호에 붙인 글에서 한국사를 "왜놈과 혈전(血戰)을 벌인 역사"로 규정하고 암살과 폭동으로 독립을 이끌어야 한다는 강렬한 주장을 펼쳤다. 이 글은 중국에서 제작한 것이라 한문으로 되어 있으나 근대 명문의 최고봉에 놓아도 부끄럽지 않다.

3부는 대한의 시대를 살아간 '난세의 인물상'을 그린 글을 뽑았다. "국난에 죽는 자가 한 사람도 없다면 정녕 통탄스럽지 않겠느냐?"라고 마지막 일성을 남긴 황현(黃玹)의 삶을 기록한 김택영(金澤榮)의 전(傳), "비상한 재주를 지니고 비상한 때를 만나 비상한 공이 없이 비상하게 죽은" 김옥균의 묘비에 새긴 유길준(兪吉濬)의 묘갈(墓碣), 망명지 중국에서 떠돌며 "민적이 없는 이씨 늙은이"로 살아간 이건승(李建昇)이 스스로의 삶을 돌아본 묘지명, 영국인 변호사가 "내가 천하의 사형수들을 많이 보았지만 이러한 열사는 본 적이 없다. 내가 돌아가면 마땅히 세상 사람들을 위하여 그를 칭송할 것이다."라고 전한 안중근의 전기, "죽어도 죽지 아니하여 구천 아래에서 제군을 도울 것"이라 한 민영환(閔泳渙)의 유서, "술에 취해 산택(山澤) 사이에 드러누워, 길게 끄는 소리로 한 차례 곡을 하곤 했다."라고 망국의 비분강개를 에둘러 표현한 윤희구(尹喜求)의 자전(自傳), 벗 신채호의 부고를 듣고 그 삶을 회고하고 애도를 표한 변영만의 글, "한 자 한 치의 칼자루조차 없는 데서 곤핍하면서도 스스로 내닫고", "한 사람의 강개한 포의의 몸으로 나라의 성패에 모든 힘을 다 쏟은" 이기와 난세에 학문으로 세상을 구하고자 한 이건방(李建芳)을 기린 정인보(鄭寅普)의 묘지명까지. 그런 글을 읽을 때면, 처신은 달라도 불우한 시대 우국충정은 다르지 않았다는 사실을 다시금 확인하게 된다.

『한국 산문선』은 고대로부터 근대까지 한문으로 된 명문을 뽑고자 한 기획에서 비롯하였다. 그러나 대한 제국기 격랑의 근세사를 몸으로 겪은 대한 사람의 피 끓는 명문을 제대로 다루지 못한 점이 아쉬움으로 남아 있었다. 1919년 3·1 운동이 일어난 지 이제 백 년이다. 나라는 사라졌어도 사람과 정신은 사라지지 않아 대한 독립을 외치며 들고일어났다. 그 점에서 3·1 운동은 국민이 주인 되는 근대 국가 대한민국의 정문을 열어젖힌 획기적 사건이었다. 이를 기리는 동시에 남아 있던 아쉬움을 달래고자 백여 년 전후의 명문을 골라 현대의 문장으로 소개하였다. '대한 사람'의 시대정신이 글 한 편 한 편마다 약동하는 것을 느끼면서 이렇게 『한국 산문선』의 별권을 낸다.

2019년 12월

역자들을 대표하여 이종묵 씀

차례

2부 급변하는 사회

3부 난세의 인물상

일러두기

1 각 작품이 실린 문집이나 신문과 잡지 등에서 좋은 판본을 선별하여 저본으로 삼았으며, 원문을 해치지 않는 범위에서 풀어 번역했다. 1부 '근대의 격랑'은 안대회·이현일이, 2부 '급변하는 사회'는 이종묵·장유승이, 3부 '난세의 인물상'은 정민·이홍식이 편역했다.
2 주석과 원문은 본문 뒤에 모아 실었다. 원문에서는 의심스러운 부분을 역자의 판단으로 수정했고 필요한 경우 교감주를 달았다. 원문에서 □는 결락된 부분이다.

1부

근대의 격랑

김윤식

金允植

1835~1922년

자는 순경(洵卿), 호는 운양(雲養), 본관은 청풍(淸風)이다. 잠곡(潛谷) 김육(金堉)의 후예로, 열여섯 살 때부터 박규수(朴珪壽)와 유신환(兪莘煥) 문하에서 배워 청년 시절부터 문학으로 명성이 높았다. 마흔 살 때 비로소 문과에 급제하여 벼슬이 병조 판서, 외무아문 대신(外務衙門大臣)에 이르렀다. 온건 개화파로 영선사(領選使)가 되어 학도와 공장(工匠) 서른여덟 명을 인솔하고 천진(天津)에 다녀왔으며, 조선 말기 외국과의 조약 체결에 큰 역할을 수행했다. 격변하는 정세 속에 외세와 국내 권력의 틈바구니에서 반전을 거듭하며 문과 급제 10년 만에 판서 지위에 올랐지만, 유배지에서 보낸 기간만 19년이었다. 대제학을 지냈고, 외국과 오가는 중요한 문서를 많이 지었다.

경술국치(庚戌國恥) 이후에 고종과 순종의 권유로 일본으로부터 작위와 연금을 받았고, 문집 『운양집(雲養集)』을 간행하고 일본제국학사원(日本帝國學士院)에서 주는 상을 받기도 했다. 그러나 3·1 운동이 일어나자 이용직(李容稙)과 연명으로 조선의 독립을 요구하는 글을 일본 정부에 보냈다가 작위를 박탈당하고 투옥되기도 했다.

오락가락한 처신 탓에 비판을 받아서 시문의 성취를 야박하게 평가하는 이가 있으나 일가의 문학을 이루어 조선 말기 한문학의 대가로 꼽기에 충분하다. 그의 행적과 시문을 명말 청초의 정치가이자 문인인 전겸익

(錢謙益)에 견주기도 한다. 문장을 평이하고 순탄하게 썼으며 주제를 적확하게 표현했다. 저서로 문집 『운양집』, 『운양속집(雲養續集)』이 있고, 일기 『음청사(陰晴史)』, 『속음청사(續陰晴史)』가 널리 알려져 있다.

국내 모든 백성에게 알리노라 曉諭國內大小民人(壬午)

우리 동방은 바닷가 한 모퉁이 외진 곳에 있어서 일찍이 외국과 교섭해 본 경험이 없었다. 그러므로 견문은 넓지 못하지만, 삼가고 단속하여 스스로를 지키며 오백 년 세월을 유지하였다. 최근 세계의 대세는 옛날과 매우 다르다. 구미의 여러 나라들, 이를테면 영국·독일·불란서·미국·러시아 등은 정교하고 날카로운 기구를 만들어 부강(富强)의 공업(功業)을 극도로 이루었다. 배와 수레는 지구를 두루 돌아다니고 세계 만국은 조약으로 맺어졌으며, 병력으로 서로 대치하고 공법(公法)으로 서로 상대하여, 흡사 춘추 시대 여러 나라들이 할거하던 시대와도 같다. 그러므로 중국은 대대로 종주국으로 받들어졌으되 오히려 평등한 조건으로 조약을 맺었고, 일본은 서양을 준엄하게 배척하였으나 마침내 우호 관계를 수립하고 통상하였다. 이것이 어찌 까닭 없이 그러하였겠는가! 참으로 형세상 어쩔 수 없었기 때문이다.

그리하여 우리나라도 병자년(1876년) 일본과 거듭 강화 조약을 체결하고, 항구 세 곳을 개방하였다. 지금 또 미국·영국·독일 등 여러 나라들과 새로 화약을 맺었다. 처음 있는 일이다 보니, 너희 선비와 백성들이 의심을 품고 비방하는 것도 무리는 아니다. 그러나 의리로 따져 보아도 나라를 욕되게 하는 행동이 아니고, 사세를 참조해 보아도 백성들을 피

폐하게 할 단서가 없다. 외교의 예는 한결같이 화목함을 도모함이요, 대사를 주재시키는 뜻은 본래 상업을 보호하기 위해서이다. 우리가 신의와 진심의 도리를 행한다면, 외환(外患)이 일어날 곳이 없는 것이다.

어떤 꽉 막힌 유생들이 이웃 나라를 사귈 때는 도가 있음을 생각하지 못하고, 다만 송(宋)나라에서 금(金)나라와 강화를 맺어 나라를 그르친 것만 보고 망령되이 비유로 끌어다가 걸핏하면 청의(淸議)에 부치는가? 우매한 백성들은 옛 습속에 얽매여서 똑같은 말로 함께 배척하니 어찌 그리 생각이 짧단 말인가! 남들이 화친하자고 찾아오는데 우리는 전쟁하자고 대응하면 온 천하에서 장차 어떤 나라라 말하겠는가? 도움 없이 고립된 처지로 세계 만방과 틈이 생겨, 여러 화살들의 집중적인 표적이 되게 한다. 스스로 생각해도 패망할 것임에도 조금도 뉘우치지 않으니 과연 어떤 의리상에 근거가 있는가?

의논하는 자들이 또 서양 여러 나라들과 우호 관계를 맺으면 앞으로 차츰 사교(邪敎)에 물들 것이라고 하니, 이는 진실로 유학과 세도(世道)를 위하여 깊이 염려한 것이다. 그러나 우호 관계를 맺는 것은 그저 우호 관계를 맺는 것뿐이요, 사교를 금하는 것은 그저 사교를 금하는 것뿐이다. 조약을 맺고 통상을 하는 것은 단지 공법에 의거할 뿐이요, 애초에 내지(內地)에 전교(傳敎)를 허락하는 것이 아니다. 너희들은 평소에 공자(孔子)와 맹자(孟子)의 가르침을 익혔고, 오래도록 예의(禮義)의 교화에 목욕하였으니, 어찌 하루아침에 올바른 가르침을 버리고 삿된 것을 좇으려 하겠느냐? 설령 미련하고 무지한 백성들이 몰래 그 가르침을 익힌다 하더라도 나라에 법이 있어 죽여서 용서하지 않으리니, 어찌 유학을 높이고 사교를 좇음에 제대로 된 방법이 없을까 걱정할 것인가?

또 기계를 제조하되 조금이라도 서양의 법을 본받는 것을 보면 문득 사교에 물들었다 지목하니, 이는 또 생각이 매우 부족한 것이다. 그 종교는 사악하여 마땅히 음란한 음악과 미색처럼 멀리해야 하지만, 그 기계는 이로워 진실로 이용후생(利用厚生)할 수 있다면, 농상(農桑)·의약(醫藥)·갑병(甲兵)·주거(舟車)의 제작을 어찌 꺼리겠는가? 그 종교를 배척하면서도 그 기계를 본받는 것은 진실로 병행하여 어긋나지 않게 할 수 있다. 더욱이 강약의 형세가 이미 현격하니, 만약 저들의 기계를 본받지 않는다면 어찌 저들의 업신여김을 막고 나라를 노리는 것을 막겠는가? 진실로 안으로는 정교(政敎)를 닦고, 밖으로는 이웃 나라와 우호 관계를 맺으며, 우리나라의 예의를 닦고, 세계 각국의 부강함을 본받아서 너희 선비와 백성들과 함께 태평 시절을 누린다면 어찌 아름답지 않겠는가!

근자에 해묵은 생각이 바뀌기 어렵고 백성들의 뜻이 정해지지 않아서 마침내 유월의 변고가 발생하였다. 이웃 나라에 신용을 잃고 천하의 웃음거리가 되었으며, 나라의 형세가 나날이 위태해 가고 배상금이 거만(鉅萬)에 이르렀으니 어찌 한심하지 않겠는가? 일본인들이 우리나라에 들어와서 언제 우리를 학대하고 업신여겼느냐? 조약을 어겼느냐? 다만 우리 군인들과 백성들이 망령되이 의심하고 꺼려하여, 마음속에 분노를 쌓아 두다가 아무 까닭 없이 먼저 범하였다. 너희들은 생각해 보라. 그 잘못이 누구에게 있는가? 지금 다행히 그럭저럭 수습되어 예전의 우호 관계를 다시 회복하였으며, 영국·미국 여러 나라들이 또 장차 잇달아 이르러 항구를 열고 서울에 주재하는 것이 한결같이 일본 사람들의 예에 따를 것이다.

무릇 개항을 하고 서울에 외국 대사를 주재시키는 것은 세계 만국에 공통된 관례요, 우리나라에서 처음 시작한 것이 아니니 결코 놀랄 일이 아니다. 너희들은 부디 각자 침착하게 두려워하지 말아서 선비들은 열

심히 공부에 힘쓰고, 백성들은 안심하고 농사를 지어 다시는 양놈 왜놈 운운하며 소동을 일으키지 말지어다. 각 항구 가까이에 비록 외국인이 가끔 다니더라도 마땅히 심상하게 보고 혹시라도 먼저 범하는 일이 없어야 할 것이다. 만약 저들이 능멸하거나 학대한다면 마땅히 조약을 따져 응징할 것이요, 결코 우리 백성들을 억울한 일을 당하게 하면서 외국인들을 보호하지 않을 것이다.

아! 미련하면서도 자신만의 주견만 고집하는 것은 성인(聖人)께서도 경계하신 바요, 아랫사람이 윗사람을 비방하는 것은 왕법(王法)에 따라 마땅히 죽여야 한다. 하지만 가르치지 않고 형벌을 내리는 것은 백성을 그물질하는 것이므로 이에 조목조목 서술하여 환하게 깨우치는 바이다. 또 이미 서양 여러 나라들과 우호 조약을 맺었기에 서울과 지방에 세운 척양비(斥洋碑)들은 합당하지 않게 되었다. 이는 시세에 맞춘 조치가 달라졌기 때문이니 아울러 뽑아 버리게 하였다. 너희 선비와 백성들은 각각 이 뜻을 자세히 알라.

해설

고종 19년(1882년) 8월 5일 국왕의 하교로 반포된 글로 『고종실록(高宗實錄)』과 『승정원일기(承政院日記)』에도 전문이 실려 있다. 대소 신료와 백성들에게 서양과 외교·통상 조약을 맺고 척화비를 제거하기로 한 일의 정당성을 설득하기 위해서 김윤식이 고종을 위해 대작(代作)한 것이다.

이해에 조선에는 정치적으로 중요한 여러 가지 사건이 많이 일어났다. 4월과 5월 사이에 미국·영국·독일과 수호 통상 조약을 연이어 체결하였고, 6월에는 구식 군대가 임오군란(壬午軍亂)을 일으켜 명성 황후가 장호원으로 몸을 피하고 잠시 흥선대원군이 권력을 잡았으나, 곧바로 청군이 도착하여 구식 군대를 진압하고 대원군을 청나라로 납치해 감으로써 다시 정국이 일변하였다. 이보다 한 해 전에 김윤식은 영선사로서 유학생들을 인솔하여 청나라의 천진에 가서 신식 무기 제조법을 익히게 하였으며, 임오군란 직후에는 청나라 조정에 군대의 파병을 요청하였다.

글의 주제는 여러 다양한 나라들과 외교 관계를 맺고 통상을 하지 않으면 안 되는 시대 상황을 역설하고, 이어서 전형적인 동도서기론(東道西器論)의 입장에서 서양의 새로운 과학과 기술을 수입할 수밖에 없는 이유를 차근차근 설득하고 있다. 특히 서양의 과학과 기술을 수입하는 것이 바로 사상과 종교를 수입하는 것은 아니라는 점을 강조하고 있는데, 당시 조선의 지식인과 백성들을 설득하려면 어쩔 수 없는 논리이기도 하다.

이 글은 전 국민을 상대로 외국과 통상을 확대하고자 하는 외교 정책을 밝히고 외국인에게 적대적 행동을 금한다는 포고문이다. 임오군란 이후 크게 부상한 보수적인 민심과 민생 파탄에 허덕이는 백성의 마음을 다독이면서 백성에게 의식을 바꿀 것을 요구하고 있다. 1882년 당시 급변하는 정세와 그에 대처하는 정부의 정책 방향을 제시한다.

지석영 池錫永

1855~1935년

자는 공윤(公胤), 호는 송촌(松村)으로 본관은 충주(忠州)이다. 조선 말기와 일제 강점기의 관료이자 의원, 국어학자이다. 서울의 중인 집안에서 태어나 젊은 시절부터 개화에 눈을 떠서 서양 학문을 동경하였다. 에드워드 제너(Edward Jenner)의 종두법(種痘法, 천연두 예방법)에 관심을 기울여 1880년 제2차 수신사 김홍집(金弘集)의 수행원으로 일본에서 종두법을 배워 와서 천연두 치료에 신기원을 열었다.

1883년 문과에 급제하여 성균관 전적과 사헌부 지평을 지냈다. 1894년 갑오개혁과 함께 위생국에서 종두법을 보급하였고, 형조 참의와 승지를 거쳐 동래 부사를 지냈다.

1899년 관립의학교의 설립을 주도해 초대 교장에 임명되었다. 1902년에는 의학교에 부속병원의 설립을 추진하여 졸업생을 배출하는 등 초기 의학 교육에 크게 기여하였다.

개화당의 일원으로, 독립협회를 비롯한 국채보상연합회·대한자강회·기호흥학회 등 사회단체에서 주요 회원으로 활동하였다. 한글 쓰기를 장려하는 국문 운동을 펼쳤으며, 주시경(周時經)과 더불어 한글 가로쓰기를 주장하였다. 저서에 『우두신설(牛痘新說)』, 『언문(言文)』, 『자전석요(字典釋要)』 등이 있다.

현재의 시급한 대책　幼學池錫永上疏

삼가 아룁니다. 하늘이 우리나라를 돌보아서 우리 중궁 전하께서 궁궐로 돌아오셨습니다. 기뻐서 환호하는 신민의 마음은 끝이 없어서 나라의 중흥은 이로부터 기반을 다져 갈 것입니다. 자신의 과오임을 밝히신 성상의 윤음은 어떤 제왕도 미처 행하지 않은 일을 행하셨고, 조선 팔도에 두루 반포하신 전교는 모든 백성이 깨우치지 못한 실상을 깨우쳐 주셨습니다. 정녕코 위대한 성인의 덕망과 행위야말로 평범한 사람보다 만만배나 훌쩍 뛰어넘는 것입니다.

이제 새롭게 다시 출발하는 날을 맞이하니 시급하지 않은 사무가 하나도 없습니다만, 당장 급한 큰 정사로 민심의 안정보다 앞세울 것은 아무것도 없습니다. 왜 그렇겠습니까?

우리나라는 바다 한쪽에 외따로 떨어져 있어 천지가 개벽한 이래로 다른 나라와 외교라고는 해 본 일이 없습니다. 따라서 견문이 넓지 않아 졸렬하게 제 것이나 삼가 지켜 왔습니다. 향촌의 어리석은 백성은 말할 나위 없고, 문장 솜씨와 경제(經濟) 능력을 자부하는 사람조차 오늘날 천하 대세에는 깜깜하지 않은 이가 없습니다. 이웃 나라와 교류하는 것이 어떤 일인지 모르고, 연합과 조약이란 것이 어떤 일인지도 모릅니다. 외교 사무에 조금이라도 마음을 쓰는 자를 보면 불쑥 사학(邪學)에 물들었다며 지목하고는 비방에 욕을 퍼붓습니다.

심지어 근래에 눈으로 보고 귀로 듣는 사실은 대부분 처음 있는 일입니다. 더구나 청나라 군사가 대궐 밖에 주둔해 있고, 왜국 군사가 도성 안을 멋대로 횡행하는 꼴이야 말해 무엇 하겠습니까? 그래서 향촌에서는 피난하려 이주하는 행렬로 소란스럽고, 잘못 전해진 소문이 거리마다 횡행하여 아침저녁 사이에도 안녕을 지키지 못할 듯하니 어찌 두려운 일이 아니겠습니까?

만약 한 사람 한 사람이 오늘날 벌어지는 사태를 환히 이해한다면, 결코 이렇게 동요하여 스스로 고생을 불러들이는 지경에는 이르지 않을 것입니다. 그렇다면 많은 백성이 함께 동요하여 의심하고 비방하는 것은 단연코 오늘날 시세를 잘 모르는 데서 나온 소동입니다. 만약에 백성이 안정을 이뤄 모여들지 않는다면 나라가 무슨 수로 나라를 유지할 수 있겠습니까? 엎드려 바라건대, 전하께서는 살펴 주소서.

다만 엎드려 생각해 보니, 『만국공법(萬國公法, 미국의 법학자 헨리 휘턴의 저서)』, 『조선책략(朝鮮策略, 청나라의 외교관 황준헌의 저서)』, 『보법전기(普法戰紀, 영국인 존 프라이어의 저서)』, 『박물신편(博物新編, 영국 선교사 벤저민 홉슨의 저서)』, 『격물입문(格物入門, 미국의 선교사 윌리엄 마틴의 저서)』, 『격치휘편(格致彙編, 영국인 존 프라이어의 저서)』 따위의 저술과 교리 김옥균(金玉均)이 편집한 『기화근사(箕和近事)』, 전 승지 박영교(朴泳教)가 편찬한 『지구도경(地球圖經)』, 진사 안종수(安宗洙)가 번역한 『농정신편(農政新編)』, 전 현령 김경수(金景遂)가 편찬한 『공보초략(公報抄略)』 따위의 저술은 모두 어리석어 물정을 모르는 사람을 개명(開明)하게 하여 시무를 환히 이해하도록 돕는 책입니다.

엎드려 바라건대, 전하께서는 서둘러 도성에 원(院) 하나를 설치하시고 담당자를 시켜 위에서 말한 여러 서적을 수집하고 근래에 나온 각국의 수차(水車)와 농기구, 직조기, 대륜기(大輪機), 병기 따위의 기계를 하나하나 구매하게 하소서. 각도에 공문을 보내어 고을마다 글을 잘 이해하고 평소 명망이 있어 그 고을에서 걸출한 인재로 손꼽히는 유생과 관리를 각각 한 명씩 뽑아서, 원에 올려 보내 서적을 보고 기계를 익히게 하소서. 그 인재들이 원에 머무는 기간은 두 달로 정하고, 기한을 채우면 고을마다 또 한 사람씩 교대하여 보내게끔 합니다. 인재를 양성하는 절차와 비용은 해당 고을이 상납하는 물품에서 적당히 떼어 정하도록 하십시오.

또 원에 다음과 같은 명령을 내리소서. 서적을 잘 이해하고 세상 업무를 깊이 파악하는 인재가 있거나, 기계를 모방하여 만들고 오묘하게 작동하게 하는 인재가 있거나, 서적을 간행할 수 있는 인재가 있으면 능력의 높낮이에 따라 분명하게 드러내 등용하십시오. 그중에서 기계를 만드는 자에게는 점포를 전담하게 하고, 책을 간행하는 자에게는 남들이 책을 번각(翻刻)하지 못하도록 막으십시오. 그렇게 한다면 원에 들어간 인재는 누구보다 앞서 기계의 이치를 이해하고 시국의 대책을 깊이 파고들고자 노력할 것이므로 누구나 빨리 퍼뜩 깨우칠 것입니다.

이들 인재가 한 번 깨우치면 인재의 아들이나 손자 그리고 이웃에서 평소 그를 존경하고 따르던 사람들도 대부분 감화를 받아 따르게 될 것입니다. 의심하고 두려워하는 마음은 기와가 깨지듯이 사라지고, 와전된 말이나 비방하는 말도 얼음 녹듯 녹아 버릴 것입니다. 개화(開化)를 성취할 순간과 태평성대가 찾아올 날을 발돋움하고서 기다릴 만합니다. 이것이 백성을 교화하고 좋은 풍속을 만드는 오묘한 법이 아니며, 생활을 편리하게 하고 삶을 풍요롭게 하는 으뜸가는 대책이 아니겠습니까? 백성이 의혹을 풀고 안정을 찾은 뒤에는 스스로를 부강하게 만들고 외적의 침략을 막는 계책을 세워야 하니 그것은 『이언(易言)』 한 종의 책에 모두 실려 있으므로 신은 감히 쓸데없이 말씀 올리지 않겠습니다.

해설

지석영이 1882년(고종 19년) 8월 23일에 고종에게 올린 상소문이다. 『승정원일기』 같은 날짜에 유학(幼學) 지석영이 올린 상소문으로 실려 있고, 지석영이 지은 상소문 몇 편을 엮은 필사본 『지석영상소(池錫永上疏)』에도 실려 있다. 2종의 사본에 실린 내용은 거의 비슷하나 글자에 조금 차이가 난다. 상소문 원본에서 중요한 내용만을 베낀 것이라 글이 길지 않다.

1882년 6월 9일 구식 군대가 일으킨 임오군란이 발생해 7월 13일 수습되었다. 임오군란은 민씨 척족 정권이 추진한 성급하고도 무분별한 개화 정책에 반발하고 정치·경제·사회의 모순에 분노하여 일어난 군민의 저항이었다. 군란의 발생으로 개화파가 밀려나고 명성 황후가 장호원으로 피신하였다. 그러나 한 달 만에 수구파의 난은 수포로 돌아갔다. 난이 수습되자 고종은 7월 18일 교서에 이어 20일에는 실정(失政) 여덟 개 항목을 들어 자신의 과오를 인정하고 개혁을 약속하는 윤음을 내렸다. 국정은 예전으로 돌아가 다시 민씨 척족이 정권을 움켜쥐고 개화파가 세력을 잡았다. 지석영의 상소는 이런 역사를 배경으로 더욱 적극적으로 개화 정책을 시행할 것을 주장하였다.

지석영은 조선 국민이 국제 정세와 외교에 어둡고 시대정신을 파악하지 못한다고 진단하면서 개화에 저항하는 보수 인사의 무지함을 개탄하였다. 당세의 시무가 무엇인지를 정확하게 파악하는 데 도움을 줄 저서로 최신 서양 번역서와 개화파 학자의 저술을 제시하였다. 그 저서를 읽고 국제 정세와 시무의 이해를 바랐으니, 이 시기에 어떤 책이 새로운 문명을 소개한 도서였는지 알려 준다. 이어서 새로운 기술 교육과 인재의 양성을 시급한 국정 과제로 제시하였다. 전통적 교육 방법, 교육 내용과는 근본적으로 다른 혁신적 방법과 내용으로 조선 말기 개화파의 인재 양성과 기술 진흥의 관점이다. 상소의 궁극적 목적은 이용후생과 자강(自强), 국권 수호였다.

고종은 이 상소에 대해 다음의 비답(批答)을 내렸다. "상소를 살펴보고 자세히 알았다. 그대가 시무를 논한 말이 환하게 조리가 있어 국사에 시행할 만하니 내가 매우 가상히 여긴다. 상소의 내용을 의정부에 내려 재가를 얻어 시행토록 하라!" 이 글은 앞에 수록한 김윤식의 「국내 모든 백성들에게 알리노라」에 호응하여 나온 것으로 1880년대 초반 개화파 개혁안의 기본 구상을 보여 주는 중요한 의의가 있다.

김창희

金昌熙

1844~1890년

자는 수경(壽敬)이며, 석릉(石菱), 둔재(鈍齋), 계원퇴사(溪園退士), 석문(石門), 몽주산인(夢籌散人) 등 여러 호를 사용하였다. 본관은 경주(慶州)이다. 시호는 문헌(文憲)이다. 고종 1년(1864년) 증광문과(增廣文科)에 급제한 뒤 벼슬길이 순탄했으며, 사헌부 대사헌, 공조 판서, 홍문관(弘文館)과 예문관(藝文館)의 제학(提學), 한성부 판윤 등을 역임하였다.

1882년 이조 참판 재임 시절 임오군란을 진압하고 조선에 주둔한 오장경(吳長慶) 휘하 청군의 영접관(迎接官)으로 차출되어 그 휘하의 원세개(袁世凱), 장건(張謇), 이연우(李延祐) 등과 교유하였다. 대한 제국의 초대 총리인 김홍집과는 가까운 친척이다. 김옥균 등의 급진 개화파와는 구별되는 온건한 개화론을 주장하였다. 19세기 후반의 대표적인 문장가로 고문론과 고문 비평에 일가를 이루었으며, 문집으로 『석릉집(石菱集)』 12권이 전한다.

그의 아들인 김교헌(金敎獻, 1868~1923년)은 문과에 급제하여 벼슬이 규장각(奎章閣) 부제학(副提學)에 이르렀으나, 국권을 빼앗긴 뒤 전 재산을 처분하고 만주로 망명하여 대종교(大倧敎) 2대 교주가 되어 항일 투쟁에 앞장섰다.

나라의 미래를 생각하다

六八補上篇

임오년(1882년) 가을 통주(通州) 장건(張謇) 계직(季直)과 환강(皖江) 이연우(李延祐) 한신(瀚臣)이 오소헌(吳筱軒, 오장경(吳長慶, 1833~1884년))의 군문(軍門)을 따라 동쪽으로 와서, 나와 더불어 교유하며 마음에 꼭 맞아 즐겁게 지냈다. 때때로 우리나라의 일을 말한 것이 사람을 매우 놀라게 하였다. 나는 그들이 큰 뜻을 품은 사람임을 알았기에 우리나라의 장래를 잘 대비하기 위한 방법을 물었다. 계직은 육책(六策)을 짓고 한신은 팔의(八議)를 지어서 나에게 모두 주었다. 내가 읽어 보고 그 높은 식견에 감복하고 그 두터운 마음 씀에 감격하여, 참람하고 망령된 것을 헤아리지 않고 나의 견해로 두 사람이 미치지 못한 점을 보완하여 『육팔보(六八補)』라 이름하였다.

아! 이 나라에 살면서 어려움이 눈에 가득할 때를 당하여, 고치기는커녕 묵은 풍속을 답습하여 단지 옛것을 지키는 것을 편리하게 생각하여 스스로를 노성(老成)하다 자부하는 이가 있다. 그들은 남들의 격렬한 주장을 싫어하고 한 가지 계책과 실천도 없으면서 세월을 헛되이 보내며 백성과 나라의 안위는 운명에 맡기고 있다. 그런 자들은 병이 위독한데 약을 물리치고 복용하지 않는 것이다. 또 조급하고 경솔한 마음으로 다만 겉모습만 따라가기에 급급하여 불쑥 의복 제도를 고치려는 의론을 내는 자가 있다. 서양을 흉내 내기만 할 뿐 무엇이 우선인지 가리지 못하고, 하루아침에 여러 가지 새로운 일을 다 벌려 놓고서 백성들이 즐겨하지 않으려는 것을 강요하며, 신중하게 접근하자는 주장을 싫어하여 아무 보탬도 안 되는 일을 시험하면서, 유감스럽게도 백성에게 크게 신뢰를 얻는 모습을 보이지 못한다. 그런 자들은 서툰 의사가 독한 약을 성급하게 처방하는 것이다.

계직의 계책은 겉모습만 따라가는 것을 경계로 삼으면서도 근본적인 답습의 병통을 바로잡았으며, 한신의 의론은 남을 취하는 것을 좋게 여긴 것이면서도 모두 할 수 있는 역량을 고려하고 이 시기에 헤아려 행하지 않을 수 없는 것이었다. 참으로 나라를 고치는 편작(扁鵲)·창공(倉公)이요 백성들을 건네주는 배와 뗏목이니, 나는 당국자들이 덜고 더해 아울러 시행하기를 깊이 바란다. 내가 보완한 내용은 말이 얕고 글도 졸렬하여 공수반(公輸班, 노(魯)나라의 전설적인 장인) 앞에서 도끼를 휘두르고, 개꼬리로 담비꼬리를 이었다는 비웃음을 면하기는 어렵다. 그래도 계직이 이른바 응용하여 장래를 잘 대비하려는 취지에는 부합하니, 어찌 취할 만한 것이 전혀 없겠는가!

이해 중동(仲冬, 음력 11월)에 해동둔부(海東鈍夫)가 스스로 쓰다.

총론

우리나라 사람들은 바닷가 한모퉁이에 살아서 견문이 적어 고루하므로 우물 안 개구리와 다를 바 없다. 기자(箕子)가 봉해진 땅이라 하여 스스로 예의지국(禮義之國)이라 일컬으며, 또 지체와 문벌을 자랑하는 습속이 있어 사대부라 스스로를 높이되, 지금 세계의 대세를 모르고 이전의 쇄국론(鎖國論)을 맹목적으로 지키고 있다. 이는 참으로 고칠 수 없는 어리석은 이들이니, 진실로 깊이 책망할 것도 못 된다. 또한 총명한 사람들이 있어 외교에 마음을 쓰고 스스로 개화(開化)의 의론을 자부하여, 관세의 이로움과 배와 차, 총과 대포의 제도를 입에 침이 마르게 말한다. 그러나 요령이 있는 곳을 알지 못하여 조잡하게 아는 지식은 나랏일을 그르치는 데나 알맞을 뿐이다. 어째서 그런가? 요령이 있는 곳은 스스로에게서 구할 수 있을 뿐이지, 남에게 구할 수 없는 것이기 때문이다. 이 나라에 살면서 신라와 고려의 옛 자취와 우리나라의 문물제도를 연구해 본 적이 없다. 무릇 산천의 형세와 민속·물산과 농업 생산력과 인구, 군정(軍政)과 사법 제도에 대해서 흐리멍텅하기 짝이 없어 마치 담장 앞에 선 듯하다. 설령 세계 만국의 정세를 환히 안다 하더라도 어떻게 교섭을 마땅하게 하고, 통상을 유리하게 하겠는가!

그러므로 계직이 입을 열자마자 문득 장래를 잘 대비해야 한다고 말한 것이다. 진실로 지나치게 외교에만 힘쓰면서 그 근원이 되는 바탕에서 구하지 않고 부강한 효과를 즉시 이루겠다고 한다면, 그 폐단은 다만 보탬이 되지 않는 데 그치지 않는다. 근원이 되는 바탕에서 구하는 것으로 외교의 요령을 삼아야 한다는 것이요, 외교를 하지 말아야 한다는 것은 아니다. 요령을 얻으면 빈약한 형세에서 점차 부강한 기초로 만들어 낼 수 있지만, 요령을 얻지 못하면 부강하게 만든다는 방법이 도리어 위태롭고 어지럽게 만드는 싹을 증식시킬 뿐이니, 삼가지 않을 수 있겠는가! 서양이 기예를 연구하고 이기(利器)를 만들며, 광산을 개발하고 화폐를 주조하며, 길을 닦고 해방(海防)을 정비하며, 행군하고 변방을 대비하는 등의 일들은 정성과 지혜를 다하여 수십 년에 걸쳐서 이루어 놓은 것이다. 어느 것이나 우리 백성들이 눈으로 보지 못하고 귀로 듣지 못한 것이다. 새것을 좋아하는 마음으로 하루아침에 건의하여 여러 신기한 사법(事法)을 바로 효과를 보게 하려 할 뿐, 먼저 나라의 기강을 크게 떨치고 백성의 마음을 변치 않도록 하는 길을 찾을 줄 모른다. 어찌 단계를 밟지 않는 헛된 욕망으로 험한 길을 가면서 요행을 바라는 자들이 아니겠는가?

해설

임오군란 때 조선으로 출병한 오장경을 영접하기 위해 뽑힌 김창희는 오장경 휘하의 여러 인물들과 친밀하게 지냈다. 그들 중에서 장건과 이연우에게 조선의 난국을 타개하기 위한 조언을 요청하여 각각 『조선선후육책(朝鮮先後六策)』과 『조선부강팔의(朝鮮富強八議)』를 받고, 여기에 자신의 의견을 덧붙여 『육팔보』를 지었다. 그리고 이 세 저작을 합쳐 『삼주합존(三籌合存)』이라 하였다. 김창희의 문집을 정리한 김교헌은 이 중에서 『육팔보』만을 『석릉집(石菱集)』에 수록하였다. 오랜 기간 장건과 이연우의 글은 그 내용이 알려지지 않아서 여러 억측이 난무했는데, 최근 『삼주합존』이 발견되어 원본이 영인되고 우리말로 번역되기까지 하였다.(최우길·김규선 공역, 『개항기 한중 지식인의 조선개혁론 삼주합존』, 보고사, 2016)

19세기 말에 지은 글이지만 어떤 대목은 요즘 우리 현실에도 정확히 들어맞아서, 보수나 진보 모두에게 약이 될 만한 말이다. 자신들의 취향에 맞는 외국 제도를 그 맥락은 검토하지 않고 수입해서 겉모습만 흉내 내고, 실제 어떤 결과가 나올지에 대해서는 아무런 고민도 하지 않고 결과에 대해서도 결코 책임지지 않는다. 정작 우리 현실의 문제가 정확히 무엇인지 진단하는 능력이 부족하기 때문에 생긴 일이다. 오래도록 곪아 터진 사회 문제는 대체로 의도하지 않은 좌우 합작의 결과이다.

한편 김창희는 장건과 이연우에게 답례로 자신의 저술인 『담설(譚屑)』을 증정했다. 이 책은 일종의 청언소품집(清言小品集)으로, 조선에 주둔한 청나라 문인들에게 호평을 받아서 이듬해에는 오장경의 후원 아래 전사자(全史字)로 간행되기까지 하였다.

민영환 閔泳煥

1861~1905년

자는 문약(文若), 호는 계정(桂庭)이고 본관은 여흥(驪興)이다. 임오군란 때 피살된 호조 판서 민겸호(閔謙鎬, 1838~1882년)의 아들이다. 시호(諡號)는 충정(忠正)이다.

1878년(고종 15년) 문과에 급제한 뒤 여러 벼슬을 거쳐 병조 판서, 한성 부윤(漢城府尹), 형조 판서 등을 역임하였다. 1895년 주미 전권 대사에 임명되었으나 부임하지 않았고, 이듬해 러시아 황제 대관식에 특명 전권 공사로 임명되어 중국과 일본을 거쳐 미국·영국·네덜란드·독일·폴란드를 지나 러시아에 다녀왔다. 1897년에는 영국·독일·러시아·프랑스·이탈리아·오스트리아 등 6개국 특명 전권 공사가 되어 영국 여왕의 즉위 60년 축하식에 참석하기도 하였다.

1905년 을사조약이 강제로 체결되어 외교권을 박탈당하자 자결로 항거하였다. 1962년 건국 훈장 대한민국장에 추서되었다. 저서에 『해천추범(海天秋帆)』 등이 있다.

청나라 변법의 실패와 조선 淸國戊戌政變記序

아! 나는 『무술정변기(戊戌政變記)』를 읽고 지나(支那)가 세력을 떨치지 못하고, 충신의사(忠臣義士)가 그런 실태에 마음을 두지 않는 것을 슬퍼한다. 지나가 서양과 전쟁을 벌여서 도광(道光) 연간에 한 번 지고 함풍(咸豐) 연간에 두 번째로 졌으니, 강약이 상대가 안 된다는 것을 알 수 있다. 홍수전(洪秀全)의 난리에 천하의 삼분의 이를 잃었다가 마침내 서양의 군대를 빌려 회복하였으니, 강약으로 형세가 또 명백해진 것이다. 광서(光緖) 갑오년(甲午年, 1894년)에 일본에게 크게 꺾였는데, 일본은 서양을 배운 자이니 강약으로 상대가 되지 않는다는 것을 더욱 잘 알 수 있다. 그 까닭이 무엇인가?

중국의 학문은 이의(理義)를 위주로 하여 본말을 갖추고, 체용(體用)을 구비하여 인도(人道)가 완비되는 것을 추구하였다. 그러나 그 효과는 더디며 그 폐단은 글이 들뜨고 기운이 비게 된다. 서양의 학문은 형기(形氣)를 위주로 하여 신묘함을 극도로 추구해 사람들의 이용후생을 도모하였다. 그러므로 그 효과가 빠르다. 그것이 지나치면 공리(功利)에 치우치게 되지만 일시에 효과를 볼 수 있다. 게다가 중국은 나라가 열린 지가 가장 오래되어 기운이 쇠퇴하였고, 서양은 나라가 열린 것이 비교적 최근이라 기운이 씩씩하다. 비유컨대 아무리 강한 쇠뇌라도 유효 사거리를 지나면 얇은 비단도 뚫기 어려우나 단련한 쇠가 날카로우면 단단한 쇠도 자를 수 있는 것과 같아서, 길고 짧은 형세를 분명히 쉽게 볼 수 있다. 아! 이것 때문인가? 아니면 강희제(康熙帝)와 건륭제(乾隆帝)의 덕택이 오래되어 마침내 끊어졌기 때문에 그런 것인가?

광서제(光緒帝)가 친정(親政)을 하여 삼십 년 동안 전제(專制)하던 서태후(西太后)의 손아귀를 벗어났다. 비로소 스스로 분발하여 도모하면서 몇몇 어진 신하들의 계책을 받아들여 낡은 정치를 혁신하고 약한 것을 변화시켜 강한 것으로 만들고자 하였다. 몇 달 사이에 취한 조치가 상당하였다. 그러나 환한 해가 겨우 뜨자마자 몹쓸 안개가 가려 버리고, 아름다운 풀들이 막 싹이 돋아나자 모진 서리가 덮쳤다. 마침내 서태후가 미망에 빠져 변란을 일으키니, 광서제는 별궁에 유폐되었다. 요(堯)임금이 갇히고 순(舜)임금이 세상을 떠나셨기에 하늘과 땅과 귀신들이 분노하였으니, 앞의 몇몇 군자들은 장차 어디로 갈 수 있겠는가? 외국으로 도망하여 가슴을 치고 피눈물을 흘리며 답답하고 억울한 심경을 혀끝으로 펼쳐 냈던 것이다. 그러나 논의를 펼치던 혀가 채 마르기도 전에 화가 또 담장 안에서 일어나 의화단(義和團)은 밖에서 난을 일으키고, 단친왕(端親王)은 안에서 권력을 다퉜다. 마침내 열강의 대포가 포위하고 죄를 물어서 지금 청나라 사직이 망하지 않은 것은 단지 터럭 한 가닥과 같으니, 분노하며 죽고자 하는 몇몇 군자들은 또 어떠하겠는가! 속담에 이르기를 "앞의 수레가 엎어지면, 뒤의 수레가 경계한다."라고 하였다. 지금 청나라의 수레가 뒤집힌 적이 한두 번이 아니건만, 뒤집혀도 경계하지 않고 다시 그 자취를 따라감은 어째서인가?

나는 한국 사람이다. 한국이 청나라와 더불어 함께 동양에 위치하여 이해관계와 형세가 서로 의지하니, 이웃의 싸움으로 여겨 편안하게 문을 닫고 있을 수가 없다. 그러므로 스스로 한밤중에 개탄하여 그 대신 시름해 수는 것을 이기지 못할 지경이다. 몇몇 군자들이 어떻게 뒷날을 대비하여 멸망함에 이르지 않을지 모르겠다. 『서경(書經)』에서 말하기를 비유컨대 불이 들판에서 타올라 가까이 갈 수는 없으나, 오히려 끌 수는 있다고 하였다. 이미 '가까이 갈 수는 없다'고 말해 놓고서 다시 '오히려 끌 수 있다'고 말한 것은, 일이 비록 잘못되었으나 마음속으로는 기다리고 있는 것이다. 아! 오늘날 지나의 일을 내가 어찌 몇몇 군자들을 위하여 기다려 보지 않을 수 있겠는가!

친구인 전 군수 현채(玄采) 군이 우리나라 사람들이 지나의 최근 사정에 어두울까 염려하여, 『정변기』 및 최근 일본인이 지은 『동양전쟁실기(東洋戰爭實記)』를 손수 번역하여 세상에 인쇄하여 펴내며 나에게 한 마디 말로 서문을 써 줄 것을 청하였다. 내가 감격하여 이와 같이 써 주는 바이다.

광무(光武) 4년 경자년(庚子年, 1900년) 중추(仲秋) 닷새에 여흥(驪興) 민영환(閔泳煥)이 서문을 쓰다.

해설

『청국무술변법기(淸國戊戌變法記)』는 본래 량치차오(梁啓超)가 지은 『무술정변기』의 내용을 토대로 현채가 번역한 책으로 1900년 학부(學部) 편집국에서 출판하였다. 량치차오는 스승인 캉유웨이(康有爲)와 함께 1898년 무술변법에 참여했다가 100여 일 만에 실패한 뒤, 일본에 망명하여 언론과 저술을 통한 계몽 활동에 매진한 인물로 우리나라의 지식인들에게도 많은 영향을 끼쳤다.

현채는 『무술정변기』를 그대로 번역하지 않고 나름대로 순서를 재배열하였으며, 책 앞쪽에 지구전도(地球全圖)를 수록하여 독자들을 계몽하려고 하였다. 속편 앞에는 「지나지리총론(支那地理總論)」을 실었으며 이어서 일본인이 지은 『동양전쟁실기』를 발췌하여 번역하고, 부록으로 영국인이 지은 『아국약사(俄國略史)』를 번역해서 싣기도 하였다.

민영환은 이 책의 서문에서 수구파의 반대로 개혁이 좌절된 청나라의 상황을 매우 안타깝게 서술하고 있다. 우리나라와는 순망치한(脣亡齒寒)의 형세인 청나라의 변법 개혁이 실패한 역사를 통해서 조선의 정세와 현실을 깊이 우려하고 있다. 조선도 청나라와 사정이 크게 다르지 않았기 때문이다. 그 이후의 역사에서 볼 수 있듯이 민영환이 청나라 지식인을 대신하여 시름한 일은 결코 공연히 그런 것이 아니었다.

이남규 李南珪

1855~1907년

자는 원팔(元八)이고 호는 산좌(汕左), 수당(修堂)이며 본관은 한산(韓山)이다. 1882년 문과에 합격한 뒤 승문원권지부정자(承文院權知副正字)를 거쳐 홍문관(弘文館)의 여러 벼슬을 거쳐 형조 참의(刑曹參議)에 이르렀다. 허전(許傳)의 문하이며, 1890년 『성호전집(星湖全集)』을 간추려 간행하는 일을 주도하기도 하였다. 1905년 을사조약이 강제로 체결되자, 그 부당함을 논하는 상소를 올렸으며, 의병을 일으킨 민종식(閔宗植)을 숨겨 준 일로 1907년 일본군에게 감금되었다가 아들 이충구(李忠求)와 함께 순국하였다. 1962년 건국훈장 독립장이 추서되었다. 문집으로 『수당유집(修堂遺集)』이 전한다.

역적의 토벌을 청하는 상소 請討賊疏

엎드려 생각하옵건대, 아! 저 일본이 우리나라와 대대로 원수라 반드시 우리 땅을 차지하고 우리 신민을 노예로 삼고 만 이후에야 멈춘다는 것을, 우리나라 사람들만이 아니라 세계 온 나라가 함께 알고 있습니다. 나라가 작고 병력이 약하여 간섭을 받는 것이 끊이지 않았으니, 피와 뼈에 새겨진 원수를 어찌 잠시라도 잊겠사옵니까?

오늘날의 변고에 이르도록 신은 시골에서 병들어 누워 있어 그 본말을 자세히 알지는 못하지만 길에서 들었사옵니다. 처음에는 섬돌 아래에서 청하였다가 마지막에는 군대로 협박하여 능멸하고 모욕함이 끝이 없었건만, 우리 성상께서는 조종(祖宗)이 남기신 기업(基業)의 무거움을 깊이 생각하시고, 아래로는 대소 신민들의 마음을 헤아리시어 준엄한 말씀으로 물리치셨습니다. 심지어 신자(臣子) 된 입장에서 차마 들을 수 없고 감히 말할 수 없는 '사직을 위해 순사하겠다(殉社稷)'라는 세 글자까지 성심(聖心)에 맹세하시고 옥음(玉音)으로 말씀하셨으니, 이는 그 옳음이 해와 달처럼 밝으시고 우레와 천둥보다 엄하셨다 할 것이옵니다.

조정에 있는 신료들은 사람의 떳떳한 본성이 있다면, 마땅히 '임금이 욕을 당하면 신하는 죽는다(主辱臣死)'라는 네 글자를 이마에 붙이고, 성상의 뜻을 따라 국맥 보존하기를 도모해야 하거늘, 외부대신(外部大臣)

박제순(朴齊純)은 외부대신의 인장을 찍어서 나라를 적에게 내주었으며, 그 밖에 찬성(可)을 쓴 여러 매국노들이 뱀이 똬리 틀고 지렁이 뭉치는 듯하고, 올빼미 울면 부엉이가 대답하듯 하였으니, 그 마음이 어디에 있는지는 길 가는 사람들이라도 알 수 있사옵니다.

비록 반대(否)를 쓴 여러 신하들에 대해서 말한다 하더라도, 무릇 찬성이나 반대를 쓰는 것은 어떻게 보면 되기도 하고 어떻게 보면 안 되는 일에 실시하는 것이거늘, 지금 도저히 찬성할 수 없는 상황에서 흉악한 문서를 찢어 버리지 못하고 머리를 숙이고 붓을 적셔 고작 반대나 써서 겨우 책임 추궁이나 면한 것이옵니다. 아! 폐하께서 이런 작자들을 공경(公卿)의 반열에 두셨으니, 나라가 어찌 망하지 않을 수 있겠습니까?

박제순과 조약에 찬성한 여러 역적들은 반드시 "세 조약은 오직 외교와 관련된 일일 뿐이라, 종묘사직(宗廟社稷)과는 무관하며 국토와는 무관하며 백성들과는 무관하여 우리나라가 우리나라인 것은 진실로 그대로이다."라고 말할 것이옵니다. 아! 이들이 누구를 속이려 합니까? 하늘을 속이려 합니까? 사람을 속이려 합니까? 저 원수의 나라가 통화(通和)한 뒤로 순망치한의 형세라는 것을 잊고 늘 (우리나라를) 삼키려는 계략을 품고 있었건만, 지금까지 원하는 목적을 이루지 못했던 것은 우리를 꺼리고 우리를 두려워해서가 아니옵니다. 다만 여러 나라가 두루 주시하고, 공의(公議)를 어찌할 수 없었기 때문이옵니다. 지금 여러 나라와의 외교 조약 일체를 도맡아 처리하되 우리는 간여할 수 없으니, 또한 무엇을 꺼리고 무엇을 두려워하여 원하는 목적을 이루지 못하겠사옵니까! 더욱이 이른바 통감(統監)이 일을 처리한다는 것은 명칭부터 참람하여 흉악한 의도를 뚜렷이 보였으니, 이것을 허락할 수 있다면 무엇을 허락하지 못하겠사옵니까?

아! 바다 동쪽 삼천여 리 땅은 우리 고황제(高皇帝)께서 창업하시고 왕통을 잇게 하시어 만세 자손들에게 주신 것입니다. 비록 한 자 한 뼘의 땅이라도 폐하마저도 남에게 주실 수가 없는 것이거늘, 여러 역적들이 하루아침에 남에게 갖다 바쳐서 위로는 종묘사직의 신령들이 의지할 곳이 없어졌고, 아래로는 나라 잃은 백성들이 호소하고 하소연할 하늘이 없어졌사오니, 온 우주를 통틀어 어찌 이런 일이 있을 수 있겠사옵니까? 또 생각하건대, 명나라가 망한 이래 세계 여러 나라들이 풍속이 같아졌건만, 오직 우리나라만 단군과 기자의 역사가 오랜 나라로 공자와 맹자의 가르침을 따라 의관문물(衣冠文物)을 보전하고 있어서, 겨우 여러 음(陰)의 틈바구니 속의 조그만 양(陽)과 같았으나 이처럼 말살되었사옵니다. 아! 어찌 하늘이 이러실 수 있단 말이옵니까! 어찌 하늘이 이러실 수 있단 말이옵니까!

신은 마땅히 갑신년의 치욕에 죽어야 했으나 죽지 못했고, 마땅히 갑오년의 치욕에 죽어야 했으나 죽지 못했고, 을미년의 변고에 죽어야 했으나 여전히 또 나약하여 죽지 못했기에 오늘과 같은 참혹한 변을 겪게 되었사옵니다. 차라리 바다에 빠져 죽을지언정 차마 매국노들과 함께 벌벌 떨며 원수의 노예가 되어 소조정(小朝廷)에서 구차하게 삶을 훔치지는 않을 것이옵니다.

지금 국가는 존속할 방책이 없고, 백성들은 온전할 가망이 없는 것이 이미 정해졌사옵니다. 설령 박제순 무리들의 말과 같이 국가가 망하지 않고 백성들이 죽지 않는다고 해도, 이 무릎을 어찌 다시 굽히며 이 머리카락을 어찌 다시 자르겠습니까? 불의하게 존속하는 것은 의롭게 망하는 것만 못하고, 불의하게 사는 것은 의롭게 죽는 것만 못하옵니다. 더욱이 의를 지킨다고 꼭 망하고 죽는 것이 아니고, 불의하다고 꼭 존속하는 것이 아니옵니다.

지난 역사를 두루 살펴보니 임금이 나라를 남에게 넘겨주어 신하들이 따른 경우는 간혹 있었으나, 신하들이 나라를 남에게 넘겨주어 임금이 따른 경우는 없었사옵니다. 엎드려 원하옵건대 폐하께서는 박제순의 무리들이 나라를 팔아먹은 죄를 바로잡고, 원수의 나라가 맹약을 어긴 죄를 동맹 각국에 널리 알리고, 군신들이 성을 등지고 한번 싸워 승패를 따지지 않고 오로지 의(義)만을 추구한다면 국가는 비록 망하지만 오히려 존속할 수 있고, 백성들은 비록 죽어도 오히려 살아날 수 있으니, 천하 후세에 할 말이 있을 것이옵니다.

해설

1905년 을사조약이 강제로 체결되어 외교권을 박탈당하고, 통감부(統監府)를 설치하려고 하자 이를 비판하기 위해 올린 상소이다.

조약에 찬성한 외부대신 박제순을 통렬히 비판하는 동시에 조약서를 찢지 못하고 단지 '반대'만 한 대신들의 소심함 역시 꾸짖고 있다. 아울러 고종이 황제라 할지라도 조종이 물려준 국토를 함부로 남에게 줄 권리는 없다는 점을 강조하면서 사직을 위해 순사(殉死)할 각오로 단호하게 대처하기를 촉구하는 글이다.

변영만 卞榮晩

1889~1954년

본관은 밀양(密陽), 호는 산강재(山康齋)·진불(塵佛)·매당(邁堂) 등이다. 어려서 한학을 배우다 갑오개혁 이후 법관양성소(法官養成所)를 졸업한 뒤 잠깐 판사를 역임하였다. 그러나 사법권을 일본에 빼앗기자 곧바로 판사를 사임하고 변호사 개업을 하였다. 안중근 의사의 의거가 일어나자 안중근 의사를 변호하기 위해 중국으로 출발하려다가 일본 측의 압박으로 뜻을 이루지 못했다. 한때 중국으로 망명하여 독립운동에 참여하였고 해방 뒤에는 명륜전문학교(明倫專門學校)의 초대 교장을, 이어서 성균관대학교 교수를 역임하였으며, 반민족행위 특별재판위원장을 담당한 바 있다.

마지막 한문학 대가 중의 한 사람으로, 그의 글은 서구 사상과 서구 문학을 한문 문장 속에 융화시켜 표현한 특색이 있다. 아우인 변영태(卞榮泰, 1892~1969년)와 변영로(卞榮魯, 1898~1961년)가 모두 당대의 명사로 한국의 삼소(三蘇)라 일컬어지기도 하였다.

1957년 김종하(金鍾河)의 노력으로 한문으로 쓴 글을 뽑은 『산강재문초(山康齋文鈔)』 1책이 석판본으로 간행되었다. 다른 저작들은 오랫동안 제대로 수습되지 못하다가, 반세기 만에 실시학사(實是學舍) 고전문학연구회에서 변영만의 국문·한문 저술을 정리·번역하여 『변영만 전집』(성균관대학교 대동문화연구원, 2006) 3책으로 엮어서 펴냈다.

『20세기의 대참극 제국주의』 서문 二十世紀之大慘劇 帝國主義自敍

내 눈은 본디 밝았으나 갑자기 어두워져 어지럽고, 내 귀는 본디 잘 들렸으나 갑자기 꽉 막혀 안 들리고, 내 머리는 본래 맑았으나 갑자기 산란하여 어지럽고, 내 호흡은 본디 순조로웠으나 갑자기 갑갑하게 숨 막히고, 내 팔다리는 본래 튼튼하고 멀쩡하였으나 홀연히 힘없이 맥이 빠지니, 이것은 내가 『20세기의 대참극 제국주의(二十世紀之大慘劇帝國主義)』를 번역한 뒤 붓을 던지고 무엇을 잃기라도 한 듯이 멍하니 앉아 있을 때의 광경이다. 아! 내가 기도를 오래하였으나 하늘은 아득하기만 하고, 내가 걱정을 괴롭게 했으나 계책은 도무지 얻지 못하였다. 슬프다! 우리 민족은 장차 처참한 상황을 면할 수 없을 것이다. 사람의 일이 이와 같으니 마음 상하지 않을 수 있으랴? 멍하니 무언가 잃어버린 사람인 듯하다가 이윽고 눈물을 줄줄 흘리고 가슴 쓰린 탄식을 하며 가슴이 먹먹하게 되었으나 누구와 더불어 이야기해야 될 줄 몰랐다.

아! 내가 이 책을 번역한 뜻이 어찌 우리나라로 하여금 영국·러시아·독일·미국 등의 제국처럼 제국주의를 실시하려 함이겠는가? 나라의 일체 동작을 남이 대신하여 그물에 묶인 듯 구덩이에 갇힌 듯 한창 다른 나라의 제국주의에 함몰되었음에도 만약 오만하게 스스로를 높이며 갑자기 자국의 제국주의를 부르짖는다면 그 또한 자신의 역량을 헤아리지 못하는 자이다. 우리 대한의 제국주의가 세계의 무대에서 활약하는 것이 바로 우리들의 지극한 소원이니, 나의 몽상이 대단히 장엄하고 휘황찬란한 누각에 하루에 한 번씩 머물지 않는 것은 아니지만, 지금은 아직 그러한 때가 아니다. 오늘날에 처하여 마땅히 큰 소리로 외쳐야 하는 것은 국민주의(國民主義)일 것이다!

국민주의라는 것은, 자세히 말하자면 한민족(韓民族)의 생존을 위한 주의이다. 한민족의 생존을 위한 주의가 나날이 커진다면 타국의 제국주의는 점차 약화시켜 소멸시킬 수 있을 것이요, 한민족의 생존을 위한 주의가 극점에 다다르면 우리나라의 제국주의를 품어서 발휘할 수 있을 것이다. 요컨대 국민주의라는 것은 적을 막는 큰 길이고, 진취(進取)하기 위한 큰 바탕이다. 진실로 위아래가 힘을 내어 이를 지키기 위해 힘쓴다면 우리나라 앞길의 행복을 거의 강처럼 길게, 바다처럼 깊게 할 수 있을 것이다. 만약 망령되이 허망한 생각을 품어 헛되이 그럴듯한 명칭에만 힘써서 반드시 제국주의를 시행하는 것에만 집착한다면 이는 일이 이루어지지 않을 뿐 아니라, 도리어 재앙을 재촉하여 길이 우리를 슬프고 한스럽게 할 것이다. 그 불쌍하고 딱한 상태가 어스름한 골목에서 미친 사람이 황천으로 가면서도 자신을 짐이라 일컫고 아내를 황후라 부르는 광경과 거의 다름이 없을 것이다. (항간에 이러한 이야기가 전한다. "예전에 어떤 사람이 성명술(星命術)에 미혹되어 나중에 천자가 되기로 예정되어 있다는 것을 스스로 굳게 믿고, 농사도 짓지 않고 공부도 하지 않으면서 부질없이 스스로 으스대기만 하였다. 굶어 죽기에 이르러 아내와 자식을 돌아보며 '짐은 붕(崩)하지만, 황후는 태자를 잘 인도하여 대업을 잇도록 하시오.'라고 유언을 하였다고 한다." 말은 이치에 닿지 않으나 그저 장난삼아 인용하였다.) 제국주의를 너무 앞서서 말할 수 없는 것이 이와 같도다!

그러므로 내가 이 책을 번역할 때 목적을 둔 곳은 정면에 있지 않고 도리어 반면(反面)에 있었으니, 저 제국주의의 험악한 모습을 그려 내어 우리 국민주의의 정신을 각성시키려는 것이다. 아! 영국·러시아·독일·미국 등은 진실로 제국주의의 크고 미친 악마요, 그들을 흉내 내는 나라들이 바야흐로 줄을 잇고 있다. 인도와 필리핀 등은 진실로 제국주의의 노략질 터가 되었으며, 그 뒤를 이을 나라들이 장차 무수할 것이다. 큰 화가 이 세상에 일어났구나! 위태하도다! 위태하도다! 무릇 이 책을 읽고서 눈 한 번 깜빡이지 않고 귀와 머리와 호흡이 모두 그대로인 채 팔을 흔들고 다리를 놀리며 이민족의 말발굽 사이를 기뻐 뛰어다니며 '나는 아무 일도 없다'고 말하는 자는, 나와 추구하는 도(道)가 같지 않은 자이다.

융희(隆熙) 이년 팔월 이십구일 하오(下午) 10시에 진불(塵佛)이 등불 아래 붓을 달려 쓰다.

해설

『20세기의 대참극 제국주의』는 변영만이 열아홉 살 때인 1908년 중국과 일본의 관련 논저들을 참고하여 역술한 저작으로 광학서포(廣學書舖)에서 간행하였다. 변영만은 이보다 조금 앞서 서구 강대국들을 비판한 『세계삼괴물(世界三怪物)』을 의역하여 같은 출판사에서 간행했다. 변영만은 『세계삼괴물』에서 '부족정체(富族政體)', '군비정책(軍備政策)', '제국주의'를 인류를 비참케 하는 세 괴물로 꼽았다. 이 중에서 부족정체는 일명 금력정치(金力政治)라 하여 부유한 자산가들이 정치를 좌우하는 상황을 말하고 있다.

두 종의 책은 소년기를 지나 청년기의 문턱에 선 젊은이가 날카로운 안목으로 나라와 민족의 장래를 걱정하며 쓴 저술이다. 1910년 일본의 강제 합방 직후 변영만의 두 저술은 판금과 압수 처분이 내려졌기 때문에 지금까지 남아 있는 책이 매우 드물다.

변영만은 우리나라가 세계에서 손꼽히는 부강한 나라가 되는 꿈을 꾸기도 했지만, 그보다는 장차 큰 환난이 닥쳐올 것을 예견하면서 제국주의에 대항하기 위해서 국민주의를 고취해야 함을 강조하고 있다. 국민주의는 요즘 널리 쓰이는 민족주의(民族主義)와 같은 함의를 지닌 말이다. 중간에 언급한 성명술에 미혹된 사람과 그의 유언을 언급한 것은 고종의 광무개혁(光武改革, 1897~1904년)이 칭제건원(稱制建元)하며 여러 개혁 방안을 모색했지만 유명무실했음을 비판한 것이 아닌가 짐작된다.

이미 이때 선견지명을 가진 선각자들이 없지 않았으나, 나라가 넘어가는 것을 막을 수는 없었다. 이 글의 끝부분에서 언급한 친일파들이 득세하고 36년 동안의 시련이 이어졌지만, 결국 극복해 낼 수 있었다.

유인석 柳麟錫

1842~1915년

자는 여성(汝聖), 호는 의암(毅菴), 본관은 고흥(高興)이다. 조선 말기의 유학자이자 의병장이다. 이항로(李恒老) 문하에서 수학하였고, 이항로·김평묵·유중교로 이어지는 화서학파(華西學派)의 학맥을 계승한 대표적 유학자이다.

19세기 후반에 병인양요 등 제국주의 외세의 침탈에 맞서 존화양이(尊華攘夷)의 이념에 기반하여 위정척사(衛正斥邪) 운동을 벌였다. 을미사변과 단발령을 계기로 항일을 내걸고 의병을 일으켰다. 제천 일대에서 큰 세력을 떨쳐 친일 지방관 등 토왜(土倭)를 처단하였다. 그러나 관군의 공격으로 근거지를 잃고 세력이 급격히 약해졌다. 압록강을 건너 도착한 서간도에서 재기를 도모했으나 무장 해제를 당하여 의병을 해산시켰다. 이후에는 당시 한인(韓人) 거주지 통화현(通化縣) 오도구(五道口)에 정착하였고, 국내외를 오가며 항일 운동을 지속하였다.

1907년 이후 국내에서 활동하기가 어려워지자 이듬해 7월 러시아 블라디보스토크로 가서 이상설(李相卨) 등과 함께 항일 세력을 통합하였다. 1910년 6월 의병을 통합하여 십삼도의군(十三道義軍)을 결성하고 도총재(都總裁)로 추대되었다. 전 국민이 일치단결하여 항일 구국전을 벌일 것을 선언하였으나 1910년 경술국치로 나라를 잃고 군대도 와해되고 말았다. 이후 연해주를 떠나 서간도로 망명하여 그곳에서 사망하였다.

위정척사와 존화양이의 정신 아래 초지일관 항일 운동을 지속하였다. 그의 사상과 행적은 문집 『의암집(毅菴集)』과 의병 관련 문헌을 모은 『소의신편(昭義新編)』에 잘 나타나 있다. 1962년 건국 훈장 대통령장이 추서되었다.

온 나라 동포에게 與一國同胞

융희 4년(1910년) 팔월 팔일 저 유인석은 삼가 전국 이천만 동포에게 편지를 올립니다.

아! 저 일본 도적놈은 만세가 지나도 반드시 갚아야 조상 대대의 원수이자 피로 되갚아야 할 원수입니다. 임진왜란 때의 일을 어찌 차마 입에 올릴 것이며, 오늘날의 앙화를 다시 차마 입에 올리겠습니까?

오호라! 우리 인생은 어쩌자고 오늘날 태어나서 이런 앙화를 보아야 합니까? 우리 조상이 물려준 강토가 일본놈의 식민지라는 이름이 된 꼴을 차마 보게 되었고, 우리의 지존이신 황제 폐하께서 일본놈이 봉해 준 왕의 반열에 처한 꼴을 차마 보게 되었으며, 예의를 지키며 살아온 우리 백성이 일본놈의 노예 꼴이 되었습니다. 수천 년 이어진 성현의 도맥(道脈)과 문명의 법과 제도가 일본놈의 더러운 개혁으로 영원히 사라졌습니다. 오호라! 다시 입에 올릴 수조차 없습니다.

오호라! 우리 이천만 동포가 어찌 천한 노예가 되는 정도에 그치겠습니까? 반드시 모조리 물고기나 고기처럼 먹이가 되는 참상을 겪고, 하이(鰕夷, 홋카이도)와 유구(琉球, 오키나와)가 당한 참상을 겪게 될 것입니다. 아니 그보다 더 심하게 당할 것입니다.

오호라! 우리 이천만 동포는 어떤 마음을 먹어야겠습니까? 아! 저 대여섯 놈의 매국노와 일진회(一進會)라는 난민(亂民)이 나라를 멸망시키고 백성을 멸망시켜 원수놈을 돕고 있으니 도대체 무슨 생각을 품은 것입니까? 저들이 얻고자 하는 것이 무엇이고 저들이 통쾌하게 여기는 것이 도대체 무엇이란 말입니까? 저놈들을 음흉한 새에 견주어 보고 악독한 짐승에 비교도 해 보지만 음흉한 새나 악독한 짐승이나 반드시 크게 화를 낼 것입니다. 만 조각으로 베어 죽이고 구족(九族)을 모두 없애려 하니 만 조각이든 구족이든 오히려 지극히 가벼운 벌입니다.

저 유인석은 병자년(1876년) 이후로 원수놈들에게 대항하며 허다한 세월을 겪어 왔습니다. 을사년(1905년)과 정미년(1907년)에 큰 앙화가 발생한 때는 나라 안에서는 형편상 아무 일도 도모해 볼 도리가 없던 차에 북쪽 바다 건너 청나라와 러시아 영토에는 우리나라 사람들이 많이 모여 살고 있다는 소문을 들었습니다. 청나라와 러시아는 일본 도적놈과 원수 사이라 무슨 일이든 도모해 볼 만하다고 생각했습니다. 그 뒤로 병든 몸을 추슬러 먼 길을 떠나 도착해 보니 과연 그곳에 머물러 마을을 이뤄 사는 사람들이 수십만 명이라는 것을 알았습니다. 독실하게 지조를 지키는 사람이 있었고, 비분강개하며 충성을 보인 사람이 있었으며, 경륜을 지닌 사람이 있었고, 기예를 지닌 사람이 있었습니다. 그곳에 잠시 머물며 살펴보니, 고국 땅을 그리워하는 사람들은 대부분 나랏일에 피가 끓는 심경이라 몸은 설령 러시아 국적에 들어 있어도 의로운 사업을 힘껏 도우려 하지 않는 이가 없었습니다. 무슨 일이든 도모해 볼 형세가 얼추 만들어져 있었습니다.

저 유인석은 이에 「관일약(貫一約)」을 세웠으니 그 약속이란 나라를 사랑하는 마음이요, 바른 도를 사랑하는 마음이요, 몸을 사랑하는 마음이요, 사람을 사랑하는 마음입니다. 네 가지를 사랑하는 마음을 꿰뚫어 하나로 만들었습니다. 만 명에 이르는 무리가 마음을 함께하였고, 그 마음을 꿰뚫어 하나로 만들었습니다. 정기를 모으고 정성을 합한다면 쇠도 끊고 바위도 뚫습니다. 또 「의병규칙(義兵規則)」을 만들어 시작에는 심사숙고하되 최종에는 요점이 명료하도록 하였습니다. 그러자 인심이 응집되고 사람들이 결속하여 호응하였습니다. 뭇사람의 정성에 떠밀려 제가 십삼도의군도총재(十三道義軍都總裁)가 되었는데 아무리 사양해도 허락을 받지 못했습니다.

자신을 돌아보니 비천하고 졸렬한 사람인지라 이 막중한 임무를 맡아 큰일을 해내려니 천만에 걸맞지 않습니다. 그러나 마음에 맹세하거니와 죽기로 작정하고 앞으로 나아가려 합니다. 뭇사람의 마음을 모아 하나로 꿰뚫을 것이고, 뭇사람의 계획을 모아 가장 나은 계책을 채택할 것이며, 뭇사람의 힘을 모아 웅장한 세력을 이룰 것입니다. 도적을 토벌하여 원수를 갚고, 나라를 회복하여 사직을 보존하며, 바른 도를 일으켜 세워 백성을 보전하고야 말 것입니다.

불행히도 나라 안에서는 합방이라는 앙화가 다급하게 일어나 차마 입으로 꺼내지 못할 지경에 이르렀고, 나라 밖에서는 갑자기 러시아와 일본이 협약을 맺는 일까지 일어났습니다. 사태가 몹시 절박하지만 손을 써 볼 계책이 없습니다. 이에 청나라와 러시아 및 각국 정부에 전보를 쳐서 합방을 승인하지 않기를 기대하였습니다. 또 만여 명과 더불어 저 도적의 죄를 성토하고 우리나라의 억울함을 밝히는 편지를 써서 제각기 보내어 혹시라도 효과를 보기를 기대하였습니다. 또 이곳 땅에 있는 사람들과 함께 맹약을 맺어 죽기로 작정하고 일본놈의 압제에 시달리지 않기로 기약하였습니다. 큰일을 벌여서 너무 그릇된 사태를 바로잡기로 하였습니다. 궁지에 몰려 저당 잡힌 지경에 이르렀으니, 오호라! 이 무슨 운명입니까?

그러나 극단에 이르면 반드시 되돌아오고, 절체절명의 자리에서 다시 살아나니 그것이 올바른 이치입니다. 비천하고 졸렬한 제가 할 일은 진정 이것뿐입니다. 오직 바라건대 나라 안팎에 있는 이천만 동포께서는 비록 속박과 압제 속에 지낸다 해도 더욱 충성과 분노의 마음을 다잡고, 더욱 원수를 갚기 위해 섶에 눕고 쓸개를 씹는 의지를 북돋기 바랍니다. 끝까지 싸우기를 기약하고 큰일을 도모하여 오늘날과 임진년의 피로 앙갚음할 원수이자 조상 대대의 원수에게 보복합시다.

원수에게 보복하기를 도모하는 일에 무슨 이유가 있겠습니까? 우리 대한의 나라를 회복하여 우주 안에 숭고한 지위로 올려놓고, 우리 대한의 사람을 살려 내어 만세토록 태평한 세상을 열어 봅시다. 일본 도적놈에 대해서는 그 나라를 멸하거나 그 인종을 멸하지 말고 반드시 우리의 노예로 만듭시다.

이 유인석이 죽게 되면 하느님에게 호소하고 온갖 신령을 두루 찾아다니며 말없이 도와주고 몰래 힘을 보태도록 애쓰겠습니다. 유인석은 멀리서 바라보며 두 번 절합니다.

해설

1910년 8월 8일에 의병장 유인석이 러시아 블라디보스토크에서 국내의 국민에게 보낸 공개편지이다. 직전 7월에는 한일 합방의 비보가 전해졌다. 망국의 울분과 절망을 딛고서 유인석은 실의에 빠진 국민을 향해 결사 항전과 독립운동의 결의를 다졌다.

오랫동안 항일 의병 활동에서 선봉에 섰던 유인석은 앞서 1908년 7월 러시아 블라디보스토크로 가서 이상설 등과 함께 항일 세력을 통합하려고 애썼다. 10월에는 「의병규칙」을 작성하였고, 1909년에는 거류민의 결속을 위해 「관일약」을 지었다. 마침내 1910년 5월 십삼도의군을 창설하고 도총재에 추대되었다. 이때 죽기를 각오하고 합심하여 왜적을 물리치자는 격문을 국내외 동포에게 보냈다. 그러나 바로 한일 합방의 비보를 듣게 되었다.

이 편지에서는 먼저 한일 합방으로 일본의 노예 신세가 된 참담한 현실 앞에서 분노와 울분을 토로하였다. 이어서 일본과 그 앞잡이에 대한 항전과 복수의 의지를 격렬하게 표출하였다. 본론에 들어가서 연해주를 기반으로 의병 세력을 규합하여 일본에 항전하고 나라를 되찾겠다는 계획을 조리 있게 설명하였다. 자신이 의병 활동을 해 온 경력을 소개한 다음 연해주에 분포한 수많은 의병에게서 국권 회복의 기반과 희망을 확인하였다고 밝혔다. 의병 세력을 통합하기 위하여 「관일약」과 「의병규칙」을 제정하여 시행하였고, 십삼도의군을 창설하여 자신이 도총재가 된 과정을 통해 구체적인 노력과 과정이 진행됨을 밝혔다. 모든 항일 세력을 통합하여 반드시 나라를 되찾겠다는 다짐으로 국민에게 희망을 불어넣었다. 뒷부분에서는 국제 정세가 불리함에도 한일 합방의 불법성을 알리기 위해 끝까지 노력하고 있고, 절체절명의 순간에도 희망을 가지고 국권을 회복하여 조상 대대의 원수인 일본에게 복수할 것을 선언하였다.

이 글은 망국의 순간 항전의 결의를 불사르고 실의에 빠진 전 국민에게 국권 회복의 희망을 불어넣었다. 강렬한 애국정신이 약동한다. 나라를 우주 안에 숭고한 지위로 올려놓을 것이며, 죽어서도 독립운동에 힘을 보태겠다는 대목에서는 의병장의 숭고하고 엄숙한 결의를 읽을 수 있다. 편지 형식의 글이지만 격앙된 감정의 격문(檄文)과 유사하다. 그러면서도 논지가 흐트러짐 없이 사실을 밝히고 과정을 설명한 명문이다.

안경수

安駉壽

1853~1900년

본관은 죽산(竹山), 자는 성재(聖哉)이다. 조선 말기의 관료이자 정치가로, 경기도의 한미한 집안에서 태어났다. 1876년 무과에 급제하였다. 민씨 척족과 연결되어 1884년 이래 일본을 자주 왕래하며 방직 기술을 배웠고, 정부에서 기술직 개화파 실무 관료로 활약하였다. 1887년에 통리교섭통상사무아문(統理交涉通商事務衙門)의 주사가 되었다가 최초의 주일 공사 민영준(閔泳駿)의 통역관이 되었다. 이후 전환국 방판(典圜局幇辦) 등의 직책을 맡아 신식 화폐 발행에 힘썼다.

1894년 동학 농민 혁명 이후 개화파 관료의 핵심으로 활동하였다. 김홍집 내각에서 우포도대장 겸 군국기무처회의원(右捕盜大將兼軍國機務處會議員)과 탁지부 협판(度支部協辦)을 지내면서 갑오개혁을 적극적으로 추진하였다. 화폐 개혁과 재정 분야에 깊이 관여하였고, 1896년에는 최초의 근대적 민족 은행인 조선은행을 설립하여 초대 행장이 되었다. 1895년 4월 이후 반일 친러의 태도를 취한 명성 황후의 신임을 받아 경무사(警務使)와 군부대신을 역임하였다. 을미사변으로 명성 황후가 시해되자 군부대신에서 해임되었다. 그 후 친미·친러파가 을미사변에 대한 반동으로 일으킨 춘생문 사건(春生門事件)에 가담했다가 실패하자 징역 3년을 선고받았다.

1896년 2월 아관 파천 이후 사면을 받아 경무사와 중추원 일등의 관직에 임명되었다. 이때 독립협회를 창립하고 초대 회장직을 맡았다. 이 무렵 이후 방직 회사를 비롯하여 여러 회사를 설립하고 사장을 지냈다. 1898년 7월 김재풍(金在豊) 등과 황제 양위를 추진하다 실패하여 일본으로 망명하였다. 1900년 1월에 공정한 재판을 받는다는 조건으로 귀국하여 자수하였다. 그러나 관련한 죄목으로 교수형에 처해졌다. 1907년에 신원되어 의민(毅愍)이란 시호를 받았다. 개화기의 대표적 지식인인 안국선(安國善)이 그의 양자이다.

독립협회서 獨立協會序

현재 우리 대조선국 사람의 독립협회는 무엇 때문에 만들었는가? 독립이라 말한 것은 크게 분노를 터트린 행위이고, 협회를 설립한 것 또한 크게 분노를 터트린 결과이다. 먼 옛날 우리 단군 임금께서 처음 나라를 여셨고, 기자 성인께서 가르침을 베푸셨으며, 삼한이 세발솥처럼 경쟁하다가 고려가 하나로 통일하였다. 우리 태조 임금께서 하늘의 뜻을 이어받아 왕위에 오르신 뒤 보위를 전해 우리 대군주 폐하까지 이르렀다. 수천 수백 년 이래로 나라는 스스로 우리나라였고, 백성은 스스로 우리 백성이었다. 정치와 교화가 우리 자신으로부터 나오지 않음이 없건만 아직도 우뚝하게 독립의 형세가 없으니 무슨 까닭인가?

나라가 작은 것도 아니고 백성이 나약한 것도 아니며, 정치와 교화가 트이고 열리지 않은 것도 아니다. 그저 벌벌 떨며 제 몸 지키기에 안주하고 사근사근 굴며 삼가는 태도에 젖어 있었다. 나가서는 적과 함께 경쟁하는 책략이 없고, 들어와서는 자신을 지키는 꾀가 엉성하였다. 동쪽 나라 일본 배가 정박했을 때에는 봉홧불이 올랐는데도 밤잠을 쿨쿨 자고 있었고, 북쪽 나라 만주족 기병이 침략했을 때에는 산중에 앉아 비를 내려다보고 있었다. 궁지에 내몰린 부끄러움에 비통해하고 극단에 이른 치욕에 분노하니, 그 심경에는 아낙네나 어린아이라도 눈을 크게 부릅뜨고 주먹을 불끈 쥐고서 검을 뽑아 바닥을 치려고 나설 일이다.

도대체 어찌 된 일이란 말인가! 벼슬아치란 자들은 오로지 노론이니 소론이니, 남인이니 북인이니 당파만 따지고, 선비란 자들은 오로지 마음이니 본성이니 이(理)니 기(氣)니 하는 말싸움만 벌이고 있으며, 과거 공부 한다는 자들은 오로지 시(詩)니 부(賦)니 표문(表文)이니 책문(策問)이니 하는 틀에 박힌 잔재주나 익히고, 인사를 맡은 자들은 오로지 문벌이 높으니 지체가 낮으니 하찮은 문제만을 다투고 있단 말인가!

창자까지 쇳덩어리처럼 굳은 탓에 녹여 낼 대장장이가 없고, 뼛속까지 유들유들한 탓에 뿌리 뽑을 약이 하나도 없다. 쓸데없는 겉치레가 너무 많고 쌓여 있는 폐단이 극심하다. 예의를 빙자하여 태연자약하고, 좁고 엉성함을 달게 여기며 잘난 척 으스댄다. 이용후생이나 부국강병과 같은 실사구시(實事求是) 할 사안에는 고개를 외로 꼬고 손사래 치며 나 몰라라 물리친다. 마침내 오늘날 크나큰 난국과 험하디 험한 곤경에 엎어지고 거꾸러지는 지경에 이르렀다. 우리 동포 가운데 혈기를 가진 자라면 한심스럽게 생각하여 통곡하지 않을 수가 어디 있으랴?

현재 천하의 대세는 많은 영웅이 제각기 우두머리가 되어 서로 시기하다가 서로 좋아하고 서로 이기려 하다가 서로 삼간다. 범과 이리가 사납다고 해도 함부로 물다가는 상처를 입을까 걱정하고, 벌과 전갈이 독을 가지고 있다고 해도 경솔하게 독침을 쏘다가는 제가 죽을까 겁을 낸다. 신중하게 헤아리고 세심하게 고려하여 멈칫멈칫 주도면밀하다. 부드럽고 기름진 맛 좋은 고기에 침을 흘리면서도 눈치채지 못하게 숨어 있는 침과 가시를 조심하여 그 속사정이 어떤지를 건드려 보고 들여다보니 기이하고 요상하다.

아! (독립문)이야말로 위대한 저 하늘이 요순 임금처럼 어지신 우리 대군주 폐하를 돌보시어 태평의 넓은 벌판을 드넓게 펼쳐 주시고 우리로 하여금 높디높고 크디큰 황금 기둥을 세우게 한 것이 아닐까? 그렇다면 오늘의 독립협회는 사람이 만든 것이 아니라 실은 하늘이 도운 것이다. 하늘이 먼저 앞장서 한 일임을 알았다면 그 누가 감히 뒤쫓아 정성을 다 바치지 않으리오?

우리의 형세는 이미 자유롭다. 이미 자유로우니 이미 독립한 상태이다. 왜 구태여 독립을 목적으로 협회를 만드는가? 지금 우리 협회의 식견 있는 분이 이름을 지은 고심을 혹시라도 모르고 이렇게 나무라는 사람이 있을 수 있다. 어리석은 내가 곧 풀어서 밝히고자 하니 어떻게 받아들일지 모르겠다.

저 나무를 타고 오르는 넝쿨 식물을 등걸에서 떼어 내 자유롭게 만들면 땅바닥에 구불구불 굴러다닐 뿐이다. 저 나무처럼 울창하게 독립할 방법이 있겠는가? 따라서 지금 협회를 독립이라고 부른 것은 나무가 넝쿨 식물을 떼어 낸 것에 비유할 일이지 넝쿨 식물이 나무에서 떨어져 나간 것을 말한 것은 아니다.

게다가 저 지각 없는 어린아이는 어른이 끌어안고 손을 잡고서 날마다 "아빠! 엄마!"라고 대신 말해 주면 어린아이는 그 말이 귀에 익고 입에 붙어서 저도 "아빠! 엄마!"라고 말하게 된다. 말을 처음 배울 때는 아빠가 어떤 것이고 엄마가 어떤 것인지 모르고서 "아빠! 엄마!"라고 말하다가도 조금만 성장하면 누가 아빠고 누가 엄마인지 알아차리고 아빠와 엄마를 향해 "아빠!"니 "엄마!"니 부르게 된다. 아빠와 엄마가 중요하고 훌륭한 존재임을 분명히 알게 된 뒤에 무엇이 효도이고 무엇이 불효인지 그 윤리와 도덕을 가르친다. 윤리 도덕에 독실하고 독실하지 않은 차이는 그 사람의 현명함과 모자람에 달려 있을 뿐이다. 만약 처음에 "아빠! 엄마!"라고 수없이 대신 말해 주지 않았다면 저 어린아이가 무슨 수로 그 말에 젖어서 습관이 붙었을 것이며, 또 무슨 능력으로 효도가 모든 행위의 근원임을 알 수 있겠는가?

생각해 보면 지금 수많은 우리 민중 가운데 독립의 궁극적 취지를 잘 아는 사람은 얼마 되지 않을 것이다. 이렇게 많고 많은 잘 알지 못하는 사람을 독립에 익숙해져서 잘 알도록 만드는 방법은 협회를 창시하는 것이 가장 낫다. 그들을 대신하여 "독립! 독립!"이라고 말하여 날마다 무수한 '독립'이라는 글자를 사방에 알리고 빈번하게 설득한다. 마치 어른이 어린아이를 대신하여 "아빠! 엄마!"라고 말하여 날마다 무수한 '아빠', '엄마'라는 글자로 어린아이의 무지함을 깨우쳐 이끌어 줌과 같다.

어린아이를 대신하여 "아빠! 엄마!"라고 말하는 것은 처음에는 장난이지만 어린아이가 스스로 "아빠! 엄마!"라고 말하게 되는 것은 사실 이 장난에서 비롯함이 분명하다. 민중을 대신하여 "독립!"이라고 말하는 것은 처음에는 물정에 어두운 행위이다. 그러나 민중이 스스로 "독립!"을 말하게 되는 것은 반드시 이 행위에서 비롯하리니 의심할 것이 없다. 저들이 스스로 "독립!"을 말하게 되는 날 우리 대신 "독립!"을 말한 사람은 그제야 나루를 건네주는 뗏목과 같은 역할을 한 효과와 공훈을 보게 되리라. 저들이 독립의 효과와 공훈을 스스로 알게 되는 날이 오면, 우리가 지금 무수히 독립이라고 한 말을 실제로는 한 글자도 소유하지 않게 될 것이다. 우리 한 사람 한 사람이 스스로 알고, 한 사람 한 사람이 스스로 행하며, 한 사람 한 사람이 독립하고, 한 사람 한 사람이 협회를 만들어 실제의 권리를 모두 소유하고, 지극히 잘 다스려지는 나라의 형체를 새롭게 만든다. 찬란하게 빛을 발산하여 중천에 뜬 해와 같이 된다면, 비로소 지금 우리 독립협회가 아주 멀리에서 그 물꼬를 텄다는 사실을 알게 되리라. 그리하여 이름을 지은 깊은 국량과 넓은 금도가 참으로 평범한 부류가 미칠 수준이 아님을 알게 될 것이다.

오호라! 나라의 운명이 오늘날과 같이 힘들고 어려운 때가 없었다. 이를 철에 비유하자면 동지에 양기가 처음 생길 때 모진 추위가 더욱 혹독한 것과 같다. 지금 우리가 말한 독립협회는 참으로 자연의 기운 가운데 봄을 알리는 우렛소리이니, 곧 천 개의 대문과 만 짝의 창문이 차례대로 열리는 모습을 보게 되리라. 영웅의 한과 지사의 분노는 반드시 눈이 녹고 얼음이 풀리듯 사라지리라는 기대를 할 것이다. 무릇 우리 동포는 노력하고 애쓸지어다!

무릇 천하만사에서 성공을 거둔 일은 목청과 기운을 함께하였고, 성공을 거두지 못한 일은 목청과 기운을 함께하지 않았다. 따라서 "같은 목소리를 가지면 서로 응답하고, 같은 기운을 가지면 서로 감응한다."라고 말한다. 지금 저 고대광실(高臺廣室) 큰 집을 지으려면 대장장이는 손가락으로 가리키며 지시하고 일꾼은 종종걸음으로 오가며 큰 나무를 운반하고 큰 돌을 수송한다. 끈으로 동여매어 끌어당기고 손으로 빼내어 움직일 때 한 사람이 "어기영차" 외치면 여러 일꾼이 일제히 "어기영차" 소리를 지른다. 목청으로 소리를 내면 기운은 그에 따라 일어난다. 한참 손과 발을 옮긴 데 지나지 않으나 육중한 물건이 굴러서 몇 발자국씩 움직이고, 백 자 높이로 올라가 기둥이 우뚝하게 서고, 주춧돌이 듬직하게 놓인다. 만약 목청을 크게 질러서 기운을 일깨우지 않았다면 어떻게 이렇듯이 술술 쉽게 할 수 있겠는가?

근래 동지 여러 사람이 독립협회를 세울 것을 상의하였다. 모두 좋은 계획이라는 말로 가결되었고, 다들 성사되기를 찬성하였으니 장차 성장하여 원만한 성과를 거두는 실상이 나타날 것이다. 협회의 일정한 규칙을 요약하면, 천하의 각종 문자로 된 책을 두루 가져다 한문이나 국문으로 간행하여 읽기에 편리하도록 노력한다. 농학·의학·병학(兵學, 군사학)·수학·화학·기학(氣學, 기상학)·중학(重學, 역학)·천문학·지리학·기계학·격치학(格致學, 과학)·정치학 등 이와 같은 여러 학문의 서적과 견문을 모조리 수집하여 차례대로 참고하고 입증한다. 먼저 얕고 가까운 주제를 소개하고, 이어서 높고 먼 주제를 소개해서 조금씩 스며들어 점차로 깨우치게 하는 취지에 부합하도록 할 것이다.

또 지금 시대의 누가 됐든지 경륜이 담긴 주장이나 지략이 있는 논설을 본회에 보내오면 된다. 한문이나 국문, 국한문을 가리지 않고 이치에 들어맞고 고명한 식견을 갖추어 세상 교화에 보탬이 될 만한 것이라면 어느 것이든 인쇄에 부치고 한데 모아 매월 책으로 배포할 것이다. 한편으로는 알려지지 않았거나 숨겨져 있는 사연을 드러내 알리고, 한편으로는 지식과 소견을 활짝 펼쳐 트이게 하며, 한편으로는 정치와 교화에 보탬이 되도록 하고, 한편으로는 외국 사람으로부터 모욕당하는 것을 막는다. 참으로 시기적절한 중요한 업무이자 세상에 보기 드문 성대한 사업이다.

따라서 이 일을 즐거워하는 선량한 군자들이 누구나 소식을 듣고 마음을 움직였다. 큰 자산을 아낌없이 우리에게 베풀어 도와주면서 서두르기를 원하는 이들이 벌써 많아졌다. 흙으로 나무를 북돋고 물로 꽃에 물을 주듯이 하니 나무는 윤기를 머금고 꽃은 활짝 피었다. 융숭한 덕택을 한껏 입었으니 어찌 감격하지 않을 수 있으랴!

그러나 국면은 일에 따라 확대되었으나 물력(物力)이 떨어져 힘이 약해졌으니 끝내 우리 협회의 뜻과 소망을 이루기 어려워졌다. 오호라! 어쩌면 좋단 말인가! 위에서 말한 자비심을 지닌 보살들이 더욱 많이 늘어난다면 훌륭하게 이루고 막힘없이 성공하지 못할까 봐 굳이 염려하겠는가? 이것은 협회 하나의 영광이 아니라 나라 전체의 다행함이며, 한때의 효과가 아니라 백세의 공적이다. 그 아름다움을 누가 견줄 것이며, 그 성대함을 누가 어깨를 나란히 하리오? 이야말로 진정 이른바 한 사람이 "어기영차" 외치자 여러 일꾼이 일제히 "어기영차" 소리를 지르는 격이요, 목청과 기운을 함께하여 고대광실 큰 집의 기둥과 들보를 세운 격이다.

이같이만 된다면 내 목소리가 멀리까지 퍼지고 내 기운이 높이 올라가 사방의 사람들을 감동시킬 수 있다. 그리하여 달이 가고 해가 가면 골목골목의 시정 민중까지도 모두 독립의 근본 까닭을 알게 될 것이고, 궁벽한 시골 멀리 떨어진 고장의 백성까지도 협회의 언론과 주장에 함께할 것이다. 이로부터 물에 젖어들고 불에 말리듯이 한다면 한 사람 한 사람 독립하고 한 사람 한 사람 협회를 만드는 것이 어찌 어렵겠는가?

남몰래 생각해 보니 홀로 되면 능히 설 수 있고, 홀로 되지 않으면 능히 설 수 없다. 협력하면 능히 모임을 만들 수 있고, 협력하지 못하면 능히 모임을 만들 수 없다. 그러나 홀로 됐다 해도 협력하지 못한다면 자만에 빠져드니 차라리 세우지 않는 것이 낫다. 협력했다 해도 홀로 되지 못한다면 주재하는 자가 없어지므로 차라리 모임을 만들지 않는 것이 낫다. 그러므로 독립과 협회의 두 가지 의리가 제각기 이루어져야 능히 홀로 되고 능히 서며 능히 협력하고 능히 모임을 만드는 여덟 가지 덕망이 서로 어우러진다.

이로써 살펴보건대 지금 이 네 글자로 이름을 붙인 것은 나라를 빛내는 문장의 면목을 보여 줄 뿐만 아니라 실로 백성을 교화하는 예악(禮樂)의 실마리가 된다. 어찌 손으로 춤추고 발로 뛰뛰며, 이어서 노래를 부르지 않을 수 있으랴?

어리석은 나는 재주가 없어서 임금님을 보좌하면서도 보탬을 드리지 못하고 자리만 차지한 채 녹봉을 받아 챙기느라 가슴앓이하고 있었다. 천지간에 부끄러우니 어찌 감히 천하의 사업과 당세의 책무를 더불어 논할 수 있으랴? 다행히 고매한 벗들이 쓸모없는 재주를 버리지 않고 큰 모임에 손을 끌어 들어오게 하여 외람되이 말석에 앉게 하였다. 큰북이 앞에 놓여 있더니 내 손에 큰 북채가 쥐어졌다. 화급히 솜씨를 발휘해야 하고 겸손하게 사양할 겨를이 없는지라 있는 힘을 다해 한 번 쳤더니 그 소리가 웅장하게 울렸다. 독립협회 안에서 크게 분노를 일으킨 미치광이 선비 꼴이라 스스로도 우습다. 오직 바라노니, 단상 위의 많은 군자는 다들 우렁우렁 둥둥둥 북을 쳐서 사해(四海)에 거문고 비파 소리로 들리고, 만대(萬代)에 생황과 통소 소리로 울리기를 바란다.

해설

독립협회를 창립하면서 창립의 취지와 목표, 활동 계획 등을 밝힌 취지서이다. 1896년 7월 청으로부터 독립을 기념하여 사대의 상징인 영은문(迎恩門) 자리에 독립문을 건립하고 독립공원을 조성하면서 자주독립의 기치를 올리고 독립협회가 창립되었다. 창립의 주역인 안경수가 초대 회장이 되어 이 글을 썼다. 안경수 등은 협회를 결성하고 나서 기관지 《대죠션독립협회회보(大朝鮮獨立協會會報)》 제1호를 1896년 11월 30일에 간행하였는데 여기에 첫 기사로 취지서를 수록하였다. 반월간지인 이 잡지는 우리나라에서 우리 힘으로 발간한 최초의 잡지이고, 이 글은 그 첫 번째 기사이다.

독립협회는 우리나라 최초의 근대적 사회 정치 단체로 1896년 7월에 창립되어 1898년 12월에 해산되었다. 열강에 의해 국권이 침탈당하고 지배층에 의해 민권이 유린되는 나라 안팎의 상황에서 자주 국권, 자유 민권, 자강 개혁 사상을 전파하고, 민족주의·민주주의·근대화 운동을 전개하였다. 1895년 12월 미국 망명에서 돌아온 서재필이 주도하여 민족혼을 일깨우고 기울어 가는 국운을 바로 세우고자《독립신문》을 창간하고 독립협회를 창립했다. 초기에는 정부의 관료가 대거 참여하였고, 중심에서 활동하였다. 조선의 근대화 개혁의 필요성을 절감한 안경수 등 개화파 관료가 여기에 적극적으로 가담하였다. 안경수는 갑오개혁 이후 정부 고위 관료로 정치적 위상이 매우 높았고, 국가 재정을 기획하고 회사의 설립을 주도하는 등 자금 모금과 자금 동원력, 회사와 사회단체 조직력에서 남다른 능력을 지니고 있었다. 독립협회의 회장으로 추대되어 활발하게 협회를 운영한 이유이다. 독립협회가 정치적 성격을 띠면서 안경수는 협회와 일정한 거리를 두었으나 1898년 2월까지 독립협회 회장직을 맡았다.

독립협회가《독립신문》을 발간하고 만민공동회를 개최하여 토론하면서 다양한 분야에서 사회 개혁과 정치 담론이 생산되었다. 주목할 만한 여러 논설과 주장 들 가운데 안경수의 「독립협회서」는 신문보다 넓은 지면을 활용하여 자신의 의견을 설득력 있게 펼쳤다. 문체와 내용, 사상 등 여러 측면에서 중요한 의의를 지닌다.

안경수는 당시의 세계 정세를 약육강식의 자국 이익을 추구하는 군웅할거의 제국주의 시대라고 규정하고, 엄혹한 국제 정세에서 흔들리는 약소국 조선의 위태로운 현실을 진단하였다. 조선 사회가 드러낸 적폐의 실상을 폭로하고 이용후생과 부국강병의 실사구시적 태도를 기반으로 삼아 실력을 양성하여 위기를 극복하자고 제안하였다. 독립협회를 창립한 동기와 취지를 설명하고, 국민의 협력과 단결을 바탕으로 민중을 계몽하자는 활동의 목표를 제시하였다. 구체적인 활동 계획으로는 서양의 실용적 학술 분야를 소개하고, 경륜과 지략을 소개한 잡지와 저술의 발간을 통해 국민을 계몽하고 신지식을 전파하고자 하였다. 기술직 실무 관료로서 개화파의 문명개화와 민중 계몽의 활동 방향을 제시한 안경수의 이 글은 조선 말기 논설문의 전형을 보여 준다.

장지연 張志淵

1864~1921년

경상북도 상주 출생으로 본관은 인동(仁同), 자는 화명(和明), 호는 위암(韋庵)·숭양산인(崇陽山人)이다. 대한제국기와 일제 강점기 초기의 지식인이자 언론인이다. 독립협회와 만민공동회, 대한자강회, 대한협회 등 사회단체에 참여하여 활동하였다. 1898년《황성신문(皇城新聞)》이 창간되자 기자로 활동하였고, 이후에는 사장과 주필을 지냈다. 그 밖에도《조양보(朝陽報)》와《경남일보》등 여러 곳의 신문과 잡지에서 주필 등을 지내며 많은 논설문과 기사를 썼다.

언론인으로 활동하는 동시에『유교연원(儒教淵源)』,『대동시선(大東詩選)』,『일사유사(逸士遺事)』등과 같은 역사와 전통문화를 다룬 많은 저서와 편찬서를 남겼다. 문집에는『위암문고(韋庵文稿)』가 있다. 논설「오늘 목 놓아 통곡하노라(是日也放聲大哭)」등을 써서 일본의 국권 침탈에 항거한 공적을 인정받아 1962년 대한민국 건국 훈장 국민장이 추서되었다.

오늘 목 놓아 통곡하노라 是日也放聲大哭

지난번 이등(伊藤, 이토 히로부미) 후작이 한국에 왔을 때 어리석은 우리 백성들이 앞다퉈 서로 이렇게 말하였다.

"후작은 평소 동양 삼국이 세발솥처럼 안정을 유지하도록 책임지고 주선하겠노라 자처하던 사람이다. 오늘 내한한 것은 반드시 우리나라의 독립을 공고하게 기반에 올려놓을 책략을 권고하려고 오는 것이리라."

그리하여 인천항에서 서울에 이르기까지 관원과 백성, 윗사람 아랫사람이 모두 환영하여 마지않았다.

그러나 천하의 일에는 예측하기 어려운 일이 많도다. 꿈에도 까마득히 생각하지 못한 오 개 조약이 어디로부터 제출되었는가? 이 조약은 우리 한국만이 아니라 동양 삼국이 분열하는 조짐을 빚어낼 것이다. 그렇다면 이등 후작의 본래 의중은 어디에 있었던가?

그것은 그렇다 치고 우리 대황제 폐하께서는 강경한 의지로 거절하기를 그만두지 않으셨으니, 그 조약이 성립되지 않을 줄은 형세를 생각해 보면 이등 후작 스스로 잘 알고 저절로 깨졌을 일이었다. 아! 저 개돼지만도 못한 이른바 우리 정부의 대신이라는 것들은 영달과 이익을 바라고 공갈을 빙자한 위협에 겁먹어 우물쭈물 벌벌 떨면서 나라를 팔아먹는 도적이 되기를 감수하여 사천 년 강토와 오백 년 종묘사직을 남에게 받들어 바치고 이천만 백성을 다른 사람의 노예로 두들겨 만들었다. 저들 개돼지만도 못한 외무대신 박제순과 각 대신이야 준엄하게 꾸짖을 것도 없다 하려니와, 명색이 참정대신(參政大臣)이라는 자는 정부의 우두머리임에도 단지 '반대'라는 글자로 책임을 모면하여 이름이나 얻을 거리를 마련했을 뿐이더냐.

청음(淸陰) 김상헌(金尙憲)처럼 항복 문서를 찢고 통곡하지도 못했고, 동계(桐溪) 정온(鄭蘊)처럼 칼로 배를 가르지도 못한 채 버젓이 살아남아 세상에 다시 섰다. 무슨 낯짝으로 강경하신 황제 폐하를 다시 뵐 것이며, 무슨 낯짝으로 이천만 동포를 다시 볼 것인가!

오호라! 원통하도다! 오호라! 분하도다! 우리 이천만 남의 노예가 된 동포여! 살았는가! 죽었는가! 단군과 기자 이래 사천 년 국민정신이 하룻밤 사이에 갑작스레 멸망하고 말았는가! 원통하고 원통하다! 동포여! 동포여!

해설

1905년 11월 20일자 《황성신문》 사설란에 실린 장지연의 글로, 11월 17일 이토 히로부미에 의해 강제로 체결된 을사늑약의 체결 사실과 그 부당함을 알리고, 조약을 막지 못한 대신들을 비판하는 내용이다.

먼저 조약을 체결시킨 이토 히로부미의 배신 행위를 밝혔다. 이어서 고종 황제가 거부한 조약을 적극적으로 막지 못한 대신들을 개돼지만도 못한 놈으로 비난하고, 겨우 부당함만을 표시한 참정대신 한규설(韓圭卨)을 호되게 비판하였다. 글의 뒷부분에서는 을사늑약으로 나라가 망한 사실을 알리고 이천만 동포와 함께 울분과 애통함을 공유하고자 하였다.

러일 전쟁에서 승리한 일본은 대한 제국의 외교권을 박탈하기 위해 11월 17일 고종과 대신들을 협박해 5개 조항으로 을사늑약을 체결하여 한국을 보호국으로 만들었다. 이 조약에 찬성한 매국노는 박제순(朴齊純, 외부대신), 이지용(李址鎔, 내부대신), 이근택(李根澤, 군부대신), 이완용(李完用, 학부대신), 권중현(權重顯, 농상부대신)으로 이른바 을사오적(乙巳五賊)이다.《황성신문》의 사장이자 주필로 있던 장지연은 매국노가 나라를 팔아넘긴 사실을 전 국민에게 알리며 울분을 토로하였다. 다만 매국노의 질타에 앞서 침략의 원흉인 일본 메이지 정부와 이토 히로부미에 대해 증오와 울분의 칼날을 강하게 세우지 않은 것은 아쉽다.

을사늑약 이후 그에 대한 반발과 의병의 봉기가 전국적으로 분출하였다. 수많은 글과 문서가 그 뒤로 쏟아졌다. 이 글은 가장 먼저, 가장 강렬하게 전 국민에게 소식을 알려 의병의 봉기를 촉발시켰다. 이 글로 인해 장지연은 일본 헌병대에 체포되어 65일간 투옥당했고,《황성신문》은 11월 20일 자 신문이 압수되고 1906년 2월 12일까지 정간되었다. 근대 시기의 문서 가운데 사회적 영향력의 크기와 넓이를 보여 주는 대표적 문장이다.

이승만 李承晩

1875~1965년

본관은 전주, 호는 우남(雩南)으로 황해도 평산에서 출생하였다. 독립운동가이자 정치가로 대한민국 초대, 2대, 3대 대통령을 지냈다. 배재학당에서 공부하였고 독립협회에 참여하여 사회 운동을 시작하였다. 1898년 일간지 《매일신문》과 《제국신문》을 창간해 편집과 논설을 담당하였다. 1899년 고종 황제 폐위 음모 사건에 연루되어 1904년까지 5년 동안 한성감옥에 투옥되었다. 감옥에서 『청일전기(淸日戰紀)』를 편역하고, 『독립정신』을 저술하였다.

1904년 8월에 특별 사면령으로 석방된 이후 미국으로 유학하여 독립운동을 하였다. 1919년 상해 임시정부에서 국무총리로 활동하였다. 1945년 8월 해방되자 곧 귀국하였고, 1948년 7월 국회에서 선거에 의해 대한민국 초대 대통령에 선출되었다. 이후 두 번에 걸쳐 선거로 대통령에 당선되었다. 1960년 제4대 대통령 선거에서 부정 선거를 벌여 4·19 혁명을 초래하였고, 4월 26일 대통령직에서 물러나 하와이로 망명하였다. 1965년 하와이에서 사망하였다.

『독립정신』 총론

슬프다. 나라가 없으면 집이 어디에 있으며, 집이 없으면 나 자신과 부모 처자와 형제자매며 훗날의 자손이 다 어디서 살며 어디로 가리오. 그러므로 나라의 신민 된 자는 상하귀천을 막론하고 화복 안위가 다 한 덩어리로 나라에 달려 있다.

비유컨대 만경창파에 배를 탄 것과 같다. 바람이 잔잔하고 물결이 고요할 때는 돛 달고 노 젓는 일을 사공들에게 온전히 맡겨 두고, 모든 승객들은 각각 자기 마음대로 물러가 잠도 자며 한가하게 구경도 하여 직분 밖의 일에 간섭할 것이 없다. 그런데 만일 풍랑이 도도하고 비바람이 크게 일어나 돛대가 부러지고 닻줄이 끊어져서 수많은 생명의 생사와 존망이 경각에 달려 있을 때는, 배 안에 앉아 있는 자 가운데 누군들 정신을 차려 한마음으로 일어나 힘써 돕지 않겠는가?

설령 이전에 원한을 품고 있던 자라도 다 잊어버리고 일시에 힘을 합쳐 무사히 건너가기만 앞세울 것이다. 그 배가 부서지면 나의 원수나 나의 몸이나 다 화를 면할 수 없기 때문이다. 혹은 수많은 보물과 재산을 가진 자라도 다 네 것 내 것을 막론하고 허겁지겁 물에 던져 배를 가볍게 만들어 가라앉지 않기만을 도모할 것이다. 이는 그 배가 잠기면 나의 목숨이 홀로 살 수 없고 목숨이 살지 못하면 보물과 재산도 소용없기 때문이다. 그러므로 마음을 합해 사사로운 생각은 조금도 없이 사공들을 힘껏 도와 다 같이 살아나려고만 들어야 한다. 이는 사공을 위한 것이 아니요 곧 자기 몸을 위해서 하는 것이다. 설령 사공일 하는 이들이 각각 자기 맡은 일을 다한다고 해도 승객들은 각기 자기 몸을 위하는 길에는 차마 가만히 있지 못하는 법이다.

하물며 선원들이 술 취해 있거나 잠에서 깨지 못하거나 눈이 멀거나 팔이 부러져서 동서를 분간하지 못하거나 위태로움을 깨닫지 못하여, 점점 움직일수록 더욱 위태로워져 널판이 뚝뚝 떨어지고 기계가 낱낱이 고장 나서 사방에서 물이 들어오며 사람들이 차례로 물에 빠져들 때는 어찌 하겠는가? 이웃한 배가 급히 와서 대신 건져 주려 하면 이 배의 승객들은 끝까지 남에게 미루고 아무 생각 없이 앉아서 죽기만 고대하고 있는 것이 올바른 도리라 하겠는가? 마땅히 남이 건져 주기도 바라지 말 것이며 선원들에게 내버려두지만 말고 다 제각기 자기 일로 알고 자기 힘을 다하여야 한다.

그러나 사공들이 승객과 힘을 합쳐 한마음으로 일한다면 효과가 빠르게 나타날 테고, 피차에 다행한 일이 될 것이다. 반대로 속 좁게 생각하여 "배는 모두 우리의 물건이다. 남이 어찌 참견할 수 있으랴? 다행히 물을 건너가면 뱃삯을 후하게 받아 돈주머니를 채울 것이요, 불행히 배가 부서지는 일을 당해도 우리는 헤엄도 칠 줄 알고 다른 배로 건너가기도 어렵지 않다. 여러 승객이 죽든 살든 우리가 알 바가 아니다."라며 승객이 간여하는 것을 허락하지 않을 수 있다. 그렇게 한다면 여러 승객들은 할 수 없다고 물러나 앉아 있겠는가?

배의 운행에 능숙하고 물길에도 익숙한 사람이 있어서 한두 번 손을 쓴다면 아무 탈 없이 물을 건널 것이다. 저 몇몇 사공의 사사로운 이해를 위하여 수많은 생명을 구하지 아니하며, 크고 넓은 배 한 척을 구하지 아니할 텐가?

우리 대한 삼천리 강산은 곧 이천만 백성을 싣고 풍파가 치는 큰 바다에 외로이 가는 배이다. 다급하고 위태로워 생사와 존망이 아침저녁 사이에 달려 있다. 이는 어린아이들도 모두 짐작하는 일이다. 얼마나 위태롭고 어떻게 하여 이렇게 됐는지는 아래에서 다시 말하겠거니와, 우리가 지금 당장 가라앉고 있는 배 안에 앉아 있으니 정신을 차리고 볼 일이다.

해설

『독립정신』이라는 저술의 취지를 설명한 총론이다. 1904년에 저술되어 1910년에 출간된 이 책은 '나라집(국가)'의 독립을 지키기 위해 국민 모두가 독립정신으로 무장해야 한다고 역설한 책이다.

이승만은 1899년 박영효와 관련된 고종 황제 폐위 음모 사건에 연루되어 1904년 8월까지 5년 7개월 동안 한성감옥에 투옥되었다. 감옥에서 『청일전기』를 편역하고 『독립정신』을 저술하였다. 『독립정신』은 출옥한 이후 1910년 미국 로스앤젤레스에서 처음 출간되었고, 이후 국내외에서 여러 차례 재간되었다.

『독립정신』은 러일 전쟁 이후 나라의 위기를 앞두고 20대 젊은 지사의 울분을 토로하고, 국민에게 독립의 길을 제시한 계몽적 성격의 저술이다. 독립의 필요성과 독립정신, 국제 외교, 기술 발전, 헌법 정치, 자유 권리를 서술하고 국권 침탈의 역사와 전쟁사를 서술한 다음, 당면한 독립의 과제 여섯 가지를 제시한 체계적인 정치사상서이다. 저자의 정치사상에서 주목할 점은 미국과 프랑스를 모델 삼아 군주가 아닌 백성을 독립의 주체로 본 것이다. 서문에서 이 점을 분명히 하였다. "우리나라의 소위 중등 이상의 사람들이나 약간 한문을 안다는 사람들은 거의 다 썩고 물이 들어 다시 바랄 것이 없다. 또한 이 사람들은 자기 몸만 그럴 뿐 아니라 이 사람들이 사는 근처도 다 그런 기운을 받아서 어찌할 수 없게 되어 버렸다." 이렇게 기득권층을 비판하면서 "아래로부터 변화하여 썩은 데서 싹이 나며 죽은 데서 살아나기를 원하고 원하노라."라고 덧붙여 일반 백성의 각성을 역설하였다.

총론에서는 비유를 통해 독립정신의 의지를 고취시켰다. 풍파가 치는 큰 바다는 제국주의 국권 침탈을, 뒤집히려는 배는 대한 제국을, 이웃한 배는 외국을, 선원과 사공은 나라의 위정자와 지도자를, 승객은 백성을 비유한다. 저자는 "마땅히 남이 건져 주기도 바라지 말 것이며 선원들에게 내버려두지만 말고 다 제각기 자기 일로 알고 자기 힘을 다하여야 한다."라고 승객으로 비유한 일반 백성의 적극적 투쟁과 정신을 강조했다.

총론의 문장은 아주 쉬운 문체의 순한글로 썼다. 책 전체의 문체도 같다. 당시에 이렇게 혁신적으로 쉽게 쓴 문장은 볼 수 없다. 문장의 역사에서 기억해야 할 사실이다.

안중근 安重根

1879~1910년

본관은 순흥(順興), 아명은 응칠(應七)이다. 황해도 해주 출신으로 어렸을 때부터 사격술에 뛰어났고, 1894년 동학군이 봉기하자 토벌대를 조직한 부친을 따라 종군하기도 하였다. 이듬해 천주교에 입교하여 세례를 받았으며, 평생 신앙을 지켰다.

1905년 을사늑약이 강제로 체결된 뒤에는 가산을 기울여 학교를 세워 인재 양성에 힘썼으며, 1907년에는 북간도, 러시아 등으로 망명하여 독립운동에 참여하였고, 의병을 조직하여 함경도의 일본군을 여러 차례 공격하였으나 결국 중과부적으로 패하여 러시아로 탈출하였다.

1909년 10월 26일 러시아의 장관과 회담하기 위해서 하얼빈에 온 이토 히로부미를 저격하여 사살하였다. 현장에서 체포되어 일본 법원의 재판을 받고 사형이 언도되었고, 이듬해 3월 26일 뤼순(旅順) 감옥에서 순국하였다. 수감 중에 자신의 평생을 기록한 『안응칠역사(安應七歷史)』를 완성했고 『동양평화론(東洋平和論)』은 집필하던 중에 사형이 집행되어 끝내 완성시키지 못하였다. 1962년 건국 훈장 대한민국장에 추서되었다.

안중근 의사에 관한 더 자세한 내용은 안대회·이현일 편역, 『한국 산문선』 9권에 실린 김택영(金澤榮)의 「안중근전(安重根傳)」에 나와 있다.

『동양평화론』 서문　　東洋平和論序

무릇 합하고 이루어지거나 흩어지고 패하는 것은 만고의 변함없는 이치이다. 지금 세계는 동서로 지구를 나누어서 인종이 각기 다르고 서로 경쟁하기를 다반사로 하며, 병기 연구를 농업이나 상업보다 심하게 한다. 새로운 발명인 전기포(電氣砲, 기관총), 비행선(飛行船), 잠수정(潛水艇) 등이 모두 이러하니, 사람을 상하게 하고 해치는 기계이다. 청년들을 훈련시켜 전쟁터로 몰아넣어, 무수히 많은 귀한 생명들이 희생처럼 버려져서 피가 흘러 강이 되고 살이 쌓여 땅이 되는 전쟁이 하루도 끊이지 않는다. 사는 것을 좋아하고 죽는 것을 싫어하는 것이 인지상정이거늘 문명한 세계에 이 무슨 광경인가? 말과 생각이 여기 미치면 뼈가 시리고 마음이 서늘해진다.

그 본말을 따져 보면 예로부터 동양 민족은 다만 문학(文學)에 힘쓰고 자기 나라를 삼가 지켰을 뿐이요, 구주의 조그만 땅이라도 침략하여 빼앗아 본 적이 없다는 사실은 오대주(五大洲) 위의 사람이며 짐승이며 풀과 나무들까지도 두루 아는 사실이다. 최근 수백 년 이래로 구주의 여러 나라들이 문득 도덕심을 잊고 날마다 무력을 일삼아서 경쟁하는 마음을 키우며 조금도 거리낌이 없는데, 특히 러시아가 아주 심하였다. 그 난폭한 행동과 해악을 끼친 것이 서구와 동아(東亞)에 미치지 않은 곳이 없어서 악이 가득하고 죄가 흘러넘쳐, 신과 사람들이 함께 분노하였다. 그러므로 하늘이 한 번 기회를 주셔서 동해의 작은 섬나라 일본이 이처럼 강대한 러시아를 만주 대륙에서 한 번에 무찔렀으니, 누가 이를 예측하였겠는가? 이는 하늘의 뜻에 순종하고 지리의 이점을 얻고 사람들의 기대에 부응하였기 때문이다.

이때를 맞이하여 만약 한국과 청국 두 나라의 인민들이 위아래가 일치하여 전날의 원수를 갚고자 일본을 배척하고 러시아를 도왔다면 일본이 큰 승리를 거두지 못했으리라는 것을 굳이 계산할 필요가 있겠는가! 그러나 한국과 청국 두 나라의 인민들을 살펴보아도 이러한 행동을 하지 않았다. 도리어 일본 군대를 환영했을뿐더러, 군수품을 운송하고 길을 닦고 러시아를 정탐하는 등의 일에 노고를 잊고 힘을 기울였다. 그것은 무슨 까닭인가? 두 가지 큰 이유가 있다.

일본과 러시아가 개전하던 때 일본 천황이 선전서(宣戰書)에서 동양 평화를 유지하고, 대한의 독립을 공고히 하겠다고 말하였다. 이와 같은 대의는 푸른 하늘에 뜬 환한 태양빛보다 더 분명하였다. 그러므로 한국과 청국 사람들은 지혜롭거나 어리석거나를 막론하고 한뜻 한마음으로 혼연일체가 되어 일본을 위해서 일하였다. 이것이 한 가지 이유이다. 더욱이 일본과 러시아가 전쟁을 시작한 것은 황인종과 백인종의 싸움이라 말할 수 있다. 그러므로 전날에 일본을 원수처럼 대하던 마음이 하루아침에 깨끗이 사라지고 도리어 같은 인종을 사랑하는 큰 편이 형성되었으니, 이것이 또한 인정의 순리이고 합리적이다. 이것이 또 하나의 이유이다.

통쾌하도다! 장하도다! 수백 년 동안 악을 행하던 백인종의 선봉을 북 한 번 울려 크게 격파하였으니, 천고에 드문 사업이요, 세계만방이 기념할 현저한 공적이다. 이때 한국과 청국 두 나라의 뜻있는 이들은 의도하지 않았으면서도 같은 모습으로 기쁨을 스스로 가누지 못하였다. 그것은 일본의 정략이 유사 이후를 차근차근 살펴보아도 동서양 지구가 생긴 이래로 으뜸가는 훌륭한 대사업이라, 통쾌하고 장하게 여기는 모습을 저절로 헤아릴 수 있을 것이다.

슬프다! 천만 뜻밖에도 큰 승리를 거두고 개선한 뒤에 가장 가깝고 가장 친밀하며 약해 빠지고 착한 동종인 한국을 겁박하여 을사조약을 맺고, 만주 장춘 이남을 빌린다고 하며 차지하였다. 그러므로 세계 사람들의 머릿속에 의혹의 구름이 갑자기 일어나고, 일본의 위대한 명성과 정대한 공훈이 하루아침에 변하여 만행을 자행하던 러시아보다 더 심하였다. 아! 용과 호랑이의 위세로 어찌 뱀과 고양이의 행동을 하는가? 이와 같이 만나기 어려운 좋은 기회를 다시 구한들 어찌 얻을 수 있겠는가? 얼마나 안타까운가? 가슴 아픈 일이다. 동양 평화와 한국 독립이라는 말은 이미 천하만국 사람들의 눈과 귀를 거쳐 금석(金石)처럼 믿어지며 한국과 청국 두 나라 사람들의 머릿속에 도장처럼 찍혔다. 이러한 글과 생각은 천신의 능력이라도 갑자기 소멸시키기 어려우리니, 한두 사람의 지모로 말살할 수 있겠는가?

지금 서세동점(西勢東漸)의 화환(禍患)에 동양의 인종들이 일치단결하여 온 힘을 다하여 막는 것이 으뜸가는 계책임은 삼척동자라도 명확히 알고 있다. 무슨 까닭으로 일본은 이러한 이치에 부합하는 형세를 외면하고 같은 황인종을 침략하고 차지하여, 우의가 갑자기 끊어지고 스스로 조개와 도요새의 형세를 만들어 마치 어부가 잡아가기를 기다리는 것처럼 하는가? 한국과 청국 두 나라 사람들의 소망이 크게 단절되고 말았다.

만약 정략을 고치지 않고 핍박이 날마다 심해지면, 어쩔 수 없이 다른 인종에게 망할지언정 같은 황인종에게 욕을 당하지는 않을 것이다. 이러한 의론이 한국과 청국 두 나라 사람들의 마음속에서 용솟음쳐서 위아래가 한 몸이 되어 스스로 백인들의 길잡이가 될 것은 명약관화한 형세이다. 그러하니 동아시아 수억만 명의 황인종 중에서 수많은 뜻있는 남아들이 어찌 기꺼이 수수방관하며 동양이 멸망하는 참상을 앉아서 기다리려 하겠는가? 그러므로 동양 평화를 지키려는 정의로운 전쟁을 하얼빈에서 시작하고, 동양 평화를 이야기하려는 자리를 뤼순에서 정한 뒤에 동양 평화 문제에 대한 의견을 여러분들에게 제출하노니, 깊이 살펴 주시기를!

일천구백십년 경술(庚戌) 이월, 대한국인(大韓國人) 안중근이 뤼순 감옥에서 쓰다.

해설

안중근 의사 미완의 유작인 『동양평화론(東洋平和論)』의 서문이다. 이 책은 본래 전감(前鑑), 현상(現狀), 복선(伏線), 문답(問答)의 네 부분으로 구상되었지만, 전감만 탈고할 수 있었다. 책의 완성을 위해 일본 측에 형 집행을 한 달만 미루어 줄 것을 요청하였으나 뜻을 이루지 못하였다. 미완의 저작이기는 하지만 동양 평화에 대한 안중근 의사의 핵심적인 생각은 이 서문에 거의 담겨 있다.

러일 전쟁 당시 일본 천황이 선전서에서 동양 평화를 유지하고 대한의 독립을 공고히 하겠다고 말하였다는 언급이 있다. 안중근 의사는 재판 과정에서 일본 천황의 이러한 선한 의도를 이토 히로부미가 왜곡하여 동양 평화를 위해서 처단할 수밖에 없었다고 줄곧 주장하였다. 서문에서는 서구의 여러 나라들이 과학 기술을 발달시켜 그 힘으로 동양 정복에 나선 서세동점의 시대를 당하여 아시아의 여러 나라들이 단결하여 그들의 침입을 막아야 하는데, 도리어 일본이 아시아의 여러 나라를 핍박한 점을 준엄하게 꾸짖고 있다. 언뜻 보면 일본인들의 아시아 연대론이나 훗날의 대동아공영권(大東亞共榮圈)의 주장과 비슷하지만, 실제로 일본은 철저히 아시아를 지배하고 일방적으로 자국의 이익을 추구하기 위해서 그러한 주장을 활용했을 뿐이다.

안중근 의사는 일본의 이러한 행위가 결국은 아시아 여러 민족들의 반발을 불러일으켜 패망으로 귀결될 것임을 경고하고 있다. 동양 평화를 꿈꾼 안중근의 구상은 소박한 정치사상의 차원에 머물지 않고 깊고 원대하며 현실적 의미가 있는 사유로 평가된다. 이토 히로부미를 처단한 의사의 정의롭고 논리적인 사상을 잘 보여 주는 글이다.

최남선 崔南善

1890~1957년

본관은 동주(東州), 초명은 창흥(昌興), 자는 공륙(公六), 호는 육당(六堂)이다. 서울에서 태어나 1904년 황실 유학생으로 동경부립제일중학교, 와세다 대학에서 공부했다. 귀국해서 《소년》, 《붉은 저고리》, 《청춘》 등의 잡지를 발행하며 언론 활동에 주력했으나 3·1 운동 때 「독립선언서」를 작성했다는 이유로 체포되어 복역했다. 이후 《동명》, 《시대일보》 등을 통해 언론 활동을 이어 갔다. 1928년부터 조선사편수회 위원으로 활동했으며, 이후 중추원 참의를 거쳐 1938년 만주국으로 건너가 《만몽일보(滿蒙日報)》 고문 및 만주 건국대학 교수를 지냈다. 제2차 세계 대전이 일어나자 시국 강연으로 일제의 지지를 호소했다. 해방 후 반민특위에 체포되었으나 보석으로 풀려났다. 저서에 창작 시조집 『백팔번뇌』, 여행기 『심춘순례』, 기행문 『백두산근참기』, 『금강예찬』 등이 널리 알려져 있다.

3·1 독립선언서 宣言書

우리는 이에 우리 조선이 독립국임과 조선인이 자주민임을 선언하노라. 이를 세계만방에 알려 인류가 평등하다는 큰 뜻을 밝히며, 이를 자손만대에 깨우쳐 민족마다 스스로 생존해야 한다는 정당한 권리를 영원히 누리도록 하노라.

반만년 역사의 권위에 기대어 이를 선언하는 것이며, 이천만 민중의 정성을 합하여 이를 널리 밝히는 것이며, 한결같이 항구적인 민족의 자유로운 발전을 위하여 이를 주장하는 것이며, 인류다운 양심의 발로에 뿌리를 둔 세계 개조의 큰 기운에 순응하여 함께 나아가기 위하여 이를 제기하는 것이다. 이것은 하늘의 밝은 명령이며, 시대의 대세이며, 모든 인류가 공존하고 공생하는 권리의 정당한 발동이다. 천하의 그 누구라도 이를 저지하거나 억제하지 못할 것이다.

구시대의 유물인 침략주의와 강권주의에 희생을 당하여 유사 이래 몇천 년 만에 처음으로 다른 민족에게 압제를 당하는 고통을 맛본 지 이제 십 년이 지났다. 우리 생존권을 빼앗겨 잃은 것이 그 얼마나 되며, 정신상 발전에 장애를 입은 것이 그 얼마며, 민족의 존엄과 영광을 훼손당한 것이 그 얼마며, 참신함과 독창성으로 세계 문화의 큰 조류에 이바지하고 보탤 기회를 잃어버린 것이 그 얼마인가?

슬프다! 그동안의 억울함을 시원하게 풀어내려 하면, 당장의 고통에서 벗어나려 하면, 장래의 위협을 베어 없애려 하면, 민족의 양심과 국가의 정의가 오그라들고 쇠잔해진 것을 떨쳐 일으키고 신장시키려 하면, 개개인 인격의 정당한 발달을 이루려 하면, 가련한 자제에게 고통스럽고 치욕스러운 유산을 물려주지 않으려 하면, 자자손손에게 영구적이고 완전한 행복을 이끌어 맞아 주려 하면, 가장 크고 시급한 일은 민족의 독립을 확실하게 하는 것이다. 이천만 개개인이 사람마다 가슴에 칼날을 품고, 인류 공통의 본성과 시대의 양심이 정의라는 군대와 인도(人道)라는 무기로써 보호하고 지원하는 오늘날, 우리가 나아가 쟁취함에 그 어떤 강자인들 꺾지 못하랴? 물러나 일을 만듦에 무슨 뜻인들 펴지 못하랴?

병자수호조약 이래 때마다 굳게 맺은 각종 조약을 배신하였다 하여 일본의 신의 없음을 단죄하려 아니 하노라. 학자는 강단에서, 정치가는 실제에서 우리 조상 대대로 살아온 터전을 식민지로 보고, 우리 문화 민족을 미개한 사람으로 대우하여 한갓 정복자의 쾌감을 탐할 뿐이요, 우리의 멀고 오랜 사회의 기초와 뛰어난 민족 심리를 무시한다 하여 일본의 의리 없음을 꾸짖으려 아니 하노라. 자신을 채찍질하고 격려하기에 바쁜 우리는 남을 원망할 여유를 갖지 못하노라. 현재를 수습하여 미래를 대비하기에 바쁜 우리는 묵은 옛일을 응징하고 잘못을 따질 여유를 갖지 못하노라. 오늘 우리가 할 일은 다만 자신의 건설일 뿐이요, 결코 남을 파괴하는 데 있지 아니하도다. 엄숙한 양심의 명령으로 자기의 새 운명을 개척함이요, 결코 묵은 원한과 한때의 감정으로 남을 시기하고 배척하는 것이 아니로다. 낡은 사상과 낡은 세력에 사로잡힌 일본 위정자의 공명심에 희생되어 부자연스럽고 불합리하게 잘못된 상태를 고치고 바로잡아서, 자연스럽고 합리적인 올바른 길과 큰 원칙으로 돌아오게 함이로다. 당초에 민족의 요구에서 나오지 않은 두 나라 병합의 결과로, 마침내 임시방편의 위압과 차별에 따른 불평등과 통계 숫자의 조작 아래에서 이해(利害)가 상반되는 두 민족 사이에 영원히 화합할 수 없는 원한의 구덩이를 갈수록 깊게 만든 지금까지의 실태를 살펴보라! 용맹하고 과감하게 지난 잘못을 확연히 바로잡고, 진정한 이해와 공감에 뿌리를 둔 우호적 새 국면을 열어 나가는 것이 쌍방간에 화를 멀리하고 복을 불러들이는 지름길임을 분명히 알아야 하지 않겠는가? 또 울분과 원한이 쌓인 이천만 국민을 힘으로 구속하는 것은 동양의 영구한 평화를 보장하는 방법이 아닐 뿐 아니라, 이로 말미암아 동양 안위의 주축인 사억 명 중국인의 일본에 대한 의구심과 시기심이 갈수록 짙어져 그 결과로 동양 전체 국면에 다 함께 쓰러져 망하는 비참한 운명을 불러올 것이 분명하다. 오늘날 우리 조선의 독립은 조선인으로 하여금 정당한 생존 번영을 이루게 하는 동시에 일본으로 하여금 그릇된 길에서 벗어나 동양을 지탱하는 자의 무거운 책임을 온전하게 하는 것이며, 중국으로 하여금 꿈에도 모면하지 못하는 불안과 공포로부터 벗어나게 하는 것이며, 또 동양 평화를 중요한 일부로 삼는 세계 평화와 인류 행복에 필요한 계단이 되게 하는 것이다. 이 어찌 구구한 감정상의 문제이리요?

아아! 새 천지가 눈앞에 펼쳐지고 있도다. 힘의 시대가 가고 도의(道義)의 시대가 오고 있도다. 지난 한 세기 내내 갈고닦아 키우고 기른 인도의 정신이 바야흐로 새 문명의 서광을 인류의 역사에 비추기 시작하고 있도다. 새봄이 온누리에 찾아들어 만물의 소생을 재촉하고 있도다. 얼어붙은 얼음과 차가운 눈 속에서 숨도 제대로 쉬지 못한 것이 저 한때의 형세였다면, 온화한 바람과 따사로운 햇볕에 기운과 맥박을 펼치고 뛰게 하는 것은 이 한때의 형세이다. 천지에 운세가 되돌아오는 때를 맞고 세계 변화의 물결을 탄 우리는 아무런 머뭇거릴 것이 없으며, 아무런 거리낄 것이 없도다. 우리가 본디 소유한 자유권을 온전히 지켜 왕성한 삶의 즐거움을 실컷 누릴 것이며, 우리의 절로 풍부한 독창력을 발휘하여 봄기운 가득한 온누리에 민족의 정수를 꽃피게 할 것이로다.

우리는 이에 떨쳐 일어났도다. 양심이 우리와 함께 있으며, 진리가 우리와 더불어 나아가는도다. 남녀노소 가림이 없이 음침하고 답답한 옛 둥우리에서 힘차게 뛰쳐나와 삼라만상과 더불어 흔쾌한 부활을 이루어 내게 되었도다. 천백 세대 조상의 신령이 우리를 음지에서 보살피고, 전 세계의 기운이 우리를 밖에서 보호하나니, 착수가 곧 성공이다. 다만 앞에 놓인 광명을 향하여 힘차게 나아갈 따름이로다.

공약 3장

하나. 오늘 우리의 이 거사는 정의, 인도, 생존, 번영을 위하는 민족의 요구이니, 오직 자유의 정신을 발휘할 것이요, 결코 배타적 감정으로 방종하게 치닫지 마라.

하나. 최후의 일인까지, 최후의 일각까지, 민족의 정당한 의사를 시원하게 발표하라.

하나. 모든 행동은 질서를 가장 존중하여, 우리의 주장과 태도를 어디까지나 광명정대하게 되도록 하라.

조선 건국 4252년 삼월 일일 조선 민족 대표

손병희 길선주 이필주 백용성 김완규 김병조 김창준 권동진 권병덕
나용환 나인협 양순백 양한묵 유여대 이갑성 이명룡 이승훈 이종훈
이종일 임예환 박준승 박희도 박동완 신홍식 신석구 오세창 오화영

정춘수 최성모 최린 한용운 홍병기 홍기조

해설

1919년 3·1 운동이 일어나자 독립의 정당성을 밝히고 조선의 독립, 조선인의 자주를 선언한 글이다. 원본에는 '선언서(宣言書)'라고 하였고, '기미독립선언서'라고도 한다. 최린과 손병희 등 천도교 측이 주축이 되어 기독교와 불교 등 종교 단체 대표와 함께 3·1 운동을 기획하고 당시에 모두에게 인정받은 대표적인 지식인이자 문장가였던 최남선에게 맡겨 글을 작성하였다.

최남선이 선언서를 직접 쓰기는 했으나 작성에 깊이 간여한 최린과 여러 차례 협의하여 글을 완성하였다. 손병희는 집필 방향에 관하여 "그 문서는 누가 쓰든지 감정에 흐르지 말고 온건하게 쓰지 않으면 안 된다. 그 문의는 동양 평화를 위하여 조선이 독립함이 옳다는 뜻으로 독립선언서를 발표한다."라는 원칙을 세워 주었다. 최남선이 쓴 초안을 최린과 대표들에게 보여 동의를 얻은 다음 인쇄에 넘겼다. 따라서 독립선언서는 민족 대표 공동의 의견을 반영하여 최남선이 집필한 문서이다.

글 앞에는 선언서, 뒤에는 공약 3장과 민족 대표의 성명으로 구성되어 있다. 선언서는 일곱 단락으로 나뉘어 독립의 정당성과 독립의 의지, 평화적 독립운동을 천명하였다. 당시에 널리 쓰인 국한문 혼용체로 된 장중하고 웅건한 문체는 결연한 독립 의지와 용맹한 투쟁, 불굴의 항거 의지를 천명하는 데 효과적이었다. 국내외 각지에서 독립을 표방하여 적지 않은 선언서가 작성되어 발표되었는데, 이 선언서가 가장 널리 알려지고 전국적으로 가장 큰 영향을 끼쳤다.

민족 대표의 서명을 받아 2만 1000장을 인쇄하여 전국에 배포하였다. 3월 1일에는 서울의 인사동 태화관에서 민족 대표 33인이 선언식을 가졌고, 파고다공원에서 학생과 시민들이 모여 선언식을 치렀다. 이 선언서는 전국 지방으로 전달되어 만세 운동이 확산되는 데 큰 역할을 하였다. 20세기 초반의 문장 가운데 정치와 사회에 가장 큰 영향을 끼친 글 가운데 하나로 명성이 높다.

2부

급변하는 사회

서재필 徐載弼

1864~1951년

호는 송재(松齋), 본관은 대구(大丘)이다. 전남 보성 출신으로 미국에 귀화하여 필립 제이손(Philip Jaishon)이라 했다. 어릴 적 한학을 수학하여 문과에 급제하고 교서관(校書館)의 부정자(副正字)로 벼슬을 시작했다. 1882년 임오군란이 일어나자 국방 근대화의 필요성을 절감하고 이듬해 일본의 도야마(戶山) 육군학교에 유학했다. 1884년 갑신정변에 가담하여 신정부의 병조 참판에 임명되었으나 정변이 실패하자 일본을 거쳐 미국으로 망명했다. 컬럼비아 의과 대학(Columbia Medical College)을 졸업하고 미국 철도우편사업의 창설자 조지 뷰캐넌 암스트롱(George Buchanan Armstrong)의 딸 뮤리얼(Muriel)과 결혼했으며 워싱턴에서 병원을 운영하기도 했다. 1895년 12월 말 귀국하여 중추원 고문에 임명되었다. 개화 정책을 추진하고 국민 계몽 운동을 전개하기 위해 1896년《독립신문》을 창간하고 이어 독립 협회를 창설했다. 얼마 지나지 않아 미국으로 추방되어 그곳에서 병원을 운영하면서 독립운동을 전개했다. 광복 후 미군정청 최고정무관으로 귀국하여 1948년 대한민국 정부가 수립되자 미국으로 돌아가 그곳에서 생을 마쳤다.

《독립신문》 발간사 논설

우리가 《독립신문》을 오늘 처음으로 출판하는데 조선에 있는 내외국 인민에게 우리 주의를 미리 말씀드려 알게 하노라.

우리는 첫째, 편벽되지 아니한 고로 무슨 당과도 상관이 없고, 상하 귀천을 달리 대접하지 않고 모두 조선 사람으로만 알고 조선만 위하며 공평히 인민에게 말할 텐데, 우리는 서울 백성만 위할 것이 아니라 조선 전국 인민을 위하여 무슨 일이든지 대신 말하려 함. 정부에서 하시는 일을 백성에게 전할 것이요, 백성의 사정을 정부에 전할 것이니, 만약 백성이 정부의 일을 자세히 알고 정부에서 백성의 일을 자세히 아시면 피차에 유익한 일이 많이 있을 것이요, 불평한 마음과 의심하는 생각이 없어질 것임.

우리가 이 신문을 출판하는 것은 이익을 보기 위해서가 아니므로 값을 헐하게 하였고, 모두 언문으로 쓰는 것은 남녀 상하 귀천이 모두 보게 함이요, 또 구절을 떼어 쓰는 것은 알아보기 쉽도록 함이라. 우리는 바른대로만 신문을 만들 터이므로 정부 관원이라도 잘못하는 이가 있으면 우리가 말할 것이요, 탐관오리들을 알면 세상에 그 사람의 행적을 펼칠 것이요, 사사로운 백성이라도 무법한 일을 하는 사람은 우리가 찾아 신문에 설명할 것임. 우리는 조선 대군주 폐하와 조선 정부와 조선 인민을 위하는 사람들이므로 편당 있는 의논이라든지 한쪽만 생각하고 하는 말은 우리 신문에 없을 것임. 또 한쪽에 영문으로 기록하는 것은 외국 인민이 조선 사정을 자세히 모르니 혹 편벽된 말만 듣고 조선을 잘못 생각할까 하여 실제의 사정을 알게 하고자 영문으로 조금 기록함.

그러한즉 이 신문은 오직 조선만 위한다는 것을 알 것이요, 이 신문을 통해 내외 남녀 상하 귀천이 모두 조선 일을 서로 알 것임. 우리가 또 외국 사정도 조선 인민을 위하여 간간이 기록할 것이니, 그것을 통해 외국을 가지 못하더라도 조선 인민이 외국 사정도 알 것임.

오늘은 처음이므로 대강 우리 주의만 세상에 알리고, 우리 신문을 보면 조선 인민이 소견과 지혜가 진보함을 믿노라. 논설을 마치기 전에 우리가 대군주 폐하께 송덕하고 만세를 부르나이다.

우리 신문이 한문은 쓰지 않고 국문으로만 쓰는 것은 상하 귀천이 다 보게 함이라. 또 국문을 이렇게 구절을 떼어 쓰면 누구라도 이 신문 보기가 쉽고 신문 속에 있는 말을 자세히 알아보게 함이라. 각국에서는 사람들이 남녀 막론하고 본국 국문을 먼저 배워 능통한 후에야 외국 글을 배우는 법인데, 조선에서는 조선 국문은 아니 배우더라도 한문만 공부하는 까닭에 국문을 잘 아는 사람이 드무니라.

조선 국문과 한문을 비교하여 보면 조선 국문이 한문보다 얼마나 나은 것이 무엇인가 하니, 첫째는 배우기가 쉬우니 좋은 글이요, 둘째는 이 글이 조선 글이니 조선 인민들이 알아서 모든 일을 한문 대신 국문으로 써야 상하 귀천이 모두 보고 알아보기가 쉬울 것이라. 한문만 늘 써 버릇이 되고 국문은 버린 까닭에 국문만 쓴 글을 조선 인민이 도리어 잘 알아보지 못하고 한문은 잘 알아보니, 그게 어찌 한심하지 아니하리오. 또 국문을 알아보기가 어려운 건 다름이 아니라 첫째는 말마디를 떼지 않고 그저 줄줄 내려쓰는 까닭에 글자가 위에 붙었는지 아래에 붙었는지 몰라서 몇 번 읽어 본 뒤에야 글자가 어디 붙었는지 비로소 알고 읽으니, 국문으로 쓴 편지 한 장을 보려면 한문으로 쓴 것보다 더디게 보고, 또 그나마 국문을 자주 쓰지 않으므로 서툴러서 잘 못 봄이라.

그러므로 정부에서 내리는 명령과 국가의 문서를 한문으로만 쓴다면, 한문 못하는 인민은 남의 말만 듣고 무슨 명령인 줄 알리오. 이쪽이 직접 그 글을 못 보니 그 사람은 무단히 병신이 됨이라. 한문 못한다고 그 사람이 무식한 사람이 아니라, 국문만 잘하고 다른 물정과 학문이 있으면 그 사람은 한문만 하고 다른 물정과 학문이 없는 사람보다 유식하고 나은 사람이 되는 법이라. 조선 부인네도 국문을 잘하고 각종 물정과 학문을 배워 소견이 높고 행실이 정직하면 빈부귀천을 막론하고 그 부인이 한문은 잘하고도 다른 것 모르는 귀족 남자보다 나은 사람이 되는 법이라.

우리 신문은 빈부귀천이 다름없이 이 신문을 보고 외국 물정과 내지 사정을 알게 하려는 뜻이니, 남녀노소 상하 귀천 간에 우리 신문을 하루 걸러 몇 달간 보면 새 지각과 새 학문이 생길 것을 미리 아노라.

해설

이 글은 1896년 4월 7일 《독립신문》 창간호에 실린 '논설'인데 필자를 소개하지 않았지만 서재필로 보는 것이 일반적이다.

《독립신문》 창간 이전인 1883년 한성 판윤 박영효가 신문을 발간하고자 한 이래 《한성순보(漢城旬報)》, 《한성주보(漢城周報)》 등이 등장했는데, 순한문이나 순국문을 쓰기도 하고 한문에 토만 달거나 국문에 한자를 혼용한 네 가지 문체가 두루 쓰였다. 《독립신문》은 표제부터 오로지 국문으로만 표기한 첫 사례라는 점에서 의미가 크다. 후반부에서 거듭 국문 전용의 의미를 설명했는데, 여성과 하층민들도 읽게 하기 위한 것이라 하여 평등을 내세운 점이 특히 주목된다. 가독성을 높이려 띄어쓰기를 시도한 것도 높게 평가된다. 또 《독립신문》이 내국인으로 하여금 정부의 일을 알게 하고 정부에서 백성의 일을 알게 하며 외국인으로 하여금 조선의 실정을 알게 한다는 '상하'와 '내외'의 소통을 천명했다. 근대 신문의 목적을 압축적으로 제시했다고 하겠다.

글에서 국문 글쓰기에 상당한 고심을 한 흔적을 찾을 수 있다. 국문 글쓰기는 고전 소설이나 가사에서 전통을 찾을 수 있겠지만 문장의 종결에 대한 의식이 분명하지 않아 하나의 문장이 무척 긴 단점이 있었다. 적절한 크기의 문장으로 종결하기 위해 이 글은 '-라'와 같은 어미를 주로 활용하면서 '-함', '-임' 등의 명사형으로 종결한 것이 새로운 형식이라 할 만하다.

주시경 周時經

1876~1914년

본관은 상주(尙州)이며, 황해도 봉산 출신이다. 초명은 상호(相鎬)이고 한힌샘, 백천(白泉) 등의 호가 있다. 서당에서 한문을 배우다가 1894년 배재학당에 입학하고, 인천의 관립 이운학교로 전학하여 졸업했지만 1896년 4월 배재학당에 재입학했다. 1896년 4월 《독립신문》이 창간될 때 독립신문사 회계 사무 겸 교보원(校補員)을 맡았다. 순한글로 《독립신문》을 발간하면서 표기 통일을 위해 철자법 모임인 국문동식회(國文同式會)를 만들었다. 배재학당 협성회, 독립 협회 등에 참여했다가 서재필이 추방되면서 물러났고 1900년 6월 배재학당을 졸업하였다. 이후 명신학교, 숙명여고, 이화학당, 중앙학교, 휘문의숙 등에서 교원과 강사로 지내면서 국어 운동을 활발하게 전개하고 국어 연구에도 크게 이바지했다. 『국문문법』(1905), 『대한국어문법』(1906), 『국어문전음학』(1908), 『국어문법』(1910) 등의 저서가 있다.

우리말 사용법　國文論

내가 달포 전에 국문을 이용하여 신문에 이야기하기를, "국문이 한문보다는 매우 문리(文理)가 있고 경계(境界)가 밝으며 편리하고 요긴하다. 뿐만 아니라 영문보다도 더 편리하고 글자의 음을 알아보기가 분명하고 쉽다."라고 하였다. 지금은 국문을 어떻게 써야 옳은지 말하겠다.

어떤 사람이든지 남이 지어 놓은 글을 보거나 내가 글을 지으려 하거나, 그 사람이 문법을 모르면 남이 지어 놓은 글을 보더라도 그 말뜻의 옳고 그름을 제대로 판단하지 못하는 법이며, 내가 글을 짓더라도 능히 문리와 경계를 올바로 쓰지 못하는 법이다. 어떤 사람이든지 먼저 말의 법식을 배워야 한다. 이때까지 조선 안에 조선말의 법식을 아는 사람도 없고, 또 조선말의 법식을 배울 수 있는 책도 만들지 않았으니, 어찌 부끄럽지 않겠는가.

그러나 다행히 근래에 학교에서 조선말의 경계를 연구하고 공부하여 가만히 분석한 사람들이 있으니, 지금은 선생이 없어서 배우지 못하겠다는 말도 못할 것이다. 문법을 모르고 글을 보거나 짓는 것은 글의 뜻을 모르고 입으로 읽기만 하는 것과 똑같다. 바라건대 지금 조선 안에 학업의 직임을 맡은 사람은 단지 한문 학교나 또 그 외에 외국 문자 가르치는 학교 몇 곳만 가지고 이 급한 세월을 보내지 말고, 조선말로 문법책을 정밀하게 만들어서 남녀 간에 글을 볼 때에도 그 글의 뜻을 분명히 알아보고, 글을 지을 때에도 법식에 맞고 남이 알아보기 쉬우며 문리와 경계가 밝게 짓도록 가르쳐야 하겠다.

또는 불가불 국문으로 옥편을 만들어야 한다. 옥편을 만들자면 갖가지 말의 글자들을 다 모으고 글자들마다 뜻도 다 자세히 내어야 하니, 불가불 글자들의 음을 분명하게 표시해야 할 것이다. 그 높고 낮은 음의 글자에 각기 표시를 하자면 음이 높은 글자에는 점 하나를 찍고, 음이 낮은 글자에는 점을 치지 말고 점이 없는 것으로 표시를 삼아 옥편을 만든다면, 누구든지 글을 짓거나 책을 보다가 무슨 말의 음이 분명치 않은 곳이 있는 때는 옥편만 펼쳐 보면 환하게 알 것이다.

근래에 높고 낮은 음들을 분간하되 위의 글자는 높게 쓰고 아래의 글자는 낮게 쓰니, 설령 사람의 목 속에 있는 '담(痰, 가래)'이라 할 것 같으면, 이 담이라 하는 말의 음은 높으니 위의 '다' 자에 'ㅁ'을 받치면 된다. 흙이나 돌로 쌓은 '담'이라 할 것 같으면 이 담이라 하는 말의 음은 낮으니 'ᄃᆞ' 자에 'ㅁ'을 받치면 높고 낮은 말의 음을 분간할 것이다.

마침 위의 글자와 아래의 글자가 이렇게 되는 경우는 높고 낮은 말의 음이 표시가 없어도 분간이 되지만, 만일 중간 글자가 이런 경계를 이루는 경우에는 중간 글자는 위의 글자와 아래 글자가 없으니 어찌 분간할 수가 있겠는가. 가령 약국에서 약을 가는 '연(硯, 약절구)'이라 할 것 같으면, 이 연이라는 말의 음은 높으나 '여'에 'ㄴ'을 달 수밖에 없고, 아이들이 날리는 '연(鳶)'이라 할 것 같으면 이 연이라는 말의 음은 낮으나 '여'에 'ㄴ'을 달 수밖에는 없다. '여'는 위의 여 자와 아래의 여 자가 없으니, 이런 경우를 만나면 위에서 '담' 자를 가지고 말한 것과 같이 위의 글자와 아래의 글자를 가지고 높고 낮은 말의 음을 분간할 수가 없다. 그러니 점을 찍는 법이 아니라면 높고 낮은 말의 음을 분간하는 것이 공평하지 못하리니, 불가불 옥편에는 점을 찍는 법을 써야 하겠다.

또 글자들을 모아 옥편을 만들 때 '문 문(門)'이라 할 것 같으면 한문을 전혀 못 배운 사람이 한문으로 門 자는 모르지만, 문이라 하는 것은 열면 사람들이 드나들고 닫히면 사람들이 드나들지 못하는 것인 줄은 다 안다. 문이라 하는 것은 한문 글자의 음일지라도 곧 조선말이니, 문이라고 쓰는 것이 마땅할 것이다. 또 '음식(飮食)'이라 할 것 같으면 '마실 음(飮)', '밥 식(食)'인 줄 모르는 사람이라도 사람들이 입으로 먹는 물건을 음식이라 하는 줄은 다 안다. 이런 말도 마땅히 쓸 것이다. '산(山)'이나 '강(江)'으로 말할 것 같으면 이런 말들은 다 한문 글자의 음이지만 또한 조선말이니, 이런 말들은 다 쓰는 것이 무방할 뿐 아니라 마땅하다.

만일 한문을 모르는 사람들이 한문의 음으로 써 놓은 글자의 뜻을 모를 것 같으면, 단지 한문을 모르는 사람들만 모를 뿐 아니라 한문을 아는 사람일지라도 한문의 음만 취하여 써 놓았으므로 열 글자면 일곱이나 여덟은 모를 것이니, 차라리 한문 글자로나 써서 한문을 아는 사람들이나 시원하게 뜻을 알 것이다. 그러나 한문을 모르는 사람에게는 어찌하겠는가. 이런즉 불가불 한문 글자의 음이 조선말이 되지 않은 것은 쓰지 말아야 옳을 것이다.

또 조선말을 영문으로 뜻을 똑같이 번역할 수가 없는 구절도 있고, 영문을 조선말로 뜻을 똑같이 번역할 수가 없는 구절도 있으며, 한문을 조선말로 뜻을 똑같이 번역할 수가 없는 구절도 있고, 조선말을 한문으로 뜻을 똑같이 번역할 수 없는 구절도 있다. 이는 세계 모든 나라의 말이 간혹 뜻이 똑같지 않은 구절이 더러 있기는 서로 마찬가지나, 또한 뜻이 그 글자와 비슷한 말은 서로 있는 법이다. 한문이나 영문이나 또 그 외에 아무 나라말이라도 조선말로 번역할 때에는 그 말뜻의 대체만 가지고 번역해야지, 만일 그 말의 구절마다 뜻을 새겨 번역할 것 같으면 번역하기도 어려울 뿐만 아니라 그리하면 조선말을 잡치는 법이다. 어떤 나라말이든지 특별히 조선말로 번역하려는 주의는 외국 글을 아는 사람을 위하여 번역하려는 것이 아니라 외국 글을 모르는 사람을 위하여 번역하는 것이다. 주의가 이러한즉 아무쪼록 외국 글을 모르는 사람들이 다 알아보기 쉽도록 번역해야 옳을 것이다.

또 아직 글자들을 올바로 쓰지 못하는 것들이 많다. 가령 '이것이'라고 할 말을 '이겻이'라고 쓰는 사람도 있고, '이거시'라고 쓰는 사람도 있으니, 이는 문법을 모르기 때문이다. 가령 어떤 사람이 어떤 책을 가리키며 '이것이 나의 책이다.'라고 할 것 같으면, 그 물건의 원래 이름은 책인데, '이것'이라고 하는 말은 그 책에 대해 잠시 대신 이름한 것이다. 그런즉 '이것'의 두 글자는 그 책에 대해 대신 이름한 말이요, 뒤의 '이' 한 글자는 그 대신 이름한 말 밑에 토(吐)로 들어가는 것이다. 그 토 '이' 자를 빼고 읽어 볼 것 같으면 사람마다 '이것'이라고 부르지, '이거'라고 부르는 사람은 전혀 없다. 그러나 토 '이' 자까지 합해 놓고 읽어 볼 것 같으면 음으로는 '이것이'라 하는 것과 '이거시'라 하는 두 가지가 조금도 다르지 않다. 이렇게 다르지 않은 까닭은 반절(半切) 속에 '아' 자 줄은 다 모음인데 모음 글자들은 음이 다 느리니 '이' 자도 모음 글자요, 또한 음이 느리므로 '이것이'라 할 것 같으면 'ㅅ' 받침의 음이 중간에 있어서 '이' 자는 '시' 자의 음과 같고, '것' 자는 '거' 자의 음과 같은 까닭이다.

음이 이렇게 돌아가는 줄은 모르고 '이것시'라 쓰는 사람은 '이것'의 '이' 자는 옳게 썼지만 그 토는 '이'라고 쓸 것을 '시'라고 썼으니, 한 가지는 틀렸다. '이것시'라 쓰는 사람은 '이것'이라 쓸 것을 '이거'라 썼으며

'이'라고 이 글자를 쓸 것을 '시' 이 글자로 썼다. 이름한 말이나 그 이름한 말 밑에 들어가는 토나 두 글자가 다 틀렸으니, 문법으로는 대단히 실수한 것이다. 이 아래 몇 가지 말을 기록하여 놓으니, 이 몇 가지만 가지고 미루어 볼 것 같으면 다른 것들도 또한 다 이와 같을 것이다. 가령 '먹(墨)으로'라고 할 것을 '머그로'라고 하지 말고, '손(手)에'라고 할 것을 '소네'라고 하지 말고, '발(足)은'이라고 할 것을 '바른'이라고 하지 말고, '마음(心)이'라고 할 것을 '마미'라고 하지 말고, '밥(飯)을'이라고 할 것을 '바블'이라고 하지 말고, '붓(筆)에'라고 할 것을 '부세'라고 하지 말아야 한다. 이런 말의 경계들을 다 올바로 찾아 써야 하겠다.

또 글씨를 쓸 때는 왼편에서 시작하여 오른편으로 가면서 쓰는 것이 상당히 편리하다. 오른편에서 시작하여 왼편으로 써 나갈 것 같으면 글씨를 쓰는 손에 먹도 묻을 뿐만 아니라 먼저 쓴 글씨의 줄은 손에 가려서 보이지 않으니, 먼저 쓴 글의 줄들을 보지 못하면 그다음에 써 내려가는 글의 줄이 혹 비뚤어질까 염려도 되고, 먼저 쓴 글씨 줄들의 뜻을 생각해 가면서 차차 앞줄을 써 내려가기가 어려우니, 글씨를 왼편으로부터 오른편으로 써 내려가는 것이 매우 편리하겠다.

해설

주시경은 배재학당에 근무하던 1897년 4월 22일 「국문론」을 투고하여 국문의 원리를 설명하면서 그 편리함을 역설했고 같은 해 9월 25일과 9월 28일 이 글을 나누어 발표했다.

글에서는 우리말을 올바르게 읽고 쓰기 위해 우선 "조선말의 법식을 배울 수 있는 책", 곧 국문 문법책과 국문 옥편을 편찬해야 한다고 주장했다. 먼저 국문 옥편은 순수 국어와 함께 일상적으로 사용되는 한자어를 대상으로 하고, 글자의 고저를 표기하기 위해 방점을 찍자고 했다. 국문 문법책은 표기법의 통일을 위한 것인데, "조선말의 경계"를 바르게 찾는 데서 출발해야 한다고 주장했다. 이를 위해 당시 통용되던 연철 방식에서 벗어나 어간과 조사를 분리하는 분철 방식을 택했다. 이와 함께 가로쓰기로의 전환까지는 아니지만 세로쓰기라도 서양처럼 왼쪽에서 오른쪽으로 글을 쓰는 방식을 따르는 것이 편하다는 주장 역시 주목할 만하다. 번역의 문제도 언급했는데 각국의 언어가 다른 현실을 고려하여 올바른 '조선말'에 맞게 해야 한다는 주장이 흥미롭다.

이 글은 국어 연구의 출발이 사전과 문법책의 편찬에 있다는 점을 부각했다. 1911년부터 주시경이 '말모이'라는 우리말 사전을 편찬하려 한 것은 국문 옥편의 연장선상에 있는 것이다. 그 뜻은 이루지 못했지만 조선말의 경계를 분명히 하는 표기법을 체계화하기 위해 주시경은 1905년부터 지속적으로 문법책을 저술했다.

손병희

孫秉熙

1861~1922년

본관은 밀양(密陽), 충북 청원 출신으로 초명은 응구(應九)·규동(奎東)이다. 일본으로 망명할 때에는 이상헌(李祥憲)이라는 가명을 사용했다. 호는 소소거사(笑笑居士)·의암(義菴)·성사(聖師)·의암성사(義菴聖師)·후천황씨(後天皇氏)이다. 방정환(方定煥)이 그의 사위다. 1882년 동학에 입교했고 1892년 2대 교주 최시형(崔時亨)의 신원 운동을 전개하고 동학 대표 40인과 함께 광화문 앞에서 척왜척양(斥倭斥洋)의 뜻을 담은 복합상소(伏閤上疏)를 올렸다. 1894년 북접통령(北接統領)으로 전봉준(全琫準)과 함께 봉기했다. 1897년 최시형이 사형당한 후 3대 교주에 올랐지만 공주 전투에서 패배한 후 일본으로 망명하고 진보회(進步會)를 결성하여 동학의 세를 크게 확장하였다. 1905년 동학을 천도교로 개칭하면서 종교 운동으로 방향을 바꾸었다. 이후에도 천도교의 확장에 힘을 쏟는 한편 조선 독립을 위해 매진했으며, 1919년 3·1 운동을 주동한 민족대표 33인 중 한 사람이다. 「삼전론(三戰論)」 외에 동학을 비롯해 천도교와 관련한 많은 저술을 남겼다.

세 가지 전쟁 三戰論

천고의 역사는 연구하여 밝힐 수 있고, 기록하여 거울삼을 수 있다. 태고와 만물은 어찌하여 그렇게 되었는가, 어찌하여 그렇게 되었는가? 이치를 덧붙여서 헤아리자면 까마득히 멀어 보이지만, 사물에 감응하여 따져 보면 혼연일체라서 의심할 것이 없다. 이 때문에 예로부터 지금까지 성인들이 앞뒤로 이어서 나왔고, 제왕의 법이 궤를 같이하였으니, 그 이유는 무엇인가? 다스림은 다르지만 도리는 같고, 시대는 다르지만 규범이 같기 때문이다. 그 이유를 대략 거론해 보겠다.

도는 하늘에 근본을 두니, 우주에 가득한 것은 모두 하나의 기운이 주관한다. 그렇지만 사람이 만물의 영장이라 그중에서도 총명한 자를 군주로 삼고 스승으로 삼으니, 이것은 무슨 까닭인가? 하늘은 편애하지 않고 본성을 따르는 자를 친애한다. 하늘을 모시며 하늘의 뜻에 따라 행동하므로 이를 체천(體天)이라고 하고, 자신의 처지를 미루어 남을 생각하므로 이를 도덕(道德)이라 한다. 먼저 온누리에 은택을 입히고 중간에 흩어져 만 가지 일이 되며 처음이 있어 끝을 잘 맺으니 합쳐져 하나의 이치가 된다. 이로 보건대 하늘과 도가 어찌 차이가 있겠으며, 도와 사람이 어찌 멀겠는가? "잠시도 떨어질 수 없다."라는 말은 이를 두고 한 말이다.

태곳적에는 작위(作爲)가 없어 다스리는 방법을 느슨하게 조처하였다. 사람의 기운이 순박하고 두터워 백성은 모두 요순과 같았으며, 성인의 도로써 가르치고 인도하니 세상이 모두 요순시대였다. 그러나 사람의 도가 확대되자 사람들은 각기 사심을 가졌다. 저 헌원(軒轅)의 시대에 치우(蚩尤)가, 요순시대에 삼묘(三苗)가 있어 교화를 배반하고 난리를 일으켰으니, 어찌 선악의 구별이 없었다고 하겠는가?

저 성인의 도는 만물을 양육하여 치세와 난세에 약석(藥石)을 가져다주었으니, 무력과 형벌이 이것이었다. 이 때문에 주(周)나라가 성대할 때에는 그 기운이 장대하여 정치가 위에서 융성하고 교화가 아래에서 아름다워 문물이 찬란히 빛나 전성기를 누렸으니, 어찌 감탄할 일이 아니겠는가?

아, 사물이 오래되면 피폐해지고, 도가 멀어지면 허술해지는 것은 자연스러운 이치이며 명약관화(明若觀火)하다. 이 뒤로부터 역대의 여러 나라가 각기 패도(霸道)로 국가를 다스려 흥망과 승패가 마치 바둑판에서 이기고 지는 것처럼 되었으니 이 어찌 두려운 일이 아니겠는가? 비록 그러하지만 이 역시 운수요 천명이니 무엇을 원망하겠는가? 이처럼 헤아려 보면 이치가 뒤집히고 운수가 순환하는 것은 손으로 가리키듯 분명하다. 이와 같다면 옛일을 헤아리고 거울삼는 것과 지금 일을 가리켜 살피는 일이 어찌 많은 차이가 있겠는가? 이 때문에 옛날과 지금이 같지 않은 이유에 대해 나는 반드시 운수가 변한 것이라 말하노라.

지금 천하의 대세는 운수와 함께 움직인다. 사람의 기운은 더 이상 강할 수 없고 더 이상 교묘할 수 없는 지경이다. 솜씨가 발달하고 움직임이 숙달되기가 지금 극에 달하였다. 비록 그렇지만 강하다는 것은 강한 군사가 힘이 센 것이 아니라 의리에 나아가 굽히지 않는 것을 말하고,

교묘하다는 것은 간사한 자들이 교묘한 짓을 하는 것이 아니라 일처리에 통달하여 뛰어나다는 말이다. 만약 날카로운 무기와 단단한 갑옷을 갖추고 병력이 접전을 벌인다면 강약이 나뉘어 사람의 도가 끊어질 것이니, 이것이 어찌 하늘의 이치이겠는가?

내가 어리석은 식견으로 우주의 형세를 살펴보니, 온 세상이 모두 강하여 비록 접전을 벌이고자 하나 맞수가 서로 대적하는 상황이라 전쟁의 효과가 무익하다. 이것이 이른바 다섯 마리 짐승이 움직이지 않는다는 오수부동(五獸不動)이라는 것이다. 그렇다면 무기로 싸우는 일(兵戰) 한 조목은 저절로 할 수 없게 된다. 무기로 싸우는 것보다 더욱 두려운 것이 세 가지 있으니, 첫째는 도의 전쟁(道戰), 둘째는 돈의 전쟁(財戰), 셋째는 말의 전쟁(言戰)이다. 이 세 가지를 알아야 문명국으로 진보하여 나라를 보필하고 백성을 편안히 하며 천하를 평정할 계책을 이룰 수 있다. 이 때문에 자세히 말하여 전쟁에 비유하노라.

1. 도의 전쟁

도의 전쟁이란 무엇인가? "천시(天時)는 지리(地理)만 못하고 지리는 인화(人和)만 못하다."라고 하는데, 인화하는 방법은 도가 아니면 불가능하다. "도를 가지고 백성의 인화를 이루어 작위 없이 다스리는 일은 가능하지만 전쟁으로 귀결해서는 할 수 없다."라고 한다. 하지만 그렇지 않다. 군자의 덕은 바람과 같고 소인의 덕은 풀과 같아, 도가 있고 덕을 베푸는데 바람을 맞은 것처럼 눕지 않는 경우는 없다. 저 대인(大人)의 덕은 초목까지 그 교화를 입고 만방이 의지하는 법이다.

지금 하늘의 운수가 널리 펼쳐지고 풍속이 크게 바뀌어 먼 곳과 가까운 곳이 하나가 되어 온 세상이 함께 귀의한다. 이는 무슨 까닭인가? 나라마다 각기 국교(國敎, 국가의 교육)가 있으니, 하나같이 주관하는 일은 문명개화다. 먼저 개화한 방도를 아직 개화하지 못한 나라에 적용하여 그 덕을 행하고 그 백성을 교화하면 민심이 쏟아지는 물처럼 귀의할 것이다. 『서경』에서 "백성은 나라의 근본이다.(民惟邦本.)"라고 하지 않았던가? 그 근본이 온전하지 않은데 나라만 홀로 온전한 경우는 없었다. 이 때문에 세계 각국은 각기 문명의 도를 지키고 있다. 백성을 보호하고 직분을 가르쳐 그 나라를 태산처럼 안정시키니, 이것이 이른바 "도 앞에는 적이 없다."라는 말이 아니겠는가?

정벌이 미치는 곳에는 억만 명의 사람이 있더라도 각자 억만 가지 마음을 가지지만, 도덕이 미치는 곳에는 비록 열 집밖에 안 되는 작은 마을의 충성스러운 사람이라도 마음과 덕을 함께하여 나라를 보필할 방책을 낼 것이니 무슨 어려움이 있겠는가? 그렇다면 천시와 지리는 시행하여 조처하는 데 도움이 되지 않는가? 잘 다스려지는 시기에는 토지가 개간되고 날씨가 순조로워 산천초목이 모두 빛난다. 천시와 지리는 인화가 이루어져야 오는 것이 아니겠는가? 그러므로 나는 해야 하는 전쟁은 도의 전쟁이라고 하노라.

2. 돈의 전쟁

돈의 전쟁이란 무엇인가? 돈이라는 것은 하늘이 보물로 여기는 재화이니, 살아가는 백성이 이롭게 써야 할 것이요, 자연의 기운이 눈과 비처럼 내려 준 은택이다. 그 종류는 무엇인가? 동물, 식물, 광물이 그것이다. 사람은 만물을 지극하게 하는 주인이니, 그 이익은 무엇인가? 농업, 상업, 공업이 그것이다. 농기구를 발전시키고 농사짓을 때를 놓치지 않으면 곡식이 이루 다 먹을 수 없을 정도로 많아진다. 먹을 것을 때에 맞게 조절하여 사용하면 흉년의 환난에 대비할 수 있으니, 이것을 농업이라 한다. 가진 것과 가지지 않은 것을 사고팔아서 이윤을 불려 부유 해지며, 수입과 지출을 헤아리고 노동을 하여 제 힘껏 먹고살면 이것이 재산을 지키는 방책이니, 이것을 상업이라 한다. 기계를 제조하여 편리하게 이용하며, 온갖 솜씨를 다 발휘하고 표준을 정확하게 해 놓으면 모든 물품이 풍족해지니, 이것을 공업이라 한다. 이 세 가지 산업은 예로부터 지금까지 전해 오는 아름다운 법규이다.

그런데 근래 세계는 사람의 기운이 더없이 맹렬하여, 만사의 경위를 널리 살피고 만물의 이치를 헤아려서 제조한 장식품과 진기한 보배가 이루 다 사용할 수 없을 정도로 많다. 이처럼 특별한 물품을 각국에서 시험해 보고 그곳에서 생산되는 것과 바꾸고 있다. 이렇게 하면 아직 개화하지 못한 나라는 이익과 손해를 분석할 줄 몰라 몇 년 가지 않아 그 나라는 바로 피폐해진다. 이렇게 본다면 정녕 고혈을 빨아먹는 매개물이다. 이 때문에 지모가 있는 인사들은 뜻을 같이해 위로는 국왕의 자제로부터 아래로는 일반 백성 가운데 뛰어난 자에 이르기까지 그 재주를 기르고 그 기술을 익히게 하여, 한편으로는 외침을 막는 방책임을 깨닫고, 한편으로는 나라를 부유하게 만드는 술책으로 삼고 있다. 이것이 어찌 전쟁이 아니겠는가? 그러므로 나는 해야 하는 전쟁은 돈의 전쟁이라고 하노라.

3. 말의 전쟁

말의 전쟁이란 무엇인가? 말이라는 것은 속에 쌓인 것을 드러내는 표지(標識)이며 일을 서술하는 기본이다. 속마음에서 나와 사물에 베풀어지는 것이니, 그것이 나올 적에는 형체가 없고 소리만 있으며, 그것을 쓸

적에는 어느 때나 할 수 있다. 경위는 터럭까지 분석하고, 조리는 지극히 정미하다. 우호를 맺거나 전쟁을 일으키는 일이 모두 여기에 달려 있으니, 신중하게 하지 않을 수 있겠는가? 이 때문에 옛 선비는 "때가 된 뒤에야 말을 한다."라고 하였으니 이를 두고 한 말이다. 대개 한 나라의 말은 그 산천의 환경에 따라 각기 음조가 다르다. 그러므로 만국의 백성들이 타고난 바탕은 한결같지만 서로 마음을 전달하지 못하는 이유는 다름이 아니라 언어가 서로 모순되기 때문이다. 더구나 지금 세계는 멀리 떨어져 있어도 사람의 기운이 두루 통하고 물품을 서로 교역하며 국가의 정치를 서로 참조하여 서쪽에서 동쪽으로 남쪽에서 북쪽까지 교류하니, 만약 언어가 통하지 않으면 어떻게 교제할 방책을 얻겠는가?

말을 하는 데 도리가 있으니, 지모를 함께 부린 뒤에야 말이 아름다워진다. 이 때문에 『논어(論語)』에서 "한마디 말로 나라를 흥하게 할 수 있다."라고 하였으니, 옛 성인의 심법(心法)이 책에서 보이는 것이 화가의 솜씨가 그림에 묘하게 드러나는 것과 전혀 다름이 없다. 교제를 할 적에는 또 담판하는 법이 있다. 대등한 상대가 버티고 있어 결판이 나지 않았을 때는 멀고 가까운 나라가 한데 모여 일의 옳고 그름을 먼저 조사하고 경위의 가부를 살피고 따져서 사리로 마땅히 이야기할 만한 것을 찾아낸다. 그런 뒤에 모든 일이 하나로 귀착되어 승부의 목적을 확정하고 마침내 함께하는 규범을 이룰 수 있게 된다. 이러한 때를 만나 만약 반 푼어치의 경위라도 지모에 맞지 않으면 어떻게 세계에 우뚝 서는 위세를 얻을 수 있겠는가? 흥망과 이해 역시 담판에 달려 있다. 이로 헤아리면 지모 있는 선비는 말을 하면 맞지 않는 경우가 없다. 이러하니 말이 사물에 미치는 효과가 어찌 중대하지 않겠는가? 그러므로 나는 해야 하는 전쟁은 말의 전쟁이라고 말하노라.

종론(總論)

지금 세계의 형편을 살펴보니 도의 앞길이 더욱 환하다. 경전의 "전쟁 없는 난리"라는 말이 어찌 분명하지 않은가? 다만 생각건대 여러 군자들은 우물 속에 앉아 있는 것 같아 필시 외세의 형편에 어두울 것이다. 이에 「삼전론」 한 편을 지어서 내 고루함을 잊고 돌려 보이고자 한 것이다. 부디 마음을 극진히 다하여 대동소이한 이치를 분석하기 바란다. 그러면 여기에서 힘을 얻어 문채가 찬란히 빛날 것이니, 맛의 근본인 단맛으로 음식을 조화롭게 하고 색채의 바탕이 되는 흰색으로 모든 색깔을 받아들이는 것처럼 하라. 마음을 가라앉히고 음미하여, 담장을 마주한 것처럼 무식하다는 한탄이 없도록 하는 것이 어떻겠는가?

지금 세계의 문명은 실로 천지가 크게 변화하고 새로 시작하는 운세다. 선각자가 있는 곳에 반드시 그와 친한 기운이 감응할 것이니, 이를 깊이 유념하여 하늘의 기운이 감응하는 정신을 어기지 마라. 효제충신(孝悌忠信)과 삼강오륜(三綱五倫)은 세계가 칭송하는 것이므로 인의예지(仁義禮智)를 옛 성인이 가르쳤다. 우리 도의 종지(宗旨)와 세 가지 전쟁의 취지를 합쳐 사용한다면 어찌 천하제일이 아니겠는가? 이와 같다면 금상첨화일 것이니, 이를 명심하기를 간절히 기원하고 또 간절히 기원할 뿐이다.

계묘년(1903년) 삼월 ×일 법대도주(法大道主) 장석(丈席)

해설

손병희는 1900년 7월 풍기에서 거행된 설법식에서 동학의 최고 지도자인 법대도주(法大道主)에 올랐지만 정부의 체포령이 떨어져 1902년 3월 일본으로 갔다. 메이지 유신(明治維新) 이후 일본의 발전상을 관찰하고 러일 전쟁 직전의 국제 정세를 두루 살폈다. 이러한 견문을 바탕으로 하여 1903년 3월 이 글을 지어 국내의 동학교도에게 보이는 한편, 같은 해 8월 이 글을 의정대신 윤용선(尹容善)에게 보내 국정 개혁을 건의했다.

이 글은 무력에 의한 전쟁을 반대하고 삼전(三戰), 곧 도의 전쟁 도전(道戰), 돈의 전쟁 재전(財戰), 말의 전쟁 언전(言戰)을 통하여 조선을 문명국으로 만들자고 역설했다. 도의 전쟁은 이념의 전쟁으로 풀이할 수 있는데, '문명개화'를 국시로 삼아 국론을 통일하는 것이 중요하다고 짚었다. 돈의 전쟁은 경제의 전쟁인데, 농업과 상업, 공업을 국가 경제의 핵심으로 보되, 특히 상업과 공업의 발전을 역설했다. 또 말의 전쟁은 외교의 전쟁으로, 지모와 함께 외국어에 능통한 인재를 양성하여 외교적 담판을 통해 분쟁을 해결할 것을 강조했다.

손병희는 글에서 전통 학문의 용어와 구절을 적절히 끌어들였다. '효제충신'과 '인의예지'라는 윤리를 지켜 나가야 한다고 하면서도 민본주의에 바탕한 개화를 주장하는 한편, 산업의 중요성을 역설하고 과학 기술의 중요성을 강조했다. 손병희의 주장은 1902년 2월 이용구(李容九)를 통해 국내의 교도들에게 보낸 「경통(敬通)」에서 이미 확인된다. 여기서 재전, 즉 돈의 전쟁은 상공업 발달에 힘써 흥업(興業)을 권리로 하고, 농상(農商)은 통리(通利)로 하는 부국안민의 방책이라 역설했다.

이 글은 강필도(康弼道)가 동학의 역사를 정리한 『동학도종역사(東學道宗繹史)』 제17장 「장정규칙 제정 및 삼전론(章呈規則制定及三戰論)」에 수록되어 있다. 글자가 의심스러운 것이 여럿 있어 부득이 문맥에 의거하여 풀이했다.

최남선 崔南善

1890~1957년

본관은 동주(東州), 초명은 창흥(昌興), 자는 공륙(公六), 호는 육당(六堂)이다. 서울에서 태어나 1904년 황실 유학생으로, 동경부립제일중학교, 와세다 대학에서 공부했다. 귀국 후 《소년》, 《붉은 저고리》, 《청춘》 등의 잡지를 발행하며 언론 활동에 주력했으나 3·1 운동 때 「독립선언서」를 작성했다는 이유로 체포되어 복역했다. 이후 《동명》, 《시대일보》 등을 통해 언론 활동을 이어 갔다. 1928년부터 조선사편수회 위원으로 활동했으며, 이후 중추원 참의를 거쳐 1938년 만주국으로 건너가 《만몽일보(滿蒙日報)》 고문 및 만주 건국대학의 교수를 지냈다. 제2차 세계 대전이 일어나자 시국 강연으로 일제의 지지를 호소했다. 해방 후 반민특위에 체포되었으나 보석으로 풀려났다. 작품에 창작 시조집 『백팔번뇌』, 여행기 『심춘순례』, 1927년 『백두산근참기』, 『금강예찬』 등이 널리 알려져 있다.

일어나라 청년들아　奮起ᄒᆞ라 靑年諸子

보아라!

작열하는 큰불은 동량(棟樑)을 한창 태우고 넘실대는 격랑은 문 앞을 침범하려 하는데, 너희들의 부모는 늙어서 쓸모없고 너희들의 처자는 약하여 감당 못하니, 만일 너희들이 수룡(水龍)을 이용하여 번지는 불을 막고 물꼬를 터서 물살을 바꾸지 아니하면 박두한 화란을 어떤 이가 대신 막아 주겠는가.

생각해 보라!

높은 마루는 이미 타 버리고 문지방은 장차 잠기려 하니, 맹렬한 축융(祝融, 불귀신)이 그 위세를 한창 자랑하는데 어찌 너희들의 부모를 염려하여 침실에 들어가지 않겠으며, 흉악한 해약(海若, 물귀신)이 그 힘을 한창 펼치는데 어찌 저희들의 처자식을 사랑하여 안방으로 뛰어들지 않겠는가.

맹렬히 반성하라, 맹렬히 반성하라!

유선침(遊仙枕)의 즐거움 끝이 없고 화서국(華胥國) 구경이 끝나지 않았지만, 화로 옆 기장밥이 이미 다 익었으니 이를 어찌하리오. 집 밖 새벽 나무에서 두견은 피를 토하며 울고 횃대 위 서광에 누런 닭은 새벽을 알리는데, 이때 일어나지 않고 다시 어느 때를 기다리랴!

떨쳐 일어나라, 떨쳐 일어나라!

마루에 불이 이미 붙었고 정원에 물이 이미 들이닥쳐, 만일 잠시라도 지체하면 너희들의 옛집은 타 버린 아방궁(阿房宮)의 모습이 될 것이요, 너희들의 논밭은 물바다 용왕부(龍王府)의 판도에 예속될 것이라. 너희들은 장차 양친이 머리카락이 타고 이마가 그슬려 괴로이 울부짖는 모습을 보고자 하느냐, 처자가 물결에 밀려 떠올랐다 가라앉는 모습을 보고자 하느냐. 이것은 실로 천지 사이에 사람으로 태어난 자가 차마 말하지도 못할 바이거늘, 더구나 너희들처럼 효성으로 어버이를 섬기고 사랑으로 처자를 돌보는 자가 어찌 차마 이렇게 할 수 있는 바이겠는가.

힘써 실천하며 용감히 나아가고, 용감히 나아가며 힘써 실천하라!

자비로운 천녀(天女)는 허다한 수룡을 준비해 두고 너희들이 와서 찾기만 고대하고, 후덕한 지신(地神)은 무수한 도랑을 파 두고 너희들이 물길 돌리기만 간절히 바라고 있으니, 오직 하지 않을까 걱정이라, 무엇이 어렵다고 걱정하는가. 난파(欒巴)를 기다리지 말고 즉시 힘써 실천하면 불 끄기가 무엇이 어렵겠는가. 우(禹)임금이 되기를 스스로 기약하여 즉시 힘써 실천하면 홍수를 막기가 어렵지 않으리라. 잠시도 지체하지 말고 속히 일어나 움직여라. 행동하고 행동하고 또 행동하며, 전진하고 전진하고 또 전진하여 스스로 지키기를 소홀히 하지 않고, 스스로 힘쓰기를 멈추지 않은 다음에야 악독한 마귀는 뒷문으로 물러가고 복을 내리는 신이 앞문으로 들어오리라.

크구나, 너희들의 책임이.

멀구나, 너희들의 성공이.

저녁 해는 이미 저물었는데 앞길은 아직도 머니, 지금 시작하지 않으면 나중에 어찌하리오. 아, 그대들이여! 장차 너희들의 동산과 가옥을 불길에 내맡기려 하며, 부모와 처자를 홍수에 실어 보내려 하느냐. 만약 그렇다면 겹겹의 갑창(甲窓)을 닫아 잠근 방 안에서, 겹겹의 비단 이불을 깔아 놓은 위에서, 편안히 누워 일어나지 말고 깊이 잠들어 깨어나지 말 것이로되, 또 만약 그렇지 않아 터럭만큼이라도 위태롭고 두려운 줄 안다면, 일 분 일 초를 망설이지 말고 방비하도록 노력해야 할 것이라.

너희들은 부모의 깊은 한숨을 생각하느냐.

너희들은 처자를 사랑하는 마음이 있느냐.

그렇지 않으면 너희들의 한 몸이라도 스스로 사랑하고 아낄 줄 아느냐.

보고 또 보라.

방 앞에는 물이 넘실거리고,

문 앞에는 불이 활활 타오른다.

기와가 날아간다! 대들보가 부러진다! 앞문이 쓰러진다! 뒷담이 무너진다! 우르르릉!

해설

최남선은 1906년 와세다 대학에 입학하여 7월《대한유학생회학보》의 편집인으로 활동하는 한편, 같은 해 8월에 창간한《태극학보》에 대몽생(大夢生)이라는 필명으로 여러 차례 기고했다. 특히 창간호(1906년 8월 24일)에 실린「헌신적 정신」에서는 '분기(奮起)', '용왕(勇往)', '백절불요(百折不撓)', '만난불굴(萬難不屈)' 등의 용어를 구사하여 격정적으로 청년의 분발을 촉구했다. 이 글은 그 연장선상에 있으며, 1908년 11월《소년》의 권두시로 발표된 신체시의 효시「해에게서 소년에게로」의 전신이라고도 볼 수 있다.

이 글은 화재와 홍수로 집과 방이 타고 잠기는 상황을 설정하고 부모와 처자를 구하기 위해 분발하라고 외치고 있다. '시간(試看)하라', '시사(試思)하라', '맹성(猛省)하라', '분기(奮起)하라' 등을 한 단락의 시작으로 삼아 격정을 이어 나갔다. 특히 전통적인 한문 문체인 변려문(騈儷文)의 문투가 엿보인다. 이 글에서 토를 빼고 한문 구조로 바꾸면 "試看, 灼灼大火, 棟梁方燃; 瀁瀁激浪, 門庭將侵. 爾等父母, 老而無用; 爾等妻眷, 弱而不堪. 萬一爾等, 因水龍, 防連燒; 開水口, 導流勢, 迫頭禍厄 何人替防."과 같다. 전형적인 변려문과 크게 다르지 않다. 그러면서 마지막에 '우루루룰'이라는 의성어로 글을 마쳤다는 점에서 상당히 서정적인 양식에 근접해 있다. 전통적인 사부(辭賦) 역시 이와 유사한 성격을 지닌다는 점에서, 최남선이 새로운 양식을 모색하는 과정을 보여 주는 주목할 만한 작품이다.

김문연 金文演

?~?

대한 제국 시기의 학자. 1905년 외부(外部)의 주사(主事)를 지냈고 신기선(申箕善) 등과 교유한 이력 정도만 알 수 있다. 『몽학지남(蒙學指南)』을 편찬하고 문집 『북애일고(北崖逸稿)』가 규장각에 전한다. 『조선명승실기(朝鮮名勝實記)』, 『미인보감(美人寶鑑)』, 『명륜통기(明倫通紀)』, 『화령명세통록(和寧名世通錄)』 등 20세기 초반의 저술에 대한 서문이 실려 있어 주목된다. 《대동학회월보》와 《기호흥학회월보》 등에 상당한 글을 실었고, 《매일신보(每日申報)》에도 기고한 글이 보인다. 문학·교육·종교·예술 등 다양한 주제를 다루고 있다.

소설과 희대의 효용 小說과 戱臺의 關係

태양이 내리쬘 적에 해바라기가 기울어지기를 바라지 않으나 해바라기는 절로 기울어지고, 봄빛이 화창할 적에 꾀꼬리가 울기를 구하지 않으나 꾀꼬리는 절로 운다. 형체는 그림자를 위한 것이 아니지만 그림자가 따르고, 소리는 메아리를 위한 것이 아니지만 메아리가 응한다. 천기(天機)가 서로 감응하여 신묘하게 변화하니, 선량한데도 화합하지 않고 성실한데도 부응하지 않는 것은 천하에 없다.

종을 울리고 북을 두드리고 피리를 부는 것은 즐기기 위해서이지만 깊이 근심하는 사람은 듣고서 더욱 슬퍼지니, 즐거움에 집중할 수 없기 때문이다. 뒷짐 지고 노래 부르며 빠르고 급하게 악기를 연주하는 것은 근심을 쏟아 내기 위해서인데 마음이 편안한 사람은 듣고서 더욱 기뻐하니, 근심이 마음에 걸리지 않기 때문이다. 그렇다면 근심과 즐거움은 밖에 있지만 주관하는 것은 안에 있으니, 안에서 감응하면 푸른색과 검은색이 뒤바뀌고 동쪽과 서쪽 구역이 바뀌지만 어리석은 사람은 이런 것을 알지 못한다. 그러므로 흐르는 물을 보는 사람은 물과 함께 흐른다고 하니, 눈이 움직이고 마음이 노니는 것이 아니겠는가.

괴로운 사람들의 뇌수에 젖어들고 사회의 풍속을 물들이기로 소설과 희대(戱臺, 창극)만 한 것이 없다. 이러한 소설과 희대는 길거리의 선비가 무료하고 불평한 마음으로 지은 것이요, 재인(才人)과 무녀(舞女)가 흉내 내고 웃길거리에 불과하다. 올바른 군자라고 불리는 사람은 입에 담거나 귀로 듣고 싶어 하지 않는다. 그러나 사회에 미치는 영향에 이루 생각할 수 없는 효력이 정말 있는 줄 누가 알겠는가?

사람의 성정은 신기한 것을 좋아하고 평범한 것을 싫어하며, 자극적인 것에 마음이 움직이고 범상한 것을 잊어버리는 법이다. 이야기하는 자리에서 들은 음담패설은 평생 동안 기억하여 퍼뜨리는데, 경전에 실려 있는 성현의 가르침은 몇 년 지나지 않아 있는 듯 없는 듯 가물거린다. 소설과 희대는 사람들이 가장 감동하여 잊지 않는 것이며, 사람들이 가장 기억하여 오래가는 것이다. 그 원동력은 사람의 마음을 변하게 할 수 있고, 이로써 세속을 감화시킬 수 있다.

내 마음이 본디 통쾌하고 즐거워도 대옥(黛玉)이 소상포(瀟湘浦)에서 죽는 것을 보고 청문(晴雯)이 대관원(大觀苑)을 나오는 것을 보고는 어찌 눈물 줄줄 흘리고 슬퍼하지 않을 수 있겠는가. 내 마음이 본디 숙연하고 경건해도 춘향이 이 도령을 만나는 것을 보고 놀부가 양반의 박을 가르는 것을 볼 때 어찌 기쁨에 마음이 동하여 빙그레 웃지 않을 수 있겠는가. 내가 본디 피로하여 축 처졌다 하더라도 장익덕(張翼德)이 독우(督郵)를 회초리질하는 것을 보고 무송(武松)이 장도감(張都監) 때리는 것을 보면 어찌 상쾌하여 큰 잔으로 술 한 잔 마시고 싶지 않겠는가. 내가 본디 굳세고 강하더라도 앵앵(鶯鶯)이 장군서(張君瑞)와 헤어지는 것을 보고 월화(月華)가 윤여옥(尹汝玉)을 보내는 것을 보면 어찌 개탄하며 난간에 기대 장탄식하고 싶지 않겠는가.

『홍루몽(紅樓夢)』을 읽는 자는 슬픔이 넘치고, 『화월흔(花月痕)』을 읽는 자는 그리움이 넘치고, 『금병매(金甁梅)』를 읽는 자는 음심이 넘치고,

『구운몽(九雲夢)』을 읽는 자는 즐거움이 넘치고, 『옥린몽(玉麟夢)』을 읽는 자는 서글픔이 넘치고, 『남정기(南征記)』를 읽는 자는 아픔이 넘친다. 부귀와 공명을 바라는 마음이 대부분 소설과 희대에 뿌리를 두고, 남녀가 서로 즐거워하는 생각이 모두 소설과 희대에서 비롯된다. 이 소설과 희대가 두렵구나! 이 소설과 희대가 좋구나!

서양 사람이 희대를 할 때 출연하는 인물은 모두 과거의 위대한 영웅호걸로 세상을 놀라게 하는 사업을 이룬 자들이다. 그 소설 역시 모두 국민의 사상을 고취하여 문명과 자유로 이끌어 내는 것이다. 영국에서나와 일본에서 번역된 것으로는 『화류춘화(花柳春話)』, 『계사담(繫思談)』, 『매뢰여훈(梅蕾餘薰)』, 『경세위훈(經世偉勳)』, 『춘창기화(春窓綺話)』, 『춘앵전(春鶯囀)』 등이 가장 유명하다. 일본 메이지 유신 초기에 『가인기우(佳人寄遇)』, 『화간앵(花間鶯)』, 『설중매(雪中梅)』, 『문명동점사(文明東漸史)』, 『경국미담(經國美談)』 등의 소설이 모두 국민들의 뇌에 젖어들어 진보를 이루는 데 큰 효과가 있었다.

우리 한국 역시 이러한 소설과 희대가 없지 않으나, 그 의미가 천박하고 발성이 흩날려 애당초 웅건하고 활발한 기상이 없고 한갓 음란하고 나태한 습관만을 조장하고 있다. 오늘날 국가와 민생의 곤란이 반드시 여기서 연유하지 않은 것이 아니라 하겠다. 그러므로 일반 풍속을 개량하고자 한다면 반드시 이러한 소설과 희대를 먼저 개량해야 한다.

해설

김문연은 1909년 《대동학회월보》에 「학계일반(學界一班)」(제1호), 「종교와 한문」(제19호), 「가정 교육의 필요」(제20호) 등 다양한 글을 투고하여 계몽 운동에 진력했다. 이 글 역시 유사한 성격으로 소설과 희대의 개량을 주장했다. 희대는 무대라는 뜻이지만 여기서는 당시 협률사(協律社)와 원각사(圓覺社) 등에서 공연하던 창극(唱劇)을 말한다.

김문연은 가장 쉽게 사람의 마음을 바꾸고 풍속을 감화할 수 있는 수단이 소설과 희대라 하였다. 「춘향전」과 「흥부전」과 같은 판소리, 『구운몽』, 『사씨남정기』와 같은 소설, 『삼국지연의』, 『금병매』, 『앵앵전』, 『홍루몽』 등과 같은 중국 소설이 사람을 쉽게 감동시키지만 개인 차원의 사적인 감정을 유발하는 데 그치는 것을 안타깝게 여기고, 일본 소설과 일본어로 번역된 서양의 소설처럼 영웅호걸이 국민의 사상을 고취하고 문명과 자유로 이끌어 내는 새로운 소설과 극의 등장이 필요하다고 강조했다.

1908년 8월 11일 실린 작자 미상의 「극계개량론(劇界改良論)」에서도 협률사와 원각사 등에서 공연하는 창극이 인심을 어지럽게 하고 기상을 타락시킨다고 개탄한 바 있는데, 김문연의 주장은 이와 동궤의 것이다. 박은식(朴殷植, 1859~1925년) 또한 1907년 《대한매일신보》에 스위스 건국의 역사를 다룬 「서사건국지(瑞士建國志)」를 발표하면서 그 서문에서 소설의 효용을 주장했다. 서양인이 "그 나라에 들어가 그 소설이 어떤 종류가 성행하는지 물어보면 그 나라의 인심과 풍속, 정치와 사상이 어떠한지를 볼 수 있다."라는 말을 인용한 취지가 이 글과 다르지 않다. 이 시기 지식인의 중요한 과제가 소설을 통한 계몽이었음을 짐작할 수 있다. 김문연의 글은 이러한 상황에 대한 인식을 함께하여 교훈주의와 영웅주의에 비탕한 새로운 소설과 극의 출현을 주장한 것이다.

《대한매일신보》(1910년 7월 20일)에 "일국(一國)의 풍속을 개량코져 할진대 근세의 열람하는 소설과 근일에 연극하는 희대를 필선개량(必先改良)이니 하자(何者)오?"로 시작하는 필자 미상의 글이 실려 있는데, 이 글과 흡사하므로 김문연의 글로 추정된다.

이광수

李光洙

1892~1950년

본관은 전주(全州), 초명은 보경(寶鏡), 호는 춘원(春園)으로 평안북도 정주 출신이다. 열한 살에 부모를 잃고 천도교 대령(大領) 박찬명(朴贊明)의 집에 기숙하며 서기를 맡았다. 1905년 일진회의 유학생으로 선발되어 일본으로 건너갔다. 메이지 학원을 졸업하고 귀국하여 정주 오산학교에서 교편을 잡았다. 1915년 다시 일본으로 건너가 와세다 대학에서 공부했다.

조선청년독립단, 신한청년당, 흥사단에서 활동하고 한때 임시 정부에 가담했다. 1926년 《동아일보》 편집국장, 1933년 조선일보사 부사장을 역임하고, 1940년 창씨개명하여 가야마 미쓰로(香山光郞)라는 이름으로 일제의 황국 정책을 지지하는 활동에 투신했다. 해방 후 반민특위에 체포되었으나 불기소 처분을 받았다. 1950년 한국 전쟁으로 납북되었다가 사망했다.

1917년 《매일신보》에 연재한 『무정』은 우리나라 최초의 근대 장편 소설로 평가되며, 『마의태자』, 『원효대사』, 『단종애사』 등의 역사 소설도 큰 인기를 끌었다. 1922년 《개벽》에 발표한 「민족개조론」은 민족 감정을 자극하여 논란을 빚었다.

문학의 가치　文學의 價値

'문학'은 인류 역사에서 몹시 중요한 것이다. 이제 나 같은 한미한 서생이 '문학의 가치'를 논한다는 것은 자못 외람된 듯하지만, 지금껏 우리 한국 문단에서 한 번도 이러한 논의를 보지 못하였으니, 이는 곧 '문학'이라는 것을 한가로이 여기고 제쳐 두었기 때문이다. 우리 한국의 현 상황은 가장 위태하여 전 국민이 모두 실제적 문제에만 악착같으므로 얼마만큼 실제적 문제와 거리가 먼 듯한 문학 등에 대해서는 주의할 여유가 없으리라. 그러나 문학은 과연 실제와 아무 관계 없는 쓸모없는 물건일까. 이는 진실로 먼저 결정해야 하는 중요한 문제다. 그리하여 나는 얕은 식견을 돌아보지 않고 감히 몇 마디 늘어놓고자 한다.

본론에 들어가는 단계로 '문학이라는 것'에 관하여 지극히 간단히 서술하겠다.

'문학'이라는 단어의 유래는 몹시 요원하여 확실히 그 출처와 시대는 고증하기 어려우나 어쨌든 그 의미는 본래 '일반 학문'이었다. 사람의 지식이 점차 진보하여 학문이 점점 복잡해지자 '문학'도 차차 독립하여 그 의미가 명료해져 시가, 소설 등 정(情)의 요소를 포함한 문장을 문학이라 일컫게 되었다.(이상은 동양의 경우이다.) 영어의 Literature(문학)라는 단어도 이와 대략 비슷한 역사를 지닌다.

동양은 기후가 불순하고 토지가 불모지라서 생활이 곤란한 땅(국가나 지방)이 많다. 그러므로 의식주의 원료를 얻기에 급급하여 지(智)와 의(意)만 중요하게 여기고 정(情)은 소홀히 하여 이를 배척하고 멸시해 왔다. 그러므로 정을 위주로 하는 문학 또한 한가로운 유희에 불과하다고 여겼으므로 그 발달이 더디었다. 저 유럽은 이와 반대로 그 대부분 기후가 온화하고 토지가 비옥하여 생활에 여유가 많다. 그러므로 인민이 지와 의에만 급급하지 않고 정의 존재와 가치를 깨달았다. 그러므로 문학의 발달이 신속하여 오늘에 이르렀다.

이를 읽으면 여러분은 "그렇다면 문학이라는 것은 생활에 여유가 많은 온대 지역 국민에게는 필요하지만, 생활의 여유가 없는 우리 한국(우리 한국 역시 온대 지역에 있지만 한대에 가까운 온대이다.) 국민에게는 무슨 필요가 있겠는가?" 하는 질문이 나오겠지만, 이는 그렇지 않다. 생활에 여유가 많은 국민에게서 비교적 더 발달이 된다는 말이지, 결코 문학이 이러한 국민에게만 필요하다는 것은 아니다.

인류가 생존하는 이상, 인류가 학문을 가진 이상 반드시 문학이 존재한다. 생물이 생존하려면 식료품이 필요한 것처럼, 인류의 정이 생존하려면 문학이 필요하며 또 생겨나는 것이다. 다시 말하자면 인류에게 지가 있으므로 과학이 생기며 또 필요한 것처럼, 인류에게 정이 있을진대 문학이 생겨나며 또 필요한 것이다. 그러므로 그 진보와 발전의 정도는 토지에 따라, 국민의 수준에 따라, 또는 시세와 경우에 따라 빠르고 늦고 성하고 쇠한 차이가 있겠지만, 문학 그것은 인류가 생존할 때까지 존재할 것이다.

그렇다면 '문학'이라는 것은 무엇이며 어떤 가치가 있는가?

문학의 범위는 몹시 넓으며, 또 그 경계선도 몹시 애매하여 도저히 한

마디로 단언할 수는 없지만, 대개 정의 요소를 포함한 문장이라 하면 큰 오류는 없으리라. 그러므로 예로부터 수많은 학자의 정의가 분분하였으나 하나로 정해진 것은 없다. 시가와 소설 등도 문학의 일부분이니, 이러한 것들에는 특별히 문예라는 명칭이 있다.

원래 문학은 단지 정의 만족스러운 유희로 생겨났을 것이며, 오랫동안 이와 같이 알고 있었지만 점점 이것이 진보하고 발전하자 이성이 더해져 우리 인간의 사상과 이상을 지배하는 주권자가 되고 인생 문제를 해결하는 담당자가 된 것이다. 이를 비유하자면 열대 지방에 거주하는 사람이 하루는 사과를 먹다가 그 씨를 땅속에 묻었더니, 수십 년이 지난 뒤 그 사과나무의 가지와 잎이 무성해져 타는 듯한 무더위에 시원한 그늘을 이루어 그 아들과 손자가 타 죽는 것을 면하는 장소가 된 것과 같다.

그러므로 오늘날 이른바 문학은 지난날의 유희적 문학과는 전혀 다르다. 지난날의 시가와 소설은 단지 한가로움을 삭이고 근심을 푸는 오락적 문자에 불과하며, 또 그것을 지은 사람도 그와 같은 목적에서 벗어나지 않았다.(모두 그렇다는 것은 아니지만 그 대부분은 그렇다.) 오늘날 시가와 소설은 결코 그렇지 않아 인생과 우주의 진리를 드러내며, 인생의 행로를 연구하며, 인생의 정(즉 심리상)의 상태 및 변화를 살피며, 또 그것을 지은 사람도 가장 침중한 태도와 정밀한 관찰과 심원한 상상으로 심혈을 기울이니, 옛날의 문학과 오늘날의 문학을 혼동할 수 없다. 그런데도 우리 한국의 동포 대다수는 이를 혼동하여 문학이라 하면 일개 오락이라 생각하니, 참으로 개탄할 일이다.

이상 개괄적으로 논한 데서 문학의 보편적 가치는 대강 이해하였으리라. 이하 논의를 덧붙여 우리 한국의 현 상황과 문학의 관계를 잠시 말하겠다.

서양사를 읽은 여러분은 아시겠지만, 오늘날 문명이 과연 어디서 왔는가. 여러분은 곧장 "뉴턴(Newton)의 새로운 학설(물리학의 대진보), 다윈(Darwin)의 진화론, 와트(Watt)의 증기력 발명이며, 그 밖의 전기 기술 등의 발전과 진보에서 왔다."라고 할 것이다. 실로 그렇다. 누가 이를 부인할 수 있겠는가마는, 한 번 더 그 근원을 소급하면 15~16세기 무렵 '문예 부흥'이 있었음을 발견할 것이다. 만일 이 문예 부흥이 없어 인민이 그 사상의 자유를 자각하지 않았더라면, 어찌 이와 같은 발명이 있겠으며 오늘날의 문명이 있겠는가? 그러니 오늘날의 문명을 부정한다면 할 말이 없거니와, 만일 이를 인정하며 이를 찬양하면, 문예 부흥의 공을 인정할 것이다.

또 근세 문명이 일대 자극이 되었던 경천동지한 프랑스 대혁명의 활극을 연출한 것은 프랑스 혁신 문학자 루소(Rousseau)의 한 자루 붓의 힘이 아니겠으며, 또 북아메리카 남북 전쟁 때 노예를 불쌍히 여기는 북부 인민이 노예를 가련히 여기는 정을 움직이게 하여 몇 년 동안 격전을 벌인 끝에 다수의 노예가 자유를 누리게 만든 것은 스토(Stowe), 포스터(Forster) 등 문학자의 힘이 아닌가.

대저 수억의 재물이 창고에 넘치며 백만의 군사가 국내에 나열하며 군함과 총포와 창칼이 예리하기 짝이 없다 해도 그 국민의 이상이 확고하지 않고 사상이 저열하면 무슨 소용이 있겠는가. 그렇다면 한 나라의 흥망성쇠와 부강빈약은 전적으로 그 국민의 이상과 사상이 어떠한지에 달려 있으니, 그 이상과 사상을 지배하는 것은 학교 교육에 있다고 하겠지만, 학교에서는 그저 지(智)나 배울 것이요, 그 밖의 것은 얻지 못할 것이다. 그렇다면 무엇인가? 문학이 아니랴.

해설

이광수는 서양의 문학 개념을 도입하여 그 가치를 논한 첫 세대이다. 1910년 전통적인 문학 관념과 다른 차원에서 문학을 논한 이 글이 주목되는 이유다. 문학을 성정(性情)의 발현으로 보는 전통적인 관념에서 벗어나 사람의 마음을 서양의 '지(知)', '정(情)', '의(意)'로 나누고 문학은 그중 '정'의 영역으로 보아 문학을 예술의 영역으로 규정했다. 그러면서도 조선의 문학이 '유희'로 경시받았다고 하면서 서양의 "침중한 태도와 정밀한 관찰, 심원한 상상으로 심혈을 기울여야" 한다고 주장했다. 그가 말한 문학의 정의는 "인생과 우주의 진리를 드러내며, 인생의 행로를 연구하며, 인생의 정의 상태 및 변화를 살피는 것"이 된다.

이 정의에 이어 이광수는 서양의 문예 부흥이 "사상의 자유"를 자각하게 했다는 점을 들어 이것이 과학과 기술 발전의 전제가 되었고, 프랑스 혁명과 미국의 노예 해방 같은 역사적 사건 역시 문학자의 힘이라 하여 문학의 가치를 크게 높였다. 그러면서 "국민의 이상과 사상"을 향상하기 위해, 학교에서 지가 아닌 정, 곧 문학을 적극 교육해야 한다고 주창했다.

최남선의 아우 최두선(崔斗善, 1894~1974년)이 1914년 쓴 「문학의 의의에 관하야」(《학지광(學之光)》 제3호)에서 사람의 마음을 '지'와 '정', '의' 혹은 '지'와 '정의(情意)'로 나눌 수 있다고 하고, 정 또는 정의를 만족하는 것이 문학이라 정의했는데, 당시 일본에 수용된 문학 원론에서 가져온 것으로 이광수의 견해와 다르지 않다.

이광수는 1916년 《매일신보》에 「문학이란 하(何)오」라는 글을 연재하면서 Literature의 번역어로 문학을 사용해야 한다고 재차 주장했다. 또 사람의 마음을 지, 정, 의로 나눈 데서 더 나아가 지는 진(眞)을, 정은 미(美)를, 의는 선(善)을 추구한다는 서양의 논리를 끌어들이고 문학과 음악, 미술 등이 속한 정의 영역은 진리와 도덕에서 벗어나야 한다고 하여 문학의 독자성 문제에 대한 이론을 제시한 바 있다.

이보다 앞서 안확은 「조선의 문학」(《학지광》 제7호)을 발표하며 '문학이란 하(何)오'라는 기사에서, 문학이 독자를 즐겁게 하는 데서 더 나아가 "사상을 활동시키며 이상을 진흥시키는" 가치를 강조했다. 안확과 같은 계몽적인 시각이 이 시기를 주도했다는 점을 고려한다면 이광수의 견해는 그 옳고 그름을 떠나 새로운 주장이었음은 의심의 여지가 없다.

신기선 申箕善

1851~1909년

본관은 평산(平山)이고 자는 언여(言汝), 호는 양원(陽園)·노봉(蘆峯)이다. 1877년 문과에 급제하여 홍문관 부교리 등을 지냈는데 개화파와 절친하여 갑신정변 때 홍문관 제학에 올랐지만 곧바로 여도(呂島)에 유배되었다. 갑오개혁 이후 등용되어 김홍집 내각에서 대신(大臣)을 역임하고, 참정(參政)에 이르렀다.

단발령, 양복 착용, 국문 사용, 태양력 채택 등을 반대하여 독립 협회의 비판을 자주 받았는데 대동학회를 결성하여 신구 사상의 조화를 지향하였다. 『농정신편(農政新編)』, 『유학경위(儒學經緯)』 등의 저서가 있다.

신학문과 구학문 學無新舊

지금 세상에 학문을 말하는 자는 반드시 '구학문'이니 '신학문'이니 하며 마치 햇곡식이 묵은 곡식을 대신하는 것처럼 전혀 다른 두 가지로 보고 있다. 학문에 과연 신구의 차이가 있는가? 그렇지 않다. 신학문이 곧 구학문이며 구학문이 곧 신학문이다.

요(堯), 순(舜), 우(禹), 탕(湯), 문왕(文王), 무왕(武王), 주공(周公), 공자(孔子)의 경전, 안자(顏子), 증자(曾子), 자사(子思), 맹자(孟子), 염락관민(濂洛關閩)의 책, 삼례(三禮), 삼춘추(三春秋), 21대의 역사와 한(漢), 당(唐), 송(宋), 명(明) 및 우리 조선의 여러 선비들이 저술하고 편집한 글, 이것이 이른바 구학문 아니겠는가? 비록 그 책이 한우충동(汗牛充棟)이라도 요점을 따져 보면 『대학(大學)』의 삼강령(三綱領)과 팔조목(八條目), 『중용(中庸)』의 달도(達道)와 달덕(達德), 『서경』의 육부(六府), 삼사(三事), 오사(五事), 팔정(八政) 따위에 불과할 뿐이다.

천문, 지리, 물리학, 심리학, 윤리학, 철학, 정치학, 경제, 민법, 형법, 헌법, 국제법, 사회학, 산학, 의학, 공업, 예술, 상업, 농업, 임업 그리고 세계 만국의 지도와 역사. 이것이 이른바 신학문 아니겠는가? 비록 누르스름한 표지의 옛 책이 서가에 가득하고 횡서로 적힌 새로운 글자가 구름처럼 쌓였더라도 그 귀결을 요약하면 하늘과 사람, 사물의 이치, 일상생활에 필요한 방도, 국가와 백성을 유지하고 발달시키는 법에 불과할 뿐이다.

하늘과 사람, 사물의 이치는 『대학』의 '격물치지(格物致知)'에 포함되는 것이며, 일상생활에 필요한 방도는 『서경』 「대우모(大禹謨)」의 '이용후생'과 「홍범(洪範)」의 '식(食)', '화(貨)', '사공(司空)'에서 이미 그 강령을 제시하였다. 국가와 백성을 유지하고 발달시키는 법으로 말하자면 『논어』와 『맹자』에 정치에 관한 허다한 논의와 『서경』과 『예기(禮記)』의 허다한 법규가 모두 환하게 남아 있다. "백성은 욕심이 있으니 군주가 없으면 어지러워진다."라는 말은 지금 국가와 정치에 대한 학문의 근본이다. "부유하게 만든 다음에 가르친다."라고 하고 "다섯 이랑의 집터에 뽕나무를 심고, 백 이랑의 농토에서 제때 농사짓는 일을 방해하지 않는다."라고 한 말들은 지금 재산과 경제에 대한 학설의 시작이다.

『예기』의 「추관(秋官)」, 『서경』의 「강고(康誥)」와 「여형(呂刑)」에서 남김없이 자세히 말한 것은 오늘날 형법의 본뜻이 아니겠는가. 사도(司徒)의 직무와 『대대례기(大戴禮記)』의 조문으로 간혹 섞여 나오는 것은 오늘날 민법의 판례가 아니겠는가. "조정에서 사람에게 관직을 줄 때도 대중과 함께하고, 저자에서 사람을 처형할 때도 대중과 함께한다."라 하고, "나라 사람들이 모두 현명하다고 한 다음에 등용하며, 나라 사람들이 모두 안 된다고 한 다음에 쫓아낸다."라고 한 말이 어찌 오늘날 이른바 헌법의 의미가 아니겠는가. "재야에 있는 사람과 함께한다."라 하며, "서로 도와 학문을 닦는다."라고 한 말이 어찌 오늘날 이른바 사회의 원리가 아니겠는가. 토양을 분별하여 농사를 권면하고, 때맞추어 도끼와 자귀를 들고 불모지를 개간하며, 공업을 진흥하고 상업을 장려하며, 재산을 증식하고 시장 가격을 조절하는 정책이 어찌 오늘날의 농공상에 힘쓰는 것보다 못한 점이 많겠는가. 가정의 숙(塾), 마을의 상(庠), 지방의 서(序), 수도의

학(學), 시서(詩書)와 예악(禮樂)의 가르침, 노래하고 춤추는 절차가 어찌 오늘날 학교 교육의 규정에 손색이 있겠는가.

다만 인종이 갈수록 증가하고 풍속이 갈수록 각박해지니, 모든 행위가 옛날에는 간단하고 지금은 번잡하며, 옛날에는 소략하고 지금은 상세할 수밖에 없다. 또 옛날과 지금은 시의가 다르니, 덜고 보태어 경장(更張)하지 않을 수 없다. 동아시아는 주나라가 쇠퇴한 이후로 사람의 일상생활에 필요한 방도와 국가와 백성을 유지하고 발달시키는 방법을 더 깊이 연구하여 증진시키지 않고, 이천 년 전의 낡은 법과 묵은 자취를 묵수하였다. 또 묵수하였을뿐더러 오늘날 시행할 수 있는 좋은 법과 아름다운 규정마저도 태반을 폐기하여 갈수록 더러워지고 있다.

지금 이른바 신학문이라는 것은 유럽에서 나왔다. 유럽 사람은 수천 년 동안 총명과 재주를 다하고 밤낮으로 연구하며 대를 이어 기술하고 끝까지 규명하여 날이 갈수록 새롭고 성대해졌다. 반드시 시의에 맞게 하여 생명을 영위하고 재산을 증식하며 국가를 안정시키고 백성을 유익하게 하는 방법을 모두 극진히 하였다. 이를 이천 년 전 동아시아와 비교하면 은과 주를 수인씨(燧人氏)와 유소씨(有巢氏)의 시대와 비교하는 것과 같다. 우리 동아시아 사람이 만약 「대우모」와 「홍범」을 바꿀 수 없는 교훈으로 여기지 않는다면 더 할 말이 없겠지만, 만약 순, 우, 기자, 공자의 마음을 제 마음으로 삼아 생명을 영위하고 재산을 증식하며 국가를 안정시키고 백성을 유익하게 하고자 한다면 어찌 이 책을 공부하지 않을 수 있겠는가.

하늘과 사람, 사물의 이치로 말하자면 삼대(三代) 시기에는 전부 밝히지 못한 것이 있기는 하다. 지도에 관한 이야기는 『대대례기』에 실려 있는 공자와 증자의 문답에 겨우 보일 뿐, 다른 곳에는 보이지 않는다. 하물며 여덟 행성과 온갖 별이 있는 세계의 이치를 어떻게 드러내었겠는가. 시대의 분위기가 펼쳐지지 않았으니, 성현이라 하더라도 하늘에 앞서서 펼칠 수는 없기 때문이다.

서양은 이때 더욱 미개하여 역산(曆算)의 학문은 아시아에 미치지 못하였다. 그러나 주나라 이후로 아시아는 연구에 힘쓰지 않아 전혀 진보가 없었지만, 유럽은 마음으로 헤아리고 발로 두루 다니며 참되게 축적하고 오래 힘을 들였다. 수천 년이 지나 오늘에 이르자 태양과 행성, 지구, 온 세계의 형상을 남김없이 밝혀 마치 손바닥 보듯 훤해졌다. 우리 아시아 사람이 만약 요임금의 흠천역상(欽天曆象)과 공자와 증자의 격물치지를 바꾸지 않고 반드시 따라야 할 가르침으로 여기지 않는다면 더 할 말이 없겠지만, 만약 하늘과 사람, 사물의 이치를 연구하고자 한다면 어찌 이 책을 읽지 않을 수 있겠는가.

공자와 맹자는 이천 년 전 사람이니, 이러한 책들이 공자와 맹자의 손에서 나오지는 않았다. 만약 공자와 맹자가 한, 당, 송, 명의 시대에 태어났다면, 이러한 책은 오래전에 아시아 땅에서 나왔을 것이다. 만약 공자와 맹자가 지금 시대에 태어났다면 반드시 몸소 먼저 읽고 사람들에게 이를 가르쳤을 것이다. 그렇다면 이러한 책들을 신학문이라 부르면서 구학문과 구별해서야 되겠는가.

신학문의 책은 하늘과 사람, 사물의 이치와, 일상생활에 소용되는 방도, 국가와 인민을 유지하고 발전시키는 방법이 대부분을 차지한다. 그러나 윤리와 도덕을 높이고 힘쓰지 않은 적은 없었다. 천만 가지 정치와 법률은 모두 하늘의 이치에 근거하여 도덕과 의리를 돕는 것이요, 철학 한 분야는 다시 그 본원을 끝까지 파고들어 마음을 다하고 본성을 알고자 하는 학문이다. 비록 윤리의 세부 조목이나 도덕의 명칭과 함의가 동아시아 성현의 교훈과는 조금 다를지 모르겠지만, 이는 풍토와 습속이 다른 데서 연유한 것이요 그 강령과 요점은 모두 암암리에 합치하여 하나의 도리가 되었다.

동양과 서양은 땅이 수만 리 떨어져 있다. 옛날에는 수레와 배가 다니지 않아 인문(人文)의 서적이 애당초 전해지지 않았다. 그런데도 도덕과 윤리의 본령이 이처럼 부합하니, 그 이유는 무엇인가? 하늘과 땅의 이치는 하나일 뿐이며 사람이 타고난 본성도 하나일 뿐이기 때문이다. 따라서 애초 동양과 서양, 황인종과 백인종의 차이가 없다. 육상산(陸象山, 1139~1192년)이 "동해 너머에서 성인이 나와도 이 마음과 이 이치는 같고, 서해 너머에서 성인이 나와도 이 마음과 이 이치는 같다."라고 하였으니, 바로 이를 두고 한 말이다.

그러므로 도덕과 윤리라는 것은 하늘과 땅에 세워져 있어 귀신에게 물어도 의심스럽지 않으니, 모든 사물의 본체가 되어 빠뜨릴 수 없어 만사의 근본이 된다. 윤리와 이치가 없고 도와 덕이 갖추어져 있지 않은데도 정치를 해내고 사업을 이룰 수는 없는 법이다. 그렇다면 『대학』의 삼강령과 팔조목, 『중용』의 달도와 달덕 역시 서양 학문이 존숭하고 근본으로 삼는 것이다. 어찌 동아시아의 경전을 구학문이라 하면서 신학문과 구별할 수 있겠는가.

이로 말하자면 신학문과 구학문은 하나로 관통하는 것이며, 본디 두 가지 것이 아니다. 초목에 비유하자면 구학문은 뿌리와 밑동이고 신학문은 가지, 잎, 꽃, 열매이다. 뿌리와 밑동만 있고 가지, 잎, 꽃, 열매가 없는 것은 없고, 뿌리와 밑동 없이 가지, 잎, 꽃, 열매가 나는 것도 없다. 그러니 뿌리와 밑동을 가지, 잎, 꽃, 열매와 두 가지 것으로 나눌 수는 없다.

또 경전으로 비유하자면 구학문은 경문(經文)이고 신학문은 주소(註

疏)이다. 옛날에는 간략하고 질박하여 경문은 몇 구절에 불과하였다. 후세에 인문이 나날이 확장하자 주를 달아 풀이하지 않을 수 없었고, 주를 두었지만 또 자세하지 않아 소를 달아 풀이하지 않을 수 없었다. 옛날 몇 편의 글이 오늘날 오거서(五車書)와 사고(四庫)의 책이 된 것이다. 그런데도 경문과 주소를 두 가지 것으로 나누어 서로 배척해서야 되겠는가.

이 이치가 몹시 분명하건만 오늘날 구학문을 하는 자는 술은 마시지 못하고 술지게미만 먹거나, 신발을 신은 채로 발을 긁거나, 빈 상자만 갖고 구슬은 돌려보내는 꼴이다. 성현의 은미하고 심오한 뜻과 우리 유학의 온전한 면모와 큰 쓰임새는 그 주변조차 엿보지 못한 채 진부한 자취에 얽매이고 편협한 식견에 사로잡힌다. 그러므로 신학문을 처음 들으면 성인의 책이 아니라며 더 이상 연구하지 않고, 음란한 음악처럼 멀리하려 든다. 또 신학문을 하는 자는 경전을 다 팽개치고 새롭고 기이한 것만 좋아하여 "예전에 없고 전에 듣지 못하던 논의와 진리를 내가 능히 아노라." 하고, 마침내 "옛사람은 아는 것이 없다."라고 하면서 동아시아 옛 성현의 책을 모두 썩어빠지고 쓸모없는 물건으로 여기며 종종 예교(禮敎)의 법도를 벗어나기까지 한다. 이것이 뿌리와 밑동만 안고 있으면서 그 가지와 잎을 묘사하려 들고, 가지와 잎만 감상하면서 뿌리와 밑동을 북돋지 않는 자와 무엇이 다르겠는가. 이는 참으로 구학문을 하면서 실질을 추구하지 않고, 신학문을 하면서 근원을 탐구하지 않기 때문이다.

이와 같은 것은 구학문이지만 구학문이 아니고 신학문이지만 신학문이 아니다. 오직 구학문을 하면서도 신학문을 하지 않을 수 없다는 사실을 함께 알아야 구학문에 능한 자라고 할 수 있으며, 신학문을 공부하면서 구학문을 근본으로 삼지 않으면 안 된다는 사실을 먼저 알아야 신학문에 능한 자라고 할 수 있다. 그렇다면 학문은 하나일 뿐이니, 신학문과 구학문이라는 이름은 성립하지 않는다.

어떤 이는 말한다.

"그대의 말대로라면 구학문은 전혀 바꿀 것이 없으며, 신학문도 모두 하나하나 다 사용해야 하는가."

이렇게 답한다.

"구학문에서 바꿀 수 없는 것은 삼강과 오륜의 인륜이며, 명덕(明德)과 신민(新民)의 대도(大道)이다. 바꿀 수 있는 것은 절차와 제도이다. 절차와 제도는 시대에 따라 덜고 보태야 한다는 것은 이미 성현의 교훈에 있으니, 바꾸는 것이 아니라 시의에 맞추는 것인데 고루한 선비들이 이해하지 못할 뿐이다. 신학문이 쓸 만한 이유는 인종이 불어나고 풍속이 야박해지는 때 그렇게 자세히 드러내고 자세히 규정하지 않을 수 없기 때문이니, 그들의 말은 대개 모두 쓸 만하다. 그러나 그 사이에도 어찌 동양과 서양의 풍속과 습관의 차이가 없겠는가. 비록 서양이라도 시대에 따라 적절하게 맞추어야 하므로 종종 바뀌지 않을 수 없는 것이 있다. 더구나 머나먼 아시아 땅은 어떻겠는가. 이것을 헤아리고 참작하지 않으면 안 된다.

요컨대 공자 문하에서 사람을 가르칠 적에는 반드시 '문(文)'으로 해박하고 '예(禮)'로 단속하라고 하였다. '문'이라는 것은 절차와 제도가 실려 있는 허다한 서적이며, '예'라는 것은 근본과 표준이 되는 하나의 도리이다. '문'으로 해박하지 않으면 시대와 사물의 이치를 다 알 수 없고, '예'로 단속하지 않으면 지극히 선하고 중도를 지키는 경지에 이를 수 없다. 지금의 신학문은 '문'으로 모두 해박하지 않을 수 없는 것이니, 이를 해박하지 않으면 담벼락을 마주하고 선 것과 같아 시대와 사물의 이치를 전혀 알지 못한다. 어찌 옳겠는가. 다만 신학문만 해박하고 구학문으로 단속하지 않으면 근본도 없고 표준도 없다. 법만으로는 저절로 시행되지 않으니, 신불해(申不害)와 상앙(商鞅)만도 못하다. 어찌 옳겠는가.

그러므로 지금 신학문을 강구하지 않을 수 없는 이유는 '문'으로 해박하게 만드는 효과 때문이며, 구학문을 근본으로 삼지 않을 수 없는 이유는 '예'로 단속하고자 하는 뜻 때문이다. 우리 선조 대왕께서 경연에 나오셔서 문성공(文成公) 이이(李珥)에게 이렇게 말씀하셨다.

"안자는 스승이 문으로 자신을 해박하게 해 주었다.(博我以文.)라고 하였는데, 그 시대에 무슨 문자가 있었소?"

문성공이 대답했다.

"이미 육경(六經)이 있었습니다. 또 초(楚)나라 좌사(左史) 의상(倚相)이 『삼분(三墳)』, 『오전(五典)』, 『구구(九邱)』, 『팔삭(八索)』을 읽었다는 기록이 있으니, 그 시대에도 문자가 있었음을 알 수 있지만 후세처럼 많지는 않았습니다."

공자와 안자의 시대에는 『삼분』, 『오전』, 『구구』, 『팔삭』이 해박해질 수 있는 '문'이었으니, 여기에 해박하지 않으면 당시 사물의 이치를 궁구할 수 없었다. 지금 시대에는 서양의 서적과 동아시아의 유용한 책이 해박해질 수 있는 '문'이니 여기에 해박하지 않으면 지금 시대에 적절한 사물을 궁구할 수 없다. 그러나 책이 고대에 비하면 백 배나 많으니, 동아시아의 책 가운데 경전과 예서 그리고 경세제민(經世濟民)과 제자백가(諸子百家)를 제외한 평범한 시문은 실로 곁다리로 공부할 겨를이 없지만, 유럽 사람의 유용한 문자는 모두 연구하지 않으면 안 된다.

성인이 "나의 도는 하나로 관통한다."라고 하셨다. 하나라는 것은 비유하자면 끈이고, 관통한다는 것은 비유하자면 구슬이다. 끈만 있고 구슬이 없으면 끈을 어디 쓰겠으며, 구슬만 있고 끈이 없으면 흩어져 수습할 수가 없다. '문'에 해박한 것은 구슬을 많이 보관한 것이고, '예'로 단속한다는 것은 끈으로 꿰는 것이다. 여기에 어찌 신학문과 구학문의 구별이 있겠는가. 그러므로 우리 학회는 신학문을 공부할 적에는 신학문이라 하지 말고 '신서적'이라 하며, 구학문을 공부할 적에는 구학문이라 하지 말고 '경전'이라 해야 한다. 학문은 두 가지가 아니기 때문이다.

해설

신기선은 여러 분야에서 신구의 조화를 주장했거니와 1908년 발표한 이 글에서도 신학문과 구학문이 두 가지가 아님을 역설했다.

구학문과 신학문은 하늘과 사람, 사물의 이치, 일상생활에 필요한 방도, 국가와 백성을 유지하고 발달시키는 법을 기술했다는 점에서는 동일하다고 하면서 격물치지와 이용후생 등 전통 경전에 보이는 개념들이 신학문과 연결된다는 점을 하나하나 밝혔다. 그리고 윤리와 도덕이라는 측면에서 동서양의 학문이 다르지 않으므로 구학문을 뿌리와 밑동으로 삼고 신학문을 가지, 잎, 꽃, 열매로 삼아야 한다고 했다. 구학문에 집착하면서 신학문을 배척해야 한다거나 신학문을 무조건적으로 수용하고 구학문을 폐기해야 한다는 양극단의 주장에 대응하여 인륜과 도덕의 측면에서 구학문을 계승하되, 절차와 제도의 측면에서 신학문을 수용해야 한다는 절충안을 제시했다. 그러면서 『논어』에서 이른 "군자는 널리 학문을 닦아 사리를 궁구하고 예의로 귀결시켜 실행에 옮긴다.(君子博學

於文 約之以禮)"라는 말을 "문으로 해박하고 예로 단속하라.(博之以文, 約之以禮)"는 말로 변형하여 서양 신학문의 '문'으로 해박한 지식을 쌓고 동양 구학문의 '예'로 단속하라고 했다.

이 시기 지식인 상당수는 구학문을 해야 할지 신학문을 해야 할지 혼란에 빠져 있었다. 이보다 앞선 《황성신문》(1901년 12월 19일)의 논설에 「신구학문총귀오유(新舊學問總歸烏有)」, 곧 신학문과 구학문이 모두 헛것이 되었다는 제목의 글이 실려 있다. 과거에 급제하지 못한 서생이 실의하여 태백산에 칩거하면서 독서로 소일하다가 갑오개혁 소식을 듣고 중국으로 갔다. 과거제가 폐지되면서 개화 인물이 득세하고 신학문이 중심이 된 것을 알고 '혁구종신(革舊從新)'으로 마음을 바꾸어 서양의 정치와 법률, 농업과 상업 등의 서적을 두루 공부하여 6~7년 만에 귀국했다. 그러나 조선은 혼란에 빠져 오직 '공씨(孔氏, 돈을 이르는 말)'만 행세하는 세상이 된 것을 보고 구학문도 신학문도 모두 필요 없게 되었다고 탄식했다는 이야기다.

또 1907년 4월 20일의 기사에는 신학문과 구학문의 문제를 두고 토론을 한다는 소식을 전하고 있으므로 비슷한 시기 이 문제를 다룬 글을 여럿 찾아볼 수 있다. 이러한 상황에서 이 문제를 두고 가장 논리적으로 개진한 것이 신기선의 이 글이라 하겠다.

이기 李沂

1848~1909년

본관은 고성(固城), 전라도 만경(萬頃) 출신이다. 자는 백증(伯曾), 호는 해학(海鶴)·재곡(梓谷)·질재(質齋)·효산자(曉山子)·남악거사(南嶽居士) 등이다. 한학을 익히고 과거를 준비했지만 신학문을 접한 후 애국 계몽 운동과 항일 투쟁에 진력하였다. 대한자강회, 자신회(自新會), 호남학회(湖南學會) 등을 조직하고 단군교(檀君敎) 창립에 참가하였다. 1909년 국권 상실을 비관하여 곡기를 끊어 생을 마감했다.

1942년 정인보(鄭寅普)가 편집한 『이해학유서(李海鶴遺書)』가 있는데, 이를 1955년 국사편찬위원회에서 『해학유서(海鶴遺書)』로 발간하였다. 문집에는 전통적인 시문과 함께 《대한자강회월보(大韓自强會月報)》, 《호남학보(湖南學報)》 등에 실린 논설도 포함되어 있다.

도끼로 찍어 없애야 할 것 一斧劈破

근래 국권 회복을 논하는 자는 모두 학문과 교육을 말하니, 여러분은 이미 실컷 들었을 것이다. 그러나 그 말은 지루하고 모호하여 듣는 사람이 반드시 몹시 놀라고 의심하여 이렇게 말한다.

"우리나라는 오백 년 동안 문치(文治)를 숭상하였으니 언제 학문이 없었으며 언제 교육이 없었는가. 다만 갑오년(1894년) 이후 인재를 뽑지 않고 그저 뇌물만 받아먹었으므로 경전을 연구하며 책 읽는 선비가 대부분 산골짜기에서 늙어 죽은 결과 마침내 오늘날처럼 침체된 것이다. 더구나 신학문과 신교육 이야기가 나온 뒤로 조정에 서 있는 자는 군주를 버리고 나라를 팔아먹었으며, 외국에 유학한 자는 명성에 빙자하여 관직을 차지하고자 할 뿐이다. 이러한 학문과 이러한 교육은 그저 나라를 망하게 할 뿐, 나라를 일으키기에는 부족하다."

그러고는 머리를 흔들고 손을 내저으며 뒤돌아보지 않고 달아나 버린다. 여러분의 말이 틀린 것은 아니지만 하나만 알고 둘은 모르는 폐단이 있다. 내가 어찌 감히 마음을 다해 알려 주지 않을 수 있겠는가.

여러분은 한 번 보라. 오늘날 조정에 서 있는 자는 대부분 구학문을 하던 때의 사람들이며, 공자가 말한 '마흔 살, 쉰 살이 되도록 알려지지 않은 자'이니 논할 것도 없다. 외국에 유학한 자 역시 모두 스무 살이 넘은 사람이니, 집안에서 보고 들은 것이 고루하고 시속의 습관이 그릇되어 이미 고질병이 들어 있다. 어찌 삼사오 년 동안의 학문과 교육으로 그 내장을 깨끗이 씻어 내고 그 사지를 확 바꿀 수 있겠는가. 그러므로 나 역시 여러분이 노성한 나이로 어린아이가 할 일을 하라고 하지는 않는다. 그러나 그 아들과 손자가 눈앞에 살아 있으니, 만약 신학문과 신교육으로 성취시키지 않아 다시 어리석은 아비와 할아비를 뒤따르게 된다면 어찌 애석하지 않겠는가.

아, 여러분 역시 구학문을 하던 시대의 사람이다. 장차 여생을 기꺼이 노예가 될 것이며 회복할 방법을 찾지 않을 것인가 물으면, 필시 "우리들은 재주와 힘이 미치지 못하니 어찌하겠는가."라고 말할 것이다. 그렇다면 여러분의 재주와 힘 역시 나라를 망하기에 족할 뿐, 나라를 흥하게 하기에는 부족하다. 어찌 꼭 역적의 이름을 얻어야만 죄가 되겠는가. 옛사람이 말하기를, "뜻이 있는 사람은 결국 일을 이룬다."라고 하였다. 그러므로 나는 여러분에게 뜻이 없는 것을 걱정하지, 재주와 힘이 없는 것은 걱정하지 않는다. 뜻이 한결같으면 힘이 생기고, 힘을 집중하면 재주가 생기는 법. 이것은 당연한 이치이니, 여러분은 이 점을 거듭 생각하기 바란다.

사람 몸에 병이 있는데 약을 먹어도 효과가 없으면 반드시 약을 바꿀 생각을 한다. 집이 기울어지는데 바로 세울 수 없으면 반드시 다시 지을 생각을 한다. 지금 나라가 병이 들어 이미 고칠 수 없고, 건물이 기울어져 바로 세울 수 없는 상황이다. 그런데도 황제(黃帝)와 기백(岐伯)의 낡은 처방을 쓰고 조상이 살던 옛집이라는 이유로 난색을 보이며 멍하니 지켜보기만 하고 있으니, 이는 나라를 위하는 뜻이 제 몸과 제 집을 위하는 뜻만도 못한 것이다. 그러므로 내가 여러분에게 뜻이 없는 것을 걱정하지, 재주와 힘이 없는 것은 걱정하지 않는다고 말한 것이다.

지금 우리의 상황을 논하자면, 나라를 위하는 마음이 제 몸과 제 집을 위하는 마음만 못한 이유가 어찌 따로 있겠는가. 단군과 기자 이래로 역성혁명(易姓革命)이 여러 번 일어났다. 그러나 백성은 모두 새로운 정치에 복종하여야 여전히 처자식과 안락을 누릴 수 있었고, 학자와 군자들은 자취를 감추고 벼슬하지 않아야 오히려 후세에 명성을 얻을 수 있었다. 그러니 또 무엇을 걱정할 필요가 있었겠는가.

그러나 한 나라를 멸망하게 만드는 근래의 새로운 법은 그렇지 않다. 군주의 지위를 뒤엎지 않고 종묘사직을 바꾸지 않고서도 간사하고 불량한 무리를 등용하여 왕의 명령이라 핑계 대어 학정을 시행하고, 사람들을 옮겨 살게 하여 종족을 끊어지게 한 다음, 천천히 거두어 식민지로 삼는다. 부디 여러분은 파란(波蘭, 폴란드), 애급(埃及, 이집트), 인도(印度), 안남(安南, 베트남)의 역사를 읽어 보기 바란다. 그 비통한 마음과 참혹한 모습이 과연 어떠한가.

이것이 나라를 멸망하게 만드는 새로운 법이니, 나라를 멸망하게 하는 자가 새로운 법을 사용한다면 나라를 수복하려는 자도 또한 새로운 법을 사용해야 하는 것이 몹시 분명한 이치다. 그런데도 여전히 옛것을 지키면서 새로워질 생각을 하지 않으니, 『서경』에서 말한 "옛날에 물든 나쁜 풍속을 모두 새롭게 하겠다."라는 말과, 『모시(毛詩)』에서 말한 "주나라는 비록 오래된 나라이지만 그 명은 새롭다."라는 말과, 『논어』에서 말한 "옛것을 익혀 새것을 안다."라는 말과, 『대학』에서 말한 "날로 새롭고 또 새로워지라."라는 말의 뜻에 어긋나지 않겠는가.

그러므로 나는 오늘날 신학문을 배척하는 것은 우두(牛痘)를 배척하는 것과 다름이 없다고 생각한다. 근본과 말단을 알지 못하고 이익과 손해를 분별하지 않은 채 단지 익숙하게 보던 것이 아니면 곧장 배척하는 이유는 무엇인가. 처음 우두 접종을 시행할 때, 예전 방식으로 천연두를 치료하던 의원이 몰래 헛소문을 지어내어 어리석은 백성을 선동하며 "우두를 접종한 사람은 반드시 천연두에 다시 걸려 죽는다."라고 하고 다녔다. 비록 칙령을 반포하고 관리가 독려해도 백성이 모두 두려워하며 회피하고, 심지어 그 자녀를 숨기기까지 하였다. 그러나 지금 십수 년이 지났는데 우두를 접종한 사람이 다시 천연두에 걸려 죽은 경우를 본 적이 있는가. 여러분은 이를 거울삼아야 한다.

학술은 반드시 시세가 사용하기 합당한지 그렇지 않은지를 보는 것이 요체이다. 그러므로 황제(黃帝)와 노자(老子)의 가르침이 좋지는 않으나 한나라 사람이 사용하여 문제(文帝)과 경제(景帝)의 태평성대를 이루었다. 정자(程子)와 주자(朱子)의 도는 지극히 아름다우나 송나라 사람이 사용하여 애산(崖山)의 패배를 막기 부족하였다. 이는 시세에 알맞은지 그렇지 않은지에 달렸기 때문이다.

내가 보기에 여러분의 학문은 대부분 노사(蘆沙) 기정진(奇正鎭, 1798~1879년) 선생, 면암(勉菴) 최익현(崔益鉉, 1833~1906년) 선생, 연재(淵齋) 송병선(宋秉璿, 1836~1905년) 선생에게 전수받은 것이니, 참으로 좋고 아름답기는 하다. 그러나 이것은 고등 과정(대학 이상)에서는 시행할 수 있어도 보통 과정(중학교 이하)에서는 시행할 수 없다. 시세가 사용하기 합당하지 않으니 어찌하겠는가.

지금 내가 시세를 가지고 말하는 것이 공(功)과 이(利)에 가까운 듯하므로, 여러분은 필시 "그 도를 밝힐 뿐 그 공을 따지지 않고, 그 의를 밝힐 뿐, 그 이는 도모하지 않는다."라는 동중서(董仲舒)의 말을 인용하여 거부할 것인데, 이는 몹시 잘못된 것이다. 이른바 도와 의라는 것은 공공의 이익을 가리키며, 공과 이는 개인의 이익을 가리킨다. 그러나 천하에 도와 의라는 명분을 빌려 개인의 이익으로 삼은 자도 있고, 공과 이의 뜻을 이용하여 공공의 이익을 이룬 자도 있으니, 이 또한 살피지 않으면 안 된다. 여러분이 만약 나라에 공이 없고 백성에게 이가 없는 것을 도와 의라고 한다면, 나는 그것이 무슨 학문인지 모르겠다.

지금 신학문의 책이 다 갖추어져 있는데, 역시 도가 없고 의가 없는 것은 없다. 다만 여러분이 익숙하게 보던 것이 아니기 때문에 곧장 배척하는 것뿐이다. 그러면 여러분은 또 "우선 네가 배운 것을 버리고 내 말을 따르라."라는 맹자의 말을 인용하여 거부할 것이니, 이 또한 잘못된 것이다. 내가 어찌 감히 억지로 우리를 따르라고 하겠는가. 여러분이 만약 가혹한 현실을 고민하고 위태한 나라를 걱정하는 마음이 극점에 다다르면 필시 절로 후회할 것이니, 그때는 비록 우리를 따르지 않으려 해도 그렇게 할 수 없을 것이다. 그러므로 나 역시 "행여 마음을 바꾸기를 내가 날마다 바란다."라는 맹자의 말을 인용하여 답을 한다.

대개 내가 한 번 두 번 거듭 말하며 그만두지 않는 이유는 장차 그 교육의 힘을 사용하여 그 단결하는 마음을 일으키려는 것이다. 다만 구학문은 대부분 진과 한 이후의 전제 정치에서 나왔으므로 백성을 흩어지게 할 뿐 백성을 규합하기에는 부족하니, 결코 오늘날 시행할 수 있는 것이 아니다. 여러분이 만약 내 말을 거짓이 아니라고 여긴다면, 구학문의 세 가지 폐단을 거론하여 아래와 같이 설명하고자 한다.

첫째는 사대주의의 폐단이다. 사람이 이 세상에 태어나 지극히 어리석고 못난 사람이 아니라면 필시 남에게 굴복하는 것을 달게 여기지 않을 것이다. 남에게 굴복하는 것을 달게 여기는 이유는 세력이 모자라기 때문이다. 우리 한국은 단군과 기자(기자가 주나라의 봉작을 받았다는 설은 선대의 선비가 이미 밝혔다.) 이래로 또한 독립된 나라였다. 그 뒤 비록 한나라와 당나라의 정복을 당했으나 중국 내지의 주군(州郡)과는 달랐으므로 그저 정삭(正朔, 책력)을 받들고 공물을 바쳤을 뿐이었다.

그러다가 우리 태조 고황제가 추대를 받아 조선을 세웠을 때 당시 민심이 복종하지 않았고 또 명나라 사람이 따질까 걱정하여 사신을 보내 신하로 칭하였으니, 실로 부득이해서였다. 또 이백 년이 지난 선조(宣祖) 임진년(1592년) 다행히 재조지은(再造之恩)을 입었기에 백성이 오랫동안 잊지 않은 것이다. 그러므로 척화(斥和)를 주장한 삼학사(三學士)의 상소와 북벌(北伐)을 주장한 문정공(文定公) 송시열(宋時烈)의 논의에 항상 '대명(大明)' 두 글자로 서두를 삼았으니, 반드시 이로써 민심을 격발시키고 국권을 회복하기 위해서였으며 명나라와 청나라 사이에서 한쪽을 선택하여 사대하려는 것이 아니었다.

명나라에 사대하는 것이 옳고 청나라에 사대하는 것이 그르다고 한다면 이 또한 "뺨을 맞을 바에는 은가락지 낀 손으로 맞겠다."라는 속담과 비슷한 말이다. 사람은 뺨을 맞지 않으려 하지, 은가락지 낀 손으로 맞기를 바라지는 않는 법이다. 우리 선현의 뜻은 원래 따로 있었는데 후세 사람이 제멋대로 대명의리(大明義理)라는 말을 지어내어 당론으로 세워 자기 권세를 강화하려 하였으니, 이 또한 한심하다. 더구나 맹자는 "작은 나라는 큰 나라를 섬겨야 한다."라고 주장하면서 태왕(太王)이 훈육(獯鬻)을 섬기고 구천(句踐)이 오(吳)나라를 섬긴 일을 증거로 삼았지만 나는 정말 태왕과 구천이 좋아서 그렇게 했는지는 모르겠다. 애석하다. 사대의 논의가 한번 나오자 조정과 재야를 막론하고 이를 주의로 삼아 남에게 굴복하는 것을 달게 여기는 마음이 저절로 생겼으니, 그 어리석고 못나기가 과연 어떠한가.

둘째는 한문 습관의 폐단이다. 학문이라는 것은 효성과 우애의 행실을 닦고 사물의 실상을 추구하는 것이니, 반드시 읽고 외워야 하는 것은 아니다. 우리 한국은 불행히 중국과 가까워 예악과 제도를 모두 수입하였다. 그러므로 비록 소중화(小中華)라고 일컬어지지만 지금 오대양 육대주의 여러 나라 중에 글자를 모르는 사람은 우리 한국이 가장 많고 중국이 그다음이니 어째서인가. 천하에 지극히 배우기 어려운 것이 바로 한문이다. 어려서부터 백발이 되도록 죽을힘을 다하더라도 명성을 이룬 자가 또한 드물다. 비록 중국은 한어(漢語)와 한문(漢文)이 하나로 합쳐져 있는데도 이렇게 어렵거늘, 우리 한국의 국어(國語)와 한문(漢文)은 완전히 다른 것이라, 번역하여야 겨우 뜻이 통한다.(중국 사람은 하늘을 '텬'이라 하고 우리 한국 사람은 하늘을 '하놀텬'이라고 하니, '하놀' 두 글자는 번역어이다.)

여러분도 보았을 것이다. 마을 서당에서 우리와 함께 배웠거나 우리의 아들 손자와 함께 배운 사람이 그 얼마나 많았는가. 7~8세에 입학하여 15~16세가 되어 포기하고 떠나는 자가 절반을 넘고, 25~26세가 되어 그만두고 물러나는 자가 다시 절반을 넘는다. 그사이 10~20년 동안 공부한 양이 적은 것은 아니지만, 끝내 이름자라도 기억하는 자는 백에 한둘도 안 되고, 장부나 편지를 쓸 수 있는 자는 백에 한둘도 안 되며, 시문을 지어 과거에 급제할 수 있는 자 또한 백에 한둘도 안 되니, 이것은 백만 명 중에 겨우 한둘을 얻는 것뿐이다. 설사 지극한 성취를 이루더라도 헛된 겉치레뿐 실속이 없는 학문에 지나지 않는다. 이것으로 과거에 급제하여 벼슬에 나아가 일신의 사익을 도모하는 자는 있지만, 나라에 보탬이 되고 백성을 이롭게 하여 천하의 공익을 추구하는 자는 없다. 근세의 교육법은 그렇지 않아, 차라리 한 사람을 잃을지언정 백만 명을 잃지 않으니 어째서인가. 백만 명 중에 이 한 사람이 없더라도 단체가 되는데 문제가 없기 때문이다. 그런데 우리는 이와 반대이니 그것이 옳은가.

또 중국 사람은 교만하고 자만하기가 예로부터 이미 그러하였다. 여러 역사책에서 반드시 우리 한국을 동이(東夷)로 대우하여 그 책을 읽는 사람으로 하여금 어려서부터 익숙히 보아 당연하게 여기게 하여 그저 중국이 있는 줄만 알고 우리 한국이 있는 줄은 알지 못하게 만들었다. 마침내 조국의 정신을 상실하게 하고 오늘날의 비참한 처지에 빠졌으니, 그 유래가 또한 오래된 것이라 하겠다.

셋째는 문호를 차별하는 폐단이다. 사람이 처음 태어날 적에는 똑똑하고 어리석은 차이가 있을 뿐 귀천의 차별은 없는 법이니, 똑똑한 사람은 저절로 귀해지고, 어리석은 사람은 저절로 천해지는 법이다. 후세에 이르자 마침내 권세와 이익을 다투어 지금 문명국으로 불리는 서양의 여러 나라도 간혹 인종과 계급의 차별이 있지만, 우리 한국에서 말하는 것 같은 당파는 없다. 양반이니 상민이니, 문반이니 무반이니, 적자니 서자니, 노론이니 소론이니, 남인이니 북인이니 이렇게 하여 340개 고을에서 크든 작든 강하든 약하든 서로를 원수로 여기고, 심지어 서로 혼인하지 않고 사귀지도 않는다. 이러니 천리(天理)를 없애고 인륜을 끊는 정도가 과연 어떠한가.

지금 13도(道) 호구를 최근 조사한 표에 따르면 남자의 인구가 대략 600만이다. 이를 양반과 상민으로 나누면 한쪽이 겨우 300만이다. 다시 문반과 무반, 적자와 서자로 나누면 한쪽이 겨우 75만이다. 다시 노론, 소론, 남인, 북인으로 나누면 한쪽이 겨우 18만 7500이다. 다시 340개 고을로 나누면 한쪽이 겨우 5466명이다. 그중에 늙은이, 어린이, 귀머거리, 장님, 절름발이, 병자를 제외하면 남는 사람이 또 얼마나 되겠는가.

더구나 당파 안에도 군자와 소인이 있고, 군자와 소인 안에도 또 당파가 생긴다. 장차 이것으로 열강의 억만이 넘는 단체의 대중과 대결하려 든다면, 이 또한 역량을 헤아릴 줄 모르는 것이다.

이 세 가지 폐단은 그 유래가 이미 오백 년 동안 습속이 되었으며 사람들이 이를 편안하게 여기고 있어 다시 그 좋고 나쁜 것과 옳고 그른 것이 어디 있는지를 알지 못하게 되었다. 그러니 나도 모든 분들과 함께 이 폐단의 술에 취해 있는 자이기는 하지만, 그 술을 조금 마셨기에 조금 빨리 깨어났으니 어찌 흔들어 깨우지 않을 수 있겠는가. 이제 이 폐단을 다스리는 방법을 말하고자 하니 이는 곧 천하의 공정한 의논이요, 한 개인의 사사로운 견해가 아니다. 여러분은 편안한 마음과 느긋한 기운으로 재삼 상세히 살피기 바라고, 갑작스럽게 성내고 욕하지 말기 바란다.

첫째, 독립으로 사대주의의 폐단을 깨뜨려야 한다. 지금 여기 한 사람이 있어 귀와 눈이 있고 사지가 멀쩡한 데도 홀로 서지 못하고 남의 부축을 받고자 기다리면 이는 마비된 자이니, 온전한 사람이라 할 수 없을 것이다. 국가도 이와 같다. 그 토지와 인민이 모두 있는데도 스스로 부강을 이루지 못하여 마침내 변방에 살면서 구속을 받으니, 황천에게 지각이 있다면 반드시 몹시 가엾게 여기고 몹시 분통해할 것이다. 우리 한국 사람이 과연 독립 두 글자를 무대로 나설 깃발로 삼아 온 힘을 다해 함께 나아간다면, 지금 천하에 수나라나 당나라처럼 강한 나라가 있더라도 또한 감히 요수(遼水)를 건너 동쪽으로 한걸음도 쳐들어오지 못할 것이니 근심하기는 부족하다.

둘째, 국문으로 한문에 익숙해진 폐단을 깨트려야 한다. 아, 우리 세종 대왕은 참으로 기자 이후 걸출한 성군이다. 그 폐단이 반드시 이런 지경에 이를 줄 알고 마침내 국문(곧 훈민정음)을 창제하여 백성의 풍속을 완전히 바꾸려 하였는데, 당시 사대부가 그 뜻을 받들지 못하고 인순고식(因循姑息)하여 지금껏 사백 년 동안 오직 여항(閭巷)의 부녀자들이 소설을 읽는 것 외에 쓰임이 거의 없었으니 애석함을 어찌하겠는가. 갑오개혁 이후로 국문과 한문을 함께 쓰는 안이 이미 관청에서 시행되고 있고 또 학계에서 시행될 것인데도 이를 모르는 자들이 오히려 비방을 그치지 않고 있으니 그 또한 심하다 하겠다.

해설

이기는 1902년 고종의 무능과 대신의 비행을 풍자한 「장가(長歌)」를 지어 필화를 당했다. 이처럼 그의 글은 정연한 논리와 강렬한 어조를 특징으로 한다. 이 글은 「일부벽파(一斧劈破)」라는 제목으로 1908년 6월《호남학보》제1호와 제2호에 나란히 실려 있다. 일부벽파란 한 자루 도끼로 폐습을 깨부수자는 강렬한 뜻으로, 당시 상당한 파장을 일으켰다.

국권 회복을 위해 학문과 교육의 개혁을 주장한 글이다. 서두에서 전통적인 한학자를 향해 현실 정치에 직접 나서지 않으면 조선이 식민지로 전락할 것이라 일갈했다. 천연두 예방을 위한 백신인 우두를 접종하면 오히려 천연두에 걸린다고 거짓 선전을 하고 다니는 의원 꼴이 되어서는 안 될 것이라 하고, 열린 자세로 신학문을 수용하는 것이 경전에 나오는 '일신(日新)'의 뜻이라고 거듭 강조하고 있다.

이기는 현실 개혁을 위해 신학문을 수용해야 한다고 하면서 사대주의와 한문 전용, 신분과 당파의 차별 등 세 가지 폐단의 혁파를 대안으로 제시하였다. “은가락지 낀 손에 뺨 맞겠다.”라는 속담을 들어 ‘대명의리’에 빠져 있는 구학문의 논리를 공박하고 대명의리는 조선 독립을 위해 민심을 격발하려 한 것이라 해석하였다. 그리고 ‘독립’의 기치를 내걸고 사대주의를 극복함으로써 외세의 침탈에 맞서야 한다고 주장하였다. 한문은 공공의 이익에 도움이 되지 않으며, 모든 대중이 문자를 알아야 한다는 교육의 공공성을 강조한 것 역시 자생적으로 터득한 근대의 시각이라 하겠다. 완전한 ‘국문’ 글쓰기 주장으로 나아가지는 못하였지만 갑오개혁 이후 일반화된 국한문 혼용체를 적극 수용할 것을 촉구하였다. 이와 함께 이기는 당파와 계급, 지역에 따른 차별의 문제를 날카롭게 지적하였는데, 근래까지도 이런 악폐에서 벗어나지 못한 점을 감안할 때 시대를 앞선 혜안이라 할 만하다.

《호남학보》 제3호(1908년 7월)에는 「일부벽파속(一斧劈破屬)」이 실려 있다. 『이해학유서』(권3)에는 앞의 글과 함께 ‘일부벽파론(一斧劈破論)’으로 실되, 국한문 혼용이 아닌 한문 전용으로 되어 있다. 이기는 「일부벽파속」에서 국권 회복을 위해 ‘단체’의 결성이 가장 시급하다고 하고, 사족(士族)들이 “독립도 좋고 국문도 좋으나 평등은 안 된다.”라고 할 테지만 앞선 글의 요체가 바로 ‘독립’, ‘국문’, ‘평등’임을 이렇게 요약한 것이다. 앞선 글에서 미진한 평등의 문제를 여기서 부연하였는데 “백성을 평등한 사람으로 여기지 않는다면, 천하도 우리 조선을 평등한 나라로 여기지 않을 것”이라고 평등이 국권 회복의 선결임을 강조하였다. 또 단체의 시작은 학교라 지적하고 구체적인 학교 교육 내용으로 체육(體育), 덕육(德育), 지육(智育)의 ‘삼육(三育)’을 강조했다. 삼육은 19세기 말 일본 교육학의 영향을 받으면서 소개된 것으로 이후의 신소설이나 교과서에 핵심적인 내용으로 등장하게 된다.

이 글을 쓴 배경이 마지막에 붙어 있다. 1907년 구례에 있는 황현을 찾아가 신학문에 대해 이야기를 나누는데 황현은 자신이 이미 쉰세 살이라 신학문으로 바꾸는 것에 난색을 표하였다. 이기는 황현처럼 주위의 눈치를 보고 과감하게 구학문에서 탈피하지 못하는 사족들을 위해 이 글을 쓴다고 하였다. 또 곡성의 사족이 《대한자강회월보》에 실린 이기의 글을 보고 '기이'하다고 하였는데, 이를 두고 이기는 이렇게 반박했다.

"기이하다는 것은 범상치 않다는 말이다. …… 오늘날 우리 한국은 범상치 않은 때이니, 범상한 학문과 범상한 교육으로는 백성을 사용할 수 없다. 그러니 그 문장이 기이한 것도 당연하지 않겠는가. 이미 기이한 줄 알았다면 마땅히 금강산 일만이천봉이 바다에서 막 솟아난 것처럼 보고서 발을 싸매고 양식을 싸들고 멈추지 않고 나아가야 한다. 그렇게 한다면 높은 비로봉과 깊은 만폭동이 모두 눈앞에 펼쳐질 것이니, 어찌 모르는 자의 비난을 두려워할 필요가 있겠는가."

우리나라 지도에 대하여 大韓地圖說

앞의 책표지에 붉은색으로 경계선을 그은 것이 바로 우리 한국의 지도이다. 본보(本報, 《대한자강회월보》) 제1호를 발간하자 어떤 관원이 이 지도를 가리키며 회원 이종일(李鍾一) 씨에게 물었다.

"이것은 무슨 물건입니까?"

이종일 씨가 한참 침묵하다가 말했다.

"영감의 식견이 어찌하여 이 지경으로 떨어졌소?"

아, 이종일 씨의 말은 시대를 근심하고 풍속을 아파하는 뜻에서 나온 것이다. 그러나 나라에서 가르치지 않고 백성이 배우지 않은 지 지금 수백 년이 되었다. 내 생각에 본보를 구독하는 전국의 선비 중에 이것을 알아보는 사람이 몇이나 있을지 모르겠다.

사람이 태어나면 반드시 신체가 있고, 신체가 있으면 반드시 가정이 있고, 가정이 있으면 반드시 국가가 있으니, 국가를 버릴 수 없음은 또한 몹시 명백하다. 귤이 회수(淮水)를 건너면 탱자가 되고, 담비가 문수(汶水)를 넘으면 죽는다. 초목과 곤충도 그렇거늘, 하물며 사람은 어떻겠는가. 지금 우리를 인도양 남쪽이나 고비 사막 북쪽에 둔다면 죽음을 면치 못할 것이요, 행여 죽음을 면하더라도 병에 걸리고 말 것이다. 그러므로 사람은 남의 나라를 사랑하지 않고 자기 나라를 사랑하니, 이 또한 하늘의 이치와 사람의 감정이 저절로 그러하기 때문이다.

요즘 보아하니 우리 한국에 온 외국인은 혹은 반년, 혹은 일이 년, 혹은 십 년 동안 살겠다고 하지만 반드시 죽을 때까지 살겠다고는 하지 않는다. 그럼에도 도착하는 날에 반드시 우리 한국의 지도를 찾아서 자세히 살펴본다. 더구나 우리 한국 사람이 어찌 제 한 몸만 생각하겠는가. 우리 아버지로부터 위로 올라가 먼 조상에 이르기까지 모두 이곳에서 태어나 이곳에서 집을 짓고 이곳에서 밥을 먹고 이곳에서 장사 지냈다. 나로부터 아래로 까마득한 후손까지 미루어 보면 또한 장차 이곳에서 태어나 이곳에서 집을 짓고 이곳에서 밥을 먹고 이곳에서 장사 지낼 것이다. 그러므로 그 산천이 험준한지 평탄한지, 날씨가 추운지 따뜻한지, 도로가 먼지 가까운지, 호구가 많은지 적은지, 풍속이 좋은지 나쁜지, 물산이 많은지 적은지, 돈과 곡식이 늘어나는지 줄어드는지 이 모든 것을 몰라서는 안 된다. 그러니 이 지도가 국가의 계획과 백성의 생활에 관계된 바가 진실로 가볍지 않다. 그런데 무슨 물건인지 모르는 지경에 이르렀으니, 이는 모두 잘못된 학문이 초래한 결과이다.

우리 한국의 학문은 대략 두 종류가 있다. 첫째는 도학(道學) 공부다. 우리나라의 현인들이 대부분 여기에서 나왔지만 말세가 되자 권력을 잡은 재상이 도학 공부하는 사람을 시기하고 질투하여 마침내 유일(遺逸)이라는 호칭으로 그가 관직에 나오는 길을 막았다. 그 사람 역시 헛된 명성에 만족하고 실제로는 피해를 당하면서도 안주하면서, 이야기가 조정에 미치면 문득 "이것은 유자(儒子)가 알 바가 아니다."라고 하며 일체의 세상사를 팽개치고 등한시하였다.

둘째는 과거 공부다. 이는 당 태종(唐太宗)이 백성을 어리석게 만든 방법이었는데 비록 이를 통해 군수와 관찰사의 자리를 얻고, 더 나아가 판서와 정승의 자리를 얻었지만, 문학과 정치의 길이 둘로 나뉘어 서로 반대로 달려갔으니, 오늘날 하는 바를 살펴보면 모두 지난날 배운 것이 아니다.

그리하여 권세 있는 집안의 자제는 마침내 학문을 경시하는 마음을 품고 서로 본받아 지극히 무식해졌다. 이 때문에 도학 공부를 하는 사람과 과거 공부를 하는 사람을 막론하고 "우리나라의 강역이 얼마나 되며 도로가 얼마나 되는가?"라고 물으면, 겨우 기억하는 것이라고는 "의주(義州)까지 일천 리, 해남(海南)까지 일천 리, 동래(東萊)까지 일천 리니까 모두 삼천 리다."라고 말하는 데 불과하다. 어느 겨를에 산천, 기후, 도로, 호구, 풍속, 물산, 돈과 곡식 따위를 따지겠는가? 이러니 우리나라 사람의 애국심이 어디서 생기겠는가?

여러분에게 간절하고 간절하게 바라노니, 오늘날 우리 한국을 농락하고 우리 한국을 억압하는 자들을 보라. 여러분이 평소 고담준론하면서 오랑캐라고 하던 나라 사람이 아니던가? 눈이 있으니 반드시 보았을 것이요, 귀가 있으니 반드시 들었을 것이다. 여러분은 과연 마음이 상하지 않는가? 마음이 상하지 않았다면 말이 되지 않으므로 필시 마음이 상했다고 답할 것이다. 마음이 상했다면 과연 회복할 뜻이 있는가? 뜻이 없다고 하면 또 말이 되지 않으므로 필시 뜻이 있다고 대답할 것이다. 뜻이 있다면 과연 나라를 사랑할 수 있는가? 나라를 사랑하지 않는다고 하면 또 말이 되지 않으므로 필시 나라를 사랑한다고 대답할 것이다. 나라를 사랑한다면 어디서부터 시작해야 하겠는가? 내가 여러분의 말을 듣지는 못했지만 한마디로 대표하자면 토지에서부터 시작해야 한다고 말하겠다.

지금 내가 책표지에 그린 그림은 비록 주척(周尺)으로 한 자(20센티미터)가 못 되고 가로는 세 치(2센티미터)가 못 되지만, 그래도 이것은 참으로 우리 한국의 땅이다. 그 강역은 삼천리요, 그 인구는 이천만 명인데, 또한 내가 조상에게 전해 받고 자손에게 전해 줄 것이다. 여러분에게 간절하고 간절하게 바라노니, 오늘부터 본보를 읽을 때마다 반드시 책을 품에 안고 입을 모아 크게 통곡하라. "나 스스로 강해지지 못해서 그렇지, 정말 스스로 강해질 수 있다면 어찌 삼천리 강역과 이천만 인구로 이렇게 남에게 농락과 억압을 받게 하겠는가."라고 하며, 아침에 한 번 통곡하고 저녁에 한 번 통곡하라. 통곡해도 마음을 다 표현하지 못하거든 내가 이를 이어서 알려 줄 것이 있으리라.

해설

이 글은 《대한자강회월보》 표지에 한국 지도를 그린 뜻을 설명한 것이다. 《대한자강회월보》는 창간호부터 표지에 한국의 전도를 실루엣으로 그리고 그 안에 大韓自强會月報라는 글씨를 넣었다. 창간호를 본 사람 중에 이러한 표지 디자인의 의미를 알지 못하는 이가 있어 그 뜻을 소상하게 말한 것이다.

이기는 우리나라의 지리와 지형을 아는 것이 애국심의 시작이라 하였다. 전통을 고수하는 사람들은 도학과 과거가 학문의 시작과 끝이라 여겼기에 지리에 관심이 없었고 그 때문에 나라를 사랑하는 사람이 없어졌다고 역설하였다. 그리고 나라 사랑의 길이 우리 국토를 사랑하는 데서 비롯한다고 하였다.

이 글은 마지막 대목이 격정적이다. 잡지 표지에 그려진 우리나라 지도를 보고 우리나라의 현실을 통곡하라고 하였다. 지도를 안고 통곡하라는 말에서 장지연의 「시일야방성대곡」이 연상된다. 쇠망의 길로 들어선 대한의 자주독립을 위한 간절한 외침이 느껴지는 글이다. 통곡을 해도 마음을 다 표현하지 못하면 다른 방안을 알려 줄 것이라 하였는데 그 답이 궁금하다.

김하염 金河琰

?~?

어떤 인물인지 자세히 알 수 없다. 《서우(西友)》에 그에 대한 기사가 여럿 보인다. 1908년 서북학회(西北學會) 서기(書記)를 지냈고, 《서우》에 「화폐(貨幣)의 개론(槪論)」과 청년의 천직을 다룬 「모험용진(冒險勇進)」을 발표한 것으로 보아 서북 출신의 문인으로 계몽 활동에 힘을 쏟은 인물인 듯하다.

1908년 안창호(安昌浩)가 서북학회에서 한 연설을 《대한매일신보》에 그의 이름으로 게재한 것이 보인다. 또 《대한학회월보(大韓學會月報)》(1908년 4월 25일) 보성전문학교 교주(校主)가 경제과에 재학하던 중 그를 일본으로 유학 보냈다는 기사도 확인된다. 『승정원일기』(1903년 9월 19일) 기사에 내장원(內藏院) 공업과(工業課) 주사를 지낸 기록도 보인다.

시급한 여자 교육 女子教育의 急先務

지금 국가를 보존하고 인종을 보존할 뜻이 있는 사람은 모두 부국강병의 기술에 종사하려 급급해하지만 나는 반드시 "여자를 교육하는 업무가 실로 이보다 급한데 하나도 시행하지 않는다."라고 말할 것이다. 급선무라고 말하면 힐난하는 자는 "오늘날 어느 겨를에 여자의 공부를 급선무로 삼는가?"라고 할 것이다. 달걀을 붙들고 닭이 새벽 알리기를 바란다거나 목이 말라서야 우물을 판다는 비판을 면하지 못할 듯하지만, 이것은 그 근본을 모르는 말이다. 우리나라 현재의 참상을 따져 보면 그 원인은 여자를 교육하지 않은 데 있다.

대저 국가를 보존하고자 하면 그 국민이 각기 직업을 가지고 스스로 생계를 꾸린 뒤에야 나라가 부강해질 수 있다. 지금 우리 동포가 대략 이천만 명이라고 하니, 그렇다면 여자가 절반을 차지하고 그 나머지 천만 명 중에 스스로 일해서 먹고사는 자가 반드시 전부는 아닐 것이요, 농사도 짓지 않고 장사도 하지 않으며 놀고먹으면서 낭비하는 자가 또 몇백만 명인지 알 수 없다. 이것이 이른바 "한 사람이 농사를 짓고 열 사람이 먹는다."라는 말에 해당한다. 이와 같은데 추위에 떨고 굶주리는 것을 어찌 면할 수 있겠으며 부국강병을 어찌 바랄 수 있겠는가?

한 나라의 인민과 물산을 모두 합쳐 그 소비한 숫자를 소득의 비율에서 공제하고 나서 여유가 있어도 국민 생활이 만족스럽지 않거늘, 더구나 우리나라 인민 중에 여자는 스스로 생계를 꾸리지 못하고 남에게 의지해야 한다. 이 때문에 남자가 가축과 노예처럼 기르니, 여자만 지극히 괴로울 뿐 아니라, 남자도 일 년 내내 부지런히 일하여 얻은 소득으로 처자를 양육하기가 충분치 않다. 그리하여 남자도 지극히 괴로워 항상 서글피 가난을 걱정하며 즐거움을 누리지 못한다. 그 밖에 사농공상을 막론하고 춥고 굶주려 시신이 도랑에 구르는 자가 또 얼마나 되는지 알 수 없다.

내가 논해 보자면 이러하다. 『대학』에 이른바 "생산하는 자가 많고 소비하는 자가 적어야 한다."라는 말과 고생이 줄어야 성과가 배가된다는 경제 원칙상의 논리로 미루어 보아도, 한 사람이 하는 일로 한 사람이 먹고살 것을 마련하면 가난을 걱정하며 한탄하는 일이 절대 없을 것이다. 그러나 우리나라에 가난하지 않은 사람이 없는 이유는 한 사람이 여러 사람을 먹여 살리기 때문이다. 그 최초의 기점은 부인이 직업이 없는 데서 비롯되었다. 여자도 똑같은 사람인데 어찌 남자에게만 전적으로 책임 지우겠는가? 여자도 사리를 통달하면 쉽게 직업을 가질 수 있을 것이다. 공부라는 것은 직업의 어머니이다. 그렇다면 부인이 직업이 없는 것은 하늘의 이치상 마땅한 것이 아니요, 교육을 하지 않아 직업을 가질 수 없는 것은 형세상 당연하다.

이와 같이 성장하여 애처롭게 남이 먹여 살려 주기를 바라니, 이 때문에 남자는 귀하고 여자는 천하며 여자는 편하고 남자는 힘들다. 부부 사이에서도 귀하고 천하며 편하고 힘든 것이 서로 상반되니, 사람 마음에 함께 즐거워할 리가 있겠는가? 아, 국가는 어떻게 강해지는가? 인민이 부유해야 나라가 강해진다. 인민은 어떻게 부유해지는가? 사람마다 스스로 먹고살기 충분하면 인민이 부유해진다.

한 나라 안에 직업을 가진 사람이 증가하면 자원과 공산품의 생산도 갑절이 될 것이니, 그 증가한 수는 모두 옛적 땅속에 버려진 재화다. 땅속에 버려진 재화를 가져다 세상에 쓰이게 하면 그 이익이 몹시 크다. 이와 같이 하려면 학문이 아니고는 불가능하다. 그렇다면 여자에게도 보통의 지식을 가르쳐 적당한 직업을 가지고 제 힘으로 먹고살게 되면 어찌 남에게 굴복하겠는가.

아, 옛날 중화 문명 시절에는 사람들이 늘 "부인은 재주 없는 것이 덕이다."라고 말했다. 세상의 눈먼 선비가 이 말을 고집하여 천하의 여자로 하여금 한 글자도 읽지 못하게 하고 나서야 현숙(賢淑)의 으뜸이라 말하니, 이는 실로 천하를 해치는 도이다. 옛날에 재주 있는 여자로 불린 이는 음풍농월(吟風弄月)이나 하고, 꽃을 꺾고 풀을 뜯어 장난을 치며 봄을 상심하고 이별을 아쉬워하는 등의 문학에 지나지 않았으니, 이러한 일들은 배움이라 할 수 없다. 남자라도 달리 배우는 것 없이 이로써 이름나고자 한다면 부랑자라고 지칭할 것이니, 더구나 여자는 어떻겠는가.

내가 말하는 배움은 안으로 그 가슴이 활짝 트이게 하여 스스로 뜻을 세우고 자신을 수양하는 요령을 마음에 새기고 몸소 실천하는 것이며, 밖으로 학문의 이치를 가르치고 이끌어 생계를 영위할 수 있는 기능을 배우게 하는 것이다. 그러면 완전한 인격을 이룰 것이니, 부인의 덕에 무슨 해가 되겠는가. 저 시골 부녀자와 벼슬아치 아내의 행동을 관찰하면, 서로 빗자루를 가져갔다고 욕설을 퍼붓거나 입술을 삐죽거리며 따지는 따위의 일이 더더욱 심하다. 이것은 무엇 때문인가? 보통 사람이 비루하고 다투는 폐단은 그 견문이 지극히 좁기 때문에 생긴다. 만약 그 사람이 만고의 일을 알고 오대륙과 교류하여 남과 함께 살아가는 방도와 만국이 강하고 약한 이치를 통달하게 하면, 그 마음이 천하를 걱정하고 중생을 불쌍히 여기기에 겨를이 없을 것이니, 집안 부녀자의 일을 두고 머리 굴려 따질 여력이 필시 없을 것이다.

지금 부인이 편협한 폐단은 천지 사이의 사물에 대해서 하나도 들은 것 없이 죽을 때까지 가정에만 오로지 정신이 집중되어, 요리나 바느질 같은 지극히 사소한 일의 범위 안에서만 훤한 마음과 힘을 사용할 뿐이라는 점이다. 이 때문에 그 누추한 습속은 배우지 않고도 모두 능숙해진 것이다. 전국 동포 수만 수천 가구 중에서 가정 안팎에서 서로 화목하게 지내며 말을 할 적에 종신토록 이간질이 없는 경우는 만에 하나도 되지 않는다. 그 이유는 무엇인가? 그 발단은 시어미와 동서, 시누이 사이에서 나오지 않는 것이 없다. 그러므로 시대를 분개하는 사람은 걸핏하면 “부인은 가까이해서 아니 된다.”라고 하고, “여자가 간섭하면 만사가 이루어지지 않으니 함께 의논하기 부족하다.”라고 하며, 평소 길을 가다 여자가 먼저 지나가면 마가 끼는 불길한 물건 보듯이 그날 외출을 그만두곤 한다. 이렇게 죄를 얽어 놓고서 유유히 천년 세월 동안 그 얼마나 많은 집안에서 여자를 규방 안에 가두어 놓고 행동을 속박하며, 그 총명과 지혜를 아예 끊어 버려 살아 있는 사람이 할 일을 하지 못하게 하였던가. 아, 여자여, 어찌 원통하지 않은가.

푸르고 푸른 하늘이시여! 지극히 공정하고 사심이 없으니, 여자에게 부여한 본성이 어찌 본디 나쁜 것이었겠는가? 흙덩이 같은 몸뚱이로 교육을 받지 못하고 방 안에 갇혀 있으면서 남자에게 누를 끼치게 된 것은 학식이 없어서 스스로 먹고살 수 없기 때문이다. 남에게 먹여 살려 주기를 바라며 평생을 살아가니, 남자도 여자도 모두 넉넉하지 못하다. 하루 종일 조용히 지내면서 서글피 탄식하느라 사람의 영혼이 손상되고 사람의 의지가 작아지니, 어찌 화목할 수 있겠는가? 비록 총명하고 호걸다운 선비라도 좁은 규방 안에다 끌어넣고 다시 몇 해를 보내게 한다면 필시 그 의지와 도량이 줄어들고 재주와 기개가 사그라질 것이다. 더구나 본질이 연약한 여자에게 책임을 오로지 전가하는 것은 몹시 잘못된 일이니, 이를 치료할 방법을 강구해야 한다.

아, 여자 교육이 옛날이라고 부족하였겠는가? 부녀자의 도리가 흥성하자 모든 가정이 아름다워졌다. 이 때문에 『시경』 삼백오십 편의 교훈은 어머니의 법도를 간곡히 말했고, 공자의 제자 일흔두 명이 편찬한 『예기』는 태교를 중시하였으며, 『시경』 「주남(周南)」에서 숙녀(淑女)를 노래하고 성인이 남녀를 교화할 때 평등하게 시행하여 조금도 차이가 없었다. 성인의 시대와 더욱 멀어지면서 고대의 의리가 땅에 떨어지니, 학문은 말할 것도 없고 여자는 오직 술과 밥만 의논해야 하였다. 이처럼 똑같은 사람인데 남자는 지혜롭고 여자는 어리석다면 이것이 어찌 천륜의 이치이겠는가? 저 서구의 여러 나라를 보라. 나라의 기세가 날로 강해지고 국민의 지혜가 날로 계발되는 원인이 한둘이 아니지만 오직 교육 방면에서 모든 교과목의 분담을 어머니의 교육에서 시작한 것이 열에 일곱을 차지한다. 그렇다면 여자 교육이 어찌 중대하고 급하지 않겠는가?

어린아이에게는 어머니가 아버지보다 친밀하다. 그 자식의 성품과 기호는 오직 부인이라야 형세에 따라 잘 인도할 수 있으므로 어머니의 교육이 좋으면 자식의 성취가 쉽고, 좋지 않으면 자식의 진보가 어렵다. 『안씨가훈(顏氏家訓)』에 따르면, 어린아이를 가르칠 때 스승에게 나아가기 전에 성품의 바탕과 생각의 크기가 모두 대략 정해지니, 어려서는 습관이 본성처럼 되게 하고 성장하면 이끌기만 하라고 하였다. 이는 실로 교육의 근본을 알고서 이루는 큰 성과라 하겠다. 어머니 된 사람이 학문의 근본과 교육의 방법을 통달하면 어린아이가 열 살 이전에 모든 학문의 얕은 이치와 타고난 지식, 뜻을 세우고 자신을 수양하는 요령 등을 모두 대략 알 수 있을 것이다.

지금 우리나라에 어린이의 학문이 흥성하지 않아 스승에게 나아가 배웠다 하더라도 다음 공립 학교나 사립 학교로 올라갈 단계가 갖추어지지 못하고 교육이 온전하지 못하여 재주를 성취할 수가 없다. 어렸을 때부터 규방에서 놀면서 보모의 수중에서 벗어나지 못하니, 보고 듣는 것이 밥상이나 광주리 같은 집안의 자잘한 일에 불과하다. 근실히 힘쓰는 자라고 해 보았자 과거 공부나 벼슬자리의 녹봉을 부러워하며, 재산을 보전하고 자손을 양육하면 모든 일이 끝이라 여기고, 이렇게만 되면 제일이라 하면서 자식을 낳고 기른다. 마음속으로나 눈에 보이는 것 중에 이보다 중대한 것이 더는 없다고 여긴다. 그리하여 수천만 가정이 동병상련의 마음으로 부지불식간에 사사로운 이익을 도모하고, 구차하고 뻔뻔스럽게 고루한 야만의 천하를 만들어 내기에 이르렀는데도 그 연유를 모르고 후회하지 않으니, 어찌 통탄스럽지 않겠는가?

아, 저 서양 사람의 자식이 어찌 별종이겠는가? 단지 어려서부터 배우기에 힘썼을 뿐이다. 그러므로 천하를 다스리는 큰 근본은 사람 마음을 바로잡고 인재를 늘리는 데 있다. 두 가지의 근본은 양육에서 시작하니, 양육이 바르지 않으면 성장할수록 천박해진다. 양육의 근본은 반드시 어머니의 교육에서 시작하며, 어머니 교육의 근본은 부녀자의 배움에서 시작한다. 그러므로 여자의 배움이 실로 천하의 존망과 강약의 근원이 된다는 점은 지난 역사를 거슬러 올라가 살펴보면 분명히 확인할 수 있다. 고대 중국의 자여씨(子輿氏, 맹자)는 성현의 지위에 올랐으나, 그 어머니가 세 번 이사하며 흔들리지 않은 가르침이 없었다면 시장의 장사꾼에 불과하였을 것이다. 우리나라의 김유신은 신라의 일등 공신이 되었으나 그 어머니가 엄히 꾸짖지 않았다면 기생집의 탕아가 되었을 것이다. 그렇다면 오늘날 여자의 학문이 어찌 급선무가 아니겠는가?

또 어떤 사람은 "일반적인 행위는 여자가 항상 남자보다 못하다."라고 말한다. 배움의 이치를 따져 보자면 실제 배우고자 할 때 남녀 각기 장점이 있으니 전적으로 잘못이라고만 할 수만은 없다. 다만 여자의 특질을 대략 논하자면 지극정성이고 세심하여 일을 할 때 매사 꼼꼼하고, 끝까지 참을성이 있으며, 조용하고 번다하지 않아 종종 남자가 잘 하지 못하는 일을 할 수 있다. 예컨대 한여름 무더위에 바느질과 요리를 능히 해낼 수 있으며, 봄비가 쏟아질 때도 비를 맞으며 빨래를 할 수 있으니, 이 또한 배우지 않고도 저절로 잘 할 수 있는 것이다. 만약 잘 이끈다면 무슨 일인들 못하겠는가?

저 서구는 여자의 배움이 발달하여 각기 직업을 가진 것에서 증명이 된다. 예컨대 교육, 의학, 제조 등 전문 직종에서는 남자보다 낫다. 일본의 경우 메이지 이전에는 국민의 지혜가 꽉 막히고 기술이 모자랐지만 갑자기 유신(維新)을 거치자 마침내 오늘날처럼 되었다. 예전에는 어리석었으나 오늘날 지혜로워진 것이 아니다. 좇아가 이끌어 북채를 한번 움직이자 수많은 실이 함께 움직이는 것과 같다. 아, 여자는 수천 년 동안 배움의 길이 막히고 생계의 길이 끊어져 고개를 숙인 채 신하 노릇 하인 노릇에 안주한 것은 힘으로 억눌러 그런 것이지 재주가 없어서가 아니다. 만약 학문에 종사하고 평등하게 교육을 시행한다면 함께 권리를 누릴 것이다.

지금 또 비난하는 사람은 "저 서양 사람이 부강해진 것이 학교 때문이기는 하지만 그중에 가장 뛰어난 방도는 웅장한 전함과 강력한 총포, 신속한 철도와 흥성한 광업이다. 이러한 일들은 여자가 할 수 없는 것이니, 어찌 여자의 배움이 급선무이겠는가."라고 말한다. 그렇지만 부강의 원인이 어찌 이것뿐이겠는가? 농업과 공업, 의학과 상업, 물리학과 교육학 등의 학문은 여자도 할 수 있는 일이다. 배워서 유용한 사람이 될 수 있으니, 나라를 다스리는 사람이 그저 남자의 배움만 말하고 여자의 배움을 소홀히 여기면 몹시 잘못된 일이다. 그러므로 나는 반드시 "나라를 부강하게 하고자 한다면 여자 교육이 급선무이다."라고 하겠다. 여자의 배움이 가장 성하고 강한 곳은 미합중국이다. 그다음으로 성하고 강한 곳은 영국, 독일, 프랑스, 일본이다. 여자의 배움이 쇠퇴하면 어머니 교육이 잘못되어 직업이 없는 사람이 늘어나고 지혜로운 국민이 줄어들어 망하지 않은 나라가 없으니 인도, 이란, 터키, 청나라가 이러하다.

아, 오늘날 우리 한국이 부녀자의 배움을 진흥해야 하는 것이 이와 같이 급선무이지만, 어찌 부녀자의 배움이라고 말하고 그만둘 문제이겠는가? 배움이라는 것은 아침저녁 책상에 앉아 책을 보는 것이 아니요, 스승 및 학우와 강습하여 지혜를 열고 나라 안팎을 유람하여 재주를 넓혀 몇 가지가 서로 보태져야 배움이 성취될 수 있다. 그러나 지금 우리나라의 여자는 규방 깊숙이 있으면서 문밖을 나오지 않아, 눈으로 한 사람도 보지 않고 발로 한 도시를 밟지 않을 뿐 아니라 얼굴을 가리고 몸을 숨겨 내외가 몹시 엄하다. 이와 같으니 교훈적이고 평범한 말조차 듣기 어렵거늘, 실질적인 학문을 강구하여 실제적인 쓰임에 이르도록 하고자 한다면 특별한 재능이 있다 하더라도 성공을 바라기 어려울 것이다.

그뿐만이 아니다. 저들의 생활을 보면 스스로 먹고살지 못하고 남이 먹여 살려 주기를 기다려야 하는 데도 낭비는 더욱 심하다. 자연스럽게 남의 팔과 다리를 손상시키고 남의 피와 살을 뭉개어, 사람으로 하여금 죽을병에 걸리게 하고 사람으로 하여금 형벌을 받게 하며, 자신의 욕심을 채우고 눈과 귀를 즐겁게 하려고 하니, 어찌 배움이 있는 줄 알겠으며 또 어찌 사람으로 하여금 배움에 종사하게 할 수 있겠는가? 이것이 내가 여자 교육이 급선무라고 다급히 외치는 이유이다.

지금 국내 학교의 숫자를 대략 계산하면, 남학교는 서울에 관립과 사립의 대학교, 중학교, 소학교가 육십여 곳을 겨우 넘고, 여학교는 일고여덟 곳에 학생 수는 천 명에 불과하다. 지방은 오직 수원, 인천, 평양, 부산 등지뿐이다. 아, 일천만 여성계에 지금 학생이 겨우 수백만 분의 일도 되지 못한다. 이와 같은데도 나라가 자립하기를 바라는 것은 모래로 밥을 짓는 것과 무엇이 다르겠는가? 사랑하는 우리 동포여! 그저 분개하지만 말고 힘쓸 방법을 찾아 아들과 딸의 교육을 병행해야 할 것이다.

여자의 배움에서 교과 과정을 말하자면, 수신(修身), 교육(教育), 국어(國語), 한문(漢文), 역사(歷史), 지리(地理), 수학(數學), 이과(理科), 가사(家事), 습자(習字), 도화(圖畵), 재봉(裁縫), 음악(音樂), 체조(體操) 등 여러 과목이 있다. 남자의 배움에 미치지 못하는 것은 군사와 정치 몇 가지뿐이다. 이와 같은 것을 모두 잘 배우면 현재의 우리나라를 어찌 만회하지 못하겠는가? 이를 측은히 여겨 우리 황상 폐하께서 조서를 내려 배움을 권함에 윤음이 절절하셨다. 이어서 또 이웃 나라에 황태자를 보내 유학하게 하시고 황후 폐하께도 수업을 받게 하셨으니, 실로 우리 동방에 없었던 성대한 일이며 만년이 지나도록 무궁한 아름다운 업적이라 하겠도다. 아, 전국의 동포들이여! 성상의 뜻을 떠받들어 골수 깊이 새기고 신속히 시행하여야 할 것이며, 성상의 제도를 어기지 않아 멸족의 화를 면해야 할 것이다.

나는 시골 사람이라 학계의 청년으로 경성에서 더부살이한 지 지금 여러 해가 되었다. 매번 여성계의 소식을 보고 들으니, 부패한 관습이 시골보다 더욱 심하여 마음속으로 항상 통탄하였다. 지금 새해를 맞이하여 여관의 차가운 등불 아래 고향을 아득히 떠올리니, 어버이 생각이 간절하지 않은 것은 아니지만, 국내 동포의 정경(情景)을 생각하면 마음이 싸늘해지고 뼈가 시리다. 그러나 앞으로 나아갈 일을 바란다면 여자 교육이 급선무인지라, 대서특필하여 간곡하게 말한다.

아, 전국의 자매 여자들이여! 수천 년 동안 신하와 첩과 노예로 가축처럼 길러졌으니 어찌 원통하지 않겠는가? 때가 왔도다, 때가 왔도다. 다행히 이때에 태어났도다. 속히 수업을 받아 스스로의 힘으로 살아가며 행복한 지위를 차지해야 한다. 만약 그렇지 않다면 너희는 입에 밥을 넣지도 몸에 옷을 걸치지 못할 것이요, 고삐 잡히고 재갈 물려 끌려다니는 일이 지난날보다 더욱 심할 것이니, 내 말을 가볍게 여기지 마라. 동양과 서양 과학자의 이론, 명철한 스승들의 경험과 격언을 현 상황에 참작하여 거친 글을 엮고 피를 토하며 기원하노니, 아, 나라를 다스리는 당국자는 여자 교육을 급선무로 삼을지어다.

해설

박영효의 「개화상소(開化上疏)」와 유길준(兪吉濬)의 『서유견문(西遊見聞)』, 《독립신문》 등에서 여성의 교육에 대한 언급이 등장하며, 특히 1905년에서 1910년 사이 기호흥학회, 서우학회, 서북학회 등에서 여러 사회단체를 중심으로 이러한 주장을 이어 나갔다. 신채호가 1907년 《대한매일신보》에 「라란부인전(羅蘭夫人傳)」을 연재하면서 여성을 위한 역사 교육을 주창하였다.

이러한 움직임의 연장선상에서 1908년 《서우》에 발표한 김하염의 이 글은 여성의 경제 자립이라는 관점에서 체계적인 여성 교육을 주장했다. 김하염은 여학(女學), 혹은 부학(婦學)이라는 개념으로 여성 교육을 강조하였는데 량치차오가 『변법통의(變法通議)』 중 '논여학(論女學)'이라는 항목에서 기술한 내용과 관련이 깊다. 여성도 직업이 있어야 하며 이를 위해서는 여성도 교육을 받아야 한다는 주장, 그리고 가정 교육에서 여성의 역할을 강조한 점은 량치차오의 글에서도 확인된다. 여성이 배워야 할 과목을 구체적으로 제시한 부분도 량치차오가 예시한 일본 여학교의 교과 과정이다. 김하염은 여기서 더 나아가 남학교에 비해 현저히 적은 여학교를 증설하고 여학생의 수를 크게 늘리는 것이 자립의 길임을 강조하였다. 여성이 스스로의 힘으로 생계를 유지하고 행복을 찾아야 한다는 주장이 돋보인다.

김옥균 金玉均

1851~1894년

본관은 안동(安東), 충청도 공주 출신이다. 자는 백온(伯溫), 호는 고균(古筠)·고우(古愚)이다. 천안 광정면에서 훈장을 하던 김병태(金炳台)의 장남으로 태어났으나 일곱 살 때 당숙 김병기(金炳基)에게 입양되어 서울에서 성장하고 수학하였다. 전통 한학을 익혀 문과에 급제하여 홍문관 교리가 되었지만 이른 시기부터 박규수(朴珪壽)의 영향을 받아 개화파를 이끌었다.

1881년 일본으로 건너가 메이지 유신을 살피고 그곳의 정치가들과 교유한 후 귀국하여 조선과 일본 관계를 다룬 『기화근사(箕和近事)』를 편찬하였다. 1882년 다시 일본에 다녀온 후 근대식 도로 공사에 관한 『치도약론(治道略論)』을 저술하였다. 1884년 갑신정변을 주도하고 호조 참판을 맡았지만 바로 정변이 실패하여 박영효 등과 일본으로 망명했는데, 일본 정부의 박해를 받아 오가사와라 섬(小笠原島)과 홋카이도(北海道)에 유배되었다. 1885년 무렵 일본에서 갑신정변의 과정과 함께 실패한 원인을 분석한 『갑신일록(甲申日錄)』을 편찬하였다. 1894년 상해로 망명했지만 홍종우(洪鍾宇, 1854년~?)에게 암살당했다. 그의 저술은 『김옥균 전집』(아세아문화사, 1979)에 정리되어 있다.

조선에 주식회사를 會社說

지금 서양 여러 나라에서는 모두 회사를 설립하여 상인을 불러 모으니, 이것이야말로 부국강병의 기초이다. 상업이라는 것은 국내에 없는 물건이라고 해서 혼자만 없는 채 팽개쳐 두지도 않고, 국내에 있는 물건이라고 해서 혼자만 차지하게 하지 않는다. 반드시 이쪽에 있는 물건을 이용하여 저쪽에 없는 물건을 공급하고, 또 저쪽에 남는 물건을 가져다가 이쪽에 부족한 물건을 보충한다. 이것은 하늘이 사람을 살리는 방도요, 사람이 삶을 영위하는 방도이다. 이 방도를 따르지 않으면 농업과 공업에 모두 문제가 생겨 하늘은 사람을 살리지 못하고 사람은 삶을 영위할 수 없다. 그러므로 옛날의 성인은 『주역(周易)』 서합괘(噬嗑卦)의 형상을 보고서 사람들로 하여금 낮이면 시장을 열어 교역하고 오도록 가르쳤던 것이다.

그러나 우리나라에 상인이 생긴 지 지금껏 사천여 년이 되었지만, 그저 한 사람이 혼자 사고 혼자 파는 것만 알았지 여러 사람이 모여서 의논하고 모여서 일할 줄은 몰랐다. 이 때문에 상업이 왕성하지 않고 국세가 진작되지 못한 지 오래되었다. 저 서양은 그렇지 않다. 한 사람이 혼자 사고 혼자 팔 수 없으면 반드시 열 사람이 함께하고, 열 사람이 할 수 없으면 반드시 백 명, 천 명이 함께한다. 이 때문에 크고 작은 사무를 모두 계획하여 이룰 수 있고, 이로 인해 집집마다 넉넉하고 사람마다 풍족하며, 나라가 부유하고 군사가 강성하다. 비단 한 지역에 안주할 뿐 아니라 반드시 여러 나라와 어깨를 나란히 한다. 이것으로 헤아려 보면 상사(商社)의 사업 역시 오늘날의 급선무이다. 그러므로 지금 서양 사람이 만든 법을 동지들에게 알린다.

회사라는 것은 여러 사람이 합친 밑천을 몇 사람에게 맡겨서 농업, 공업, 상업의 사무를 처리하게 하는 것이다. 그런데 공업과 상업의 일거리는 한두 가지가 아니므로 상회의 종류 역시 적지 않다. 회사 중에는 철도로 국내의 운송을 편리하게 하는 것도 있고, 선박으로 외국과 오가게 하는 것도 있다. 물품 제조만 도맡아 하는 회사도 있고, 토지 개간만 오로지 하는 회사도 있다. 그 밖에 일상적으로 하는 사업도 모두 회사를 만들어 의논한다.

또 정부에서 그 사업을 장려하여 나날이 번성하도록 만들기 때문에, 각국 정부는 회사가 국가에 정말로 유익하다는 사실을 알아서 다각적인 방법으로 장려한다. 그중 가장 긴요한 것이 한두 가지 있다. 정부와 회사가 약속하여 만약 회사가 큰 손실을 입어 자본금이 부족해지면 정부에서 반드시 그 손실을 보상하여 사원(社員, 주주)이 항상 자본금을 잃지 않도록 한다. 혹은 정부에서 회사의 이익을 보증하되, 회사에서 얻은 이익이 자본금의 이자를 채우지 못하면 정부에서 돈을 내 그 이자를 채워 준다. 사원이 항상 자본금의 이자를 이익으로 돌려받도록하는 것이다. 그러므로 크고 작은 회사들이 연달아 생겨나 나날이 번성하기가 어렵지 않다.

지금 서양 여러 나라의 바다에는 화륜선이 달리고 육지에는 기차가 달리며, 역참에 전선을 설치하고 가로에 가스등을 매달아 조물주의 솜씨를 드러내고 있으니, 무어라 이름할 수 없는 기계 장치이다. 군사가 사해(四海)로 진출하고 만국(萬國)과 통상하여 부강하기가 천하에 으뜸이며 이웃 나라에 위엄을 보여 고금에 없던 새로운 국면을 열었는데 모두 회사가 있은 뒤에 비로소 이런 일이 생긴 것이다.

그러나 이것은 서양의 나라들만 할 수 있는 일은 아니다. 만약 오늘날 우리나라의 군주와 재상이 시세를 헤아려 연구를 극진히 하며, 계획을 정한 후 행동하고 적절한 시기가 된 뒤에 실행하며, 우활한 논의에 흔들리지 말고 외국 사람에게 속지 않는다면, 우리도 배를 화륜선으로 바꾸고 수레를 철도로 바꾸며 역참에 전선을 설치하고 거리에 가스등을 달 수 있다. 부유하고자 하면 부유해지고 강해지고 싶으면 강해지며, 나아가 패권을 다툴 수 있고 물러나 스스로 지킬 수 있다. 그러므로 지금 회사의 규칙 다섯 조항을 아래에 기록하여 좋은 것을 공유하고자 한다.

제1조. 회사를 창립하고자 하는 자는 세상 사람들에게 취지를 광고하고 동지를 찾되, 회사를 조직할 때는 자본금의 총액과 이익금의 다과를 총괄하여 회계하고 신문에 실어 세상 사람들에게 그 회사가 이익을 낼 것이라는 사실을 알린다. 그런 뒤에 고표(股票, 주식)를 발매하는데, 회사의 자본금이 1만 냥 필요하면 고표 1000장을 발행하여 1장당 10냥으로 가격을 정하고, 세상 사람이 자유롭게 와서 사게 하고, 그 이름을 사원(社員)이라 한다.

제2조. 회사 역원(役員, 임원)의 업무는 회사 사무에 능숙한 자를 선발하여 회사의 일을 맡기되, 간혹 고표를 제법 많이 산 자가 있으면, 제법 많이 산 자 몇 명에게 사무를 맡기기도 하는데, 그 이름을 역원이라 한다.

제3조. 역원이 된 자는 매년 회사의 사무와 이익의 다소를 신문에 인

쇄해 알려 사원에게 영업이 왕성함을 알리고, 또 남은 이익을 나누어 지급한다.

제4조. 사원 중에 만약 자본금을 빼서 다른 곳에 투자하려는 자가 있으면, 자기 고표를 타인에게 개인적으로 매도하더라도 회사에는 본디 금지하는 규정이 없다. 또 고표를 개인적으로 매도하는 규정은 회사의 성쇠에 따라 고표의 가격을 올리기도 하고 내리기도 한다. 가령 회사의 매년 이익이 제법 넉넉해지면 고표의 가격이 오른다. 처음 고표가 10냥이었더라도 반드시 가격이 올라 11냥, 12냥, 13냥, 14냥, 15냥, 16냥, 17냥, 18냥, 19냥, 20냥이 되는 것도 그리 어렵지 않다. 가령 회사의 이익이 경비 항목을 충당하지 못하거나 자본금을 손실하면, 처음 고표가 1000냥이었더라도 결국에는 낡은 휴지와 마찬가지일 뿐이다. 그러므로 회사에서 부지런하고 일 잘하는 역원을 따로 선발하여 항상 회사를 감찰한다.

제5조. 또 다른 한 종류의 회사가 있는데 가령 몇 사람이 의논하여 각자 자본금을 내어 회사를 만들고, 그 사원이 된 자가 모두 회사의 일을 담당하는 것이다. 혹 몇 사람이 낸 자본금이 회사에 필요한 자본금을 채우기에 부족하면 고표를 발매하여 그 액수를 충당하지만, 사원과 고표를 산 사람은 매년 이익을 나누고 또 몇 년 안에 원래의 금액을 돌려주기로 계약한다. 가령 고표 1000장을 발매하고 20년 안에 원래의 금액 전체를 돌려주기로 계약하면, 매년 추첨해서 당첨자는 50장에 해당하는 원래의 금액을 돌려받고 회사를 나간다. 그러므로 이러한 회사는 20년 뒤에는 전부 몇 사람의 소유가 된다.

해설

1882년 외교 통상에 관한 업무를 관장하는 통리교섭통상사무아문이 창설되고 그 산하에 설치된 박문국(博文局)이 《한성순보》를 발행하여 제도 개혁을 선도하였는데, 그중 하나가 근대적인 회사 설립에 대한 것이다. 같은 해 유길준이 「상회규칙(商會規則)」을 통해 기선(汽船) 회사의 설립 방식을 소개했는데, 이를 이어 회사 설립에 대한 전반적인 내용을 다룬 것이 이 글이다. 이 글은 《한성순보》 1883년 11월 20일의 기사에 실린 것으로 필자가 밝혀져 있지 않지만 김옥균으로 추정한다.

이 글에서는 동아시아에도 시장을 통한 상업이 있었지만 개인의 매매에 그친 데 반해 서양에서는 집단의 회사를 통해 부국강병을 이루었다고 짚었다. 따라서 서양과 같은 회사를 설립하되 국가가 적극적으로 지원하거나 보증해야 한다고 역설하였다. 이를 위해 5조에 걸쳐 근대적 회사의 설립과 운영에 대한 기본적인 내용을 소개하였다. 근대적 개념으로서의 '광고'라는 용어가 이 글에 처음 보이거니와 주식을 의미하는 '고표', 주주를 이르는 '사원', 임원을 가리키는 '역원' 등을 두루 설명하였다. 또 원문의 '해계(該計)'는 오늘날의 회계라는 뜻으로 사용한 것이고 회사가 잘 운영되는지 감찰하는 역원은 오늘날의 감사를 이른 것이다. 영업 이익에 따른 주가의 등락도 요령 있게 설명하였다. 그리고 마지막 5조는 유한 회사와 유사한 제도다.

김옥균이 소개한 회사는 정부가 깊이 관여하는 제도로 유길준의 『서유견문』에도 비슷한 내용이 기술되어 있으므로, 《한성순보》를 매체로 활동한 개화파가 공유한 견해였던 것으로 추정된다. 이 글의 취지에 따라 여러 회사가 만들어졌다. 1883년 서울에 장통회사(長通會社)·양춘국

(釀春局)·태병국(兌餠局)이, 인천에 태평상회(太平商會)·대동상회(大同商會)가, 부산에 해산회사(海産會社)·기선회사(汽船會社)가 설립되었다. 다만 이들 회사는 정부의 특권을 받은 영리 단체로서의 성격이 강했고 근대적인 법인격을 갖는 회사로까지 발전하지는 못한 것으로 평가된다.

도로 건설이 먼저다 治道略論

내가 듣기로 태평 시대에는 이미 만들어진 것을 지키는 법이 중요하고, 어지러운 세상에서는 정돈하는 방도가 중요하다. 지금 우리나라는 변란을 겪은 지 얼마 되지 않았기에 성상께서 간곡한 윤음을 내려 신사와 서민에게 각기 소견을 아뢰게 하였다. 나라를 이롭게 하고 백성을 편하게 하는 방책이라면 모두 기일을 정해 의논하였으니, 속히 시행하여 실효를 거두기 위함이었다. 아마도 조정의 현인들과 초야의 영웅들은 필시 좋은 계책이 있으면 날마다 우리 임금께 아뢸 것이요, 윗사람과 아랫사람이 한마음으로 부지런히 돕는다면 중흥하는 날을 발꿈치를 들고 눈을 비비며 기다릴 수 있을 것이다.

대개 오늘날의 급선무를 말하는 사람은 반드시 "인재를 등용해야 한다.", "비용을 절약해야 한다.", "사치를 억제해야 한다.", "해금을 풀어 이웃나라와 외교를 잘 해야 한다."라고 한다. 이는 하나도 빠뜨릴 수 없는 것이기는 하다. 그렇지만 어리석은 내 소견으로는 실사구시하여 한두 가지 중요한 일을 서둘러 시행하는 것이 제일이다. 원대한 방책을 펼칠 것을 기약하다가 한갓 빈말로 그치지 않게 하여야 한다.

지금 세상은 기운이 크게 변하여 만국이 서로 소통하고 있다. 화륜선은 번갈아 대양을 달리고, 전선은 온 지구에 얽혀 있다. 그 밖에 금과 은을 채굴하고 쇠를 녹여 기계를 제작하는 등 백성의 일상생활에 편리한 모든 일을 이루 다 손으로 꼽을 수 없다. 그중에서도 각국의 가장 긴요한 정책을 찾아보면 첫째는 위생이요, 둘째는 농상이요, 셋째는 도로이다. 이 세 가지는 아시아 성현들이 나라를 다스린 법도이니 또한 벗어날 수 있는 것이 아니다. 춘추 시대 외국에 사신으로 가면 먼저 도로와 교량을 보고서 그 나라 정치의 득실을 알았다. 내가 예전에 들으니 우리나라를 여행한 외국인이 고국으로 돌아가면 남들에게 꼭 "조선의 산천은 아름답지만 부강한 사람이 적어 급히 해결할 수 없다. 사람과 가축의 분뇨가 도로에 가득하니, 이것이 무섭다."라고 말한다고 한다. 이것이 차마 들을 수 있는 말인가.

아, 우리 역대 국왕들이 국가를 개창하고 법률을 제정한 초기에 도로와 교량을 건설하고 정비하는 일은 공조에 맡기고, 또 준천사(濬川司)를 설치하여 하천을 준설하는 일을 전담하게 하였으니, 그 법도가 치밀하지 않았던 것은 아니었다. 그러나 풍속이 무너져 관습이 되어 어찌할 수 없으니, 비록 제 몸이 아프거나 가려운 절실한 일이라도 구차하게 인순고식을 일삼아서, 좋은 법을 만든 아름다운 뜻이 그저 헛된 명칭으로만 남게 되었다.

수십 년 전부터 괴질과 역병이 여름과 가을 사이에 성행하여 한 사람이 병에 걸리면 수백수천 명이 감염되어 죽는 사람이 이어지고 있는데, 대부분 잡일을 하는 장정이다. 이것은 비단 거처가 불결하고 음식을 절제하지 않았을 뿐만 아니라 오물이 길거리에 쌓여 독기의 공격을 유독 많이 받았기 때문이다. 이러한 때를 만나면 부유하고 존귀하여 양생을 조금이라도 할 줄 아는 사람은 큰 화로 안에 앉은 듯이 초조해하면서 푸닥거리를 하고 부적을 쓰는 등 하지 않는 일이 없고, 또 의술을 약간이라도 아는 사람은 도망가려 해도 할 수 없어 이리 끌고 저리 당기면서 허둥지둥 뛰어다닌다. 그러다 요행히 살아남으면 "올해 운수 덕택에 이리 된 것이라." 한다. 얼마 지나 날씨가 조금 서늘해지고 전염병이 조금 진정되면 사람들은 의기양양하게 절로 기뻐하고 익숙해져 잊어버리니 몹시 어리석다 하겠으며 또한 슬프다 하겠다. 지금 구미 각국은 기술 과목이 몹시 많지만 의학을 제일로 여기고 백성의 목숨이 관계된 일로 여기건만, 우리나라는 관청에서 민가에 이르기까지 마당이 질퍽하고 도랑이 막혀 있어 더러운 냄새가 나서 코를 막아도 견딜 수 없으니 실로 외국의 조롱을 받고 있다.

얼마 전 전권대신 박 공과 부사 김 공이 일본에 사신으로 가는데, 나도 유람하다가 다시 동경에 도착했다. 하루는 두 공이 내게 말했다.

"우리는 이제 도로를 건설하는 학문에 익숙한 너덧 명을 초청하여 함께 귀국하여 정부에 보고하고 도로 건설 한 가지 일을 속히 시행하려고 하는데 어떻소?"

내가 대답했다.

"지금 우리나라는 크게 경장(更張)을 할 때를 만났습니다. 공께서 마침 이런 중대한 임무를 맡아 외국에 사신으로 왔으니, 귀국하여 보고하는 날, 견문에 의거하여 건의를 올림으로써 국가에 공훈을 세워야 할 것이니, 이것이 공의 책무입니다. 어찌 겨우 도로를 건설하는 한 가지 일을 급선무로 여기십니까?"

공이 웃으며 말했다.

"그렇지 않소. 오늘날 우리나라의 급선무는 농업을 일으키는 것이 제일이고, 농업을 일으키려면 실로 논밭에 거름을 주는 일이 필요하오. 논밭에 부지런히 거름을 주다 보면 오물을 제거할 수 있고, 오물을 제거하다 보면 전염병을 없앨 수 있을 것이라오. 농업이 법도에 맞더라도 운송이 편리하지 못하면, 하동(河東)의 곡식을 하내(河內)로 옮길 수 없소. 이것이 도로를 건설하는 법이 중요한 까닭이라오. 도로를 건설한 뒤 수레와 말을 이용한다면, 열 사람이 힘쓸 일을 한 사람이 할 수 있소. 나머지 아홉 사람의 힘을 공업과 기술로 옮기면, 옛적 놀고먹던 사람들이 각기 일정한 생업을 얻을 것이니, 국가를 편리하게 하고 백성을 이롭게 하는 데 어찌 이보다 좋은 방법이 있겠소?"

그러자 내가 일어나 절하고 말했다.

"공의 말씀이 옳습니다. 위생이니 농상이니, 도로니 하는 것은 예나 지금이나 천하에서 바꿀 수 없는 올바른 법입니다. 제가 본국에 있을 때 친구들과 이 일을 의논한 적이 있지만, 이처럼 종합적이고 치밀하게 한 번에 여러 가지 좋은 점을 갖추는 방법은 없었습니다. 또 듣자니, 일본은 변법(變法, 메이지 유신) 이래로 모든 일을 경장하였는데, 도로를 건설한 일이 가장 큰 효과를 거두었습니다. 지금 공께서 돌아가 아뢰어 속히 시행한다면, 지난날 비웃던 자들이 금방 기뻐하고 축하할 것입니다. 우리나라를 부강하게 만드는 방법은 실로 여기서 시작될 것입니다."

김 공은 나 옥균에게 도로를 건설하는 규식(規式) 몇 조항을 지어 시행에 편리하게 해 달라고 부탁했다. 나는 글재주가 없다는 이유로 감히 사양하지 못하고 삼가 본떠 아래와 같이 법식을 짓는다. 통리기무아문의 여러 공들이 유념하여 채택한다면 참으로 다행이겠다.

성상이 즉위한 지 19년 되는 임오년(1882년, 고종 19년) 십일월 보름, 김옥균이 삼가 쓰다.

해설

김옥균은 1882년 특명전권대신(特命全權大臣) 겸 수신사(修信使) 박영효, 부사(副使) 김만식(金晩植)을 따라 일본에 파견되었을 때의 견문을 바탕으로 한양의 도로 정비 문제를 『치도약론(治道略論)』으로 정리하였다. 김옥균보다 앞서 귀국한 박영효가 1882년 통리교섭통상사무아문에서 목판으로 간행하여 반포하였다. 규장각에 이 책을 필사한 판본이 소장되어 있는데 표제는 『치도규칙(治道規則)』으로 되어 있다. 《한성순보》 제26호(1884년 7월 3일)에도 전문이 게재되었다.

서문에 해당하는 『치도약론』에 이어 17조에 걸쳐 거리의 요충지에 치도국을 두어 한성부 판윤에 준하는 관리를 임명해야 한다고 역설하고, 오물 처리 방법, 도로 정비를 감독하는 순검(巡檢)을 두며 길거리에 늘어선 땔감 매매하는 시장을 한적한 곳으로 옮겨야 한다는 점 등을 나열하였다.

이 글을 보면 전염병 예방을 위해서는 오물을 쉽게 운반할 수 있는 도로 정비가 시급하다는 박영효의 취지에 동감한 김옥균이 도로 개설과 관련한 규식을 만들어 배포하자는 김만식의 요청을 받아들여 이 책을 편찬하였음을 알 수 있다. 이 시기 한성을 위생 시설을 구비한 근대적 도시로 만들기 위한 가장 일차적인 사업으로 도로 개설을 꼽은 점이 이채롭다. 박영효는 1883년 한성부 판윤으로 재직하면서 이 책에 의거하여 치도국을 개설하여 도로 정비 사업을 추진하려 하였지만 반대에 부딪혀 뜻을 이루지 못하였다.

신채호 申采浩

1880~1936년

본관은 고령(高靈), 호는 단재(丹齋), 무애생(無涯生), 열혈생(熱血生)이다. 충남 대덕에서 태어나 한학을 공부하다가 독립협회에 가담하여 계몽 운동에 투신했다. 《황성신문》, 《대한매일신보》에서 논설과 사론(史論)을 집필하고, 『이태리건국삼걸전』, 『을지문덕전』 등을 출판했다. 1910년 중국을 경유하여 블라디보스토크로 가서 광복회를 조직하고, 이후 상해, 만주, 북경 등지에서 교육과 언론 활동에 주력했다. 상해 임시 정부에 참여하여 의정원 의원에 선발되었으나 이승만의 미국 위임 통치 주장에 반발하여 사임했다. 1922년 의열단에 가담하여 무장 투쟁을 지지하고 무정부주의에 경도되었다. 1928년 체포되어 뤼순(旅順) 감옥에서 세상을 떠났다. 저서로 『조선상고사』, 『독사신론』, 소설 『꿈하늘』, 『용과 용의 대격전』 등이 있다.

하늘의 북

天鼓創刊辭

《천고(天鼓)》가 세상에 나온 이유는 무엇인가?

왜놈은 대대로 우리나라의 원수일뿐더러 동양의 적이기도 하다. 세상이 어지러워진 이래 우리나라 바닷가 고을을 침략하여 우리 선조로 하여금 젊은 사람은 날카로운 칼을 맞고 노약자는 시신이 구덩이에 뒹굴게 했으니, 역대로 편안히 살지 못하게 만든 것이 왜놈이 아니던가?

조선 임진년(1592년)에 대거 침략하여 인민을 고깃덩이로 만들고 팔도의 산하를 피로 물들였으며 왕릉을 파헤쳐 백년 묵은 해골에 화가 미치는 바람에 후세에 역사를 읽는 사람들로 하여금 뼈가 떨리고 피가 솟구치게 만든 것이 왜놈이 아니던가?

병자년(1876년) 통상한 이후 그동안 귀신 사는 곳에나 있는 술수를 부려 누차 조약을 맺으면서 항상 우리의 독립을 보장하며 우리의 행복을 증진하겠다고 대서특필하고는 했건만, 우리의 국권을 빼앗고 우리의 국호를 없애며 우리 인민을 도탄에 빠지게 만든 것이 왜놈이 아니던가?

교육을 제한하여 우리 인민이 지혜로워지는 것을 가로막고 이익을 빼앗아 우리의 생존을 위협하며, 코와 귀를 자르고 일가친척까지 죽이는 등 전제 정치의 야만적인 형벌을 반복하여 우리의 의사(義士)를 살육하고, 닭·개·소·돼지에까지 가혹하게 잡다하고 악랄한 세금을 부과하여 우리 백성의 생계를 곤란하게 만든 것이 왜놈이 아니던가?

삼천리 강토가 이미 저들의 큰 감옥이 되고, 이제 흉악한 칼날이 마침내 해외의 교민이 사는 땅까지 미쳐 촌락을 불태우고 부녀자를 도살하며, 심지어 손과 발을 자르고 귀와 눈을 베어 내는 야만적 행위를 저질러 참혹하게 태양이 사라진 암흑 세상을 만든 것이 왜놈이 아니던가?

저들은 또 우리나라에 시행한 것을 중국에 시행하려고 누차 밀약을 맺어 이권을 빼앗고 책사를 파견하여 남북을 이간질하였다. 지금 또 명분 없이 군대를 보내 동성(東省)을 유린하고 사람 목숨을 초개로 여기며 저지르지 않는 악행이 없다. 한번 물어보자. 아시아에 살면서 아시아에 해를 끼치는 것이 왜놈보다 더한 자가 있는가?

아, 우리 아시아의 황인종이 사오억 명을 밑돌지 않는데도 저들은 보잘것없는 수천만의 인구로 전 아시아를 농단하고 이웃 나라를 유린하며, 민족 자결을 무시하고 세계의 조류에 대항하여 몽골 제국을 오늘날 다시 세우려고 도모하니, 그 뜻이 허황하고 그 죄악 역시 용서할 수 없다. 작은 종이와 짧은 붓이 비록 적을 물리치는 날카로운 무기는 아니지만, 죄악을 성토하여 한창 커지는 거대한 악을 섬멸하고 순망치한의 이치를 일깨워 같은 배를 탄 처지에서 난관을 헤쳐 나가고자 하니, 이것이 《천고》의 첫 번째 뜻이다.

예로부터 우리나라와 대치한 사나운 민족이 한둘이 아니었지만, 강퍅하고 흉악하기로는 왜놈보다 심한 것이 없었다. 왜놈을 막지 않으면 살아남을 수 없으므로, 우리 선조들은 전전긍긍하며 여기에 정성을 다하였다. 왜놈을 상대하는 일 외에는 국시가 없었고, 왜놈을 막는 일 외에는 국방이 없었으며, 왜놈을 죽이는 일 외에는 용사가 없었고, 왜놈을 토벌하는 일 외에는 영웅이 없었다. 신라 이후의 수천 년 역사는 '왜놈과 혈전을 벌인 역사'라고 해도 좋을 것이다.

그러므로 저들이 마치 날고기를 좋아하는 개미처럼 오매불망 대륙으로 진출하고자 했지만 바다 한구석에 갇혀 지키기만 하고 그들의 소굴에서 끝내 한걸음도 나오지 못했던 것은 애당초 모두 우리의 힘 때문이었다. 후손들이 안일에 빠져 이 뜻을 모르고 금수강산을 끝내 두 손으로 받들어 남에게 바친 것이다. 그러나 이미 수많은 선열들이 전후로 떨쳐 일어나 맨손으로 사자와 범을 때려잡고 맨주먹으로 적의 총과 대포에 맞섰으며, 머리가 날아가고 목이 잘려도 강한 도적과 수백 번 싸워서, 차가운 바람과 싸늘한 피로 하늘과 땅을 씻어 살신성인(殺身成仁)과 사생취의(捨生取義)의 뜻을 후세에 환하게 보였으니, 기미년(1919년) 독립운동을 전후하여 극에 달했다.

옛적 명나라 장수 유정(劉綎)이 원군을 이끌고 와서 오랑캐와 누차 싸웠는데, 중국 병사 열 명이 일본 병사 한 명을 당하지 못했고, 일본 병사 열 명이 조선 병사 한 명을 당해 내지 못했다. 이는 세 나라 사람의 용맹함과 비겁함의 실상이 이처럼 달라서가 아니라, 왜놈의 특성에 익숙하여 전투에서 기회를 잘 포착하는 점에 우리가 남보다 뛰어나다는 말이다. 지금 와서 옛일을 따져 보면 사정은 비록 다르지만 공적인 분노와 사적인 원한이 굳게 맺혀 있으므로, 초(楚)나라에 집 세 가구만 남아 있어도 진(秦)나라를 멸망하게 만들겠다는 것처럼 우리가 일본을 망하게 하는 날이 반드시 올 것이다. 우리를 대하는 저들의 음모와 학정을, 그리고 우리 민족의 격렬한 저항을 두루 찾고 널리 모아, 우리와 원수를 같이하는 이웃나라의 인민에게 소개하는 것이 《천고》의 두 번째 뜻이다.

옛날에 중국 사람이 우리나라에 대해 기록한 것은 사마천(司馬遷)과 반고(班固)에서 시작되었지만 그 지리는 패수(浿水, 대동강) 이북을 벗어나지 않았으니, 이것은 우리나라의 한구석일 뿐 전체는 아니다. 그 사실은 위만(衛滿) 한 사람이 할거한 자취를 기록하는 데 불과했으니, 이 또한 한때의 노략질한 사례일 뿐 본격적인 역사는 아니다. 삼국 시대 위(魏)나라 이후로 사신이 빈번하게 오가며 조금 자세히 전해들었지만, 우리나라에서는 숨겨 놓은 것을 남에게 잘 보이려 하지 않은 일이 종종 있었으므로, 중국의 역사가들이 채집한 것은 연회에서 주고받은 말을 주워 모아 이웃 나라와 교류한 전례를 갖추어 놓은 것에 불과하였다.

이 밖에 외국인이 조선의 일을 연구하기로는 왜놈보다 더한 자가 없을 것이다. 저들은 반드시 우리를 도모하고자 깊이 고심하였으므로 우리를 가장 자세히 알았다. 합병한 뒤로는 더욱 정신을 집중하고 힘을 기울여 거의 전국을 망라하여 고서를 수집하고 땅속까지 파고 뒤집어 고적을 찾아내었으니 또한 부지런하다고 하겠다. 그러나 저들이 부지런히 조선을 연구한 이유는 장차 조선에 화를 입히기 위한 것이지 조선을 아끼고자 해서가 아니며, 장차 조선을 모함하고 조선을 멸시하려는 것이지 진정으로 조선을 드러내고 널리 알리려고 해서가 아니다.

그러므로 유언비어를 널리 퍼뜨려 현재의 사람들을 심하게 모욕하였을 뿐만 아니라, 역사를 날조하여 위로 선조를 모함하였다. 그림엽서를 만들면서 빈민가의 누추한 풍속만 드러내어 우리 민족의 야만스러움을 입증하려 하였고, 도서를 편찬하면서 말세의 약점만 지적하여 우리 국민성이 나약하다고 단정하려 하였다. 국가의 연대를 축소하여 단군(檀君)과 신무(神武)를 형제로 삼고, 옛 전적을 왜곡하여 신라를 일본의 부용국(附庸國)으로 만들었다. 이렇게 허황한 이야기를 익숙하게 보고 듣다 보니, 중국과 서양의 학자들 중에 올바른 역사라고 믿는 이가 있다. 사실을 두루 찾아내고 세세히 인용하여 그 거짓을 가려내고, 오류를 바로잡아 진실을 회복하여, 긴 밤을 해와 별처럼 훤하게 밝히고 한창 퍼지는 사악한 말을 없애는 일을 우리들이 어찌 그만둘 수 있겠는가? 이것이 《천고》의 세 번째 뜻이다.

3·1 운동 이후 우리나라에서 붓을 잡은 사람이 점차 대두하여 일간지와 월간지가 수십 종이나 된다. 그러나 합병 이후 세력이 약해졌고 또 십여 년 동안 왜놈의 전제 정치의 위세에 겁을 먹어, 말해야 할 것을 말하지 못하고 써야 할 것을 도리어 지우고 말았으니, 그 상황이 지극히 불쌍하다. 신문은 때때로 압수당하고 신문사는 누차 봉쇄를 당하여 삼 개월 이상 계속 간행되는 신문은 봉황의 깃털과 기린의 뿔처럼 희귀해졌다. 오직 《매일신보》 등과 같은 총독부 기관지만 도둑놈에게 빌붙어 앞잡이 노릇을 하느라 양심을 완전히 잃고는 의병을 폭도라 하고 열사를 흉한(兇漢)이라고 부르며, 독립운동의 대열에 참가한 이는 모조리 난동을 일으키는 난민(亂民)이며 법을 어긴 불영(不逞)의 무리라고 폄하한다. 덕을 갖춘 이와 도적질을 하는 자가 거꾸로 되고, 충신과 역적의 자리가 바뀌는 것이 이처럼 심각한 지경에 이르렀다.

왜놈의 재앙은 비단 살아 있는 사람을 일망타진하고 그 종자를 섬멸하는 데 그치지 않으니, 지하에서 귀신이 된 사람까지 미워하여 여전히 애국자라는 이름을 지니고 있으면 칼과 톱으로 잘라 죽이고 솥에 넣어 삶아 죽이는 등 온갖 참혹한 형벌로 살아 있을 때 이미 살육하고서도 다시 흉악한 이름을 죽은 뒤에까지 붙이고 있다. 충심을 지키는 사람은 원래 영욕과 포폄 때문에 마음을 바꾸는 일이 있지 않지만, 선악이 뒤바뀌고 옛사람이 욕을 당하니 우리가 몹시 통탄할 일이 아니겠는가? 해외의 잡지가 국내에 보급되기는 감히 기대할 수 없지만, 대의를 밝혀 이웃 나라에 보이는 일은 또한 이러한 방법이 아니고는 불가능하다. 이것이 《천고》의 네 번째 뜻이다. 이상 서술한 점은 《천고》가 죽으나 사나 지킬 것이다.

《천고》여, 《천고》여,

장차 구름이 되고 비가 되어 더러운 비린내를 씻어 주소서.

장차 귀신 역귀가 되어 적의 운세가 곧 끝장나도록 통곡해 주소서.

장차 칼과 낫이 되고 창과 대포가 되어 도적의 기세를 싹 쓸어 버리소서.

장차 폭탄이 되고 비수가 되어 도적질한 놈을 놀라 자빠지게 하소서.

안으로는 인민의 기세가 날로 커져 암살과 폭동의 장한 의거가 끊이지 않고 계속 나타나기를. 밖으로는 세계의 운수가 날로 새로워져 작은 나라와 약한 민족의 자립 운동이 그치지 않고 이어지기를.

《천고》여, 《천고》여,

네가 북을 치고 내가 춤을 추어 우리 동포를 일으켜 저 흉악하고 잔학한 놈을 붙들어 우리 산하를 돌려받기를.

《천고》여, 《천고》여,

분발하고 권면하여 너의 직분을 잊지 말기를.

해설

이 글은 신채호가 1921년 1월 북경에서 창간한 《천고》에 붙인 창간사다. 필자가 '편집인(編輯人)'으로 되어 있지만 신채호의 글로 보는 것이 일반적이다. 천고(天鼓)는 『사기(史記)』에 보이는데 천신(天神)이 치는 이 북이 울리면 우렛소리가 난다고 한다. 신채호는 이를 잡지의 제목으로 삼아 하늘의 북을 두드려 조국의 독립을 이루고자 했다.

이 글은 《천고》를 간행하는 이유를 설명한 것으로, 먼저 '왜놈'의 패악상을 나열한 후 네 가지 구체적인 사유를 들었다. 첫째 일본의 죄악을 성토하고, 둘째 일본의 음모와 학정을 고발하며, 셋째 일본의 역사 왜곡을 바로잡고, 넷째 제구실을 하지 못하는 국내 언론을 대신하여 정론을 펼치기 위한 것이다.

마지막 대목에서는 한문 산문의 말미에 찬(贊)이나 송(訟)을 붙이는 것처럼 운문에 가까운 문체로 《천고》를 발간하는 뜻을 강렬하게 피력하였다. 특히 인민의 '암살'과 '폭동'으로 독립을 이끌어 내야 한다는 주장이 주목된다. 이 무렵 신채호는 종래의 온건한 독립운동 방법을 비판하고 민중의 투쟁에 의한 독립운동을 주장하였는데, 한국사를 '왜놈과 혈전을 벌인 역사'로 규정한 데서 이러한 의식이 분명하게 드러난다.

《천고》는 북경에서 발간한 잡지였기에 중국인에게 갖는 의미도 부각하고자 하였다. 오월동주(吳越同舟)와 순망치한(脣亡齒寒)의 고사성어를 구사한 것도 이 때문이다. 더욱이 번역된 글로는 알기 쉽지 않지만, 백화문에 가까우면서도 변려문처럼 한 구의 글자 수를 조절하고 또 대(對)를 맞추려고 노력한 흔적에서도 신채호의 고심을 읽을 수 있다.

김성희 金成喜

1847년~?

본관은 경주이며, 호는 송당(松堂)이다. 1893년 통리교섭통상사무아문 주사로 관직에 진출하여 홍주 관찰부 주사와 경상북도 관찰부 주사를 지냈다. 1902년 중추원 의관을 거쳐 한성덕어학교와 한성사범학교 등에서 교관으로 일했다. 대한자강회, 대한협회 회원으로 정치와 교육에 관한 다양한 논설을 집필하였다.

서구 종교와 유교의 차이

教育宗旨續說

종교란 무엇인가? 온 나라의 인민에게 가르쳐 그 도를 독실하게 믿도록 하여 그 마음과 몸을 일치단결하게 만들고자 하는 것이다. 그러므로 나라가 있으면 반드시 가르침이 있으니, 유교·불교·도교·신교·기독교 등이 이것이다. 그러나 나라의 가르침은 하나인데 불교·도교·신교·기독교를 믿는 국민은 자기 가르침을 높여 종교라 하면서 사람마다 받들고 집집마다 기도한다.

유교 국가의 인민은 옛 성인과 옛 스승의 교리가 있는 줄만 알고 종교로 삼는 뜻을 모른다. 그러므로 종교 두 글자는 역사서에도 적혀 있지 않고 사람들이 그 이름을 붙이지 못한 지 오래되었다. 비유하자면 곡식과 옷감보다 일상생활에 절실한 것은 없지만, 부잣집 자식은 곡식이 어떻게 심어서 나는지 모르고 옷감이 어떻게 짜서 만들어지는지 모르는 것과 같다. 믿는 정도의 차이가 있고, 가르침의 근본이 다르기 때문이다.

상고(上古) 시대에 해와 달, 별처럼 내리쬐는 빛, 바람과 비, 우레처럼 놀랄 만한 일, 홍수와 화재처럼 두려워할 만한 기세, 괴이한 새와 사나운 짐승처럼 요상한 동물 등은 반드시 절대적인 힘을 가진 자가 있어 중간에서 이를 주재한다고 여겼다. 그래서 두려워하는 마음이 비로소 생기고, 믿고 받들려는 생각이 점차 간절해져 제사를 지내고 숭배한 결과 일정한 관습으로 굳어졌으니, 이것이 서구 종교가 생겨난 이유이다.

중고(中古) 시대에 이르러 인류가 진화하고 사물이 서로 얽혀 가르침이 아니면 공공의 법을 정할 수 없고, 법이 아니면 사람 마음이 지향하는 바를 통제할 수 없게 되었다. 그리하여 전무후무한 신성하고 특별한 사람이 나타나 대중의 지혜와 힘을 깨우치고 인도하여 하늘과 사람이 곧바로 연결되어 있다고 설명하고, 그들로 하여금 복을 구하고 화를 피할 길을 알려 주었으니, 이것은 서구 종교가 확립된 이유이다.

이상을 교육하고 관습을 법률로 다스려 차례로 깨우치니, 마침내 이승의 즐거움과 이익을 얻게 되었고, 이에 따라 소리도 없고 냄새도 없는 아득한 천상을 희망하며 신성하고 특별한 사람을 상상하게 되었다. 지난 과거의 인연과 미래의 보응에 한결같이 의지하며, 알 수 없는 것을 깊이 믿어 지극정성을 바치기에 이르렀다. 현세에서 행여 그 목적을 달성하지 못하면 내세에서 반드시 그 소망을 이루겠다는 생각이 갈수록 커져 아무도 막지 못하고 죽어도 후회하지 않게 되었다. 이것이 "죽음이라는 것도 없고 삶이라는 것도 없다."라는 말이다. 죽는 것은 내 육신 안에 있는 금이나 쇠, 나무와 석탄, 당분과 염수 등 잡다한 물질뿐이요, 죽지 않는 것은 영혼이다. 영원히 죽지 않는 것이 있다면 내가 산들 무엇하겠으며 내가 죽은들 무엇하겠는가. 이것이 종교가들이 종교의 뜻을 발달시킨 방법이다.

유교는 그렇지 않아 윤리를 가장 중시하니 선조를 제대로 알고 다음으로 자신을 수양하여, 삼가 근신하고 허물을 줄이는 것을 큰 주의로 삼는다. 어째서인가? 황제(黃帝) 때부터 비로소 인류가 번성하였으나 그 도가 허정무위(虛靜無爲)하며 천명에 맡기고 인력을 경시하면서 홀로 행동하지 남과 함께하지를 못하는 폐단이 있었다. 그러므로 요임금과 순임금은 사람이 하늘의 일을 대신하는 학문으로 인류에게 가장 고귀한 윤리를 창도하여 밝히고 신하 설(契)을 시켜 공경히 시행하게 하였으니, 이는 동양의 유교가 생겨난 이유이다. 그러므로 공자가 『시경』과 『서경』을 편찬할 때 당우(唐虞) 시대에서 끊고 황제 시대까지 미치지는 않았던 것이다. 요순 임금을 조술(祖述)하고 윤리를 천명하여 만세의 법으로 삼았으니, 이것이 동양에 유교가 확립된 이유이다.

공자가 죽자 양주(楊朱)의 자애설(自愛說)과 묵적(墨翟)의 겸애설(兼愛說)이 온 세상에 널리 퍼졌으므로, 맹자는 맹수를 몰아내고 홍수를 다스리는 것처럼 이를 힘껏 배척하고 유교를 부지하는 것을 자신의 소임으로 삼았다. 그 가르침을 세상에 시행하자 군신과 부자, 부부의 의리를 정하여 노인은 귀의할 곳이 있고, 어른은 능력을 쓸 곳이 있도록 하며, 어린이는 성장할 곳이 있어 모두 수신(修身)과 제가(齊家), 치국(治國), 평천하(平天下)를 대동(大同)의 가르침으로 삼았다. 이것은 유교가 그 종지를 발달시킨 방법이다.

국민이 종지로 삼으면 이를 종교라 한다. 유교를 종지로 삼는 나라라면 어찌 유교를 종교로 삼아야 하지 않겠는가? 만약 종지로 삼는다면 제사를 지내니, 인민이 요와 순 임금에게 제사를 지내고 공자와 맹자에게 제사를 지내야 한다. 하지만 중간 이하 인민이 공자와 맹자의 신위에 경배한다는 말은 듣지 못했다. 인민의 계급이 여기서 나누어지고, 국가의 종교가 여기서 갈라진다. 가장 많은 민중이 자유롭게 종지로 삼지 못하니, 유교가 종교 단체가 되지 못하는 이유가 아마도 이것이리라.

유교는 하늘이 정해 준 법도이며 민족 자치의 근본이다. 국가의 형정과 예악이 모두 이를 긴요한 바탕으로 삼으니, 불가사의한 저 서구의 이른바 종교라 하는 것과 어찌 비교할 수 있겠는가? 비록 그렇지만 교육계로 말하자면 유교 교육은 다툼(訟)을 중시하고, 서구의 종교 교육은 믿음(信)을 중시한다.

다툼이란 무엇인가? 『춘추』의 정미한 의리는 전부 『공양전(公羊傳)』에 있으니, 삼세(三世)의 설에 근거하여 난세(亂世)에서 승평세(昇平世)를 거쳐 태평세(太平世)로 진화한다는 법전에 오랜 세월이 지나도 의혹이 없는 본지(本旨)가 있건만, 동한(東漢) 이후로 그 뜻을 이해하는 사람이 아무도 없어 공자교의 진면목을 마침내 더 이상 볼 수 없었다. 게다가 순자의 학문이 공자 문하의 유파에서 나와 "잘 다스리는 사람은 있어도 잘 다스리는 법은 없다."라는 따위의 말로 당시 사람들을 속이고, 이사의 무리가 뒤따라 선동하여 군주의 권한을 더없이 높여 후세에 해독을 끼쳤다. 이뿐만이 아니다. 곡학아세(曲學阿世)하는 무리가 이를 빌미로 견강부회(牽强附會)하여 군주에게 아부하였다.

역대의 군주와 재상은 대부분 자기에게 이익이 되도록 법령을 만들고, 억압과 독재를 일상으로 삼아 백성의 입을 틀어막고 풍속을 어리석게 만들어 마치 개돼지 기르듯 하였다. 이는 뜻이 큰 호걸과 의논을 펼치는 선비들이 연계하여 난리를 일으킬까 두려웠으므로 백성이 어리석을수록 나라가 안정된다고 하면서 백성을 가르치는 학문을 내버려두고 연구하지 않아 백성을 중시하는 의리가 사라져 전해지지 않게 되었다. 후세의 배우는 이가 공자교의 종지(宗旨)가 어디 있는지 어찌 알겠는가? 그저 시끄럽게 떠들며 결론을 내지 못한 채 아무개의 논의는 올바르다느니, 아무개의 논의는 빗나갔다느니, 아무개의 학문은 거짓이라느니, 아무개의 학문은 진짜라느니 하는 변론이 번갈아 나와서 중국의 국교는 이미 문란해졌다. 또 문하은 각지 당파에 따라 기치를 세우고 의리는 각자 집안의 전통을 따라 갈라져, 충신이니 역적이니 따지느라 공공의 법률을 무시하니 우리 한국의 국교 또한 땅에 떨어졌다.

유교의 학문이 옛적에는 동양의 두 나라(중국과 한국)에서 가장 성대하였으나 분분한 의론이 어지러이 출현하자 각기 사적인 의견을 서로 답습하여 이 지경에 이르렀다. 진(秦)과 한(漢)으로부터 이천 년 동안 결판이 나지 않은 안건이 바로 이것이다. 누가 이러한 다툼을 가속화했는가? 몸가짐을 단속하고 허물을 줄이기 위해 사소한 절차에 얽매이고, 제 몸을 챙겨 물러나기에 바빠 그 국가를 잊었으며, 종교를 호도하여 백성이 감히 자유를 외치지 못하게 한 사람은 순자이다. 국교에 대한 재판이 있다면 그가 어찌 죄를 피할 수 있겠는가?

성심(誠心)이란 무엇인가? 서양 종교의 본체는 몹시 은미하여 포착할 수가 없다. 처음에는 미신이었다가 결국은 순일한 성심으로 들어갔다. 성심이 있으면 일을 앞두고 의심이 없고 고난을 당해도 두려워하지 않는 것은 스스로를 지키는 의리 때문이다. 그러므로 역사에서 큰 업적을 이룩한 호걸과 달인은 모두 종교를 믿는 힘이 있었다. 극림위이(克林威爾)는 영국을 다시 일으키면서 강성한 폭군에게 덤비기를 피하지 않고 큰 고난을 겪으면서도 변치 않았으니, 종교를 믿는 성심이 이룩한 일이었다. 여걸 정덕(貞德)은 프랑스를 다시 일으키면서 달리 뛰어난 재주는 없었지만 오직 사심 없이 자유를 제창하여 국민들을 감동시키고 끝내 강적을 꺾었으니, 종교를 믿는 성심이 이룩한 일이었다. 유염빈(維廉濱)이 새로 미국을 개척하고 자유를 성명(性命)으로 삼아 자신의 일신을 희생양으로 삼은 것도 종교를 믿는 성심이 이룩한 일이었다. 마지니(瑪志尼)가 새로운 종교를 제창하고 청년 이탈리아의 기초를 쌓으며 백절불굴한 것도 종교를 믿는 성심이 이룩한 일이었다. 가부이(加富爾)는 처음에는 종교의 권력을 억제하였으나 실제로는 종교의 취지를 옹호하였으며, 제 재산을 늘리지 않고 나라를 재산으로 삼았으며, 아내를 얻지 않고 나라를 아내로 삼은 것도 종교를 믿는 성심이 이룩한 일이었다. 격란사돈(格蘭斯頓)은 19세기의 걸출한 인물이다. 여론을 고취시켜 국시를 혁신하여 영국을 안정시킨 것도 종교를 믿는 성심이 이룩한 일이었다.

그렇다면 그 독실하게 믿는 성심의 힘은 어떻게 만들 수 있는가? 모두 평소 교육에서 나온 것이니, 소학(小學)에서 대학(大學)에 이르기까지 반드시 실질적인 일을 제 몸으로 실천하고 실질적인 사물을 제 손으로 공부한다. 마치 산을 배우려면 반드시 산에 오르고, 바다를 배우려면 반드시 바다에 들어가는 것처럼 해야 한다. 그러니 유교 교육에서 말로 다투기만 하는 것과는 진실로 차이가 난다. 온 국민이 이를 생각하고 이를 희망하며 이를 친애하여, 유일무이한 대규모 단체를 결성하게 하여 '국교 교육(國教教育)'이라 칭할 것이니, 어찌 문자로만 이룰 수 있겠으며 언어로 만들 수 있겠는가? 오직 자유권 하나를 위주로 하고 평등권을 그 보조로 삼은 뒤에야 그 국가의 종교가 될 수 있을 것이니, 유교 교육을 하는 자는 이를 시도해 보지 않겠는가?

해설

종교(宗教)는 원래 불교에서 쓰던 말인데 주관적인 신념을 종(宗)이라 하고 객관적인 신념을 교(教)라 하며 무언(無言)의 가르침을 선(禪)이라 하고 유언(有言)의 가르침을 교(教)라 하였다. 근세 서양의 religion이라는 개념이 들어오면서 그 번역어로 종교라는 말이 사용되었다. 이에 비해 김성희는 종교의 개념을 종지(宗旨)로 삼는 가르침이라는 뜻으로 풀이하고 이를 근거로 하여 동양과 서양의 종교를 비교하였다.

서양에서 종교는 자연에 대한 두려움에서 기원하였고, 이후 화를 피하고 복을 받을 방도로 확립되었으며, 육신은 죽더라도 영혼은 영생불사한다는 믿음으로 천상과 내세를 믿게 한 것이 종교가의 설법이라 하였다. 이에 비해 동양의 종교는 개인의 수양 중심이었기에 유학이 일어나 공공의 윤리를 중시하게 되었고, 다시 나라와 세상을 올바르게 하는 방향으로 종지를 발전시켰다. 그리고 서양에서는 성심을 바탕으로 한 믿음(信)을 힘 삼아 종교로 난세를 이끄는 위대한 인물이 나타났지만, 동양에서는 권력과 이익의 다툼(訟)에 골몰하느라 국가를 잊어 종교로 발전하지 못했다고 주장하였다. 김성희는 개인이 아닌 국가가 종지로 삼는 가르침이 종교라고 거듭 주장하고 대규모 종교 단체를 통해 자유와 평등을 바탕으로 한 '국교 교육'의 필요성을 강조하였다.

김성희는 이 글의 중간 대목에서 다소 논지에 벗어나게 『춘추공양전』의 삼세설(三世說)을 주장한 것은 캉유웨이의 설에 근거한다. 캉유웨이는 무술변법(戊戌變法)을 주도하면서 유교를 국교로 삼고자 하였고, 1907년 기독교 조직을 본받아 공교회(孔教會)를 조직했다. 조선에서도 1909년 박은식, 장지연 등이 대동교(大同教)를, 신기선과 이완용 등이 공자교를 창설했다. 김성희의 이 글은 조선에서 가장 이른 시기 공자교 운동을 펼친 주장이라 할 수 있다.

안확 安廓

1886~1946년

한양의 우대마을에 세거한 중인 출신으로, 호는 자산(自山)·운문생(雲門生)·팔대수(八大搜) 등이다. 1895년 한양의 수하동 소학교에 입학하여 신학문을 교육 받고 유길준의 『서유견문』과 량치차오의 『음빙실문집(飮氷室文集)』 등을 읽으며 서구 문물과 서양 사상에 대한 견문을 넓혔다. 1910년 마산의 창신학교 교사로 있다가 1914년 무렵 일본에 유학하여 니혼 대학에서 정치학을 공부하였다.

1916년 무렵 조선국권회복단(朝鮮國權恢復團)에 참가하였고 3·1 운동 때 마산 지역의 만세 운동을 주도하였다. 1921년 조선청년연합회 기관지 《아성(我聲)》의 편집을 맡았고, 이듬해에는 《신천지사(新天地社)》의 편집인이 되었다. 1928년부터 이왕직(李王職) 아악부(雅樂部)에 촉탁으로 근무하면서 아악(雅樂)을 정리하였다. 1930년 만주와 연해주, 하와이를 유랑하다가 귀국하여 어문학과 역사 연구를 지속하였다. 『조선문학사』, 『조선문명사-조선정치사』, 『조선문법』, 『조선무사영웅전(朝鮮武士英雄傳)』, 『시조시학』 등 많은 저술을 남겼고 「조선철학사상개관」, 「조선의 음악」, 「조선상업사소고(朝鮮商業史小考)」 등 다양한 논문을 발표하였다.

조선의 미술 朝鮮의 美術

미술과 문명

모든 사람이 아름다운 것을 좋아하고 추한 것을 싫어하며, 도시를 좋아하고 시골을 싫어한다. 그 결과 인류가 동굴과 들판에 사는 처지를 벗어나 화려한 집에 거주하게 되었다. 그 원인을 찾아보면 바로 심미적 감성이 발달했기 때문이다. 그러므로 모든 종류의 공업이 발달하여 일상생활의 편리를 누리게 된 것은 모두 미술적 사상에서 비롯되었다. 다시 말하자면 인류 문명이 점차 진보할수록 미술의 발달은 이에 동반하여 진보한다. 문명국과 야만국을 막론하고 인민이 있으면 반드시 미술이 있으니, 이 미술은 인민의 개명 여부를 드러내는 일종의 살아 있는 역사이다.

미술은 정신이 사물에 드러난 것이다. 그러므로 미술품이 신령스럽고 기묘한지 여부는 재료의 좋고 나쁨과 관계가 적고, 사상의 표현에 달려 있다. 사상이 풍부하지 않으면 어떤 재료가 있어도 그 오묘한 재주를 드러내지 못한다. 국민의 문화사상을 보는 데도 미술만 한 것이 없으며, 또 미술 공예의 성쇠는 국가의 치란과 흥망을 따르는 법이다. 그러므로 천하가 태평하여 문학이 융성하는 시대에는 미술도 진흥하고 발달하며, 문학이 쇠약하고 국가가 혼란한 시대에는 미술도 따라서 퇴보하고 쇠락한다. 다른 방면을 보면 세태의 변천을 만나고 인정의 추세를 따라 조금 다르기도 하지만 대체는 이와 같다. 그러므로 미술이 어떠한지를 보면 그 나라의 성쇠를 추측할 수 있다.

또 미술이 발달하면 공예가 융성함은 물론이요 덕성을 함양하는 효과가 있으니, 미술은 우수한 사상을 일으키고 우아한 힘을 기르며 사악한 생각을 제거하며 상스러운 풍속을 줄이며 또한 사람의 마음을 위로한다. 바꾸어 말하면 고상한 종교는 사람 마음의 청결, 고아, 사랑을 풍부하게 하므로, 미술이 어떠한지 보면 그 나라 종교와 도덕의 성쇠가 어떠한지 추측할 수 있다.

조선 미술과 외국 미술

오늘날 우리나라의 미술을 외국 미술과 비교하면 하늘과 땅처럼 차이가 난다는 것은 누구나 아는 바이다. 그러나 서양 미술은 자유 정치가 시작된 이후 이백 년 동안 발달한 것이고, 예로부터 이와 같았던 것은 아니다. 그렇다면 고대 미술을 가지고 비교하여야 미술 발달의 연원을 알 수 있을 것이다. 그러므로 지금 미술 사상의 동기와 근원을 거슬러 올라가 비교할 것인데, 일본은 물론 우리의 문화를 받아들인 나라이므로 말하기 부족하고, 인도는 가장 오래된 나라지만 그 미술이 종교에서 비롯되었고 그 자취가 쇠락하였으므로 또한 함께 말할 수 없다. 오직 중국과 그리스 두 나라를 가지고 말할 수밖에 없다.

먼저 중국 미술의 연원을 말하자면, 그 사상의 동기는 권계(勸戒)이다. 중국 고대 제기에 그려진 도찬(饕餮)은 괴물이요, 치우(蚩尤)는 황제(黃帝)와 싸운 일종의 야만인이다. 이 신성한 제기에 어찌하여 기괴한 모습을 그렸을까? 이는 폭음과 폭식을 경계하고 예의 없는 행동을 막기 위한 권계의 목적임을 알 수 있다.

후한(後漢)의 손창지(孫暢之)라는 사람의 예술론이 있다고 하는데 지금 전하지 않으므로 볼 수 없고, 전하는 말에 따르면 주나라 때 요(堯), 순(舜)과 걸(桀), 주(紂)의 그림을 그려 본받고 경계하게 하였다. 그러므로 공자가 이를 보고서 주나라가 흥성한 원인은 여기에 있다고 제자에게 말하였다. 육조 시대의 유명한 화가 사혁(謝赫)도 "그림은 권계를 밝히지 않는 것이 없다."라고 하였으며, 당나라 장언원(張彦遠) 같은 이도 교화의 힘과 인륜을 돕는 공로가 있다고 논하였다. 그 밖에 곽약허(郭若虛)의 『도화견문지(圖畫見聞志)』, 미불(米芾)의 『화사(畫史)』를 보아도 모두 권계가 유일한 목적이라고 하였다.

그 뒤 북조 시대에 미술 발달에 조력한 것으로는, 노자의 『도덕경(道德經)』을 바탕으로 시상(詩想)이 고조되자 자연과 담박이 당시 문화의 배경을 이루었다. 이 또한 미술 사상의 보조가 된다고 하겠으나 그에 앞선 원시적 동기는 권계에 있었다. 이처럼 권계를 위해 미술이 발생함을 보건대, 그 원인이 순정한 심미에서 발원한 것이 아니므로 그 발달이 더디었을 뿐만 아니라 미술 자체의 가치가 드러나지 못하였다 하겠다.

다음으로 서양 미술을 말하는데 그리스를 중심으로 논하겠다. 그리스의 미술 사상은 본디 무용에서 그 실마리가 열렸다. 그 무용은 신체가 아름다운 자를 선발하였으므로 사람들이 체육을 발달시켜 나체에서 용사적 태도를 취하였으며, 부인이 건강한 신체를 귀하게 여겨 어깨와 정강이를 드러낸 것은 유독 스파르타 부인만이 아니었다. 그리스 전국에서 무용과 음악을 직업으로 삼는 부인도 그러하였으므로 그리스 각지에 남녀가 모두 그 신체의 아름다움을 시험하여 경쟁하였다. 이에 대한 미술적 장식품이 자연히 발달하였으며, 조각이 고금에 독보적인 이유이다. 이것은 그리스 무도장의 장식에서 나왔으며, 이 무용이 변하여 행위를 모방하는 무용이 되었다. 이에 따라 음악과 고등 예술이 크게 진보하고, 이 행위를 모방하는 무용이 더욱 교묘한 취향을 갖추어 신들의 모험과 사업, 영웅의 사적 등을 모방하니, 이것이 이른바 묵극(默劇)이다. 이로부터 비극과 희극으로 연극의 풍조가 크게 진보하니, 자연히 회화 미술의 품격도 진보하였다. 이는 그리스 미술 전성기에 생존하였던 포사니아 씨도 칭찬한 바이다.

이상 중국과 그리스의 미술을 관찰해 보면 그 동기가 순정한 미술학적 원리에서 나온 것이라 할 수 있을지 의문이다. 우리 조선 미술의 경우에는 그 동기가 어떠한가. 근래 일본의 공학과 문학의 전문가인 오카츠토무(大岡力)와 구리야마 슌이치(栗山俊一) 등이 조선 각지의 미술품을 조사하고 "조선 미술은 그 연원이 중국과 인도에서 수입하여 모방한 것이다."라고 평론했다. 그러나 내가 연구한 바로는 그렇지 않다.

신라 승려 현각(玄恪) 등 네 사람이 인도에 가서 불법을 배운 일이나 각 지방의 사찰만 관찰하든지 유교를 존숭한 역사 등만 보면 그렇다 할 수 있지만, 불교와 유교가 수입되기 전의 미술은 보지 못하였다. 불교가 동쪽으로 전해져 미술 공예의 급격한 진보를 촉진하였다고 하면 괴이할 것 없으나 미술의 동기가 불교라 할 수는 없으며, 유교 숭배가 오히려 미술을 방해하였다고 하는 것이 옳지, 이를 동기라고 하는 것은 대단히 옳지 않다.

불교는 소수림왕 3년(373년)에 비로소 들어왔는데, 소수림왕 이전 고구려 분묘로 강서, 평양, 압록강 건너편 등지에 많이 있는 것을 살펴보면 그 분묘 구조의 미술은 붓을 사용한 채색 그림 등이 기묘하다. 궁전의 형태, 남녀의 복식과 모습, 기구의 형상, 예의의 실상, 수렵의 모습 등을 그렸으니, 이를 보더라도 불교 수입 이전에 미술이 크게 진보하였음을 알 수 있다. 전라도와 충청도 등지에 산재한 이천 년 전 삼한의 궁전 유적이라든지, 진시황을 저격하던 철퇴라든지, 만주에서 발굴한 여왕(余王)의 옥관(玉棺)이라든지, 삼천 년 전에 인천 등지에서 사용하던 돌도끼와 돌화살촉 등을 보아도 유교 이전에 미술이 발달하였음을 알 수 있다. 뿐만 아니라 불국사 대종(大鐘)은 중국식도 아니고 인도식도 아니고 순전히 한국식이며, 첨성대, 석등, 대동불(大銅佛) 등이 동양 미술사의 자료로 지극히 귀중한 표본이라는 점은 서양 미술가가 칭찬하는 바이다.

『고려도경(高麗圖經)』에 "그릇은 대부분 금 또는 은을 칠했고, 푸른 도자기를 귀하게 여긴다." 하였고, 또 이렇게 적었다. "도자기의 푸른색을 고려 사람은 비색(翡色)이라고 하는데, 근래에 들어 교묘하게 제작하여 빛깔이 더욱 아름다워졌다. 술동이의 모양은 오이 같고, 위에는 작은 뚜껑이 있는데 연꽃에 오리가 앉은 모습이다. 또 주발, 접시, 술잔, 사발, 꽃병, 국그릇도 잘 만드는데, 모두 정해진 그릇 제도를 모방하였다. 사자 모양의 도자기 향로 역시 비색이다. 위에는 웅크린 짐승이 있고 아래에는 연꽃이 받치고 있다. 그릇 중에 이것이 가장 정밀하고, 나머지는 월주(越州)의 고비색(古秘色), 여주(汝州)의 신요기(新窯器)와 대략 비슷하다." 이로 보건대 우리 조선 미술품을 두고 중국이나 인도의 제작법을 모방한 것이 사상의 동기라고 하는 것은 몹시 부당하다.

그렇다면 조선 미술 사상의 동기는 단군 시대에 개인이 일상적인 생활 태도를 벗어나 이상적인 감격을 발하자 제사법을 사용하고 조각으로 기념물을 만든다거나, 눈으로 보기에 보통과 다른 형식 또는 채색을 사용하면서 차차 미술의 동기가 생겨나 독립적으로 큰 발달을 이룬 것이다. 그러므로 이규보(李奎報)의 시에 "영남 집집마다 있는 신성한 조상의 형상은 당시 대부분 이름난 장인에게서 나온 것이네(嶺外家家神祖像, 當

年半是出名工)"라고 하였다. 그러므로 고려의 활자, 이순신의 철갑선, 신경준(申景濬)의 비행기 등은 모두 세계가 발명하기 전에 우리 조선에서 만들어 사용하였다. 그러므로 송 휘종(宋徽宗)은 중국 유사 이래 제일 유명한 화가라고 하지만 휘종은 고려 사람 이녕(李寧)을 초빙하여 배웠으니, 중국에 오히려 미술을 가르친 일이 있음은 명백한 사실이다.

미술 부진의 원인

대개 우리 조선인은 오천 년 전부터 심미 사상이 발달하여 상고(上古)의 오국 시대에는 인민이 보편적으로 이러한 활동이 점차 진보하다가 중고(中古)의 삼국 시대에 와서는 유교와 불교의 반작용을 받아 찬란한 빛을 뿜었다. 중고 후기와 남북조 시대 약 삼백 년 사이에는 미술이 크게 진보하고 융성하였으며, 근고(近古)의 고려 말엽에 이르러서는 유교가 흥성하고 불교가 쇠퇴하였으며 몽고 및 중국과의 교류가 빈번하여 우아하고 숭고한 기품과 장엄하고 웅대한 풍격을 감상할 수 없었다. 그러나 도자기 제작법은 크게 발달하여 구상과 양식이 풍부하고 수법과 기교가 교묘하였으며, 유약 따위는 실로 놀라웠다. 이규보의 저작을 모은 『동국이상국집』 16책을 역사적 관점에서 살펴보면 고려 자기의 아름다움을 읊고 찬미하였음을 알 수 있다. 그러나 조선 시대에 이르러서는 크게 쇠퇴하여 거의 사라지는 지경에 이르렀다.

근래에 이르러 미술이 쇠퇴한 원인을 말하자면, 정치상의 압박이 미술의 진로를 방해하고 탐관오리의 수탈이 공예를 말살하였다 하겠다. 그러나 다시 생각하면 유교가 이를 박멸함이 더 크다. 『대전회통(大典會通)』을 보면 도화서(圖畫署)의 관제가 있어 제조(提調)는 예조 판서가 관례적으로 겸임하고, 그 아래 육품, 칠품 등의 관원이 있었으며, 또 공조

(工曹)가 있어 일반 공예를 담당하였으나 유교가 발흥한 이후로 세상 사람이 미술을 오락적 완상물로 여기고 천대하였다. 『삼국사기』에 "솔거는 출신이 미천하므로 계보를 기록하지 않는다. 태어나 그림을 잘 그렸고" 라고 하였으니, 선인의 미술가 대우를 알 만하다.

또 조선 초기에 문인화의 태두가 되는 인재(仁齋) 강희안(姜希顔, 1417~1464년)은 이름난 화가였다. 그러나 그의 행장에 "자제가 서화를 구하자 공이 말했다. '서화는 천한 재주이니 후세에 전해지면 그저 이름을 욕되게 할 뿐이다.'라고 쓴 것을 보면 미술의 부진은 유교의 천대를 받아 멸망에 이르렀다. 또 간혹 유명한 미술가가 있으되, 자기의 타고난 재주만 믿고서 기괴하고 황당한 그림만 그리며 잘난 체하였다. 술 마시고 방탕하며 오만하고 무례하여 미술적 지식과 학문을 탐구하지 않았으니, 계속적으로 발달하지 못함은 말하지 않아도 알 만하다. 『용재총화(慵齋叢話)』에 "우리나라는 이름난 화가가 드문데 근래의 인물을 보면 공민왕의 그림 품격이 매우 높다."라고 하였으니, 오늘날 미술사가 전하지 않는 것도 이처럼 천대받고 무식함에서 비롯되었다.

아, 산의 모습, 물의 형태, 숲의 그림자, 새의 지저귐 등을 형상 없는 시구로 묘사할 줄만 알았지 형상이 있는 물질로 그려 내지 않았으며, 인생의 모든 행위를 『주역』의 운수에 맡기고는 실질적인 일을 힘써 실천함으로써 자연을 이용할 줄은 몰랐으니, 비단 미술의 발달만이 아니라 모든 행위가 이로 인해 위축되었다. 이 때문에 유교는 우리 조선인의 큰 원수라 하겠다.

남은 감상

아, 우리의 옛 문화는 동양의 으뜸이었으나 조상의 유적은 땅속에 묻혀 있을 뿐이니, 아무도 이를 발견하여 애지중지할 마음을 일으키는 사람이 없다. 또 미술품을 보존하려는 생각이 부족하여 사찰과 개인을 막론하고 보관한 것이 넉넉지 않다. 원래 우리의 정치는 세상이 변하면 이전 왕조의 기록을 없애 버린다. 신라의 참된 역사는 고려 시대에 끊어졌고, 고려의 이면은 조선 시대에 사라졌으니, 역사적·체계적으로 참되게 쌓인 재료를 망라하기도 불가능한데 어찌 격화소양(隔靴搔癢)이라는 탄식이 없겠는가.

최근 삼십 년 사이 우수한 선비가 배출되어 문명개화를 시도한 사람이 많으나, 이른바 관원과 지사의 연설을 듣거나, 기자와 주필의 논문을 읽거나 대부분 시사를 통렬히 꾸짖으며 구습을 질타할 뿐이요, 한 사람도 탐구하는 힘을 일으켜 자기의 장점을 자랑하는 자가 없다. 인민이 조상 사랑하는 마음이 어디서 생기겠으며 자기를 믿는 힘이 어디서 일어나겠는가. 그러므로 노인이나 청년이나 모두 낙심하여 은둔할 뿐이다.

생각해 보라. 우리가 고대 미술을 보면 자신을 지키려는 지조가 어떠하며, 고대 유물을 보면 옛날을 사랑하는 마음이 어떠한가. 조선의 미술품이 외국 박물관에 진열되어 큰 칭찬을 받는다 하면 이 말을 듣고 외국에 과시하려는 마음이 어떠한가. 미술의 관계가 이처럼 중대하거늘, 이른바 고등 학식을 익힌 자는 벼슬할 생각에 눈이 붉을 뿐 이에 대한 연구는 전무하다. 도리어 외국 사람이 각지를 유린하며 옛 무덤을 발굴한다 유물을 조사한다 하여, 세키노 다다시(關野貞), 야쓰이 세이이치(谷井濟一) 같은 자들은 조선 내지에 밟지 않은 곳이 없다. 서적 방면에서도 샤쿠오 슌조(釋尾春芿) 같은 이는 『조선미술대관(朝鮮美術大觀)』을 저술하였으며, 아라이 겐타로(荒井賢太郎) 같은 자는 『조선예술지연구(朝鮮藝術之硏究)』를 서술하였고, 그 밖의 각종 잡지에서 조선 미술에 대한 조사와 평론이 왕왕 나오니, 조선의 주인 된 자가 어찌 부끄럽지 않으며 어찌 애석하지 않으며 어찌 가련하지 않겠는가.

그러므로 내가 이를 생각하니 감히 가만히 누워 있을 수 없으며 차마 침묵할 수 없었다. 재주 없고 지혜 없음을 돌아보지 않고 이렇게 몇 글자를 써서 큰 소리로 외쳐 학자와 인사를 일깨우노라.

해설

이 글은 1915년 조선 미술 연구의 분발을 촉구하기 위해 쓴 것이다. 당시 조선 미술에 대한 일본학자들의 연구가 활성화되고 있었다. 세키노 다다시, 야쓰이 세이이치, 샤쿠오 슌조, 아라이 겐타로 등이 조선의 건축, 고분, 미술 등을 조사하고 연구 성과를 발표하고 있었기에 안확이 이 글을 쓴 것이다.

안확의 이 글은 서설인 '미술과 문명'에서 미술이 문명과 야만을 가늠하는 살아 있는 역사라 전제하고, 이 전제에서 '조선 미술품의 감상'이라는 제목으로 조선의 미술사를 개관하였다. 회화·조각·도기·칠기·건축·의관·무기 등으로 나누어 조선 미술의 명작을 소개하였는데, 번다하여 여기서는 생략했다.

'조선 미술과 외국 미술'에서 중국 미술사와 서양 미술사를 개관하면서 중국 미술은 '권계'가 주를 이루어 미술 자체의 순수한 심미가 부족하다고 비판하였다. 또 서양 미술은 무용과 연극을 연계하여 '장식'을 주로 하며 특히 건축에서 큰 성과를 이루었다고 보았다. 이어 한국 미술이 중국과 인도에서 수입하여 모방한 것이라는 일본 학자의 학설을 구체적인 사례를 들어 비판하였다. '미술 부진의 원인'에서는 유학으로 인하여 미술이 쇠퇴하였다고 진단한 다음, 결론에 해당하는 '남은 감상'에서는 미술에 대한 관심을 촉구하였다. 미술에서 민족의 자존심을 찾아야 한다는 전제에서 이러한 글을 쓴 것이다.

여병현 呂炳鉉

1867년~?

황해도 출신으로, 호는 소암(素巖)이다. 일본으로 건너가 수학하다가 미국 하워드 대학과 영국 클리프 대학에서 유학하였으며 1899년 귀국하여 배재학당의 교사와 영국 영사관의 통역관을 지냈다. 1900년 조선 YMCA와 한성기독청년회 결성에 크게 기여하였다. 1906년 비서감승(秘書監丞)을 지냈으며, 1907년 대한협회에서 교육부장을 맡아 일하였다. 1910년 중국으로 건너가 기독청년운동을 펼쳤다.

《대한자강회월보》에 「식산부(殖産部)」(1906년 8월 25일) 등을 게재했고, 『대한협회회보』에 이 글 외에 「의무교육의 필요」(1908년 5월 25일), 「아국학계(我國學界)의 풍조」(1908년 7월 25일), 「국민자존성의 배양」(1908년 12월 25일), 「병사교육의 개요」(1909년 3월 25일) 등을 발표하였다. 송작(松雀)이라는 필명의 인물이 《별건곤》(1927년 1월 1일)에 기고한 「금인(今人)·고인(古人) 명사(名士)의 실태비화, 창피 대창피」에 그에 대한 일화가 보인다.

과학이란 무엇인가 格致學의 功用

격치(格致)라는 것은 격물치지(格物致知)를 말하니, 이용후생(利用厚生)에 큰 효과가 있다. 옛 성현이 모두 이 학문을 연구하였으므로 『대학』 첫 번째 장에서 수신(修身), 제가(齊家), 치국(治國), 평천하(平天下)의 도는 모두 격물치지를 근본으로 삼았다. 그러나 후세의 선비는 실질적인 학문에 힘쓰지 않고 오로지 문장을 숭상하여, 평생의 정력을 시 읊고 글 짓기에 소모하였으나 성공한 사람이 드물었다. 근래 통상한 이후로 서양 사람이 부강해진 방법을 보니 모두 격물의 학문을 근본으로 삼았다. 격물의 과목을 말해 보자면, 천문학(天文學), 지문학(地文學), 화학(化學), 기학(氣學), 광학(光學), 성학(聲學), 중학(重學), 전학(電學) 등이다.

천문학은 태양계 여러 행성의 형체와 궤도를 일사불란하게 관찰할 수 있다. 그 말에 따르면 태양은 여러 행성의 중심이며, 태양을 따르는 여러 행성 가운데 가장 큰 것이 금성, 목성, 수성, 화성, 토성 및 지구, 천왕성, 해왕성 여덟 개다. 형체의 경중과 대소를 따지자면 수성과 화성은 지구보다 작으나 몹시 무겁고, 금성은 지구와 크기가 대략 같고 역시 무거우며, 목성, 토성, 천왕성, 해왕성은 지구에 비해 크기가 몇 배 혹은 수십 배 크지만 조금 가볍고, 태양은 지구보다 삼백만 배 크다고 한다. 행성들의 궤도로 말하자면 수성이 태양에 가장 가깝고, 화성, 금성, 지구, 목성,

천왕성, 해왕성이 차례대로 조금씩 멀어진다. 그러므로 가까운 것은 3개월에 그 궤도를 한 번 돌고, 먼 것은 36년에 한 번 돌며, 어떤 것은 150년에 한 번 돈다. 이 여러 행성에 각기 위성이 있으니, 달이라고 한다. 지구의 달은 그 형체가 지구보다 49배 작고, 화성과 금성도 각기 달 하나가 있으며, 목성은 네 개의 달이 있고, 토성은 여덟 개의 달이 있다. 이는 옛사람이 발견하지 못한 것인데 지금 사람이 격치의 힘으로 발견한 것이다.

지문학은 지구 토질의 밀도와 경중 및 그 변천의 내력을 알 수 있다. 그 말에 따르면 지구의 내부는 본디 불타는 액체로 예로부터 지금까지 늘어나거나 줄어든 적이 없다. 그 온도는 깊을수록 더욱 높으므로 땅을 파고 내려가서 온도계로 확인하면 한 길마다 온도가 1도 올라간다고 한다. 지구가 처음 만들어졌을 때는 그 온도가 태양과 같았으나, 그 뒤로 바람이 거세게 불어 형질이 점차 식었고, 한 겹의 결막(結膜)이 지표면을 둘러쌌다. 이 결막이 몹시 견고한 암석이 되어 뚫을 틈새가 없었는데, 훗날 지진이 뒤흔들어 올라간 것은 산과 언덕이 되고 내려간 것은 계곡과 하천이 되었다. 지표면 아래에서는 지구의 액체가 응결되어 철, 숫돌, 수정이 되고, 땅의 열기가 갑자기 차가워지자 물로 변화하였다.

그 결과 크고 작은 어류가 그 사이에서 태어나고 푸른 풀과 이끼가 지면에서 자라 숲을 이루었으며 기이한 새와 큰 짐승이 깊은 산에서 태어나고, 기후가 갈수록 좋아져 인류가 비로소 태어났다. 이것은 지문학이 연구한 것이요 후세의 광물학자가 이 학문을 확장하여 토질을 구분하고 광물을 채집하여 사람이 이용하게 한 것으로, 그 성과가 과연 어떠한가.

화학은 만물의 성질과 효용을 알 수 있으니, 그 종류가 한둘이 아니다. 동물화학(動物化學)을 하는 사람의 말에 따르면 인간과 동물이 신체에 함유한 물질은 매우 적어 살은 수소, 산소, 탄소, 질소 등 네 가지 물질을 함유하였고, 뼈와 모발은 인, 유황, 금의 세 가지 물질을 함유하였으며, 피는 단백질, 철, 소금 등 세 가지 물질을 함유하였다. 수소와 산소 두 원소를 합치면 물이 생기고, 탄소와 산소 두 원소를 합치면 불이 생기며, 질소와 산소 두 원소를 합치면 호흡하는 공기가 생긴다. 형체의 학문이 여기서 생겨났다.

식물화학(植物化學)을 하는 사람의 말에 따르면 천하의 초목, 과일, 채소, 곡물 등은 모두 그 종류를 구분하고 그 성질을 살펴서 어떻게 나고 어떻게 자라며 어떻게 기르고 어떻게 번식시킬지, 함유한 것이 무슨 물질이며 적절한 곳이 어떤 땅인지를 모두 이해할 수 있다고 한다.

광물화학(鑛物化學)을 하는 사람의 말에 따르면 땅속에서 나는 모래와 돌, 토탄(콜타르), 금, 은, 동, 철, 주석, 납, 유황, 석고, 석탄, 붕사, 비상, 웅황, 주사, 운모, 종유석, 맥반석, 금강찬(다이아몬드), 수정, 마노, 각종 옥 종류 및 여러 종류의 보석은 모두 그 본질을 분석하고 그 기운을 변화시키며 그 형체를 나누고 그 성질을 연구할 수 있다. 또 2종 또는 3종의 원소를 합하여 일종의 혼합물을 만들 수 있다. 이 세계의 수천 가지 혼합물은 모두 72종의 원소가 섞여 만들어진 것이라고 하니, 이것은 격치의 효용이다.

기학은 각종 기체의 성질과 냄새, 중량을 알 수 있다. 그 말에 따르면 경기(輕氣, 수소)는 무색무미하여 기체 중에 가장 가벼운 것이라 할 수 있으니, 양기(養氣, 산소)에 비하면 16배가 가볍고, 공기에 비하면 45배가 가볍다. 어떤 물질을 막론하고 산질(酸質)에 속하는 것은 반드시 수소를 함유하고 있으니 이 기체는 쓰임새가 제법 넓다. 이것을 가죽공에 넣으면 그 공이 즉시 위로 올라간다. 공 속에 들어 있는 기체가 공기보다 가볍기 때문에 마치 큰 배가 바다에 뜨는 것처럼 공중에 뜨는 것이다. 이 공이 위로 올라갈 때 공 아래에 작은 배를 매달면 두세 명, 또는 너덧 명이 그 위에 올라타도 배가 올라가서 공중을 비행한다. 이것이 바로 경기구(輕氣球)이다.

그 근원을 거슬러 올라가면, 서기 1773년 프랑스 사람 맹시(孟施) 형제가 베로 공을 만들고 뜨거운 공기를 담았는데 그 공기가 높이 올라갈 수 있었으니, 대구(大球)라고 이름 지었다. 그러나 오래지 않아 열기가 줄어들자 추락하였으므로 다시 옻칠한 명주로 큰 공을 만든 뒤에 광강수(鑛强水)를 사용하여 수소를 생성하고 그 공에 채웠다. 공은 삼백여 길을 올라갔다가 50리 밖에 떨어졌다. 프랑스 국왕이 듣고서 황금 천 덩이를 상으로 주었다. 그 뒤 유럽의 격치가들이 더욱 정밀하게 만들어 높이 올라가고 추락하지 않는 기구를 만들었으니, 칼로 공을 찔러 기체를 방출한 뒤에야 내려왔다. 러시아 사람은 전쟁할 때 경기구 부대를 조직하여 적진을 엿보았고, 보불 전쟁 때 프랑스가 포위되자 경기구를 사용하여 성 밖과 통신하였으니, 이것이 기학의 효용이다.

광학은 빛이 움직이는 속도와 원근을 살필 수 있다. 그 말에 따르면 빛은 1초에 18만 6000영리(英里, 마일)를 갈 수 있다. 그러므로 태양과 지구의 거리가 비록 9400만 영리나 되지만 8초 사이에 빛이 태양에서 지구로 도달할 수 있다고 한다. 이를 미루어 보면 설령 태양이 하루아침에 사라지더라도 8초 전에는 우리 사람이 필시 그런지 깨닫지 못할 것이다. 빛이 움직이는 속도를 미루어 빛이 반사되고 빛이 굴절되는 이치가 생기고, 빛이 반사되고 빛이 굴절되는 이치가 생기자 거울 만드는 방법이 시작되었다. 오목 거울과 볼록 거울을 만든 것은 그대로 비추고 반대로 비추는 원리에 따른 것이다. 그리하여 망원경이 만들어지니, 큰 것은 두 길 남짓이다. 이로써 행성들과 태양의 거리 및 형체의 대소경중과 달 속의 화산과 화성의 구름과 토성의 고리를 모두 살펴볼 수 있는데, 이는 빛이 반사되는 원리에 따른 것이다. 또 현미경이 만들어져 아주 정밀한 것은 원래의 물체를 오천 배로 확대할 수 있다. 그러므로 이것으로 비춰 보면 먼지와 아지랑이가 수레바퀴처럼 크고, 모기와 이의 다리가 대들보만큼 굵다. 핏속과 물속의 세균도 비춰 볼 수 있으니, 빛이 굴절되는 원리를 따른 것이다. 이것이 광학의 효용이며, 이 또한 격치의 효과이다.

성학은 소리가 전해지는 원리를 알 수 있다. 그 말에 따르면 소리는 공기에 의해 전해지니, 공기가 실로 소리를 전하는 매개가 되어 마치 물결이 바람으로 인하여 높아지는 것처럼 소리가 높아지고 움직이는 것을 성랑(聲浪, 음파)이라고 한다. 성랑의 속도는 1초에 1100영척(英尺, 피트)을 갈 수 있다. 가령 대포를 쏘면 대포 연기가 먼저 보이고 대포 소리가 이어서 들리는 것은 실제로 연기가 먼저 나고 소리가 뒤에 나기 때문이 아니다. 대포에서는 연기와 소리가 동시에 나오지만 연기는 빛에 속하므로 움직이는 속도가 빠르다. 그러므로 먼저 우리의 눈에 들어온다. 소리는 단지 1초 사이에 1100영척의 속도로 공기를 통과하므로, 뒤늦게 우리 귀에 들어올 뿐이다. 서기 1783년 무렵 스코틀랜드인 배근(培勤)이 어떤 학교에서 귀머거리와 벙어리를 가르치다가 소리를 전하는 기계를 만들고, 이어서 전화기와 유성기 등을 차례로 발명하여 지금 사람들이 이용하니, 이것은 성학의 효용이다.

중학은 다음과 같다. 물체의 중량은 모두 지구의 인력 때문에 생기므로 지구는 중량의 근원이라 하겠다. 격치가들이 중력의 작용을 확장하여 중심의 원리를 발견하였으니, 중심이라는 것은 중량의 중심을 말한다. 가령 갑과 을의 두 힘이 서로 당기는데 갑은 동쪽을 향하고 을은 서쪽을 향하면 중심이 중앙에 모인다. 말과 소의 중심은 등에 있고 굼벵이의 중심은 배에 있고 오뚝이의 중심은 아래에 있다. 현대에 이용하는 각종 도량형과 제반 기계를 배치하는 법은 모두 중학에서 나왔다.

전학이라는 것은 전기의 작용을 살피는 것이다. 그 말에 따르면 호박과 유리 등에서 생기는 전기도 하늘의 전기와 실제로는 같은 종류이다. 예로부터 격치가들이 이 이치를 확장하여 전기 만드는 방법을 발견하였으니, 식초와 유황을 섞어 젖은 전기를 만들고, 금과 쇠를 서로 갈아 마른 전기를 만들었다. 전기에는 음과 양 두 종류가 있으니, 전기는 만물을 모두 끌어들이는데, 그중에 다섯 가지 금속은 전기를 더욱 빨리 끌어들인다. 사기그릇과 섬유 따위로만 전기를 차단할 수 있다. 그리하여 전기를 끌어들이고 전기를 차단하는 학설에 바탕하여 전보가 생겼다. 전보는 젖은 전기를 사용하므로 전기를 인도하는 철사를 사기로 만든 통에 붙여 이쪽에서 신호를 보내면 저쪽이 반응하여 일만 리 떨어진 곳이 이웃과 같아졌다. 음극과 양극의 이치를 바탕으로 전등이 만들어졌다. 전등은 모두 마른 전기를 사용하므로 물을 끓여 증기를 만들고 그것으로 기륜(機輪, 터빈)을 돌리면 구리 조각과 쇳조각이 서로 마찰을 일으켜 음과 양 두 전기가 생긴다. 그 기륜을 빨리 돌리면 만나려다가 떨어져 열로 인하여 빛이 생기니, 이것은 전학의 효용이다.

격치학은 수학이 진보한 성과요, 수학은 격치학의 도구이다. 그러므로 동서양의 격치가는 모두 수학을 근본으로 삼으니, 비유하자면 옥돌을 다듬을 적에 반드시 칼과 숫돌을 사용하고 집을 지을 적에 반드시 대들보와 문지도리가 필요한 것과 같다. 수학이 격치학에 있어서 어찌 이와 다르겠는가?

현대 학교의 제도는 대략 비슷한데, 전문 교과 중에 격치 과목이 대부분이다. 십여 년 전에 내가 미국 북부 지방을 여행하다가 어느 전문 학교를 방문하였는데, 해당 학교 교사 아무개가 나에게 이렇게 말했다.

"이 학교의 생도 740여 명 중에 격치학을 연구하는 사람이 약 280여 명이다. 저들은 10시간 중에 2시간 반은 각국의 언어 문자와 역사에 힘을 쏟고, 2시간 반은 화학, 광학, 중학, 성학 등에 힘을 쏟고, 또 1시간은 천문학, 지질학 등에 집중하고, 나머지 4시간은 동물학, 식물학 등을 연구한다."

당시 영국 전국에 저명한 격치학자의 수가 십만여 명이나 되었는데, 모두 학회를 만들어 밤낮으로 깊이 연구하다가 만약 한 가지 신기한 것을 발견하면 나라에서 총회를 열고 서로 토론한 뒤에 차례로 실천하였다. 그러므로 인간 문명이 개벽한 오천여 년 동안 발견하지 못한 것을 대부분 19세기에 발견하였다. 20세기에 또 어떤 신묘한 발견을 할지 모르니, 사람의 마음과 힘이 지극하면 천지의 조화를 빼앗는 것은 이 때문이다.

격치학의 근원을 거슬러 올라가면, 고대 그리스는 문예와 학술이 유럽 문명의 원조요, 현대 과학의 두뇌로 일컬어지는데, 가장 먼저 격치의 학문에 힘을 쏟았다. 당시 나라의 운세가 융성하고 백성의 지혜가 발달하여 서구 여러 나라의 제일이었다 하겠다. 그런데 오랜 세월이 흐르자 오로지 헛된 형식만 숭상하고 실사구시하지 못하여 학문이 점차 쇠퇴하고 나라도 따라서 약해졌다. 강하다가 약해지고 컸다가 작아졌으니, 모두 배웠는지 배우지 않았는지에 대한 명백한 증거이다. 그 뒤 로마국이 이어서 일어나 그리스의 학문에 바탕하여 격치학을 연구하였다. 당시 로마 전국 각 학교에 교편을 잡고 가르친 자는 모두 그리스인이었다. 그 나라도 한때 융성했다고 할 수 있는데, 그 뒤 습속이 부패하고 사치가 풍조를 이루어 격치학이 마침내 버려지고 나라도 따라서 망했다.

그 뒤 수백 년 동안 격치학자가 드물어 알려진 사람이 없더니, 서기 1660년 무렵 영국인 배긍(裵肯)이 이학계(理學界)에 나타났다. 그가 남은 원고를 수습하고 새로운 학설을 널리 수집하여 격치에 관한 책 한 질을 엮고, 또 스무 명의 동지와 함께 하나의 모임을 만들었으니, 그 취지는 새로운 지식의 연구에 힘써 이용후생의 방도에 도움이 될 만한 것은 일체 받아들여 실천한다는 것이었다. 당시 영국 왕이 자금을 내어 돕자 몇 년 사이에 크게 발전하는 효과를 거두었다. 그러므로 유럽의 여러 나라 중에 러시아와 프랑스가 앞장서고 독일이 그다음으로 다투어 모방한 결과 1820년에 이르자 전 유럽의 학자가 모두 격치학이 급선무라는 사실을 알았다.

그리하여 같은 뜻을 지닌 사람들이 호응하여 마음을 합쳐 서로 도우며 경향 각지에 모두 학회가 생기고, 유럽 중앙에 하나의 총학회가 생겼다. 매년 몇 차례 정기적으로 학회를 개최하는데, 각지의 격치학을 하는 사람들이 구름처럼 모여 반드시 대중 앞에서 각기 터득한 바를 말하고 서로 비교한 뒤에 그중에 가장 우수한 사람을 뽑거나 여러 사람의 지식을 모아 하나의 기술을 완성하였다. 그 뒤로 격치학이 서양에 성행하여 오늘날에 이르러 영국·미국·독일·러시아가 모두 이를 통해 부강을 이루었으니, 격치학이 나라의 성쇠와 관계된다는 점은 췌언할 필요가 없다.

우리 한국은 수천 년 동안 비록 이름난 선비들이 잇달아 나타나 이학(理學)에 관한 학설로 서로 경쟁하였으나 끝내 그 학설을 확장하여 실천하지 못하였다. 그러므로 후세에 격치학이 무엇이며 무슨 쓸모가 있는지 모르니, 오늘날 나라의 기세가 떨치지 못하고 민생이 곤궁한 것은 당연한 이치다. 우리 청년 동포들은 격치의 학문에 특별히 주의하여 옛사람이 발견하지 못한 것을 발견하고 다른 나라가 이루지 못한 것을 이루어 훗날 국가의 융성한 운수와 인민의 복리를 도모하기 바란다.

해설

서양 과학을 소개한 글이다. 이용후생을 목적으로 하는 격물치지라는 전통적인 개념을 바탕으로 과학을 격치학(格致學) 혹은 격물학(格物學)이라 하였는데 1883년 최초의 근대 학교인 원산학사(元山學舍)에서 격치학을 가르쳤다는 기록이 보인다. 1879년 영 존 앨런(Young John Allen)의 『격치계몽(格致啓蒙)』 등이 이 용어를 사용하면서 비롯한 것으로 알려져 있다. 과학(科學)은 과거지학(科擧之學)의 뜻으로 쓰였기에 새로운 용어가 만들어진 것이다.

이 글에서는 격치학을 천문학, 지문학, 화학, 기학, 광학, 성학, 중학, 전학 등으로 분류하였는데, 청나라 말기 『시무통고(時務通考)』 등에 유사한 명칭이 보인다. 지문학은 자연지리학과 유사하고, 동물화학, 식물화학, 광물화학으로 구분한 화학의 개념도 이채롭다. 또 기체를 연구하는 기학, 빛을 연구하는 광학, 소리를 연구하는 성학, 힘을 연구하는 중학 등의 용어도 당시로서는 새로운 개념이었을 것이다.

여병현은 일본과 미국, 영국에서 배운 과학 지식을 우리나라에 소개하는 한편, 서양 과학의 역사와 과학 교육의 현황을 소개하였다. 특히 과학자들이 학회를 통해 이론을 발전시키고 이것이 부국강병의 기초가 되었다고 역설한 점이 주목된다.

3부
난세의 인물상

김택영

金澤榮

1850~1927년

자는 우림(于霖), 호는 창강(滄江)·소호당(韶濩堂), 본관은 화개(花開)다. 개성 출신 문인으로 평생 그 자의식을 가지고 살았다.

가학의 연원이나 저명한 학맥의 뒷받침 없이 자력으로 공부하여 조선 말기 문단에서 명성을 얻었다. 서울에서는 이건창(李建昌, 1852~1898년)을 종유하여 남사(南社)에 참여하면서 문학이 크게 진보했다. 시문에서 모두 뛰어나 강위(姜瑋, 1820~1844년), 이건창, 황현(黃玹, 1855~1910년)과 더불어 한말 4대가로 일컬어진다. 학자로서는 역사학에 큰 강점을 보여 갑오개혁 이후 편사국(編史局)의 주사로 근무하며 주로 역사나 문헌을 편찬하는 직책에 종사했다. 『삼국사기』, 『고려사』를 비롯한 역사 서적을 간행하고, 『여한구가문초(麗韓九家文鈔)』를 편찬하는 등 조선의 역사와 문학의 성취를 정리하는 일에 큰 공훈을 쌓았다.

1905년 중국으로 망명한 뒤에는 장건(張謇)의 후원 아래, 한묵림인서국(翰墨林印書局)에서 서적을 교열하고 출판하는 일에 종사했다. 이때 한국의 서적을 다수 간행하여 국내로 들여왔다.

그의 시와 산문은 구한말을 대표하는 수준으로 인정받고 있다. 문장은 각 문체를 모두 잘 썼고, 서사와 의론 모두에서 특장을 보였으며, 특히 서문과 전기의 문체가 우수하다. 저작으로 문집인 『소호당집(韶濩堂集)』과 조선 시대 역사를 정리한 『한사경(韓史綮)』, 개성 출신 인물의 전기집인 『숭양기구전(嵩陽耆舊傳)』 등이 전한다.

내가 이처럼 어리석었던가?

黃玹傳(壬子)

황현(黃玹)의 자는 운경(雲卿)이고 그의 선조는 호남의 장수(長水) 사람이다. 세종 때에 이르러 영의정 황희(黃喜, 1363~1452년)가 서울에서 큰 가문을 이루었고, 몇 대 뒤에 자손의 일부가 호남으로 돌아가 살았다. 충청 병사(忠淸兵使) 황진(黃進, 1550~1593년)과 정언(正言) 황위(黃暐, 1605~1654년)가 선조와 인조 때에 명성이 높았는데, 그 후로는 미약해졌다. 아버지 황시묵(黃時默)은 질박하고 정직하며 의리를 좋아했다. 풍천 노씨(豐川盧氏)를 아내로 맞아 광양(光陽)의 서석촌(西石村)에서 황현을 낳았다. 황현을 가졌을 때 노씨 부인은 태교법을 행하여 비록 한 가지라도 반드시 반듯하게 썬 것만 먹었다.

황현은 총명함이 남들보다 뛰어나서 열다섯 살이 되기 전에 이미 시를 지어 사람들을 놀라게 하였다. 스무 살이 되어서는 시골 마을이 꽉 막히고 비루함을 걱정하여 북쪽인 서울에 가서 유학하였다. 당시 교리(校理) 이건창의 문장이 조정 신하들 가운데 으뜸이라 나라의 명사인 강위 이하의 사람들이 모두 종유하였다. 황현이 시를 지어 가서 만났는데 이건창이 시를 보고 크게 칭찬하여, 이로 말미암아 명성이 날로 높아졌다.

태상황(太上皇, 고종) 20년(1883년)에 특별히 보거급제시(保擧及第試)를 베풀었다. 황현이 초시(初試) 초장(初場)에서 대책(對策)을 짓자 시관이 그 글을 보고 크게 놀라서 제일(第一)로 뽑았다가, 시골 사람이라는 것을 알고는 제이(第二)로 바꿔 버렸다. 전정(殿庭)의 회시(會試)에 낙방하고 몇 년 뒤에 광양에서 구례로 옮아갔다. 두 해 뒤에 향공초시생(鄕貢初試生)으로 성균 회시(成均會試) 이소(二所)의 생원시(生員試)에 응시했는데, 당시 판서 정범조(鄭範朝, 1833~1897년)가 시관이었다. 정범조의 삼종제(三從弟, 팔촌 동생)인 주사(主事) 정만조(鄭萬朝, 1858~1936년)가 평소 이건창을 통해 황현을 잘 안 데다 그의 재주를 매우 중히 여겨서, 정범조를 보고는 말했다.

"황현이 일등을 차지하지 못하면 이번 시험 또한 시험이 아닐 뿐입니다."

정범조가 그 말을 받아들여 일등으로 선발하였다. 성균시(成均試)에 두 번째 응시하여 비로소 합격한 것이다.

이때 나라의 외환이 날로 더해지고 내정이 나날이 어그러져서 황현은 벼슬길에 나아가 성취할 뜻이 없었다. 마침내 한양에 들어가지 않고 문을 걸어 잠근 채 책을 읽는 데 전념하였다. 그러자 한양의 벗들이 편지를 보내 영원히 은거하려는 것을 책망했다. 그때마다 그는 "자네는 어찌하여 나로 하여금 도깨비 나라의 미친 사람들 속으로 들어가 똑같이 도깨비와 미치광이가 되게 하려는가?"라고 하였다. 당시 문학을 갖춘 대관(大官)인 신기선과 이도재(李道宰, 1848~1909년) 등이 다투어 사귀기를 원했지만 모두 거절하고 응하지 않았다.

광무 9년(1905년)에 일본이 러시아를 이긴 기세를 타고 사람을 보내 한국을 통할하여 감독하였다. 이보다 앞서 황현의 벗 개성의 김택영은 시사가 위태로워지자 벼슬을 버리고 중국의 회남(淮南)으로 떠나 있었다. 황현도 비분강개하여 따라가 은거할 뜻으로 여러 차례 편지를 보내 생각을 전하였지만, 가난 탓에 재원을 마련할 길이 없어 선뜻 결단을 내리지 못하였다. 홀로 옛사람 가운데 어지러운 세상에서도 몸을 깨끗이 지켰던 매복(梅福)·관녕(管寧)·장한(張翰)·도잠(陶潛)·사공도(司空圖)·양진(梁震)·가현옹(家鉉翁)·사고(謝翶)·고염무(顧炎武)·위희(魏禧) 등 열 사람의 초상을 그리고 각각 시를 붙여서 병풍을 만들어 바라보았다.

융희(隆熙) 4년(1910년) 칠월에 일본이 마침내 대한 제국을 병합하였다. 팔월에 황현이 그 소식을 듣고는 비통해하며 음식을 먹지 못하였다. 어느 날 저녁 「절명시(絶命詩)」 4장을 짓고, 또 자제들에게 글을 남겨 말하였다. "나는 죽어야 할 의리는 없다. 다만 나라에서 선비를 기른 지 오백 년이 되었는데, 나라가 망한 날 국난에 죽는 자가 한 사람도 없다면 정녕 통탄스럽지 않겠느냐? 내가 위로는 하늘로부터 타고난 양심을 저버리지 않고 아래로는 평소에 읽은 글을 저버리지 않고서 영원히 잠든다면 참으로 통쾌함을 깨달을 것이니, 너희들은 너무 슬퍼하지 말아라."

글을 마치고 독약을 마셨는데, 해가 뜰 무렵에야 가족들이 비로소 알게 되었다. 아우 황원(黃瑗)이 달려가 살피고는 할 말이 있는지 묻자, 황현이 "내가 무슨 말을 하겠느냐? 다만 내가 써 놓은 글을 보면 알 것이다."라고 하였다. 그러고는 웃으면서 말하였다.

"죽는 일이 쉽지 않더구나. 독약을 마실 때 세 번이나 입에서 떼었으니, 내가 이처럼 어리석었던가?"

이윽고 숨이 끊어졌으니 향년 쉰여섯 살이었다. 일찍이 노씨(盧氏)가 사람을 보는 안목이 있어서 늘 황원에게 "국난에 죽을 사람은 반드시 네 형일 것이다."라고 말했는데, 이때에 이르러 과연 들어맞았다.

황현은 이마가 넓고 눈썹이 성근 데다 눈은 근시에 오른쪽으로 틀어졌다. 사람됨은 호방하고 쾌활하며 방정하고 강직하여 악한 사람을 원수처럼 미워하였고, 기개가 꼿꼿하고 우뚝하여 남에게 굽혀 따르지 않았으며, 교만하고 부귀한 무리를 보면 낯빛을 바꾸고 힐난하였다. 평소 좋아하던 사람이 유배되거나 죽었을 때 천리 길을 달려가서 위문하고 조문한 일이 잦았다. 글을 읽다가도 충신과 지사가 곤액(困厄)을 당하여 원통하게 된 사건을 만나면 눈물을 줄줄 흘리지 않은 적이 없었다.

학문은 정통함을 위주로 하여 시속에서 강학하는 사람들과는 교유하기를 좋아하지 않았고, 역대의 사적에 기재된 치란과 성쇠의 자취에서부터 군사와 형벌과 재정 제도에 이르기까지 연구하고 살피기를 좋아하였다. 또한 일찍이 서양의 이용·후생의 학술에도 마음을 두어서 당세의 어려움을 구제하려는 생각을 가졌다. 문장을 짓는 데 있어서는 시에 더욱 능하여 소식(蘇軾)과 육유(陸游)의 기풍이 있었다. 작고한 이듬해에 호남과 영남의 선비들이 돈을 추렴하여 『매천집(梅泉集)』을 간행하였다. 매천은 황현의 자호이다.

김택영은 말한다. "황현의 시는 맑고 깨끗하며 표일하고 굳세어 우리나라의 문단에서 몇 손가락 안에 꼽힌다. 그 가운데 절의를 지켜 몸을 버린 옛날과 지금 사람들의 일을 읊조린 시가 아주 많은데, 진심을 모두 토로하여 비통함을 다 드러낸 뒤에야 그쳤다. 천성으로 독실하게 좋아하지 않고서야 그럴 수 있겠는가? 비단옷 위에 양갖옷을 덧입으면 비록 삼척동자라 할지라도 그 아름다움을 모를 자가 없다. 황현의 문장에 훌륭한 절의를 더하였으니, 그 빛이 백세에 전해질 것을 어찌 의심하겠는가?"

해설

김택영이 지은 황현의 전이다. 황현의 문집인 『매천집』에도 이 작품이 실려 있다. 다만 김택영이 지은 전보다 한 단락이 더 추가되어 있다. 마지막 논평 바로 앞에 전후로 절의를 위해 목숨을 바친 십여 명의 열사를 나열한 뒤 황현이 가장 문학으로 뛰어났음을 말한 대목이다. 홍범식(洪範植), 김석진(金奭鎭), 이만도(李晩燾), 장태수(張泰秀), 정재건(鄭在楗), 이재윤(李載允), 송익면(宋益勉), 김지수(金智洙), 정동식(鄭東植), 이학순(李學純), 오강표(吳剛杓), 이근주(李根周), 김영상(金永相), 조장하(趙章夏), 반하경(潘夏慶) 등이 황현과 함께 절의를 지킨 지사들이다.

이 글은 전의 일반적 양식을 충실히 따랐다. 태어나 죽을 때까지의 여정을 순차적으로 기술한 뒤 성취를 평가하는 것으로 글을 마무리했다. 형식 면에서 언뜻 특별할 게 없어 보이는 이유이다. 하지만 황현의 생애를 점층적으로 속도감 있게 서술하여, 황현의 전 생애가 절의로 귀결되었음을 분명하게 제시했다. 나아가 나라를 위해 죽을 의리를 외치던 황현의 절의에 독자들이 자연스레 동화되게끔 만든다.

서두에서는 모친의 태교와 젊은 날의 교유, 시골 사람이라는 이유로 이등으로 밀려났다가 일등으로 뽑힌 두 차례의 응시를 언급해서 그의 비범함을 드러냈다. 이후 벼슬길에 뜻을 잃고 대관들의 교유 요청에도 응하지 않은 강직함을 높였다. 절사(節士) 10인의 초상화에 시를 붙여 병풍을 만들어 늘 바라보는 마음을 언급한 뒤, 대한 제국 병합 소식에 「절명시」 4수를 남기고 독약을 마시는 장면은 비장하다.

정몽주에서 시작되어 김시습을 거쳐 면면이 이어져 내려온 절의의 역사는 김택영이 그려 내고 있는 것처럼 황현에 이르러 또 한 번 꽃을 피웠다. 그의 자결은 비록 나라 잃은 백성의 선택이었지만, 독약을 마실 때 세 번이나 입에서 떼었던 일마저도 어리석음으로 여겼던 그의 자취는 더없이 향기롭다. 그래서 "국난 앞에 죽는 자가 한 사람도 없다면 정녕 통탄스럽지 않겠느냐."던 황현의 마지막 일성은 백여 년이 지난 지금까지도 진한 울림을 남긴다.

유길준
兪吉濬

1856~1914년

자는 성무(聖武), 호는 구당(矩堂), 본관은 기계(杞溪)다. 소년 시절부터 박규수(朴珪壽) 문하에 출입하며 나라 밖 사정에 눈을 떴으며, 1881년 신사 유람단에 참여하여 후쿠자와 유키치(福澤諭吉)의 게이오 의숙(慶應義塾)에서 공부했다. 1883년 1월에 귀국하여 통리교섭통상사무아문의 주사에 임명되었으나 곧 사임했다. 7월 보빙사(報聘使) 민영익의 수행원으로 미국으로 가서 일본 유학 시절부터 안면이 있던 에드워드 실베스터 모스(Edward Sylvester Morse)의 지도를 받았고, 이듬해 더머 아카데미(Governor Dummer Academy)에서 수학했다. 귀국 후 『서유견문』을 완성하여 1895년에 일본에서 출판했다. 서구의 근대 문명을 소개한 이 책에서는 입헌 군주제 도입, 상공업과 무역의 진흥, 근대적 화폐 제도와 조세 제도 수립 및 교육 제도 실시 등을 주장했다. 이후 정계에서 주요 역할을 수행했으며, 일진회의 한일 합방론에 반대했다. 국권 상실 후 일제가 수여한 작위를 거부했다.

저서로 『서유견문』과 국어 문법서인 『대한문전(大韓文典)』, 민중을 계몽하기 위한 『노동야학독본(勞動夜學讀本)』, 한시를 모은 『구당시초(矩堂詩抄)』 등이 전한다.

이루지 못한 김옥균의 꿈

金公玉均墓碣 (代人作甲辰)

오호라! 비상한 재주를 지니고 비상한 때를 만나 비상한 공이 없이 비상하게 죽었으니, 하늘이 김 공을 태어나게 한 것이 이와 같을 뿐이란 말인가? 우뚝하고 뛰어나 작은 범절에 얽매이지 않고 선을 보면 자신의 일처럼 여기며 호협하여 무리를 포용하는 것은 공의 성품이었다. 헌걸차고 당당하여 홀로 서서 믿는 바를 행하고 백 번 꺾여도 굴하지 않으며 천만 번이라도 다시 가는 것은 공의 기개였다. 신단(神壇)의 나라를 떠받쳐 반석과 태산 같은 안정을 마련하고 성이(聖李)의 종사를 보익하여 천지의 비호를 다진 것은 공이 자임한 뜻이었다.

공은 조정에 출사하여 처음부터 현달하지 않음이 없었고, 임금에게 득의하여 처음부터 온전히 한결같지 않음이 없었다. 그런데 완악하고 아첨하는 간사한 외척들이 즐비하여 조정에 가득하자 남몰래 안일을 바로잡고 농간을 막았지만, 바르고 적실한 말이 때마침 많은 사람들의 분노를 부르고 심원한 생각이 도리어 많은 사람들의 의심을 일으켰다. 안으로는 정령(政令)이 여러 갈래로 나뉘어 백성들이 근심하고 괴롭게 여겼으며, 이웃 나라와의 외교가 도를 잃어 혀를 차는 소리가 어지럽게 일어나 나라가 거의 자립할 수 없게 되었다. 그래서 아침저녁으로 근심하다가 개연히 몸을 떨쳐 임금의 주변을 깨끗하게 할 것을 도모하였다.

개국한 지 493년이 되는 갑신년(1884년) 겨울에 동지를 규합하여 경우궁(慶祐宮)에서 승여(乘輿)를 받들어 조정의 대사를 처리하였다. 삼 일 뒤에 성상을 호종하고 창덕궁(昌德宮)으로 돌아갔지만 잔당들이 청나라 장수를 사주하여 순리를 거슬렀다. 군사의 수에 차이가 많아 빈 주먹으로 싸웠지만 형세가 버틸 수 없었다. 일본의 공사관에 겨우 몸만 맡겨 이를 통해 바다를 건너가니 운명이 위태로워졌다. 간사한 무리들이 공을 두려워하고 심지어는 공을 원수로 여겨서 공에게 반드시 복수하고자 앞뒤로 자객을 계속해서 보냈다. 공이 방비를 치밀하게 한 데다 지극한 비호를 받아서 끝내 실현되지 못했지만, 공 또한 떠돌아다니면서 하루도 편치 않았다. 남쪽으로 불모지로 이주하고 북쪽으로 초목이 없는 땅으로 옮기느라 그 괴로움과 고달픔이 많은 사람들이 감당하기 어려운 것이었지만, 편안하게 처하여 일찍이 마음에 두지 않았다.

우리 동방의 일을 논하여 매번 삼국(三國)을 따르지 말고 거칠고 사나운 러시아와는 겨루어서는 안 된다고 말하였다. 그러다 갑자기 갑오년(1894년) 봄에 춘신포(春申浦)에서 표연히 옷깃을 떨쳤는데, 흉악한 홍종우(洪鍾宇, 1854~?)에게 암살당하고 말았다. 시신은 고국에 송환되어 사지가 잘리는 치욕을 당하였다. 일본의 지사들이 분노하고 친척처럼 슬퍼하여, 유의(遺衣, 죽은 사람이 입고 있던 저고리와 적삼)로 혼을 불러 아오야마(青山) 언덕에 장사 지냈다. 지금까지 이미 십일 년이 되었다.

논하는 자 가운데 간혹 이렇게 말하는 이가 있다. "공은 성명하신 임금을 만나 공고(公孤)에 버금가는 지위에 올랐다. 조용히 사리에 맞게 간하고 진심을 드러내니, 말하면 반드시 듣고 계획하면 반드시 써서 성취하지 못한 일이 없었다. 그러다가 행동이 어그러져 과격해지고 자취가 지나치게 난폭해져 발 돌릴 새도 없이 패하고 말았다. 더욱이 행장을 꾸리고 차에 실은 채 온전하기를 구하였으니, 진실로 조용한 곳에서 기다리며 빛을 숨기고 정기를 단련하여 가함을 살핀 뒤에 움직였어야 마땅하다. 그런데 형세를 살피고 때를 헤아리지 않은 채 위험한 곳으로 나아가 마침내 화를 당했으니, 그 스스로 가벼이 여김이 또한 심하다." 하지만 이것은 공을 아는 자의 말이 아니다.

바야흐로 권세 있는 간신들이 제멋대로 날뛰고 나라의 형세가 위태로워 입으로만 다툴 수 없게 되었으니, 스스로만 깨끗이 하고 임금과 나라의 위태로움을 좌시한 채 구하지 않을 수는 없는 노릇이다. 그런 까닭에 정녕 우레와 같이 분격하여 화의 근본을 쓸어버렸고, 그 일이 잘못된 뒤에도 도랑만 한 작은 절의를 마음에 두지 않았다. 진실로 제 몸이 살아 있으면 제 임금을 안전하게 하고 제 나라를 보존할 수 있어서 이국땅에 떠돌아다니면서도 더욱더 강하고 굳세었던 것이다. 하지만 그가 서쪽으로 간 일 같은 것은 뜻이 아주 은미하여 사람들 가운데 아는 자가 없었으니, 불행하게도 중도에 꺾이어 천고에 쓸쓸해지고 말았다.

대개 공의 일은 성패로는 논할 수 없고 마땅히 그 뜻을 살피면 그만이다. 충성스러운데도 참소를 당하고 신실한데도 의심을 받는 것이 예로부터 어찌 한정이 있겠는가? 공이 만난 것처럼 혹독한 경우는 없었지만 공의 뜻은 처음부터 끝까지 한결같았다. 간혹 시를 짓고 노래하며 술 마시고 바둑을 두는 데 미쳐서도 풍류가 있었지만 지나치지 않았고, 선문에서 고요히 참선함에 미쳐서 여윈 스님 같았지만 본령을 저버리지는 않았다. 나라를 걱정하고 사랑하는 한 조각 붉은 마음이 성대하여 금석도 뚫을 수 있었지만 지금은 죽고 없다. 이 사람이 이러한 운명을 지닌 것은 아마도 천명이리라.

공이 죽은 해에 청일 전쟁이 일어나자 사람들이 공의 죽음이 이것을 촉발시켰다고 말하였다. 그리고 나라 사람들이 처음으로 공의 뜻을 조금이나마 알아서 모두가 떨쳐 일어나 그를 이을 것을 생각했으니, 공은 비록 죽었지만 나라에 세운 공은 크다 하겠다.

공의 후사인 영진(英鎭, 1876~1947년)이 장차 비석을 세워서 효심을 드러내려고, 나와 공이 생사의 정의가 있다고 말하면서 문장을 청하였다. 글을 못 쓴다는 이유로 거절할 수가 없어서 눈물을 흘리며 거친 말을 적어 뒷사람에게 고하여 공이 비상한 사람임을 알게 하고자 한다.

김 공 옥균은 자가 백온(伯溫), 호가 고우(古愚), 별호가 고균(古筠)으로 본관은 안동이다. 개국한 지 460년이 되는 신해년(1851년) 정월 23일에 태어나 임신년(1872년)에 문과에 급제하고 벼슬을 두루 거쳐 이조 참판이 이르렀다. 갑오년 해를 입었으니 누린 해가 마흔넷이다.

해설

김옥균의 묘갈명이다. 도쿄의 아오야마 언덕에 이 명문이 새겨져 있는데, 여기에는 금릉위(錦陵尉) 박영효가 지은 것으로 되어 있다. 다만 글이 『유길준 전서』에 실려 있고, 글자가 뭉개져 잘 보이지 않지만 제목 옆에 '갑진년(1904년)에 남을 대신해 지었다(代人作甲辰)'라고 부기한 것으로 미루어, 이누카이 쓰요시(犬養毅, 1855~1932년)와 도야마 미쓰루(頭山滿, 1855~1944년)의 도움으로 아오야마에 김옥균을 장사할 때 유길준이 박영효를 대신해 지은 것으로 보인다.

이 글에서 눈이 되는 글자는 비상(非常)이다. 유길준은 일반적인 묘갈의 형식을 비틀어, 비상했던 김옥균의 삶을 생동감 있게 서술하는 데 집중하고 있다. “비상한 재주를 지니고 비상한 때를 만나 비상한 공이 없이 비상하게 죽었다.”라고 한 첫 문장은 김옥균에 대한 유길준의 평가이면서, 동시에 이 글의 주제가 되는 큰 명제이다. 나라의 존망이 결정되던 위급한 시기에 빼어난 재주로 나라를 위해 개혁을 시도했다가 제대로 성과를 내지 못하고 암살된 김옥균의 삶을 이 명제와 연결시켜 기술함으로써, 김옥균이 비상한 인물이었음을 인상 깊게 드러냈다. 나아가 성패가 아니라 마음에 품었던 뜻을 기준으로 김옥균의 삶을 새롭게 평가할 수 있는 계기를 마련하여 그가 세운 공을 분명히 하였다.

갑신정변 당시의 일과 망명 이후 지속적으로 자객의 암살 시도에 노출되어 있었던 일, 그가 비운에 죽은 뒤 다급하던 국내외 정세를 언급한 뒤, 단지 성패로만 그의 삶을 논해서는 안 된다고 말한 부분이 여운으로 남는다.

성패의 관점에서 보았을 때 김옥균의 비상한 삶은 쓸쓸한 죽음으로 끝나고 말지만, 뜻(志)의 관점에서 보면 김옥균의 비상한 삶은 비상한 죽음으로 거듭났다. 청일 전쟁 이후 나라 사람들이 떨쳐 일어나 그의 뒤를 이을 것을 생각했다는 유길준의 평가가 이를 잘 보여 준다. 지금 우리는 김옥균의 생애에서 무엇을 보아야 할까? 쓸쓸함을 볼 것인가 아니면 비상함을 볼 것인가? 성패를 읽을 것인가 아니면 뜻을 읽을 것인가?

이건승 李建昇

1858~1924년

자는 보경(保卿), 호는 경재(耕齋), 본관은 전주(全州)다. 이상학(李象學, 1829~1888년)의 둘째 아들로 이건창이 그의 맏형이다. 1891년 진사에 급제했고 1894년 나라에서 벼슬을 내렸으나 갑오개혁에 비판적이었으므로 취임하지 않았다. 1905년 을사조약이 체결된 뒤 자결하려 했으나 뜻을 이루지 못했고, 1906년 고향인 강화 사기리(沙器里)에 계명의숙(啓明義塾)을 세워 후학 교육에 전념했다. 1910년 경술국치 이후로는 만주로 망명하여 간도 지역에서 활동하다가 그곳에서 세상을 떠났다.

시문을 모두 잘 썼다. 특히 조선 말기와 일제 강점기 초기에 활동한 애국적 인물의 전기를 여러 편 지었고, 그들과 주고받은 편지와 논설문은 명료한 논지와 강개한 논조를 지녀 우수한 가치를 지닌다. 문집으로는 주로 망명 이후의 작품을 수록한 『해경당수초(海耕堂收草)』가 전한다.

어찌 일본의 백성이 되리오

耕齋居士自誌
(戊午)

거사는 성이 이(李), 이름은 건승(建昇), 자는 보경(保卿)이다. 본디 한국의 강화 사람인데, 그 선조가 전주에서 나온 까닭에 이로써 본관을 삼았다. 우리 정종(定宗)의 별자(別子)인 덕천군(德泉君) 휘 후생(厚生, 1398~1465년)이 시조이다. 칠 대 뒤 휘 경직(景稷, 1577~1640년)은 호조 판서로 시호가 효민(孝敏)인데, 공이 보국대부(輔國大夫) 판돈령부사(判敦寧府事)로 시호가 효간(孝簡)인 휘 정영(正英, 1616~1686년)을 낳아 명성과 덕망이 드러났다. 증조부 휘 면백(勉伯, 1767~1830년)은 성균 진사(成均進士)로 이조 판서에 추증되었고, 조부 휘 시원(是遠, 1790~1866년)은 이조 판서로 영의정에 추증되었으며 시호가 충정(忠貞)이다. 태상황(太上皇, 고종) 병인년(1866년)에 서양의 도적이 강화를 함락하자 고향에서 약을 먹고 순절했으니 일이 국사에 실려 있다.

돌아가신 부친 휘 상학(象學, 1829~1888년)은 군수로 이조 참판에 추증되었는데 고을을 어질게 다스렸다고 일컬어졌다. 돌아가신 어머니는 파평 윤씨 자구(滋九)의 따님으로 성품이 지극히 효성스럽고 개결하였다. 아들 셋을 낳았는데 거사는 그 가운데 둘째다. 철종 무오년(1858년) 11월 28일 강화 사기리에서 태어났다. 동래 정씨 도정(都正) 정기만(鄭基晩, 1816~1894년)의 따님을 아내로 맞았지만 아들이 없어 족형인 건회(建繪)의 막내아들 석하(錫夏)로 후사를 삼았는데 자라지 못하고 요절하였다. 그래서 형의 아들인 범하(範夏, 1877~1928년)의 아들 우상(愚商, 1901~1957년)으로 뒤를 이었다.

거사는 태상황 신묘년(1891년)에 진사가 되었고, 갑오년(1894년)에 재상이 정부의 주사(主事)로 불렀는데 당시 나랏일이 날로 그릇되고 반역의 무리가 권력을 장악하여 거사는 나아가지 않았다. 이때부터 세상에 뜻이 없어 형님인 영재(寧齋) 이건창과 더불어 숨어 살면서 책을 읽고 농사에 힘쓴 까닭에 스스로 경재거사(耕齋居士)라 이름하였다.

을미년(1905년)에 일본이 우리의 국권을 빼앗자 거사는 참판 정원하(鄭元夏, 1855년~?)와 더불어 죽기를 약속했지만 죽지 못하고 문을 걸어 잠근 채 사람들을 만나지 않았다. 이윽고 탄식하여 "내가 비록 방 안에서 병들어 죽은들 무슨 도움이 되겠는가?"라고 하고는, 재물을 내어 학교를 세워서 교육으로 자신의 임무로 삼았다. 그러고는 "정위(精衛)가 바다를 메우는 것이 수고롭기만 하고 성공하지 못하리라는 것을 내가 어찌 모르겠는가마는 잠시 내 마음을 다할 뿐이다."라고 말하였다.

경술년(1910년)에 나라가 망하자 집을 버리고 중국의 만주로 향하였다. 떠날 즈음에 참판 홍승헌(洪承憲, 1854년~?)에게 편지를 보내 "내가 이미 을사년에 죽지 못했는데, 지금 또 구차하게 살아서 일본의 신민이 되는 것은 차마 못하겠소. 나는 이제 떠날 것이오."라고 하였다. 개성군에 이르니 홍승헌 또한 이르러 차를 함께 타고 곧장 만주 회인현(懷仁縣) 항도촌(恒道村)으로 들어갔다.

이에 앞서 홍승헌과 정원하가 모두 강화에 부쳐 살며 거사와 함께 난리에 임하고 변화에 대처하는 방법을 강구하였다. 이때에 이르러 정원하가 먼저 항도촌에 들어가고, 뒤이어 두 사람이 정원하에게 의지하여 살았다. 한 해 남짓 지나자 조카 이범하가 가솔을 이끌고 따라와서는 "어찌 제 숙부가 길에서 죽게 할 수 있겠습니까?"라고 말하였다. 항도촌에서 몇 년을 살았는데, 우리 교민 대부분이 풍토병을 앓다가 죽게 되자 세 집은 안동현(安東縣)으로 이주하였다. 홍승헌은 얼마 뒤에 세상을 떠났다.

거사가 접리촌(接梨村)의 집에 부쳐 살 때 벼를 심고 약을 팔아 생업으로 삼았는데, 일본 순사가 와서 거사에게 민단(民團)에 들 것을 권하였다. 민단은 일본인이 우리 교민을 부서로 나누고 인원을 배치하여 그 민적을 일본에 예속시킨 것이었다. 그래서 거사는 거부하고 따르지 않았다. 두세 번 강권하여 더욱 심해지자 거사가 말하였다.

"내가 나라를 떠나 이곳에 온 것은 정녕 일본의 백성이 되고 싶지 않아서였다. 이른바 민단은 무엇하는 곳인가?"

그러자 순사가 땅을 구분하여 좌우로 나누며 말했다.

"왼쪽은 민단에 들어가지 않아 죽을 것이고, 오른쪽은 민단에 들어가 살 것이다. 어디에 서겠는가?"

그가 몸을 일으켜 왼쪽으로 옮기며 말했다.

"여기가 내 땅이다."

순사가 눈을 부라리며 말했다.

"너는 빈말이라고 우습게 여기는 것이냐? 내일 총부리가 너를 향해도 다시 그렇게 하겠느냐?"

거사가 옷섶을 헤치며 말했다.

"어이 내일을 기다리랴? 지금도 괜찮다. 총살할 필요가 있겠느냐? 네가 차고 있는 칼로도 할 수 있을 것이다."

순사가 한숨을 쉬고 자리를 뜨며 말했다.

"교화하기가 어렵겠다."

마침내 다시는 민적(民籍) 때문에 따지지 않았다. 이 때문에 이웃 마을의 중국 사람들이 '민적이 없는 이씨 늙은이'라 불렀다고 한다.

거사는 늘 근심하여 멀리 떠날 생각을 했지만 마침내 늙고 병들어 집에서 죽었다. 시문 몇 권이 있다. 아무 해 아무 달에 죽어 아무 달 아무 날에 아무 언덕에 묻었다.

명은 이렇다.

나는 죽을 책임 없으니	我無死責,
죽지 않은들 그 누가 비난하리오.	不死誰其非之.
죽는다 말해 놓고 안 죽었으니	曰死而不死,
이것이 뉘를 속인 것이리오.	是誰欺.
마침내 들창 아래서 늙어 죽으니	卒以老斃牖下,
아! 슬프다.	吁其悲.

해설

조선 말기의 양명학자이자 우국지사인 이건승이 망명지인 중국에서 쓴 자지(自誌)이니, 살았을 때 자신의 삶을 돌아보며 쓴 일종의 생지명(生誌銘)이다. 생을 마감하기 6년 전인 1918년에 자신의 죽음을 상정하고 쓴 글인데, 관련 기록이 없어 접리촌에 거주할 당시에 썼다는 것 외에 다른 정황은 분명히 알 수 없다. 다만 일본의 백성이 될 수 없어 망명할 수밖에 없었던 자신의 굴곡진 삶을 스스로 정리하고자 한 의지는 작품 전면에 분명히 드러나 있다.

1910년 이건승은 만주 회인현 항도촌(지금의 환인현 횡도천)으로 들어가기 전에 개성에 도착하여 난곡(蘭谷) 이건방(李建芳, 1861~1939년)과 함께 사진을 찍고 「사진자찬(寫眞自贊)」을 남겼다. 이 자찬에서 이건승은 "저 훤칠하고 야윈 것은 나와 다름없으나, 이 울퉁불퉁 덩이 져 맺힌 것이야 어찌 내게서 볼 것인가?(彼頎而癯, 與吾不殊, 此魂礧而輪囷, 於何見吾.)"라고 적고 있다.

이건승은 자신의 삶을 과장하여 꾸미지 않았고 생애를 촘촘하게 교직하지도 않았다. 1906년 강화 사기리에 계명의숙을 세워 애국 교육 운동을 실천했던 일도 구체적으로 기술하지 않았고, 독립운동가 노상익(盧相翼, 1849~1941년) 등이 서간도 망명 인사들을 주축으로 결성한 '서구결사(西溝結社)'에 이름을 올리는 등 만주에서 진행한 활동 등도 일체 말하지 않았다. 특별히 일본 순사와 민적 등록과 민단 가입을 두고 벌어진 소동의 전말을 자세히 적고 나서 '민적이 없는 이씨 늙은이'로 자신을 규정한 대목은 그가 자신의 정체성을 어디에서 찾고자 했는지를 잘 보여 준다.

꾸밈없이 담백한 전편의 서사가 나라를 잃고 망명할 수밖에 없었던 이건승의 자괴감과 우국의 마음을 한층 더 진솔하게 드러내고 있다. 글을 통해 이건승의 생애 사실보다 마음을 더 잘 읽게 되는 것도 이 때문이다. 끝에 실은 명(銘)에서조차 그는 1905년에 자결하지 못한 자신에 대한 회한을 성찰하는 데 방점을 찍었다.

안중근 의사의 전기 安重根傳

안중근은 황해도 해주 사람이다. 그 선조는 본래 순흥 사람으로 중간에 해주로 이사하여 대대로 주리(州吏)를 지냈다. 아버지 안태훈(安泰勳)은 문장에 능하여 성균관 진사(成均館進士)로 뽑혔으며 강개하고 지략이 있었다. 갑오년(1894년)에 동학적(東學賊)이 일어나자 안태훈이 군대를 일으켜 이를 물리쳤는데, 안중근이 아버지를 따라다니며 군대에서 적을 많이 죽였으니 당시 나이가 열일곱 살이었다. 어려서는 재주가 뛰어나 경전과 역사에 밝고 글씨를 잘 썼으며, 커서는 말타기와 활쏘기를 잘하여 말 위에서 나는 새를 쏘아 떨어뜨릴 수 있었다. 그래서 마을 사람들이 그의 담력과 용기에 탄복하였다. 가슴에 북두칠성과 닮은 일곱 개의 검은 점이 있어서 아이 적 이름이 응칠(應七)이다. 중간에 신천(信川)으로 옮겨 살았다. 안태훈이 동학적을 토벌할 때 신천에 재상이 쌓아 둔 곡식이 있었는데, 안태훈이 빼앗아 군량으로 삼았다. 난이 평정되고 안태훈에 대한 재상의 핍박이 아주 다급해지자 안태훈은 천주교에 입교하여 그 다급함을 누그러뜨렸고, 안중근 또한 천주교인이 되었다.

광무 8년(1904년)에 일본이 우리의 국권을 빼앗자 안중근이 분노하여 "몸이 굴레에 묶여 있으니 할 수 있는 일이 없다."라고 말하고는 중국에 가서 이곳저곳 다니다가 아버지가 돌아가셨다는 소식을 듣고 돌아왔다.

얼마 뒤 또 평안도 증남포(甑南浦)로 이사했는데, 중국을 오가는 것이 편했기 때문이다. 안중근의 집안은 본래 넉넉했으며, 호협하고 용맹한 사람과 사귀었다. 좋은 병기를 만나면 바로 사들였고, 가는 곳마다 나라의 존망에 관한 생각을 연설하여 국민들의 마음을 고무시켰다.

광무 11년(1907년)에 통감 이토 히로부미가 우리 태황제(太皇帝, 고종)를 겁박하여 왕위를 내려놓게 하고는 군대를 해산하였다. 안중근은 더욱 분노하여 "일을 늦출 수 없다."라고 말하고는, 마침내 러시아 블라디보스토크로 가서 우덕순(禹德淳, 1880~1950년)과 조도선(曹道先, 1879년~?) 등 열두 명의 지사(志士)를 만나 국권의 회복을 의논하였다. 손가락을 잘라 피로써 '대한독립(大韓獨立)' 네 글자를 써서 하늘에 고하고 충의(忠義)로써 맹세하였다. 그러고는 우리 교민 삼백 명을 불러일으켜서 두만강을 건너 함경도 경흥(慶興)에 들어가 일본 수비대를 습격하여 쉰 명을 죽였다. 나아가 회령(會寧)에 이르니 일본군이 떼 지어 협공하여 무리가 모두 무너져 흩어졌다. 안중근은 달아나 죽음을 면하였는데, 바람과 이슬을 무릅쓰고 한데에서 먹고 자며 열이틀을 걸어갔다. 밭 사이에서 겨우 생밀로 두 끼를 먹었지만 지기(志氣)는 넘쳐서 꺾이지 않았다.

이때 이토는 대한 제국의 일을 대략 정리하고 통감직을 사직한 다음, 중국을 도모하려고 만주를 시찰한다고 선언한 뒤 영국과 러시아 대신들과 하얼빈에서 모이기로 약속하였다. 그러고는 10월 25일(양력) 관성자(寬城子, 지금의 창춘(長春))에서 묵고 이튿날 아침에 기차 편으로 출발하여 점심때쯤 하얼빈에 당도하였다. 안중근은 러시아 땅인 블라디보스토크에 가서 신문 《원동보(遠東報)》를 사서 읽다가 이토가 온다는 사실을 알고는 크게 기뻐하며 "하늘이 이 늙은 도적을 나에게 보내 주시는구나." 라고 말하였다. 우덕순과 조도선과 함께 이토를 죽일 계획을 세웠다. 그날 밤 안중근은 여관에 묵으면서 강개한 마음으로 노래를 지었다.

대장부가 세상 삶에 그 뜻이 크나니	丈夫處世兮其志大矣
때가 영웅 만들고 영웅이 때 만드네.	時造英雄兮英雄造時
천하를 웅시하여 어느 날에 일 이룰까	雄視天下兮何日成業
동풍 점점 차지지만 장사 의기 뜨겁구나.	東風漸寒兮壯士義烈
분개하여 한 번 감에 필히 목적 이루리니	忿慨一去兮必成目的
좀도둑 이토여 운명과 어이 겨루리오.	鼠竊伊藤兮豈肯比命
여기 올 줄 알았으랴 일의 형세 이러하니	豈度至此兮事勢固然
동포여 동포여 속히 대업 이루리라.	同胞同胞兮速成大業
만세 만세 대한 독립	萬歲萬歲兮大韓獨立
만세 만세 대한 동포	萬歲萬萬歲大韓同胞

우덕순도 이가(俚歌, 한글로 지은 노래)로 화답하였다.

이튿날 안중근은 우덕순·조도선과 함께 관성자에 이르러 이토가 언제 오는지를 탐색했다. 신보(信報)에 "다음 날 하얼빈에 도착한다."라고 적혀 있었다. 안중근은 권총을 품고 기차역에 도착하여 러시아군의 뒤쪽에 서 있었다. 안중근이 양복을 입고 있어서 러시아군은 일본 사람으로 알고 우리나라 사람인 줄을 알지 못하였다. 이토가 기차에서 내리자 러시아에 주재하던 일본 관리들이 매우 많이 나와 환영하였다. 이토가 러시아 대장 대신(大藏大臣)과 악수를 나누고 예를 차린 다음 각국의 영사를 향해 서서히 걸어가니, 안중근과 채 열 걸음도 떨어지지 않았다. 안중근은 본디 이토를 보지 못했지만 일찍이 그의 소상(小像)을 본 터라 그를 바로 알아보았다. 이에 군대를 헤치고 앞으로 나아가 권총을 들고

쏘니, 세 발이 모두 이토의 가슴과 배에 맞아 이토가 마침내 죽었다.

이토가 땅에 쓰러지는 것을 보자 안중근은 손을 들어 '대한 만세'를 크게 외쳤다. 이토의 수행원 세 사람 또한 죽거나 상처를 입었다. 러시아 순찰병이 안중근을 포박하자 안중근이 웃으며 "내가 어찌 도망갈 사람인가?"라고 말하였다. 러시아 재판소에 갇혀 있었는데, 한 달 남짓 지나 일본인이 뤼순에 있는 일본 법원으로 옮겨 가두었다.

처음에 일본이 우리의 국권을 빼앗으면서 서양의 여러 나라에 "한국 사람들은 일본의 보호를 감사하고 좋아한다."라고 선언했다. 그런데 이번 일로 각국에서 따지는 말을 할까 두려워 법원장 마나베(眞鍋)로 하여금 사람을 시켜서 안중근이 잘못 알았다고 스스로 털어놓도록 회유하면서 이렇게 말했다.

"당신은 이토 공이 한국에 베푼 것이 모두 한국 백성들의 행복을 위한 것임을 미처 알지 못하였고, 알지 못했기 때문에 그를 해쳤을 뿐이다. 이제 당신이 잘못 알았다고 자수하면 일본 정부에서는 반드시 당신을 풀어 주고 다른 일이 없도록 보증할 것이다."

안중근이 웃으며 말했다.

"삶을 좋아하고 죽음을 싫어하는 것은 사람의 상정이다. 그러나 내가 만약 구차하게 살기를 바랐다면 어찌 괴롭게 이런 일을 했겠느냐?"

말한 자가 기가 죽어 물러났다. 이튿날 다시 온갖 수단으로 회유했지만 안중근은 꾸짖어 물리쳤다.

12월에 마나베가 공판을 열자 우리나라 사람과 중국 사람과 서양 사람 수백 명이 참관하였다. 안중근의 동생인 안정근(安定根)과 안공근(安恭根)은 공판을 위하여 일찍이 마나베에게 변호사의 변호를 요청하였다. 마나베는 다른 나라의 변호사가 안중근을 제대로 변호할까 염려했지만,

각국의 법규를 어기지 않으려고 거짓으로 허락하였다. 이에 미국과 블라디보스토크에 거주하던 우리나라 사람들이 칠천 원을 모아 서양에서 변호사를 구하니, 영국 변호사 더글러스와 러시아 변호사 미하일로프 등이 잇따라 왔다. 한국 변호사인 의주 사람 안병찬(安秉瓚) 또한 울분에 북받쳐 자원하여 왔다. 마나베는 일본 말이 통하지 않는다는 핑계로 이들을 막고 일본 변호사로만 변호하게 하였다. 안중근을 법정으로 끌어내니 안중근은 당당한 정신과 풍채로 팔짱을 끼고 있었다.

마나베가 물었다.

"너는 어찌하여 우리 이토 공을 해쳤는가?"

안중근이 천천히 대답했다.

"진실로 한국의 독립을 회복하려면 반드시 이토 같은 늙은 도적을 먼저 제거한 뒤에라야 도모할 수 있다. 나는 이미 나라를 위해 몸을 바칠 것을 결심하여 해외로 나가 이곳저곳을 다니면서 우리 민족에게 연설하여 충의(忠義)의 마음을 북돋았고, 장사를 모집하여 군사로 만들고 어린 이들을 가르쳐 훗날의 일꾼으로 삼아 큰일을 도모하고자 하였다. 이제 안중근은 참모중장(參謀中將)으로서 스스로 이토 같은 늙은 도적을 죽여 없애고 지금 이 법정에 끌려 나왔으니, 또한 마땅히 전쟁 포로로 인정해야지 자객으로 나에게 따져 묻는 것은 온당치가 않다."

말하는 기개가 더 굳세었다.

마나베가 말했다.

"이토 공은 진실로 천황 폐하의 명령을 받들어 너희 나라 사람들을 어루만져 편안하게 했는데, 너는 어찌하여 이토 공의 뜻을 알지 못하는가?"

안중근이 갑자기 머리를 들더니 성난 목소리로 말했다.

"지난번 러일 전쟁 때 일본 황제의 조칙(詔勅)에 '한국의 독립을 돕고 동양의 평화를 유지하겠다.'라는 말이 있어서 우리나라 사람들은 감격하여 일본군의 승리를 마음으로 빌었고, 길을 닦고 군량을 나르며 몸과 마음을 다하면서도 힘들다고 여기지 않았다. 일본군이 전쟁에서 이기고 돌아올 때 한국인들은 기뻐하면서 '이제부터 우리의 독립이 공고해졌으니 걱정거리가 없다.'라며 서로 축하하였다. 그런데 광무 9년(1905년)에 이토는 오 개의 조약을 체결하여 우리의 외부(外府)를 옮기고 우리의 통신 기관을 빼앗고 우리의 법부(法部)를 없애고 맹약을 강요하고는 병력으로 억눌러 못하는 짓이 없었다. 이로 인해 나라 안의 의병이 거세게 일어났고, 죽이면 죽일수록 더욱 거세지자 거의 모두 죽여 없앴다. 이에 우리 한국 사람들은 통감을 원수로 여기게 되었고, 일본 황제의 조칙에서 말했던 '한국의 독립'과 '동양의 평화'는 모두 속임수로 남의 나라를 빼앗으려는 음모에 지나지 않음을 알게 되었다. 이토는 우리 한국의 원수일 뿐 아니라 일본 황제의 역적이기도 하다."

인하여 이토의 죄를 열거하며 말했다.

"이토는 우리 태상황에게는 외신(外臣)인데, 외신도 신하다. 신하로 임금을 폐하고 어찌 죽음을 면할 수 있겠는가?"

안중근의 말이 여기에 이르자 눈빛이 횃불 같았다. 이어서 주먹을 불끈 쥐고 꾸짖었다.

"늙은 도적아! 늙은 도적아! 이제 보니 우리 명성 황후의 시해를 꾸민 것도 이 역적이 주도했고, 당신 나라의 죽은 효명 황제도……."

말이 채 끝나기 전에 마나베가 깜짝 놀라 얼굴빛이 바뀌면서 급히 손을 저어 제지하였다. 게다가 방청하는 자들을 내보내 그의 말을 끝까지 들은 사람이 없었다. 그러나 그가 죽은 효명 황제를 일컬은 것은 이토가 시해했음을 말한 것이었다.

변호사가 말했다.

"안중근은 이토 공의 한국 보호주의를 잘못 알아 비록 원수를 갚았다고 말하지만 사실이 아닙니다. 마땅히 죽음으로써 논해야 합니다."

마나베가 또 사람을 시켜 안중근에게 말했다.

"당신은 이제 죽게 되었다. 만약 잘못 알았다고 말한다면 살 수 있을 것이다."

그러자 안중근이 꾸짖어 말했다.

"소위 잘못 알았다는 것은 무슨 말이더냐? 내가 어찌 말을 바꾸어 살기를 구하는 자이겠느냐?"

감옥에 있는 이백 일 동안 잘못 알았다고 하면 살 수 있다고 회유한 것이 여러 번이었지만, 처음부터 끝까지 의연하게 한마디도 흔들리지 않았다. 마침내 경술년(1910년) 3월 26일(음력 2월 26일)에 목매어 죽였으니, 그때 나이는 서른둘이고 두 아들이 있었다.

죄를 선고하는 날 두 동생이 안중근과 영결할 적에 안중근이 "내가 죽거든 일본이 관할하는 땅에는 묻지 말고 하얼빈 공원 옆에 묻어다오."라고 말하였다. 두 동생이 그의 말대로 하려 했지만, 일본인이 허락하지 않고 감옥 안에 묻어 버렸다.

안중근은 감옥에 있으면서 수만 마디의 말로 『동양평화론(東洋平和論)』을 지었고, 또 시를 읊조려 스스로 마음을 달래었다. 죽는 날 양복을 벗어 한복으로 갈아입고 형을 받았는데, 평소처럼 웃으며 이야기하였다. 그래서 더글러스는 안병찬에게 "내가 천하의 사형수들을 많이 보았지만 이러한 열사는 본 적이 없다. 내가 돌아가면 마땅히 세상 사람들을 위하여 그를 칭송할 것이다."라고 말하였다. 일본 사람이 안중근의 사진을 찍고 그의 글씨를 새겨서 팔았는데, 세상 사람들이 다투어 사서 보배로 여겼다.

우덕순과 조도선도 모두 체포되었다. 우덕순은 자못 격앙되어 굽히지 않다가 감금 삼 년형을 선고받았다. 이윽고 한국의 함흥으로 옮겼는데, 얼마 후 스스로 목숨을 끊었다. 어떤 사람은 달아나 죽음을 면했다고 하였다. 이어서 이재명(李在明, 1887~1910년)과 안명근(安明根, 1879~1927년)의 일이 생겼다.

해설

안중근 의사의 일대기이다. 안중근 의사의 전기는 당시 여러 사람이 썼다. 박은식·김택영·홍언(洪焉, 1880~1951년)·계봉우(桂奉瑀, 1880~1959년) 등 민족 지사 외에도 정원(鄭沅)·정육(程淯) 등 중국인들까지 그의 전기를 남겼다. (조광의 「안중근 연구 백년」(『한국 근현대 천주교사 연구』, 경인문화사, 2010)에 따르면 2010년까지 확인된 안중근 의사의 전기는 아동용을 제외하고 해방 이전 15편, 해방 이후 37편이라고 한다.) 안중근 의사의 전기는 일제의 단속과 억압으로 대부분 국내보다는 상해·통주(通州)·블라디보스토크·하와이 등 국외에서 정리되어 소개되었다. 이들 전기는 「안응칠역사(安應七歷史)」와 직간접으로 연결되어 있는데, 안중근은 1909년 12월 3일부터 1910년 3월 15일까지 혹심한 고문을 견디며 재판을 받는 틈틈이 자신의 생을 정리하여 「안응칠역사」를 집필했다.

이건승이 지은 「안중근전」은 김택영이 정리한 「안중근전」과 유사한 점이 많다. 전의 양식적 특성에 기인한 유사성으로 보기에는 구조적으로 매우 닮아 있을 뿐 아니라 각 부분의 서술에서도 비슷한 점이 많이 확인된다. 예를 들어 하얼빈역에서 이토를 기다리는 안중근 의사의 모습을 기술하면서 이건승은 "重根懷短槍, 詣車站, 立俄軍隊後. 重根着洋服, 俄軍認爲日本人, 莫知爲我人也."라고 했고, 김택영은 "重根晨起, 詣車站, 立于俄羅斯軍隊之後以待之. 重根本作西裝, 故軍隊認爲日本人, 而莫知爲我人也."라고 하였다. 일부 글자의 출입은 있지만 문장의 구성이 거의 동일하다. 이건승과 김택영이 망국 이후에도 긴밀한 관계를 유지했음을 감안할 때 이건승이 김택영의 「안중근전」을 참고했을 가능성이 충분해 보인다. 다만 김택영이 1910년에 전을 지었다가 1914년 상해 대동편집국(大同編輯局)에서 간행한 박은식의 「안중근전」을 읽고 잘못된 사실이 많은 것을 확인한 후 1916년에 다시 창작했다고 한 만큼, 이건승의 「안중근전」은 1916년 이후에 정리되었을 것으로 판단된다.

이건승은 조선 말기의 문장가답게 전의 양식적 특징을 충실히 활용하여 안중근의 일대기를 서술하였다. 다만 전의 양식을 그대로 따르지 않고 변화를 주어 안중근 의사의 열사로서의 이미지를 선명히 드러내는 데 공을 들였다. 이를 위해 생애 전반에 걸친 사실은 앞쪽에서 짧게 기술하고, 이토 저격 장면과 이후 법정에서 안중근 의사가 보여 준 시종일관 당당한 태도에 집중해서 기술하였다. 특별히 법원장 마나베와의 법정 논쟁에 많은 부분을 할애하여, 일본인의 회유와 협박에 굴하지 않은 장한 기개를 드러내 보였다. 나아가 안중근은 한 나라의 독립을 위해 목숨을 희생한 열사일 뿐 아니라 국제적 안목을 지니고 동양의 평화를 위해 노력한 실천가임을 만천하에 천명하였다.

그런데 안중근 의사의 의거와 이토의 죽음은 다른 방식으로도 기억되었다. 한일합방 조인문에 서명한 운양 김윤식은 안중근 의사의 의거 직후 「슌포 공작을 곡하다(哭春畝公爵)」라는 시를 지어 이토의 죽음에 눈물을 흘렸고, 함께 사살된 모리 가이난(森槐南)의 만사를 지어 슬픔을 더하였다. 김윤식의 이 눈물과 슬픔은 옳고 그름의 역사적 평가를 떠나 우리 역사의 아이러니를 상징적으로 보여 준다. 이것은 힘들고 어려워도 우리가 역사의 거울 앞에 당당히 서야 하는 이유이기도 하다.

민영환 閔泳渙

1861～1905년

본관은 여흥(驪興), 자는 문약(文若), 호는 계정(桂庭), 시호는 충정(忠正)이다. 임오군란 때 피살된 호조 판서 민겸호(閔謙鎬, 1838~1882년)의 아들이다. 1878년 문과에 급제한 뒤 동부승지·성균관 대사성·병조 판서·형조 판서·주미전권대사·군무대신 등 요직을 두루 거쳤다. 1905년 11월 을사늑약이 체결되자 원임의정대신 조병세(趙秉世)를 소두(疏頭)로 백관들과 연명 상소를 올리는 등 조약의 파기를 위해 여러 노력을 기울였다. 하지만 일본의 강압으로 제대로 성과를 보지 못하였고, 결국 11월 30일 망국의 관리로서 책임을 다하고 죽음으로써 항거하여 국민을 일깨우기 위해서 스스로 목숨을 끊었다.

강직하고 유능한 개혁파로 일컬어지는데, 러시아와 일본에 대한 방어책과 국내의 혼란을 진정시킬 방안을 다루고 있는 『천일책(千一策)』은 이러한 면모를 잘 보여 준다. 또한 예술에도 관심이 많았고, 그림과 글씨에도 조예가 깊었다. 문학사에서도 의미 있는 족적을 남겼는데, 특히 1896년 5월에 거행된 제정 러시아 황제 니콜라이 2세의 대관식에 참석하고 남긴 『해천추범(海天秋帆)』은 조선 말기 여행 문학의 지평을 넓히는 데 기여하였다. 이외에도 1897년 영국 빅토리아 여왕의 즉위 60주년 기념식에 참석하고 남긴 『사구속초(使歐續草)』가 남아 전한다.

대한의 자유와 독립을 회복하라

警告韓國人民

아! 나라와 백성의 치욕이 이 지경에 이르렀으니, 우리의 인민은 장차 생존 경쟁 속에서 진멸되어 갈 것이다. 무릇 살기를 구하는 자는 반드시 죽고, 죽기를 기약하는 자는 사는 법이니, 제공들이 어찌 모르겠는가? 민영환은 마침내 한 번 죽어 황상의 은혜에 우러러 보답하고 우리 이천만 형제 동포에게 사죄하노라. 영환은 죽어도 죽지 아니하여 구천 아래에서 제군을 도울 것이다. 바라옵건대 우리의 형제 동포들이 천만 배 더 분발하여 지기(志氣)를 굳건히 하고 학문에 힘쓰며 마음을 묶고 힘을 모아 우리의 자유와 독립을 회복한다면, 죽은 자는 마땅히 저승에서 기쁘게 웃으리라. 아! 조금도 실망하지 마라. 우리 대한 제국 이천만 동포에게 사별하며 고하노라.

대한의 자유와 독립을 도와라 各公館寄書

영환이 나라를 잘못 다스려 나라의 형세와 백성의 삶이 이 지경에 이르렀으니, 다만 한 번 죽어 황상의 은혜에 보답하고 우리 이천만 동포에게 사죄하노라. 죽은 자는 그만이려니와 이제 우리 이천만 인민은 장차 생존 경쟁 가운데서 진멸되어 갈 것이다. 귀 공사(公使)는 어찌 일본의 행위를 헤아리지 못하는가? 귀 공사 각하가 부디 천하의 공의(公議)를 중하게 여겨서 돌아가 귀 정부와 인민에게 보고하여 우리 인민의 자유와 독립을 돕는다면, 죽은 자는 마땅히 저승에서 기쁘게 웃으며 은혜에 감사할 것이다. 아! 각하는 부디 우리 대한을 경시하고 우리 인민을 오해하지 말기 바란다.

해설

1905년 12월 1일 《대한매일신보》에 실린 민영환의 유서 두 편이다. 한국의 인민과 각국의 공사에게 남긴 이 유서는 편폭이 매우 짧으며 감정을 드러내는 일체의 말이 없다. 오직 죽음으로 자신의 책임을 다하고 나라의 자유와 독립을 기원하려 한 민영환의 의지만이 강하게 드러나 있다.

하지만 유서의 울림은 말 너머에 있다. 병자호란 당시 청나라와 굴욕적인 화의가 이루어지자, 동계 정온은 아들에게 유서를 남기고 칼로 자결을 시도하였다. 정온의 이 유서 또한 굉장히 짧고, 마지막 구절에 있는 통한(痛恨)이란 말만 빼면 민영환의 유서와 크게 바를 바가 없을 정도로 담박하게 기술되어 있다. 그런데 후대에 이 유서를 읽었던 채제공(蔡濟恭)은 "눈물이 흐르고 충분(忠憤)의 마음이 격동된다.(汪然而涕, 油然而忠憤之心激而已.)"라고 하였다. 유서 내용 자체가 아니라 유서의 글자 너머로 절의를 위해 목숨을 바친 정온의 삶이 유서를 통해 전달되어서였을 것이다.

민영환의 유서도 이와 마찬가지로 이후 많은 영향을 끼쳤다. 민영환의 자결 소식에 황현·최익현·이남규 등 당대의 애국지사들이 일제히 감응하였고, 심지어는 나라의 인민들도 이에 동참하였다. 지규식(池圭植, 1891~1911년)의 『하재일기(荷齋日記)』에 실려 있는 "평양의 병대(兵隊)에 소속된 김봉학(金奉學)이라는 사람이 민영환의 자결 소식을 듣고 끓어오르는 감정을 이기지 못하고 자결하였다."라고 한 기사가 이를 상징적으로 보여 준다. 죽어도 죽지 아니하여 구천 아래에서 나라의 자유와 독립을 기원하려 한 민영환의 절의가 신문 지면에 실린 이 유서를 통해 실현된 것이다.

윤희구 尹喜求

1867～1926년

본관은 해평(海平), 자는 주현(周賢), 호는 우당(于堂)이다. 이조 참의 홍선(弘善)의 아들이다. 어려서부터 학문에 몰두하여 문명이 높았다. 1897년(광무 1년) 대한제국에서 조선 역대 임금의 치적을 정리하기 위해 역사 편찬 기관인 사례소(史禮所)를 설치할 당시 장지연과 함께 발탁되어 『대한예전(大韓禮典)』을 편찬하였고, 『문헌비고(文獻備考)』 증수와 규장각의 『양조보감(兩朝寶鑑)』 편찬을 맡았다. 신사 유람단 일원으로 일본을 유람하고 돌아왔고, 국권 침탈 뒤에는 총독부 중추원 촉탁으로 경학원(經學院) 부제학을 겸직하였다. 1916년 장지연·오세창 등과 함께 『대동시전(大東詩傳)』을 엮었다.

1911년 이왕직 장사계 제의실 사무관을 맡은 이래 문예구락부 저술장(著述長)을 맡았고, 1925년 7월 경학원 부제학에 올랐다. 1928년 쇼와천황즉위기념대례기념장을 받았다. 1912년 8월 한국병합 기념장을 받고, 1914년에는 경성군인후원회에 기부금을 내는 등 친일 활동을 했다. 문집은 『우당시초(于堂詩鈔)』 1책과 『우당문초(于堂文鈔)』 2권 2책이 있다. 그의 시문 속에는 망국의 현실 앞에 설 자리를 잃은 문인의 서글픈 자아가 무기력하게 그려져 있다. 양심 있는 지식인으로서 현실에 적극적으로 행동하지 못하는 갈등이 보인다.

바보 같은 사내의 울음 于堂生傳

우당생(于堂生)은 한국의 유자(儒者)이다. 그 선대에 고려 때 3대에 걸쳐 재상을 지낸 이가 있었고, 조선조에서도 2대에 걸쳐 재상을 지낸 이가 있었다. 아버지 또한 소총재(少冢宰), 즉 이조 참의 벼슬을 했고, 어머니는 대총재(大冢宰) 곧 이조 판서의 따님이었다. 여러 대에 걸쳐 서울에서 부귀를 크게 누렸다.

생은 시력이 좋지 않았고 말을 더듬었지만, 네 살에 능히 글을 읽었다. 열 살에 구경(九經)을 섭렵했고, 곁으로 제자백가와 역사서에 미쳤다. 고문사(古文辭)를 익히면서 차츰 혼자 기뻐하며, 발걸음이 문밖을 나서지 않았다. 서른 살이 다 되어 부모님이 돌아가시자 마침내 책을 덮고 다시는 읽지 않았다.

생은 처음부터 벗의 무리 중에서 명성이 있었다. 그것도 바로 일등에 붙을 정도였다. 생이 게을러 과거에 나아가지 않으므로 무리들이 모두 그를 어리석게 여겼다. 이 때문에 그 당호를 우당(愚堂)이라 이름 지었다. 뒤에 글자를 줄여서 우당(于堂)으로 고쳤다. 광무 1년(1897년)에 상(喪)을 마쳤다. 조정에서 예사(禮史)를 처음 만들 때에 생은 포의의 선비로 참여하였는데, 책이 거의 이루어지자 그만두었다.

몇 해 지나서 형률(刑律)을 제정할 때 불려 갔지만 열 달이 채 못 되어 그만두고 말았다. 이듬해 다시 불려 가서, 책이 이루어지자 중외에 반포하였다. 태조(太祖)의 어진(御眞)을 모사할 때 낭관(郎官)으로 뽑혀, 애쓴 공으로 참상(參上)의 품계에 올랐다. 얼마 못 가서 찬집랑(纂輯郎)이 되어 『문헌비고』를 증보하는 작업을 맡았다. 당시 황태자께서 영친왕저(英親王邸)에 계셨는데 강독관(講讀官)에 뽑혔다.

『문헌비고』가 완성되자 당상관에 올랐고, 강독관은 예전 그대로 맡았다. 지금 임금께서 즉위하시자 황태자께서 정식으로 동궁에 책봉되니, 가장 먼저 시독관(侍讀官)으로 부름을 받았다. 얼마 뒤에 규장각(奎章閣)으로 옮아가서 『양조보감』을 편찬하여 올리자, 등급이 건너뛰어 금자(金紫) 광록대부(光祿大夫)에 올랐다. 『어제집(御製集)』을 편찬해서 올리매 특별히 훈장을 주었다.

생은 일찍이 동궁을 모시고 남쪽으로 동래에, 서쪽으로는 의주에 이르렀다. 또 동쪽으로 일본에 유람하여 마음껏 살피고서 돌아왔다. 무릇 집에서 밥을 먹지 못한 것이 십 년이 더 되었지만 가난하여 집조차 없었다. 두 번째로 장가든 아내에게서 아들 둘을 두었는데 이를 몹시 아꼈다. 하지만 배운 바를 가르쳐 줄 수가 없었다.

지은 글이 자못 많았지만, 거두어 간직하지 않았다. 유독 술을 즐겨 주량이 지나쳤다. 이 때문에 목에서 꺽꺽대며 피를 토하니, 나이 겨우 마흔 살인데도 백발이 성성했다.

찬(贊)한다.

"우당생이 걸핏하면 술에 취해 산택(山澤) 사이에 드러누워, 길게 끄는 소리로 한 차례 곡을 하곤 했다. 사람들이 괴이하게 여겨 생에게 그 이유를 물으니, 생 또한 스스로 알지 못하였다. 혹 술을 슬퍼하는 것이라고도 했다."

해설

「우당생전(于堂生傳)」은 윤희구가 40대인 1910년대 초반 자신의 삶을 돌아보며 쓴 자전(自傳)이다. 『우당문초』 권1에 실려 있다.

비교적 젊은 나이에 자신의 삶을 돌아보며 생전(生傳)을 남기는 심리는 어떤 것일까? 그는 집안과 어린 시절 이야기를 쓰고 나서, 젊어서부터 무리 중에 명성이 높았으나 과거 시험에 응시하지 않아 우당(愚堂)이란 호를 가졌던 일과, 이를 줄여 우당(于堂)으로 고쳐 쓴 사연을 밝혔다.

그럼에도 그는 타고난 역량을 인정받아 조정의 부름을 받아 각종 편찬 사업에 참여하였고, 그 공으로 지속적으로 높은 품계에 올랐다. 이후 동궁인 영친왕의 시독관이 되어, 동궁을 모시고, 동서남북을 다니고 일본까지 유람한 일을 자세히 기술하였다. "집에서 밥을 먹지 못한 것이 십 년"이라는 말로 나랏일로 바깥을 떠돈 젊은 날을 설명했다. 아들 둘이 있어도 곁에 두고 가르치지 못한 회한을 말하고, 마지막 부분은 자신의 과도한 음주벽에 대해 말하는 것으로 맺었다.

끝에 붙인 찬에서도 술에 취하기만 하면 큰 소리로 곡을 하곤 했는데, 그 슬픔의 이유를 자신도 잘 모르겠노라고 썼다. 외형적으로 얼핏 득의의 삶을 살았지만, 내면은 공허했고 결국 자신의 뜻과는 달리 친일 관료가 되어 타지를 떠돈 세월에 대한 회한 같은 것이 느껴진다. 그것이 자신이 술에 취하기만 하면 곡을 하는 이유라고 말하고 싶었던 듯하다. 국권 상실기 지식인의 복잡한 내면을 보여 주는 글이라 여기에 한 편 수록한다. 간략한 사실 기술만 있는데, 글 전체에 까닭 모를 슬픔이 깔려 있다.

변영만 卞榮晩

1889～1954년

본관은 밀양(密陽), 자는 곡명(穀明), 호는 산강재(山康齋)·백민거사(白旻居士) 등이다. 경기도 부평 출신으로, 위당 정인보와 함께 근대 한문의 쌍벽으로 꼽혔던 인물이다. 단재 신채호와 함께 수당 이남규의 문하에서 공부했다. 1905년 관립법관양성소에 입학하여 이듬해 졸업한 뒤, 보성전문학교에 들어갔다. 1908년 법관이 되어 광주지방법원 판사로 부임했고, 사법권이 일본에 이양되자 법관직을 사직했다. 이후 신채호 등과 함께 애국 계몽 운동에 투신하여 수많은 논설과 시를 신문·잡지에 발표했다. 1910년 국권이 강탈되자 중국으로 망명하였다. 1918년 귀국하여 학문에 힘을 쏟았다. 광복 후 성균관대학의 교수로 후진 양성에 힘썼으며, 국학 발전에 공헌하였다. 저서에 『산강재문초』와 『20세기지삼대괴물론(二十世紀之三大怪物論)』 등이 있다.

단재 신채호의 전기 丹齋傳

내가 한번은 장원서(掌苑署, 한성부 북부 진장방(鎭長坊)에 있던 정원과 화초를 관리하던 관서) 다리 서쪽의 집으로 단생(丹生)을 찾아갔다. 뜰 가운데 커다란 버려진 물건이 보였다. 우유갑 대여섯 개가 내던져진 채 더러운 하수도 사이에 뒹굴고 있었다. 액체가 흘러나와 차마 볼 수가 없었다. 그 방으로 들어가 보니, 단생은 분이 덜 풀린 상태에서 나를 보고도 못 본 듯이 굴었다. 내가 괴이하게 여겨 그 연유를 묻자, 그가 남은 노여움을 뿜어냈다. 이윽고 떠듬떠듬 두서없이 내게 말했다. "관일(貫日) 에미가 젖이 없으니, 천하에 어찌 이런 여자가 있단 말이오? 내가 갑(匣)에 든 우유를 조금 구해다가 대신하게 했더랬소. 애 에미가 제대로 먹이질 않아서, 관일이가 병들어 죽게 생겼구려. 그래서 내가 뒤져 꺼내 죄다 내던지는 중이요." 말을 마치더니 펄쩍 뛰어 일어나 마치 금방이라도 다시 일을 저지를 듯이 하였다. 내가 붙들어 자리에 앉히고는 갖은 말로 위로하고 달래서 간신히 무사하게 되었다.

관일이란 그가 새로 얻은 사내아이였다. 하지만 이름을 그렇게 지은 뜻이 무슨 의미인지는 알지 못하겠다. 며칠 뒤에 그 집을 또 찾아갔더니, 그의 조카딸 난(蘭)이가 뜰 아래 서 있는데 넋이 나가 생각에 잠겨 있었다. 방에 들어서자 그가 막 큰 소리로 시를 읊조리는데 시원스레 우뚝이 빼어난 기개가 이 세상 사람이 아닌 것 같았다. 내가 물었다.

"무슨 좋은 일이라도 있는 게요?"

그가 심드렁하게 말했다.

"없소. 그런데 관일이가 마침내 흰 무지개가 되고 말았구려."

내가 깜짝 놀라 눈이 휘둥그레졌다. 또 마음속으로 그가 일정한 법도가 없고, 은애함을 가볍게 여기는 것을 좋지 않게 여겼다. 마침내 참담해져 물러 나와, 이 일로 얼마 동안 서로 왕래하지 않았다.

얼마 뒤 어떤 사람에게 그가 부인 조씨를 친가로 돌려보냈다는 말을 전해 들었다. 그가 지나는 길에 내게 들러 따로 갈라선 일을 말하고는, "서로 편하자고 한 것이지 다른 뜻은 없다네."라고 했다. 그러고는 근심스러운 표정으로 일어나며 말했다. "나 또한 여기를 떠나려네. 이제 작별하러 온 걸세."

그는 매부리코에 주름진 이마로 얼핏 보면 병든 사람 같고, 밥도 얻어먹지 못한 사람 같았다. 이 때문에 사람들에게 홀대를 많이 받았다. 하지만 찬찬히 살펴보면 눈썹에 은은하게 정채로운 기운이 있고, 맑은 눈동자와 시원한 목소리가 몹시 뛰어나 공경할 만하였다. 성품은 시원스럽고 슬기로워 아득히 세속에 얽매임이 없었다. 생각하는 것은 백성과 사회의 흥하고 쇠하는 큰 단서가 아니면 달리 아무것도 없었다. 유학에만 힘쓰지 않았고, 자못 불교를 좋아해서 스스로 멋대로 행동하였다. 하지만 돌아가는 곳은 장홍(萇弘)의 벽혈(碧血)을 사모하고 굴원(屈原)의 슬픈 노래를 찬송하는 것이었으니, 여기에 깊이 빠져 그칠 줄을 몰랐다. 대저 공(空)을 탐닉하고 적멸(寂滅)을 아끼는 자들의 부류와는 절로 달랐다. 글을 지을 때는 붓을 뽑아 종이를 펴기만 하면 백천만 언어의 말이 금세 순식간에 이루어졌다. 그 문장은 높은 강물과 빠른 황하가 온 들판을 가르고 창공을 핥는 것만 같았다. 구름과 안개가 어지럽고 물고기와 자리가 엎어져서, 그 아득하고 괴이한 광경이 가까이에서는 볼 수 없을 것만 같았다. 하지만 종지(宗旨)를 벗어나지는 않았다.

일찍이 주필 책임을 맡아 《황성신문》과 《대한매일신보》 등 두 신문사에서 차례로 근무하며 기세 있는 문장과 거침없는 말로 안팎의 대세를 자세하게 열거하였다. 지은 글로는 「을지문덕전」과 「최도통전」, 「이순신전」 등과 사론(史論) 몇 편이 있다. 모두 다 높고 상쾌하며 곡진하면서도 절박했다. 박식하면서도 꼼꼼한 데다 정밀한 식견과 새롭고 날카로운 판단을 덧보태, 번지르르한 헛소리를 꺾어 무너뜨리고, 홀로 탁월한 견해를 펼쳐 앞사람이 모르던 것을 펼쳐 보였다. 한차례 그 글을 펼쳐 본 사람은 팔뚝을 부르걷고 통쾌하다고 외치지 않는 자가 없었다. 근래 들어 젊은 학생들이 조금이나마 바른 생각을 모아서 예전의 어리석음을 행하지 않게 된 것은 모두 그의 힘이었다.

그 기질은 기이하고 엄격한 데다 편협하기까지 해서 잔단 무리를 한번 보면 노한 모습이 낯빛에 드러났다. 뜻에 맞지 않는 점이 있으면 나이 많고 덕 있는 사람이라도 멸시하듯 대했으므로 이 때문에 매번 원망을 쌓곤 했다. 하지만 마음에 맞는 사람과는 밥 먹는 것도 잊고 세수도 하지 않은 채 얘기를 나누면서도 피곤해하지 않았을 뿐 아니라, 모습조차 더욱 곱게 되어 화락함이 마치 봄볕 같았다.

일찍이 공부에는 온통 힘을 다 쏟지 않았다. 그가 책 읽는 것을 보면 책장을 빨리 넘겨 비바람이 몰아치듯 할 뿐이었다. 또한 절대로 베껴 적지도 않았다. 그런데도 우리나라의 고사와 경전 외의 책도 모두 줄줄 외워 날짜가 틀리지 않았다. 책 속의 인물은 비록 여러 번 나쁘게 변해서 참된 정을 잃은 자라 해도 소상하게 말하는 것이 마치 직접 겪은 일 같았다.

선배의 의론이 합당한지 아닌지에 대해서도 눈으로 한번 살펴보고 그 자리에서 평결을 내리기만 하면 온당하고 정확해서 다시 바꿀 수가 없었다. 대개 쌓인 생각이 한결같이 훌륭해서 마음의 불이 환히 밝아 겉으로 가리운 것이 모두 걷혔다. 접촉하는 것마다 모두 환히 아는지라 어느 것 하나 그 사이에 끼어들지 못했다. 그 유래가 길고도 머니, 민첩함의 힘만으로 된 것은 아니었다.

단생은 대개 이와 같았다. 하지만 스스로 움츠린 듯 거두어들였으므로 기이함이 밖으로 드러나지는 않았다. 보이는 것은 다만 오만하고 건방지며 나무라고 욕하는 모습뿐이었다. 때로는 일상적 정리를 넘어서거나 경계를 이탈해서 전혀 교양 없는 사람같이 굴었다. 이 때문에 내가 간혹 거리낌 없이 그를 비판하곤 했지만, 마음속으로는 그가 우뚝한 상등의 인물로 어떤 등급에도 부칠 수 없음을 알고 있었다.

내가 크게 놀라며 말했다.

"어디로 가려 하는 게요?"

그가 머리를 긁적이며 말했다.

"아직 정하지 못했소. 다만 어찌 여기에서 오래 있을 수야 있겠소."

마침내 떠나가니, 기유년(1909년) 겨울이었다.

단생은 상당(上黨) 신(申)씨로 이름이 채호(采浩)다. 초명은 '채호(寀浩)'인데, 단생은 자신이 직접 지은 호이다. 처음에 포은 정몽주 선생의 노래 속의 표현을 사모하여 '일편단생(一片丹生)'이라고 부르다가, 뒤에 긴 것이 싫다 해서 이렇게 고쳤다고 한다. 일찍이 성균관 박사로 천거되었지만 그가 좋아한 것은 아니었다. 지금은 중국과 러시아 두 나라 사이를 전전하며 옮겨 다니고 있다.

변영만은 말한다.

"아! 이것은 내가 신해년(1911년)에 쓴 예전 원고에서 '단생의 일에 대해 쓰다(書丹生事)'라고 한 것이다. 단생이 단재(丹齋)로도 일컬은 것은 만년의 일이어서, 당시에는 단생이라고 했다. 이는 또 박사라는 호칭을 달가워하지 않는 뜻을 존중한 것이다. 하지만 이젠 다 지난 일이다. 내가 단재에 대해서는 전하지 않을 수가 없다. 하지만 이십육 년이 지났지만 여전히 말을 고치는 것이 그다지 좋은 줄 모르겠으므로 이를 보충해서 채워도 좋을 것 같다."

단재는 북경에 있으면서 박씨 성을 가진 여자와 재혼해서 아내로 삼고 아들을 낳았다. 나중에 모두 서울로 보내 살게 하고 혼자서 객지에서 살았다. 경오년(1930년)에 어떤 일로 붙잡혀서 뤼순 감옥에서 십 년 형을 받았고, 병자년(1936년) 초봄에 그 속에서 병으로 죽었다. 가족들이 가서 그의 시신을 수습해 화장했다. 돌아와 고향인 청주의 한 마을에 묻으니, 누린 해가 쉰일곱 살이었다.

단재가 살았을 때, 정사년(1917년)에만 북경에서 잠시 몰래 입국해 삼화(三和)의 증남포(甑南浦)로 질녀 난을 찾아갔다. 또 서울 어느 동네로 죽은 제자 김기수(金箕壽)를 조문하여 곡한 뒤에 한 사람도 만나 보지 않고 다시 급히 서쪽으로 가서 죽기에 이르렀다. 나는 이때 북경에 머물면서 그를 전송하고 맞이하곤 했는데, 그때는 아직 재혼하지 않았었다.

김기수는 배천(白川) 사람으로 재주와 뜻이 훌륭했다. 나를 통해 단재에게 알려져서 드디어 그를 스승으로 섬기고 그의 학문을 이었다. 단재의 저작을 따를 뜻이 있었지만 성과를 거두지는 못했다. 시를 읊조리며 남쪽을 유람하다가 난폭한 백성에게 오인당해 해를 입었다. 단재는 김기수의 일을 말할 때마다 눈물을 뿌리지 않은 적이 없었으니, 기개가 비슷하여 서로 통하는 것이 깊었던 것이다.

김기수의 뒤를 이어 단재를 가장 정성껏 모신 사람은 우응규(禹應奎)이다. 그 또한 관서 땅의 한 소년으로 북경에 유학 온 사람이었다. 비록 그의 학문을 잇지는 못했으나 곁에서 단재를 모신 것은 김기수보다 나았고, 또한 재물도 있었다.

내가 한번은 직접 본 일이 있다. 우응규가 단재의 자리 아래에다 돈 수십 초(鈔)를 몰래 넣으면서 말했다.

"모르게 해야 합니다. 빨리 알면 금세 바닥이 나고 맙니다."

얼마 뒤 단재가 양식이 떨어졌는데도 그저 앉아 배를 곯고 있으려 했다. 하지만 자리 아래 넣어 둔 돈은 그대로 있었다. 내가 참을 수가 없어서 눈을 부릅뜨며 단재에게 말했다.

"돼지우리가 아니고서야 세상에 이렇게 지저분한 방이 있단 말인가?"

단재가 황급하게 일어나 빗자루를 가져다가 자리를 걷었다. 이 때문에 돈을 발견하고는 품에 넣으면서 말했다.

"다 쓴 줄 알았더니 여태 돈이 있었네그려."

그 태도는 마치 '내가 저금해 둔 것인데 어쩌다 보니 잊었다.'는 식이었다. 단재가 어찌 저금을 한 적이 있었겠는가? 진실로 웃을 만하였다.

내가 오랫동안 시골집에 칩거하고 있었던지라 단재의 부음을 들은 것이 홀로 늦었다. 뜻을 풀 데가 없어 굳이 애도시 세 수를 지었다.

소식 오니 마침내 이 소식인가?	有報終斯報
삼천리 산과 바다 찡그리누나.	三千海岳嚬
전순(鸇鶉)은 하늘서 취한 지 오래	鸇鶉天醉久
하늘 보며 소리치며 울고 싶구나.	漫欲叫蒼旻

참새 떼 어둔 낮에 시끄럽더니　　群雀厖冥晝
흰 밤중 학이 와서 울음을 우네.　　白宵來鶴鳴
정 다 쏟고 홀로 멀리 떠나갔으니　　盡情成獨往
죽은 뒤 이름이야 상관하리오.　　何干龔後名

북경 여관 다시 만난 그날 저녁에　　燕館重逢夕
등촉불 잠시나마 함께했었지.　　暫同燈燭光
다시 만남 어이해 의심했으랴　　何曾疑復合
자세히 보아두질 않았던 것을.　　從未視加詳

세 번째 시는 내가 신유년(1921년) 늦가을 국제회의 일로 다시 북경에 가서 서양 호텔에 묵고 있을 때 단재가 찾아왔는데, 우리 두 사람의 만남은 이것이 마지막이었기 때문에 말한 것이다.

장차 모월 모일 어떤 곳에서 제사를 지내며 글을 지어 고한다.

아! 슬프다.　　嗚乎哀哉!
장거(牆居)로는 술 거르기 마땅치 않고　　牆居不宜縮酒
진주를 참새 잡는 총알로 쓰랴.　　明珠詎合彈雀
그대의 맑고도 우뚝함으로　　用夫子之淸揚
어이 세상 주살에 걸리었던가?　　云胡攖于世繳
참으로 조화가 어지러워도　　諒造化之紛毌
사람 일도 헤아리기 어려움 있네.　　人事亦有叵度
절역에서 외로운 죄수가 되어　　作孤囚於絶垂

십 년 가야 풀려날 수 있다고 했지.	曰十稔而見日
비록 아파 병들어도 상심하리오	雖殗殜其奚傷
손가락 만 번 꼽아 더디 나오네.	屈萬指而遲出
일곱 해 견디고서 문득 죽으니	涉七春而遽頹
참으로 병자년(1936년)은 길하지 않네.	信丙子之無吉
그대는 오상(五常)과 나란히 서서	友生列於五常
예전부터 기강으로 삼았더랬지.	自前昔而爲紀
하물며 내 그대와 어울린 것은	矧伊余之與子
세속의 어울림과 전혀 달랐네.	謝流俗之況比
집안 근심 겪고 나서 이 일 만나니	遘內艱而重此
잘 지내던 사람들 다 잘못됐네.	所得協者惟否
이수당(李修堂)께서 살아 계실 때	李修堂之在日
그대 높은 재주를 진작 높였지.	蚤賞子之瑰才
만나는 사람마다 칭찬하였고	有逢輒繩子美
선군 또한 기재(奇才)라고 일컬었네.	先君亦稱奇哉
마침내 그대가 이제 떠나니	終子之今擧也
내 벗 모두 갑자기 꺾이었구나.	吾故忽焉皆摧
하지만 그대는 사인(私人) 아니니	而子自非私人
내 상심 어이 족히 간직하리오.	豈吾傷之足存
이 백성 등불 잃음 구슬프구나	愍斯衆之失燭
뉘 장차 짙은 어둠 걷어 낼까?	疇將撥此重昏
저녁별에 기대어 호곡하면서	倚落暉而長號
여러 구역 끌어와 넋을 부른다.	摠群區而招魂

넋이여 돌아오라	魂兮歸來
저 영란(英蘭)엔 가지 마소.	毋彼英蘭
저 나라 사람들 의리 없기는	彼邦之人無義
의관 입은 오소리라.	適得衣冠之貛
약한 자 피 빨아서 제 배 채우니	浚弱血而愊愊
천명 또한 점차 이미 오래 못 가리.	命亦漸已無曼
넋이여 돌아오라	魂兮歸來
저 미국엔 가지 마소.	毋彼美洲
하늘 닿을 마천루 삼대와 같아	摩天之樓似蔴
별과 달이 모두 다 깜빡 속누나.	星月皆爲所侮
등불을 늘 밝힌 채 보배를 세도	恒張燈而數珍
그대가 찾는 것은 아예 없으리.	必無概於子求
넋이여 돌아오라	魂兮歸來
저 노농(勞農)엔 가질 마소.	毋彼勞農
재산 분배 고르다는 미명 앞세워	每均産之姱名
온 백성 종기 앓듯 문드러지네.	潰齊民如疽癰
정치에 이루어진 법이 있거늘	爲政自有其成
어이하여 이를 굳이 으뜸 삼으랴?	豈必是之可宗
넋이여 돌아오라	魂兮歸來
저 중국엔 가지 마소.	毋彼支那
성신(聖神)은 그 언젠지 알 수도 없고	聖神不記何代

지금은 귀신 여우 마구 날뛴다. 鬼狐正今婆娑
서로 마구 욕을 하고 능멸하면서 或魏盈以相陵
부채질해 서로를 부추기누나. 或吹扇而喎唆

넋이여 돌아오라 魂兮歸來
저 남양엔 가질 마오. 毋彼楠洋
그대 평생 언제나 늘 추웠기에 念子生平無溫
바삐 날아 볕 찾아갈까 겁나네. 恐疾飛而就陽
예전에 남양 군도 직접 갔을 제 昔吾足涉群島
온몸 가득 종기만 잔뜩 났었지. 惟逢滿身之痒

넋이여 돌아오라 魂兮歸來
저 여령(厲靈)엔 가질 마소. 毋彼厲靈
바다엔 폭탄 있고 하늘엔 비행기라 海有炸空有航
호랑이와 악어는 지금은 이름 없네. 虎鰐於今不名
당장에 한두 가지 좋기야 해도 卽得甘心一二
다시금 어이 족히 뜻에 맞으랴. 又奚足以則情

넋이여 돌아오라 魂兮歸來
저 선계(仙界)엔 가지 마오. 毋彼僊眞
옥녀(玉女)에 기대어서 술을 마시며 倚玉女而含盃
동해 먼지 일어남을 보게 되겠지. 見東溟之升塵
결국은 오랜 삶에 불과하거니 歸無過於久視
그대가 따라갈 바는 아닐세. 非大方之所循

넋이여 돌아오라　　魂兮歸來
저 정토엔 가질 마소.　　毋彼淨土
칠보로 장엄하게 꾸민 연못이　　七寶嚴餙之池
수모 씻음에 어이 보탬이 될까?　　何所益於湔侮
연꽃 궁궐 가부좌함 편하다 해도　　蓉房跏趺之靖
노여움 가라앉힐 방법 없으리.　　亦將無以平怒

내 그대 거처를 마련한다면　　我圖子居
도솔궁(兜率宮)만 한 곳은 어데도 없네.　　莫如兜率之宮
인천(人天)의 즐거움이 아울러 있고　　兼人天之康娛
부지런히 배워서 총명 더하리.　　亦劬學以增聰
이야말로 그대에게 제격이거니　　是乃形子之似
어긋나면 진정을 잃게 되리라.　　有緯繣則失衷
바람 말 구름 수레의 기이함과 흔들림을 올라타　　御風馬雲車之權奇搖扇
번개와 무지개의 엇갈린 찬란함을 지나치리.　　歷列缺挈貳之舛互焜煌
가벼운 옷자락 휼날려　　輕裾飄拂
깨끗하여 티 없어라.　　淨以無垢
묵은 병증 사라지고　　貞痾若失
황홀한 향기 풍겨　　恍焉聞香
고향 산천 굽어보면　　頫題鄕山
눈물 주룩 떨구겠지.　　浪然隕涕
어긋났던 벗들과도　　觸忤朋倫
잠시 서로 노닐고파.　　欲少相羊

수염 만져 낯 다듬자	撫髭整容
장한 모습 우뚝하리.	儼以矜隆
옛날을 상심타가 장래 살피면	傷往軫來
툭 트여 아득해지리.	廓以潢洋
그윽하고 경쾌하게	窅窅票票
차곡차곡 올라가면,	築以上騰
캄캄하고 엄숙타가	漆漆肅肅
조금씩 맑아지리라.	漸以薄淸
황금 문 소리내며 문득 열리면	金扃紘而閃開
여러 영웅 허공에서 마중 나오리.	諸英空府爲迎
그중엔 백호(白湖) 임제(林悌)가 있어	中有白湖林氏
미소가 갓끈에 넘쳐 흐르리.	微笑泛於冠纓
또한 순암(順菴) 안정복(安鼎福)도 만나 보리니	亦認順庵安子
기쁘게 손 잡고서 품에 안으리.	喜手掇而可盈
즐거워라, 인생이 여기 이르면	快哉人生到此
다시금 수레 멍에 어디로 갈까?	復命駕而焉征
은근하게 이 길에서 열두 해 동안	殷勤此路一紀
다시 와 내 백성의 지혜 싹을 틔워 주오.	再來牖我民萌
아! 슬프도다	嗚乎哀哉
흠향하소서.	尙饗

이것은 또한 우리 두 사람이 서로 함께했던 전말일 뿐이니, 크게 만들어 슬픔을 과장하는 부류로 볼 일은 아니다. 백호 임제와 순암 안정복 두 분은 단재가 평소에 사모하였기에 말하였다.

자민생(自旻生)이 말한다.

무신년(1908년) 섣달 그믐날 단재가 맹원(孟園)의 내 집에 들러 "수세(守歲)하러 왔다네."라고 하길래, 내가 웃으면서 좋다고 했다. 수세라는 것은 밤새 잠자는 것을 경계하는 풍속이다. 인하여 서로 앉아 술을 따르며 얘기했다.

한밤중이 되자 단재가 말했다.

"눕기만 하는 것이야 무슨 문제가 있겠는가?"

그러더니 마침내 누워 버렸다.

나도 "눕기만 한다면 무슨 상관이겠나?" 하고는 같이 누웠다. 잠시 후 단재가 코를 골아서 내가 흔들어 깨우며 말했다.

"이렇게 해서야 어찌 해를 지킬 수 있단 말인가?"

단재가 작은 소리로 대답했다.

"자면서 지키면 되지."

내가 한번은 단재에게 응수(應酬)하는 글을 한편 지어 달라고 부탁했다. 단재가 잘못 알아듣고 엉뚱한 글을 지어서는 내가 없을 때 와서 내 아우에게 주었다. 내 아우가 잘못된 것을 은근히 얘기하자 단재가 고개를 끄덕였다. 그러더니 이윽고 이렇게 말했다.

"이왕 잘못 지었으니, 그대로 형에게 주는 것도 상관없지 않겠는가?"

그러더니 붓을 가져다가 그 자리에서 칠언시 한 수를 지었다.

내가 잘못 들었을 땐 그대 말도 잘못이라	我誤聞時君誤言
잘못을 바로잡으려도 누가 진짜 잘못인가?	欲將正誤誤誰眞
인생이 태어난 게 원래부터 잘못이니	人生落地元來誤
잘 틀려야 마침내 성인이 될 것일세.	善誤終當作聖人

책상 위에 남겨 놓고 가 버렸다.

또 한 번은 내게 이렇게 말했다.

"아이 적일세. 한번은 봄날 여러 아이들과 짝지어 산에 올랐더랬지. 무덤 하나 가운데가 쩍 갈라지더니 노인 한 사람이 솟아오르는 것을 보았었네. 그 얼굴이 인자하고 엄숙함이 모두 지극한데 마치 기도하는 것만 같더군. 한참 있다가는 무덤이 합쳐져서 다시 원래처럼 되었는데, 다른 아이들은 아무도 본 사람이 없었지."

그러더니 내게 이게 무슨 뜻인지 풀이해 달라고 청하였다. 나는 그때 내가 할 수 있는 일이 아니라며 사양했더랬다.

단재의 기이한 행동과 이상한 일은 책으로 쓴다 해도 다 적기가 어렵다. 위에서 말한 몇 가지 일은 특별히 내 마음에서 떠나지 않는 것들이다.

슬프다! 도저히 풀이할 수 없던 것을 지금은 알 수 있을 것만 같다. 직접 자기 자신과 비슷한 사람과 만난 것이 아니겠는가? 그는 자면서도 능히 지켰으니, 슬프다, 죽어서도 성인이 됨을 잊지 않는 사람이 아니겠는가?

해설

「단재전」은 변영만이 자신의 벗 신채호의 부고를 듣고, 평생의 교유를 돌아보며 제문(祭文)을 겸하여 지은 글이다. 일대기를 자세히 적는 대신 자신과의 사이에 있었던 몇 가지 일화를 소개하고, 죽음에 이르게 된 경과를 설명한 뒤 비통한 심경을 토로한 장문의 제문을 시 형식으로 노래했다. 이어 미처 다하지 못한 이야기를 부록 형식으로 실었다.

글은 모두 네 부분으로 나뉜다. 첫 부분은 단재가 중국으로 떠나기 전에 썼던 「서단생사(書丹生事)」란 글을 그대로 가져왔다. 두 번째 단락은 '변영만 왈(曰)'로 시작된다. 단재가 중국으로 건너간 이후의 상황과 그곳에서 단재를 모셨던 제자 이야기, 그리고 뒤늦게 그의 부고를 듣고 지은 애도시 세 편을 소개했다. 세 번째 단락은 시 형식으로 지은 장편의 제문이다. 그의 고난에 찬 일생을 돌아보고, 우뚝한 정신을 높였다. 이어 영국·미국·소련·중국·남양·일본 그 어디로도 가지 말고, 도교·불교로도 가지 말고, 조선 산천으로 돌아와 이 땅에서 안면을 누릴 것을 권유하는 내용을 담았다. 네 번째 단락은 '자민생 왈'로 시작하는 부분이다. 단재와 자신과의 사이에 있었던 두 가지 예화를 더 소개하고, 평가하고 기리는 말로 맺었다.

결과적으로 제목에서는 비록 전(傳)을 표방했지만, 추도사와 제문과 일회가 합쳐진 특이한 형식의 글이 되었다. 역사가 신채호의 학문적 성과나 생애 사실을 길게 나열하는 대신, 몇 가지 일화를 통해 기구하고 기이했던 형형한 정신을 표상화하는 데 역점을 두었다. 그럼에도 지은이와 신채호와의 긴밀한 우정과 그의 시선을 통해 드러나는 신채호의 면모 속에 변영만의 깊은 애정과 뜨거운 마음이 맥맥하게 느껴진다.

처음 도입부의 이야기는 젖이 안 나와 어렵게 얻은 아들이 죽게 되었을 때, 분유통을 집어던지며 난폭한 행동을 하는 단재의 모습을 파격적으로 묘사하였다. 이후 아내와 이혼한 일과 그의 외모와 성격을 설명하고, 그의 기이한 언행과 종잡을 수 없는 행동을 길게 나열했다. 하지만 곧바로 종횡무진한 그의 생각과 문장의 기세를 바로 잇대어 억양의 수법을 보였다. 그런 그가 1909년 겨울 돌연 해외로 떠나겠다고 한 사연을 적고, 그의 이름과 호 단생(丹生)이 정몽주의 시조 「단심가」에서 따온 것임을 밝혔다.

이후 '변영만 왈'부터는 단재의 중국 생활과 그곳에서 기른 제자들 이야기, 그리고 감옥에서 죽음에 이르기까지의 과정을 담담하게 적었다. 이후 운문 형식의 제문을 길게 이어 고조된 감정을 극도로 끌어올렸다. 제문 뒤에 다시 단재의 엉뚱한 면모를 보여 주는 두 가지 에피소드를 덧붙여 단재의 인간됨을 부연했다.

영국과 미국, 소련, 중국, 일본 등 여러 나라와 도교와 불교 등의 종교를 차례로 열거한 뒤, 그 어디도 아닌 고국 강산으로 돌아와 우리 백성들에게 지혜의 싹을 틔워 달라고 당부한 제문의 형식이 독특하다. 전통적인 글쓰기 방식에 따라 인물의 면모를 입체화하는 수법을 잘 보여 주었다.

정인보

鄭寅普

1893~1950년

자는 경업(經業), 호는 담원(薝園)·위당(爲堂), 본관은 동래(東萊)다. 난곡 이건방을 스승으로 모시고 강화학파의 적통을 이었다. 젊은 시절 한때 중국 상해로 망명해 독립운동에 참여했고, 귀국하여 《동아일보》, 《시대일보》 논설위원으로 활동했다. 《동아일보》에 「조선고서해제(朝鮮古書解題)」를 연재하여 한국학 연구의 기초를 다졌다. 연희전문학교 문과 교수로 있으면서 후학 양성에 힘썼다. 1948년 대한민국 정부가 출범하자 초대 감찰위원장(監察委員長)을 지냈다.

한문으로 쓴 시문집으로 고본(藁本, 저자가 정리한 원고본)인 『담원문록(薝園文錄)』이 1967년 연세대학교 출판부에서 영인되었고, 같은 곳에서 국문·한문 저작을 모두 수합하여 1983년 『담원 정인보 전집』을 간행했다. 20세기에도 한문을 구사한 사람이 적지 않았으나 정인보는 사실상 한문학의 마지막 대가로 자리매김할 것이다. 젊은 나이부터 문장으로 유명하여 20대 초반의 그를 두고 동년배인 춘원 이광수는 "문명(文名)을 흠모했다."라고 말한 바 있다. 『담원문록』에 실린 산문에는 강화학파 선배의 영향이 짙게 배어 있다. 한말 우국지사의 전기, 조선 시대 중요 저작에 대한 서발(序跋), 당시 사학계의 큰 쟁점이었던 고구려 광개토대왕비의 해석 등과 더불어 문학적 향취가 짙은 작품이 적지 않게 수록되어 있다.

빗돌에 새긴 슬픔 海鶴李公墓誌銘

아! 풍파에 휩쓸린 시절이라 해도 세상에 인물이 없는 것은 아니다. 돌아보건대 한 자 한 치의 칼자루조차 없는 데서 곤핍하면서도 스스로 내닫고, 가슴에 쌓여 미어터지는 것을 참지 못하여 바람과 파도를 무릅쓰고 가시덤불을 내딛으며, 한 사람의 강개한 포의의 몸으로 나라의 성패에 모든 힘을 다 쏟았다. 어진 사람은 오활하다고 근심하였고, 못난 자들은 미쳤다고 이를 비웃곤 하였다. 그러고 나서 몸이 죽고 나라가 망하자, 식견 있는 인사가 그의 일을 추모하여 논하다가 그제야 그 사람을 보고 싶어도 볼 수 없는 것을 탄식하니, 해학 이 공 같은 이가 바로 그런 분이시다.

공의 휘는 기(沂)이고 자는 백증(伯曾)이다. 선대는 고성(固城)에 본관을 두었으나, 뒤에 호남으로 이사 가서 만경(萬頃) 사람이 되었다. 헌종 무신년(1848년)에 태어나니, 어려서부터 이미 재주가 빼어나 약관이 되기 전에 원근에 재주와 이름이 퍼졌다. 자라서는 지략을 자부하였고, 당시 세상의 변고에 대해 말하기를 좋아하였다. 외척들이 나라를 흐리고 어지럽힘이 날로 심해지자, 삼남의 백성들이 그 수탈을 견디지 못했다. 갑오년(1894년)에 동비(東匪)가 일어나자, 당시에 구례에 살고 있었던 공은 이렇게 말했다. "이들을 몰고 가서 서울로 들어가 정부를 뒤엎고 간악한 자들을 목 벨 수 있겠다. 임금을 받들어 나라의 법을 일신함은 운용을 빨리하는 데 달려 있을 뿐이다."

달려가 전봉준(全琫準)에게 가서 유세하니, 전봉준은 동비의 우두머리로 자못 호걸스러웠다. 공의 말을 옳게 여겨, 인하여 이렇게 말했다.

"나는 말씀을 따르기를 청합니다. 남원에 김개남(金開南)이 있으니, 공께서는 그리로 가서 합세하시지요."

공이 곧바로 달려가서 남원에 이르렀다. 하지만 김개남은 거절하여 만나 주지도 않고, 속으로 해치려고까지 했다. 공은 옷을 바꿔 입고 달아나서 겨우 면하였다. 이로부터 그들과 더불어 일을 도모할 수 없음을 알았다. 하지만 동비들이 마구 약탈하면서 장차 구례로 들어오려 하므로, 공이 구례군 사람 수백 명을 규합하여 이를 끊어 버렸다.

이때는 조정이 이미 변하였으므로, 을미년(1895년)에 서울로 들어가 토지 제도로 탁지부 대신 어윤중(魚允中)에게 만나 보기를 구하였으나, 능히 쓰지 않았다. 이듬해 남얼(南臬) 이남규(李南珪) 공이 영남 관찰사가 되어 가면서 공과 공무를 함께하자고 하고, 군대를 모집하여 훈련시키는 일을 맡겼다. 몇 달 만에 성과가 있었으므로 승진시켜 부(府)에서 보좌케 하였더니, 오래지 않아 면직되어 떠났다.

광무 3년(1899년)에 토지를 측량하는 양지아문(量地衙門)을 설치하고 공에게 양무위원(量務委員)으로 임명했다. 토지 제도는 공이 능한 바였으므로, 책임을 맡은 사람이 공에게 전국의 전지를 측량케 하려 하였다. 먼저 시험 삼아 충청도 아산을 맡기자, 토지 면적이 분명해지고 세정(稅政)이 바로잡혔다. 얼마 못 가서 책임 맡았던 자가 옮아가자 공 또한 그만두고 말았다.

그러고 나서 광무 9년 을사년(1905년)이 되었다. 이해에 일본이 러시아와 어울려서 미국에서 회담하기로 약속하였다. 공은, "이 회담이 반드시 우리나라에 영향을 미칠 텐데 앉아서만 볼 수 있는가?"라고 하며, 여러 번 정치를 맡은 여러 사람에게 고하였지만 모두 돌아보지 않았다. 이렇게 되자 동지들과 더불어 미국으로 건너가 다투어 막을 요구를 하기로 도모하고, 외무부에 여권을 신청하였다. 일본 공사 하야시 곤스케(林權助, 1860~1939년)가 급히 외무부에 문서를 보내 이를 금지시켰으므로 공이 마침내 갈 수 없게 되었다.

하지만 공은 이때부터 더욱 강개하여 이렇게 생각하였다. "유자들이 흔히 백이(伯夷)와 이윤(伊尹)을 말하곤 한다. 백이는 나라가 다스려지면 나아가고, 어지러워지면 물러났다. 이윤은 누구를 섬긴들 임금이 아니고, 누구를 부린들 백성이 아니냐고 하였다. 저 상(商)나라가 하(夏)나라를 대신하고, 주(周)나라가 상나라를 대신하였는데, 비록 바뀌기는 했어도 여전히 똑같은 화하(華夏)일 뿐이었다. 설령 그 무리가 아닌데도 백이로 하여금 벼슬하게 하고, 이윤에게 이를 섬기게 하였다면 틀림없이 하려 들지 않았을 것이다. 그러므로 선비가 이 세상에 살면서는 마땅히 따로 의리에 대해 논해야만 한다. 어떤 이는 '큰 집이 장차 무너지려 하니 나무 하나로 버틸 수 있는 것이 아니다.'라고 하고, 어떤 이는 '하늘이 폐하려 드는 것을 어찌해 볼 수 있겠는가?'라고들 하는데 모두 틀린 말이다. 이 의리를 붙잡고서 굳세게 나아가 백번 꺾인다 해도 더욱 힘써서 죽을 때까지 해야 할 것이다." 이미 미국으로 갈 수 없게 되자, 나인영(羅寅永) 공 등과 같이 일본으로 건너가 성명서를 보내기도 하고 여기저기 편지를 부치며 지극하게 말하였다. 이토 히로부미에게 보낸 문서가 더욱 절실하고도 웅장하였다. 하지만 미처 돌아오기도 전에 보호 조약이 이미 이루어졌다는 소식을 들었다.

돌아와서는 한성사범학교(漢城師範學校)에서 가르쳤다. 겉으로는 벼슬길을 따르면서, 속으로는 몰래 일본에 부역하는 높은 관리 칠 인의 부서를 죽이기로 도모하였다. 죽기를 다짐한 인사가 약속한 날짜에 한꺼번에 거사하여, 이때 여러 집에서 총소리가 났다. 하지만 때마침 모두 바깥에 나가 있었으므로 이근택(李根澤)만 조금 다쳤다. 성안을 크게 수색해서 열흘여 만에 나인영 공이 처음 도모한 것을 자수하였고, 공 또한 체포되었다. 오랜 뒤에 판결이 내려지자, 엄한 군대가 호위하여 진도로 유배 갔다. 융희 원년(1907년) 겨울에 풀려나 돌아와서는 신문에 더욱 널리 글을 집필하였다. 《호남학보》에 실린 여러 논설 같은 글은 모두 심혈을 쏟은 것이니, 사람들이 한 차례 깨닫기를 도모한 것이었다. 융희 3년(1909년) 기유년 아무 달 아무 날에 서울에서 객사하니, 나이가 예순두 살이었다. 삼 년 뒤에 김제 송산에 있는 선영으로 돌아와 묻혔다.

공은 키가 크고 몸은 여위었다. 문장에 뛰어났고, 담략과 용기가 남달랐다. 그가 이남규를 따를 당시는 시절이 막 을미년(1895년)을 지난 때여서 도내에 무리를 지어 관에 저항하는 자가 많았다. 이 공이 군대를 더 증강할 것을 의논하면서, 먼저 공을 보내 가서 깨우치게 하였다. 모임의 우두머리와 얘기를 하려는 참에 총을 든 자 몇 사람이 앞으로 나서면서 말했다. "이 아무개는 총알을 받아라." 공이 갑자기 우두머리의 뺨을 갈기며 말했다. "네가 우두머리가 되어 아랫것을 단속지 못함이 이 지경이란 말이냐?" 우두머리가 미안하다고 사죄하며 총 든 자들을 꾸짖어 물리쳤다. 그런 뒤 공이 천천히 일어나 우두머리의 손을 잡고서 나왔다. 돌아오고 나서 이 이야기를 들은 자들이 모두 놀랐다.

이남규 공은 충성스럽고 의로운 사람이었다. 공보다 일 년 먼저 일본 군대에게 죽음을 당했다. 공이 세상을 뜬 뒤 몇 년 만에 나철(羅喆) 공이 구월산으로 가서 단군께 고유제를 지내고 나서 자살함으로써 순국하였으니, 세상이 홍암(弘巖) 선생으로 일컫는 분이시다. 공은 또 황현 공과도 친하였는데, 나라의 변고에 황 공 또한 순국하였다. 내가 처음에 공의 글을 읽고서 그를 중하게 여겼다. 그러다가 공의 행적과 일을 알고는 더욱 그를 사모하였다. 공의 문임과 아들이 선생이 남기신 글에 나의 서문을 부탁하므로, 문득 그 대략을 말하고 나서, 다시 정중하게 묘지를 지어서 무덤에 늘어세우게 하였다. 공에게 위로가 되기에 부족한 줄 알지만, 그래도 내 생각을 조금이나마 전달하고자 해서이다. 아들은 낙조(樂祖)이다.

명(銘)에 말하였다.

선비가 뜻 있다면	士之有志
우주도 내 손 안에.	分內宇宙
하물며 이 나라는	矧茲金甌
조상들의 옛 터전.	父祖之舊
손에 지닌 귀한 옥돌	手有瑾瑜
비취 깃에 채색 수라.	翠羽采繡
길쌈하여 자리 깔아	績之藉之
너와 같이 오래 하리.	期與汝壽
그 누가 이 좋은 것	孰是好懿
망가짐을 그저 보리?	而視其毀
목 쉬고 발 부르터도	聲竭足弊
외론 분노 그치잖네.	孤憤未已
무지개가 서렸으니	蟠屈虹霓

숨은 우레 진동하리. 隱雷思震

운 떠나고 꾀 못나서 運去術疎

귀신 막아 공도 없네. 鬼沮功吝

봄 난초와 가을 국화 春蘭秋菊

뉘라 그 꽃 전해 주리. 誰傳其芭

빗돌에 슬픔 새겨 嵌哀貞石

그 우뚝함 영원하리. 用永嵯峨

해설

조선 말기의 애국 계몽가 이기(李沂, 1848~1909년)의 묘지명이다. 생애의 궤적에 따라 선 굵게 그의 삶을 정리했다. 난세에도 인물이 있으니, 나라를 위해 온갖 고초를 무릅쓰고 한 몸을 내던진 그의 삶을 두고 하는 말이라고 한 첫 단락이 강렬한 인상을 준다.

동학 혁명 당시 전봉준을 직접 찾아가 서울로 쳐들어가 간악한 자들의 목을 벤 뒤 새로운 법을 제정하자고 설득한 내용과, 김개남의 반대로 이 계획이 수포로 돌아가 버린 일을 적었다. 동학을 동비(東匪)로 적어, 이에 대한 부정적인 인식의 일단을 비쳤다. 이후 탁지부 대신 어윤중에 글을 올려 토지 제도 개선을 건의한 일, 영남 관찰사 이남규의 막료와 양무위원으로 활동한 일을 적었다. 또 1905년 포츠머스 조약 당시 미국에 가서 일본의 침탈을 규탄하고 조선의 입장을 전달하는 시위를 하고자 하였으나 일본 공사의 방해 공작으로 건너갈 수 없었던 사정을 적었다.

일의 실현 가능성을 차치하고 오로지 의리를 푯대로 삼아 마땅히 해야 할 일을 저마다의 자리에서 실행에 옮기는 것이 중요하다고 본 이기의 생각을 제시한 뒤, 그가 한일 합병을 막아 보려고 동지들과 멀리 일본까지 가서 동분서주했던 사연을 자세히 적었다. 이후로도 한일 합병에 찬성해 일제에 부역한 매국노 7인을 처단하려고 거사를 일으켰다가 체포된 일을 말하고, 갑작스러운 죽음을 애석해했다.

동학 당시 김개남의 진영에서 살아 돌아온 일과, 1895년 당시 동학의 여파로 소요가 일었을 당시에도 적진에 들어가 기개로 절체절명의 위기에서 벗어난 일을 적어 공의 기개와 지모를 보여 주었다. 명(銘)에서는 굳센 정신으로 불의와 맞써 국권 수호를 위해 고군분투했지만 아무 이룬 것 없이 세상을 뜬 그의 일생을 애석해하며, 그럼에도 그는 영원한 승리자라고 기렸다.

의논을 앞세우고 행적으로 뒷받침해 논지를 이끌고 나가는 힘이 느껴지는 문장이다. 간결하면서도 인상적인 문장으로 우국지사이자 행동가로 일관된 삶을 살았던 이기의 행적을 잘 그려 냈다.

세상을 구하는 것이 지식인의 본분

蘭谷李先生墓表

선생의 휘는 건방(建芳), 자는 춘세(春世)다. 정종(定宗)의 왕자이신 덕천군(德泉君)의 후예다. 여러 대에 걸쳐 강화에 살아 무덤이 이곳에 있다. 선생은 철종 신유년(1861년) 12월 2일에 태어났다. 어려서 아버지 마니군(摩尼君)을 따라서 경전과 여러 글을 배웠다. 『주역』에 이르자 울었다. 까닭을 묻자 이렇게 말했다.

"제가 그 풀이를 생각해 봐도 도대체 무슨 말인지 모르겠습니다."

『수호전』을 대단히 좋아해서 아무도 없는 곳에 가서 읽어 마침내 전질을 다 읽었다. 이때 나이가 아직 채 열 살이 되지 않았을 때였다. 조금 자라서 개연히 옛 성현의 학문을 사모하여, 처음에는 고정(考亭, 주자)과 고염무(顧炎武)를 열심히 익혔고, 그다음으로는 정명도(程明道)와 왕문성(王文成)의 글을 가져다가 오래도록 하나하나 살펴 깨달음이 있는 듯하였다. 이로부터 독실하게 믿어서 의심치 않았다.

깊고 고요하고 의젓한 데다 그릇과 식견을 갖춰 남을 따라 화려하게 꾸미는 것을 즐기지 않았다. 하지만 간혹 한번 논저를 내면 종조(從祖)로 형님뻘 되는 영재 이건창이 크게 놀라곤 했다. 이에 앞서 선생은 어려서 종숙(從叔) 상기(象夔)의 양자가 되니, 마니군은 생아버지이시다. 마니군 또한 얼마 지나지 않아 돌아가시자, 양가의 과부가 된 어머니가 한 방을 함께 쓰셨다. 모두 질병을 오래 앓았고, 집안 형편도 가난했던지라 선생은 곁에서 보살피며 봉양에 마음을 쏟았으므로 과거 시험을 보는 일이 드물었다. 을유년(1885년)에 진사시에 합격하였지만 곧바로 돌아왔다. 이때 이건창은 문장으로 조정에서 이름이 무거웠다. 여러 차례 "내 아우 아무개는 학문과 문장이 모두 높다."라고 말했으므로 문병(文柄)을 잡은 사람이 또 저절로 선생을 알게 되었다. 선생이 서울에 와서 머물려 한다는 풍문을 듣고, 이건창이 선생에게 말했다.

"네가 한차례 급제하는 것이 어찌 너를 영화롭게 하기에 족하겠는가? 하지만 네 재주를 보면 그저 썩혀서는 안 되니, 장차 나와 함께 같이 가겠느냐?"

선생이 말했다.

"어머님이 연로하시므로 사람 일을 알 수가 없습니다. 어찌 조급히 나아가서 죽을 때까지 유감을 남기겠습니까?"

이건창이 또한 다시 강요하지 못하였다.

갑오년 이후, 세상일이 날로 꼬여만 갔다. 이건창은 절개를 굳게 하여 몸을 깨끗이 하는 의리를 지켰다. 하지만 선생은 언제나 세상을 구해야지 한갓 애쓰기만 해서는 안 된다고 주장했다. 비록 가만히 외진 물가에 살면서도 서양의 헌법과 재정, 형률과 외교 같은 것을 연구하지 않음이 없었다. 지난날의 선비들이 지나치게 『춘추』를 끌어오고, 음악도 고토(故土)의 것을 연주하지 않아 백성들로 하여금 순수함을 잃게 한 것을 절통하게 여겨, 말이 여기에 미치면 격앙하곤 하였다.

선배 중에서는 오로지 문도공(文度公) 정약용(丁若鏞, 1762~1836년)을 추앙하였다. 가슴에 품은 생각이 환히 빛나서 거의 한때라도 나라의 존망에 마음을 두지 않은 적이 없었다. 이미 두 분 아버지의 초상을 치르

느라 애통하고 파리하여 뼈만 남았지만, 그래도 그 문인을 상해로 보내고는 가솔을 이끌고 서울로 들어왔다. 직접 「원사(原士)」 세 편을 초하여서 산림에 숨어 사는 선비를 심하게 나무라고, 새로운 학문으로 서로 분발할 것을 기약하니, 그 말이 진실하였다.

선생은 문장에 재능을 타고났다. 여기에 차근차근 조예의 지극함을 더하여 애써 단련하고서야 이를 폈고 거침없이 써 나갔다. 정이 서리고 뜻이 맺힌 곳과 만나면 한 차례 들어가 열 번을 굽이쳐도 네 마리 말이 끄는 수레는 더욱더 가지런하였다. 사건을 서술하는 능력은 한나라 반고의 뜻을 묘하게 깨달아 풍신(風神)이 넉넉하였고, 마르고 자르기를 잘하였다. 『난곡존고(蘭谷存藁)』 13권이 있다. 대개 중국의 문자가 이 땅에 흘러들어 온 이래로 이를 써서 저술한 것이 수천 년이요, 신라와 고려 이후로도 큰 솜씨가 끊임없이 많았다. 하지만 우아함을 신경 쓰면 약하게 되기가 쉽고, 굳셈에 치중하면 거칠게 되는 것이 두렵다. 농암(農巖) 김창협(金昌協)과 연암(燕巖) 박지원(朴趾源), 연천(淵泉) 홍석주(洪奭周)와 대산(臺山) 김매순(金邁淳) 등 여러 분들도 오히려 어느 한편에 치우치지 않을 수 없었다. 하지만 선생은 가장 나중에 나와서 이 두 가지 장점을 아울렀다.

내가 젊어서 선생을 좇아서 공부의 실마리를 들었는데, 애초에는 문장에 뜻을 두지 않았다. 겨우 기슭과 골짜기를 지나고 나서는 한밤중까지 서로 마주하고서 더불어 경영하고 헤아린 것이 어찌 끝이 있었겠는가? 돌아보건대 선생은 울화가 이미 쌓여서 약봉지 사이에서 이리저리 뒤척이셨고, 나 또한 아무 이룬 것 없는 노님에 지쳤던 터였다.

선생께서는 만년에 심심하고 적막하셨으므로 가끔 나를 이끌어 함께 문예를 논하며 몹시 기뻐하셨다. 매번 차례로 말을 하다가 어떤 실마리에 접촉하게 되면 고금을 온통 이어 바른 학문이 오래도록 어두워진 것을 개탄하고, 높은 하늘이 회복되지 않음을 슬퍼하시며 한숨 쉬며 그만두지 않은 적이 없었다.

지난 기묘년(1939년) 오월 여드렛날에 서울에서 세상을 뜨시니 나이가 일흔아홉 살이었다. 돌아가신 지 칠 일 만에 부인 임씨(林氏)와 함께 과천 작현(鵲峴)의 선산 신향(辛向)을 등진 자리에 합장하였다. 북쪽으로 서곡(西谷) 효간공(孝簡公)의 무덤과 수십 보가 못 되었다.

이씨는 효간공 당시에 융성하였다. 몇 대 지난 을해년(1755년)에 화가 일어나 집안은 거의 무너지고 말았다. 하지만 선생의 고조이신 초원(椒園) 휘 충익(忠翊) 공과 증조이신 대연(岱淵) 휘 면백(勉伯)은 모두 깊은 학문이 세상에 널리 알려지신 분이다. 대연의 세 분 아드님 중 휘 시원(是遠)은 이조 판서로 시호가 충정(忠貞)이었고, 휘 지원(止遠)은 군수로 이조 참판에 증직되었다. 휘 희원(喜遠)은 감역(監役)이었다. 감역 공이 진사 휘 상만(象曼)을 낳았다. 호가 마니실(摩尼室)인데 청송(靑松) 심씨(沈氏) 의지(義之)의 따님에게 장가가서 선생을 낳았다. 군수 공의 아들인 학생 휘 상기는 파평 윤씨 진사 자만(滋晩)의 따님과 강릉 김씨 학구(學矩)의 따님에게 장가들었는데 요절하였으므로 선생을 후사로 삼았다.

임유인(林孺人)은 본관이 평택(平澤)이니, 감역(監役) 희근(喜根)의 따님이시다. 맏아들 종하(琮夏)는 문학과 효행이 남달랐다. 선생이 세상을 뜨고 상을 마치지 못한 채 죽었다. 둘째 아들은 정하(珽夏)이고 그다음은 경하(璟夏)인데, 영재(寧齋)의 아우 겸산(謙山) 공의 뒤를 이었다. 손자는 필상(弼商)·보상(輔商)·우상(佑商)인데 종하에게서 나왔고, 용상(龍商)과 봉상(鳳商)은 정하에게서 나왔으며, 억상(億商)은 경하에게서 나왔다.

임유인이 세상을 뜨자 선생을 여기에 장사 지냈다. 또 직접 명을 지어 그 아내가 뒤에 이곳에서 서로 모이자는 말이 있었다고 했으므로, 마침내 그 말대로 하였다. 선생의 선대인 초원 공의 무덤은 선도포(仙都浦)에 있고, 대연 공의 무덤은 건평(乾坪)에 있다. 군수 공과 감역 공은 모두 아버지를 따라서 장사 지냈고, 학생부군과 김유인은 정포(井浦)에, 윤유인(尹孺人)은 사곡(沙谷)에, 마니군과 심유인(沈孺人)은 선도포에 장사 지냈다. 선생은 늙은 뒤에도 오히려 때때로 강화로 가서 성묘하곤 했다.

해설

이건방이 세상을 뜬 2년 뒤인 1941년 8월 15일에 묘표를 세우면서 정인보가 지은 글이다. 강화학의 흐름을 이은 이건방 집안의 학문 내력과 이건창과 이건방 사이의 일화도 소개했다.

어려서 『주역』을 읽다가 뜻을 알지 못해 울던 일화에서 소년의 강한 지적 욕구를 살폈고, 열 살이 되기 전에 이미 혼자 『수호전』을 읽은 일을 말하며 그 기질을 설명했다. 이건창이 절개를 지켜 은거의 길을 택하자, 이건방은 오히려 세상을 구하는 것이 지식인의 본분임을 강조하며, 서양의 헌법과 재정, 형률과 외교 방면의 서적을 탐독하여 연구하는 신지식인의 면모를 지녔음을 설명했다.

이건방이 실천적 지식인의 모범으로 정약용을 추앙한 일과, 이 같은 자신의 소신을 「원사」 세 편에 담아 신학문을 일으킬 것을 주장한 일을 소개했다. 또 역대 문장가의 본색을 논하면서는 우아함과 굳셈, 그 어느

쪽에도 치우치지 않고 두 가지를 함께 온전히 아우르는 유일한 문장가로 그를 꼽았다. 뒷부분은 집안의 선대와 후대를 말하고 묘소의 위치를 적었다. 속도감 있게 썼고, 사실 위주의 기술임에도 여운이 유장하다.

나라 잃은 백성의 슬픈 시

苔岑會心集序

몇 해 전에 내가 들으니, 치재(恥齋) 이범세(李範世, 1874~1940년)와 동강(東江) 김영한(金甯漢, 1878~1950년) 어른이 시를 주고받았는데 수창한 시어가 몹시 서글펐다고 한다. 그 후 치재가 양협(楊峽)으로부터 한강 교외로 옮겨 살게 되니, 동강의 옛집인 번리(樊里)와의 거리가 수십 리가 못 되어 자주 오가며 며칠씩 머물기도 하고, 더러는 손잡고 산수 사이에 노닐어 시가 더욱 많아졌다. 동강의 막내아들인 춘동(春東)이 얻는 대로 기록하고는 『태잠회심집(苔岑會心集)』이라 이름을 붙였는데, 어느새 모여 책이 되었다.

나는 두 어른께 후배가 되거니와 돌아보건대 모두 여러 대에 걸쳐 좋은 세교가 있었다. 나라가 망한 이래로 함께하는 아취가 미미해지고 옛집의 풍모도 없어지고 말았지만, 동강과 치재는 오히려 곧은 절개를 스스로 지킨 채 서로 마주하였다. 이제 이 시집이 옛사람의 시에 비해 어떠한지는 내가 감히 알지 못하지만, 사물을 끌어와 슬픔을 붙이고 꽃다운 향기에 애통함을 담은 데 이르러서는 참으로 귀하게 여길 만하다.

이번 여름에 치재를 따라 밤에 번리를 찾아가니, 일만 그루의 소나무가 칠흑같이 침침한 가운데 달빛이 어른거렸다. 동강이 급히 술을 내오라고 이르자 술이 막 들어오는데도 재촉하고 화내어 꾸짖는 소리가 집안을 뒤흔들었다. 화는 동복(僮僕)에게 내었지만 분노는 정작 거기에 있지 않았음을 나는 슬프게 여겼다. 몇 순배 술을 마시더니 동강이 앞으로 나아가 치재의 팔뚝을 잡고 곡하듯이 말하기를 "내 자네를 잊지 않네, 내 자네를 잊지 않네."라고 하는 것이었다. 눈 내리는 새벽에 일어나 데운 술을 서로 권하면서 내 자네를 잊지 않는다고 말한 것은, 대개 동강이 치재를 찾아가면 새벽에 치재가 동강에게 술을 대접한지라 동강이 이렇게 말한 것이다. 그 말이 술에 의탁한 것이지만 잊지 못하고 마음속에 맺혀 있어서 속인들과 쉬 말할 수 없는 것이 있음을 나는 또 슬프게 여겼다. 이를 통해 말하건대 동강과 치재의 시가 꽃다운 향기에 애통함을 담은 것은 진실로 논할 것이 못 된다. 그런즉 그 「월로(月露)」 편은 한가로이 흥에 겨워 읊조린 것이지만, 진실로 그 깊은 데서 살펴보면 어느 것 하나 사람의 마음속에 측연히 가여워하는 생각이 들지 않는 것이 없다.

무릇 선비가 이 세상에 태어나 백성들에게 도움이 되기를 기약하여 눈이 흐릿하도록 도모하고 발을 싸맨 채 나아가는 것은 또한 그 본분이다. 이처럼 어렵고 혼란한 때를 만나 한갓 노래나 읊조리며 슬픔을 붙이는 것은 도움이 되지 않을까 의심스럽기도 하다. 하지만 고금에 만나는 환경이 늘 같은 것은 아니니 일률적으로 따질 수는 없다. 세상은 날로 변하고 인심도 따라 변해서 하늘에 가득 뻗칠 슬픔이건만 마치 아무 상관없는 듯이 덤덤하기만 하다. 대개 슬퍼할 줄 아는 사람이라고 해서 반드시 도모하고 나아갈 수 있는 것은 아니다. 그렇지만 슬픈데도 슬퍼할 줄 모르면서 능히 도모하고 나아갈 수 있는 자는 없다. 그래서 오늘날 사람의 마음을 정상으로 되돌리는 것보다 시급한 것은 없으니, 못 잊어 돌아보고 생각하여 그 슬픔을 알게 한 뒤에라야 도모하고 나아가는 것을 오히려 바랄 수 있을 것이다.

아! 오늘에 미루어 보건대, 동강과 치재가 시절을 슬퍼한 구구한 작품을 춘동이 비록 부지런히 베꼈지만, 그것을 외우며 슬픔을 알 사람이 몇이나 될지 나는 모르겠다. 그러나 고국에 대한 서러움과 나라 잃은 백성의 아픔을 오히려 붙였으니, 어찌 더욱 귀히 여길 만한 것이 아니겠는가?

동강과 치재는 모두 늙었지만 아직 몹시 쇠하지는 않았으니, 마음을 잊을 수 있는 날이 없을 테고 시 또한 그만둘 때가 없으리라. 이 시집은 앞으로 더 늘어나 그칠 날을 알 수 없으니, 마침내 꽃다운 향기에 애통함을 담아 슬픔을 붙이는 데서 끝나겠는가? 세월의 운수가 가는 것도 장차 그날이 있으리니, 슬픔을 돌려 기쁨에 흥겨울 것이다. 춘동이 서문을 부탁하기에 삼가 이렇게 써서 그에게 준다.

해설

정인보가 치재 이범세와 동강 김영한이 주고받은 시를 엮어 만든 『태잠회심집(苔岑會心集)』에 붙인 서문이다. 1939년 정인보가 마흔일곱 살 되던 해에 지은 작품인데, 시집의 서문답게 두 사람이 지은 시의 의미와 가치를 밝히는 데 집중하고 있다. 다만 정인보는 두 사람과 맺었던 인연을 토대로 두 사람의 인간됨을 드러내고 시 세계를 분석하여, 두 사람의 시에 표면적으로 드러나 있는 울분의 정서보다 그 속에 담겨 있는 마음을 읽어야 함을 역설하였다.

이범세는 조선 말기에 토문감계사(土門勘界使)로 국경 문제로 만난 청나라 사신을 향해 "내 머리는 자를 수 있어도 나라의 경계는 줄일 수 없다.(吾頭可斷, 國疆不可縮.)"라고 국토 수호의 다짐을 강하게 피력했던 이아당(二雅堂) 이중하(李重夏, 1846~1917년)의 외아들이고, 김영한은 경술국치 때 자결한 오천(梧泉) 김석진(金奭鎭, 1843~1910년)의 양자이다. 두 사람은 모두 경술국치 이후 일본이 강권하는 작위와 돈을 끝내 받지 않고 관직에서 물러나 자정(自靖)의 길을 택한 대표적인 문인 관료이자 학자이다. 그런 만큼 두 사람의 이후 행보는 망국민으로서의 저항의 삶으로 귀결되는데, 『태잠회심집』에는 이러한 삶에서 배태된 정서와 마음이 깊이 배어 있다.

더욱이 이범세와 김영한이 시문을 주고받았던 때는 일본의 침탈이 극을 향해 치달아 많은 문인 지식인들이 변절하여 일본을 위해 부역하던 때였다. 그런 만큼 정인보의 말처럼 시절을 슬퍼한 두 사람의 작품을 이해할 사람이 당시에 얼마나 되었을지 알 수 없다 하더라도, 고국에 대한 서러움과 나라 잃은 백성의 아픔을 노래한 그들의 시는 오히려 더 큰 빛을 발한다.

주
註

김창희

나라의 미래를 생각하다 37쪽

- 백성에게 크게 신뢰를 얻는 모습을 보이지 못한다. 중국 전국 시대(戰國時代) 진(秦)나라의 재상인 상앙(商鞅)이 새로운 법령을 시행하면서, 백성들이 따르지 않을까 염려하여 남문 앞에 높은 장대를 세운 뒤 북문으로 장대를 옮긴 사람에게는 상금을 준다고 써 붙이고, 이를 따르는 백성들에게는 후한 상금을 주어 백성들의 믿음을 얻게 되었다고 한다.

유인석

온 나라 동포에게 59쪽

- 「관일약」 1909년 11월에 유인석이 연해주에서 국내외 항일 의병 세력을 결속하기 위해 시도한 조직 체계이다. 「관일약약속(貫一約約束)」과 「관일약절목(貫一約節目)」으로 구성되었고, 『의암집』 권36에 수록되어 있다. 전통적 향약(鄕約) 조직의 원리를 원용해 애국(愛國)·애도(愛道)·애신(愛身)·애인(愛人)의 사애(四愛)를 표방하며 전 민족을 하나의 조직 체계로 규합(貫一)하려 하였다.
- 「의병규칙」 1908년 10월 유인석이 5개 조목으로 작성한 글이다. 유인석은 7월에 러시아 블라디보스토크로 가서 이상설·이범윤·최재형 등과 교류하면서 연해주의 항일 의병 세력을 통합하고자 애쓰며 이 규칙을 작성하였다. 항일전의 목적과 전략, 이념, 그리고 조직체계 등 의병 항전에 필요한 강령을 규정하였다. 유인석의 항일 투쟁 이념과 방법론이 집약된 문

서이다. 『의암집』 권36에 실려 있다.

장지연

오늘 목 놓아 통곡하노라 78쪽

- 청음(淸陰) 김상헌(金尙憲)처럼 항복 문서를 찢고 통곡하지도 못했고 김상헌은 광해군 인조 때의 명신이다. 병자호란 때 척화파(斥和派)로 청나라와의 강화에 반대하여 고초를 겪었다. 1637년 1월 최명길(崔鳴吉)이 항복하겠다는 국서를 쓴 것을 보고 예조 판서로 있던 김상헌이 통곡하면서 국서를 찢어 버렸다.
- 동계(桐溪) 정온(鄭蘊)처럼 칼로 배를 가르지도 못한 채 정온은 광해군 인조 때의 명신이다. 병자호란 때 척화파로 청나라와의 강화에 반대하여 절의를 지켰다. 이조 참판 직책에 있던 정온은 1637년 1월 청나라에 항복하기로 정해지자 유서를 남기고 패도(佩刀)로 배를 갈랐다. 며칠 동안 사경을 헤매다가 모두가 구원하여 살아났다. 「문간공동계선생연보(文簡公桐溪先生年譜)」에 자세한 내용이 실려 있다.

최남선

3 · 1 독립선언서 93쪽

- 병자수호조약 정식 이름은 '조일수호조규(朝日修好條規)'이다. 1876년 조선이 일본과 맺은 수호 통상 조약으로 강화도에서 조약이 맺어져 강화도 조

약이라고도 한다. 일본이 1875년에 일어난 운요호(雲揚號) 사건을 구실로 조선에 군함을 파견해 문호 개방을 요구하여 조선이 어쩔 수 없이 1876년 강화도에서 일본과 맺은 통상 조약이다. 우리나라가 외국과 맺은 최초의 근대적 조약이자, 일본에게 일방적으로 유리한 불평등 조약이었다.

손병희

세 가지 전쟁 114쪽

- 먼저 온누리에 은택을 입히고 중간에 흩어져 만 가지 일이 되며 처음이 있어 끝을 잘 맺으니 합쳐져 하나의 이치가 된다. 『중용장구(中庸章句)』에서 정자(程子)가 "그 글이 처음에는 한 이치를 말하였고, 중간에는 흩어져서 만사가 되었고, 끝에 가서는 다시 합하여 한 이치가 되었으니, 내놓으면 육합에 가득 차고 거두어들이면 물러가 은밀한 데에 감추어져서, 그 의미가 무궁하니, 이는 다 진실한 학문이다.(其書始言一理, 中散爲萬事, 末復合爲一理, 放之則彌六合, 卷之則退藏於密, 其味無窮, 皆實學也.)"라고 한 말을 변용한 것이다. 『서경』「요전(堯典)」에 "광채가 사해에 입혀지고 상하에 이르렀다.(光被四表 格于上下.)", 『시경』「대아(大雅) 탕(蕩)」의 "처음에는 선하지 않은 이가 없으나 선으로 마치는 이가 적기 때문이다.(靡不有初 鮮克有終.)" 등의 전고도 활용하였다.
- "잠시도 떨어질 수 없다." 『중용장구』의 "도라는 것은 잠시도 떠날 수 없으니, 떠날 수 있으면 도가 아니다.(道也者 不可須臾離也 可離非道也.)"라는 구절을 인용한 것이다.
- 저 헌원(軒轅)의 시대에 치우(蚩尤)가, 요순시대의 삼묘(三苗)가 있어 교화를 배반하고 난리를 일으켰으니, 헌원씨(軒轅氏)가 천자가 되어 천하를 다스

려 황제(黃帝)라 하였는데 제후(諸侯)가 난을 일으켰고, 순임금 때 남방의 오랑캐인 삼묘(三苗)가 난리를 일으켰다.

- 다섯 마리 짐승이 움직이지 않는다는 오수부동(五獸不動)이라는 것이다. 닭·개·사자·호랑이·고양이가 서로 천적 관계이므로 섣불리 한쪽을 공격할 수 없어 움직이지 못한다는 말이다.
- 군자의 덕은 바람과 같고 소인의 덕은 풀과 같아 도가 있고 덕을 베푸는데 바람을 맞은 것처럼 눕지 않는 경우는 없다. 『맹자』에 "천시가 지리만 못하고 지리가 인화만 못하다.(天時不如地利 地利不如人和.)"라 하였고, 또 "군자의 덕은 바람이요, 백성의 덕은 풀이니, 풀 위에 바람이 불면 풀은 반드시 바람을 따라 눕는다.(上有好者 下必有甚焉者矣 君子之德風也 小人之德草也 草尙之風必偃.)"라고 하였다.
- 맛의 근본인 단맛으로 음식을 조화롭게 하고 색채의 바탕이 되는 흰색으로 모든 색깔을 받아들이는 것처럼 하라. 『예기』의 "단맛은 맛의 근본으로 온갖 맛을 조화시키고, 흰색은 색의 근본으로 모든 색깔을 받아들인다.(甘受和 白受采.)"에서 가져온 표현이다.

최남선

일어나라 청년들아 123쪽

- 수룡(水龍) 무자위. 물을 높은 곳으로 퍼올리는 기계이다.
- 유선침(遊仙枕) 베고 자면 신선 세계를 꿈꿀 수 있다는 베개이다.
- 화서국(華胥國) 황제(黃帝)가 꿈속에서 노닐었다는 이상향이다.
- 화로 옆 기장밥이 이미 다 익었으니 노생(盧生)이라는 당나라 소년이 한단(邯鄲)의 여관에서 잠이 들어 꿈속에서 수십 년 부귀영화를 누리고 깨어

나니, 아직 짓던 기장밥이 다 되지 않았다는 황량지몽(黃粱之夢)의 고사를 인용한 것이다.

- 아방궁(阿房宮)의 모습 아방궁은 진시황(秦始皇)의 궁전이다. 항우(項羽)가 함양(咸陽)을 함락하고 잿더미로 만들었다.
- 용왕부(龍王府) 용왕이 사는 수궁을 이른다. 여기서는 물바다가 된다는 뜻이다.
- 난파(欒巴) 후한(後漢) 사람으로 도술에 능통하여 대궐의 잔치자리에서 술을 입에 머금었다가 내뿜어 수천 리 떨어진 성도(成都) 저잣거리의 화재를 진압했다고 한다.
- 우(禹)임금이 되기를 스스로 기약하여 우임금이 치수(治水) 사업을 벌여 홍수를 막았기 때문에 이렇게 말한 것이다.

김문연

소설과 희대의 효용 128쪽

- 천기(天機)가 서로 감응하여 신묘하게 변화하니, 선량한데도 화합하지 않고 성실한데도 부응하지 않는 것은 천하에 없다. 『염철론(鹽鐵論)』에 나오는 구절이다.
- 대옥(黛玉)이 소상포(瀟湘浦)에서 죽는 것을 보고 대옥은 『홍루몽』의 여주인공 임대옥(林黛玉)이다. 사랑하는 가보옥(賈寶玉)이 다른 여자와 혼인한다는 소식을 듣고 절망에 빠져 죽었다.
- 청문(晴雯)이 대관원(大觀苑)을 나오는 것 청문은 가보옥이 총애하는 시녀이며, 대관원은 가보옥 집안의 정원이다. 청문은 가보옥의 모친 왕부인에 의해 대관원에서 쫓겨난 뒤 죽었다.
- 장익덕(張翼德)이 독우(督郵)를 회초리질하고 장익덕은 중국 삼국 시대 촉한

의 장군 장비(張飛)다. 유비(劉備)가 안희현(安喜縣)의 현령으로 있을 때 독우가 순시하러 와서 뇌물을 요구했는데, 유비가 뇌물을 바치지 않자 유비를 모함했다. 이에 화가 난 장비는 독우를 묶어 놓고 회초리를 쳤다.

- 무송(武松)이 장도감(張都監)을 때리는 것 무송은 『수호지(水滸誌)』의 등장인물이며, 장도감 역시 이 책에 등장하는 병마도감(兵馬都監) 장몽방(張蒙方)이다. 장몽방이 무송을 몰래 죽이려 하자, 무송이 알아채고 장도감의 집으로 쳐들어가 그의 일가를 몰살했다.
- 앵앵(鶯鶯)이 장군서(張君瑞)와 헤어지고 앵앵과 장군서는 당대의 전기 소설(傳奇小說) 『앵앵전(鶯鶯傳)』에 등장하는 남녀 주인공이다.
- 월화(月華)가 윤여옥(尹汝玉)을 보내는 것 월화와 윤여옥은 『창선감의록(彰善感義錄)』에 등장하는 남녀 주인공이다.
- 『화월흔(花月痕)』 청나라 위수인(魏秀仁)의 장편 소설이다.
- 『옥린몽(玉麟夢)』 조선 숙종 때의 문인 이정작(李庭綽)의 작으로 추정되는 소설이다.
- 『화류춘화(花柳春話)』 에드워드 불워 리턴(Edward Bulwer Lytton)의 소설 『어네스트 몰트레이버스(*Ernest Maltravers*)』와 『앨리스 또는 미스터리(*Alice or The Mysteries*)』를 니와 준이치로(丹羽純一郎)가 일본어로 번역한 작품명이다.
- 『계사담(繫思談)』 에드워드 불워 리턴의 소설 『케넴 칠링리(*Kenelm Chillingly*)』의 번역이다.
- 『매뢰여훈(梅蕾餘薰)』 월터 스콧(Walter Scott)의 소설 『아이반호(*Ivanhoe*)』의 번역이다.
- 『경세위훈(經世偉勳)』 벤저민 디즈레일리(Benjamin Disraeli)의 소설 『비콘스필드 경의 공적 인생(*The public life of lord Beaconsfield*)』의 번역이다.
- 『춘창기화(春窓綺話)』 월터 스콧의 소설 『호수의 여인(*The Lady of the Lake*)』의 번역이다.

- 『춘앵전(春鶯囀)』 벤저민 디즈레일리의 소설 『코닝스비(*Coningsby*)』의 번역이다.
- 『가인기우(佳人寄遇)』 도카이 산시(東海散士)의 소설이다.
- 『화간앵(花間鶯)』 스에히로 데츠쵸(末廣鐵腸)의 소설 『설중매(雪中梅)』의 속편이다.
- 『설중매(雪中梅)』 스에히로 데츠쵸의 소설이다.
- 『문명동점사(文明東漸史)』 후지타 모키치(藤田茂吉)의 소설이다.
- 『경국미담(經國美談)』 야노 류케이(矢野龍溪)의 소설이다.

이광수

문학의 가치 134쪽

- 스토 『톰 아저씨의 오두막(*Uncle Tom's Cabin*)』의 저자 해리엇 비처 스토(Harriet Beecher Stowe)를 말한다.
- 포스터 미국의 가곡 작곡가 스티븐 콜린스 포스터(Stephen Collins Forster) 또는 『도둑들의 우애(*The Brotherhood of Thieves*)』의 저자 스티븐 시먼즈 포스터(Stephen Symonds Foster)를 말하는 듯하다.

신기선

신학문과 구학문 141쪽

- 삼례(三禮) 『의례(儀禮)』, 『예기(禮記)』, 『주례(周禮)』.

- 삼춘추(三春秋) 『춘추좌씨전(春秋左氏傳)』, 『춘추공양전(春秋公羊傳)』, 『춘추곡량전(春秋穀梁傳)』.
- 21대의 역사 명대(明代) 이전의 역사를 말한다.
- 『대학(大學)』의 삼강령(三綱領)과 팔조목(八條目) 『대학』의 핵심 개념으로 삼강령은 '밝은 덕을 밝힘(明明德)', '백성을 새롭게 함(新民)', '지극한 선에 머무름(止於至善)'이고, 팔조목은 '사물의 이치를 궁구함(格物)', '앎을 지극히 함(致知)', '뜻을 성실하게 함(誠意)', '마음을 바르게 함(正心)', '몸을 닦음(修身)', '집안을 가지런히 함(齊家)', '나라를 다스림(治國)', '천하를 평정함(平天下)'이다.
- 『중용(中庸)』의 달도(達道)와 달덕(達德) 달도와 달덕은 천하에 공통된 도와 덕이다. 달도는 지(智), 인(仁), 용(勇), 달덕은 군신(君臣), 부자(父子), 부부(夫婦), 형제(兄弟), 붕우(朋友)이다.
- 『서경』의 육부(六府), 삼사(三事), 오사(五事), 팔정(八政) 육부는 『서경』 「우공(禹貢)」에 나오는 말인데 사람의 생활에 필수적인 수(水), 화(火), 금(金), 목(木), 토(土), 곡(穀)을 말하고, 삼사는 『서경』 「대우모(大禹謨)」에 나오는 말로 정덕(正德), 이용(利用), 후생(厚生)을 이른다. 오사는 『서경』 「홍범(洪範)」에 나오는 말로 모(貌), 언(言), 시(視), 청(聽), 사(思)를 이르고, 팔정 역시 「홍범」에 나오는데 식(食), 화(貨), 사(祀), 사공(司空), 사도(司徒), 사구(司寇), 빈(賓), 사(師)를 가리킨다.
- "백성은 욕심이 있으니 군주가 없으면 어지러워진다." 『서경』 「중훼지고(仲虺之誥)」에 나오는 말이다.
- "부유하게 만든 다음에 가르친다." 『논어』 「자로(子路)」에 나오는 말이다.
- "다섯 이랑의 집터에 뽕나무를 심고, 백 이랑의 농토에서 제때 농사짓는 일을 방해하지 않는다." 『맹자』 「양혜왕 상(梁惠王上)」에 나오는 말이다.
- 『예기』의 「추관(秋官)」, 『서경』의 「강고(康誥)」와 「여형(呂刑)」 주(周)나라의 형벌 제도와 그 의의를 설명한 글이다.

- 사도(司徒)의 직무와 『대대례기(大戴禮記)』의 조문 사도는 주나라에서 백성 관련 업무를 담당한 관원이다. 『대대례기』는 한(漢)나라 유학자 대덕(戴德)의 저술로, 주나라의 각종 사회 제도를 망라했으며, 이 가운데에는 백성의 송사에 관한 내용도 있다.
- "조정에서 사람에게 관직을 줄 때도 대중과 함께하고, 저자에서 사람을 처형할 때도 대중과 함께한다." 『공자가어(孔子家語)』 「형정(刑政)」에 나오는 말이다.
- "나라 사람들이 모두 현명하다고 한 다음에 등용하며, 나라 사람들이 모두 안 된다고 한 다음에 쫓아낸다." 『맹자』 「양혜왕 하(梁惠王下)」에 나오는 말이다.
- "재야에 있는 사람과 함께한다." 『주역』 「동인(同人)」에 나오는 말이다.
- "서로 도와 학문을 닦는다." 『주역』 「태(兌)」에 나오는 말이다.
- 수인씨(燧人氏)와 유소씨(有巢氏) 수인씨는 불을 지펴 화식(火食)을 가르쳤고 유소씨는 집 짓는 법을 가르친 인물인데, 고대 국가 성립 이전의 태고 시대를 가리킨다.
- 흠천역상(欽天曆象) 『서경』 「요전」에 요임금이 희씨(羲氏)와 화씨(和氏)에게 명하여 하늘을 공경하는 마음으로 따라서 해와 달과 별 등 천체의 운행을 관찰하고 기록하여 살펴 사람들이 때맞추어 농사를 짓게 하였다는 데서 나온 말이다.
- 천만 가지 정치와 법률은 모두 하늘의 이치에 근거하여 도덕과 의리를 돕는 것이요 『대대례기』 「보부(保傅)」에 "태보는 임금의 신체를 보호하고, 태부는 임금을 덕의로 보좌하고, 태사는 임금을 교훈으로 인도하였다.(保保其身體, 傅傅之德義, 師道之敎訓.)"라는 말이 보인다. 서양의 정치학이 『대대례기』에 나오는 뜻과 다르지 않다는 뜻으로 끌어들인 것이다.
- 철학 한 분야는 다시 그 본원을 끝까지 파고들어 마음을 다하여 본성을 알고자 하는 학문이다. 『맹자』에서 "그 마음을 다하는 자는 그 본성을 안

다.(盡其心者 知其性.)"라고 하였는데, 이에 대해 주희(朱熹)는 진심은 치지(致知)를 가리키고 지성은 격물(格物)을 가리킨다고 풀이하였다. 서양 철학의 맹자와 다르지 않다는 뜻으로 한 말이다.

- 육상산(陸象山, 1139~1192년)이, "동해 너머에서 성인이 나와도 이 마음과 이 이치는 같고, 서해 너머에서 성인이 나와도 이 마음과 이 이치는 같다."라고 하였으니 송(宋)나라 이유무(李幼武)의 『송명신언행록(宋名臣言行錄)』에 실려 있는 육구연(陸九淵)의 말로, 상산(象山)은 그의 호이다.
- 도덕과 윤리라는 것은 하늘과 땅에 세워져 있어 귀신에게 물어도 의심스럽지 않으니 이 구절은 『중용』에 "군자의 도는 자기 몸에 근본하여 백성들에게 징험하며, 삼왕(三王)에게 상고하여도 틀리지 않으며, 천지에 세워 놓아도 어긋나지 않으며, 귀신에게 질정하여도 의심이 없으며, 백세 뒤에 성인이 나온다 하더라도 의혹되지 않을 것이다.(君子之道 本諸身 徵諸庶民, 考諸三王而不謬, 建諸天地而不悖, 質諸鬼神而無疑, 百世以俟聖人而不惑.)"라고 한 데서 나온 말이다.
- 오거서(五車書)와 사고(四庫) 오거서는 수레 다섯 대 분량의 많은 책이고, 사고는 경(經), 사(史), 자(子), 집(集)에 속하는 모든 문헌을 말한다.
- 명덕(明德)과 신민(新民) 『대학』에 보이는 말로, 명덕은 자신의 밝은 덕을 밝게 하는 것이고, 신민은 백성을 새롭게 한다는 뜻이다. 고본에는 친민(親民)으로 되어 있는데 주희가 이를 신민으로 풀이하였고, 육구연은 친민 그대로 보아야 한다고 주장하였다.
- 공자 문하에서 사람을 가르칠 적에는 '문(文)'으로 해박하고 '예(禮)'로 단속하라고 하였다. 『논어』「옹야(雍也)」에 "군자는 널리 학문을 닦아 사리를 궁구하고, 예의로 귀결시켜 실행에 옮긴다.(君子博學於文, 約之以禮)"라고 하였다.
- 신불해(申不害)와 상앙(商鞅) 전국 시대의 법가 사상가이다.
- 『삼분(三墳)』, 『오전(五典)』, 『구구(九邱)』, 『팔삭(八索)』 모두 지금은 전하지 않

는 고대 문헌이다.

- "나의 도는 하나로 관통한다." 『논어』「이인(里仁)」에 나오는 공자의 말이다.

이기

도끼로 찍어 없애야 할 것 152쪽

- 마흔 살, 쉰 살이 되어도 알려지지 않은 자 "나이 마흔 살, 쉰 살이 되어도 알려지지 않은 자는 두려워할 것이 못 된다.(四十五十而無聞焉, 斯亦不足畏也已.)"라는 공자의 말을 인용한 것이다. 『논어』「자한(子罕)」에 보인다.
- "뜻이 있는 사람은 결국 일을 이룬다." 후한(後漢)의 광무제(光武帝)가 농서(隴西)를 평정하고 "뜻이 있으면 일이 마침내 성취되는 것이구나."라고 한 바 있다.
- 황제(黃帝)와 기백(岐伯)의 낡은 처방 황제와 기백은 고대 의학의 시조다. 두 사람이 주고받은 문답 형식의 『황제소문(黃帝素問)』이 전한다.
- "옛날에 물든 나쁜 풍속을 모두 새롭게 하겠다." 『서경』「하서(夏書)」의 「윤정(胤征)」에 나오는 말이다. 원문에는 「상서(商書)」에 나온다고 하였으나 잘못이다.
- "주나라는 비록 오래된 나라이지만 그 명은 새롭다." 『시경』「대아(大雅)」의 「문왕(文王)」에 보인다.
- "옛것을 익혀 새것을 안다." 『논어』「위정(爲政)」에 보인다.
- "날로 새롭고 또 새로워지라." 『대학』에 실린 탕왕(湯王)의 반명(盤銘)에 나오는 말이다.
- 애산(崖山)의 패배 애산은 송나라가 마지막까지 원나라에 항전한 곳이다. 송나라 군대가 패배하자 마지막 황제 소제(少帝) 조병(趙昺)은 물에 뛰어

들어 죽었다. 이로 인해 송나라는 완전히 멸망하였다.

• 연재(淵齋) 송병선(宋秉璿) 선생 20세기 전후한 시기를 대표하는 유학자로 위정척사(衛正斥邪)와 항일 운동에 앞장섰다.

• "그 도(道)를 밝힐 뿐 그 공을 따지지 않고, 그 의(義)를 밝힐 뿐, 그 이(利)는 도모하지 않는다." 『한서』 권56 「동중서전(董仲舒傳)」에 나오는 말로, 결과의 유불리를 따지지 않고 해야 할 일을 한다는 말이다.

• "우선 네가 배운 것을 버리고 내 말을 따르라." 『맹자』 「양혜왕 하」에 나오는 말이다. 남의 지식과 경험을 인정하지 않고 자기 소견을 고집한다는 뜻이다.

• "행여 마음을 바꾸기를 내가 날마다 바란다." 『맹자』 「공손추 하(公孫丑下)」에 나오는 말이다. 맹자가 제(齊)나라를 떠나면서 왕이 마음을 바꾸어 자기를 다시 불러 주기를 바라며 한 말이다.

• 기자가 주나라의 봉작을 받았다는 설은 선대의 선비가 이미 밝혔다. 『두씨통전(杜氏通典)』에 "조선은 주나라가 은 태사를 봉해 준 나라이다.(朝鮮, 周封殷太師之國.)"라 하였는데, 근대까지 대부분의 조선 지식인은 은의 태사인 기자로부터 조선의 문명이 시작된 것으로 보았다.

• 태왕(太王)이 훈육(獯鬻)을 섬기고 구천(句踐)이 오(吳)나라를 섬긴 일을 증거로 삼았지만 『맹자』 「양혜왕 하」에 보인다. 주나라 태왕이 빈(邠) 땅에 있을 때 훈육의 공격을 받아 피폐(皮幣)와 견마(犬馬), 주옥(珠玉)으로 섬겼지만 그럼에도 화를 면치 못하여 홀로 그곳을 떠나 기산(岐山) 아래에 옮겼는데 빈 땅 사람들이 모두 그곳으로 따라와 살았다. 또 월(越)나라 왕 구천은 오(吳)나라 왕 부차(夫差)에게 나라를 잃은 후 굴종하였지만 와신상담(臥薪嘗膽)하여 후에 오나라를 멸망시켰다.

우리나라 지도에 대하여 164쪽

- 이종일(李鍾一) 1858~1925년. 일제 강점기 언론인이다. 독립협회, 대한자강회 등에 참여하고 《제국신문》을 창간하였다. 인쇄소 보성사의 사장으로 기미독립선언서를 인쇄하여 옥고를 치렀다.
- 귤이 회수(淮水)를 건너면 탱자가 되고, 담비가 문수(汶水)를 넘으면 죽는다. 『주례』 「고공기(考工記)」에 "귤이 회수를 건너면 탱자가 되고 구관조는 제수를 건너지 못하며 담비가 문수를 넘으면 죽으니, 이는 땅의 기운 때문이다.(橘踰淮而北爲枳 鸜鵒不踰濟 貉踰汶則死 此地氣然也.)"라고 하였다. 풍토가 다르면 사물의 성질이 바뀌거나 살지 못한다는 말이다.
- 유일(遺逸) 과거 시험을 거치지 않은 재야의 명망 있는 학자를 말한다.

김하염

시급한 여자 교육 170쪽

- "한 사람이 농사를 짓고 열 사람이 먹는다." 한(漢)나라 가의(賈誼)의 『치안책(治安策)』에 "한 사람이 농사를 짓고, 열 사람이 모여서 먹으면, 천하에 굶주리는 사람이 없게 하려고 해도 불가능하다.(一人耕之, 十人聚而食之, 欲天下亡饑, 不可得也.)"라는 말을 인용한 것이다.
- "생산하는 자가 많고 소비하는 자가 적어야 한다." 『대학장구(大學章句)』 전(傳) 10장(章)의 "재물을 생산하는 데 중요한 방도가 있다. 생산하는 자가 많고 소비하는 자가 적으며, 생산하는 자가 빠르고 소비하는 자가 느리면 재물이 항상 풍족하다.(生財有大道, 生之者衆, 食之者寡, 爲之者疾, 用之者舒, 則財恒足矣.)"라는 말을 인용한 것이다.

- 서로 빗자루를 가져갔다고 욕설을 퍼붓거나 입술을 삐죽거리며 따지는 따위의 일 한나라 가의의 『치안책』에 "자식이 어머니가 빗자루를 가져간다고 욕하고, 며느리와 시어머니가 서로 좋아하지 않아 입술을 삐죽거리며 따진다."라고 한 말을 인용한 것으로, 가족 간의 갈등이 극심하다는 뜻이다.
- 성인의 시대와 더욱 멀어지면서 고대의 의리가 땅에 떨어지니 학문은 말할 것도 없고, 여자는 오직 술과 밥만 의논해야 하였다. 『시경』 「사간(斯干)」에서 "칭찬받을 것도 욕먹을 일도 없이, 술과 음식 마련할 의논만 하니, 부모에게 근심 끼칠 일 없어라.(無非無儀, 唯酒食是議, 無父母詒罹.)"에서 가져온 것이다.

김옥균

조선에 주식회사를 182쪽

- 옛날의 성인은 『주역(周易)』 서합괘(噬嗑卦)의 형상을 보고서 사람들로 하여금 낮이면 시장을 열어 교역하고 돌아오도록 가르쳤던 것이다. 『주역』 「계사전(繫辭傳)」의 "한낮에 시장을 만들어 천하의 백성들을 오게 하고 천하의 재화를 모아서 교역하고 물러가 각기 제 살 곳을 얻게 하였으니, 서합괘에서 취하였다.(日中爲市, 致天下之民, 聚天下之貨, 交易而退, 各得其所, 蓋取諸噬嗑.)"라는 말을 인용한 것이다. 서(噬)는 시(市)와 음이 비슷하고, 합(嗑)은 합(合)과 음이 비슷하여 시장에 물건이 모인다는 뜻을 담았다.

도로 건설이 먼저다 188쪽

- 변란 1882년 6월 9일에 구식 군대가 일으킨 임오군란을 이른다.
- 하동(河東)의 곡식을 하내(河內)로 옮길 수 없소. 기근을 구제할 방법이 없다는 말이다. 『맹자』 「양혜왕 상」에 "하내에 흉년이 들면 백성을 하동으로 옮기고 곡식을 하내로 옮기며, 하동에 흉년이 들어도 그렇게 한다."라고 하였다.

신채호

하늘의 북 194쪽

- 왕릉을 파헤쳐 백년 묵은 해골에 화가 미치는 바람에 임진왜란 때 왜군이 성종(成宗)의 선릉(宣陵)과 중종(中宗)의 정릉(靖陵)을 도굴한 일을 말한다.
- 병자년(1876년) 통상(通商)한 이후 1876년 강화도 조약을 체결함으로써 조선과 일본이 통상을 시작한 일을 말한다.
- 닭·개·소·돼지에까지 가혹하게 잡다하고 악랄한 세금을 부과하여 원문의 백일(百一)은 춘추 시대 제(齊)의 세법으로 100석(石)에 1종(鍾)의 세금을 걷는 것인데, 1종은 6곡(斛, 石과 같음) 4두(斗)에 해당한다.
- 동성(東省) 중국 동북 지역을 말한다.
- 그들의 소굴에서 끝내 한걸음도 나오지 못했던 것은 『진서』 「유량전(庾亮傳)」에 나오는 말로, 자신의 땅을 굳게 지키고 나가지 않는다는 뜻이다.
- 살신성인(殺身成仁)과 사생취의(捨生取義) "지사와 인인은 목숨을 구하기 위해 인을 해치는 일은 없고, 자신을 죽여서 인을 이루는 경우는 있다.(志士仁人, 無求生以害仁, 有殺身以成仁.)"라고 한 『논어』와, "사는 것도 내가 바라

는 바이고 의로운 것도 내가 바라는 바이지만 이 둘을 가질 수 없다면 사는 것을 버리고 의로운 것을 취하겠다.(生亦我所欲也, 義亦我所欲也, 二者不可得兼, 舍生而取義者也.)"라고 한 『맹자』에서 유래한 말이다.

- 신무(神武) 일본의 초대 천황이다.
- 해외의 잡지가 국내에 보급되는 것은 감히 기대할 수 없지만 《천고》가 북경에서 발간되었으므로 이렇게 말한 것이다.

김성희

서구 종교와 유교의 차이 202쪽

- 허정무위(虛靜無爲) 『문자(文子)』에서 나온 말인데, 마음이 고요하고 작위가 없는 상태를 이른다. 노장(老莊)과 불교의 핵심적인 사유다.
- 유교는 하늘이 정해 준 법도이며 『서경』「고요모(皐陶謨)」에 "하늘이 차례로 펴서 법을 두시니 우리 다섯 전형을 바로잡아 다섯 가지를 돈후하게 하소서.(天敍有典, 勅我五典, 五惇哉.)"에 보인다.
- 삼세(三世)의 설에 근거하여 『공양전』에 나오는 개념으로, 견세(見世), 문세(聞世), 전문세(傳聞世)를 이른다. 캉유웨이가 이에 근거하여 역사가 난세(亂世), 승평세(昇平世), 태평세(太平世)로 발전한다는 주장을 하였다.
- "잘 다스리는 사람은 있어도 잘 다스리는 법은 없다." 『순자』「군도(君道)」에 나오는 말로 정치는 법이 아니라 사람에게 달려 있다는 뜻이다.
- 이사(李斯)의 무리가 뒤따라 선동하여 군주의 권한을 더없이 높여 후세에 해독을 끼쳤다. 이사는 순자의 제자로 제왕술을 익혀 진(秦)이 천하를 통일하는 데 큰 공을 세웠다. 분봉제(分封制)를 반대하고 군현제(郡縣制)를 주장하였으며 문자와 도량형을 통일하였다.

- 극림위이(克林威爾) 올리버 크롬웰(Oliver Cromwell, 1599~1658년)을 말한다. 청교도 혁명을 주도하여 찰스 1세를 처형하고 호국경(護國卿)으로서 영국을 통치하였다.
- 강성한 폭군에게 원문의 '犯大不韙'는 『좌전』의 "犯五不韙, 而以伐人, 其喪師也, 不亦宜乎?"에서 나온 말로 큰 잘못을 저지른다는 뜻인데, 여기서는 큰 잘못을 저지른 사람의 뜻을 범한다는 말로 사용했다.
- 정덕(貞德) 잔 다르크(Jeanne d'Arc, 1412~1431년)를 말한다. 잉글랜드와 프랑스 사이에서 프랑스 왕위 계승을 놓고 벌어진 백년 전쟁에 참전하여 프랑스를 승리로 이끌었다.
- 유염빈(維廉濱) 윌리엄 펜(William Penn, 1644~1718년)을 말한다. 펜실베이니아를 개척하여 종교의 자유를 보장하였다.
- 마지니(瑪志尼) 주세페 마치니(Giuseppe Mazzini, 1805~1872년)를 말한다. 이탈리아 통일 삼걸의 한 사람으로 청년 이탈리아당을 조직하고 통일된 이탈리아 공화국의 수립을 위해 힘썼다.
- 가부이(加富爾) 카밀로 카보우르(Camillo Cavour, 1810~1861년)를 말한다. 이탈리아 통일 삼걸의 한 사람으로 사르데냐 왕국을 중심으로 이탈리아 통일을 실현하였다.
- 격란사돈(格蘭斯頓) 윌리엄 글래드스턴(William Gladstone, 1809~1898년)을 말한다. 영국의 정치가로 재무 장관과 총리를 지냈다.
- 소학(小學)에서 대학(大學)에 이르기까지 소학과 대학은 유교적 개념으로 소학은 8세 이상 어린이의 학문이며 대학은 15세 이상 성인의 학문이다.

안확

조선의 미술 210쪽

- 후한(後漢)의 손창지(孫暢之)라는 사람의 예술론 남조(南朝) 양(梁)나라 손창지(孫暢之)의 「술화기(述畫記)」를 말하는 것으로 보인다. 후한에서 남북조 시기의 화가 열다섯 명의 그림을 평론한 글이다.
- "그림은 권계를 밝히지 않는 것이 없다." 사혁이 『화품(畫品)』에서 "그림은 모두 권계를 밝히고 성쇠를 드러내는 것이다.(圖繪者, 莫不明勸戒, 著升沈.)"라고 한 말을 인용한 것이다.
- 당나라 장언원(張彦遠) 같은 이도 교화의 힘과 인륜을 돕는 공로가 있다고 논하였다. 장언원의 『역대명화기(歷代名畫記)』에 "그림이라는 것은 교화를 이루고 인륜을 도우며, 귀신의 변화를 다하고 은미한 것을 헤아리니, 육경(六經)과 공로가 같고 사계절과 함께 움직인다.(夫畫者成教化, 助人倫, 窮神變, 測幽微, 與六籍同功, 四時並運.)"라고 한 말을 인용한 것이다.
- 포사니아 2세기 그리스 지리학자 파우사니아스(Pausanias)를 말한다. 고대 그리스 지역을 답사하고 『그리스 이야기』를 편찬했다.
- 오카 츠토무(大岡力) 1863~1913년. 일본의 미술 평론가로 《경성일보》 사장을 역임했으며 『조선의 미술』을 편찬하였다.
- 구리야마 슌이치(栗山俊一) 1882년~? 일본의 건축학자이다. 20년간의 현지 조사를 바탕으로 『조선고적도보』를 편찬했다.
- "영남 집집마다 있는 신성한 조상의 형상은 당시 대부분 이름난 장인에게서 나온 것이네.(嶺外家家神祖像, 當年半是出名工)" 이 시는 단군 초상의 작자가 솔거라는 근거로 인용되곤 하는데, 이규보의 『동국이상국집』에는 보이지 않고, 구한말의 저작으로 추정되는 『동사유고(東事類考)』에 실려 있다.
- 신경준(申景濬)의 비행기 신경준의 『여암전서(旅菴全書)』에 정평구(鄭平九)라

는 사람이 임진왜란 때 하늘을 나는 수레를 만들었다는 기록이 있다.

- 오국 시대 고구려, 백제, 신라, 부여, 가야 5국이 존재한 기원 전후 무렵을 말한다.
- 세키노 다다시(關野貞) 1868~1935년. 일본의 건축학자로 조선의 고건축을 조사하였다.
- 야쓰이 세이이치(谷井濟一) 1880~1959년. 일본의 고고학자로 조선 고적 연구를 주도하였다.

여병현

과학이란 무엇인가 221쪽

- 격물치지(格物致知) 사물을 연구하여 그 이치를 알아냄으로써 지식을 넓힌다는 뜻으로 『대학』에 나오는 개념이고, 이용후생(利用厚生)은 백성이 사용하는 기물을 편리하게 하고 재물을 풍성하게 하여 삶을 윤택하게 한다는 뜻으로 『서경』에 보인다.
- 서기 1773년 프랑스 사람 맹시(孟施) 형제가 베(布)로 공을 만들고 뜨거운 공기를 담았는데 그 공기가 높이 올라갈 수 있었으니, 대구(大球)라고 이름 지었다. 프랑스의 발명가 몽골피에(Montgolfier) 형제가 제작한 세계 최초로 유인 열기구를 말하는 것으로 보인다. 다만 이들의 실험은 1783년에 이루어졌다.
- 배근(培勤) 알렉산더 그레이엄 벨(Alexander Graham Bell, 1847~1922년)을 말하는 듯하다. 스코틀랜드에서 태어나 미국으로 귀화하였으며, 보스턴에 청각 장애인 학교를 설립했다. 다만 그가 전화기의 특허를 취득한 것은 1873년의 일이다.

- 배긍(裵肯) 영국 철학자 프랜시스 베이컨(Francis Bacon, 1561~1626년)을 말한다. 귀납과 실험을 중시하여 자연 과학의 토대를 마련했다.
- 하나의 모임을 만들었으니 1660년 영국 왕립학회의 창립을 말한다.

김택영

내가 이처럼 어리석었던가? 234쪽

- 황희(黃喜, 1363~1452년) 조선 전기의 대표 문신으로 자는 구부(懼夫), 호는 방촌(厖村), 시호는 익성(翼成)이다. 고려 말에 과거에 급제했지만 조선에 출사하여 세종 때 영의정에 이르렀다. 최장수 재상으로 기록될 만큼 화려한 정치 경력을 자랑하는 조선의 대표 재상이다.
- 황진(黃進, 1550~1593년) 조선 중기의 무신으로 자는 명보(明甫), 호는 아술당(蛾述堂)이다. 1591년 조선통신사 황윤길(黃允吉)을 따라 일본에 갔다가 일본의 침략을 예언하였고, 임진왜란 당시 여러 공을 세워 무민(武愍)이란 시호를 받았다.
- 정언(正言) 『매천집』「본전(本傳)」에는 '사간원정언(司諫院正言)'으로 되어 있다.
- 황위(黃暐, 1605~1654년) 조선 중기의 문신으로 자는 자휘(子輝), 호는 당촌(塘村)이다. 1638년 정시문과에 급제한 뒤 함경도 도사, 평양 서윤 등을 지냈다.
- 한 가지라도 반드시 반듯하게 썬 것만 먹었다 『논어』「향당(鄕黨)」에 나오는 "썬 것이 반듯하지 않으면 드시지 않았고, 장이 제대로 되어 있지 않으면 드시지 않았다.(割不正, 不食, 不得其醬, 不食.)"라는 구절에서 따왔다.
- 이건창 조선 말기의 문신으로 본관은 전주, 자는 봉조(鳳朝/鳳藻), 호는 영

재(寧齋)다. 1866년 문과에 급제한 뒤 한성부 소윤을 지냈다. 양명학에 조예가 깊었고 문장에도 뛰어나 김택영, 황현과 더불어 한말삼재(韓末三才)로 불렸나.

- 강위 조선 말기의 학자이자 개화 사상가로 본관은 진양, 자는 중무(仲武), 호는 추금(秋琴)이다. 1876년 강화도 조약 체결 시 신헌(申櫶)을 막후에서 보좌하였고, 1880년에는 수신사 김홍집을 도와 일본에 다녀오기도 했다. 시에도 능하여 당대에 이름이 있었다.
- 보거급제시(保擧及第試) 풍산(楓山) 박문호(朴文鎬, 1846~1918년)가 지은 「매천황공묘표(梅泉黃公墓表)」에는 보거과(保擧科)로 되어 있다.
- 시관(試官) 『매천집』 「본전」에는 '시관한장석(試官韓章錫)'으로 되어 있다. 한장석(1832~1894년)은 조선 말기의 문신으로 본관은 청주, 자는 치수(穉綏)·치유(穉由), 호는 미산(眉山)·경향(經香)이다. 1872년 정시문과에 급제한 뒤 예조 판서와 이조 판서 등을 지냈다. 유신환(兪莘煥, 1801~1859년)의 문인으로 당대에 문장으로 이름이 높았다.
- 이소(二所) 조선 시대에 초시(初試)와 회시(會試) 때 과거 응시자를 수용하던 시험장 중 하나로, 제1시험장은 일소(一所)라 한다. 문과와 무과를 구분하여 문일소(文一所), 문이소(文二所), 무일소(武一所), 무이소(武二所) 등으로 불렸다.
- 정범조(鄭範朝, 1833~1897년) 조선 말기의 문신으로 본관은 동래, 자는 우서(禹書), 호는 규당(葵堂), 시호는 문헌(文獻)이다. 1859년 증광문과에 급제한 뒤 이조 판서를 거쳐 좌의정에 이르렀다.
- 정만조(鄭萬朝, 1858~1936년) 조선 말기의 문신으로 본관은 동래, 자는 대경(大卿), 호는 무정(茂亭)이다. 강위의 제자로 벼슬이 높고 문명이 있었다. 하지만 대한 제국이 일본에 병합된 이후 조선사편수회 위원으로 활동하는 등 친일 행적을 많이 하였다.
- 신기선 조선 말기의 문신으로 본관은 평산, 자는 언여(言汝), 호는 양원(陽

園)·노봉(蘆峰), 시호는 문헌(文獻)이다. 1877년에 급제한 뒤 군부대신, 중추원 부의장 등을 지냈다. 1904년 보안회 회장이 되어 항일 운동을 하다 일본 경찰에 붙잡히기도 했다.

- 이도재(李道宰, 1848~1909년) 조선 말기의 문신으로 본관은 연안, 자는 성일(聖一), 호는 심재(心齋)·운정(篔汀), 시호는 문정(文貞)이다. 1882년 정시 문과에 급제한 뒤 성균관 대사성, 내부대신 등을 지냈다.
- 시사(時事)가 위태로워지자 벼슬을 버리고 중국의 회남(淮南)으로 떠나 있었다 러일 전쟁에서 승리한 일본이 대한 제국의 외교권을 박탈하기 위해 강제로 조약을 체결하자 김택영은 나라의 장래를 통탄하다가 중국으로 망명하였다. 본문은 이를 두고 한 말이다.
- 해가 뜰 무렵에야 『매천집』「본전」에는 명일(明日), 즉 '이튿날'로 되어 있다.
- 매천은 황현의 자호(自號)이다. 『매천집』「본전」에는 이 다음에 한 문단이 더 부기되어 있다. "무릇 대한 제국이 망했을 때 황현과 앞뒤로 절의를 세운 자로는 또 금산 군수(錦山郡守) 홍범식(洪範植, 1871~1910년), 판서(判書) 김석진(金奭鎭, 1843~1910년), 참판(參判) 이만도(李晚燾, 1842~1910년), 장태수(張泰秀, 1841~1910년), 정언(正言) 정재건(鄭在楗, 1843~1910년), 승지(承旨) 이재윤(李載允, 1849~1911년), 의관(議官) 송익면(宋益勉), 감역(監役) 김지수(金智洙), 무인(武人) 전주(全州) 정동식(鄭東植, 1850~1910년), 유생(儒生) 연산(連山) 이학순(李學純, 1843~1910년), 전의(全義) 오강표(吳剛杓, 1843~1910년), 홍주(洪州) 이근주(李根周, 1860~1910년), 태인(泰仁) 김영상(金永相, 1836~1910년), 공주(公州) 조장하(趙章夏, 1847~1910년), 환자(宦者, 내시) 반성(潘姓) 등 모두 10여 명인데, 황현이 문학으로 가장 드러났다.(凡韓亡時, 與玹先後立節者, 又有錦山郡守洪範植判書金奭鎭參判李晚燾張泰秀正言鄭在楗承旨李載允議官宋益勉監役金智洙武人全州鄭東植儒生連山李學純全義吳剛杓洪州李根周泰仁金永相公州趙章夏及宦者潘姓等凡十餘人, 而玹最以文學著.)"

• 우리나라의 『매천집』「본전」에는 '본조(本朝)'로 되어 있다.

유길준

이루지 못한 김옥균의 꿈 241쪽

• 공은 조정에 출사하여 처음부터 현달하지 않음이 없었고, 임금에게 득의하여 처음부터 온전히 한결같지 않음이 없었다. 김옥균은 1872년 스물두 살이 되던 해에 알성시에 장원 급제하여 사헌부 감찰, 지평, 정언 등을 지냈고, 이후 다시 승정원 우부승지, 참의교섭통상사무, 이조 참의, 호조 참판, 외아문협판 등의 요직을 거치면서 나라의 근대화와 개화에 적극 힘썼다. 본문은 이를 두고 한 말이다.

• 경우궁(慶祐宮) 정조의 후궁이자 순조(純祖)의 생모인 수빈 박씨(綏嬪朴氏, 1770~1822년)를 모신 사당이다.

• 승여(乘輿) 임금이 타는 수레로 임금을 가리키기도 한다. 여기서는 고종을 말한다.

• 계속해서 원문은 항배상망(項背相望)으로 '목덜미와 배가 서로 바라보인다'는 뜻이다. 왕래가 잦아 서로 이어진다는 말이다.

• 러시아 원문은 자염(紫髯)으로 붉은색 수염을 가리키는데, 여기서는 아라사(러시아)를 가리킨다. 조선 후기 아라사는 대비달자(大鼻韃子)로 불렸는데, 각종 사행 기록에 몸집이 커서 흉악하고 푸른 눈에 붉은 수염이 덥수룩하게 났다고 기록되어 있다.

• 춘신포(春申浦) 중국 상해에 있는 황포강(黃浦江)의 다른 이름이다. 춘신강(春申江)이라고도 하고 신강(申江)이라고도 한다.

• 춘신포에서 표연히 옷깃을 떨쳤는데 1894년 봄 당시 청나라를 이끌던 이

홍장(李鴻章)과 담판을 짓기 위해 상해로 망명한 것을 두고 한 말이다.

- 공고(公孤) 조정의 고관들인 삼공(三公)과 삼고(三孤)를 가리킨다. 삼공은 삼정승이고, 삼고는 소사(少師)와 소부(少傅)와 소보(少保)를 말한다.
- 도랑만 한 작은 절의 아무도 모르게 도랑에서 목매어 죽는 소인의 절의를 말한다. 『논어』「헌문(憲問)」에 나오는 공자의 다음 말에서 따왔다. "평범한 남자와 여자가 작은 신의를 위하여 스스로 도랑에서 목매어 죽어서 알아주는 이가 없는 것과 같이 하겠는가?(豈若匹夫匹婦之爲諒也, 自經於溝瀆, 而莫之知也?)"

이건승

어찌 일본의 백성이 되리오 247쪽

- 후생(厚生, 1398~1465년) 조선 전기의 종친으로 정종의 열 번째 아들이다. 1460년에 덕천군에 봉해졌고, 1873년에 광록대부 영종정경에 증직되었다.
- 경직(景稷, 1577~1640년) 조선 중기의 문신으로 본관은 전주, 자는 상고(尙古), 호는 석문(石門)이다. 1606년 증광문과에 급제한 뒤 호조 판서, 도승지 등을 지냈으며, 사후에 좌의정에 추증되었다. 사부(詞賦)와 글씨에 빼어났다.
- 정영(正英, 1616~1686년) 조선 중기의 문신으로 본관은 전주, 자는 자수(子修), 호는 서곡(西谷)이다. 1636년에 별시문과에 급제한 뒤 형조 판서, 이조 판서 등을 지냈다.
- 면백(勉伯, 1767~1830년) 조선 후기의 학자로 본관은 전주, 자는 백분(伯奮), 호는 대연(岱淵)이다.
- 시원(是遠, 1790~1866년) 조선 후기의 문신으로 본관은 전주, 자는 자직(子

直), 호는 사기(沙磯)이다. 1815년 정시문과에 급제하여 대사헌, 예조 판서, 이조 판서 등을 지냈다. 병인양요 때 강화도가 함락되자 아우 이지원(李止遠)과 함께 유서를 남기고 자결하였다.

- 아들 셋을 낳았는데 이건창(李建昌)과 이건승(李建昇)과 이건면(李建勉)을 가리킨다.
- 정원하(鄭元夏, 1855년~?) 조선 말기의 문신으로 본관은 연일, 자는 성조(聖肇)이다. 1874년 서장관으로 청나라에 다녀왔으며 사간원 대사간, 사헌부 대사헌 등을 지냈다.
- 정위(精衛)가 바다를 메우는 것 불가능한 일을 비유할 때 주로 쓰는 말이다. 정위는 동해에 빠져 죽은 염제(炎帝)의 딸이 변하여 된 새다. 이 정위가 원한을 갚으려고 목석(木石)을 물어다 동해에 빠뜨려서 바다를 메우려 한다는 전설이 『산해경(山海經)』「북산경(北山經)」에 전한다.
- 홍승헌(洪承憲, 1854년~?) 조선 말기의 문신으로 본관은 풍산, 자는 문일(文一)이다. 1875년에 경과별시문과에 급제한 뒤 대사헌, 승지 등을 거쳐 궁내부 특진관을 지냈다.

안중근 의사의 전기 252쪽

- 당시 나이가 열일곱 살이었다 동학 농민 운동이 일어났던 1894년 당시 안중근의 나이는 현재 기준으로는 열여섯 살(만 15세)이고, 박은식이 정리한 「안중근전」에는 열다섯 살로 기록되어 있다.
- 신천(信川)으로 옮겨 살았다 박은식이 정리한 「안중근전」에는 일곱 살 때 황해도 신천군 청계동으로 이주하였다고 정리되어 있다.
- 광무 8년(1904년)에 일본이 우리의 국권을 빼앗자 1905년에 있었던 을사늑약의 오기로 보인다. 1904년에는 러일 전쟁이 있었다. 일본은 이 전쟁에서 승리한 이후 러시아로부터 대한 제국의 정치와 군사와 경제에 대한 특

권을 인정을 받은 뒤에 강압적으로 조약을 체결하였다.

- 중국에 가서 이곳저곳 다니다가 박은식이 정리한 「안중근전」에는 1905년 10월에 중국으로 넘어가서 연태·교주·위해·상해 등지를 돌아다니면서 영걸을 구하였다고 하였다.
- 왕위를 내려놓게 하고는 원문은 내선(內禪)이다. 내선은 임금이 왕세자에게 왕위를 내어주는 것을 말한다. 참고로 외선(外禪)은 성이 다른 사람에게 왕위를 내어주는 것을 일컫는다.
- 노래 「장부가(丈夫歌)」로 잘 알려져 있다. 이건승의 「안중근전」에는 「장부가」의 원문이 모두 수록되어 있지 않을 뿐 아니라 일부 글자에서도 차이를 보인다. 이 글은 안중근의 인물 됨을 드러내는 데 주된 목적이 있는 만큼 「장부가」 전체를 소개한다.
- 영사(領事) 원문에는 영사관(領事館)으로 되어 있지만 이토가 영사가 머물며 공무를 처리하는 공관으로 나아간 것이 아닌 만큼 영사로 바꾸어 번역하였다.
- 이재명(李在明, 1887~1910년)과 안명근(安明根, 1879~1927년)의 일 이재명은 평안북도 선천 출신의 독립운동가로 1909년 12월 22일 매국노 이완용을 명동성당 앞에서 칼로 찌르고 일본군에 잡혀, 1910년 5월 18일 사형 선고를 받고 9월 30일 순국하였다. 독립운동가인 안명근은 안중근의 사촌동생으로 안중근 의사의 의거 이후 이완용 등을 총살하고 북간도로 가서 양병학교(養兵學校)를 설립하여 독립군을 양성할 계획을 세웠는데, 1910년 11월 민병찬과 민영설의 밀고로 12월 평양에서 체포되었다. 이후 계획에 동참했던 배경진(裵京鎭, 1910~1948년)·박만준(朴萬俊, 1897~?)·한순직(韓淳稷)·원행섭(元行燮) 등이 함께 붙잡혔다. 이후 이것은 안악사건의 발단이 되었지만, 안명근은 70여 일 동안의 고문과 회유에도 굴하지 않았다고 한다. 이재명과 안명근의 일은 이를 두고 한 말이다.

민영환

대한의 자유와 독립을 도와라 264쪽

• 우리 인민을 오해하지 말기 바란다 지규식(池圭植)의 『하재일기(荷齋日記)』 을사년 11월 18일 기사에는 '인민지혈심(人民之血心)'으로 되어 있다.

변영만

단재 신채호의 전기 271쪽

• 관일이가 마침내 흰 무지개가 되고 말았구려. 아들 관일이 죽었다는 의미다. 백홍관일(白虹貫日)은 흰 기운이 해를 꿰뚫고 지나갔다는 의미로 변괴가 발생한 것을 두고 하는 표현이다.

• 장홍(萇弘)의 벽혈(碧血) 충신열사의 피를 말한다. 주(周)나라 경왕(敬王) 때의 충신인 장홍이 남의 참소를 입고 자결했는데, 그 피가 흘러 푸른 옥으로 변했다는 고사가 『장자(莊子)』에 남아 전한다.

• 전순(翦鶉) 진(秦) 목공(穆公)이 꿈에 천제(天帝)를 만나니, 천제가 순수(鶉首)의 땅과 금책(金冊)을 하사한 일이 있다. 순수는 별자리 이름으로, 중국 진나라 지역에 해당한다. 여기서는 중국에 머물던 단재가 고국에 돌아오지 못하고 세상을 뜬 것을 말한다.

• 장거(牆居)로는 술 거르기 마땅치 않고 장거는 옷에 향기를 배게 하기 위해 향로에 씌우는 도구를 말한다. 축주(縮酒)는 제사 때 올리는 술을 띠풀에 거르는 것을 말한다. 여기서는 단재처럼 훌륭한 이가 세상에서 형편없는 대접을 받았다는 의미로 썼다.

- 이수당(李修堂) 이남규(李南珪, 1855~1907년)를 가리킨다. 수당은 그의 호다. 충남 예산 출생으로, 1895년 영흥 부사로 있다가 명성 황후 시해 사건을 보고 일본에 복수할 것을 눈물로 상소했다. 1907년 의병 민종식(閔宗植, 1861~1917년)에게 은신처를 제공했다 하여 공주 감옥에 투옥되었다가, 일본군에게 끌려가 피살되었다.
- 영란(英蘭) 영국을 말한다. 잉글랜드를 영란으로 표기한 것이다.
- 노농(勞農) 프롤레타리아인 노동자 농민을 줄여서 표기했다. 소련을 가리킨다.
- 여령(厲靈) 여귀(厲鬼), 즉 악귀의 혼령이 있는 곳이니, 여기서는 일본을 가리킨다.

정인보

나라 잃은 백성의 슬픈 시 301쪽

- 이범세(李範世, 1874~1940년) 근대의 학자이자 문신으로 본관은 전주, 자는 사의(士儀)이다. 1889년에 경무대문과에 급제한 뒤 홍문관 부교리, 규장각 부제학 등을 지냈다. 1909년 『국조보감(國朝寶鑑)』 편찬 사업에 참여하여 사업을 성공적으로 완수하여 훈장을 받았다.
- 동강(東江) 김영한(金甯漢, 1878~1950년) 근대의 학자이자 문신으로 본관은 안동, 자는 기오(箕五)이다. 1894년 사마시에 급제한 뒤 영릉 참봉, 용인 군수, 양근 군수 등을 지냈다. 경술국치 때 일본이 강권한 작위와 돈을 받지 않은 것으로 유명하며, 문장가로도 세상에 알려졌다.
- 양협(楊峽) 여기서는 지금의 양평을 가리킨다. 이범세는 경술국치 직후 규장각 제학에서 물러나 부친을 모시고 1911년 음력 3월 16일 고향인 양

평으로 돌아갔다. 당시 이범세는 양평으로 돌아가는 배 안에서 「온 가족이 양근으로 이사하는 배 안에서 마음대로 읊조리다(盡室搬移于楊根舟中漫吟)」라는 시 20수를 지었다.

- 번리(樊里) 강북구 번동의 1950년 이전 명칭이다. 현재 김영한의 묘 또한 이곳에 있다.
- 눈이 흐릿하도록 원문은 호목(蒿目)으로 몹시 상심하여 흐릿한 눈으로 멀리 바라보며 세상을 근심하는 것을 말한다. 『장자』 「변무(駢拇)」에 나오는 "지금 세상의 어진 사람은 흐릿한 눈으로 멀리 바라보며 세상의 환란을 근심한다.(今世之仁人, 蒿目而憂世之患.)"라는 구절에서 따온 말이다.
- 발을 싸맨 채 원문은 과족(裹足)으로 발이 부르트고 물집이 생기거나 군살이 박혔을 때 옷을 찢어 발을 감싸고 달려간다는 뜻이다. 『회남자』에 "과거 초나라가 송나라를 치려 하자, 묵자가 이를 듣고서 딱하게 여겨 노나라에서 열흘 밤낮을 달려갔다. 발이 누에고치처럼 부르텄는데도 쉬지 않고 옷을 찢어 발을 싸맨 채 달려갔다. 초나라 서울 영 땅에 이르러 초나라 왕을 뵈었다.(昔者, 楚欲攻宋, 墨子聞而悼之, 自魯趨而十日十夜. 足重繭而不休息, 裂衣裳裹足. 至於郢, 見楚王.)"라는 구절이 보인다.

원문 原文

金允植

曉諭國內大小民人(壬午) 25쪽

惟我東方, 僻在海隅, 未曾與外國交涉, 故見聞不廣, 謹約自守, 垂五百年. 挽近以來, 宇內大勢, 逈異前古, 歐美諸國, 如英如德如法如美如俄, 創其精利之器, 極其富强之業, 舟車遍于地球, 條約聯于萬國, 以兵力相衡, 以公法相持, 有似乎春秋列國之世. 故以中華之世爲共主, 而猶然平等立約, 以日本之嚴於斥洋, 而終亦交好通商, 是豈無自而然哉! 誠以勢不得已也.

肆我國亦於丙子之春, 重講日本之好, 許開三處之港, 今又與美英德諸國, 新定和約, 事係創有, 無怪乎爾士民之疑且謗也. 然揆以義理, 旣非辱國之擧, 參以事勢, 亦無病民之端. 交際之禮, 均係友睦, 駐使之意, 本在護商. 我能行忠信篤敬之道, 則外患無從而作矣.

夫何迂滯之儒, 不念交隣之有道, 徒見宋朝和議之誤國, 妄爲援譬, 輒附淸議, 愚民狃於故常, 一辭同斥, 何其不思之甚也! 人以和來而我以戰待, 則天下其將謂何如國也? 孤立無援, 生衅萬國, 致衆鏃之交集, 自分敗亡, 而不少悔恨, 於義果何據也?

議者又以聯好西國, 將漸染邪敎, 此固爲斯文爲世道深長慮也. 然聯好自聯好, 禁敎自禁敎, 立約通商, 只據公法而已, 初不許傳敎內地, 則爾等素習孔孟之訓, 久沐禮義之化, 豈肯一朝捨正而趨邪乎? 設有愚夫蚩氓潛相傳習, 則邦有常憲, 誅殛不赦, 何憂乎崇闢之無其術也?

且見器械製造之稍效西法, 則輒以染邪目之, 此又不諒之甚也. 其敎則邪, 當如淫聲美色而遠之, 其器則利, 苟可以利用厚生, 則農桑醫藥甲兵舟車之制, 何憚而不爲也? 斥其敎而效其器, 固可以並行不悖也. 况强弱之形, 旣相懸絶,苟不效彼之器, 何以禦彼之侮而防其覬覦乎? 誠能內修政教, 外結隣好, 修我邦之禮義, 侔各國之富强, 與爾士民, 共享升平, 則豈不休哉!

乃者習見難化, 民志靡定, 遂有六月之變, 失信隣國, 貽笑天下, 國勢日以岌嶪, 賠欵至於鉅萬, 寧不寒心? 日人之入我國, 何曾虐我侮我, 有乖和約? 而特以軍民之妄生疑阻, 積懷忿怒, 有此無故而先犯. 爾等思之, 其失在誰? 今幸辦理粗完, 舊好更申, 而英美諸國, 又將踵至, 開港駐京, 一照日人之例.

夫開港駐京, 乃萬國通例, 非創行於我國, 則決非可驚可愕之事. 爾等其各帖然無恐, 士勤工課, 民安稼穡, 勿復以曰洋曰倭, 胥動騷訛也. 各港近地, 雖有外國人閒行, 宜各恬視爲常, 無或先犯, 倘使彼有凌虐, 自當按約懲辦, 决不屈我民而護外人也.

嗚呼! 愚而自用, 聖人攸戒, 在下訕上, 王法當誅, 不敎而刑, 是爲罔民, 故玆以臚述洞諭. 且旣與西國修好, 則京外所立斥洋碑刻, 便屬過中, 時措有異, 故並行拔去, 爾等士民, 各悉此意.(『雲養集』 卷9)

池錫永

幼學池錫永上疏 31쪽

伏以天祐東方, 我中宮殿下還御坤極, 臣民之慶忭無垠, 邦家之中興可基. 十行自悔之綸音, 行百王未行之事, 八道揭示之傳敎, 覺兆民未覺之關, 此誠大聖人之所德爲, 出於尋常萬萬也. 今當更始之日, 凡百事務, 無非時急, 然目下大政, 莫先於安民心, 何則?

我國僻在海左, 自肇判以來, 不曾外交, 故見聞未廣, 謹拙自守之. 鄕谷之蠢民, 尙矣, 以文章經濟而自居者, 至若今日之天下大勢, 無不矇然, 交隣不知爲何物, 聯約亦不知爲何物. 凡見稍用意於外務者, 則動輒目之以染邪, 誹謗之, 唾辱之. 至於近日所聞所見, 多係創有, 而況淸陣駐紮于闕下, 倭兵姿行于城內乎? 所以移徙紛紜于鄕村, 訛言縱橫于道路, 若將不保朝夕, 豈非可畏乎? 可使人人暸識今日之事宜, 則必不至如許騷擾, 以自取其苦也. 然則凡民之胥動而疑謗者, 端出於未諳今日之時勢也. 民若不安輯, 國安得而爲國乎? 伏願殿下垂察焉.

第伏念『萬國公法』·『朝鮮策略』·『普法戰紀』·『博物新編』·『格物入門』·『格致彙編』等書, 以及於校理臣金玉均所輯『箕和近事』, 前承旨臣朴泳教所撰『地球圖經』, 進士臣安宗洙所譯『農政新編』, 前縣令臣金景遂所撰『公報抄略』等書, 皆足以開明蠢愚, 使之暸解時務者也.

伏願殿下急置一院於都下, 使有司搜集上項等諸書及近日各國水車·農器·織組機·大輪機·兵器等樣子, 一一購貿, 行關于各道, 每邑以善解文有雅望而爲一邑之翹楚者儒吏, 各抄一人, 送赴于該院, 使之觀其書籍, 玩其器械, 而留院之日, 以兩箇月爲定. 期滿, 該邑又遞送一人. 給養之節, 令該邑以上納條中量宜劃呈.

又示令于院中, 有人能通書籍, 深知世務, 有能倣樣造器, 畫其奧妙, 有能刊印書籍者, 隨其功能之高下, 分明闡用, 而造器者, 使專其舖, 刊書者, 禁其翻刻云爾. 則凡入院者, 無不欲先解器械之理, 深究時局之宜, 而莫不翻然而悟之矣. 此人一悟, 則凡此人之子若孫及隣黨之素所敬服者, 率皆從風而化之矣. 疑懼之心瓦散, 訛謗之說氷消, 開化之期, 昇平之日, 可翹足而待也, 玆非化民成俗之妙法, 利用厚生之首謀乎? 民旣解惑安奠, 則凡自强禦侮之策, 具載於易言一部書, 臣不敢贅進焉云云.(『승정원일기』, 「유학지석영상소(幼學池錫永上疏)」 1882년 8월 23일)

金昌熙

六八補上篇 37쪽

壬午秋, 通州張謇季直皖江李延祜瀚臣, 隨吳筱軒軍門東來, 與余過從相懽洽, 時言我邦事甚驚人, 余知其爲大有心人, 問以善後事宜. 季直撰六策, 瀚臣著八議, 俱以見贈. 余讀之而服其識高, 感其意厚, 不揆僭妄, 乃以愚見就補兩君之所未及, 命之曰『六八補』.

噫! 居此邦而當艱虞溢目之時, 猶不改因循之習, 只以守舊爲便, 自托老成, 厭人激切, 無一猷爲, 虛送歲月, 乃以民國安危, 付之天命者, 是病重而却藥不服也. 又有以躁競之心, 徒以逐外爲事, 便議改衣服制度, 以優俳泰西, 且不擇何者可先, 而思於一朝盡擧種種新務, 强民之所不樂爲, 而不悅持重之論, 欲試無益之事, 而恨不遠示大木之信者, 是庸醫之亟投峻劑也.

若夫季直之策, 雖以逐外爲戒, 而亦矯本原因循之病, 澣臣之議, 雖多取人爲善, 而亦皆量力所能, 度時不得不行者, 洵爲醫國之扁倉, 濟民之船筏, 吾深願當局諸公斟酌而並行之也. 至於余所補著, 言淺文拙, 雖未免爲班門之斧貂尾之續, 然亦庶幾乎季直所謂引而伸之, 以盡乎善之意也, 豈盡無可取者哉!

是歲仲冬, 海東鈍夫自識.

總論

我國人士, 處海角一隅之地, 聞見固陋, 無異井蛙. 從以箕子之舊封, 自稱曰禮義之國, 又以地閥相高之俗習, 自尊曰士大夫, 不知當今宇內之大勢, 膠守前日閉關之論, 是誠不移之愚, 固不足深責也. 亦有聰明之人, 留心外交之事, 自托開化之議, 津津說關稅之利舟車鎗礮之制. 然不得其要之所在, 則其所粗知, 適以僨敗國事, 何者? 其要之所在, 可以求諸已, 不可以求諸人矣. 居此邦也, 羅麗故蹟, 本朝典章, 未嘗稽考, 凡山川形勢, 民俗物產, 田結戶口, 軍政詞訟, 無不茫昧, 如面墻然, 縱使洞悉萬國情形, 亦何能交涉得宜, 而通商有利哉!

是以季直纔開口, 便說善其後者, 苟斤斤外交是務, 不復求諸本原之地, 自謂立致富强之效. 此其弊非徒無益而已, 蓋以求本原爲外交之要, 非爲外交爲不可也. 得其要則貧弱之勢, 漸化富强之基, 不得其要, 則富強之術, 反滋危亂之萌, 可不愼哉! 大泰西講藝制器, 開礦鑄幣, 築路備海, 行軍防邊等事, 無非殫精竭智屢十年而成者, 皆爲吾民目所未睹耳所未聞, 而乃以好新之念, 欲一朝建白, 亟效種種新奇事法, 不知先求國綱之大振民志之不變, 是豈非以無階之虛慾, 行險而徼倖者歟?(『石菱集』 卷7)

閔泳煥

清國戊戌政變記序 43쪽

嗚呼! 余讀『戊戌政變記』而悲支那之不振而忠臣義士之無以爲心也. 支那之與泰西交兵也, 一蹶於道光, 再蹶於咸豐, 則知强弱之不敵矣. 洪秀全之亂, 失天下三之二, 而卒借西兵以復之, 則强弱之形, 又明矣. 及夫光緖甲午, 大挫於日本, 而日乃學西法者也, 則尤有以知强弱之不敵. 此其故何也?

盖中國之學, 主乎理義, 具本末, 該體用, 求人道之極備. 然其效也遲, 其弊也爲浮文虛氣. 泰西之學, 主乎形氣, 窮神極妙, 求生民之利用厚生, 故其效也速, 其過也雖偏於功利, 而可以取逞一時. 加之中國開闢最久, 其氣也惰, 泰西開闢較晩, 其氣也壯. 譬之强弩之末, 難以穿魯縞, 而鑌鐵之利, 可以斷剛金. 長短之形, 的然易見. 嗚呼! 其此之由耶? 抑由康熙乾隆之澤久而遂斬而然耶?

光緒帝之親政也, 脫於西后三十年專制之手, 始自赫然奮圖, 納二三賢臣之策, 思革弊政, 變弱爲强, 數月之間, 施措蔚然, 而乃赫日纔升, 頑霧韜之, 嘉卉方芽, 嚴霜打之, 遂使西后執迷生變, 一閉別宮, 堯幽舜死, 天地鬼神, 爲之憤怒, 則向之二三君子者, 將安歸乎? 此所以奔越異國, 搥心泣血, 而托之於煩冤之論舌者也. 然而論舌尙未燥, 而禍又起於蕭墻, 團匪倡亂於外, 端王攘權於內, 遂使列强之礮環集而問罪, 目前淸社之不亡, 只如一髮, 則二三君子之憤憤欲死者, 又當何如哉! 語曰: "前車旣覆, 後車戒之." 今淸之車之覆, 已非一再矣, 覆而不戒, 復尋其轍, 何哉?

不佞韓人也. 韓之與淸, 倶在東洋, 痛痒呼吸, 勢有相須, 有不可以鄕隣之鬪, 而晏然閉戶者. 故竊自中夜慨惋, 而不勝其代憂焉. 不知二三君子, 將何以圖善後之術, 而不遂至於淪喪也. 書曰: 譬如火之燎于原, 不可嚮邇, 其猶可撲滅. 夫旣曰不可嚮邇, 而復曰猶可撲滅者, 事雖已謬, 而情猶有待也. 嗚呼! 今日支那之事, 吾安得不爲二三君子而且待之也哉!

友人前郡守玄君采, 恐國人之昧支那近事, 手譯『政變記』及近日日本人所述『東洋戰爭實記』, 將印行于世, 請余一言序之, 余感而書之如此.

光武四年庚子仲秋之五日, 驪興閔泳煥序.(『淸國戊戌變法記』)

李南珪

請討賊疏 48쪽

伏以嗚乎噫嘻! 彼日本之爲我世讐, 必欲占據我疆土, 髡鉗我臣民而後已, 非惟國人, 殆萬國所共知也. 國小兵弱, 覊縻不絶, 而血寃骨讐, 曷嘗須臾而忘哉!

至於今日之變, 則臣病伏鄕里, 不能悉其本末, 而聽諸道路, 始也陛請, 終焉兵脅, 凌藉侮辱, 蔑有紀極. 而我聖上深惟祖宗基業之重, 俯念大小臣民之情, 嚴辭峻却. 至以臣子所不忍聞不敢道殉社稷三字, 矢諸聖心, 發諸玉音, 此其義皎如日星而嚴於雷霆矣.

在廷臣僚, 苟有彛性, 當以主辱臣死四字, 貼在額上, 將順聖意, 圖存國脉. 而外部大臣朴齊純, 調給部印, 以國予敵, 其餘書可之諸賊, 蛇盤蚓結, 梟鳴鵂應, 其心所在, 路人可知.

雖以書否諸臣言之, 夫書可書否, 施於或可或不可之間者也. 今於萬無一可, 萬有萬不可之地, 乃不能扯裂凶書, 俯首涉筆, 只書否字, 僅同塞責. 噫嘻! 陛下用此輩, 置諸公卿之列, 而國安得不亡乎?

齊純及書可諸賊之言, 必曰: "三條約, 惟外交一事而已, 于宗社無干, 于土地無干, 于人民無干, 而我國之爲我國, 固自如也." 噫! 其誰欺? 欺天乎? 欺人乎? 彼讐國通和以後, 罔念脣齒之勢, 常懷呑噬之計, 而猶未能逞其所欲, 非憚我也畏我也, 特以各國環視, 無如公議何耳. 今各國交約, 一切專幹, 而我無與焉, 則亦何憚何畏而不逞其所欲哉! 况其所謂統監理事, 稱謂僭踰, 顯示凶圖, 此而可許, 孰不可許?

嗚乎! 環海以東三千餘里, 我高皇帝創業垂統, 以付畀萬世子孫者也. 雖尺地寸土, 陛下固不得以與人, 乃諸賊一朝拱手與人, 上而宗社神靈, 無憑依之地, 下而遺民赤子, 無籲哀之天, 横宇亘宙, 寧有是耶? 且惟念中州陸沈, 萬國同俗, 惟我東以檀箕舊邦, 服孔孟遺敎, 保有衣冠文物, 僅如衆陰中微陽, 而乃抹摋之如此. 嗚乎! 豈其天也! 豈其天也!

臣宜死於甲申之耻而不死, 宜死於甲午之辱而不死, 宜死於乙未之變而猶且淟涊不死, 以至有今日之變而極矣, 寧蹈海而死, 不忍與賣國諸賊, 伈俔爲讐人僕妾, 苟且偸活於小朝廷也.

今國家無可存之策, 人民無可全之望, 已定矣. 設如齊純輩之言, 而國家得不亡, 人民得不死, 此膝何忍復屈, 此髮何忍復斷? 不義而存, 不如亡於義, 不義而生, 不如死於義. 况義未必亡而死, 而不義未必存而生乎!

歷觀往史, 君以國與人而其臣從之者或有之, 臣以國與人而其君從之者, 未之有也. 伏願陛下亟正齊純輩賣國之罪, 仍將讐國渝盟之罪, 佈告同盟各國, 君臣上下, 背城一戰, 不計成敗, 惟義之歸, 則國家雖亡猶存, 人民雖死猶生, 庶其有辭於天下後世矣云云.(『修堂遺集』 冊3)

卞榮晩

二十世紀之大慘劇帝國主義自敍 53쪽

余目本明, 忽矇然迷, 余耳本聰, 忽塌然聾, 余腦本淨, 忽攪然亂, 余呼吸本順調, 忽格然窒塞, 余四肢本健全, 忽靡然痲軟. 此余譯『二十世紀之大慘劇 帝國主義』之一書, 而擲筆茫然坐如有所失之時之光景也. 嗚呼! 余之禱久矣, 而天夢夢焉, 余之慮苦矣, 而計空空焉. 嗟我民族其將不免於慘劇猛演之場中. 人事之此, 能不傷心? 茫然如有所失者, 轉而爲潸然之淚凄然之嘆, 臆塞而不知誰與語也.

嗚呼! 余之譯玆書者, 其意豈欲使我國實施帝國主義如英露獨米帝國乎? 國之一切動作, 人其代之, 如網斯縶, 如窖斯幽, 正陷他人之帝國主義, 而若傲然自高, 遽唱自國之帝國主義, 則其亦不知量者矣. 盖此大韓之帝國主義, 活躍於世界之舞臺者, 正余輩之至願也, 則余之夢想, 未嘗不一日一逗於大莊極嚴炳炳煌煌之樓閣也, 而今姑非其時也. 居今之日, 所宜大聲而疾呼者, 其國民主義乎!

國民主義者, 詳言之, 則韓族生存之主義也. 韓族生存之主義, 日張大焉, 他來之帝國主義, 可以潛消而暗滅之, 韓族生存之主義, 到厥極焉, 吾家之帝國主義, 可以孕畜而發揮之. 要之, 國民主義者, 禦敵之大道也, 進取之宏基也. 苟能上下戮力拳拳於斯, 我國之前途幸福, 庶可以江也其長, 海也其深也. 而若其妄生空念, 虛騖美名, 必欲惟帝國主義, 是沾沾然, 則是不徒事之不濟, 抑將催禍速孼, 永我悲坎, 其可憐可悶之狀態, 與夫窮巷狂兒, 將向泉臺, 猶且稱朕呼后之光景, 殆無異焉.(俚談: "昔有一人, 惑於星命, 自信後日定作天子, 不農不學, 徒然自豪. 及至餓死, 顧妻若子曰: '朕其崩矣, 皇后其善導太子, 以紹大業.'云云." 語固不倫, 聊爲戱引.) 帝國主義之不可以早談也, 有如是夫!

故余之譯玆書也, 其目的之所注, 不在正面, 而却在反面焉, 盖欲摹寫彼帝國主義之險狀, 喚醒我國民主義之精神也. 嗚呼! 英露獨米之倫, 固帝國主義大狂魔也, 而效其嚬者, 方接種焉. 印度·非律賓之屬, 固帝國主義之遊掠場也, 而繼其轍者, 將無數焉. 禍哉! 斯世! 危乎! 危矣! 凡讀玆書, 而其目不一瞬, 其耳其腦其呼吸, 皆自若焉, 而掉臂弄脚, 嬉走於異族馬蹄之間, 曰: "我無事也."者, 與余道不同者也.

隆熙二年八月二十九日下午十点鍾, 塵佛走毫燈下.(『二十世紀之大慘劇 帝國

主義』, 廣學書舖, 1908)

柳麟錫

與一國同胞 59쪽

隆熙四年八月八日, 柳麟錫謹致書一國二千萬同胞. 噫彼日賊, 萬世必報之世讎血讎也. 壬辰之事, 豈忍言諸; 今日之禍, 尙忍言哉! 嗚呼! 吾人生, 何在今日, 乃見此禍! 忍見我祖宗疆土, 作日奴植民地之稱; 忍見我至尊皇上, 處日奴封王之列; 忍見我禮義人民, 爲日奴奴隷之屬. 至於幾千萬年聖賢道脉華夏法制, 永滅於日奴之汚革. 嗚呼! 不可復言矣.

嗚呼! 我二千萬同胞, 豈止爲奴隷之賤, 必盡遭魚肉之慘矣. 遭蝦夷·琉球所遭之慘, 而抑或特甚矣. 嗚呼! 我二千萬人, 曷以爲心哉! 噫! 彼所謂五七賊臣輩·一進亂民等, 滅邦滅人, 以助讎奴, 抑何主見? 何渠所欲? 何快渠心? 比凶禽, 較惡獸, 凶禽惡獸, 必見大怒; 斬萬段, 夷九族, 萬段九族, 猶屬至歇矣.

麟錫自丙子以後, 與讎奴相抗, 積許多歲年. 其在乙巳丁未大禍之日, 見邦內勢無可爲, 而聞北海淸俄領地, 多會我人, 淸俄與日賊相讎, 意其有可爲. 後乃扶病遠到, 果見留居聚集人爲累十萬. 志操篤實者有之, 忠憤慷慨者有之, 經綸者有之, 技藝者有之. 凡寓居懷故土者, 擧皆血心國事, 而雖以身籍俄國者, 亦莫不力助義務, 庶幾有可爲之勢.

麟錫乃立貫一約, 約曰愛國心, 愛道心, 愛身心, 愛人心. 心乎四愛, 貫以一之; 衆萬同心, 貫以一之. 會精團誠, 斷金透石. 又作義兵規則, 爲慮始要終. 於是人心皆凝結嚮應, 衆情所迫, 爲十三道義軍都總裁, 辭不獲免. 顧以賤劣, 當此重任, 以擔大事, 千萬無謂. 然誓心以爲辦死向前, 合衆心, 貫于一; 合衆謀, 用其長; 合衆力, 成其壯. 期於討賊報讎, 有以復國存社, 扶道保民而後已.

不幸內地則急出合邦之禍, 有至不忍言; 外地則忽有俄日協約之事, 事機甚迫, 計無所施. 乃電報于淸俄及各國政府, 冀其勿承認合邦, 又與萬餘人作書, 各送聲彼賊之罪, 明我國之冤, 冀或有效. 又與凡在此地人, 結約辦死, 期不受日奴節制, 而猶圖有爲事, 更大謬. 至於抵窮被執之境, 嗚呼! 其命也.

然有極必返, 絶處逢生, 理也. 賤劣之事, 固已矣. 惟願我內外地二千萬同胞, 雖在覊絆制壓之中, 益結忠憤之心, 益篤薪膽之志, 期終圖爲而報今日壬辰血讎世讎之讐也. 圖爲報讎, 曷以哉? 復我大韓之國, 致宇內崇高; 活我大韓之人, 開萬世泰平. 其於日賊, 不滅其國滅其種, 則必使臣僕于我也.

麟錫則死而訢于上帝, 徧于百神, 致其有陰隲冥助也, 麟錫瞻望再拜.(『毅菴集』 卷25, 書)

安駉壽

獨立協會序 67쪽

今我大朝鮮國人獨立協會, 何爲而作也? 獨立云者, 大發憤之爲也; 協會擧者, 亦大發憤之出也. 昔我檀君開荒, 箕聖設敎, 三韓鼎峙, 高麗統一, 而我太祖繼天立極, 傳至我大君主陛下. 數千百年以來, 國自我國, 民自我民, 其治若化, 莫不自我, 而尙無屹然獨立之勢, 何也?

非國之小也, 非民之弱也, 非治化之不開明也. 但安於畏保, 習於柔謹, 出無竝驅之畧, 入踈自守之謀. 東舟之泊, 夜眠逢火; 北騎之侵, 山坐當雨, 悲其窮恥, 忿其極辱, 婦人童子, 宜乎瞋目奮臂, 思欲拔劍斫地. 奈之何爲縉紳者, 惟老少南北之黨論也; 爲章甫者, 惟心性理氣之言戰也; 爲學業者, 惟詩賦表策之技套也; 爲權衡者, 惟門閥高下之錙銖也?

胎之鐵也, 無冶可鎔; 骨之油也, 無藥可拔. 虛文太多, 積弊滋甚, 藉禮義而爲泰, 甘樸陋而自高. 至於利用厚生·富國强兵之實事求是, 左而揮之, 外而閣之, 竟至仆跌於今日之大難蜀道. 夫爲我同胞血氣者, 安得無寒心而慟哭乎?

方今天下大勢, 群雄各長, 相猜相好, 相克相愼. 虎狼雖猛, 妄噬慮傷; 蜂蠆雖*毒, 輕螫恐斃, 重籌細斟, 低回密勿, 涎柔膩之好肉, 歎隱伏之針刺, 試窺其衷, 奇乎異哉!

噫! 此非皇皇彼天, 眷我大君主, 堯舜其仁, 爲之廣開太平原野, 使我竪立巍巍卓卓之黃金標柱乎! 然則今日之獨立協會, 非人之擧也, 實天之助也. 旣知其天之先之也, 人孰敢不盡心於後也? 我之形勢, 旣已自由矣. 旣已自由, 亦已獨立矣, 何必以獨立爲目而協會之設乎? 今我會中知識之命名苦心, 人或不知而如是有譏, 愚將解而明之, 未知如何也.

夫蘿之緣于樹者, 分而離之, 使之自由, 則蜿然委地而已, 安能如其樹之森然獨立乎? 故今協會之獨立稱者, 乃樹退蘿之譬也, 非蘿謝樹之謂也. 且夫無知小兒, 爲其長者抱之提之, 日以代言父也母也, 則此小兒者, 慣於耳而流於口, 亦曰父也母也. 當其初也, 不知父何母何而云云矣, 稍其長也, 乃知誰爲父誰爲母, 而向而呼之也. 明知其父母之重大, 然後教其何孝何不孝之倫常道理, 而篤與不篤, 在其人之賢愚爾. 若使初無父也母也之許多代言, 彼安從而浹爲成習乎? 亦安能知孝爲行之源乎?

念今億兆我衆, 能知獨立之歸趣者, 較無幾人矣. 使此多多無知者, 習而至

* 원문에는 '難'으로 되어 있으나 '雖'의 오자이므로 수정하였다.

於有知之法, 莫如創始協會, 代言曰獨立也獨立也, 日以無數獨立字, 廣告繁諭, 如長者之代小兒言曰父也母也, 日以無數父母字, 開導小兒之迷昧也. 代小兒之曰父曰母, 初是戱也, 而小兒之自言父母, 實由於此, 明矣. 代衆人而曰獨曰立, 初是迂也, 而衆人之自言獨立, 必由於此, 無疑矣. 至彼自言獨立之日, 我之代言者, 始見津筏之功效矣. 至彼自知獨立功效之日, 我今無數言獨立字者, 實無一字之我有也. 使我人人自知, 人人自行, 人人獨立, 人人協會, 摠持實地權利, 維新至治國體, 燦然有光, 如日中天, 始見今我獨立協會之遙遙濫觴也. 於是乎知其命名之深量廣度, 信非尋常範圍之所及歟!

嗚呼! 國步艱難, 莫如今日, 譬諸時序, 冬至陽生, 窮寒尤酷, 而今我所謂獨立協會者, 實是自然氣數中之一聲春雷也, 將見萬戶千門之次第開矣. 英雄之恨, 志士之憤, 必有雪消氷釋之望矣. 凡我同胞, 勉其勗哉!

盖凡天下萬事, 成者, 聲氣之所同也; 不成者, 聲氣之所不同也. 故曰 '同聲相應, 同氣相感也.' 今夫將爲厦屋, 匠者指顧, 役丁趨走, 運大木而搬大石也. 綁而牽之, 挺而動之, 一人呼邪, 衆夫齊喊. 聲之唱也, 氣亦隨之., 不過乎移時手脚也, 頑重之物, 轉至數武, 昇上百尺, 棟也軒然, 礎也晏然, 苟非厲乎聲而勃乎氣者, 其安能致此之易易也.

頃者同志數人, 議欲建設獨立協會, 僉言歸好, 衆贊有成, 將有長養圓滿之實就, 而要其規例, 則概取天下文字, 刋以漢文或國文, 務至披閱之便宜. 而農學·醫學·兵學·數學·化學·氣學·重學·天文學·地理學·器械學·格致學·政治學, 如是等諸學書籍及見聞, 盡數取集, 取次參證. 先之淺近, 繼之高遠, 俾有合於浸入漸開之旨矣. 且於當世誰某人經綸之說·智略之論之送於本會者, 無論漢文·國文·半漢國文, 卽取其符於道理, 得於高明, 足有涉於世敎者, 竝皆登諸搨本, 彙爲成書, 課月分布, 一以闡揚幽沈, 一以開豁知見, 一以補闕治化, 一以外禦人侮. 洵及時之要務, 不世之盛事也.

是以, 樂此之良善君子, 莫不聞風動神, 不惜重資, 惠而助之, 願其斯速者, 亦已多矣. 如土培木, 如水灌花, 旣潤且華, 滿荷隆德, 豈不感激哉! 然局隨事大, 物終力薄, 卒難遂我本會之志願. 吁嗟奈何? 若有如右之婆心菩薩者, 更多其人, 何患不優然以成暢然以達乎? 此非一會之榮也, 乃一國之幸也; 非一時之效也, 乃百世之功也. 懿孰與隣, 盛孰與京? 此誠所謂一人呼邪, 衆夫齊喊, 同聲同氣, 致大厦之棟梁者也.

苟能如是, 則我聲可遠, 我氣可高, 足有感動四方人者, 而月而年也. 庶乎閭巷市井之民, 皆知獨立之義諦矣; 窮鄕遐陬之氓, 亦有協會之言說*矣. 由是而水濕火燥, 則何難於人人獨立, 人人協會乎?

竊謂獨則能立, 不獨則不能立; 協則能會, 不協則不能會. 然獨而不協, 則失於我慢, 不如不立也; 協而不獨, 則失於無宰, 不如不會也. 故曰獨立曰協會, 二義各成, 能獨能立能協**能會, 八德相濟. 由是觀之, 今此四字命名, 非徒華國文章之面目, 實是化民禮樂之階庭, 安得不手舞足蹈, 繼之歌詠乎!

愚以不才, 衮職無補, 內疚素餐, 俯仰有愧, 何敢與論於天下之事當世之務哉! 幸賴高朋 不棄樗散, 引入大會, 叨參末席. 而洪鍾在前, 大枹到手, 有急伎倆, 無暇謙遜. 盡力一擊, 鏜其有聲, 自笑獨立協會中之一大發憤狂士. 而惟願上床諸君子, 咸作鏦鏦然錚錚然, 聞四海之琴瑟, 響萬代之笙簫也.(《대죠션독립협회회보(大朝鮮獨立協會會報)》 제1호, 1896년 11월 30일)

---

* 원문에는 '設'로 되어 있으나 '說'의 오자이므로 수정하였다.

** '能立能協'이 원문에는 '能協能立'으로 되어 있으나 내용에 따라 수정하였다.

張志淵

是日也放聲大哭 78쪽

曩日 伊藤侯가 韓國에 來홈이 愚我人民이 逐逐相謂曰: "侯는 平日 東洋三國의 鼎足安寧을 自擔周旋ᄒᆞ던 人이라, 今日 來韓홈이 必也 我國獨立을 鞏固히 扶植홀 方略을 勸告ᄒᆞ리라." ᄒᆞ야 自港至京에 官民上下가 歡迎홈을 不勝ᄒᆞ얏더니, 天下事가 難測者 多ᄒᆞ도다. 千萬夢外에 五條件이 何로 自ᄒᆞ야 提出ᄒᆞ얏는고? 此條件은 非但 我韓이라. 東洋三國의 分裂ᄒᆞ는 兆漸을 醸出홈인즉 伊藤侯의 原初主意가 何에 在ᄒᆞᆫ고? 雖然이나, 我大皇帝陛下의 强硬ᄒᆞ신 聖意로 拒絶홈을 不已ᄒᆞ셧스니, 該約의 不成立홈은 想像컨ᄃᆡ 伊藤侯의 自知自破홀바어ᄂᆞᆯ, 噫! 彼豚犬不若ᄒᆞᆫ 所謂 我政府大臣者가 榮利를 希覬ᄒᆞ고 假嚇를 恇刼ᄒᆞ야 逡巡然 觳觫然 賣國의 賊을 甘作ᄒᆞ야, 四千年疆土와 五百年宗社를 他人에게 奉獻ᄒᆞ고 二千萬生靈으로 他人의 奴隷를 敺作ᄒᆞ니, 彼等豚犬不若ᄒᆞᆫ 外大朴齊純及各大臣은 足히 深責홀 것이 無ᄒᆞ거니와, 名爲參政大臣者는 政府의 首揆라, 但以否字로 塞責ᄒᆞ야 要名의 資를 圖ᄒᆞ얏던가? 金淸陰의 裂書哭도 不能ᄒᆞ고, 鄭桐溪의 刃剚腹도 不能ᄒᆞ고, 偃然生存ᄒᆞ야 世上에 更立ᄒᆞ니, 何面目으로 强硬ᄒᆞ신 皇上陛下를 更對ᄒᆞ며 何面目으로 二千萬同胞를 更對ᄒᆞ리오? 嗚乎! 痛矣며, 嗚乎! 憤矣라. 我二千萬爲人奴隷之同胞여! 生乎아! 死乎아! 檀箕以來四千年國民精神이 一夜之間에 猝然滅亡而止乎아! 痛哉痛哉라! 同胞아! 同胞아!(《황성신문(皇城新聞)》 제2101호, 1905년 11월 20일 논설)

李承晩

총론 82쪽

슯흐다. 나라이 업스면 집이 어ᄃᆡ 잇스며 집이 업스면 나의 일신과 부모쳐ᄌᆞ와 형뎨자ᄆᆡ며 일후 ᄌᆞ손이 다 어ᄃᆡ셔 살며 어ᄃᆡ로 가리요? 그럼으로 나라에 신민된 쟈는 샹하귀쳔을 물론ᄒᆞ고 화복안위가 다 일톄로 그 나라에 달녓ᄂᆞ니, 비컨ᄃᆡ 만경챵파에 ᄇᆡ탄 것 갓흐여 바람이 슌ᄒᆞ고 물결이 고요ᄒᆞᆯ ᄯᅢ는 돗달고 노질ᄒᆞ기를 젼혀 사공들의게 맛겨두고, 모든 션직들은 각각 졔 ᄯᅳᆺᄃᆡ로 물너가 잠도 쟈며 한가히 구경도 ᄒᆞ야 직분외에 일을 간셥ᄒᆞᆯ 바 업스되, 만일 풍랑이 도도ᄒᆞ며 풍우가 대쟉ᄒᆞ야 돗ᄃᆡ가 부러지며 닷쥴이 ᄭᅳᆫ허져셔 허다ᄒᆞᆫ ᄉᆡᆼ명의 ᄉᆞᄉᆡᆼ존망이 시각에 달닐진ᄃᆡ, 그 안에 안즌 쟈 뉘 안이 정신ᄎᆞ려 일심으로 일허ᄂᆞ셔 돕기를 힘쓰리요.

셜령 젼일에 원혐이 잇던 쟈라도 다 이져바리고 일시에 합력ᄒᆞ야 무사히 건너가기만 위쥬ᄒᆞᆯ지니, 이는 그 ᄇᆡ가 ᄭᆡ여지면 나의 원수ᄂᆞ 나의 몸이ᄂᆞ 다 화를 면ᄒᆞᆯ 수 업슴이요, 혹 허다ᄒᆞᆫ 보ᄑᆡ와 ᄌᆡ산을 가진 쟈라도 다 네 것 ᄂᆡ 것슬 물론ᄒᆞ고 분분히 물에 더져 ᄇᆡ를 가바야히 만들어 가라안지 안키만 도모ᄒᆞᆯ지니, 이는 그 ᄇᆡ가 잠기면 나의 목숨이 ᄒᆞᆯ노 살 수 업고 목숨이 살지 못ᄒᆞ면 보ᄑᆡ와 ᄌᆡ산이 ᄯᅩᄒᆞᆫ 귀ᄒᆞᆯ 것 업슴이라. 그럼으로 합심ᄒᆞ야 조곰도 ᄉᆞᄉᆞ ᄉᆡᆼ각이 업시 사공들의 힘을 도와 다 갓치 살려고만 ᄒᆞᆯ지니, 이는 사공을 위ᄒᆞᆷ이 안이요 곳 자긔 몸을 위ᄒᆞᄂᆞᆫ도라.

셜령 사공된 이들이 각각 졔 직칙을 다ᄒᆞ야 갈지라도 션직들은 각기 졔 몸을 위ᄒᆞᄂᆞᆫ 도리에 참아 그져 잇지 못ᄒᆞ게거ᄂᆞᆯ, ᄒᆞᆷ을며 션인들이 혹 슐도 츄ᄒᆞ며 혹 잠도 못 ᄭᆡ며 혹 눈도 멀고 팔도 부러져셔 동셔를 분변치 못ᄒᆞ며, 위ᄐᆡ

홈을 깨닷지 못ᄒᆞ야 졈졈 움쟉일ᄉᆞ록 더욱 위틱ᄒᆞ게 만들어, 널판이 쪽쪽써러지고 긔계가 낫낫치 상ᄒᆞ야 물이 사면으로 들어오며, 인명이 차례로 ᄲᅢ져들미 리웃 ᄇᆡ에셔 급히 와셔 ᄃᆡ신 건져주려ᄒᆞ면, 이 ᄇᆡ에 션직들은 종시 남의게 밀어두고 무심이 안져 쥭기만 고ᄃᆡ홈이 도리라 ᄒᆞ게는가? 지혜라 ᄒᆞ게는가? 맛당이 남이 건져쥬기도 바라지 말며 션인들의게 바려두지도 말고 다 각기 졔일로 알아 졔 힘을 다홀지어다.

그러ᄂᆞ 사공들이 션직과 합력ᄒᆞ야 일심으로 일홀진ᄃᆡ 공효가 속홀지니 피ᄎᆞ에 다힝이 되려니와, 그러치 안이ᄒᆞ야 편벽되이 혜아리되, ᄇᆡ는 우리의 물건이라, 남이 엇지 간예ᄒᆞ리오? 다힝이 건너가면 션가를 후이 밧아 량탁을 치우것고, 불힝이 파션을 당ᄒᆞ여도 우리는 헤염도 칠 줄 알며 다른 ᄇᆡ로 건너가기도 어렵지 안이ᄒᆞ니, 여러 션직의 쥭고 살기를 우리 알 바 안이라 ᄒᆞ야 상관ᄒᆞ기를 허락지 안을진ᄃᆡ, 여러 션직들은 홀 수 업다고 물너가 안졋게는가?

ᄇᆡ질에 련슉ᄒᆞ며 물길에도 익은 쟈 잇셔 ᄒᆞᆫ두 번 착수ᄒᆞ면 무양이 도강홀터이로되, 져 몃몃 사공들의 ᄉᆞᄉᆞ 리해를 위ᄒᆞ야 허다ᄒᆞᆫ 싱명을 구ᄒᆞ지 안이ᄒᆞ며 거창ᄒᆞᆫ ᄇᆡ ᄒᆞᆫ 쳑을 건지지 안이리오?

우리 대한 삼쳔리 강산이 곳 이쳔만 싱령을 싯고 풍파대해에 외로히 가는 ᄇᆡ라. 싱사존망의 급급업업홈이 죠셕에 달녓ᄂᆞ니 이는 삼쳑동ᄌᆞ라도 다 짐작ᄒᆞᄂᆞᆫ 바라 엇더케 위틱홈과 엇지ᄒᆞ여 이러홈은 아릭 다시 말ᄒᆞ려니와, 우리가 지금 당쟝에 ᄲᅢ져가는 즁에 안졋스니 졍신ᄎᆞ려 볼지어다.(『독립정신』)

安重根

東洋平和論序 87쪽

夫合成散敗, 萬古常定之理也. 現今世界東西分球, 人種各殊, 互相競爭, 如行茶飯, 硏究利器, 甚於農商. 新發明電氣砲·飛行船·浸水艇, 皆是傷人害物之機械也. 訓鍊青年, 驅入于戰役之場, 無數貴重生靈, 棄如犧牲, 血川肉地, 無日不絶. 好生厭死, 人皆常情, 淸明世界, 是何光景? 言念及此, 骨寒心冷.

究其末本, 則自古東洋民族, 但務文學而謹守自邦而已, 都無侵奪歐洲寸土尺地, 五大洲上, 人獸草木, 所共知者也. 而挽近數百年以來, 歐洲列邦, 頓忘道德之心, 日事武力, 養成競爭之心, 小無忌憚中, 俄國尤極甚焉. 其暴行殘害, 西歐東亞, 無處不及, 惡盈罪溢, 神人共怒. 故天賜一期使東海中小島日本, 如此强大之露國, 一擧打倒於滿洲大陸之上, 孰就能度量乎? 此順天得地應人之理也.

當此之時, 若韓淸兩國人民, 上下一致, 欲報前日之仇讎, 排日助俄, 則無大捷, 豈能足算哉! 然而韓淸兩國人民, 考無如此之行動, 不啻反以歡迎日兵, 運輸治道偵探等事, 忘勞專力者, 何故? 有二大件事.

日露開戰之時, 日皇宣戰書, 東洋平和由持, 大韓獨立鞏固云. 如此大義, 勝於青天日之光線. 故韓淸人士, 勿論智愚, 一致同心, 感和服從者一也. 況日露開仗, 可謂黃白人種之競爭, 故前日仇讎心情, 一朝淸散, 反成一大愛種黨, 此亦人情之順序矣, 可謂合理之一也.

快哉! 壯哉! 數百年來, 行惡白人種之先鋒, 一鼓大破, 可謂千古稀罕事業萬邦紀念表蹟也. 時韓淸兩國有志家, 不謀以同樣, 喜不自勝者, 日本政略, 順序就緖, 東西球天地肇判後, 第一等魁傑之大事業, 快建之樣, 自度矣.

噫! 千千萬萬料外, 勝捷凱旋之後, 最近最親, 仁弱同種韓國, 勒壓定約, 滿洲長春以南, 托借點居. 故世界一般人腦, 疑雲忽起, 日本之偉大聲名正大功勳, 一朝變遷, 尤甚於蠻行之露國也. 嗚呼! 以龍虎之威勢, 豈作蛇猫之行動乎? 如此難逢之好期會, 更求何得? 何惜? 可痛也. 至於東洋平和, 韓國獨立之句語, 已經過於天下萬國人之耳目, 信如金石, 韓清兩國人, 捺章於肝腦者矣. 如此之文字思想, 雖天神之能力, 卒難消滅, 況一二個人智謀, 豈能抹殺耶?

現今西勢東漸之禍患, 東洋人種一致團結, 極力防禦, 可爲第一上策, 雖尺童瞭知者也. 而何故日本如此順然之勢不顧, 同種隣邦剝割, 友誼頓絶, 自作蚌鷸之勢, 若待漁人耶? 韓清兩國人之所望, 大絶且斷矣.

若政略不改, 逼迫日甚, 則不得已寧亡於異族, 不忍受辱於同種. 議論湧出於韓清兩國人之肺腑, 上下一體, 自爲白人之前驅, 明若觀火之勢矣. 然則亞東幾億萬黃人種中, 許多有志家慷慨男兒, 豈肯袖手傍觀, 坐待東洋一局之黑死慘狀可乎? 故東洋平和義戰開仗於哈爾賓, 談判席定于旅順口後, 東洋平和問題意見, 提出諸公眼, 深察哉!

一千九百十年庚戌二月, 大韓國人安重根書于旅順獄中.(『東洋平和論』*)

---

* 『東洋平和論』의 원본은 행방을 알 수 없는 상태이다. 이를 일본인이 필사한 사본이 일본 국회도서관에 소장되어 있다. 이 사본은 (사)안중근평화연구원, 『안중근 유고: 안응칠 역사·동양평화론·기서』(채륜, 2016), 153~169쪽에 영인되어 수록되었다.

崔南善

宣言書 93쪽

吾等은 玆에 我朝鮮의 獨立國임과 朝鮮人의 自主民임을 宣言하노라. 此로써 世界萬邦에 告하야 人類平等의 大義를 克明하며, 此로써 子孫萬代에 誥하야 民族自存의 正權을 永有케 하노라.

半萬年 歷史의 權威를 仗하야 此를 宣言함이며, 二千萬 民衆의 誠忠을 合하야 此를 佈明함이며, 民族의 恒久如一한 自由發展을 爲하야 此를 主張함이며, 人類的 良心의 發露에 基因한 世界改造의 大機運에 順應幷進하기 爲하야 此를 提起함이니, 是ㅣ 天의 明命이며, 時代의 大勢ㅣ며, 全人類 共存同生權의 正當한 發動이라. 天下何物이던지 此를 沮止抑制치 못할지니라.

舊時代의 遺物인 侵略主義, 强權主義의 犧牲을 作하야 有史以來 累千年에 처음으로 異民族 箝制의 痛苦를 嘗한 지 今에 十年을 過한지라. 我生存權의 剝喪됨이 무릇 幾何ㅣ며, 心靈上 發展의 障碍됨이 무릇 幾何ㅣ며, 民族的 尊榮의 毁損됨이 무릇 幾何ㅣ며, 新銳와 獨創으로써 世界文化의 大潮流에 寄與補裨할 機緣을 遺失함이 무릇 幾何ㅣ뇨?

噫라! 舊來의 抑鬱을 宣暢하려 하면, 時下의 苦痛을 擺脫하려 하면, 將來의 脅威를 芟除하려 하면, 民族的 良心과 國家的 廉義의 壓縮銷殘을 興奮伸張하려 하면, 各個 人格의 正當한 發達을 遂하려 하면, 可憐한 子弟에게 苦恥的 財産을 遺與치 안이하려 하면, 子子孫孫의 永久完全한 慶福을 導迎하려 하면, 最大急務가 民族的 獨立을 確實케 함이니, 二千萬 各個가 人마다 方寸의 刃을 懷하고, 人類通性과 時代良心이 正義의 軍과 人道의 干戈로써 護援하는 今日, 吾人은 進하야 取하매 何强을 挫치 못하랴! 退하야 作

하매 何志를 展치 못하랴!

丙子修好條規 以來 時時種種의 金石盟約을 食하얏다 하야 日本의 無信을 罪하려 안이하노라. 學者는 講壇에서, 政治家는 實際에서, 我祖宗世業을 植民地視하고, 我文化民族을 土昧人遇하야, 한갓 征服者의 快를 貪할 뿐이오, 我의 久遠한 社會基礎와 卓犖한 民族心理를 無視한다 하야 日本의 少義함을 責하려 안이하노라. 自己를 策勵하기에 急한 吾人은 他의 怨尤를 暇치 못하노라. 現在를 綢繆하기에 急한 吾人은 宿昔의 懲辨을 暇치 못하노라. 今日 吾人의 所任은 다만 自己의 建設이 有할 뿐이오, 決코 他의 破壞에 在치 안이하도다. 嚴肅한 良心의 命令으로써 自家의 新運命을 開拓함이오, 決코 舊怨과 一時的 感情으로써 他를 嫉逐排斥함이 안이로다. 舊思想, 舊勢力에 羈縻된 日本爲政家의 功名的 犧牲이 된 不自然, 又不合理한 錯誤狀態를 改善匡正하야, 自然, 又合理한 正經大原으로 歸還케 함이로다.

當初에 民族的 要求로서 出치 안이한 兩國倂合의 結果가 畢竟 姑息的 威壓과 差別的 不平과 統計數字上 虛飾의 下에서 利害相反한 兩民族間에 永遠히 和同할 수 업는 怨溝를 去益深造하는 今來實績을 觀하라. 勇明果敢으로써 舊誤를 廓正하고 眞正한 理解와 同情에 基本한 友好的 新局面을 打開함이 彼此間 遠禍召福하는 捷徑임을 明知할 것 안인가?

또 二千萬 含憤蓄怨의 民을 威力으로써 拘束함은 다만 東洋의 永久한 平和를 保障하는 所以가 안일뿐 안이라, 此로 因하야 東洋安危의 主軸인 四億萬 支那人의 日本에 對한 危懼와 猜疑를 갈스록 濃厚케 하야, 그 結果로 東洋全局이 共倒同亡의 悲運을 招致할 것이 明하니, 今日 吾人의 朝鮮獨立은 朝鮮人으로 하야금 正當한 生榮을 遂케 하는 同時에, 日本으로 하야금 邪路로서 出하야 東洋支持者인 重責을 全케 하는 것이며, 支那로 하야금 夢寐에도 免하지 못하는 不安恐怖로서 脫出케 하는 것이며, 또 東洋平

和로 重要한 一部를 삼는 世界平和, 人類幸福에 必要한 階段이 되게 하는 것이라. 이 엇지 區區한 感情上 問題ㅣ리오?

아아! 新天地가 眼前에 展開되도다. 威力의 時代가 去하고 道義의 時代가 來하도다. 過去 全世紀에 鍊磨長養된 人道的 精神이 바야흐로 新文明의 曙光을 人類의 歷史에 投射하기 始하도다. 新春이 世界에 來하야 萬物의 回蘇를 催促하는도다. 凍氷寒雪에 呼吸을 閉蟄한 것이 彼一時의 勢ㅣ라 하면, 和風暖陽에 氣脈을 振舒함은 此一時의 勢ㅣ니, 天地의 復運에 際하고 世界의 變潮를 乘한 吾人은 아모 躊躇할 것 업스며, 아모 忌憚할 것 업도다. 我의 固有한 自由權을 護全하야 生旺의 樂을 飽享할 것이며, 我의 自足한 獨創力을 發揮하야 春滿한 大界에 民族的 精華를 結紐할지로다.

吾等이 玆에 奮起하도다. 良心이 我와 同存하며 眞理가 我와 幷進하는도다. 男女老少 업시 陰鬱한 古巢로서 活潑히 起來하야 萬彙群象으로 더부러 欣快한 復活을 成遂하게 되도다. 千百世 祖靈이 吾等을 陰佑하며 全世界 氣運이 吾等을 外護하나니, 着手가 곳 成功이라. 다만 前頭의 光明으로 驀進할 ᄯᅡ름인뎌!

公約三章

一. 今日 吾人의 此擧는 正義 人道 生存 尊榮을 爲하는 民族的 要求ㅣ니 오즉 自由的 精神을 發揮할 것이오 決코 排他的 感情으로 逸走하지 말라.

一. 最後의 一人ᄭᅡ지, 最後의 一刻ᄭᅡ지 民族의 正當한 意思를 快히 發表하라.

一. 一切의 行動은 가장 秩序를 尊重하야 吾人의 主張과 態度로 하야금 어대ㅅ가지던지 光明正大하게 하라.

朝鮮建國 四千二百五十二年 三月 一日 朝鮮民族代表

孫秉熙 吉善宙 李弼柱 白龍城 金完圭 金秉祚 金昌俊 權東鎭 權秉悳 羅龍煥 羅仁協 梁甸伯 梁漢默 劉如大 李甲成 李明龍 李昇薰 李鍾勳 李鍾一 林禮煥 朴準承 朴熙道 朴東完 申洪植 申錫九 吳世昌 吳華英 鄭春洙 崔聖模 崔 麟 韓龍雲 洪秉箕 洪基兆

徐載弼

논셜 102쪽

우리가 독닙신문을 오ᄂᆞᆯ 처음으로 츌판ᄒᆞᄂᆞᆫᄃᆡ 조션 속에 잇ᄂᆞᆫ ᄂᆡ외국 인민의게 우리 쥬의를 미리 말ᄉᆞᆷᄒᆞ여 아시게 ᄒᆞ노라

우리는 첫ᄌᆡ 편벽되지 아니ᄒᆞᆫ 고로 무ᄉᆞᆷ 당에도 상관이 업고 샹하 귀쳔을 달니 ᄃᆡ졉 아니ᄒᆞ고 모도 죠션 사ᄅᆞᆷ으로만 알고 죠션만 위ᄒᆞ며 공평이 인민의게 말ᄒᆞᆯ 터인ᄃᆡ 우리가 셔울 ᄇᆡᆨ셩만 위ᄒᆞᆯ 게 아니라 죠션 젼국 인민을 위ᄒᆞ여 무ᄉᆞᆷ 일이든지 ᄃᆡ언ᄒᆞ여 주랴 ᄒᆞᆷ 졍부에셔 ᄒᆞ시ᄂᆞᆫ 일을 ᄇᆡᆨ셩의게 젼ᄒᆞᆯ 터이요 ᄇᆡᆨ셩의 졍셰을 졍부에 젼ᄒᆞᆯ 터이니 만일 ᄇᆡᆨ셩이 졍부 일을 자세이 알고 졍부에셔 ᄇᆡᆨ셩에 일을 자세이 아시면 피ᄎᆞ에 유익ᄒᆞᆫ 일 만히 잇슬 터이요 불평ᄒᆞᆫ ᄆᆞᄋᆞᆷ과 의심ᄒᆞᄂᆞᆫ ᄉᆡᆼ각이 업서질 터이옴 우리가 이 신문 츌판ᄒᆞ기ᄂᆞᆫ 취리ᄒᆞ랴ᄂᆞᆫ 게 아닌 고로 갑슬 헐허도록 ᄒᆞ엿고 모도 언문으로 쓰기ᄂᆞᆫ 남녀 샹하 귀쳔이 모도 보게 ᄒᆞᆷ이요 ᄯᅩ 귀졀을 ᄯᅦ여 쓰기ᄂᆞᆫ 알어보기 쉽도록 ᄒᆞᆷ이라 우리ᄂᆞᆫ 바른 ᄃᆡ로만 신문을 ᄒᆞᆯ 터인 고로 졍부 관원이라도 잘못ᄒᆞᄂᆞᆫ 이 잇스면 우리가 말ᄒᆞᆯ 터이요 탐관오리들을 알면 셰샹에 그 사ᄅᆞᆷ의 ᄒᆡᆼ젹을 폐

일 터이요 ᄉᆞᄉᆞᄇᆡᆨ셩이라도 무법ᄒᆞᆫ 일 ᄒᆞᄂᆞᆫ 사ᄅᆞᆷ은 우리가 차저 신문에 셜명ᄒᆞᆯ 터이옴 우리ᄂᆞᆫ 죠션 대군쥬 폐하와 죠션 정부와 죠션 인민을 위ᄒᆞᄂᆞᆫ 사ᄅᆞᆷ드린 고로 편당 잇ᄂᆞᆫ 의논이든지 ᄒᆞᆫ쪽만 ᄉᆡᆼ각코 ᄒᆞᄂᆞᆫ 말은 우리 신문상에 업실 터이옴 ᄯᅩ ᄒᆞᆫ쪽에 영문으로 기록ᄒᆞ기ᄂᆞᆫ 외국 인민이 죠션 ᄉᆞ졍을 자세이 몰은즉 혹 편벽된 말만 듯고 죠션을 잘못 ᄉᆡᆼ각ᄒᆞᆯ까 보아 실샹 ᄉᆞ졍을 알게 ᄒᆞ고져 ᄒᆞ여 영문으로 조곰 긔록ᄒᆞᆷ

그러ᄒᆞᆫ즉 이 신문은 ᄯᅩᆨ 죠션만 위ᄒᆞᆷ을 가히 알 터이요 이 신문을 인연ᄒᆞ여 ᄂᆡ외 남녀 샹하 귀쳔이 모도 죠션 일을 서로 알 터이옴 우리가 ᄯᅩ 외국 사졍도 죠션 인민을 위ᄒᆞ여 간간이 긔록ᄒᆞᆯ 터이니 그걸 인연ᄒᆞ여 외국은 가지 못ᄒᆞ드ᄅᆡ도 죠션 인민이 외국 사정도 알 터이옴 오날은 처음인 고로 대강 우리 쥬의만 셰샹에 고ᄒᆞ고 우리 신문을 보면 죠션 인민이 소견과 지혜가 진보ᄒᆞᆷ을 밋노라 논셜 ᄭᅳᆺ치기 젼에 우리가 대균쥬 폐하ᄭᅴ 송덕ᄒᆞ고 만세을 부르ᄂᆞ이다

우리 신문이 한문은 아니 쓰고 다만 국문로로만 쓰ᄂᆞᆫ 거슨 샹하 귀쳔이 다 보게 홈이라 ᄯᅩ 국문을 이러케 귀졀을 ᄯᅦ여 쓴즉 아모라도 이 신문 보기가 쉽고 신문 속에 잇ᄂᆞᆫ 말을 자세이 알어보게 홈이라 각국에셔ᄂᆞᆫ 사ᄅᆞᆷ들이 남녀 무론ᄒᆞ고 본국 국문을 몬저 ᄇᆡ화 능통ᄒᆞᆫ 후에야 외국 글을 ᄇᆡ오ᄂᆞᆫ 법인ᄃᆡ 죠션셔ᄂᆞᆫ 죠션 국문은 아니 ᄇᆡ오드ᄅᆡ도 한문만 공부ᄒᆞᄂᆞᆫ ᄭᆞᄃᆞᆰ에 국문을 잘 아ᄂᆞᆫ 사ᄅᆞᆷ이 드물미라 죠션 국문ᄒᆞ고 한문ᄒᆞ고 비교ᄒᆞ여 보면 죠션 국문이 한문보다 얼마가 나흔 거시 무어신고 ᄒᆞ니 쳣지ᄂᆞᆫ ᄇᆡ호기가 쉬흔이 됴흔 글이요 둘지ᄂᆞᆫ 이 글이 죠션 글이니 죠션 인민들이 알어셔 ᄇᆡᆨᄉᆞ을 한문ᄃᆡ신 국문으로 써야 샹하 귀쳔이 모도 보고 알어보기가 쉬흘 터이라 한문만 늘 써 버릇ᄒᆞ고 국문은 폐ᄒᆞᆫ ᄭᆞᄃᆞᆰ에 국문만 쓴 글을 죠션 인민이 도로혀 잘 아러보지 못ᄒᆞ고 한문을 잘 알아보니 그게 엇지 한심치 아니ᄒᆞ리요 ᄯᅩ 국문

을 알아보기가 어려운 건 다름이 아니라 쳣ᄌᆡᄂᆞᆫ 말마ᄃᆡ을 ᄯᅦ이지 아니ᄒᆞ고 그져 줄줄 ᄂᆡ려 쓰ᄂᆞᆫ ᄭᆞ닭에 글ᄌᆞ가 우희 부터ᄂᆞᆫ지 아ᄅᆡ 부터ᄂᆞᆫ지 몰나셔 몃 번 일거 본 후에야 글ᄌᆞ가 어ᄃᆡ 부터ᄂᆞᆫ지 비로소 알고 일그니 국문으로 쓴 편지 ᄒᆞᆫ 쟝을 보자 ᄒᆞ면 한문으로 쓴 것보다 더듸 보고 ᄯᅩ 그나마 국문을 자조 아니 쓴ᄂᆞᆫ 고로 셔툴어셔 잘못 봄이라 그런 고로 정부에셔 ᄂᆡ리ᄂᆞᆫ 명녕과 국가 문젹을 한문으로만 쓴즉 한문 못ᄒᆞᄂᆞᆫ 인민은 나모 말만 듯고 무ᄉᆞᆷ 명녕인 줄 알고 이 편이 친이 그 글을 못 보니 그 사ᄅᆞᆷ은 무단이 병신이 됨이라 한문 못ᄒᆞᆫ다고 그 사ᄅᆞᆷ이 무식ᄒᆞᆫ 사ᄅᆞᆷ이 아니라 국문만 잘ᄒᆞ고 다른 물졍과 학문이 잇스면 그 사ᄅᆞᆷ은 한문만 ᄒᆞ고 다른 물졍과 학문이 업ᄂᆞᆫ 사ᄅᆞᆷ보다 유식ᄒᆞ고 놉흔 사ᄅᆞᆷ이 되ᄂᆞᆫ 법이라 죠션 부인네도 국문을 잘ᄒᆞ고 각ᄉᆡᆨ 물졍과 학문을 ᄇᆡ화 소견이 놉고 ᄒᆡᆼ실이 졍직ᄒᆞ면 무론 빈부 귀쳔 간에 그 부인이 한문은 잘ᄒᆞ고도 다른 것 몰으ᄂᆞᆫ 귀족 남ᄌᆞ보다 놉흔 사ᄅᆞᆷ이 되ᄂᆞᆫ 법이라 우리 신문은 빈부 귀쳔을 다름업시 이 신문을 보고 외국 물졍과 ᄂᆡ지 ᄉᆞ졍을 알게 ᄒᆞ랴ᄂᆞᆫ ᄯᅳᆺ시니 남녀 노소 샹하 귀쳔 간에 우리 신문을 ᄒᆞ로 걸너 몃 ᄃᆞᆯ간 보면 새 지각과 새 학문이 ᄉᆡᆼ길 걸 미리 아노라.(《독립신문》 1896년 4월 7일)

周時經

國文論 107쪽

내가 월젼에 국문을 인연ᄒᆞ야 신문에 이약이ᄒᆞ기를 국문이 한문보다ᄂᆞᆫ ᄆᆡ우 문리가 잇고 경계가 ᄇᆞᆰ으며 편리ᄒᆞ고 요긴ᄒᆞᆯ ᄲᅮᆫ더러 영문보다도 더 편리ᄒᆞ고 글ᄌᆞ들의 음을 알아보기가 분명ᄒᆞ고 쉬은 것을 말ᄒᆞ엿거니와 지금은 국문을 가지고 엇더케 써야 올을 것을 말ᄒᆞ노니 엇던 사ᄅᆞᆷ이던지 남이 지여 노은 글을 보거나 내가 글을 지으랴 ᄒᆞ거나 그 사ᄅᆞᆷ이 문법을 몰으면 남이 지여 노은 글을 볼지라도 그 말뜻에 올코 글은 것을 능히 판단치 못ᄒᆞᄂᆞᆫ 법이요 내가 글을 지을지라도 능히 문리와 경계를 올케 쓰지 못ᄒᆞᄂᆞᆫ 법이니 엇던 사ᄅᆞᆷ이던지 몬져 말의 법식을 ᄇᆡ화야 ᄒᆞᆯ지라 이ᄯᅢᄭᆞ지 죠션 안에 죠션말의 법식을 아ᄂᆞᆫ 사ᄅᆞᆷ도 업고 ᄯᅩ 죠션말의 법식을 ᄇᆡ으ᄂᆞᆫ ᄎᆡᆨ도 ᄆᆞᆫ들지 아니ᄒᆞ엿스니 엇지 붓그럽지 아니ᄒᆞ리요

그러나 다ᄒᆡᆼ이 근일에 학교에셔 죠션말의 경계를 궁구ᄒᆞ고 공부ᄒᆞ여 젹이 분셕ᄒᆞᆫ 사ᄅᆞᆷ들이 잇스니 지금은 션ᄉᆡᆼ이 업셔셔 ᄇᆡ으지 못ᄒᆞ겟다ᄂᆞᆫ 말들도 못 ᄒᆞᆯ 터이라 문법을 몰으고 글을 보던지 짓ᄂᆞᆫ 것은 글의 뜻은 몰으고 입으로 ᄂᆞᆰ기ᄆᆞᆫ ᄒᆞᄂᆞᆫ 것과 ᄯᅩᆨ ᄀᆞᆺᄒᆞᆫ지라 바라건ᄃᆡ 지금 죠션 안에 학업의 직림을 ᄆᆞᆺᄒᆞᆫ 이ᄂᆞᆫ 다ᄆᆞᆫ 한문 학교나 ᄯᅩ 그외에 외국 문ᄌᆞ ᄀᆞᆯᄋᆞ치ᄂᆞᆫ 학교 몃들ᄆᆞᆫ ᄀᆞ지고 이 급ᄒᆞᆫ 셰월을 보ᄂᆡ지 말고 죠션말노 문법ᄎᆡᆨ을 졍밀ᄒᆞ게 ᄆᆞᆫ드어셔 남녀 간에 글을 볼 ᄯᅢ에도 그 글의 뜻을 분명이 알아보고 글을 지을 ᄯᅢ에도 법식에 ᄆᆞᆺ고 남이 알아보기에 쉽고 문리와 경계가 ᄇᆞᆰ게 짓도록 ᄀᆞᆯᄋᆞ쳐야 ᄒᆞ겟고 ᄯᅩᄂᆞᆫ 불가불 국문으로 옥편을 ᄆᆞᆫ드러랴 ᄒᆞᆯ지라 옥편을 ᄆᆞᆫ드쟈면 각식 말의 글ᄌᆞ들을 다 모으고 글ᄌᆞ들 마다 뜻들도 다 ᄌᆞ셰히 낼연니와 불가불 글ᄌᆞ들의 음을 분명ᄒᆞ게 표ᄒᆞ여야 ᄒᆞᆯ 터인ᄃᆡ 그 놉고 나즌 음의 글ᄌᆞ에 표를 각기 ᄒᆞ쟈면 음이 놉ᄒᆞᆫ 글ᄌᆞ에ᄂᆞᆫ 뎜 ᄒᆞ나를 치고 음이 나즌 글ᄌᆞ에ᄂᆞᆫ 뎜을 치지 말고 뎜이 업ᄂᆞᆫ 것으로 표시를 삼아 옥편을 ᄭᅮᆷ일 것 ᄀᆞᆺᄒᆞ면 누구던지 글을 짓거나 ᄎᆡᆨ을 보다가 무ᄉᆞᆷ 말의 음이 분명치 못ᄒᆞᆫ 곳이 잇ᄂᆞᆫ ᄯᅢ에ᄂᆞᆫ 옥편ᄆᆞᆫ 펴고 보면 환ᄒᆞ게 알지라

근일에 놉고 나즌 음들을 분간ᄒᆞ되 웃ᄌᆞᄂᆞᆫ 놉게 쓰고 아ᄅᆡ ᄌᆞᄂᆞᆫ 낫게 쓰니

셜령 사룸의 목 속에 잇는 담이라 홀 것 ᄀᆞᆺᄒᆞ면 이 담이라 ᄒᆞᄂᆞᆫ 말의 음은 놉흐니 웃 다ᄌᆞ에 미옴을 밧치면 되겟고 흙이나 돌노 싸은 담이라 홀 것 ᄀᆞᆺᄒᆞ면 이 담이라 ᄒᆞᄂᆞᆫ 말의 음은 나즈니 아릐 ᄃᆞ ᄌᆞ에 미옴을 밧치면 놉고 나즌 말의 음을 분간ᄒᆞ겟스나 뭋참 웃ᄌᆞ와 아릐 ᄌᆞ가 이러케 되ᄂᆞᆫ 것슬 만낫스니가 놉고 나즌 말의 음을 표가 업셔도 분간이 되지 만일 즁간 글ᄌᆞ가 이런 경계와 ᄀᆞᆺ흔 것을 맛나면 즁간 글ᄌᆞᄂᆞᆫ 웃ᄌᆞ와 아릐 ᄌᆞ가 업스니 엇지 분간홀 슈가 잇나뇨 셜ᄉᆞ 약국에셔 약을 가ᄂᆞᆫ 연이라 홀 것 ᄀᆞᆺᄒᆞ면 이 연이라 ᄒᆞᄂᆞᆫ 말의 음은 놉흐나 여ᄌᆞ에 이연 홀슈 밧긔ᄂᆞᆫ 더 업고 아ᄒᆡ들이 날니ᄂᆞᆫ 연이라 홀 것 ᄀᆞᆺᄒᆞ면 이 연이라 ᄒᆞᄂᆞᆫ 말의 음은 나즈나 여ᄌᆞ에 이연 홀슈 밧긔ᄂᆞᆫ 더 업스며 여ᄌᆞᄂᆞᆫ 웃여ᄌᆞ와 아릐 여ᄌᆞ가 업스니 이런 경우를 맛나면 이 우에 담ᄌᆞ를 ᄀᆞ지고 말흔 것과 ᄀᆞᆺ치 웃ᄌᆞ와 아릐 ᄌᆞ를 ᄀᆞ지고 놉고 나즌 말의 음을 분간홀 슈가 업슨즉 뎜치ᄂᆞᆫ 법이 아니면 놉고 나즌 말의 음을 분간ᄒᆞᄂᆞᆫ 것이 공평치가 못ᄒᆞ니 불가불 옥편에ᄂᆞᆫ 뎜치ᄂᆞᆫ 법을 써야 ᄒᆞ겟고

또 글ᄌᆞ들을 모아 옥편을 꿈일 ᄯᆡ에 門문이라 홀 것 ᄀᆞᆺᄒᆞ면 도모지 한문을 못 ᄇᆡ은 사룸이 한문으로 문문 ᄌᆞᄂᆞᆫ 몰으나 문이라 ᄒᆞᄂᆞᆫ 것슨 열면 사룸들이 드나들고 닷치면 사룸들이 드나들지 못 ᄒᆞᄂᆞᆫ 것인줄노ᄂᆞᆫ 다 아니 문이라 ᄒᆞᄂᆞᆫ것은 한문 글ᄌᆞ의 음일지라도 곳 죠션말이니 문이라고 쓰ᄂᆞᆫ 것이 뭇당 홀 것이요 또 飮食음식이라 홀것 ᄀᆞᆺᄒᆞ면 마실 음 밥 식ᄌᆞ인줄을 몰으ᄂᆞᆫ 사룸이라도 사룸들의 입으로 먹ᄂᆞᆫ 물건들을 음식이라 ᄒᆞᄂᆞᆫ 줄노ᄂᆞᆫ 다 아니 이런 말도 또흔 뭇당이 쓸 것이요 山산이라 ᄒᆞ던지 江강이라 홀 것 ᄀᆞᆺᄒᆞ면 이런 말들은 다 한문 글ᄌᆞ의 음이나 또흔 죠션말이니 이런 말들은 다 쓰ᄂᆞᆫ 것이 무방홀 ᄲᅮᆫ더러 뭇당ᄒᆞ려니와 만일 한문을 몰으ᄂᆞᆫ 사룸들이 한문의 음으로 써셔 노은 글ᄌᆞ의 ᄯᅳᆺ을 몰을 것 ᄀᆞᆺᄒᆞ면 단지 한문을 몰으ᄂᆞᆫ 사룸들만 아지 못홀 ᄲᅮᆫ이 아니라 한문을 아ᄂᆞᆫ 사룸일지라도 한문의 음만 취ᄒᆞ야 써셔 노

은 고로 흔이 열주면은 일곱이나 여돎은 몰으나니 차아리 한문 글주로나 쓸 것 굿호면 한문을 아는 사룸들이나 시원이 뜻을 알 것이라 그러나 한문을 몰으는 사룸에게는 엇지호리오 이런즉 불가불 한문 글주의 음이 죠션말이 되지 아니흔 것은 쓰지 말아야 올을 것이요

또 죠션말을 영문으로 뜻을 똑갓치 번력홀 슈가 업는 마듸도 잇고 영문을 죠션말노 뜻을 똑갓치 번력홀 슈가 업는 마듸도 잇스며 한문을 죠션말노 뜻을 똑갓치 번력홀 슈가 업는 마듸도 잇고 죠션말을 한문으로 뜻을 똑갓치 번력홀 슈가 업는 마듸도 잇나니 이는 셰계 모든 나라들의 말이 혹간 뜻이 똑갓지 아니흔 마듸가 더러 잇기는 셔로 마쳔가지나 그러나 쏘흔 뜻이 그 글주와 비슷흔 말은 셔로 잇는 법이니 한문이나 영문이나 쏘 그 외에 아모 나라 말이라도 혹 죠션말노 번력홀 째에는 그 말뜻에 대테만 가지고 번력 호여야지 만일 그 말의 마듸마다 뜻을 싀여 번력호잘 것 굿호면 번력호기도 이려올 쑨더러 그리호면 죠션말을 잡치는 법이라 엇던 나라 말이던지 특별히 죠션말노 번력호는 쥬의는 외국 글 아는 사룸을 위호야 번력호는 것이 아니요 외국 글 몰으는 사룸을 위호야 번력홈이니 쥬의가 이러흔즉 아모죠록 외국 글 몰으는 사룸들이 다 알아보기에 쉽도록 번력호여야 올을 터이요

쏘 아즉 글주들을 올케 쓰지 못호는 것들이 만으니 설령 이것이 훌 말을 이것이 이러케 쓰는 사룸도 잇고 이거시 이러케 쓰는 사룸도 잇스니 이는 문법을 몰으는 연괴라 가령 엇던 사룸이 엇던 칙을 가르치며 이것이 나의 칙이다 훌 것 굿호면 그 물건의 원 일홈은 칙인듸 이것이라고 호는 말은 그 칙을 듸호야 잠시 듸신 일홈홈이니 그런즉 이것 이 두 글주는 그 칙을 듸호야 듸신 일홈된 말이요 이 한 글주는 그 듸신 일홈된 말 밋헤 토로 드러가는 것인듸 그 토 이주를 쎄고 닑어 볼것 굿호면 사룸마다 이것 이러케 불으지 이거 이러케 불으는 사룸은 도모지 업는듸 토 이주ᄭᆞ지 합호야 놋코 닑어볼 것 굿호

면 음으로ᄂᆞᆫ 이것이 ᄒᆞᄂᆞᆫ 것과 이거시 ᄒᆞᄂᆞᆫ 것 이 두 가지가 다음은 죠곰도 달으지 아니ᄒᆞ니 이 달으지 아니ᄒᆞᆫ ᄭᆞ닭은 반졀 쇽에 아ᄌᆞ 줄은 다 모음인ᄃᆡ 모음 글ᄌᆞ들은 음이 다 느즈니 이 ᄌᆞ도 모음 글ᄌᆞ요 ᄯᅩᄒᆞᆫ 음이 느즌 고로 이것이 ᄒᆞᆯ것 ᄀᆞᆺᄒᆞ면 ㅅ 이 밧침의 음이 즁간에 잇서 이ᄌᆞᄂᆞᆫ 시ᄌᆞ음과 갓고 것ᄌᆞᄂᆞᆫ 거ᄌᆞ음과 ᄀᆞᆺᄒᆞᆫ 고인ᄃᆡ

음이 이러케 도라가ᄂᆞᆫ 줄은 몰으고 이것시 이러케 쓰ᄂᆞᆫ 사ᄅᆞᆷ은 이것 이ᄌᆞᄂᆞᆫ 올케 썻거니와 그 토ᄂᆞᆫ 이 이 ᄌᆞ로 쓸것을 시 이 ᄌᆞ로 썻스니 ᄒᆞᆫ 가지ᄂᆞᆫ 틀엿고 이것시 이러케 쓰ᄂᆞᆫ 사ᄅᆞᆷ은 이것 이러케 쓸 것을 이거 이 ᄌᆞ로 썻스며 이 이 ᄌᆞ로 쓸 것을 시 이 ᄌᆞ로 썻스니 일홈된 말이나 그 일홈된 말 밋헤 드러가ᄂᆞᆫ 토나 두 글ᄌᆞ가 다 틀엿스니 문법으로ᄂᆞᆫ 대단이 실수ᄒᆞᆷ이라 이 아ᄅᆡ 몃 가지 말을 긔록ᄒᆞ여 노으니 이 몃 가지문 가지고 밀으어 볼 것 ᄀᆞᆺᄒᆞ면 달은 것들도 ᄯᅩᄒᆞᆫ 다 이와 갓ᄒᆞᆯ지라 셜령 (墨먹으로) ᄒᆞᆯ 것을 머그로 ᄒᆞ지 말고 (手손에) ᄒᆞᆯ 것을 소네 ᄒᆞ지 말고 (足발은) ᄒᆞᆯ 것을 바른 ᄒᆞ지 말고 (心맘이) ᄒᆞᆯ 것을 마미 ᄒᆞ지 말고 (飯밥을) ᄒᆞᆯ 것을 바블 ᄒᆞ지 말고 (筆붓에) ᄒᆞᆯ 것을 부세 ᄒᆞ지 말 것이니 이런 말의 경계들을 다 올케 차자 써야 ᄒᆞ겟고

ᄯᅩ 글이를 쓸 째에ᄂᆞᆫ 외인 편에셔 시작ᄒᆞ야 올은 편으로 가며 쓰ᄂᆞᆫ 것이 얼마 편리ᄒᆞᆫ지라 올은 편에셔 시쟉ᄒᆞ야 외인 편으로 써 나갈 것 ᄀᆞᆺ하면 글시를 쓰ᄂᆞᆫ 손에 먹도 뭇을 ᄲᅮᆫ더러 몬져 쓴 글시 줄은 손에 가리여서 보이지 아니 ᄒᆞ니 몬져 쓴 글 줄들을 보지 못ᄒᆞ면 그 다음에 써 나려 가ᄂᆞᆫ 글 줄이 혹 빗드러질가 염녀도 되고 몬져 쓴 글시 줄들의 뜻을 ᄉᆡᆼ각ᄒᆞ야 가며 ᄎᆞᄎᆞ 압 줄을 써 나려 가기가 어려오니 글시를 외인 편으로 브터 올은 편으로 써 나려 가ᄂᆞᆫ 것이 ᄆᆡ우 편리ᄒᆞ겟더라.(《독립신문》 1897년 9월 25일 및 28일)

孫秉熙

三戰論 114쪽

而千古之歷史兮 講之以可明이오 記之以可鑑하노라 太古兮여 萬物也여 其胡然, 豈胡然고 贅理而度之 則茫茫乎其遠하고 感物而致之 則渾渾然無疑로다 是故로 於古及今에 先聖後聖이 連絡繼出하고 帝法王法이 同軌一輪하니 何者오 治異道同은 時異規同也 略擧其由하면 道本乎天하야 洋洋乎宇宙者가 莫非一氣之所幹也라 雖然이나 人爲動物之靈하니 其中에도 亶有聰明하야 作之君作之師하시니 玆曷故焉고 惟天은 無偏하사 率性을 惟親也라 侍天行天故로 是曰體天也오 推己及人故로 此曰道德也라 先被四表하니 中散萬事이요 有初以克終하니 合爲一理로다 由是觀之컨된 天之於道 豈有間矣며 道之於人에 豈有遠矣哉야 須臾도 不可離者 此之謂也이라 太古之無爲兮여 弛措於治法이라 人氣也諄厚하니 民皆堯舜이오 教導以聖道하니 世莫非堯舜이오 人道之將泰兮여 人各有人心이라 惟彼軒轅世之蚩尤 堯舜時之有苗가 背化而作亂하니 豈可無善惡之別也哉야

夫聖人之道은 無物不成일시 能致治亂之藥石하시니 干戈刑戮이 是也라 是故로 及周之盛하야 其氣가 壯大하니 治隆於上하고 教美於下라 郁郁乎文物이 於斯爲盛하니 豈不欽歎乎야 噫라 物久則弊하고 道遠而疎은 理之自然이오 明若觀火라 自是以後로 歷代列國이 各修霸業하야 興廢盛敗을 恍若棋局之盛敗하니 此豈非寒心處乎아 雖然이나 亦是運 亦是命이니 有何怨尤리오 如斯之忖度兮여 理之飜覆과 運之循環이 燎如指掌也로다 夫如是則鑑昔稽古와 指今視今이 豈有間於多端哉야 是故로 古今之不同兮여 吾必曰運之變也로다

方今天下之大勢가 與運偕動하야 人氣也 强莫强焉하고 巧莫巧焉하야 技藝之發達과 動作之煉習이 極盡於此也라 雖然이나 强非勁兵之强力이라 就義無屈之謂也오 巧非姦細之巧態라 達事勝銳之稱也니 以若利器堅甲으로 兵力相接則 强弱이 相分하야 人道가 絶矣리라 是豈天理也哉아 以余不敏으로 俯仰宇宙之勢하니 擧世並强하야 雖欲接兵이나 同手相敵이라 戰功無益하니 此所爲五獸不動也라 然則兵戰一款은 自歸無奈하고 畏尤甚於兵戰者 有三焉하니 一曰道戰이오 二曰財戰이오 三曰言戰이니 此三者를 能知然後에야 可進於文明之步 而輔國安民平天下之策를 可得以致矣이라 是故로 請言申之하야 聊以戰喩하노라

第一道戰

道戰者는 何也오 曰天時不如地利오 地利不如人和라 人和之方策은 非道면 不能也이라 曰以道로 和民則無爲而治는 可也연이와 歸之於戰則不可함이니라 曰不然하다 君子之德은 風也오 小人之德은 草也니 道之所存과 德之所行에 望風而不偃者는 未之有也이라 夫大人之德은 化被草木하고 賴及萬方也이니라 現今天運이 通泰하고 風氣가 大闢하야 遐邇一體하고 率濱同歸하니 玆曷故焉고 國各有國敎하야 一款主掌者는 開明文化也라 蓋以先開之道로 加彼未開之國하야 行其德化其民 則民心所歸가 沛然如水하나니 盍曰民惟邦本乎아 其本이 不全而其邦이 獨全者 未之有也이라 是故로 世界各國이 各守文明之道也이라 保其民敎其職하야 使其國으로 至於泰山之安하니 此無乃道前無敵者乎아 征伐所到에난 雖有億萬之衆이나 各有億萬心이연이와 道德所及에난 雖有十室之忠이나 同心同德으로 必輔之策이 有何難矣哉아 然則天時地利은 無益於施措者乎가아 曰至治之時에 田野闢하며 風雨順하야 山川草木이 皆有精彩하나니 天時地利난 無奈人和中可致者乎아 所以로 吾必曰可戰者은 道戰也라 하노라

第二財戰

財戰者何也오 曰財者난 天寶之物貨也니 生靈之利用이오 元氣之膏澤이라 其類何也오 動物植物礦物이 是也라 人爲致物之主하니 其利維何오 農商工三業이 是也라 發達農器하고 不違農時 則穀不可勝食也며 食哉有時하야 用之以節中則 可備凶荒之患難矣리니 此所謂農業也오 貿遷有無하야 殖利致富하며 量入虞出하야 勞以食力 則此乃保産之策也니 商業之謂也요 制造機械하야 便於器用하며 盡耳目之巧하고 正規矩之藝 則百物俱足하나니 此之謂工業也라 此三業者은 自古及今之美法良規也로되 挽今世界 則人氣가 莫熾하야 博覽經緯하고 格物推理하야 制造飾用과 玩好珍寶을 不可勝用者多矣라 以若出類之物로 嘗試於各國하야 遷彼所産之物하나니 夫如是而或有未開之國이 莫知利害之分析則 不幾之年에 其國之凋殘을 可立而待也이라 以此觀之컨되 丁寧是吮澤之紹介也라 是以로 智謀之士은 意思同然이라 上以國子로 以至於凡民之俊秀 而養其才達其技하야 一以覺外禦之策하고 一以致富國之術하나니 此豈非可戰者乎아 所以로 吾必曰可戰者ᄂᆞᆫ 財戰也라 하노라

第三言戰

言戰者은 何也오 曰言也者은 發蘊之標信니 敍事之基本也라 發乎中情하야 施乎事物하나니 其爲發也 無形而有聲하고 其爲用也 無時而不然하니 經緯也 毫分厘析하고 條理也 至精且微하야 出好興戎이 總係乎此하니 不可愼也哉아 是故로 先儒所云 至時然後出言者 此之謂也이라 大抵方言은 隨其山川之風氣하야 各殊其調하나니 故로 萬區生靈이 品質則雖是一體나 相未通情者는 無他라 言語之矛盾故也라 況且於今世界荒羅之間에 人氣가 通環하고 物貨이 相交하며 國政旁照하야 自西徂東하며 自南之北이 無不交隣하니 若非言語之通涉이면 安可得交際之方策乎잇가 出言有道하니 智謀가 並

行後에야 言可有章矣라 是故로 一言이 可以興邦이라 하신니 先聖之心法이 現於書가 斷無異於畵工之妙著於物也라 交際之地에 又有談辨之法하니 兩敵이 相持하야 及其未決之時則 遠近이 團合하니 先覈事緖之曲直하고 閱論經緯之可否하야 得其事理之當話之然後에 萬端歸一하야 確定勝負之目的하고 竟致歸化之規正하나니 當其時하야 若其一半分經緯라도 不合於智謀則 安可得世界上特立之威勢乎아 興敗利害가 亦在於談判하니 以此諒之則 智謀之士은 發言而無不中也이라 夫如是則 言之於事物則 其功이 豈不重大者哉아 是故로 吾亦曰可戰者는 言戰也라 하노라

總論

觀今世界之形便하오니 道之前程이 尤極悅然이로다 經에曰 無兵之亂云者는 豈不昭然哉아 第念僉君子는 如坐井中하야 想必昏暗於外勢之形便故로 玆成三戰論一篇하야 忘陋輪示하오니 幸須極盡心者하야 分釋其大同小異之理則 得力於此하야 煥乎其章 而甘受和 白受采矣라 潛心玩味하야 無至墻面之歎이 如何如何오 方今世界文明은 實是天地一大變始刱之運也라 先覺之地에 必有惟親之氣應이리니 念哉念哉하야 勿違乎아 天氣感應之精神也라 孝悌忠信과 三綱五倫은 世界上欽稱也라 故로 仁義禮智은 先聖之所敎也라 吾道之宗旨와 三戰之理을 合用則 豈非一天下第一乎아 夫如是則 錦上添花也니 以此銘念之地을 顒祝顒祝耳

癸卯年三月 ㅁ日 法大道主丈席(『東學道宗繹史』第17章 章呈規則制定及三戰論)

崔南善

奮起ᄒᆞ라 青年諸子 123쪽

試看ᄒᆞ라.

灼灼ᄒᆞᆫ 大火ᄂᆞᆫ 棟梁을 方燃ᄒᆞ고 瀁瀁ᄒᆞᆫ 激浪은 門庭에 將侵ᄒᆞᄂᆞᆫᄃᆡ 爾等의 父母ᄂᆞᆫ 老而無用이오 爾等의 妻眷은 弱而不堪ᄒᆞᄂᆞ니 萬一 爾等이 水龍을 因ᄒᆞ야 連燒를 防ᄒᆞ며 水口를 開ᄒᆞ야 流勢를 導티 아니ᄒᆞ면 迫頭ᄒᆞᆫ 禍厄을 何人이 替防ᄒᆞ깃ᄂᆞ뇨.

試思ᄒᆞ라.

高軒은 業已焦土되고 閾闥은 將次坎沒ᄒᆞ리니 猛惡ᄒᆞᆫ 祝融이 其威를 方誇ᄒᆞᆯ시 엇지 爾等의 父母를 顧慮ᄒᆞ야 寢室에 不入ᄒᆞ며 凶獰ᄒᆞᆫ 海若이 其力을 方伸ᄒᆞᆯ시 엇지 爾等의 妻子를 編愛ᄒᆞ야 便房을 不犯ᄒᆞ리오.

猛省ᄒᆞ라 猛省ᄒᆞ라!

遊仙枕上에 行樂이 無窮ᄒᆞ고 華胥國中에 探勝이 未盡ᄒᆞᄂᆞ 至於爐邊黃粱이 十分已熟에 奈何奈何오. 戶外曉樹에 杜鵑은 泣血ᄒᆞ고 塒上曙色에 黃鷄ᄂᆞᆫ 報晨이라 此時不起ᄒᆞ고 更待何時오!

奮起ᄒᆞᄅᆞ 奮起ᄒᆞᄅᆞ!

廳堂에 火已及ᄒᆞ고 庭園에 水已侵ᄒᆞ야 萬一 瞬時라도 遲緩ᄒᆞ면 爾等의 舊居ᄂᆞᆫ 阿房宮舊觀을 作ᄒᆞᆯ 것이오 爾等의 田圃ᄂᆞᆫ 龍王府版圖에 隷屬될디니 爾等은 將次 兩親의 焦頭爛額ᄒᆞ고 叫苦呼痛ᄒᆞᄂᆞᆫ 様子를 見코져 ᄒᆞᄂᆞ냐. 眷屬의 逐波追浪ᄒᆞ야 乍浮旋沉ᄒᆞᄂᆞᆫ 様子를 見코져 ᄒᆞᄂᆞ냐. 此實天地間圓顱方趾者의 忍道티도 못ᄒᆞᆯ ᄇᆡ어든 而況爾等과 如히 奉親誠孝ᄒᆞ여 率眷仁愛ᄒᆞᄂᆞᆫ 者의 엇지 忍行ᄒᆞᆯ ᄇᆡ리오.

力行ᄒᆞ며 勇進ᄒᆞ고 勇進ᄒᆞ며 力行ᄒᆞᄅᆞ!

慈悲天女ᄂᆞᆫ 許多ᄒᆞᆫ 水龍을 備置ᄒᆞ고 爾等의 來求ᄒᆞ기만 苦待ᄒᆞ고 福德地神은 無數ᄒᆞᆫ 溝洫을 掘成ᄒᆞ고 爾等의 回水ᄒᆞ기만 懇望ᄒᆞᄂᆞ니 唯患不爲라. 何憂難處리오 欒巴를 莫待ᄒᆞᄅᆞ오. 즉 力行ᄒᆞ면 滅之何難이며 大禹를 自期ᄒᆞ라. 오즉 力行ᄒᆞ면 退之不難ᄒᆞ리나 須臾ᄅᆞ도 遲延티 勿ᄒᆞ고 斯速히 起動ᄒᆞ라. 爲爲復爲ᄒᆞ고 進進復進ᄒᆞ야 自衛不跌ᄒᆞ고 自强不息ᄒᆞᆫ 然後에야 惡魔ᄂᆞᆫ 後門으로 退出ᄒᆞ고 福神은 前戶로셔 趨入ᄒᆞ리ᄅᆞ.

大哉ᄅᆞ 邇等의 擔責

遠哉ᄅᆞ 邇等의 成功

夕日은 已暮ᄒᆞᆫ데 前路ᄂᆞᆫ 尙遙ᄒᆞ니 及今不始ᄒᆞ면 後將奈何오. 嗚呼諸子여 將ᄎᆞᆺ 邇等의 園林家屋으로 凶焰의게 出付ᄒᆞ며 父母妻眷으로 洪水의게 馱送ᄒᆞ랴ᄂᆞ냐. 如或果然이면 疊疊甲窓閉鎖ᄒᆞᆫ 中 重重綉衾舖陳ᄒᆞᆫ 裏에 安臥勿起ᄒᆞ고 深睡勿醒ᄒᆞᆯ디로ᄃᆡ 又或 不然ᄒᆞ야 一毫ᄅᆞ도 危懼ᄒᆞᆫ 줄 知ᄒᆞ거든 秒分을 勿留ᄒᆞ고 防止키를 努力ᄒᆞᆯ디어다.

邇等은 父母의 深息을 念ᄒᆞᄂᆞ냐.

邇等은 妻子의 愛情을 有ᄒᆞ얏ᄂᆞ냐. 不然ᄒᆞ면 邇等一身이ᄅᆞ도 自愛自惜ᄒᆞᆯ 쥴 知ᄒᆞᄂᆞ냐ㅣ.

看一看ᄒᆞᄅᆞ.

戶閾엔 水磊磊

門楣엔 火灼灼

瓦飛! 棟摧! 前門倒! 後垣崩! 우루루룰!(《태극학보》 제3호, 1906년 10월 24일)

金文演

小說과 戲臺의 關係 128쪽

太陽이 下照에 不求葵藿之傾ᄒᆞᄂᆞ 葵藿이 自傾ᄒᆞ고 春色이 和暢에 不要鶬鶊之鳴ᄒᆞᄂᆞᆫ 鶬鶊이 自鳴이라. 形非爲影也而影隨之ᄒᆞ고 呼非爲響也而響應之ᄒᆞ야 一機相感에 神以氣化ᄒᆞᄂᆞ니 天下에 固未有善而不合ᄒᆞ고 誠而不應者也라. 撞之以鍾鼓ᄒᆞ고 繹之以管籥은 所以行樂也로되 隱憂者臨之而愈悲ᄒᆞ니 不主乎樂故也오. 負手而行歌ᄒᆞ고 促絃而急彈은 所以寫憂也로ᄃᆡ 安恬者得之而愈歡ᄒᆞ니 不關於憂故也라. 然則 憂樂이 在外에 其所以主之者內也니 內之所感에 蒼黑이 變色ᄒᆞ고 東西가 換區而昧者則不知也라. 故로 曰觀流水者ᄂᆞᆫ 與水俱流라 ᄒᆞ니 其非目運而心遊者耶아.

灌注若(苦)人之腦髓ᄒᆞ고 薰染社會之風氣者莫若小說與戲㙜ᄒᆞ니 夫此小說與戲㙜가 不過是街士坊客의 無聊不平之作이오. 才人舞女의 俳優嘻笑之資라. 號稱正人君子者의 所不欲掛諸齒頰ᄒᆞ고 煩諸耳目이ᄂᆞ 孰知其影響於社會者ㅣ誠有不可思議之效力也리오. 抑人之性情이 好新奇而厭平常ᄒᆞ고 感刺激而忘例凡일ᄉᆡ 話席之淫談悖說은 畢一生而以憶以傳ᄒᆞ고 經傳之聖謨賢訓은 不數歲而若存若亡ᄒᆞᄂᆞ니 小說與戲臺者ᄂᆞᆫ 若人之最感覺而不忘者也오. 若人之最記憶而耐久者也라. 其原動力이 能使人情으로 隨以變遷ᄒᆞ고 世俗으로 從以感化ᄒᆞᄂᆞ니

我本快然樂也로ᄃᆡ 乃觀黛玉이 死瀟湘浦ᄒᆞ고 晴雯*이 出大觀苑에 何以油然戚然感悲也며 我本肅然敬也로ᄃᆡ 乃觀春香이 逢李道令ᄒᆞ고 놀甫가 剖兩

* 저본에는 '旻'으로 되어 있으나 『홍루몽』에 근거하여 '雯'으로 수정하였다.

班匏에 何以嬉然動怡然笑也며 我本薾然疲也로듸 乃觀張翼德이 鞭督郵ᄒᆞ고 武松이 打張都監에 何以爽然欲引一大白也며 我本毅然强也로듸 乃觀鶯鶯別張君瑞ᄒᆞ고 月華가 途尹汝玉에 何以慨然欲倚欄長歎也오. 讀紅樓夢者ᄂᆞᆫ 有餘悲ᄒᆞ고 讀花月痕者ᄂᆞᆫ 有餘戀ᄒᆞ고 讀金瓶梅者ᄂᆞᆫ 有餘淫ᄒᆞ고 讀九雲夢者ᄂᆞᆫ 有餘樂ᄒᆞ고 讀玉麟夢者ᄂᆞᆫ 有餘惐ᄒᆞ고 讀南征記者ᄂᆞᆫ 有餘愴ᄒᆞ니 凡功名富貴之念이 多根抵於此小說與戲臺ᄒᆞ고 男女怡悅之想이 皆原因於此小說與戲臺ᄒᆞ니 可惧哉라 此小說與戲臺也여. 可愛哉라 此小說與戲臺也여.

西人之爲戲臺也에 其所演劇者ㅣ皆前世大英雄大豪傑이 做得警天動地之事業者也오. 其小說이 亦皆鼓吹國民思想ᄒᆞ야 爲文明自由之前提者也니 其由英國而譯出於日本者則花柳春話와 繫思談과 梅蕾餘薰과 經世偉觀과 春窓綺話와 春鶯囀等이 是其最著者也오. 日本明治維新之初에 佳人奇遇와 花間鶯과 雪中梅와 文明東漸史와 經國美談等小說이 亦皆浸潤於國民腦質ᄒᆞ야 有大效力於進步ᄒᆞ니 我韓國이 亦非不有此小說與戲臺ᄒᆞᄂᆞ 其意味가 淺薄ᄒᆞ고 聲音이 悠揚ᄒᆞ야 初無雄偉活潑底氣像ᄒᆞ고 徒長荒淫懈怠底慣習ᄒᆞ니 今日國計民生之困難이 未必不由於此也라. 故로 欲改良一般風俗인딘 必先改良此小說與戲臺가 可也라 ᄒᆞ노라.(《대동학회월보》 제14호, 1909년 3월 25일)

李光洙

文學의 價値 134쪽

「文學」은 人類史上에 甚히 重要ᄒᆞᆫ 거시라. 이제 余와 ᄀᆞᆺ흔 寒書生이 「文學

의 價値」를 論ᄒᆞᆫ다 ᄒᆞ는 거슨 자못 猥越ᄒᆞᆫ 듯ᄒᆞᄂᆞ 至今ᄭᅥᆺ 我韓文壇에 한번 도 此等言論을 見티 못ᄒᆞ엿ᄂᆞ니, 이는, 곳 「文學」이라는 거슬 閒却한 緣由로 다. 夫我韓의 現狀은 가장 岌業ᄒᆞ야 全國民이, 모다 實際問題에만 齷齪ᄒᆞ는 故로 얼마큼 實際問題에 疏遠ᄒᆞᆫ 듯한 文學等에 對ᄒᆞ야는 注意ᄒᆞᆯ 餘裕가 無 ᄒᆞ리라. 然이나 文學은 果然 實際와 沒交涉ᄒᆞᆫ 無用의 長物일ᄭᆞ, 此는 진실노 先決ᄒᆞᆯ 重要問題로다. 於是乎 余는 淺見薄識을 不顧ᄒᆞ고 敢히 數言을 陳코 자 ᄒᆞ노라.

本論에 入ᄒᆞ는 楷梯로 「文學이라는 것」에 關ᄒᆞ야 極히 簡單히 述ᄒᆞ깃노라.

「文學」이라는 字의 由來는 甚히 遼遠ᄒᆞ야 確實히 其 出處와 時代는 攷키 難ᄒᆞ나, 何如턴 其 意義는 本來 「一般學問」이러니 人智가 漸進ᄒᆞ야 學問이 漸漸 複雜히 됨애 「文學」도 次次 獨立이 되야 其意義가 明瞭히 되야 詩歌, 小說 等 情의 分子를 包含ᄒᆞᆫ 文章을 文學이라 稱ᄒᆞ게 至하여시며(以上은 東洋) 英語에 (Literature)「文學」이라는 字도 ᄯᅩᄒᆞᆫ 前者와 略同한 歷史를 有ᄒᆞᆫ 者라.

東洋은 氣候不調ᄒᆞ고, 土地不毛ᄒᆞ야 生活이 困難ᄒᆞᆫ 土地(邦國이나 地方)가 多ᄒᆞᆫ 故로 衣食住의 原料를 得ᄒᆞᆷ에 汲汲ᄒᆞ야 智와 意만 重히 녀기고 情은 賤忽히 ᄒᆞ야 此를 排斥ᄒᆞ며 蔑視하여온 故로 情을 主ᄒᆞ는 文學 도한 遊戲疏閒에 不過하게 알아온지라, 그럼으로 其 發達이 遲遲ᄒᆞ엿스나, 彼 歐洲는 反此ᄒᆞ야 其 大部分은 氣候溫和ᄒᆞ고, 土地肥沃ᄒᆞ야 生活에 餘裕가 多ᄒᆞᆫ 故로 人民이 智와 意에만 汲汲티 안이ᄒᆞ고 情의 存在와 價値를 覺한디라. 그럼으로 文學의 發達이 速히 되야ᄲᅧ 今日에 至ᄒᆞ얏ᄂᆞ니라.

此를 讀ᄒᆞ시면 諸氏는 「然則 文學이라는 거슨 生活에 餘裕가 多한 溫帶國民의게 必要할디나 生活에 餘裕가 無ᄒᆞᆫ 我韓(我韓도 亦是 溫帶에는 處ᄒᆞ나 寒帶에 近ᄒᆞᆫ 溫帶니라) 國民의게야 무슴 必要가 有하리요」 하는 質問이 起ᄒᆞᆯ

지나, 此ᄂᆞᆫ 不然ᄒᆞ도다. 生活에 餘裕가 多ᄒᆞᆫ 國民에ᄂᆞᆫ 比較的 더 發達이 된다 함이요 決코 文學은 此等國民에만, 必要하다 하는 거슨 안이라. 人類가 生存하ᄂᆞᆫ 以上에 人類가 學問을 有ᄒᆞᆫ 以上에ᄂᆞᆫ 반다시 文學이 存在ᄒᆞᆯ디니 生物이 生存ᄒᆞᆷ에ᄂᆞᆫ 食料가 必要ᄒᆞᆷ과 가티 人類의 情이 生存ᄒᆞᆷ에ᄂᆞᆫ 文學이 必要ᄒᆞᆯ디며, ᄯᅩ 生ᄒᆞᆯ디라, 更言컨ᄃᆡ 人類가 智가 有ᄒᆞᆷ으로 科學이 ᄉᆡᆼ기며 ᄯᅩ 必要ᄒᆞᆫ 것과 갓치 人類가 情이 有ᄒᆞᆯ딘ᄃᆡ 文學이 ᄉᆡᆼ길디며 ᄯᅩ 必要ᄒᆞᆯ디라. 故로 其進步發展의 度ᄂᆞᆫ 土地를 조차, 國民의 程度를 조차, ᄯᅩᄂᆞᆫ 時勢와 境遇를 조차 遲緩盛衰의 差異가 有하리로ᄃᆡ 文學 그거슨 人類의 生存ᄒᆞᆯ ᄯᅢ ᄭᆞ지ᄂᆞᆫ 存在ᄒᆞᆯ디니라.

그러면 「文學」이라ᄂᆞᆫ 거슨 무엇이며, ᄯᅩ 何如ᄒᆞᆫ 價値가 有ᄒᆞ뇨?

文學의 範圍ᄂᆞᆫ 甚히 넓으며 ᄯᅩ 其 境界線도 甚히 曚朧ᄒᆞ야 到底히 一言으로 弊之ᄒᆞᆯ 슈ᄂᆞᆫ 無ᄒᆞ나 大槪 情的 分子를 包含ᄒᆞᆫ 文章이라 하면 大誤ᄂᆞᆫ 無ᄒᆞ리라. 故로 古來로 幾多學者의 定義가 紛紛호ᄃᆡ 一定ᄒᆞᆫ 者ᄂᆞᆫ 無ᄒᆞ고. 詩, 歌, 小說 等도 文學의 一部分이니 此等에ᄂᆞᆫ 特別히 文藝라ᄂᆞᆫ 名稱이 有ᄒᆞ니라.

元來文學은 다못 情的滿足卽遊戲로 ᄉᆡᆼ겨나실디며 ᄯᅩ 多年間如此히 알아와시나 漸漸 此가 進步發展ᄒᆞᆷ에 及ᄒᆞ야ᄂᆞᆫ 理性이 添加ᄒᆞ야 吾人의 思想과 理想을 支配ᄒᆞᄂᆞᆫ 主權者가 되며 人生問題解決의 擔任者가 된지라. 此를 譬하건ᄃᆡ 熱帶에 住ᄒᆞᄂᆞᆫ 者 一日에 林檎을 食ᄒᆞ다가 其核를 地中에 埋하엿더니 幾十年을 디ᄂᆞᆫ 後에ᄂᆞᆫ 其林檎樹가 枝盛葉茂ᄒᆞ야 如燬ᄒᆞᄂᆞᆫ 陽炎에 淸凉ᄒᆞᆫ 蔭을 成ᄒᆞ야 其子其孫이 燬死를 免ᄒᆞᄂᆞᆫ 處所가 된 것과 如ᄒᆞ도다.

故로 今日 所謂 文學은 昔日 遊戲的 文學과ᄂᆞᆫ 全혀 異하ᄂᆞ니 昔日 詩歌小說은 다못 銷閑遣悶의 娛樂的 文字에 不過ᄒᆞ며 ᄯᅩ 其作者도 如等ᄒᆞᆫ 目的에 不外ᄒᆞ여시나(悉皆 그러하다 ᄒᆞᆷ은 안이나 其大部分은) 今日의 詩歌小說은 決

코 不然ᄒᆞ야 人生과 宇宙의 眞理를 闡發ᄒᆞ며 人生의 行路를 硏究ᄒᆞ며 人生의 情的(卽 心理上)狀態及變遷를 攻究ᄒᆞ며 쏘 其作者도 가장 沈重ᄒᆞᆫ 態度와 精密ᄒᆞᆫ 觀察과 深遠ᄒᆞᆫ 想像으로 心血을 灌注ᄒᆞᄂᆞ니 昔日의 文學과 今日의 文學을 混同티 못ᄒᆞᆯ디로다. 然ᄒᆞ거늘 我韓同胞大多數ᄂᆞᆫ 此를 混同ᄒᆞ야 文學이라 ᄒᆞ면 곳 一個娛樂으로 思惟ᄒᆞ니 참 慨歎ᄒᆞᆯ 바로다.

以上 槪論ᄒᆞᆫ데셔 文學의 普遍的 價値ᄂᆞᆫ 대강 了解ᄒᆞ여시리라. 以下 附論가티 我韓의 現狀과 文學라의 關係를 暫言ᄒᆞ갯노라.

西洋史를 讀ᄒᆞ신 諸氏ᄂᆞᆫ 아르시려니와 今日의 文明이 果然 何處로 從ᄒᆞ야 來ᄒᆞ엿ᄂᆞᆫ가. 諸氏ᄂᆞᆫ 陬曰 「뉴톤의 新學說(物理學의 大進步), 다윈의 進化論, 왓트의 蒸氣力發明이며, 其他 電氣工藝等의 發展進步에셔 來ᄒᆞ엿다」 하리라. 實노 然ᄒᆞ도다 누가 能히 此를 否認하리요, 만은 한번 더 其源을 溯求ᄒᆞ면 十五六世紀頃 「文藝復興」이 有ᄒᆞᆷ을 發見ᄒᆞᆯ지라. 萬一 이 文藝復興이 無ᄒᆞ야 人民이 其思想의 自由를 自覺디 안이하엿든덜 엇디 如此ᄒᆞᆫ 發明이 有ᄒᆞ엿스며 今日의 文明이 有ᄒᆞ여시리요. 然則 今日의 文明을 否定ᄒᆞ면 以無可論이어니와 萬一 此를 認定ᄒᆞ며 此를 讚揚하면 文藝復興의 功을 認定ᄒᆞᆯ디요, 쏘 近世文明의 一大刺激되ᄂᆞᆫ 驚天動地하ᄂᆞᆫ 佛國大革命의 活劇은 演出ᄒᆞᆷ이 佛國革新文學者ㅣ 룻소(Rousseau)*의 一枝筆의 力이 안이며 쏘 北米南北戰爭時 北部人民의 奴隷愛憐ᄒᆞᄂᆞᆫ 情을 動케 ᄒᆞ야 激戰數年에 多數奴隷로 하여곰 自由에 歡樂케 ᄒᆞᆫ 者 스토, 퐈스터氏 等 文學者의 力이 안인가.

大抵 累億의 財가 倉廩에 溢ᄒᆞ며 百萬의 兵이 國內에 羅列ᄒᆞ며 軍艦銃砲劍戟이 銳利無雙ᄒᆞ단덜 其國民의 理想이 不確ᄒᆞ며 思想이 庸劣ᄒᆞ며 何用이 有ᄒᆞ리요. 然則 一國의 興亡盛衰와 富强貧弱은 全히 其 國民의 理想과 思

* 저본에는 'Roussau'로 되어 있으나 'Rousseau'로 수정하였다.

想如何에 在ᄒᆞᄂᆞ니 其 理想과 思想을 支配ᄒᆞᄂᆞᆫ 者 學校教育에 有ᄒᆞ다 ᄒᆞᆯ디나 學校에셔ᄂᆞᆫ 다못 智나 學ᄒᆞᆯ디요 其外ᄂᆞᆫ 不得ᄒᆞ리라 ᄒᆞ노라. 然則 何오 曰 文學아니라.(《대한흥학보》 제11호, 1910년 3월 20일)

申箕善

學無新舊 141쪽

今世之言學者, 必曰舊學問也, 新學問也, 有若新穀之代舊穀判爲二物者然. 學果有新舊之別乎? 曰不然. 新學卽舊學也, 舊學卽新學也. 夫堯舜禹湯文武周孔之經, 顏曾思孟濂洛關閩之書, 三禮三春秋二十一代之史, 與凡漢唐宋明及我朝諸儒諸子著述編輯之文字, 此非所謂舊學問乎? 雖充棟汗牛, 而究其要, 則不過大學之三綱八條, 中庸之達道達德, 書之六府三事五事八政之類而已. 天文·地理·物理學·心理學·倫理學·哲學·政治學·經濟·民法·刑法·憲法·國際法·社會學·筭學·醫學·工業·藝術·商業·農業·林業, 與凡世界萬國之圖誌歷史, 此非所謂新學問乎? 雖縹緗滿架, 蟹字堆雲而要其歸, 則不過天人事物之理, 日用需生之方, 家人民維持發達之法而已.

天人事物之理, 大學格致門之所包括也, 日用需生之方, 禹謨之利用厚生, 箕疇之食貨司空, 已提其綱矣. 至於國家人民維持發達之法, 論孟中許多政論, 書禮中許多法規, 蓋皆粲然而垂揭. 如曰生民有欲, 無主乃亂者, 卽今之國家政治學之本原也. 如曰富而教之, 如曰五畝之宅, 樹之以桑, 百畝之田, 勿奪其時之類, 卽今之財産經濟說之權輿也. 禮之秋官, 書之康誥呂刑, 纖悉諄複者, 豈非今之刑法之本意乎? 司徒之職掌, 戴記之節文, 間見錯出者, 豈非今之民法之類例乎? 爵人於朝, 與衆共之, 刑人於市, 與衆共之, 國人皆曰賢, 然後用之, 國人皆曰不可, 然後去之, 豈非今之所謂憲法之意諦乎? 同人于野, 麗澤講習, 豈非今之所謂社會之原理乎? 辨土壤而勸耕耨, 時斧斤而征不毛, 通工惠商阜貨平市之政, 豈多讓於今日農工商之務乎? 家塾黨庠, 州序國學, 詩書禮樂之教, 詠歌舞蹈之節, 豈有遜於今日學校教育之規乎?

但人種日滋, 風俗日漓, 則一切事爲, 不得不古簡而今繁, 古畧而今詳, 又或古今異宜, 不得不有損益更張. 而東亞則自周衰以後, 凡於人生日用需生之方, 國家人民維持發達之法, 更不研究而增進, 墨守二千年前舊規陳迹, 又非徒墨守而已, 并與其時良法美規, 可行於今者, 而太半闕廢, 日趨汚下. 而今之所謂新學者, 出自歐洲, 歐洲之人, 數千年來, 竭其聰明才力, 晝夜研究, 祖孫繼述, 發明極致, 日新月盛, 必適時代之宜, 而衛性命·殖財産·安國家·普益人民之方, 靡不用極, 較之東亞二千年前, 則不啻如殷周之視燧巢時代. 爲吾亞人者, 苟不以禹謨箕疇爲不易之訓則已, 倘以舜禹箕孔之心爲心, 而欲衛性命·殖財産·安國家·普益人民, 則何可不講此書籍乎?

至若天人事物之理, 則三代之時, 固有未盡明者. 地圖之說, 僅見於大戴記孔曾問答, 而他無標見, 則況八行星衆星世界等之理, 何由而著乎? 風氣未闢, 雖聖賢, 不能先天而開也. 泰西之於是時, 尤爲草昧, 曆算之學, 不及亞土, 而周末以後, 亞土則硏究不力, 了無增進, 而泰西則心測足遍, 眞積力久, 歷數千年, 至于今日, 而太陽行星地毬萬界之象, 昭晣無餘, 如指諸掌. 爲吾亞人者, 苟不以堯之欽天曆象·孔曾之格物致知爲不易必遵之謨訓則已, 苟欲窮天人事物之理, 則何可不講此書乎?

孔孟在於二千年前, 故此等書, 不出於孔孟之手也, 使孔孟生於漢唐宋明之世, 則此書之出於亞土久矣, 使孔孟生於今世, 則必躬先閱覽, 而教人講習矣, 然則何可以此等書籍謂之新學問, 而區別於舊學問乎? 新學之書, 固以天人事物之理, 日用需生之方, 國家人民維持發達之法, 爲大部分. 然其於倫理道德, 未嘗不尊尙勉勵, 政治法律之千條萬緖, 無不根於天理, 傅之德義, 而哲學一門, 又極本窮源, 盡心知性之學也, 雖其倫理之細節, 道德之名義, 或有少異於東亞聖賢之訓, 然此由於風氣習尙之差殊, 而其大綱大要, 則無不暗合而同揆.

夫地之東西, 相隔累數萬里也, 古昔時代, 車航不通, 人文書籍, 初不流傳, 而道德倫理之本領, 如是相符, 何也? 天地之理, 一而已, 人所賦之性, 亦一而已. 故初無東西黃白之殊, 陸象山曰, 東海有聖人出, 此心此理同也, 西海有聖人出, 此心此理同也, 正謂此也. 故是道德倫理者, 建諸天地, 質諸鬼神, 體物不遺, 而爲萬事之本, 未有無倫無理, 非道不德, 而能立政濟事者也. 然則大學之三綱八條, 中庸之達道達德, 亦泰西學之所尊所本也, 何可以東亞經籍, 謂之舊學問, 而區別於新學問乎?

由是言之, 新學舊學一串貫來, 本非二物. 譬之草木, 舊學其根株也, 新學其枝葉花實也. 未有徒有根株而無枝葉花實者, 未有無根株而能生枝葉花實者, 又不可以根株與枝棄花實, 分爲二物也. 又以經籍喩之, 舊學乃經文也, 新學乃註疏也, 古代簡質, 經文不過寥寥幾句而已, 後世人文日闢, 則不得不有註以解之, 註而又不能詳, 則不得不有疏以釋之, 以古之數篇簡策, 而今之五車四庫之書, 然詎可以經文與註疏, 截爲二物, 而互相排詆乎? 此理甚明, 而今之治舊學者, 或啜糟爬靴, 買櫝還珠, 其於聖賢之微辭奧旨, 吾道之全體大用, 茫然未窺其藩蘺, 而泥於陳跡, 膠於偏見. 故創聞新學, 以爲非聖之書, 不復攷究, 而遠之如淫聲焉. 治新學者, 或全抛經傳, 好新喜奇, 以爲古所未有, 前所未開之名論妙諦, 吾能知之, 遂謂昔之人無聞知, 而東亞古聖賢之書, 皆爲腐敗無用之物也, 往往自放於名教繩墨之外, 此何異於徒擁根株, 而欲狀其枝葉, 但賞枝葉, 而不培其根株者乎? 良由治舊學而不求其實, 治新學而不探其源故也.

如是者, 舊學非舊學也, 新學非新學也, 惟治舊學而兼知新學之不可不講, 然後始可謂能舊學者矣, 治新學而先知舊學之不可不本, 然後始可謂能新學者矣. 然則學一而已, 新舊之名, 不當立也. 或曰, 如子之言, 則舊學都不可變, 而新學亦皆一一可用乎? 曰, 此固有說焉. 舊學之不可變者, 三綱五常之彛倫也, 明德新民之大道也. 其可變者, 節文制度也, 節文制度之因時損益, 已有聖訓, 非變也, 乃時措之宜也, 但拘儒不解耳. 新學之可用者, 尙且人種滋殖, 風氣淆漓之時, 不得不有此細發明細規則, 其言大抵皆可用也, 然其間亦豈無東西風俗習尙之殊乎? 雖在泰西, 不容無因時制宜之種種變幻, 況於絶遠之亞土乎? 此不可無權衡參酌耳.

要之孔門敎人, 必曰博之以文, 約之以禮. 文也者, 節文制度之許多書籍也, 禮也者本原權衡之一副道理也. 不博於文, 則無以盡時代事物之理, 不約以禮, 則無以臻至善中庸之域. 今之新學, 皆文之不可不博者也, 不博乎此, 則面墻而立, 都不識時代事物之理, 烏可哉? 但博于新學, 而不約之以舊學, 則無本原, 無權衡, 徒法不能自行, 曾申商之不若, 又豈可哉?

故今之不可不講新學者, 卽博之以文之功也, 不可不以舊學爲本者, 卽約之以禮之意也. 我宣祖大王嘗御經筵, 語李文成公曰, 顔子曰, 博我以文, 此時有何文字? 文成對曰, 已有六經, 且楚左史倚相讀三墳五典九邱八索, 此時固有文字, 但不如後世之多耳. 孔顔之時, 則墳典邱索, 爲可博之文, 不博乎此, 則無以究當時事物之理也. 今之時則泰西書籍及東亞有用之書, 爲可博之文, 不博乎此, 則無以究今世事物之宜也. 然書籍百倍於古代, 則東亞之書, 除經禮史及經濟諸子之書外, 凡尋常詞翰文章, 實無傍及之暇, 而歐人之有用文字, 皆不可不講也.

聖人曰, 吾道一以貫之, 一者譬則索也, 所貫者譬則珠也, 徒索而無珠, 則索

將焉用? 有珠而無索, 則散而不可收, 博以文者, 貯珠之多也, 約以禮者, 索以貫之也. 是焉有彼此新舊之可別乎? 故我學會之講新學也, 不曰新學問, 而曰新書籍也, 講舊學也, 不曰舊學問, 而曰經典也, 以學無二致故也.(《대동학회월보》 제5호, 1908년 6월 25일)

李沂

一斧劈破 152쪽

近日論恢復國權者 莫不曰學問曰教育이라 ᄒᆞ야 諸公이 亦已稔聞矣라. 然其說이 未免支離糊塗ᄒᆞ야 使聽之者로 必大驚而大疑ᄒᆞ야 以爲我 國朝五百年尙文之治에 何嘗無學問이며 何嘗無教育이리오. 但甲午已來로 不取人材ᄒᆞ고 徒視賄賂ᄒᆞ야 窮經讀書之士 多老死巖穴ᄒᆞ야 遂致今日之沈淪이오. 而況自新學問新教育之說之起로 其登據朝著者ᄂᆞᆫ 背棄君父ᄒᆞ야 販賣國家ᄒᆞ며 其游學外邦者ᄂᆞᆫ 藉托聲勢ᄒᆞ야 竊占官職而已ᄒᆞ니 則若此等學問과 此等教育은 適足以亡國이오. 不足以興國也라 ᄒᆞ야 搖頭麾手ᄒᆞ야 却走而不顧ᄒᆞ니 則諸公之言이 未爲不是也라. 然亦有知一不知二之弊ᄒᆞ니 愚何敢不盡情相告哉아.

諸公이 試看今登據朝著者 類皆舊學時人이라, 而卽夫子所謂四十五十而無聞者也니 則固不足論矣오 其游學外邦者 又皆二十後人이라, 而家庭聞見之陋와 時世習慣之誤 已成痼廢ᄒᆞ야 豈可以三五年間學問教育으로 而磨洗其腸肚ᄒᆞ며 移換其肢體耶아. 故로 愚亦非望諸公이 臨老壯之歲ᄒᆞ야 執幼稚之務也라, 奈其子孫이 生在眼前ᄒᆞ니 苟不以新學問新教育으로 而成就之ᄒᆞ야

復踵其父祖之野昧면 則寧不可惜哉아.

嗟乎. 諸公이 亦舊學時人也라, 其將以餘年으로 甘作奴隸오. 而不求恢復之策否아 ᄒᆞ면 必曰 吾輩 其如才力不及의 何哉오. ᄒᆞ리니 然則諸公才力이 亦足以亡國이오. 不足以興國者也라, 豈獨躬犯賊名而後에 爲罪耶아. 古人이 云有志者 事竟成이랴. 故로 愚謂諸公이 患無志오. 而不患無才力ᄒᆞ노니 蓋志一則力生ᄒᆞ고 力專則才生은 此天然之理也니 諸公於斯에 幸三致意焉이어다. 夫人의 身有病ᄒᆞ야 而服藥不得效면 則必思易劑ᄒᆞ고 家有屋ᄒᆞ야 支傾不得救면 則必思改造ᄒᆞᄂᆞ니 而今國之病이 已不得救矣오. 其屋이 已不得救矣어ᄂᆞᆯ 猶且以軒岐之舊方과 祖先之舊居로 爲難ᄒᆞ야 而岸然相視ᄒᆞ니 則此其謀國之志 不如謀身謀家者耳라. 故로 愚謂諸公이 患無志오. 而不患無才力也ᄒᆞ노라.

今以我人情形으로 論之컨ᄃᆡ 其謀國이 不如謀身家者 豈有他哉리오. 蓋自檀箕已來로 易姓이 亦屢矣나 其人民은 共服新政ᄒᆞ야 猶可以享妻子之樂ᄒᆞ고 其士君子ᄂᆞᆫ 遯跡不仕ᄒᆞ야 猶可以取後世之名ᄒᆞ니 吾亦復何憂乎리오마ᄂᆞᆫ 奈近日滅國新法則不然ᄒᆞ야 不易君位ᄒᆞ며 不改宗社ᄒᆞ고 而但進用奸小不逞之徒ᄒᆞ야 假其王命ᄒᆞ야 而行虐政ᄒᆞ고 移其人族ᄒᆞ야 而絶種類然後에 徐徐收以爲殖民之地ᄒᆞᄂᆞ니 伏乞諸公은 試取波蘭埃及印度安南史而讀之어다. 其悲怛之情과 慘酷之狀이 果何如耶아. 是謂滅國新法也니 滅國者 旣用新法이면 則復國者도 亦當用新法者 其理甚明矣어ᄂᆞᆯ 而猶將自居守舊ᄒᆞ고 不念圖新ᄒᆞ니 則其於商書所稱舊染汚俗咸與惟新과 毛詩所稱周雖舊邦其命維新과 論語所稱溫故而知新과 大學所稱日新又日新之義에 不相繆戾耶아. 故로 愚謂今之斥新學者 無以異於斥牛痘矣라. 不識源委ᄒᆞ며 不辨利害ᄒᆞ고 但非其習見이면 則輒加排詆ᄂᆞᆫ 何也오. 方牛痘施種之初에 爲前日痘醫者 潛造訛言ᄒᆞ야 煽動愚氓ᄒᆞ야 以爲凡經牛痘之人은 必再罹天痘而死라 ᄒᆞ야 雖以勅

令頒之ᄒᆞ고 官吏督之라도 而民皆畏避ᄒᆞ야 至於匿其子女나 然距今十數年에 何嘗見牛痘之人再罹天痘而死者乎아. 諸公於此에 亦可以鑑矣로다.

夫學術之要 必須看時勢之合用不合用이니 故로 黃老之敎 雖未善矣로되 而漢人이 用之ᄒᆞ야 足以致文景之盛ᄒᆞ고 程朱之道雖盡美矣로되 而宋人이 用之ᄒᆞ야 不足以救崖山之敗者ᄂᆞᆫ 時與不時故耳라. 吾觀諸公學問이 擧皆蘆沙奇先生勉菴崔先生淵齋宋先生之所傳授者라. 則固善且美焉이나 然此可行於高等(大學已上)이오. 不可行於普通(中學以下)矣라. 其如時之不合用에 何哉오. 今愚以時勢爲言ᄒᆞ야 似或近於功利故로 諸公이 必將引董子明其道不計其功ᄒᆞ며 正其義不謀其利之說ᄒᆞ야 而相拒矣리니 此甚非也라. 凡所謂道義ᄂᆞᆫ 指其公益也오. 功利ᄂᆞᆫ 指其私計也나 然天下에 亦有假道義之名ᄒᆞ야 而作私計ᄒᆞ며 用功利之志ᄒᆞ야 以成公益者ᄒᆞ니 此又不可不察也라. 諸公이 若必以無功於國家ᄒᆞ고 無利於生民而後에 爲道義된 則吾未知是何學問也로다. 今新學之書 具在矣라. 而亦未嘗無道無義로되 但諸公이 非其習見故로 輒加排詆耳라. 於是諸公이 又將引孟子姑舍汝所學ᄒᆞ고 而從我之說ᄒᆞ야 而相拒矣리니 此又非也라. 愚何敢强其從我耶아. 諸公이 苟有悶苛憂國之意達於極點이면 必自悔悟矣리니 于斯時也에 雖不欲從我나 而不可得耳라. 故로 愚亦引孟子庶幾改之을 余日望之之說ᄒᆞ야 而答焉ᄒᆞ노라.

凡愚所以一言再言ᄒᆞ야 而不知止者ᄂᆞᆫ 蓋將用其教育力ᄒᆞ야 發其團結心耳로되 但此舊學問이 多出於秦漢後專制之術故로 足以使民離散오. 而不足以使民合聚ᄒᆞ야 決非今日之所可行也라. 諸公이 如以愚說로 爲非妄이면 則請擧舊學問三種之弊ᄒᆞ야 陳於左右矣리라.

其一曰事大主義之弊니 夫人生斯世에 苟非至愚至劣之人이면 則未必甘屈於人下ᄒᆞᄂᆞ니 其甘屈於人下者ᄂᆞᆫ 乃勢力不及故耳라. 我韓이 自檀箕(箕子周封之說先儒已有所辨)已來로 蓋亦獨立國也라. 其後에 雖爲漢唐所征服이나 然

非同內地州郡故로 惟奉正朔進貢物而已러니 及我太祖高皇帝乃以推戴得國ᄒᆞ야 而是時物情이 未服ᄒᆞ고 且恐明人이 相詰故로 遣使稱臣이 實有不得已焉이오. 二百年而至 宣祖壬辰幸蒙再造之德ᄒᆞ야 民久而不忘故로 三學士斥和之疎와 宋文正北伐之議에 每用大明二字ᄒᆞ야 把作蓋頭者ᄂᆞᆫ 必欲以此로 激發民心ᄒᆞ야 恢復國權也오. 非有擇于明淸之間爾라. 若以事明爲可오. 而事淸爲不可면 則亦近於俗語所云, 與其被打頰으론 寧遭於銀指環手者矣니 人當求不被打頰이오. 不當求銀指環手也라. 先賢之意 固有所在矣어ᄂᆞᆯ 而後生輩 妄造大明義理之說ᄒᆞ야 以立黨議ᄒᆞ야 而助已勢ᄒᆞ니 則又可寒心也로다. 況孟子之論以小事大에 不過引太王事獯鬻과 句踐事吳而爲證이나 然愚未知太王句踐이 豈樂此而爲者耶아. 惜乎라. 事大之論이 一發에 而無朝無野히 莫不以是爲主義ᄒᆞ야 馴成其甘屈於人下之志ᄒᆞ니 則其爲愚劣이 果何如哉아.

其一曰 漢文習慣之弊니 夫學問者ᄂᆞᆫ 所以修孝友之行ᄒᆞ고 求事物之情이오 而非必在於誦讀也라. 我韓이 不幸與支那接近ᄒᆞ야 禮樂制度 皆其所輸到故로 稱爲小華나 然今六洲列邦에 其人之不識字者 惟我韓이 最多ᄒᆞ고 而支那爲次焉ᄒᆞ니 何也오. 天下之至難學者 漢文이 是已라. 人自童幼至白紛ᄒᆞ야 盡其死力이라도 而得以成名者 其亦尠矣라. 雖支那之漢語漢文이 合爲一途라도 猶此苦難이어든 況我韓之國語漢文이 判爲兩物ᄒᆞ야 纔能譯通(漢人呼天曰 텬 我韓呼天 하ᄂᆞᆯ텬 則 하ᄂᆞᆯ二字 是譯語也)者耶아. 諸公이 亦嘗見里塾之間에 與吾同學과 及與吾子孫同學者凡幾何人고. 而七八歲入學ᄒᆞ야 十五六歲而棄去者 過半矣오 二十五六歲而撤退者 再過半矣라. 中間一二十年之工이 不爲不多矣나 然其能記姓名字樣者 百無一二오. 其能作簿帳書辭者 又百無一二오. 其能爲詩文學業者 又百無一二ᄒᆞ니 則是百萬人中에 僅得一二오. 而藉使極其成就라도 亦不過虛文無實之學也라. 以此로 取科第通仕路ᄒᆞ야

爲一身之私計는 則有之로딕 而其補國家利生民ᄒᆞ야 爲天下之公益은 則未也라. 故로 近世教育法은 不然ᄒᆞ야 寧失於一人이언정 不失於百萬ᄒᆞᄂᆞ니 何也오. 盖百萬之衆에 損此一人이라도 亦不害其爲團體也어ᄂᆞᆯ 而吾乃反之ᄒᆞ니 其可乎哉아. 且支那之人이 驕傲自大ᄒᆞ야 從古已然ᄒᆞ야 凡諸史籍에 必以東夷로 待我韓ᄒᆞ야 使讀其書者로 自少習見ᄒᆞ야 以爲固當ᄒᆞ야 止知有支那오 不知有我韓ᄒᆞ야 遂失其祖國精神ᄒᆞ야 竟墮於今日悲慘ᄒᆞ니 其由之來 亦已久矣로다.

其一曰 門戶區別之弊니 夫人之始生에 止有賢愚오 而無貴賤ᄒᆞ야 賢者自貴ᄒᆞ고 愚者自賤이러니 降至後世에 遂爭權利ᄒᆞ야 今泰西諸邦의 雖號爲文明國者도 亦或有民族階級이로딕 而未嘗如我韓所謂黨派者也라. 曰 班常也오. 曰 文武嫡庶也오. 曰 老少南北也니 於是角立於三百四十三郡之中ᄒᆞ야 大小强弱이 互相仇敵ᄒᆞ야 甚至於 不通婚嫁ᄒᆞ며 不許朋交ᄒᆞ니 則其滅天理絶人紀ㅣ 果何如哉오.

今據十三道人戶最近調查表에 計其男口 略可六百萬이라. 而乃以班常分之면 其一部 僅三百萬矣오. 再以文武嫡庶分之면 其一部 僅七十五萬矣오 再以老少南北分之면 其一部 僅十八萬 七千五百矣오. 再以三百四十三郡分之면 其一部 僅五千四百六十六零矣라. 而除老惸兒弱瘖聾瞽躄癈疾人外에 所存이 復幾何오. 而況黨派之中又有君子小人ᄒᆞ고 君子小人之中에 又生黨派者乎아. 其將以此로 與列强萬億團體之衆으로 相抗이면 則亦不知量者也라.

夫此三弊 其來已五百年에 俗相習焉ᄒᆞ며 人相安焉ᄒᆞ야 不復知其利害是非之所在ᄒᆞ니 則愚亦一座同醉者也로딕 但飮之差少ᄒᆞ야 醒亦差先ᄒᆞ니 安得相攬起也리오. 今將說治弊之法ᄒᆞ니 而此乃天下之公議오 非一人之私見이라. 諸公이 幸平心舒氣ᄒᆞ야 再三詳細오 不必遽加怒罵也라.

其一曰 以獨立으로 破事大主義之弊니 今有人於斯ᄒᆞ야 耳目이 具焉ᄒᆞ며

肢體備焉이로ᄃᆡ 而不能獨立ᄒᆞ고 待人扶持ᄒᆞ면 則此爲痿癈者也오. 恐不得謂之完人이니 而國家亦猶是也라. 其土地人民이 俱在焉이어ᄂᆞᆯ 而不能自富自强ᄒᆞ고 終至於寄藩服ᄒᆞ야 而被拑制ᄒᆞ니 使皇天有知면 必將大矜悶大憤歎也리라. 凡爲我韓人者 果能以獨立二字로 爲走場之標旗ᄒᆞ야 一力齊進이면 則顧今天下에 雖有隋唐之强이라도 亦不敢出遼水以東一步地矣리니 此不足爲憂也오. 其一曰 以國文으로 破漢文習慣之弊니 於戱我 世宗大王은 固箕子後首出之聖也라. 已知其弊之必至於斯故로 遂製國文(卽 訓民正音)ᄒᆞ야 將欲一變民俗이러니 而當時士大夫 不能承奉ᄒᆞ야 因循苟且ᄒᆞ야 于今四百年에 惟閭巷婦女 讀小說外에 鮮有用者ᄒᆞ니 可勝惜哉아. 自甲午更張之後로 國漢文雜作이 旣已行於官府ᄒᆞ고 又將施於學界어ᄂᆞᆯ 而不知者 猶且訾毁不已ᄒᆞ니 其亦甚哉ᆫ뎌.(《호남학보》 제1호(1908년 5월) 및 제2호(1908년 6월))

大韓地圖說 164쪽

右卷衣에 以紅色界畫者ᄂᆞᆫ 卽我韓地圖也라. 本報第一號之發刊也에 有一搢紳君子 指以問於會員李鍾一氏曰 此ᄂᆞᆫ 何物件也오 氏 默然良久에 曰令監識見이 胡爲落此地頭오 ᄒᆞ니 嗚呼라 氏之言이 蓋出於悶時病俗之意나 然國不教而民不學이 今且數白年矣라 愚未知全國之士 購覽本報而能識此者 復有幾人耶아

夫有生則必有身이오 有身則必有家오 有家則必有國이니 國之不可去 亦明甚矣라 橘渡淮而爲枳ᄒᆞ고 貉踰汶則死ᄒᆞᄂᆞ니 草木昆蟲之物도 猶然커든 而況爲人者乎아 今以吾輩로 寘諸印度洋海之南과 戈壁沙漠之北 則恐不免死矣오 脫或免死라도 恐不免病矣라. 故로 人不愛殊國ᄒᆞ고 而愛其國者ᄂᆞᆫ 亦

天理人情之自然者也라

近見外人之來駐我韓者 或半年 或一二年 或十年而未必以終身期也라 然其至之日에 必求我韓地圖而加察焉ᄒᆞᄂᆞ니 而況我韓人則豈獨爲一身計哉아 自吾父로 上以推之乎遠祖ᄒᆞ야 皆已生於斯家於斯食於斯葬於斯矣오 自吾子로 下以推之乎雲孫ᄒᆞ야 亦將生於斯家於斯食於斯葬於斯矣라. 故로 其山川之險夷와 風氣之寒暖과 道里之遠邇와 戶口之稀稠와 俗尙之好惡와 物產之多寡와 錢穀之生消를 是皆不可不知者니 則地圖之干繫於國計民生者 固不輕矣어ᄂᆞᆯ 而竟至於不識爲何物件事ᄒᆞ니 亦莫非學問之誤之所致也라

蓋我韓學問이 槪有二種ᄒᆞ니 其一은 曰道學家니 國朝諸賢이 多出其中이나 然叔季以來로 爲時宰者 忌嫉其人ᄒᆞ야 遂以遺逸之稱으로 成其枳塞之路ᄒᆞ고 而其人者 亦甘於虛名ᄒᆞ고 安於實害ᄒᆞ야 有語及於朝廷則輒曰 此非儒者所知라 ᄒᆞ야 一切世務를 棄於閒境ᄒᆞ고 其二은 曰科學家니 此卽唐太宗愚民之餘術也라 雖或由此而進得郡守觀察ᄒᆞ고 再進得判書大臣이라도 文學政事가 兩途背馳ᄒᆞ야 考其今日之所行이 皆非往年之所習이라

於是에 勢豪子弟 遂生輕學之意ᄒᆞ야 轉相模效ᄒᆞ야 極於野昧라. 故로 不論道學科學家人ᄒᆞ고 如或問以我韓幅員之幾何와 程路之幾何면 則其僅能記憶者 不過曰 義州千里 海南千里 東萊千里 而共三千里已矣라. 奚暇與論於山川風氣道里戶口俗尙物產錢穀之類哉아 夫如是則吾人愛國之心이 亦安從而生歟아

伏乞諸公伏乞諸公은 試看今日之所牢籠我韓ᄒᆞ고 拑制我韓者 其非諸公平日高談峻論으로 謂之夷狄之國之人乎아 有目則必見之矣오 有耳則必聞之矣라 於諸公에 果不傷情否아 曰不傷情則便不成語 故로 必曰傷情也라 ᄒᆞ리라. 旣傷情則亦果有恢復之意否아 曰無意則又不成語 故로 必曰 有意也라 ᄒᆞ리라. 旣有意則亦果能愛國否아 曰不愛國則又不成語 故로 必曰愛國也라

ᄒᆞ리라. 旣愛國則當從何始否아 吾雖未承諸公之敎나 然請以一言代倈之曰 當自土地始라 ᄒᆞ노라

今此我衣所繪圖者 縱不滿周尺一尺이오 橫不滿三寸이로ᄃᆡ 而是固我韓土地也라 其彊域則三千里오 其人口則二千萬而亦吾受之父祖ᄒᆞ고 傳之子孫者也라 伏乞諸公伏乞諸公은 其自今日로 每於讀本報時에 必抱卷而同聲大哭ᄒᆞ야 曰 吾不自强이연뎡 苟能自强인ᄃᆡᆫ 則寧有以三千里彊域과 二千萬人口로 而受人之牢籠拑制至是者耶아 朝而一哭ᄒᆞ고 暮而一哭ᄒᆞ야 哭不得盡其情이어든 則愚當繼此而有告者矣리라.(《대한자강회월보》 제3호, 1906년 9월 25일)

金河琰

女子敎育의 急先務 170쪽

今之有志於保國保種者가 皆欲汲汲從事於富强之術이나 吾必曰 女子敎育之務가 實有急於此者로ᄃᆡ 一未修擧어ᄂᆞᆯ 急先務라 ᄒᆞ면 難之者曰 今日奚暇에 女學을 急先ᄒᆞ리오. 持卵求晨ᄒᆞ고 臨渴掘井의 批評을 不免ᄒᆞᆯ 듯 ᄒᆞ나 此ᄂᆞᆫ 其本을 不知ᄒᆞᄂᆞᆫ 言이라. 我國 現勢의 慘狀을 推究ᄒᆞ면 其原因이 女子ᄅᆞᆯ 不敎ᄒᆞᆷ에 在ᄒᆞ도다.

大抵 保國코져 ᄒᆞ면 其國民이 各有其業ᄒᆞ야 各自生養然後에야 國可富强ᄒᆞᆯ지어ᄂᆞᆯ 今我同胞가 二千萬이라 泛稱ᄒᆞ니 然則 女子가 半數에 在ᄒᆞ고 其餘一千萬人中에 能自業自食者 未必盡數也오 不農不商에 遊食浪費者가 又不知幾百萬人이니 此 所謂一人耕之에 十人食之라. 如此而饑寒을 烏得免乎며 富强을 何可望乎리오.

蓋一國의 人民과 物產을 統計ᄒᆞ야 其所費의 槪算을 所得率에 控除ᄒᆞ야 餘裕가 有ᄒᆞ야도 國民生活이 滿足치 못ᄒᆞ거ᄂᆞᆯ 況 我國民中에 女子ᄂᆞᆫ 不能自養ᄒᆞ고 待養於人ᄒᆞ니 故로 男子가 犬馬奴隷로 畜之ᄒᆞ야 女子가 極苦ᄒᆞᆯ 쁜 아니라 男子도 其終歲勤勞의 所獲으로 妻孥養育홈에 不贍ᄒᆞ니 於是乎男子도 極苦ᄒᆞ야 無時愀然憂貧ᄒᆞ야 未得享樂ᄒᆞ고 其外에 無論士農工商ᄒᆞ고 其受凍餓에 轉乎溝壑者ㅣ 又不知凡幾也라.

以余論之ᄒᆞ면 大學 所謂 生之者衆 食之者寡의 言과 經濟 原則上에 勞減功倍의 論理ᄅᆞᆯ 推究ᄒᆞ야도 苟一人 所作의 業으로 一身衣食之計ᄅᆞᆯ 作ᄒᆞ면 憂貧의 歎이 必無ᄒᆞ리로다. 然而 我國은 無人不貧홈이 一人으로 數人을 養ᄒᆞᄂᆞᆫ 原因에 在ᄒᆞ되 其 最初 起點은 婦人無業에 始自홈이니 女子도 等是人也라. 豈獨男子의게만 專責ᄒᆞ리오. 女子도 事理ᄅᆞᆯ 明達ᄒᆞ면 謀業이 甚易ᄒᆞ리니 然則 學也者ᄂᆞᆫ 業之毋也라. 然則 婦人의 無業은 天理에 宜然ᄒᆞᆯ ᄇᆡ 아니오. 不教而不能執業은 勢固然矣라. 如是而生長ᄒᆞ야 嗷然待哺於人ᄒᆞ니 是以로 男貴女賤ᄒᆞ며 女逸男勞ᄒᆞ야 其夫婦之間에 貴賤逸勞가 互相反向ᄒᆞ니 人情의 同樂이 豈有ᄒᆞ리오. 噫라 國何以强고 民富라야 斯國强矣오 民何以富오 人人이 足以自養ᄒᆞ여야 斯民富矣라.

夫一國內에 執業의 人이 驟增ᄒᆞ면 天産造物이 亦出一倍ᄒᆞᄂᆞ니 其所增의 數ᄂᆞᆫ 皆昔日地中棄貨라 棄地의 貨ᄅᆞᆯ 取ᄒᆞ야 人間의 需用케 홈은 利益이 甚宏ᄒᆞ도다. 若是코자 하면 學問이 아니고 不能ᄒᆞ리니 然則 女子도 教以普通知識ᄒᆞ면 相當의 職業을 能行ᄒᆞ야 自食其力ᄒᆞ면 豈可匍匐於人哉아. 噫라 古昔支那時代에 人有恒言曰 婦人은 無才가 卽是德이라 ᄒᆞ야 世之瞽儒가 固執此言ᄒᆞ야 天下女子로 ᄒᆞ야금 一字一書ᄅᆞᆯ 不讀ᄒᆞᆫ 然後에 賢淑의 正宗이라 謂코쟈 ᄒᆞ니 此實天下ᄅᆞᆯ 禍ᄒᆞᄂᆞᆫ 道로다. 古에 才女라 號稱홈은 唫風咏月ᄒᆞ며 拈花弄草로 傷春惜別等 詞章에 不過ᄒᆞ얏스니 此等事ᄂᆞᆫ 不能謂學이라

雖男子라도 無他所學ᄒᆞ고 苟以欲鳴ᄒᆞ면 浮浪子라 指稱ᄒᆞ리니 況女子乎아.

吾의 所謂 學者ᄂᆞᆫ 內로ᄡᅥ 其心胷을 開發케 ᄒᆞ야 立志修身의 綱要ᄅᆞᆯ 服膺履行ᄒᆞ며 外로ᄡᅥ 學理ᄅᆞᆯ 教導ᄒᆞ야 生計營爲에 技能을 學得케 ᄒᆞ면 於是乎 完全ᄒᆞᆫ 人格을 作成ᄒᆞ리니 有何害於婦德乎아. 彼鄕僻婦嫗와 宦學嬌妻의 行動을 觀察ᄒᆞ면 取帚의 誶와 反唇의 稽가 殆益甚焉ᄒᆞ니 此何故也오. 凡人의 鄙吝과 忿爭ᄒᆞᄂᆞᆫ 弊가 其所見聞이 極小ᄒᆞᆷ에 出ᄒᆞᄂᆞ니 若使其人으로 知有萬古ᄒᆞ며 五洲交通ᄒᆞ야 與人相處ᄒᆞᄂᆞᆫ 道와 萬國强弱의 理ᄅᆞᆯ 通達케 ᄒᆞ면 其心이 憂天下ᄒᆞ며 悶衆生ᄒᆞᆷ에 不暇ᄒᆞ야 家人 婦子의 事에 計較ᄒᆞᆯ 餘力이 必無ᄒᆞ리로다.

今婦人의 陜隘之弊ᄂᆞᆫ 天地間에 事物은 一無所聞ᄒᆞ고 終身精神으로 專致家庭ᄒᆞ야 自光心力이 饋縫極小ᄒᆞᆫ 圈中에 營營ᄒᆞᆯ ᄲᅮᆫ이라. 故로 其醜習은 不學而皆能ᄒᆞ야 全國同胞의 幾萬幾千戶의 家庭內外가 相處熙穆ᄒᆞ며 形述言語가 終身토록 間然이 無ᄒᆞᆫ 者ᄂᆞᆫ 萬不得一ᄒᆞ리니 其故安在오. 其發端이 姑嫜娰娣의 間에셔 莫不出焉ᄒᆞᄂᆞ니 故로 憤時者 輒曰 婦人은 不可近이라 ᄒᆞ며 女子之 干涉은 不成萬事니 不足與議라 ᄒᆞ야 視若魔厄物ᄒᆞ야 雖尋常行路에 女子가 先過ᄒᆞ면 其日出行을 中止ᄒᆞ얏스니 如此搆罪而悠悠千載에 芸芸億室이 禁錮閨闥ᄒᆞ며 束縛行動ᄒᆞ야 絶其聰慧에 曾不事生人之業ᄒᆞ니 嗚呼 女子여 豈不抑冤哉아.

蒼蒼皇天이시여 至公無私ᄒᆞ샤 賦予女子之性에 豈其本惡이리오. 塊然軀殼으로 未經教化ᄒᆞ야 鍵鎖一室에 貽累男子ᄂᆞᆫ 旣無學識ᄒᆞ니 不能自養이라. 仰人求給으로 活了生平ᄒᆞ니 男婦之間에 俱是不贍이라. 終日靜居ᄒᆞ야 愀然斯歎으로 損人靈魂ᄒᆞ며 短人志氣ᄒᆞ니 其何能和樂乎아. 雖聰俊豪傑의 士라도 閨房筐篋之間에 引置ᄒᆞ야 更歷數歲ᄒᆞ면 必其志量이 局瑣ᄒᆞ며 才氣가 消磨ᄒᆞ리니 況本質이 軟弱ᄒᆞᆫ 女子의게 全然歸責ᄒᆞᆷ은 甚爲不可ᄒᆞ니 其救療의

方針을 講究홀지로다.

噫라 女子敎育이 昔非不足이리오 婦道旣昌에 千室이 良善ᄒᆞᄂᆞ니 是로 三百五十篇之訓은 慇懃於母儀ᄒᆞ고 七十後學之記ᄂᆞᆫ 眷眷於胎敎ᄒᆞ며 周南之歌淑女와 聖人之敎男女에 平等施之ᄒᆞ야 少無差異러니 去聖이 彌遠ᄒᆞ고 古義가 浸墮ᄒᆞ야 學問은 勿論이라 酒食을 惟議ᄒᆞ니 等此同類로 智男愚婦가 豈其天倫之理哉아 瞻彼歐西列邦ᄒᆞ라. 國勢日强ᄒᆞ고 民智日開홈이 其原因이 不一其端이로ᄃᆡ 惟敎育界에 百課分掌을 由母敎者 居七十焉ᄒᆞ니 然則 女子의 敎育이 豈不重大而且急哉아.

孩提의 童을 母ᄂᆞᆫ 父보담 親切ᄒᆞᆫ지라 其子의 性情嗜好를 惟婦人이라야 引勢利導ᄒᆞᄂᆞᆫ 故로 母敎가 善ᄒᆞ면 其子의 成立이 易ᄒᆞ고 不善ᄒᆞ면 其子의 進就가 難ᄒᆞᄂᆞ니 顔氏家訓에 敎兒嬰孩ᄒᆞ야 就傅以前에 性質思量을 皆已略定ᄒᆞ면 少成若性에 長則引之라 ᄒᆞ니 此實敎育의 知本之大功也로다. 爲母者 學本敎法을 通達ᄒᆞ면 孩童十歲 以前에 一切學問의 淺理良知와 立志修身의 綱要를 皆可稍知ᄒᆞ리로다.

今我國內에 小學이 未興ᄒᆞ야 就傅以後라도 私塾公校에 階級이 未備ᄒᆞ고 敎導가 不完ᄒᆞ야 無所成材어ᄂᆞᆯ 若其髫齔時로브터 閨房之中에 嬉戱ᄒᆞ야 阿保의 手中에 不離ᄒᆞ니 耳目所見이 床笸猥瑣의 事에 不過ᄒᆞ고 其所勸勉者ᄂᆞᆫ 科第祿利로써 歆稱ᄒᆞ며 産業을 保全ᄒᆞ며 子孫을 養成홈이 能事畢矣오 斯爲至矣라 ᄒᆞ야 其生也長也로ᄃᆡ 心中目中에 以爲下事가 此外에 大ᄒᆞᆫ 者 更無ᄒᆞ다 ᄒᆞ야 萬戶億室이 同病相憐ᄒᆞ니 冥冥之中에 營私趨利ᄒᆞ며 苟且無恥로 固陋ᄒᆞᆫ 野蠻의 天下를 釀成홈에 遂至ᄒᆞ야 莫知其故而亦不改悔ᄒᆞ니 豈不通歎哉아.

噫彼西人之子ᄂᆞᆫ 豈其特種哉리오 惟務自少習焉이로다. 故로 天下를 治ᄒᆞᄂᆞᆫ 大本이 正人心ᄒᆞ며 廣人才也 而二者의 本은 養蒙으로브터 始ᄒᆞᄂᆞ니 蒙

養不端ᄒ면 長益浮靡ᄒ고 養蒙之本은 必始母敎ᄒ고 母敎의 本은 始自婦學ᄒᄂ니 故로 女學은 實天下存亡强弱의 大原이 되ᄂ 것은 溯考往績에 班班可考라. 支那 古代에 子輿氏ᄂ 聖賢地位에 居ᄒ얏스나 其母의 三遷無誑의 敎가 아니면 市場鬻夫에 不過ᄒ며 我東金庾信은 羅朝一等功臣이 되야스나 其母의 戎責이 아니려면 娼家蕩子로 自作ᄒ얏스리로다. 然則 今日 女學이 豈不急務哉아.

又有言者曰 普通事爲에 女子가 恒不如男子라ᄒ나 此則論其學理ᄒ면 施諸事實이 各有所長ᄒ니 未可全責이라. 但 女子의 特質을 槪論ᄒ면 至誠心細에 臨事周密ᄒ며 忍堪究竟에 靜居無繁ᄒ야 往往 男子가 不能ᄒᄂ 事를 能爲ᄒᄂ니 假如夏日酷炎에 針縫烹飪을 其能堪作ᄒ며 春雨滂沱에 冒被澣濯ᄒ니 此亦不學而自能者也니 若使善導ᄒ면 何事를 不濟리오.

證彼歐西에 女學이 發達ᄒ야 各能執業ᄒ니 如敎蒙醫學製造等 專門의 業은 猶勝於男子로다. 日本은 明治以前에 民智茅塞ᄒ고 工藝窳劣ᄒ더니 翻然維新에 遂有今日ᄒ니 非愚於前而智於今也라. 從而導之ᄒ야 機捩一發에 萬線이 俱動이로다. 噫라 女子가 幾千年來로 學問의 途를 塞ᄒ며 治生의 路를 絶ᄒ야 附首帖耳로 安於臣妾홈은 壓力使然이오 非不才也니 苟從事於學ᄒ면 平等施敎에 共同享權ᄒ얏스리로다.

今又難之者曰 彼西人의 富强이 雖由學校나 其最長의 道ᄂ 船艦의 雄과 槍砲의 利와 鐵道의 速과 鑛業의 盛이니 此等事ᄂ 女子가 不能ᄒᄂ 바라 엇지 女學이 急務리오 ᄒ나 富强의 原因이 豈但止此리오. 農業工作과 醫學商理와 格致敎授等學은 女子亦能之事라. 學焉ᄒ야 有用의 人을 能成ᄒᄂ니 言治國者 但言男學而歇后女學은 甚爲不可로다. 故로 余必曰 國을 富强코져 흘진ᄃ 女子敎育이 急務라 ᄒᄂ니 女學이 最盛最强의 國은 合衆國이 是也오 次盛次强의 國은 英法德日本이 是也라. 女學이 衰ᄒ면 母敎가 失ᄒ야 無

業이 衆ᄒᆞ고 智民이 少ᄒᆞ야 國之不亡者 未之有也니 印度波斯土耳其淸國이 是也라.

嗚呼라 今日我韓之宜興婦學이 如是急務나 豈足以言婦學哉아. 學也者ᄂᆞᆫ 晨夕之間에 對案開 卷홈이 아니오 師友講習에 以開其智ᄒᆞ며 遊覽內外에 以增其才ᄒᆞ야 數者相輔라야 學乃成就ᄒᆞᄂᆞ니 然而今我國의 女子ᄂᆞᆫ 深居閨中ᄒᆞ야 不出門外ᄒᆞ니 目不見一通人ᄒᆞ며 足으로 一都會를 不踏홀 ᄲᅮᆫ 아니라 冒面隱身에 內外切嚴ᄒᆞ니 如是而雖格言常談이라도 難可得聞이온 況實學을 講究ᄒᆞ야 致用을 期圖코저 ᄒᆞ면 特有才能이라도 其成을 難望홀지로다 不寧惟是라. 彼其生活的으로 不能自食에 待哺於人이로ᄃᆡ 浪費가 尤甚ᄒᆞ고 天然的으로 毁人枝體ᄒᆞ며 潰人血肉ᄒᆞ야 人으로써 廢疾케 ᄒᆞ며 人으로써 刑僇케ᄒᆞ야 一己의 情慾과 耳目玩好에 快코져 ᄒᆞ니 安知有學이며 亦何能使人으로 從事於學哉아. 此ᄂᆞᆫ 余所以疾呼曰 女子敎育이 急先務홈이로다.

今에 國內學校數爻를 槪算ᄒᆞ면 男學校ᄂᆞᆫ 京城에 官立私立의 大中小學이 六十餘處에 纔過ᄒᆞ고 女學校則七八處에 數不過千名이오 地方則惟有水原仁川平壤釜山等處而已라. 噫라 一千萬名 女子界에 今纔學生이 幾百萬分의 一도 못되니 如此而望國之自立이 何異炊沙成飯이리오. 愛我同胞아 毋徒慷慨ᄒᆞ고 當圖奮勵ᄒᆞ야 其子其女의 敎育을 並行홀지어다.

女學의 科程을 言ᄒᆞ면 修身 敎育 國語 漢文 歷史 地理 數學 理科 家事 習字 圖畵 裁縫 音樂 體操等 諸科而惟不及於男學者ᄂᆞᆫ 兵學政治의 數事而已라. 如是而盡善學得이면 現我國를 豈不可以挽回리오. 由是斯惻ᄒᆞ샤 吾皇上陛下게오셔 頒詔勸學에 丹綸이 懇惻ᄒᆞ시고 繼又命送 皇太子于鄰邦ᄒᆞ샤 遊學케 ᄒᆞ시며 皇后陛下게옵셔도 修業케 ᄒᆞ시니 實我東邦의 未有ᄒᆞᆫ 盛事시오 亘萬年無窮ᄒᆞᆫ 休業이샷다. 嗚呼 全國同胞아 感戴 聖意ᄒᆞ야 服銘髓腦에 卽速遵行ᄒᆞ야 勿違聖明之制ᄒᆞ며 幸免滅族之禍어다.

余是鄕人이라 學界靑年으로 羈旅京城이 今玆有年이라. 每於女子界에 所見所聞에 腐敗習慣이 尤甚於下鄕이라 心常痛恨이러니 今當歲首ᄒᆞ야 旅窓寒燈에 遙憶故園ᄒᆞ니 思親이 非不切焉이오 統念國內同胞之情景ᄒᆞ면 無不心灰骨冷이나 希望前進之事ᄒᆞ면 女子敎育이 急先務라 特書標題ᄒᆞ고 區區懇告ᄒᆞ노니 嗚呼 全國姊妹女子들아. 幾千年來에 臣妾奴隷로 犬馬畜之가 豈不怨痛哉아. 時乎時乎라 幸生此時로다 速圖修業ᄒᆞ야 自能生活ᄒᆞ고 幸福ᄒᆞᆫ 地位를 得居ᄒᆞᆯ지어다. 若其不然이면 穀腹絲身도 爾不能得이오. 勒銜壓牽이 尤甚前日ᄒᆞ리니 非我言輕이라 東西格致家의 理論과 明哲諸師의 實驗格言을 參酌現狀ᄒᆞ야 搆蕪血祝ᄒᆞ노니 嗚呼라 國家를 治ᄒᆞᄂᆞᆫ 當局者ᄂᆞᆫ 女子敎育에 急先務ᄒᆞᆯ지어다.(《서우(西友)》 제15호, 1908년 2월 1일)

金玉均

會社說 182쪽

今泰西諸國, 莫不設會而招商, 寔爲富强之基礎也. 盖商者, 不以方域之所無而廢其獨無, 不以方域之所有而擅其獨有, 必便此方之所有者, 以資彼方之所無, 又以彼方之所餘者, 以補此方之不足. 是天所以養人, 人所以養生, 舍是不由, 則農工俱病, 天不能養人, 人不能養生. 故古之聖人, 觀噬嗑之象, 敎人日中爲市, 交易而退也. 然東土之有商者, 至今爲四千餘載, 而只知一人之獨貿獨換, 終未知衆人之會議會辦, 商務之不旺, 國勢之不振, 坐此久矣. 彼泰西則不然, 有一人之不能獨貿獨換者, 則必十人共之, 有十人不能者, 則必千百人共之. 是以大小事務, 無不可籌而可成, 從而有家則家給而人足, 有國則國富而兵强, 不特偏安於一方, 必得竝立於萬國, 揆之以此, 則商社事業, 亦爲時日之急務. 故今將西人之成法, 以告同志.

夫會社者, 衆人合本而托之數人, 辦理農工商賈之事務者, 而工商之事務不一, 故商會之種類亦不少也. 會社之中, 有爲鐵道以便國內之輪運者, 有爲船舶以通外國之往來者, 有爲製造專尙物品者, 有爲開墾專務土地者, 他常行事業, 皆結社以議之, 且自政府獎勵其業, 使之日進盛大. 故如各國政府認眞會社之有益於國家, 則獎勸之方甚多, 而其最要者有二一, 則政府與會社相約, 若會社有受大損及有欠本錢, 則政府必償欠損, 使社員常不失本錢, 或有政府保証會社之有益, 而會社得利不滿本錢之利息, 則自政府出金以充其息, 使社員常得本錢剩息之利益. 故大小會社, 接踵而起, 不難蒸蒸日上也.

今西洋諸國海駛輪船, 陸馳火車, 郵設電線, 街懸煤燈, 以洩造化, 莫名之機括, 兵出四海, 通商萬國, 富甲天下, 威視鄰邦, 以開古今未有之局面者, 皆會社而後始有此事也. 然此非西國獨能獨行之事, 使今日東土之君相, 審時度勢, 極深研機, 謀定而後動, 時至而後行, 不爲迂論之所移, 不被外人之所欺, 則我亦可以火輪其舟, 鐵路其車, 電線其郵, 煤燈其街, 欲富則富, 欲强則强, 進可以爭雄, 退可以自守, 故今記會規五欵于左, 以公同好.

第一欵, 議刱設會社者, 廣告主旨於世人, 求其同志, 而卽將會社之組織, 股本之總額, 利條之多寡, 通盤該計, 而登諸新聞, 咸使世人知其會社之有益, 而後乃發售股票, 如會社本錢要百萬兩, 則作股票千張, 每一張定價十兩, 使世人任其來買, 名曰社員.

第二欵, 議會中役員務, 選慣熟會社之事務者, 而任社事, 或有買票稍多者, 則便稍多者數人擔任事務, 亦名曰役員.

第三欵, 議爲役員者, 每將一年內會社之事務與利益之多少, 印諸新聞, 以示生意之興旺於社員, 且分送剩利.

第四欵, 議社員中, 如有欲抽本錢要他殖貨, 而已之股票, 私賣於他人者, 自社中元無可禁之例, 且股票私賣之規, 隨會社盛衰, 低昻其價也. 如會社每年利益, 稍致綽裕, 則股票價昻, 初雖十兩股票, 必價漲十一二三四五六七八九二十兩, 亦不難也. 或會社利源不充費項及有損本股, 則初雖千兩股票, 終不過等諸古紙. 故自會中另選勤幹役員, 常察會社也.

第五欵, 又有一種會社, 如數人相謀, 而自出本錢以結會社, 則其爲社員者, 槪皆擔任會事, 或數人所出本錢, 不足充會社本股, 則必發賣票卷, 以充其額, 然社員與賣票者, 約每年分利, 且還附本錢於幾年以內也. 如賣票千張, 約二十年內全還本錢, 則每年抽籤, 使得籤者, 還受五十張本錢, 而因脫會社, 故此等會社, 二十年之後盡歸數人所有也.(《漢城旬報》 1883년 11월 20일)

治道略論 188쪽

余聞治平之世, 法貴守成, 患亂之餘, 道在整飭. 今我國新經變亂之後, 聖上下惻怛之綸音, 使紳士胥民各陳己見, 凡係利國便民之策, 無不剋日議行, 蓋欲亟措施而收實效也. 想當朝諸賢草萊英俊, 必有良猷碩劃, 日進於吾君之聰聽, 上下一心, 孜孜贊襄, 中興之會, 可跂足拭目而待也. 蓋言今日之先務者, 其必曰用人材也, 節財用也, 抑奢侈也, 擴開海禁而善隣交也, 此固闕一而不可, 然區區愚見, 以爲莫若實事求是, 卽一二要端, 急見施行, 毋令期張遠代之策, 徒屬空言而已.

當今宇內, 氣運丕變, 萬國交通, 輪舶交駛洋面, 電線織羅全毬, 他如開採金銀, 煤鐵工作器械等, 一切民生日用便利之事, 殆指不勝屈, 而求其各國切要之政述, 則一曰衛生, 二曰農桑, 三曰道路, 此三者, 雖亞細亞聖賢治國之軌, 則亦不能違也. 春秋時聘人之國, 先觀道路橋梁, 而知其國之政治得失.

余嘗聞外人之遊邦者, 歸必語人曰: "朝鮮山川雖佳, 人衆小富强, 猝難圖也. 人畜之屎溺, 充塞于道路, 此可畏." 是豈忍聞者耶?

於乎, 我祖宗朝開國制法之初, 道路橋梁修治之事, 屬之水曹, 且設濬川之司, 專務疏鑿溝渠, 其規模非不綜密, 無如風俗頹墮成習, 雖關切於痛癢一身者, 惟苟且因循是事, 良法美意, 徒存虛名. 自數十年來, 怪疾癘疫, 盛行於夏秋之間, 一人罹患, 傳染至於千百, 死亡相踵, 率多廝役之壯丁. 此非但由於居處不潔, 飮食無節, 汚穢之物, 堆積街衢, 毒氣之所攻, 偏受已也. 當此之時, 其或富厚尊貴, 稍知攝養者, 焦焉如坐洪爐中, 祈禳呪符, 無所不至, 又粗知岐黃之術者, 欲逃遁而不可得, 左牽右挽, 蒼黃奔走, 僥幸而得生全, 則輒言今年運氣使然, 已而天氣稍肅, 染症少息, 人皆洋洋自喜, 習而忘焉, 可謂甚愚, 亦可哀矣. 現今歐米各邦技術之科目甚多, 惟醫業置之第一等, 以爲生民之命所關係也. 我國自公廨以逮民居, 門庭沮洳, 溝道遊塞熏穢之逼人, 有掩鼻不堪之歎, 實爲外邦所譏.

頃者全權大臣朴公, 副使金公, 聘使日本, 玉均亦遊歷而再至東京, 一日兩公謂余曰: "吾將邀嫺於治道之學者三五人, 與俱載歸, 報于政府, 治道一事, 亟欲施行, 如何?" 余對曰: "今我國當大張更之會, 公適膺斯重寄, 專對外邦, 復命之日, 據聞見而建白, 樹勳業於國家, 此公之責也. 何亦僅僅以治道一事爲先務也?" 公笑曰: "不然, 在我國今日急務, 莫如興農作, 興農之要, 實資糞田, 糞田勤則汚穢可去, 汚穢去則癘疫可銷也. 借使農務得法, 運輸不便, 則河東之粟, 無以移於河內矣. 此所以謂治道之法爲要也. 道路旣治, 車馬利用, 則十夫爲力者, 一夫能之, 其餘九夫之力, 移之工作技藝, 昔時遊食之徒, 使各得恒業, 便國利民, 寧有過於是哉?" 余乃起而拜曰: "有是哉, 公言. 曰衛生, 曰農桑, 曰道路者, 古今天下不易之正法, 余在本國時, 曾與知舊論及此事, 猶未悉一擧而衆善備, 如是之綜且密也. 余又聞日本自變法以來, 更張萬端, 惟治道之功, 收效爲大, 今公歸奏而遄行之, 將見前日之嘲笑者, 不轉而欣然相賀, 我國富强之策, 實肇於此."

金公因囑玉均爲治道規式數條, 以便施行, 玉均不敢以不文辭, 謹擬章程如左, 惟望機務諸公之留意採擇焉, 幸甚幸甚.

聖上卽阼十九年壬午十一月望, 金玉均謹題.(『治道規則』(규장각 소장본))

申采浩

天鼓創刊辭 194쪽

天鼓出世, 以何因緣? 日倭不惟吾國之世讐, 抑亦東洋之仇敵也. 自叔世以還, 侵凌我沿海洲郡, 俾我祖先, 壯者膏鋒刃, 老弱轉溝壑, 歷世不遑寧處者, 非倭也耶? 李朝壬辰, 大擧入寇, 魚肉人民, 血染八域之山河, 發掘陵墓, 禍及百年之骸骨, 使後之讀史者, 猶爲之骨戰血躍者, 非倭也耶? 自丙子通商以來, 前後出其鬼域之手段, 累次立約, 罔不大書特書保障我獨立, 增進我幸福, 而奪我國權, 夷我國號, 塗炭我生靈者, 非倭也耶? 限制教育, 以障我民智, 攘奪利益, 以脅我生存, 劓刵族誅等專制之蠻刑罔不復, 以殺我義士, 鷄狗牛豕百一等雜種之惡稅罔不興, 以困我民産者, 非倭也耶? 三千里疆域, 旣爲彼大錮矣, 而今凶鋒毒刃, 竟及乎海外僑居之地, 焚燒村落, 屠殺婦孺. 甚至於斬斷手足, 割棄耳目, 野蠻行爲, 慘無天日者, 非倭也耶? 彼又欲以所施於吾國者, 施諸中國, 累結密約, 攘有利權, 派遣策士, 離間南北. 今又無名出師, 蹂躪東省, 草管人命, 無惡不作. 試問居亞洲, 而禍亞洲者, 有先於倭者耶? 嗟夫! 我亞黃族不下四五百兆, 而彼欲以區區數千萬之衆, 壟斷全亞, 躪蹂隣邦, 無視民族之自決, 力抗世界之潮流, 以圖蒙古帝國之重現於今日, 其志可謂奢矣, 而其罪亦不容誅矣. 短楮寸筆, 雖非刦賊之利器, 然聲罪致討, 誅元惡方張, 提醒唇齒, 濟急難於同舟, 此天鼓之第一義也.

自古與我對峙之悍族, 雖其類不一, 其强梁凶毒, 無過於倭. 不防倭, 無以自存, 故我先民於此, 亦兢兢致精, 幾乎舍對倭外, 無國是, 舍拒倭外, 無國防, 舍殺倭外, 無勇士, 舍討倭外, 無英雄. 自新羅以來, 數千年史, 雖直謂之與倭血戰史, 可也. 故彼雖寤寐大陸, 若蟻慕腥羶, 而困守海曲, 終不敢出雷池一步者, 未始非我之力也. 後昆恬嬉, 昧於此義, 錦繡山河, 遂至拱手與人. 然亦既有多數先烈, 前後奮起, 以徒手搏獅虎, 以空拳敵鎗砲, 拚顱斷脰, 百戰强寇, 冷風凄血, 洗滌乾坤, 成仁取義, 詔示來者, 逮至己未獨立運動之前後而極矣. 昔明將劉綎, 率師東援, 累與虜戰, 以爲中國兵十, 不能當日本兵一, 日本兵十, 不能當朝鮮兵一, 此非謂三國人勇怯之情, 至有若此之殊也. 抑亦以言乎慣悉倭性, 善攫戎機者, 我有獨長乎人也. 居今論古, 事情雖異, 公憤私仇, 在在鬱結, 三戶亡秦, 當有其日. 旁搜廣采彼族對我之陰謀虐政, 及我族對抗之烈, 以紹介於隣邦同仇之人民, 此天鼓之第二義也.

古者, 中華人之傳述朝鮮者, 始自司馬遷班固, 然其地理不出於浿水以北, 此乃朝鮮之一隅, 而非其全部也. 其事實不過記衛滿一人割據之跡, 此又一時借寇之例, 而非其本史也. 自曹魏以還使价頻煩, 傳聞稍詳, 然本國往往不肯以自家之秘藏視人, 故中華史家所採輯, 不過綴拾樽俎酬酌之餘, 以備交隣故事而已. 其外以外國人講朝鮮事者, 當無出倭右, 彼其謀我深, 故知我亦最詳. 自合併以來, 尤專精用力, 收集古書, 網羅幾遍全國, 探求往蹟, 發掘及於地中, 亦可謂勤矣. 然彼所以勤究朝鮮者, 將以禍朝鮮, 而非欲以愛朝鮮也, 將以誣朝鮮蔑朝鮮, 而非欲以發輝弘布眞正之朝鮮也. 故不但廣佈蜚說, 厚辱現人, 並且僞撰史事, 上誣先代, 寫生葉繪, 偏述窮巷之陋俗, 以證我民俗之蠻味, 圖書編著, 專摘叔季之弱點, 以斷我國性之卑弱, 縮短年代, 則檀君與神武爲兄弟, 塗改故典, 則新羅於日本爲附庸, 齊書郢說, 旣爲耳目之所熟習, 中西學者, 亦或信之爲正史. 旁推曲引, 以辨其誣, 訂誤訂謬, 以返其眞, 昭日星於長夜, 息邪說於方熾, 又豈吾人之所得已哉? 此天鼓之第三義也.

自三一運動以後, 國中秉簡者, 稍稍擡頭, 日刊月印, 計可至數十種, 然處於合併後積弱之勢, 又怵於十年來, 倭督專制之威, 可言者不言, 當筆者反削, 其爲狀, 至可憐悶, 而報章猶時遭押收, 報館亦累被封禁, 三月以上續刊之紙, 幾乎如鳳毛麟角, 而獨彼督府機關紙如每日申報等, 附賊爲倀, 天良全泯, 稱義兵爲暴徒, 號烈士爲凶漢. 凡有參加獨立運動之列者, 無不誅之爲亂民, 貶之爲不逞之徒, 王賊之倒置, 忠逆之易位, 至於如此甚矣. 倭之爲禍也, 不惟欲網打生存之人, 殄滅其種子, 抑亦惡地下之鬼, 猶帶愛國之號, 旣以刀鋸鼎鑊, 戮之於其生前, 又以凶名惡謚, 加諸其死後. 秉心忠赤者, 固不能以榮辱褒貶而有移轉, 顚倒善惡, 詬罵先民, 抑其非吾人之深痛哉? 海外漫輯, 雖不敢望普及域內, 若夫申明大義, 傳示隣邦, 則又不可舍此他圖, 此天鼓之第四義也. 以上所述, 固天鼓所當生死以之者也.

天鼓乎, 天鼓乎, 將爲雲爲雨, 以滌穢德之腥膻歟. 將爲鬼爲厲, 以哭敵運之將終歟. 將爲刀鉤爲槍砲, 掃蕩寇氛歟. 將爲炸彈爲匕首, 震驚賊人歟. 內則民氣日張, 暗殺暴動之壯擧, 層見不絶, 外則世運日新, 孱邦弱族之自立運動, 續出不已, 天鼓乎, 天鼓乎, 汝鼓我舞, 作我同胞, 執彼凶殘, 還我山河. 天鼓乎, 天鼓乎, 乃奮乃勉, 毋忘乃職.(《天鼓》 제1권 제1호, 1921년 1월)

金成喜

教育宗旨續說 202쪽

夫 宗敎者는 何오 欲以敎全國之民而使篤信其道하야 一其志而團其體者也라 故로 有國則必有敎하니 儒敎佛敎道敎神敎基督等이 是也라 然이나 爲國敎者一而佛敎道敎神敎基督敎國民은 崇其敎曰宗敎라 하야 人人尸之에 家家祝之하고 儒敎國之民은 知有先聖先師之敎而不知所以宗之之義 故宗敎二字를 史不能書之하고 人不能名之者久矣라 譬猶菽粟布帛이 莫切於身之日用而富貴之子는 不知所以何種植而出이며 何織組而成也니 蓋其信之也有淺深而敎之本이 亦異矣로다.

夫自上古之世에 如日月星辰可逼之光과 如風雨雷霆可驚之事와 如洪水烈火可慴之勢와 怪禽毒獸可祆之物이 必有絶大之勢力이 居中而主宰之라 하야 恐怖之念이 始生而信奉之意가 漸緊하야 以之祭祀焉하며 崇拜焉하야 以爲一定之習俗하니 此는 歐西宗敎之所由起也오 降至中古하야 人群이 進化하고 事物이 相交하야 非敎면 無以定共公之要法이오 非法이면 無以繫人心之趍向일ᄉᆡ 於是에 有曠前絶後爲聖爲神特質之人이 起하야 開導衆民之智力하고 誘說天人之直接하야 使知有求福免殃之路하니 此는 歐西宗敎之所以立也오 理想而敎育之하며 習慣而法律之하야 次第發明에 遂得生界上樂利故로 希望於無聲無臭冥漠之天하고 思想於爲聖爲神特質之人하야 去因來果을 一以依歸하며 溺信迷茫에 入於至誠하야 現世에 或不能達其目的則來世에 必遂其期望之念이 日盛而莫之能禦하야 至於死而無悔하니 此乃無所謂死無所謂生者也라 死者는 死吾體魄之中에 若金若鐵木類炭類粉糖鹽水雜質而已오 不死者는 靈魂이라 旣有常常不死者存則何有乎生吾며 何

有乎死吾리요 此는 宗教家之所以發達其宗旨也라.

儒教則不然하야 首重倫理에 眞認血祖하고 次及修身에 謹愼寡過로 爲大主義也니 何也오 蓋自黃帝로 始有人類之孳息 而其道가 虛靜無爲하며 任天弱人하야 有獨往不具之弊故로 唐堯虞舜이 以人代天工之學으로 倡明人類最貴之倫理하야 使契敬敷하니 此는 東洋儒教之所由起라 故로 孔子撰詩書에 斷自唐虞而不及於黃帝하고 祖述堯舜而闡明倫理하야 爲萬世法하니 此는 東洋儒教之所以立也오. 孔子沒에 楊朱墨翟自愛兼愛之說이 大行一世故로 孟子力排之如驅猛獸導洪水然하야 以扶護儒教로 爲己任하니 其教之行于世也에 定其君臣父子夫婦之義하야 使老有所歸하며 壯有所用하며 幼有所長而率以修齊治平으로 爲大同之教하니 此는 儒教家之所以發達其宗旨也라.

夫國人이 宗之則曰 宗教라 宗儒教之國者 豈不以儒教爲宗教可耶아 苟宗之則斯祭祀之하며 民祖祀堯舜하며 有祀孔孟 而亦未聞中流以下之民이 能護瞻拜於大聖亞聖之位하니 民級이 於是焉分矣오 國教가 於是焉離矣라 最多數之民衆이 苟不得以自由宗之 則儒教之不能爲團體宗教가 抑以是歟ㄴ져.

儒教者는 天敍有典民族自治之本이라 國家之刑政禮樂이 莫不以是爲要素 則驅西所謂宗教之渺不可知者가 豈得以比倫哉아 雖然이ᄂ 以教育界로 論之면 儒教教育은 以訟이오 驅西宗教教育은 以信이니 何謂訟고 春秋之精義는 全在於公羊傳而據三世開太平進化之法典이 有百世不惑之本旨어늘 自東漢以後로 無人講解其旨者ᄒᆞ니 孔教之眞面目을 遂不可復觀矣라 重之荀子之學이 自出於孔門派流而有治人無治法等說로 以欺當時ᄒᆞ고 李斯輩가 從而煽之ᄒᆞ야 尊君權於無上而流其毒於後世ᄒᆞ니 不寧惟是라 曲學阿世之徒가 夤緣傅會ᄒᆞ야 取媚於人主則歷代君相率以利己者로 著爲法令ᄒᆞ야 壓抑專裁에 因以爲常ᄒᆞ야 鉗其民而愚其俗을 如狙飼之ᄒᆞ니 卽恐豪傑之人과 議

論之士가 相連以爲亂也라 故로 民愈愚則國愈安이라 ᄒᆞ야 教民之學이 遂廢不講ᄒᆞ고 重民之義湮而不傳ᄒᆞ니 後世學者豈知孔教宗旨之所在耶아 但嘐呶呶에 莫之底定曰 某也正論某也横議某也僞學某也眞學之辨이 迭出而支那之國教已紊矣오 文學則各以黨派而立幟ᄒᆞ고 義理則各擁私乘而分歧ᄒᆞ야 曰忠曰逆之論이 不以公法爲歸 則我韓之國教又墜於地矣라. 儒教之學이 昔莫盛於東洋二國而紛議雜出ᄒᆞ야 各以私意相襲이 乃至如此ᄒᆞ니 卽自秦漢二千年來未決之案是也라 誰速之訟고 束躬寡過에 牢拘小節ᄒᆞ고 率身歛退에 忘其國家而誤了宗教ᄒᆞ야 使民不敢倡自由者ᄂᆞᆫ 荀子也니 有國教裁判者면 彼何逃焉이리오.

何謂誠고 歐西宗教之本體甚微ᄒᆞ야 不可以摸捉일ᄉᆡ 始以迷信에 終入於純一之誠則誠之所在에 莅事無疑ᄒᆞ고 臨難不懼ᄂᆞᆫ 卽其自守之義也라 故로 歷史上 傑人達士之能成大業者 莫不以信宗教之力也니 克林威爾ᄂᆞᆫ 再造英國而犯大不韙에 無所避ᄒᆞ고 歷大苦難에 亦不渝者ᄂᆞᆫ 信宗教之誠之爲也오 女傑貞德은 再造法國而他無所長ᄒᆞ고 惟以無心倡自由ᄒᆞ야 感動國人에 卒摧强敵者도 信宗教之誠之爲也오 維廉濱은 新開美洲而以自由로 爲性命ᄒᆞ고 視一身爲犧牲者도 信宗教之誠之爲也오 瑪志尼ᄂᆞᆫ 先倡新宗教ᄒᆞ야 築少年意國之基礎에 百折不撓者도 信宗教之誠之爲也오 加富爾ᄂᆞᆫ 首抑教權而實扶教旨者也라 嘗不治產而以國爲產ᄒᆞ고 不娶妻而以國爲妻者도 信宗教之誠之爲也오 格蘭斯頓은 十九世紀傑物이라 鼓吹輿論에 革新國是ᄒᆞ야 使英國奠安者도 信宗教之誠之爲也라.

然則其篤信之誠力을 何以致之오 皆由於教育이 有素也니 卽自小學至大學히 必以實事에 身履之ᄒᆞ고 實物에 手攻之을 如學山必登山ᄒᆞ며 學海에 必入海之類也 則與儒教教育에 以言以訟之爲로 固不同矣라. 使全國民으로 思想於是ᄒᆞ며 希望於是ᄒᆞ며 親愛於是ᄒᆞ야 結合惟一無二之大團體를 曰 國教

教育이니 豈文字之所可組成이며 言語之所可構造리오 惟一自由權者ㅣ 爲之主ᄒᆞ고 平等權者ㅣ 爲之佐然後에 可以達其國之宗敎ᄒᆞᄂᆞ니 爲儒敎敎育家者ᄂᆞᆫ 盍圖是焉고.(《대한자강회월보》 제12호(1907년 6월 25일), 제13호(1907년 7월 25일))

安廓

朝鮮의 美術 210쪽

美術과 文明

凡人이 美를 喜하고 醜를 厭하며 都를 好하고 鄙를 惡하는 結果로 人類가 穴居野棲의 境遇를 脫하고 金殿玉樓에 住居함에 至한지라 此의 源因을 探考하면 卽 審美心의 感性이 發達함이니 故로 百般의 工業이 發達하야 日用萬物의 便利를 享함은 都是美術的思想에셔 從出함이라 更言하면 人文이 漸次進化할사록 美術의 發達은 此를 伴하야 開進함으로 國의 文野를 不問하고 人民이 有한즉 美術이 必有할새 此美術은 人民開否의 意想을 表하는 一種의 活歷史니라

美術은 精神이 物類中에 現한 者라 故로 美術品의 靈妙與否는 材料의 良否에 關함이 少하고 思想의 表現에 存하니 思想이 富饒치 안으면 如何한 良材가 有하야도 其妙技를 能顯치 못함으로 國民의 文化思想을 觀함에는 美術과 如한 者이 無하며 又美術工藝의 盛衰는 國家治亂興廢에 伴隨하는 것이라 故로 天下가 昇平하야 文學이 隆盛하는 時代에는 美術도 亦振興發達하고 文學이 衰弱하고 國家가 紛亂한 時代에는 美術도 亦隨退步萎微하나

니 他方面으로 見하면 世態의 變遷을 遭하며 人情의 趨勢를 因하야 或小異하나 大體는 如此한 故로 美術의 如何를 觀하면 能히 其國의 榮落을 推測할지오 又美術이 發達하면 工藝가 隆盛함은 勿論이오 德性을 涵養함이 有하니 美는 優美한 思想을 起하고 雅趣한 力을 養하며 邪惡의 念을 去케 하고 粗野의 風을 殺하며 또한 人心을 安慰케 하나니 換言하면 高尙한 宗敎는 人心으로 淸潔高雅及仁愛에 富케 하는 까닭으로 美術의 如何를 觀할진대 其國의 宗敎道德이 如何히 漲落됨을 推測하나니라

朝鮮美術과 外國美術

今日我國美術로써 外國美術에 比하면 天壤之別이 됨은 아모라도 皆知하는 바이나 西洋은 自由政治가 開放된 以後 二百年來로 發達된 바오 古來브터 如許히 됨은 안이니 然則古代美術을 가지고 比較하여야 美術發達의 淵源을 知할지라 故로 今에 美術思想의 動機卽根源을 溯考하야 比較할진대 日本은 勿論我의 文化를 受한 國인 故로 不足可言이오 印度는 最古國이라 其美術은 宗敎에 因함이나 其跡이 萎靡凋落한 고로 또한 與言키 不可하고 唯支那希臘二介國으로 言할밧게 업도다

먼저 支那美術의 淵源을 言할진대 其思想의 動機는 勸戒라 支那古代祭器에 饕餮은 怪物이오 蚩尤는 黃帝와 戰한 一種의 野蠻人이라 此神聖한 祭器에 엇지 奇怪한 容形을 圖할고 是는 暴飮暴食을 誡하고 無作法을 制하기 爲한 卽勸戒目的을 可知오 後漢에 孫暢之라 하는 人의 藝術論이 잇다는대 至今未傳함으로 不見하갯고 傳說에 曰周代에 堯舜과 桀紂의 畵를 描하야 鑒戒에 供한지라 故로 孔子가 此를 眺하고 周氏의 盛한 所以는 玆에 在하다고 其弟子에게 敎하얏스며 六朝時代有名한 畵家謝赫도 圖畵는 勸戒를 明치 안임이 업다 하얏스며 唐代의 張彦*遠 가튼 이도 敎化의 力과 人倫

을 助하는 功이라 論하얏스며 其他郭若虛의 圖畫見聞志, 米芾의 畵史를 見하야도 다 勸戒가 唯一의 目的이라 云하니라 其後北朝時代에 美術發達의 助力된 바는 老子의 道德經을 因하야 詩想이 昴上되매 自然과 恬淡의 事가 當時文化의 背景을 成하니 此가 쏘한 美術思想의 補助가 된다 할지나 其先次의 原始的動機는 勸戒에 在하니라 此勸戒的으로 美術이 發生함을 見할진대 其源因이 純正한 審美的으로 發源함이 안임으로 其發達이 遲遲할 뿐 안이라 美術自體의 價値가 顯치 못하얏다 할지오

其次에 西洋美術을 言할진대 希臘으로 宗論할지라 希臘의 美術思想은 本來舞蹈에서 其緖를 開한지라 其舞蹈에는 體質이 美한 者를 選하매 人은 體育을 發達하야 赤裸의 勇士的態度를 取하며 婦人이 身體健全을 貴히 녁이어 肩을 脫, 脛을 露함은 獨히 스파타 婦人 뿐 안이라 希臘全國의 舞蹈及箏笙의 職業이 有한 婦人도 亦然하니 故로 希臘各地에 男女가 다 其身體美의 競爭을 試하매 此에 對한 美術的 裝飾品은 自然發達하고 彫刻家로 古今獨步라 하는 者도다 此希臘舞蹈場修飾에서 出하얏스며 此舞蹈가 變하야 倣爲舞蹈가 되매 此를 隨하야 音樂과 高等藝術이 大進하고 此倣爲舞蹈가 更히 巧妙한 趣味를 備하야 諸神의 冒險事業이며 英雄의 事績等을 模倣하니 是所謂默劇이라 此로브터 悲劇樂劇으로 演劇의 風이 大進하매 自然圖畫美術逸品等이 進步된지라 此는 希臘美術全盛期에 生存하얏던 포사니아氏도 亦稱한 바니라

以上支那希臘의 美術을 觀察할진대 其動機가 純正한 美術學上의 原理를 動한 者라 하기 可할가 疑問이어니와 我朝鮮美術에 對하야는 其動機가 何如오 近來日本工學文學의 專門家되는 大岡과 栗山等이 朝鮮各地의 美術

---

* 저본에는 '産'으로 되어 있으나 일반적인 용례에 따라 '彦'으로 수정하였다.

品을 調査한 敎에 評曰 朝鮮美術은 其淵源이 支那及印度에서 輸入하야 倣倣하얏다 하는지라 然이나 予의 硏究한 바로는 不然하도다 新羅僧玄恪等四人이 印度에 往하야 佛法을 留學한 事던지 各地方의 寺院으로만 察하던지 또는 儒敎를 尊崇한 歷史等만 見하면 或可하나 佛敎와 儒敎가 輸入되기 前의 美術은 見치 못한 바라 佛敎東漸이 美術工藝에 對하야 急激한 進步를 促하얏다 하면 容或無怪하나 美術動機가 佛敎라 함은 不可하며 儒敎崇拜가 오히려 美術을 妨害하얏다 함이 可하지 此로써 動機라 함은 大不可하도다 佛敎는 小獸林王三年에 始入하얏는대 小獸林王以前高句麗古墓가 江西平壤鴨綠江對岸等地에 多在한 것을 察하면 其墳墓에 構造의 美術은 用筆附彩畵題等이 奇妙한지라 宮居의 形便 男女의 服裝狀態, 器具의 形狀, 禮儀의 狀況, 田獵의 狀態等을 繪하얏스니 此로 見하야도 佛敎輸入以前에 美術이 大進함을 可知오 全羅忠淸等地에 散在한 바 二千年前三韓宮室의 遺跡이라던지 秦始皇을 邀擊하던 鐵椎라던지 滿洲에서 發掘한 余王의 玉棺이라던지 仁川等地에서 三千年前의 使用하던 石斧石簇等을 見하야도 儒敎以前에 美術이 發達함을 可知할 쁜안이라 又佛國寺大鐘은 唐式도 안이오 印度式도 안이오 純然한 韓式이며 瞻星坮石燈大銅佛等은 東洋美術史의 資料로 極重한 標本이라 함은 西洋美術家의 稱道하는 바이며 高麗圖經에 曰 器皿多以塗金 或以銀 而以靑陶器爲貴라 하고 又曰 陶器色之靑者 麗人謂之翡色 近年以來 製作工巧 色澤尤佳 酒尊*之狀如瓜** 上有小蓋 而爲荷花伏鴨之形 復能作盌楪桮甌花甁湯琖 皆竊倣定器制度 陶爐狻猊出香亦翡色也 上有蹲獸下有仰蓮以承之 器唯此物最精絶 其餘則越州古秘色汝州新窯器大槪相類云云이라 하얏스니 由此觀之하면 我朝鮮美術品은 支那나 印度의

---

* 저본에는 '導'로 되어 있으나 『고려도경』에 근거하여 '尊'으로 수정하였다.
** 저본에는 '爪'로 되어 있으나 『고려도경』에 근거하여 '瓜'로 수정하였다.

製法을 摸함으로써 思想의 動機라 함이 萬不當하니라

然則朝鮮美術思想의 動機는 檀君時代에 個人이 通常生活態度를 脫하야 理想上의 感激을 發하매 祭祀法을 用하고 彫刻으로 紀念物을 作하던지 目覺에 異常할 만한 形式 或彩色을 用함에셔 次次美術動機가 生하야 獨立的으로 大發達을 呈하얏나니라 故로 李奎報詩에 曰嶺外家家神祖像 當年半是出名工이라 하얏스며 故로 高麗의 活字와 李舜臣의 銕甲船과 申承宣의 飛行機等이 다 世界發明하기 前에 我朝鮮셔 創造使用하얏고 故로 宋徽宗은 支那有史以來 第一有名한 畫家라 하나 徽宗은 高麗人 李寧을 聘去하야 學하얏스니 支那에 對하야 오히려 美術을 教傳한 事가 有함은 明瞭한 事實이니라

美術不振의 源因

大概我朝鮮人은 五千年前에 審美思想이 發達하야 上古五國時代에는 人民이 普遍的으로 此의 作用이 駸駸하다가 中古三國時代에로 하야는 佛教儒教의 反動을 受하야 靄然한 光明을 放하얏스며 中古後期南北朝時代約三百年間에는 美術이 大進隆昌하얏스며 近古高麗末葉에 至하야는 儒教가 興하고 佛教가 衰하여 蒙古及支那와 國際가 빈번하매 優美崇古한 氣品과 莊嚴雄大한 風格의 賞을 受키 不可하나 然이나 陶器作法은 大發達하니 意匠樣式의 豐富와 其手法技工의 巧妙及釉藥等은 實로 可驚하갯고 李奎報의 著作을 輯한 東國李相國集十六册中에 史眼을 放하면 高麗磁器에 對하야 咏佳讚美함을 可知할지라 然이나 李朝時代에 至하야는 크게 衰退하야 거의 滅絶之境에 到하얏도다

近來에 至하야 美術의 衰退한 源因을 言할진대 政治上壓迫이 美術의 進路를 防遏하며 貪官汚吏의 剝奪이 工藝를 抹殺하얏다 할지라 然이나 更思

하면 儒敎가 此를 撲滅함이 더 크니라 大典會通에 見하면 圖畫署의 官制가 有하야 提調는 禮曹判書가 例兼하고 其下六品七品等의 官員이 有하얏스며 又工曹가 有하야 一般工藝를 掌하얏스나 儒敎가 勃興된 以後로 世人이 美術은 娛樂的玩弄物로 녁이고 賤待한지라 三國史記에 曰率居所出微 故不記族系 生而善畵……라 하얏스니 先人의 美術家待遇를 可知오 又李朝初期에 儒畵의 泰斗되는 仁齋 姜希顔은 名畵라 然이나 其行狀에 曰子弟有求書畫者 公曰書畫賤技 流傳後世 祗以辱名耳라 하니 以此觀之하면 美術의 不振은 儒敎의 賤待를 受하야 滅亡에 至하얏도다 又或有名한 美術家가 有하되 自己天分만 恃하고 奇怪悠謬한 作物에만 自高하야 飮酒放蕩하고 傲慢無禮에 陷하야 美術的智識學問을 探求치 안하얏스니 繼續的으로 發達이 되지 못함은 不言可知오 慵齋叢話에 曰 我國名畫史罕少 自近觀之 恭愍王畵格甚高……라 하니 今日美術史의 不傳함도 此賤待無智識함에셔 因함이로다 嗚呼라 山容水態林影鳥語等을 無形한 詩句에나 描寫할쥴 알앗지 形式上物質로 寫出치 안하며 人生事爲를 周易運數에 寓하고 務實力行으로 自然을 利用할 쥴은 不知하얏스니 特히 美術의 發達뿐 안이라 萬般事爲가 다 일로써 退縮을 作한지라 是以로 儒敎는 我朝鮮人의 大怨讐라 하노라

餘感

嗚呼라 我古時의 文化는 東洋에 先甲이 되얏스나 祖先의 遺跡은 地中에 埋沒할 뿐이오 誰가 此를 發現하야 愛重할 心을 起하는 者이 無하며 또 美術品保存의 思想이 乏하야 寺院個人을 不問하고 其貯藏이 富치 못하며 元來我의 政治는 變世가 되면 前朝記錄을 堙滅하야 新羅의 眞史는 高麗時에 絶하고 高麗의 裏面은 李朝時에 滅하얏스매 歷史的種別的으로 其眞績한 材料를 網羅키도 不能하니 엇지 隔靴搔痛의 歎이 無할이오

晩近三十年來에는 優[*]美의 士가 多出하야 文明을 企하고 開進을 圖한 者이 多하나 所謂紳縉志士의 演說을 聆하던지 記者主筆의 論文을 讀하던지 擧皆時事를 痛詈하며 舊習을 叱評할 쁜이오 一人도 探究의 力을 起하야 自己長處를 誇張하는 者이 無하얏스니 人民의 愛祖心이 何에셔 生하며 自信力이 何에셔 興할이오 故로 老人이나 靑年이나 모다 落心遯世할 쁜이로다

試思하라 吾人이 古代美術을 見하면 自家保守의 志操가 何如하며 古代遺物을 見하면 愛古의 情이 何如하며 朝鮮의 美術品이 外國博物館에 陳列하야 大稱讚을 受한다 하면 此를 聞하고 外國에 對한 誇示의 情이 何如하뇨 凡美術의 關係가 如此히 重大하거널 所謂高等學識을 修習한 者는 仕官熱에 眼子가 赤할 쁜이오 此에 對한 硏究는 一無한지라 도리혀 外人이 各地에 蹂躪하야 古墓를 發掘한다 遺物을 調査한다 하야 關野谷井 가튼 이는 朝鮮內地에 蹴蹈치 안인 處가 無하며 一書籍으로도 釋尾春芿 가튼 이는 朝鮮美術大觀을 著하며 荒井賢太郎 가튼 者는 朝鮮藝術之硏究를 術하고 其他諸種雜誌上에 朝鮮美術에 當한 調査評論이 往往露出하니 朝鮮의 主人翁된 者가 엇지 羞愧치 안으며 엇지 愛惜치 안으며 엇지 可憐치 안으리오

是以로 予가 此를 念하매 敢히 潛臥할 수 업스며 참아 泯黙치 못할새 不工無智를 不顧하고 玆에 數字를 書하야 大聲疾呼로 學者人士를 喚하노라.(《學之光》 제5호(1915년))

---

* 저본에는 '優'로 되어 있으나 문맥에 따라 '憂'로 수정하였다.

呂炳鉉

格致學의 功用 221쪽

格致者ᄂᆞᆫ 格物致知之謂也니 其有功於利用厚生이 大矣라. 古昔聖賢이 莫不講究斯學 故로 大學首章에 修齊治平之道ᄂᆞᆫ 以格物致知로 爲本이나 後世儒者가 不務實學ᄒᆞ고 漸尙詞章홈으로 將畢生有用之精力ᄒᆞ야 銷磨於唫詠誦讀之間ᄒᆞ되 鮮有成功者러니 近自通商以後로 見夫西人富强之術이 無不以格物之學으로 爲本ᄒᆞ니 試言格致之科目컨ᄃᆡ 曰天文學과 曰地文學과 曰化學과 曰氣學과 曰光學과 曰聲學과 曰重學과 曰電學 等이라.

天文學者ᄂᆞᆫ 能察太陽系中諸星之體質經度ᄒᆞ야 不亂一絲ᄒᆞ니 其言에 曰 日爲衆星之宗ᄒᆞ고 隨日之諸行星中에 最大者 有八ᄒᆞ니 金木水火土五星及地球天王海王也라. 若論體質之輕重大小則水星火星은 小於地球而甚重ᄒᆞ고 金星은 大與地球略等而亦重ᄒᆞ며 木星 土星 天, 海王龍은 較以地球에 大至數倍 或 十數倍而稍輕ᄒᆞ고 日體則大於地球三百萬倍라 ᄒᆞ며 若以諸星之軌道로 言之면 水星이 最近日이오 火星 金星 地球 木星 天王 海龍이 順次漸遠 故로 近則三個月而一周其軌道ᄒᆞ며 遠則三十六年而一周ᄒᆞ며 或一百五十年而一周ᄒᆞ고 此衆行星이 各有衛星ᄒᆞ니 曰 月也라. 地球之月은 其體가 小於地球四十九倍ᄒᆞ고 火星 金星도 各有一月ᄒᆞ며 木星則有四月ᄒᆞ고 土星則有八月이라 ᄒᆞ니 此蓋前人之所未發而今人則以格致之力으로 發明也오

地文學者ᄂᆞᆫ 能知地球土質之緻疎輕重과 及其變遷來歷ᄒᆞᄂᆞ니 其言曰 地心이 本以燒化之流質로 自古迄今에 未曾增減ᄒᆞ고 其熱度가 愈深愈加故로 掘地以下ᄒᆞ야 驗以寒暑表則每一丈에 熱增一度라 ᄒᆞ며 厥初地球甫成에 其熱이 與日相等이러니 後來로 天風이 振蕩ᄒᆞ야 體質이 漸凉則結膜一重이 周

於地面ᄒᆞ니 此膜이 爲至堅之石ᄒᆞ야 無隙可鑽이라가 後因地震所撼ᄒᆞ야 升者ᄂᆞᆫ 爲山爲陵ᄒᆞ고 陷者ᄂᆞᆫ 爲谷爲川ᄒᆞ며 地膜以下에ᄂᆞᆫ 地球流質之凝冷者가 爲鐵爲礪爲晶ᄒᆞ며 地之熱氣가 驟凉에 乃化爲水ᄒᆞ니 於是乎 大小魚鼈이 産於其間ᄒᆞ며 綠草靑苔가 長於地面ᄒᆞ야 仍成林藪ᄒᆞ며 奇禽大獸가 生於深山ᄒᆞ고 風氣日闢에 人類始生焉ᄒᆞ니 此乃地學之硏究者而後來鑛學者가 推廣斯學ᄒᆞᆷ으로 辨土質採五金ᄒᆞ야 以爲人生之利用ᄒᆞ니 其功이 果何如哉아.

化學者ᄂᆞᆫ 能知萬物之性質及效用ᄒᆞᄂᆞ니 其種類 不一ᄒᆞ야 動物化學者曰 人畜身體에 含質이 甚夥ᄒᆞ야 肉含 水素 酸素 炭素 窒素 等 四質ᄒᆞ고 骨髮은 含燐 硫 金 三質ᄒᆞ고 血含蛋白 鐵 鹽 等 三質ᄒᆞ니 水酸二素가 相合則生水ᄒᆞ고 炭酸二素가 相合則生火ᄒᆞ며 窒酸二素가 相合則生呼吸之氣라 形體之學이 從此而生矣오. 植物化學者曰 凡天下之草木 果蔬 穀物 等을 皆可辨其種類ᄒᆞ며 審其性味ᄒᆞ야 何以生 何以長 何以養 何以蕃과 所含者爲何質이며 所宜者爲何土를 無不通曉라 ᄒᆞ며 鑛物化學者曰 凡地中所産 沙石 煤土 金 銀 銅 鐵 錫 鉛 硫黃 石膏 石炭 硼砂 砒霜 雄黃 朱砂 雲母 鐘乳 礬石 金鋼鑽 水晶 瑪瑠 各色玉類及諸種寶石을 皆可析其質化其氣分其形究其性ᄒᆞ며 亦可合二種 或 三種之元素ᄒᆞ야 化成一種混合物ᄒᆞ니 凡此世界之千萬種混合物이 莫不由七十二種元素而混成者也라 ᄒᆞ니 此乃格致之功效也라.

氣學者ᄂᆞᆫ 能知各種氣體之性質臭味及重量ᄒᆞᄂᆞ니 其言에 曰 輕氣(水氣)ᄂᆞᆫ 無色無味ᄒᆞ야 氣體中의 最輕者라 謂ᄒᆞᆯ지니 養氣(酸素)에 比ᄒᆞ면 十六倍가 輕ᄒᆞ고 空氣에 比ᄒᆞ면 四十零五倍가 輕ᄒᆞ니 毋論某物ᄒᆞ고 凡屬酸質者ᄂᆞᆫ 必含輕氣니 此氣之爲用이 頗廣ᄒᆞ야 以之裝入皮球中이면 其球가 卽可上升ᄒᆞ리니 蓋球中所裝之氣가 輕於空氣故로 其能浮空을 如大船之浮海上이라. 此球上升之際에 懸一小船於球下ᄒᆞ고 二三 或 四五人이 乘坐其上이라도 船隨局而升ᄒᆞ야 飛行于空中ᄒᆞ니 此卽輕氣球라.

遡究其源이면 西曆千七百七十三年에 法國人 孟施兄弟가 作一布球ᄒᆞ야 盛以烟焰之氣에 其氣가 能高升ᄒᆞ니 名曰 大球라. 然ᄒᆞ나 不久에 熱氣減退則落下故로 更以抹漆皀紬로 作一大球然後에 用鑛强水生輕氣ᄒᆞ야 以充其球ᄒᆞ니 球升三百餘丈이라가 落在五十里外라. 法王이 聞之ᄒᆞ고 賞金千磅이러니 嗣後歐洲格致者家가 精益求精ᄒᆞᆷ으로 能作高升不落之氣球ᄒᆞ야 以刀刺球而放氣然後에야 乃下케 ᄒᆞ니 俄人은 用兵之際에 纙輕氣球隊ᄒᆞ야 以窺敵陣ᄒᆞ고 普法之戰에 法人이 被圍ᄒᆞ야 用輕氣球而通信城外ᄒᆞ니 此乃氣學之功用也오.

光學者ᄂᆞᆫ 能察光行之遲速遠近ᄒᆞᄂᆞ니 其言에 曰光於一抄間에 能行十八萬六千英里故로 太陽與地球之距離가 雖達九千四百萬英里之遠이나 八抄間에 光自太陽으로 能達于地球라 ᄒᆞ니 推此觀之컨ᄃᆡ 設或太陽이 一朝熄滅ᄒᆞᆯ지라도 八抄前에ᄂᆞᆫ 吾人이 必不能覺知其然也리라. 推此光行之速度而回光折光之理가 生焉ᄒᆞ고 回光折光之理가 生而造鏡之法이 始焉일ᄉᆡ 蓋作凹鏡凸鏡而用直照返照之法이라. 於是乎 望遠鏡이 作焉ᄒᆞ니 大者ᄂᆞᆫ 二丈有餘라. 以此而諸星距日之遠近及體質之大小輕重과 月中之火山과 火星之雲氣와 土星之光環을 皆可窺見ᄒᆞ니 蓋用回光之法也오. 且顯微鏡이 作焉而至精者ᄂᆞᆫ 視原物에 大至五千倍故로 以此而照에 塵埃野馬가 大如車輪ᄒᆞ고 蚊虱之脚이 巨若棟樑ᄒᆞ며 血中水中之微菌을 亦可照見ᄒᆞ니 蓋用折光之法也니 此乃光學之功用而亦是格致之效也오.

聲學者ᄂᆞᆫ 能知傳聲之法ᄒᆞᄂᆞ니 其言에 曰 聲音은 賴空氣而傳ᄒᆞ니 空氣가 實爲傳聲之媒介ᄒᆞ야 激揚移動을 如浪因風激 故로 謂之聲浪이라 ᄒᆞ니 聲浪之速度ᄂᆞᆫ 一抄間에 能行一千一百英尺이나 假如大砲之發也ㅣ에 砲烟이 先見ᄒᆞ고 砲聲이 繼聞ᄒᆞᆷ은 實非烟先聲後라. 其在大砲에 烟與聲으로 縱然同時竝發이나 烟屬於光ᄒᆞ야 其行이 速故로 先入于我目ᄒᆞ고 聲은 但以一抄間

一千一百英尺之速度로 行過空氣故로 後入于我耳니 西曆 一千七百八十三年間에 蘇格蘭人 培勤이 教授聾啞于一學校라가 創造傳聲器ᄒᆞ고 繼而傳話機留聲器等을 次第發明ᄒᆞ야 今爲人生之利用ᄒᆞ니 此乃聲學之功用也오.

重學者ᄂᆞᆫ 物之重量이 莫不由地球引力而生故로 地球ᄂᆞᆫ 可謂重之源也라. 格致諸家가 推廣重力之作用ᄒᆞ야 發明重心之法ᄒᆞ니 重心者ᄂᆞᆫ 重量中心之謂也라. 假令甲乙兩力이 互相牽引ᄒᆞ야 甲向于東ᄒᆞ고 乙向于西ᄒᆞ면 重心이 聚于中央ᄒᆞ니 馬牛之重心은 在於背ᄒᆞ고 蠐螬之重心은 在於腹ᄒᆞ고 不到翁之重心은 在於下ᄒᆞᄂᆞ니 現世利用之各種量衡과 諸般器械配置之法이 莫非重學中出來者也오.

電學者ᄂᆞᆫ 能察電氣之作用ᄒᆞᄂᆞ니 其言에 曰琥珀玻璨等所生之電도 與天上電氣로 實爲一類也라. 由來格致諸家가 推廣此理ᄒᆞ야 發明造電之法ᄒᆞ니 醋與硫黃으로 化合而生濕電ᄒᆞ고 金鐵相磨而生乾電ᄒᆞ며 電有陰陽二種ᄒᆞ니 氣之所到에 萬物이 莫不引受인ᄃᆡ 就中五金之屬은 引電尤速ᄒᆞ고 但磁器絲綿之屬이 可以隔電이라. 於是乎就引電隔電之說而電報生焉ᄒᆞ니 電報에 用濕電故로 導電鐵線을 托以磁礶ᄒᆞ야 此感彼應에 萬里如比隣ᄒᆞ고 因陰極陽極之理而電燈이 作焉ᄒᆞ니 電燈에 皆用乾電故로 蒸水化汽ᄒᆞ야 以之輪轉機輪에 銅瓦與鐵片이 兩相磨盪ᄒᆞ야 陰陽二電이 生焉이나 因其機輪之速轉ᄒᆞ야 欲合而離ᄒᆞᆷ이 因熱生光也니 此卽電學之功用也라.

夫格致者ᄂᆞᆫ 算學之進功也오 算學者ᄂᆞᆫ 格致之用具也라. 故로 東西格致之士가 無不以算學으로 爲本ᄒᆞᄂᆞ니 譬如琢玉에 必資刀鉅鑢石ᄒᆞ고 建屋에 必須棟樑棖臬이니 算學之於格致에 何以異此리오. 現世學校之制가 大略相同일식 專門教科之中에 格致科目이 居多ᄒᆞ니라. 十餘年前에 余遊美國北地方이라가 歷訪于一專門學校러니 該校教授某氏가 謂余曰 此校之生徒七百四十餘人中에 研究格致之學者 略有二百八十餘人인ᄃᆡ 彼等이 每十分

鍾에 二分半鍾은 專力於各國言語文字及史記ᄒᆞ고 二分半鍾은 專力於化學光學重學聲學等ᄒᆞ고 再以一分鍾으로 注意於天文學地質學等ᄒᆞ고 其餘四分은 研究動植等諸學이라 ᄒᆞ니 其時英吉利全國內에 著名格致之士가 數至十萬餘名인ᄃᆡ 莫不結社設會ᄒᆞ야 日夜로 研究蘊奧타가 若有一奇一新之發明件이면 開一總會於國中ᄒᆞ고 互相討論然後에 次第實施故로 人文始闢以後五千餘年에 曾所未發者를 類多發明於十九世紀ᄒᆞ얏슨즉 二十世紀中에 又未知何等神妙之發見也니 人之心力所至에 能奪天地之造化者 蓋以此也라.

遡究格致學之淵源컨ᄃᆡ 古代希臘國은 文藝學術이 稱爲歐洲文明之鼻祖요 現世科學之頭腦로 首先注力格致之學ᄒᆞ니 其時國運之隆盛과 民智之發達이 可謂西歐列邦之第一位러니 及至日久ᄋᆡ 專尙虛文ᄒᆞ고 不能實事求是ᄒᆞᆷ으로 學業이 駸衰ᄒᆞ고 國勢가 因亦不振ᄒᆞ니 由强而弱ᄒᆞ고 由大而小가 皆學與不學之明證也라. 嗣後羅馬國이 繼興ᄒᆞᆷᄋᆡ 因襲希臘之學ᄒᆞ야 講究格致ᄒᆞᆯ시 其時羅馬全國內 各學校에 執鞭教授者 皆希臘人也라. 其國이 亦可謂一時之盛이러니 後來習俗이 腐敗ᄒᆞ야 奢侈成風ᄒᆞ니 格致之說이 遂廢ᄒᆞ고 國隨而亡ᄒᆞ니라.

其後數百年에 格致學者가 寥寥無聞이러니 粵在西曆一千六百六十年間ᄒᆞ야 英國人裵肯이 崛起於理學之界ᄒᆞ야 收拾遺稿ᄒᆞ며 博採新說ᄒᆞ야 編成一部格致之書ᄒᆞ고 更與二十同志로 創設一會ᄒᆞ니 蓋其趣旨ᄂᆞᆫ 務要講究新知ᄒᆞ야 凡於利用厚生之道에 可以有助者ᄂᆞᆫ 一切采納實行者也라. 其時英王이 捐資贊成ᄒᆞᄆᆡ 數年之間에 大有發展之效 故로 歐洲列邦中에 俄法이 先之ᄒᆞ고 德國이 次之ᄒᆞ야 爭相慕效ᄒᆞᆷ으로 至于一千八百二十年ᄒᆞ야ᄂᆞᆫ 全歐學者가 皆知格致學之爲急務ᄒᆞ야 於是乎 同聲相應ᄒᆞ며 協心互助ᄒᆞ야 都鄙處處에 皆有學會ᄒᆞ고 歐洲中央에 有一總學會ᄒᆞ야 每年幾次에 定期開會ᄒᆞᆯ시 各處格致之士가 雲屯霧集ᄒᆞ야 必於大衆之前에 各言所得ᄒᆞ야 互相比較 然後에 或

選其最優者ᄒᆞ며 或蒐衆知而成一技ᄒᆞᄂᆞ니 自此以後로 格致之說이 盛行于泰西ᄒᆞ고 至于今日ᄒᆞ야 英美法德俄諸國之富强이 莫不由此也니 格致學之有關於國之盛衰ᄂᆞᆫ 不待贅論也라.

我韓은 幾千年來로 雖有名儒碩彦이 接踵相起ᄒᆞ야 競以理學之說로 相高ᄒᆞ나 終不能推廣其說ᄒᆞ야 施論事爲 故로 後來에 不知格致學之爲何物何用ᄒᆞ니 今日國勢之不振과 民生之困瘁ᄂᆞᆫ 理所固然이어니와 惟願我靑年同胞ᄂᆞᆫ 特爲注意於格致之學ᄒᆞ야 發前人之所未發ᄒᆞ며 致他國之所不致ᄒᆞ야 他日에 國家之隆運과 人民之福利를 期圖ᄒᆞᆯ지어다.(《대한협회회보》 제5호(1908년 8월 25일), 제6호(1908년 9월 25일), 제7호(1908년 10월 25일))

金澤榮

黃玹傳(壬子) 234쪽

黃玹, 字雲卿, 其先湖南長水人. 至世宗時, 領議政喜爲漢京大族, 數世子孫, 或返居湖南. 有忠淸兵使進及正言瑋, 有聲於宣祖仁祖時, 自後微焉. 父時默, 質直好義. 娶豐川盧氏, 生玹於光陽西石村. 方其娠也, 盧氏行胎敎法,雖一割, 必以正焉.

玹聰穎絶人, 未成童, 已能作詩驚人. 弱冠患鄕里闇陋, 北游京師. 時李校理建昌文章冠薦紳, 國中名士, 自姜瑋以下, 莫不從游. 玹贄詩以見, 建昌見詩大稱之, 由是名聲日起.

太上皇二十年, 特設保擧及第試. 玹對初試初場策, 試官見其文, 大驚擢爲第一, 旣而知爲鄕人, 改置第二. 及會試殿庭, 報罷數年, 自光陽徙求禮. 居二年, 以鄕貢初試生赴成均會試二所生員試, 而鄭判書範朝爲試官. 範朝三從弟主事萬朝素因建昌識玹, 而甚重其才, 見範朝言曰: "黃玹不得居前列, 是試猶不試耳." 範朝納其言, 選置第一. 盖再擧成均, 而始得矣.

當是時, 國家外憂日重, 而政事日謬, 玹無意進取. 遂杜門不入京師, 潛心文籍. 京師親友, 或貽書責長往, 輒答曰: "子奈何欲使我入於鬼國狂人之中而同爲鬼狂耶?" 一時文學大官申箕善李道宰輩爭願結識, 而皆拒不應焉.

光武九年, 日本因克俄羅斯之勢, 遣人統監韓國. 先是玹友開城金澤榮, 以時事將危, 棄官走中國之淮南. 玹慨然有從隱之志, 數寄書以通意, 而貧無財貲, 不能遽决. 獨畫古之處亂世潔身者, 梅福管寧張翰陶潛司空圖梁震家鉉翁謝翶顧炎武魏禧等十人, 各繫以詩, 作屛以觀.

隆熙四年七月, 日本遂倂韓. 八月玹聞之, 悲痛不能飮食. 一夕作絶命詩四章, 又爲遺子弟書曰: "吾無可死之義. 但國家養士五百年, 國亡之日, 無一人死難者, 寧不痛哉? 吾上不負皇天秉彝之懿, 下不負平日所讀之書, 冥然長寢, 良覺痛快, 汝曹勿過悲."

書訖, 引毒藥下之, 平明家人始覺. 弟瑗奔視之, 問有所言, 玹曰: "吾何言? 但可視吾所書也." 因笑曰: "死其不易乎. 當飮藥時, 離口者三, 吾乃如此其痴乎." 俄而氣絶, 年五十六. 始盧氏有知人鑑, 常謂瑗曰: "死國難者, 必汝兄乎." 至是果驗.

玹廣顙疎眉, 目視短而右拗. 爲人豪爽方剛, 嫉惡如讎, 氣傲兀, 不帖帖於人, 見驕貴輩, 動面折之. 其於生平所好者之遷謫死喪, 徒步走千里, 存吊者爲多. 讀書, 遇忠臣志士困阨痛寃之事, 未嘗不汪然泣下.

學主乎通, 不喜從時俗講學者遊, 好考觀歷代史籍所載治亂盛衰之跡, 以及兵刑錢穀之制. 亦嘗留心於泰西利用厚生之術, 思有以救時之艱焉. 所作爲文章, 於詩尤深, 有蘇子瞻陸務觀之風. 卒之明年, 湖嶺士醵金, 刊梅泉集以行之. 梅泉玹自號也.

金澤榮曰: "玹詩淸切飄勁, 在吾韓藝苑中, 指不多屈. 而其所咏古今人伏節捐軀之事者甚多, 莫不傾肝倒腸, 極其悲痛, 然後乃已. 非天性篤好而能然哉? 加羔裘於錦衣之上, 雖三尺之童, 無不知其美也. 以玹之文章, 而加之以姱節, 其光垂百世, 奚疑焉?"(『韶濩堂集』 卷9)

兪吉濬

金公玉均墓碣(代人作甲辰) 241쪽

嗚呼! 抱非常之才, 遇非常之時, 無非常之功, 有非常之死, 天之生金公, 若是已耶? 磊落儁爽, 不混小節, 見善如已, 豪俠容衆, 公之性也. 魁傑軒昻, 特立獨行, 百折不屈, 千萬且往, 公之氣也. 扶神檀之國家, 奠磐泰之安, 翼聖李之宗社, 基天壤之庥者, 公之自任之志也.

公仕于朝, 未始不顯矣, 得于君, 未始不專矣. 然頑壬奸戚, 締比盈廷, 偸狃恬嬉, 壅遏恣弄, 愷切之言, 適招衆怒, 深遠之慮, 反致群疑. 內而政令多歧, 生民愁苦, 而隣交失道, 嘖舌紛至, 國幾不能自立. 而有朝夕之憂, 慨然奮身, 謀欲以淸君側.

至開國四百九十三年甲申冬, 糾同志奉乘輿于慶祐宮, 處置朝廷大事. 越三日, 扈上歸昌德之闕, 餘孼嗾淸將犯順. 衆寡相懸, 空拳張鬪, 而勢莫能支. 僅以身投日本使館, 因而渡海, 間關爲命. 群奸畏公, 甚而且讐公, 必欲甘心於公, 前後遣刺客, 項背相望. 公防之密, 而且得庇護之力甚至, 終不得售, 然公亦一日未安於漂遊之中. 南移不毛, 北遷窮髮, 其困苦逼阨, 多人所不堪, 處之晏如, 未嘗介于懷.

論東方事, 每謂三國不爲從, 不可以角紫髥之桀驁. 忽以甲午之春, 飄然振衣於春申之浦, 而爲凶人洪鍾宇所掩擊, 屍還故國, 遭肢解之辱. 日本之志士, 且憤且怒, 哀之如親戚, 以遺衣招魂, 而葬之青山之阿, 于今已十有一年矣.

議者, 或謂公躬逢聖明, 位亞公孤, 從容規諫, 敷陳心膂, 言必聽計必用, 事無不可成者. 乃擧措乖激, 跡涉太暴, 至於敗不旋踵. 且旣櫜載求全, 固宜靜處俟之, 韜光鍊精, 視可而動. 乃不審勢量時, 經就危地, 終以取禍, 其自輕亦甚矣. 此非知公之言也.

方權奸跋扈, 國勢綴旒, 不可徒以口舌爭, 則不忍沾沾自潔, 坐視君國之危, 而不救. 故寧一借奮雷之擊, 以掃清亂本, 而及其事去, 不屑爲溝瀆之諒. 苟吾身在焉, 吾君可安, 吾國可保, 所以萍蓬異域, 益堅益壯. 而若其西行之事, 意甚微, 人莫有窺知者, 不幸中途摧折, 使千古寂寂.

盖公之事, 不可以成敗論, 當視其志焉已耳. 忠而見讒, 信而被疑, 從古何限? 未有如公之遇之酷, 而公之志, 終始一貫. 至或詩歌飮博, 風流如乎而不蕩, 禪門靜悟, 枯僧如乎而不捨. 一片憂愛之丹, 鬱勃磅礴, 金石可透, 而今也則亡. 斯人也有斯命, 其天歟.

公卒之年, 日清戰役起, 人謂公之死, 有以激之. 而國人始稍知公志, 咸思奮興而繼之, 公雖死, 爲功於國大矣.

公嗣子英鎭, 將建碑以伸孝思, 謂吾與公有生死誼, 請爲文. 不能以不文辭, 淚筆蕪言, 告後之人, 使知公之爲非常人.

金公玉均, 字伯溫, 號古愚, 別號古筠, 氏本安東. 開國四百六十年辛亥正月二十三日生, 壬申文科及第, 歷仕至吏曹參判, 甲午被害, 享年四十四.[碑後面]
(『兪吉濬全書』 卷5)

李建昇

耕齋居士自誌(戊午) 247쪽

居士姓李名建昇字保卿. 故韓國江華人, 其先出於全州, 因以爲貫. 以我定宗別子德泉君諱厚生爲始祖. 七傳而有諱景稷, 戶曹判書, 諡孝敏, 公是生諱正英, 輔國判敦寧, 諡孝簡, 以名德顯. 曾祖諱勉伯, 成均進士, 贈吏曹判書, 祖諱是遠, 吏曹判書, 贈領議政, 諡忠貞. 太上皇丙寅, 洋寇陷江華, 仰藥殉于鄕, 事載國史.

考諱郡守, 贈吏曹參判, 以循良稱. 妣坡平尹氏滋九女, 性至孝介潔. 生三男. 居士其仲也. 以哲宗戊午十一月二十八日, 生于江華沙器里. 娶東萊鄭氏都正基晩女, 無子, 取族兄建繪季子錫夏爲嗣, 不育而夭, 以兄子範夏子愚商爲後.

居士中太上皇辛卯進士, 甲午宰相辟政府主事, 時國事日非, 亂逆用事, 居士不就. 自是無意於世, 與伯氏寧齋公隱居, 讀書務農, 自號耕齋居士.

乙巳, 日本奪我國權, 居士與參判鄭元夏約死, 而不能死, 閉門不見人. 旣而歎曰: "我雖瘐死室中, 何益?" 乃傾貲建學校, 以教育爲己任, 曰: "吾豈不知精衛塡海徒勞無成, 姑以盡吾心而已."

庚戌國亡, 棄家向中國滿洲. 將行, 寄洪參判承憲書曰: "吾旣不死於乙巳, 今又苟活, 爲日本臣民, 不忍爲也. 我今去耳." 至開城郡, 承憲亦至, 同車直入滿洲之懷仁縣恒道村.

先是洪鄭二人皆寓江華, 與居士講臨亂處變之道. 至是元夏先入恒道, 後至二人依元夏住. 歲餘, 範夏挈家隨之曰: "豈可使吾叔父歿於道路耶? 住恒道數年. 我僑民多患水土死, 三家徙安東縣. 承憲尋卒.

居士寓接梨村舍, 種稻賣藥以爲生, 日本巡查來勸居士入民團. 民團者, 日本人部勒我僑民隷籍日本者也. 居士拒不從. 再三强之愈甚, 居士曰: “吾所以去國來此, 正不欲爲日本民. 所謂民團, 何爲者?” 巡查因畫地爲左右曰: “左者个人團而死, 右者入團而生, 將何居?” 余起身移左曰: “是吾地也.” 巡査瞋目曰: “子以空言易之耶? 明日銃口向子, 亦復爾耶?” 余披襟曰: “何待明日? 今亦可矣. 何必銃殺? 君所佩劍, 亦可以試.” 巡査噫而去曰: “難化矣.” 遂不復以民籍問. 隣里中華人因稱爲不籍李老云.

然居士常悒悒, 有遠去意, 而卒老病終于家. 有著詩文若干卷. 以某年月日沒, 某月日葬于某原.

銘曰: “我無死責, 不死誰其非之. 曰死而不死, 是誰欺. 卒以老斃牖下, 吁其悲.”(『海耕堂收草』)

安重根傳 252쪽

安重根黃海道海州人. 其先本順興人, 中徙海州, 世爲州吏. 父泰勳能文, 拔成均進士, 慷慨有志略. 甲午東學賊起, 泰勳起兵擊之, 重根從父, 軍多殺賊, 時年十七. 幼有雋才, 通經史能書, 及長善騎射, 能於馬上射落飛鳥. 鄕人服其膽勇. 胸有七黑子如北斗, 小名應七. 中歲徙信川. 及泰勳討東學時, 有宰相積穀於信川, 泰勳奪爲兵餉. 亂定, 宰相迫泰勳甚急, 泰勳入天主教, 緩其急, 重根亦爲天主教人.

光武八年, 日本奪我國權, 重根忿憤曰: “身在羈絆中, 無可爲事.” 往游中國, 聞父喪還. 旣而又徙平安道甑南浦, 以便中國往來. 重根家素饒, 交結俠勇. 遇兵器良者輒購, 所到演說國家存亡之意, 以鼓動民心.

光武十一年, 統監伊藤博文脅我太皇帝內禪, 解散郡國兵. 重根益憤曰: “事不可緩.” 遂往俄羅斯海蔘威, 得志士禹德淳曹道先等十二人, 與議恢復, 斫指血書大韓獨立四字, 告天而盟以忠義. 激起我人僑居者三百人, 引渡豆滿江, 入咸鏡道慶興, 襲擊日本守備隊, 殺五十人. 進至會寧, 日兵麕至挾攻, 衆皆潰散. 重根走免, 露宿風餐, 行十二日. 僅再食田間生麥, 然志氣勃勃不摧挫.

時伊藤畧定韓事, 辭統監, 欲圖中國, 宣言視察滿洲, 與英吉利俄羅斯二國大臣約會哈爾濱. 十月二十五日[陽曆], 宿寬城子, 朝發鐵道, 午當至哈爾濱. 重根行到俄領地浦鹽斯德, 購覽遠東報, 知伊藤將至, 大喜曰: "天以此老賊送我也." 與禹德順曹道先, 相與謀殺伊藤. 是夜重根在旅舍, 慷慨作歌曰: "丈夫處世兮其志必奇, 時造英雄兮英雄造時. 雄視天下兮大業可期, 東風漸寒兮必成功業. 竄賊窺窺兮豈料自及. 萬歲萬歲兮大韓獨立." 德順亦以俚歌和之.

明日重根與德順道先, 同至寬城子, 探伊藤來, 信報云, 明日伊藤至哈爾濱. 重根懷短槍, 詣車站, 立俄軍隊後. 重根着洋服, 俄軍認爲日本人, 莫知爲我人也. 伊藤下車, 日本官吏駐俄者, 歡迎甚衆. 伊藤與俄大藏大臣握手, 作禮畢, 徐步向各國領事館, 與重根相去未十步. 重根素不見伊藤, 惟嘗見其小像, 竊識之. 乃披軍隊而前, 擧槍射之, 三發皆中伊藤胸腹, 伊藤遂死. 重根見伊藤倒地, 擧手大呼大韓萬世. 伊藤隨員三人亦被殺傷. 俄巡兵捕縛重根, 重根笑曰: "我豈逃者哉." 被囚于俄裁判所, 月餘日本人移囚于旅順所在日本法院.

始日本之奪我國權也, 宣言於西洋諸國, 以爲韓人感悅日本保護. 至是恐各國有嘖言, 令法院長眞鍋, 使人誘重根自言謬解. 曰: "子未喩伊藤公施於韓國, 皆爲韓生民之福. 子不喩故害之耳. 今子以謬解自首, 日本政府必釋子, 保無他也." 重根笑曰: "好生惡死, 人之情也. 然吾若欲苟活, 何苦爲是哉." 說者色沮而退. 明日復誘百端, 重根叱退之.

十二月眞鍋開公判, 我國中國及西洋人會觀者, 數百人. 重根弟定根恭根, 以將有公判, 嘗請律師辯護於眞鍋. 眞鍋慮他國辯護士之直重根, 然又重違各國之律例, 陽許之. 於是我人之住美利堅及海蔘威者, 募金七千, 請辯護士於西洋, 英吉利律師德雷司俄律士米罕依洛夫等相繼而來, 韓律師義州安秉瓚亦慷慨自薦而至. 眞鍋諉以不通日本語拒之, 獨用日本律師爲辯護. 引出重根于庭, 重根神彩堂堂, 以手橫交胸間.

眞鍋問若何爲害我伊藤公, 重根徐答曰: "苟欲恢復韓國獨立, 必先除伊藤老賊, 然後乃可圖也. 我既決心爲國家獻身, 出游海外, 說我民族鼓起忠義之心, 募壯士爲兵, 教育幼年爲後補, 以圖大事. 今安重根自以參謀中將, 獲斬伊藤老賊, 今此法庭引出, 亦應以戰爭被虜認證, 不當以刺客問我." 辭氣益壯.

眞鍋曰: "伊藤公實奉天皇陛下命令, 撫綏爾國民, 汝豈不知伊藤公意耶?" 重根忽仰首厲聲曰: "曩者, 日我之戰, 日本皇帝詔勅有曰: '扶植韓國獨立, 維持東洋平和.' 我國人民, 用是感激, 心祝日軍勝利, 治道路, 運兵餉, 殫竭心膂, 不以爲勞. 及日軍凱旋, 韓人歡喜, 相賀曰: '自此吾獨立鞏固, 無虞矣.' 及光武九年, 伊藤締成五條約, 移我外府, 奪我通信機關, 廢我法部, 要盟脅約, 兵力壓之, 無所不爲. 國內義兵, 由是激起, 愈殺愈激, 殺滅殆盡. 於是乎我韓人讎視統監, 日本皇帝詔勅所謂韓國獨立東洋平和, 皆歸於騙詐取人國之陰謀而已. 伊藤不惟我韓仇賊, 亦惟日本皇帝之逆賊." 因數伊藤之罪曰: "伊藤於我太上皇爲外臣, 外臣亦臣也. 以臣廢君, 寧能免誅乎?" 重根語至此, 目光如炬. 因扼腕罵曰: "老賊老賊. 由今而觀, 則我明成皇后之弑謀, 亦惟此賊主之, 貴國先孝明皇帝…." 語未終, 眞鍋愕然變色, 急揮手止之. 且令傍聽者退, 其辭之終無聞之者. 其曰先孝明者, 謂伊藤行弑也.

辯護士曰: "安重根謬解伊藤公保韓主義, 雖曰復讎, 而實否也. 當以死論." 鎭鍋又使人謂重根曰: "子今死矣. 若言謬解, 生矣." 重根叱曰: "所謂謬解者何? 吾豈變辭求活者耶?"

在獄二百日, 謬以謬解得生者屢, 終始一辭嶷然不撓. 竟以庚戌三月二十六日[陰曆二月十六日], 絞殺之, 時年三十二, 有二子.

宣罪之日, 二弟訣重根, 重根曰: "我死, 勿埋於日本所監之土, 可埋於哈爾濱公園之傍." 二弟欲如其言, 日本人不許, 葬獄內地.

重根在獄中, 作東洋平和論數萬言, 又吟詩以自遣. 至死之日, 脫洋裝, 開着韓製衣, 就刑, 談笑如平日. 德雷司語安秉瓚曰: "吾閱天下死刑多矣, 未嘗見如此烈士. 吾歸, 當爲天下誦之." 日本人搨重根像, 刻其書, 賣之, 天下人爭購爲寶.

德順道先亦皆被逮. 德順頗激仰不屈, 處監禁三年之律. 旣而移囚韓咸興, 尋自殺. 或言逃免. 繼而有李在明安明根之事.(『海耕堂收草』)

閔泳渙

警告韓國人民 263쪽

嗚呼! 國恥民辱, 乃至於此, 我人民, 行將殄滅生存競爭之中矣. 夫要生者必死, 期死者得生, 諸公豈不諒只? 泳煥結以一死仰報皇恩, 以謝我二千萬同胞兄弟. 泳煥死而不死, 期助諸君於九泉之下. 幸我同胞兄弟, 千萬倍加奮勵, 堅乃志氣, 勉其學問, 結心戮力, 復我自由獨立則死者當喜笑於冥冥之中矣. 嗚呼! 勿少失望. 訣告我大韓帝國二千萬同胞.

各公館寄書 264쪽

永煥爲國不善, 國勢民計, 乃至於此, 徒以一死報皇恩, 以謝我二千萬同胞. 死

者已矣, 今我二千萬人民, 行當殄滅於生存競爭之中矣. 貴公使豈不諒日本之行爲耶? 貴公使閣下, 幸以天下公議爲重, 歸報貴政府及人民, 以助我人民之自由獨立, 則死者當喜笑感荷於冥冥之中矣. 嗚呼! 閣下幸勿輕視我大韓, 誤解我人民.(《대한매일신보》 1905년 12월 1일)

尹喜求

于堂生傳 267쪽

于堂生韓之儒者, 其先在麗有三世相者, 在本朝有兩世相者. 父亦官少冢宰, 母則大冢宰子也. 世家京師豪貴甚.

生視短口吃, 四歲能讀書. 十歲涉獵九經, 旁及子史. 治古文辭, 沾沾自喜也, 足不跡戶外. 幾三十喪父母, 遂廢書不復讀矣.

生始有聲朋輩間, 且朝暮一第顧, 生懶不赴會, 衆皆愚之. 故名其堂曰愚, 後更于省文也. 光武初, 旣免喪, 朝廷草刱禮史, 生以布衣與焉. 書垂成, 報罷.

居數年, 徵定刑律, 未十月而罷. 明年再徵, 書成, 頒中外間. 摹藝祖御容, 辟爲郎, 用勞陞參上階. 無何爲纂輯郎, 增修文獻考. 時皇嗣在英邸, 選講讀官.

文獻考成, 陞緋玉, 仍講讀如故. 今上卽阼, 皇嗣正冊東宮, 首召侍讀. 俄遷奎章閣, 纂進兩朝寶鑑, 驟陞金紫. 編進御製集, 特予勳.

生嘗扈駕, 南至于萊, 西至于灣. 又東游日域, 縱觀而歸. 凡不家食, 餘十年矣, 然貧無家. 再娶婦有二男子, 甚愛之. 然不能授所學也.

所爲文頗多, 然漫不收藏. 獨嗜酒, 輒强其量. 故喉咯咯歐血, 纔四十餘, 髮種種白云.

贊曰: 于堂生好被酒, 臥山澤間, 曼聲一哭. 人怪問之生, 生亦不自知也. 或曰酒悲.(『于堂文鈔』 卷1)

卞榮晩

丹齋傳 271쪽

余嘗訪丹生于掌苑署橋西之家, 則見庭中大有抛物, 奶甲五六提, 臥在穢溝間, 汁渥輪, 不忍視. 入其室, 則生憤方未央, 視余若無睹也. 余怪訊其故, 生餘餤尙騰, 已乃斷續急徐謂曰: “貫日之母無乳, 天下夫焉有若女哉? 余求甲奶若干, 俾代之, 彼不謹其飤, 貫日則病欲殊, 以故余搜取而盡提之.” 言訖, 躍而起, 若將復有事焉. 余抑使着席慰比之, 無所不至, 僅得無事.

所謂貫日者, 生所新得男子子也. 而殊不知其命名之意之何所究極也. 稍有日又訪于其家, 則生之姪女蘭, 立庭下, 惘然若有思. 入其室則生方高吟, 灑然神駿之概, 不可一世也. 余問: “亦有稱意事否?” 生悠然曰: “無有, 然貫日竟化白虹矣.” 余罶然以瞠已, 又心少生之無恒軌而輕恩愛也. 遂慘然自退, 因暫不相通.

無何, 有傳言生之歸其夫人趙氏於其親家者. 生尋過余談離異事: “爲出於互便, 無他意.” 旣而悄然起立曰: “吾亦從此逝也, 今來別耳.”

生蝎鼻媼額, 一見似病者, 亦若不得其食者. 坐是多來人忽. 而徐加察之, 眉隱隱有彩氣, 淸眸琅音, 殊絶可敬. 性橫闊空悍, 敻然泯習累. 所思非民社輿論之大耑, 殆無一二. 不專儒術, 頗耆佛氏以自恣. 然要其歸, 慕萇弘之碧血, 頌屈子之哀歌, 沈淫而不知止. 與夫耽空愛寂者流自異. 其撰抽筆伸紙, 儵儵然百千萬言頃刻至, 而其文如高江迅河之割九野而舐蒼空也. 雲烟漫而魚鱉顚, 其森茫幻詭之景, 有不可以迫視者. 然不離所宗.

嘗以主筆之任, 歷勤於皇城每日兩報社, 振詞放言, 極列中外大勢. 所著有乙文文德·崔都統·李舜臣等傳, 及史論若干篇. 皆亢爽凱切, 弘博稠密, 而輔以精眇之識, 新穎之斷, 摧陷紫擺, 獨伸卓見, 發前人之所蒙. 一披其書者, 未有不扼腕呼快者, 邇來少年學子之稍臻正思而不爲舊愚, 則盖皆生之力也.

顧其氣度奇嚴隘, 一見壬細之徒, 怒形於色, 意有未合, 雖長德蔑如也, 以是每府怨, 而心所契許, 忘食廢盥, 以爲語而不惟無倦, 容益漸佳, 和耀同春陽焉.

未嘗刻苦下工, 觀其讀書, 疾轉其葉, 如風雨而已, 亦絶不鈔寫, 然鄕故外典, 皆能成誦, 日月不差. 書中人物, 雖其累經幻魅, 失其眞情者, 昭晣言之, 不異親吏.

至前輩論議之當不, 用眼一照, 卽下平決, 而穩確不可復易, 盖其積思一好, 心火洞明, 外障盡撤, 有觸皆徹, 無一物之介於其塗也. 所由來長遠矣, 非其捷之所能力也.

生之大凡若是, 而斂然自縮, 奇不痕外. 所示惟兀傲譏罵, 時且越於常情, 離於區蓋, 一似無養者. 故余或引批之無所遴留, 然心自知生故上位懸絶, 自無等級可寄也. 余大驚曰: "子欲何之?" 生搔頭曰: "姑無定. 第安能久處斯間耶!" 遂去, 已酉之冬也.

生上黨申氏名采浩. 初名宋浩, 丹生其自號也, 始慕鄭圃隱先生之歌中語, 稱一片丹生, 後嫌其冗乃云. 嘗擧成均博士, 非其好也, 今轉徙中俄兩國之間.

卞榮晩曰: "嗚乎, 此余辛亥舊稿題曰'書丹生事'者也. 丹生之又稱丹齋, 屬於最後, 故當時只得生之, 且用其不屑博士之意焉, 今旣已矣. 吾不可以不傳丹齋, 而二十六載之間, 猶未見其有改言之善也, 補以足之而可耳."

丹齋在北平, 繼娶朴氏女爲妻生子, 後皆送遣居漢城, 單身捿泊. 庚午以事見拘, 得十年劇於旅順獄, 以丙子初春, 瘵卒其中, 其家屬, 赴取其死而灰之, 歸封於其故鄉之淸州某里, 得年五十七.

丹齋生時, 惟以丁巳之歲, 自北平暫密入境, 訪其姪女蘭於三和之甑南浦, 弔哭其亡弟子金箕壽於漢城之某坊, 而後則不見一人, 急復西爲, 以至末也. 榮晩時旅北平, 得送迎, 屬尙未娶也.

金箕壽, 白川人, 才志佳, 因榮晩識於丹齋, 遂師事之, 嗣其學. 丹齋之作, 有意踵之而未果, 謳吟南游, 爲暴民所誤害. 丹齋語箕壽事, 未嘗不揮淚也, 甚矣, 氣類相感之際也.

後箕壽而事丹齋最誠者, 爲禹應奎. 亦一關西少年, 而游學於燕者, 雖未嗣其學, 而左右丹齋, 則過於箕壽, 亦以其有貲也. 榮晩嘗目見應奎伏置金數十鈔於丹齋之席底, 曰: "無使知之, 速發則速罄矣." 已而, 丹齋絶粮, 欲坐以守餓, 而其席下之金, 故自若也. 榮晩不能復忍, 怒目丹齋曰: "自非豚圈, 世安有此豕之室者耶?" 丹齋慌起, 取箒揭席, 因扭鈔納懷曰: "吾謂盡矣, 猶有殘也." 其態一若曰: "是吾之儲, 而偶忘之耳." 丹齋固何嘗有儲哉? 誠可笑也. 榮晩, 久蟄居鄕廬, 聞丹齋訃獨後, 無所洩意, 强爲悼詩三章.

其一曰, "有報終斯報, 三千海岳嚬, 鶺鴒天醉久, 漫欲叫蒼旻." 其二曰, "群雀愿冥晝, 白宵來鶴鳴, 盡情成獨往, 何干斃後名." 其三曰, "燕館重逢夕, 暫同燈燭光, 何曾疑復合, 從未視加詳."

末章, 榮晩於辛酉杪秋, 以國際會合之役, 再赴北平, 次於西洋客館, 丹齋來訪, 而兩人之合, 此爲最後故云.

且以某月日, 設祭於某所, 爲文以告之.

嗚乎哀哉!

牆居不宜縮酒, 明珠詎合彈雀.

用夫子之淸揚, 云故攖于世繳.

諒造化之紛毋, 人事亦有回度.

作孤因於絶垂, 曰十稔而見日.

雖殗殜其奚傷, 屈萬指而遲出.

涉七春而遽頹, 信丙子之無吉.

友生列於五常, 自前昔而爲紀.

矧伊余之與子, 謝流俗之況比.

遘內艱而重此, 所得協者惟否.

李修堂之在日, 蚤賞子之瑰才.

有逢輒繩子美, 先君亦稱奇哉.

終子之今擧也, 吾故忽焉皆摧.

而子自非私人, 豈吾傷之足存.

愍斯衆之失燭, 疇將撥此重昏.

倚落暉而長號, 揔群區而招魂.

魂兮歸來, 毋彼英蘭.

彼邦之人無義, 適得衣冠之貛.

浚弱血而愊幅, 命亦漸已無曼.

魂兮歸來, 毋彼美洲.

摩天之樓似痲, 星月皆爲所俯.

恒張燈而數珍, 必無概於子求.

魂兮歸來, 毋彼勞農.

每均産之姱名, 潰齊民如疽癰.

爲政自有其成, 豈必是之可宗.

魂兮歸來, 毋彼支那.

聖神不記何代, 鬼狐正今婆娑.

或魏盈以相陵, 或吹扇而嗢唆.

魂兮歸來, 毋彼楠洋.

念子生平無溫, 恐疾飛而就陽.

昔吾足涉群島, 惟逢滿身之痒.

魂兮歸來, 毋彼厲靈.

海有炸空有航, 虎鱷於今不名.

卽得甘心一二, 又奚足以則情.

魂兮歸來, 毋彼僊眞.

倚玉女而含盃, 見東溟之升塵.

歸無過於久視, 非大方之所循.

魂兮歸來, 毋彼淨土.

七寶嚴餙之池, 何所益於湔侮.

蓉房跏趺之靖, 亦將無以平怒.

我圖子居, 莫如兜率之宮.

兼人天之康娛, 亦劬學以增聰.

是乃形子之似, 有緯繡則失衷.

御風馬雲車之權奇搖扇, 歷列缺挈貳之舛互焜煌.

輕裾飄拂淨以無垢, 貞痾若失恍焉聞香.

頫題鄉山浪然隕涕, 觸忤朋倫欲少相羊.

撫髭整容儼以矜隆, 傷往軫來廓以潢洋.

窅窅票票築以上騰, 漆漆肅肅漸以薄淸.

金扃砝而閃開, 諸英空府爲迎.

中有白湖林氏, 微笑泛於冠纓.

亦認順庵安子, 喜手掇而可盈.

快哉人生到此, 復命駕而焉征.

殷勤此路一紀, 再來牖我民萌.

嗚乎哀哉, 尙饗.

斯亦兩人相與之顚委已, 非可以造大廣哀之流視之者也. 林安二公, 坍齋之所常慕用故云. 自旻生曰: 戊申之歲, 丹齋以除夕, 過余孟園之舍曰: “爲守歲來也.” 余笑可之. 所謂守歲者, 徹夜戒睡之俗也. 因相坐酌酒爲語. 至夜分, 丹齋曰: “臥則奚傷.” 遂臥, 余亦曰: “臥則奚傷?” 亦臥, 俄而丹齋鼾, 余擾之曰: “歲安得如是守也?.” 丹齋微應曰: “睡而守之耳.”

余嘗託丹齋作一應酬之文, 丹齋誤聞而誤作之, 抵余無而來, 授吾舍弟. 舍弟風其誤, 丹齋頷之, 已而, 曰: “旣誤作矣, 仍以進子伯, 亦何妨.” 取筆立書七言詩一首曰: “我誤聞時君誤言, 欲將正誤誤誰眞, 人生落地元來誤, 善誤終當作聖人.” 留案而去.

又嘗語余. “曾以兒時春日伍群兒, 上山. 見一墓中劈, 昇一叟, 面慈嚴幷至, 爲若禱念. 頃久而收墓復完好, 他兒無覩也.” 因求余解之, 余時謝以非任. 丹齋之奇行異事, 罄竹難書, 而上之數者, 尤不能去於余懷. 悲夫! 其不可解者, 今亦若可解也, 安知非自逢其似也耶? 其睡而能守也. 悲夫! 其死不忘聖者耶.

又嘗語余, 曾以兒時春日伍群兒, 上山, 見一墓中劈, 昇一叟, 面慈嚴幷至, 爲若禱念, 頃久而收墓復完好, 他兒無覩也, 因求余解之, 余時謝以非任. 丹齋之奇行異事, 罄竹難書, 而上之數者, 尤不能去於余懷. 悲夫! 其不可解者, 今亦若可解也. 安知非自逢其似也耶? 其睡而能守也. 悲夫! 其死不忘聖者耶.(『山康齋文鈔』)

鄭寅普

海鶴李公墓誌銘 288쪽

嗚呼! 波蕩之日, 世未嘗無人也. 顧困於無尺寸之柄, 以自馳騁, 及其不忍弸積, 犯風濤, 蹈荊棘, 以布衣一介, 竭蹶區宇之善敗, 賢者悶之以爲迂, 不肖者笑之以爲狂. 旣而身沒國亡, 而有識之士, 追論其事, 始爲之歎息, 思見其人, 而不可得. 若海鶴李公是已.

公諱沂字伯曾. 先世籍固城, 而後遷湖南, 爲萬頃人. 生憲宗戊申, 幼已穎拔. 未弱冠才名聞遠近. 長則負智略, 憙言當世之故. 屬戚畹濁亂日甚, 而三南之民, 弗堪朘剝. 甲午東匪起, 公時家求禮. 謂此可驅之, 入京覆政府, 誅姦惡. 奉上一新國憲, 在運用及早耳.

走往說全琫準, 琫準匪首頗豪. 善公言, 因曰: “吾則請從. 南原有金開南, 公往合之.” 公卽馳至南原, 而介南拒不見, 意欲害之. 公易衣, 跳以免. 自是知不可與有爲, 而匪放掠, 且入求禮, 公糾郡人數百, 剿截之.

是時, 朝政已變. 乙未入京, 以田制干魚度支, 不能用. 踰年李公南珪, 按嶺南. 要公俱公, 任募兵調練. 數月有成效, 辟爲府佐, 尋免去.

光武三年, 設量地衙門, 除公量務委員. 田制公所長, 總事者欲委公量全國田. 先試湖西牙山, 幎積明, 稅政正. 未幾總事者遷, 公亦罷. 而九年而爲乙巳. 是歲日本與露西亞和, 期會美洲. 公謂: “玆會必及吾韓, 可坐視乎?” 數以告執政諸人, 皆不省. 則謀與同志, 渡美圖, 所以爭抗之求. 外部出旅券. 日使林權助微聞, 亟移書外部, 止之. 公竟不得行.

然公自此益慨然, 以爲儒者, 多言伯夷伊尹. 伯夷治則進, 亂則退, 伊尹稱何事非君, 何使非民. 彼商代夏, 周代商, 雖有變, 猶爲同一華夏. 設非其類, 而使伯夷進焉, 伊尹事焉, 則必不肯. 故士處此世, 當別論義理. 或云: '大廈將傾, 非一木可支', 或云: '天之所廢, 莫之如何.' 皆非言也. 秉此義, 爲之孟晉, 百折彌厲, 以至於沒. 旣已不能之美, 同羅公寅永等詣日本, 或投疏, 或徧寄書, 極言. 其與伊藤博文書尤切而壯, 未及還, 聞保護約已成矣.

還教漢城師範學校. 外從官塗, 內潛圖誅附日大官七人部署. 死士約日時齊擧, 至時諸家銃聲起, 會皆它出, 獨李根澤微傷. 而城中大索旬餘, 羅公自首始謀, 公亦逮, 久之獄決, 嚴兵衛而流之珍島. 隆熙元年冬, 宥還. 乃益廣執報筆, 若湖南學報諸論說, 皆傾心血, 而幾圖人之一悟. 三年己酉月日, 客沒于漢京, 年六十二. 後三年, 歸葬金堤松山先塋.

公長身瘦儀, 善文章, 膽勇絶人. 其從李公南臯, 也時甫經乙未, 道內屯聚拒官者衆. 李公議加兵, 先遣公往諭. 與其率會甫談, 操銃者數人前曰: "李某受丸." 公遽批率頰曰: "爾爲率不能束下, 乃爾耶?" 率辭謝叱退操銃者. 然後公徐起, 執率手而出. 旣歸, 聞者皆驚.

李公忠義人, 先公一年, 死於日兵. 公沒後數年, 羅公就九月山, 告祭檀君, 自殺以殉國, 世所稱弘巖先生者也. 公又善黃公玹, 國變黃公亦殉. 普始讀公文而重之, 旣而得其行事, 益慕之. 而公門人及子, 以遺書屬普序, 輒爲言其略, 復鄭重爲之誌. 俾列諸幽. 知不足爲公慰然, 猶欲少達吾思焉. 子樂祖.

銘曰: 士之有志, 分內宇宙. 矧玆金甌, 父祖之舊. 手有瑾瑜, 翠羽采繡. 綴之藉之, 期與汝壽. 孰是好懿, 而視其毁. 聲渴足弊, 孤憤未已. 蟠屈虹霓, 隱雷思震. 運去術疎, 鬼沮功吝. 春蘭秋菊, 誰傳其芭. 嵌哀貞石, 用永嵯峨.(『薝園文錄』 卷7)

蘭谷李先生墓表 295쪽

先生諱建芳字春世, 定宗王子德泉君之後. 累世居江華, 墳墓在焉. 先生以哲宗辛酉十二月二日生. 幼從其父摩尼君, 受經傳諸書, 至周易, 泣, 問之, 曰: "兒思其解而不得也." 酷喜水滸傳, 就屛處閱, 至竟帙, 是時年尙未十. 稍長, 慨然慕古聖賢之學, 始覸習考亭, 復取程伯子王文成書, 紬繹久之, 若有悟. 自是篤信而不疑.

淵靜端儼, 蘊器識, 不屑隨人爲華藻. 而間一出論著, 大驚其從祖兄寧齋. 先是, 先生幼爲從叔後, 摩尼君其本生也. 摩尼君尋亦沒, 兩家寡母共一室. 皆疾病久痼. 家且貧, 先生右在視致忠養. 以故罕赴擧. 嘗中乙酉進士, 旋歸. 是時, 寧齋文章重朝廷, 數言吾弟某, 學與文俱高, 而持文柄者, 又或自知先生. 風先生來留京, 寧齋謂先生: "春世一第, 豈足榮汝? 顧汝才不可以徒朽, 且與我俱行乎?" 先生曰: "母老矣, 人事不可知, 豈可以急於進取, 而負終身之恨?" 寧齋亦不復强.

自甲午後, 時事日棘. 寧齋狷介, 守潔身之義. 而先生恒主救時, 以爲不可徒邁邁. 雖潛處陬澨, 若遠西國憲財政刑律外交, 無所不究. 絶痛往昔儒者, 過引春秋, 樂不操土, 而使民失粹, 語及輒激卬.

於先輩獨推丁文度. 其胸懷耿耿, 幾無一時, 不在存亡. 旣荐歷大故, 哀悴骨立, 而猶送其門人赴滬, 挈家入京. 自草原士三篇, 以譏切山林士, 期相奮以新學. 其辭有惻焉.

先生於文有天得, 加軋軋詣極, 發之以矜錬, 行之以滂沛, 遇情盤意結, 一入十折, 驂服愈整. 而敍事之能, 眇會漢班氏之恉, 足風神, 善裁翦. 有蘭谷存藁十三卷. 盖自震朝文字流入此土, 用之箸述, 且數千年, 羅麗以還, 班班多巨手. 然患雅則易弱, 健則懼蕪, 自農燕淵臺諸公, 猶不能無偏. 先生最後出, 而總是二長.

寅普少從先生, 聞緖論, 其始不在文也. 甫閱岸谷, 中夜相對, 所與營度者何限? 而顧先生火鬱已積, 轉側藥裏間, 寅普亦倦游無成.

先生晩節澹寂, 往往引與論藝甚歡. 每至談次觸緖, 流連今古, 慨正學之長晦, 悼昊天之不復. 未嘗不歔欷而罷.

頃歲己卯五月八日, 卒於漢京, 壽七十九. 卒七日, 與其配林, 合葬果川鵲峴先兆負辛原, 北距西谷孝簡公墓, 不數十步. 李氏當孝簡時, 盛矣. 數世, 乙亥禍作, 家幾破. 而先生高祖椒園諱忠翊, 曾祖岱淵諱勉伯, 皆邃學曠世. 岱淵三子, 諱是遠, 吏曹判書諡忠貞, 諱止遠, 郡守, 贈吏曹參判. 諱喜遠, 監役, 監役生進士諱象曼, 號摩尼室. 娶靑松沈氏義之女, 生先生. 而郡守子學生諱象夔, 娶坡平尹氏進士滋晩女(江陵金氏學矩女), 而夭. 故先生後之.

林孺人籍平澤, 監役喜根女. 子長琮夏, 有文學孝行, 先生卒, 未終喪而沒. 次珽夏, 次璟夏, 出後寧齋弟謙山. 孫弼商輔商佑商. 琮夏出. 龍商鳳商, 珽夏出, 億商璟夏出.

林孺人之卒, 先生葬之於此, 且自爲銘, 以其賢有後此相聚之語, 卒如其言. 而先生之先椒園墓, 在仙都浦, 岱淵墓在乾坪, 郡守監役, 皆從考葬, 而學生君及金孺人則井浦, 尹孺人則沙谷, 摩尼君及沈孺人則仙都浦. 先生旣老, 猶時之江華展省也.(『薝園文錄』 卷6)

苔岑會心集序 301쪽

頃歲普聞, 李恥齋金東江二丈, 以詩相寄, 和詞甚哀. 其後恥齋自楊峽遷寓江郊, 而東江故居樊里相距不數十里, 數往來, 留連信宿. 又或相携山水間, 而詩益多. 東江少子春東, 隨得而錄之, 而署曰苔岑會心集, 已裒然成卷矣.

普於二丈後輩也, 顧俱有通家屢世之好, 變故以來, 群趨靡靡, 古家風範盡矣. 而東江恥齋, 猶能以孤介自持, 了然相向. 今是集普不敢知其於古人之詩何如也, 至其攬物寄哀, 芳馨陫側, 誠有足重者.

今年夏, 從恥齋夜叩樊里, 萬松沈沈漆黑, 而月色隱然. 東江亟呼酒, 酒方至, 而又催呼怒吒, 聲震屋宇. 普悲其怒之發於僮僕, 而憤憤者故不在於是也. 飮數行, 東江前扼恥齋臂, 語若哭曰: "吾不忘汝. 吾不忘汝." 雨雪中曉起, 擧熱酒相屬, 吾不忘汝, 蓋東江過恥齋, 恥齋曉飮東江酒, 東江言以此. 然普又悲其言之托於飮, 而依依之結於中, 有未易與俗人道者矣. 由是言之, 東江恥齋之詩, 其芳馨陫側者, 固無論矣. 卽其月露之篇, 閒吟漫詠, 苟有以察於其深, 則固無往而不惻然有隱於人心也.

夫士之生世, 期有裨於民物, 蒿目而營之, 裹足而赴之, 亦其分已. 若其遘艱際亂, 徒謳吟而寄其哀, 疑乎無裨. 然古今所値不常, 有不可一槪論, 而世日變人情從與俱移, 彌天之哀, 而恬然若無與焉. 夫知哀之者, 未必能營之而赴之. 然未有哀且不知而能營之而赴之者. 普故謂居今日莫急於返人情之常, 俾睠焉顧懷, 而知其哀, 然後營之而赴之, 猶可幾也.

嗟乎! 由今之日, 則東江恥齋區區哀時之作, 春東雖勤鈔寫, 吾不知能諷之而知哀者幾人? 然故國之戚, 遺民之傷, 猶有寄焉, 豈非其愈可重與?

東江恥齋俱老矣, 而尙未甚衰, 情無可忘之日, 而詩亦無可廢之時. 是集也, 且將益多, 而不知止, 其終於芳馨陫側而寄其哀而已乎? 年運而往, 其將有日焉, 轉哀而興於喜歟. 春東屬爲序, 謹書此而復之.(『薝園文錄』 卷1)

한국 산문선 전체 목록

1권 — 우렛소리 · 이규보 외
신라와 고려 시대

원효(元曉)
분별 없는 깨달음(金剛三昧經論序)

설총(薛聰)
꽃의 왕을 경계하는 글(諷王書)

녹진(祿眞)
인사의 원칙(上角干金忠恭書)

최치원(崔致遠)
황소를 토벌하는 격문(檄黃巢書)
죽은 병사들을 애도하며(寒食祭陣亡將士)

김부식(金富軾)
『삼국사기』를 올리며(進三國史記表)
혜음사를 새로 짓고서(惠陰寺新創記)
김후직의 간언(金后稷傳)
바보 온달의 일생(溫達傳)
박제상 이야기(朴堤上傳)

권적(權適)
지리산 수정사의 유래(智異山水精社記)

계응(戒膺)
식당에 새긴 글(食堂銘)

임춘(林椿)
돈의 일생(孔方傳)
다시는 과거에 응시하지 않으리(與趙亦樂書)
민족의 집(足庵記)
편안히 있으라(浮屠可逸名字序)

이인로(李仁老)
소리 없는 시(題李佺海東耆老圖後)
손님과 즐기는 집(太師公娛賓亭記)
도연명처럼 눕는 집(臥陶軒記)

이규보(李奎報)
봄 경치를 바라보며(春望賦)
세상에서 가장 두려운 것(畏賦)
자신을 경계하는 글(自誡銘)
새로운 말을 만드는 이유(答全履之論文書)
바퀴 달린 정자(四輪亭記)
우렛소리(雷說)
이와 개의 목숨은 같다(蝨犬說)
흐린 거울을 보는 이유(鏡說)
추녀의 가면을 씌우리라(色喩)
이상한 관상쟁이(異相者對)
나는 미치지 않았다(狂辨)

천인(天因)
천관산의 불교 유적(天冠山記)
스승의 부도를 세우며(立浮圖安骨祭文)

일연(一然)
주몽 이야기(始祖東明聖帝)
김현과 범 처녀의 사랑(金現感虎)

충지(沖止)
거란 대장경을 보수하고(丹本大藏經讚疏)

안축(安軸)
남쪽 지방에서 으뜸가는 누각(寄題丹陽北樓詩)

최해(崔瀣)
괄목상대할 그날을 기다리며(送鄭仲孚書狀官序)

2권 — 오래된 개울 · **권근 외**

조선 초기에서 중종 연간

정도전(鄭道傳)

농부와의 대화(答田夫)

충성스러운 아전 정침(鄭沈傳)

문장은 도를 싣는 그릇(京山李子安陶隱文集序)

세금을 내는 이유(賦稅)

윤회는 없다(佛氏輪廻之辨)

권근(權近)

오래된 개울(古澗記)

천지자연의 문장(恩門牧隱先生文集序)

뱃사공 이야기(舟翁說)

소를 타는 즐거움(騎牛說)

대머리라는 별명(童頭說)

변계량(卞季良)

금속 활자를 만든 뜻(鑄字跋)

김돈(金墩)

물시계의 집 흠경각(欽敬閣記)

유방선(柳方善)

세 물건을 벗으로 삼은 뜻(西坡三友說)

정인지(鄭麟趾)

『훈민정음』 서문(訓民正音序)

김수온(金守溫)

선비와 승려(贈敏大選序)

넘침을 경계하는 집(戒溢亭記)

양성지(梁誠之)

홍문관을 세우소서(請建弘文館)

신숙주(申叔舟)

일본은 어떤 나라인가(海東諸國記序)

강희안(姜希顏)

꽃을 키우는 이유(養花解)

서거정(徐居正)

고양이를 오해하였네(烏圓子賦)

우리 동방의 문장(東文選序)

먼 길을 떠나는 벗에게(送李書狀詩序)

직분을 지킨다는 것(守職)

이승소(李承召)

산 중의 왕 금강산(送法冏上人遊金剛山詩序)

강희맹(姜希孟)

나무 타는 이야기(升木說)

산에 오른 세 아들(登山說)

세 마리 꿩(三雉說)

오줌통 이야기(溺桶說)

부모를 뵈러 가는 벗에게(弘文館博士曹太虛榮親序)

김종직(金宗直)

당신의 인생은 끝나지 않았다(答南秋江書)

경학과 문학은 하나다(尹先生祥詩集序)

가리온을 팔다(鬻駱說)

김시습(金時習)

항상 생각하라(無思)

재화를 늘리는 법(生財說)

백성을 사랑하는 뜻(愛民義)

성현(成俔)

장악원의 역사(掌樂院題名記)

덕 있는 사람의 시(富林君詩集序)

게으른 농부(惰農說)

백성과 이익을 다투지 말라(浮休子談論)

유호인(兪好仁)

스승을 찾아서(贈曺太虛詩序)

채수(蔡壽)

폭포가 있는 석가산(石假山瀑布記)

꽃을 키우는 집(養花軒記)

홍유손(洪裕孫)

국화에서 배우다(贈金上舍書)

남효온(南孝溫)

물을 거울로 삼는 집(鑑亭記)

낚시터에서(釣臺記)

조위(曺偉)

독서당을 세운 뜻(讀書堂記)

최충성(崔忠成)

약을 먹어야 병이 낫는다(藥戒)

김일손(金馹孫)

미천한 아이의 글씨(題士浩跋朴訥書後)

신용개(申用漑)

법이 있어야 하는 이유(後續錄序)

어미 개를 구한 강아지(予見犬雛救咬母咬之犬)

이주(李冑)

진도의 금골산(金骨山錄)

남곤(南袞)

백사정에서 노닐다(遊白沙汀記)

김세필(金世弼)

세 가지 어려운 일(答客問贈魚子游別序)

이행(李荇)

소요유의 공간(逍遙洞記)

김안국(金安國)

모나게 산다(稜岩亭記)

이름 없는 집(草菴記)

박은(朴誾)

아내의 일생(亡室高靈申氏行狀)

이자(李耔)

세상을 떠난 벗을 추억하며(答趙秀才)

신광한(申光漢)

내가 바라는 것(企齋記)

김정국(金正國)

여덟 가지 남는 것(八餘居士自序)

여섯 가지 힘쓸 일(六務堂記)

서경덕(徐敬德)

멈추어야 할 곳(送沈教授序)

기준(奇遵)

유배지에서 키운 노루(畜獐說)

물고기를 위로하는 글(養魚說)

주세붕(周世鵬)

죽은 병사의 백골을 묻어 줍시다(勸埋征南亡卒白骨文)

성운(成運)

허수아비(虛父贊)

3권 — 위험한 백성 · **조식 외**

명종과 선조 연간

이황(李滉)

군주의 마음공부(進聖學十圖箚)

부부의 불화는 누구의 책임인가(與李平叔)

내 자식 살리려고 남의 자식을 죽이겠는가(答安道孫)

학문의 맛을 깨닫는 법(朱子書節要序)

우리말 노래를 짓다(陶山十二曲跋)

도산에 사는 이유(陶山雜詠幷記)

조식(曺植)

위험한 백성(民巖賦)

자전은 과부이며 전하는 고아입니다(乙卯辭職疏)

퇴계에게(答退溪書)

최연(崔演)

노비 기러기(雁奴說)

쥐 잡는 고양이(猫捕鼠說)

홍섬(洪暹)

궁궐 그림을 그리다(漢陽宮闕圖記)

김인후(金麟厚)

백성을 다스리는 법(上李太守書)

이정(李楨)

턱이라는 이름의 집(頤庵記)

박전(朴全)

제 팔을 부러뜨린 사람(折臂者說)

정탁(鄭琢)

이순신을 위하여(李舜臣獄事議)

기대승(奇大升)

퇴계의 생애(退溪先生墓碣銘)

언제나 봄(藏春亭記)

고경명(高敬命)

조선의 출사표(檄諸道書)

성혼(成渾)

아들과 손자들에게 남기는 유언(示子文濬及三孫兒)

스승은 필요 없다(書示邊生)

격언을 써 주지 못하는 까닭(書姜而進帖)

정인홍(鄭仁弘)

술을 마시는 법(孚飮亭記)

윤감의 때늦은 공부(尹堪傳)

이제신(李濟臣)

철쭉을 통한 공부(倭躑躅說)

어리석음으로 돌아오는 집(歸愚堂記)

이이(李珥)

김시습의 일생(金時習傳)

숨을수록 드러난다(上退溪先生)

학문의 수준(答成浩原)

일상의 학문(擊蒙要訣序)

명목 없는 세금을 없애는 방법(送趙汝式說)

소리를 내는 것은 무엇인가(贈崔立之序)

세 가지 벗(送尹子固朝天序)

정철(鄭澈)

나는 술을 끊겠다(戒酒文)

싸우는 형제에게(江原監司時議送題辭)

홍성민(洪聖民)

돌싸움 이야기(石戰說)

잊을 망(忘), 한 글자의 비결(忘說)

말을 소로 바꾸다(馬換牛說)

소금을 바꾸어 곡식을 사다(貿鹽販粟說)

백광훈(白光勳)

과거를 준비하는 아들에게(寄亨南書)

윤근수(尹根壽)

함께 근무하는 동료들에게(金吾契會序)

이산해(李山海)

구름보다 자유로운 마음(雲住寺記)

가만히 있어야 할 때(正明村記)

대나무 집(竹棚記)

성내지 않는 사람(安堂長傳)

최립(崔岦)

그림으로 노니는 산수(山水屛序)

성숙을 바라는 이에게(書金秀才靜厚願學錄後序)

한배에 탄 적(送林佐郞舟師統制使從事官序)

고산의 아홉 구비(高山九曲潭記)

유성룡(柳成龍)

옥처럼 깨끗하고 못처럼 맑게(玉淵書堂記)

죽어도 죽지 않는 사람(圃隱集跋)

먼 훗날을 위한 공부(寄諸兒)

조헌(趙憲)

혼자서 싸운다(淸州破賊後狀啓別紙)

임제(林悌)

꿈에서 만난 사육신(元生夢遊錄)

김덕겸(金德謙)

열 명의 손님(聽籟十客軒序)

오억령(吳億齡)

옥은 다듬어야 보배가 된다(贈端姪勸學說)

한백겸(韓百謙)

나무를 접붙이며(接木說)

오랫동안 머물 집(勿移村久菴記)

고상안(高尙顏)

농사짓는 백성을 위해(農家月令序)

이호민(李好閔)

한가로움에 대하여(閑閑亭記)

장현광(張顯光)

우리는 모두 늙는다(老人事業)

하수일(河受一)

농사와 학문(稼說贈鄭子循)

이득윤(李得胤)

사람을 살리는 것이 중요하다(醫局重設序)

차천로(車天輅)

시는 사람을 곤궁하게 만드는가(詩能窮人辯)

이항복(李恒福)

시인과 광대와 풀벌레(惺所雜稿序)

윤광계(尹光啓)

어디에서나 알맞게(宜齋記)

아들을 잃은 벗에게(逆旅說)

허초희(許楚姬)

하늘나라에 지은 집(廣寒殿白玉樓上樑文)

4권 — 맺은 자가 풀어라 · **유몽인 외**

선조와 인조 연간

유몽인(柳夢寅)

맺은 자가 풀어라(解辨)

담배 귀신 이야기(膽破鬼說)

서점 박고서사(博古書肆序)

너와 나는 하나다(贈李聖徵廷龜令公赴京序)

코 묻은 떡을 다투지는 않겠소(奉月沙書)

후세를 기다릴까?(送申佐郎光立赴京序)

내 죽음이 또한 영화로우리(贈表訓寺僧慧默序)

금강산 정령들과의 하룻밤 노님(楓嶽奇遇記)

이수광(李睟光)

집은 비만 가리면 된다(東園庇雨堂記)

고양이와 개 기르기(畜貓狗說)

수도 이전에 대한 반론(玉堂箚子)

노비 연풍의 일생(年豐傳)

당시를 배워야 하는 이유(詩說)

17세기 전쟁 포로의 베트남 견문기(趙完璧傳)

벗과 스승의 의미를 묻는다(東園師友對押韻之文)

이정귀(李廷龜)

천산 유람기(遊千山記)

평양에서 출토된 옛 거울(箕城古鏡說)

동방 일백여 년에 없었던 글(象村集序)

훌륭한 시는 온전한 몰두 속에 있다(習齋集序)

한가로움을 사랑하다(愛閑亭記)

섭세현에게 부친 편지(寄葉署丞世賢 庚申朝天時)

일본에 사신 보내는 일을 논함(遣使日本議)

신흠(申欽)

백성이 함께 즐기는 집(樂民樓記)

백성을 탓하는 관리(民心篇)

딴마음을 품는 신하(書蕭何傳後)

왜적은 또 쳐들어온다(備倭說)

부쳐 사는 인생(寄齋記)

우물 파기에서 배울 점(穿井記)

나를 말한다(玄翁自敍)

권필(權韠)

아비를 죽인 양택의 죄악(請誅賊子梁澤疏)

창고 옆 백성 이야기(倉氓說)

종정도 이야기(從政圖說)

대나무와 오동나무가 서 있는 집(竹梧堂記)

술집 주인의 나무람(酒肆丈人傳)

처음 먹은 마음을 바꾸지 않겠소(答寒泉手簡)

허균(許筠)

시에는 별취(別趣)와 별재(別材)가 있다(石洲小稿序)

어떤 글이 좋은 글인가?(文說)

금강산으로 돌아가는 이나옹을 전송하며(送李懶翁還枳柤山序)

한때의 이익과 만대의 명성(遊原州法泉寺記)

백성 두려운 줄 알아라(豪民論)

상원군의 왕총에 대하여(祥原郡王冢記)

김종직을 논한다(金宗直論)

금강산 유람길에서(與石洲書)

겁먹지 말고 오게(與李汝仁)

김상헌(金尙憲)

세상에 드문 보물(谿谷集序)

지금이 상 줄 때인가(南漢扈從賞加辭免疏 丁丑五月)

인장의 품격(群玉所記)

조찬한(趙纘韓)

죽은 매를 조문함(哀鷹文)

공교로움과 졸렬함은 하나다(用拙堂記)

시처럼 하는 정치(贈崔燕岐序)

울 수도 없는 울음(祭亡室文)

세상의 모든 불우한 자를 애도하며(宋生傳)

복숭아씨로 쌓은 산(嵬崙核記)

이식(李植)

공정한 인사로 인재를 아끼소서(己巳九月司諫院箚子)

험난한 해로 사행길(送聖節兼冬至使全公湜航海朝燕序)

허탄에 빠짐을 경계한다(送權生尙遠小序)

북평사의 무거운 책무(送蔡司書裕後赴北幕引)

선비의 이상적 주거와 택풍당(澤風堂志)

최명길(崔鳴吉)

조선을 살리는 길, 외교와 내치(丙子封事 第一)

조선을 살리는 길, 완화(緩禍)와 전수(戰守)(丙子封事 第二)

나는 조선의 신하다(與張谿谷書 八書)

장유(張維)

후세에 전할 만한 문장(白沙先生集序)

벼슬길의 마음가짐(送吳肅羽出牧驪州序)

몰래 닦아 간직하게(潛窩記)

한 고조가 기신을 녹훈하지 않은 까닭(漢祖不錄紀信論)

장수한 벗 김이호(祭金而好文)

시가 사람을 궁하게 만든다는 생각에 대하여(詩能窮人辯)

침묵의 힘을 믿는다(默所銘)

5권 — 보지 못한 폭포 · **김창협 외**

효종과 숙종 연간

허목(許穆)

나의 묘지명(許眉叟自銘)

『기언』을 짓다(記言序)

중국 고문의 역사(文學)

거지 은자 삭낭자(索囊子傳)

빙산기(氷山記)

우리나라의 명화들(朗善公子畫貼序)

예양의 의리(讀史記作豫讓讚)

김득신(金得臣)

내가 읽은 책(讀數記)

사기 술잔 이야기(沙盃說)

정사룡, 노수신, 황정욱, 권필의 시를 평한다(評湖蘇芝石詩說)

괴로운 비에 관한 기록(苦雨誌)

남용익(南龍翼)

술을 경계하다(酒小人說)

『기아』 서문(箕雅序)

남구만(南九萬)

단군에 대한 변증(檀君)

최명길에 대한 평가(答崔汝和)

낚시에서 도를 깨닫다(釣說)

좋은 경치에 배부르다(飽勝錄序 辛巳)

박세당(朴世堂)

『사변록』을 지은 까닭(思辨錄序)

명나라 유민 강세작(康世爵傳)

시, 단련하고 단련하라(柏谷集序)

김석주(金錫胄)

호패법 시행에 대해 논한 차자(論戶牌箚)

선집이 필요한 이유(古文百選序)

인연이 있는 정자의 터(宅南小丘茅亭記)

6권 — 말 없음에 대하여 · 이천보 외
영조 연간

신정하(申靖夏)
나라를 망하게 한 신하, 범증(增不去項羽不亡論科作)
술 한잔 먹세(與車起夫)
이백온을 위로하며(與李伯溫)
유송년의 「상림도」(論劉松年上林圖)
배움의 짝, 가난(送鄭生來僑讀書牛峽序)

이익(李瀷)
빈소 선생 조충남(嚬笑先生傳)
노비도 사람이다(祭奴文)
지구의 중심(地毬)
울릉도와 독도는 우리 땅(鬱陵島)
콩죽과 콩나물(三豆會詩序)
주자도 의심하라(孟子疾書序)

정내교(鄭來僑)
관직에 취하면(雜說)
거문고 명인 김성기(金聖基傳)

남극관(南克寬)
나는 미쳤다(狂伯贊)

오광운(吳光運)
글로 지난 삶을 돌아보다(藥山漫稿引)
시를 배우는 법(詩指)
여항인의 시집(昭代風謠序)
역대 문장에서 배울 점(文指)

조구명(趙龜命)
분 파는 할미와 옥랑의 열행(賣粉嫗玉娘傳)
거울을 보며(臨鏡贊)
내가 병에 대해 느긋한 이유(病解 二)
고양이의 일생(烏圓子傳)
무설헌기(無說軒記)
도와 문은 일치하지 않는다(復答趙盛叔書)

남유용(南有容)
미친 화가 김명국(金鳴國傳)
서호 유람의 흥취(遊西湖記)
원대한 글쓰기(酌古編序)
선택하고 집중하라(與兪生盛基序)
고양이와 쥐에 대한 단상(猫說)

이천보(李天輔)
시는 천기다(浣巖稿序)
시인 윤여정(玄圃集序)
말 없음에 대하여(題默窩詩卷後)
너 자신을 알라(自知菴記)
그림을 배우는 법(鄭元伯畵帖跋)

오원(吳瑗)
월곡으로 가는 길(衿陽遊記)
무심한 나의 시(題詩稿後)
말은 마음의 소리다(無言齋記 丁未)
아버지와 『소학』(讀小學 戊戌)

황경원(黃景源)
순천군의 아름다운 풍속(淸遠樓記)
육경의 글을 써라(與李元靈麟祥書)
여보, 미안하오(又祭亡室貞敬夫人沈氏文)
조선과 명나라의 공존(明陪臣傳序)

신경준(申景濬)
『강계지』 서문(疆界誌序 本誌逸)
『훈민정음운해』 서문(韻解序)
『동국여지도』 발문(東國輿地圖跋)
일본으로 사신 가는 이에게(送使之日本序)
와관에 대하여(瓦棺說)

신광수(申光洙)
검승전(劒僧傳)
마 기사 이야기(書馬騎士事)

안정복(安鼎福)

성호 선생 제문(祭星湖先生文 癸未)

우리나라의 국경에 대하여(東國地界說 戊寅)

일상이 배움부터(題下學指南 庚申)

『동사강목』 서문(東史綱目序 戊戌)

『팔가백선』 서문(八家百選序 丁未)

안석경(安錫儆)

소고성전(小高城傳)

박효랑전(朴孝娘傳)

웃음의 집(笑庵記)

『삽교만록』 서문(霅橋漫錄序)

원대한 노닒(遠遊篇序)

7권 — 코끼리 보고서 · **박지원 외**

정조 연간

이광려(李匡呂)

고구마 보급(甘藷)

홍양호 판서에게(與洪判書漢師書)

채제공(蔡濟恭)

잃어버린 아내의 『여사서』(女四書序)

약봉의 풍단(藥峯楓壇記)

만덕전(萬德傳)

정범조(丁範祖)

청과 일본의 위협(淸倭論)

붕당의 근원(原黨)

정지순(鄭持淳)

석양정의 묵죽 그림(石陽正畫竹記)

겸재 정선 산수화론(謙齋畵序)

홍양호(洪良浩)

진고개 우리 집(泥窩記)

숙신씨의 돌살촉(肅愼氏石砮記)

침은 조광일(針隱趙生光一傳)

의원 피재길(皮載吉小傳)

진고개 신과의 문답(形解)

목만중(睦萬中)

베트남에 표류했던 김복수(金福壽傳)

수석에 정을 붙인 선비(磊磊亭記)

이규상(李奎象)

이 세계의 거시적 변동(世界說)

훈련대장 장붕익(張大將傳)

선비의 통쾌한 사업(贈趙景瑞序)

김종수(金鍾秀)

경솔한 늙은이의 문답(率翁問答)

홍낙인(洪樂仁)
삼청동 읍청정의 놀이(挹淸亭小集序)

곽씨 부인(郭氏夫人)
남편 김철근 묘지명(成均生員金公墓誌銘)

황윤석(黃胤錫)
덕행만큼 뛰어난 곽씨 부인의 문장(跋淸窓郭夫人藁略)

이종휘(李種徽)
위원루에 부치다(威遠樓記)
동래 부사를 배웅하며(送東萊府伯序)
대제학의 계보(文衡錄序)

홍대용(洪大容)
『대동풍요』 서문(大東風謠序)
보령의 기이한 소년(保寧少年事)

성대중(成大中)
유춘오 음악회(記留春塢樂會)
오랑캐의 월경을 막은 영웅들(江界防胡記)
운악산의 매사냥(雲岳遊獵記)
침실에 붙인 짧은 글(寢居小記)
창해 일사의 화첩(書滄海逸士畵帖後)

유한준(兪漢雋)
『석농화원』 발문(石農畵苑跋)

심익운(沈翼雲)
물정에 어두운 화가 심사정(玄齋居士墓志)

서직수(徐直修)
북악산 기슭의 대은암(大隱巖記)
내 벗이 몇이냐 하니(十友軒記)

박지원(朴趾源)
『녹천관집』 서문(綠天館集序)
예덕선생전(穢德先生傳)
『능양시집』 서문(菱洋詩集序)
큰누님을 떠나보내고(伯姊贈貞夫人朴氏墓誌銘)
홍덕보 묘지명(洪德保墓誌銘)
울기 좋은 땅(好哭場)
코끼리 보고서(象記)
밤에 고북구를 나서다(夜出古北口記)
민속을 기록하다(旬稗序)

이영익(李令翊)
소를 타고 우계를 찾아가는 송강을 그린 그림(題騎牛訪牛溪圖)

강흔(姜俒)
부안 격포의 행궁(格浦行宮記)
서설을 반기는 누각(賀雪樓記)
김순만의 이런 삶(金舜蔓傳)

이언진(李彦瑱)
그리운 아우에게 1(寄弟殷美 一)
그리운 아우에게 2(寄弟殷美 二)

유경종(柳慶種)
마음속의 원림(意園誌)

이덕무(李德懋)
바둑론(奕棋論)
『맹자』를 팔아 밥을 해 먹고(與李洛瑞書九書 四)
문학은 어린애처럼 처녀처럼(嬰處稿自序)
겨울과 책(耳目口心書 二則)

이가환(李家煥)
효자 홍차기의 사연(孝子豊山洪此奇碑碣)
하늘의 빛깔을 닮은 화원(綺園記)

정동유(鄭東愈)
천하의 위대한 문헌 『훈민정음』(訓民正音)

이희경(李喜經)
중국어 공용론(漢語)

김재찬(金載瓚)
방아 찧는 시인 이명배(舂客李命培傳)

유득공(柳得恭)
발해사 저술의 의의(渤海考序)
일본학의 수립(蜻蛉國志序)
평화 시대의 호걸(送洪僉使遊北關序)

박제가(朴齊家)
재부론(財賦論)
나의 짧은 인생(小傳)
백탑에서의 맑은 인연(白塔清緣集序)

이명오(李明五)
향(香) 자로 시집을 엮고(香字八十首序)

이안중(李安中)
인장 전문가(金甥吾與石典序)

이만수(李晩秀)
책 둥지(書巢記)

정조(正祖)
모든 강물에 비친 달과 같은 존재(萬川明月主人翁自序)
문체는 시대에 따라 바뀌는가(文體)

이서구(李書九)
바둑의 명인 정운창(棊客小傳)

정약전(丁若銓)
소나무 육성책(松政私議)

8권 — 책과 자연 • **서유구 외**
순조 연간

권상신(權常愼)
나귀와 소(驢牛說)
봄나들이 규약(南皐春約)
정릉 유기(貞陵遊錄)
대은암의 꽃놀이(隱巖雅集圖贊)

서영보(徐榮輔)
물결무늬를 그리는 집(文漪堂記)
자하동 유기(遊紫霞洞記)
통제사가 해야 할 일(送人序)

장혼(張混)
고슴도치와 까마귀(寓言)

심내영(沈來永)
되찾은 그림(蜀棧圖卷記)

남공철(南公轍)
광기의 화가 최북(崔七七傳)
둔촌 별서의 승경(遁村諸勝記)

성해응(成海應)
안향 선생 집터에서 나온 고려청자(安文成瓷尊記)
백동수 이야기(書白永叔事)

신작(申綽)
자서전(自敍傳)
태교의 논리(胎敎新記序)

이옥(李鈺)
소리꾼 송귀뚜라미(歌者宋蟋蟀傳)
밤, 그 일곱 가지 모습(夜七)
걱정을 잊기 위한 글쓰기(鳳城文餘小敍)
북한산 유기(重興遊記)

윤행임(尹行恁)

소동파 숭배자에게(與黃迆翁鍾五)

숭정 황제의 현금(崇禎琴記)

심노숭(沈魯崇)

연애시 창작의 조건(香樓謔詞敍)

내 인생 내가 정리한다(自著紀年序)

정약용(丁若鏞)

통치자는 누구를 위해 존재하나?(原牧)

카메라 오브스쿠라(漆室觀畫說)

토지의 균등한 분배(田論 一)

살인 사건의 처리(欽欽新書序)

직접 쓴 묘지명(自撰墓誌銘 壙中本)

몽수 이헌길(蒙叟傳)

홍역을 치료하는 책(麻科會通序)

수종사 유기(游水鍾寺記)

조선의 무기(軍器論 二)

조수삼(趙秀三)

소나무 분재 장수(賣盆松者說)

경원 선생의 일생(經畹先生自傳)

서유구(徐有榘)

「세검정아집도」 뒤에 쓰다(題洗劒亭雅集圖)

농업에 힘쓰는 이유(杏圃志序)

의서 편찬의 논리(仁濟志引)

나무 심는 사람의 묘지명(柳君墓銘)

부용강의 명승(芙蓉江集勝詩序)

빙허각 이씨 묘지명(嫂氏端人李氏墓誌銘)

연못가에 앉은 시인(池北題詩圖記)

불멸의 초상화, 불멸의 문장(與沈穉教乞題小照書)

책과 자연(自然經室記)

김조순(金祖淳)

미치광이 한 씨(韓顚傳)

이생전(李生傳)

김노경(金魯敬)

맏아들 정희에게(與長子書 甲子)

김려(金鑢)

진해의 기이한 물고기들(牛海異魚譜序)

「북한산 유기」 뒤에 쓰다(題重興游記卷後)

이면백(李勉伯)

비지 문장을 짓는 법(碑誌說)

유본학(柳本學)

검객 김광택(金光澤傳)

도심 속 연못과 정자(堂叔竹里池亭記)

사서루기(賜書樓記)

이학규(李學逵)

유배지의 네 가지 괴로움(與某人)

문장의 경계(答某人)

한제원 묘지명(韓霽元墓誌銘)

박꽃이 피어난 집(匏花屋記)

윤이 엄마 제문(哭允母文)

박윤묵(朴允默)

송석원(松石園記)

수성동 유기(遊水聲洞記)

서경보(徐耕輔)

벼루를 기르는 산방(養硯山房記)

서기수(徐淇修)

백두산 등반기(遊白頭山記)

스스로 쓴 묘표(自表)

유희(柳僖)

『언문지』 서문(諺文志序)

제 눈에 안경 같은 친구(送朴伯溫遊嶺南序)

9권 — 신선들의 도서관 · **홍길주 외**

조선 말기

홍석주(洪奭周)

마음, 도, 문장(答金平仲論文書)

약의 복용(藥戒)

어머니 서영수합 묘표(先妣貞敬夫人大邱徐氏墓表)

『계원필경』을 간행하는 서유구 관찰사께(答徐觀察準平書)

김매순(金邁淳)

『삼한의열녀전』 서문(三韓義烈女傳序)

바람의 집(風棲記)

파릉의 놀이(巴陵詩序)

홍직필(洪直弼)

여성 도학자 정일헌 묘지명(孺人晉州姜氏墓誌銘 幷序)

유본예(柳本藝)

바둑 두는 인생(棋說)

필사의 이유(書鈔說)

이문원의 노송나무(摛文院老樅記)

정우용(鄭友容)

『훈민정음』을 찾아서(與族弟左史善之書)

읍청루 유기(遊挹淸樓記)

장서합기(藏書閤記)

조인영(趙寅永)

활래정기(活來亭記)

김정희(金正喜)

난 치는 법(與石坡 二)

「세한도」에 쓰다(與李藕船)

홍길주(洪吉周)

내가 사는 집(卜居識)

신선들의 도서관(海書)

꿈속에서 문장의 세계를 보다(釋夢)

용수원 병원 설립안(用壽院記)

자가이 서실 표롱가(縹礱閣記)

이시원(李是遠)

개를 묻으며(瘞狗說)

조희룡(趙熙龍)

국수 김종귀(金鍾貴傳)

이만용(李晩用)

잠자는 인생의 즐거움(寐辨)

조두순(趙斗淳)

천재 시인 정수동(鄭壽銅傳)

바둑 이야기, 남병철에게 주다(碁說, 贈南原明)

홍한주(洪翰周)

솔고개의 가성각(嘉聲閣)

책, 도서관, 장서가(藏書家)

유신환(兪莘煥)

충무공의 쌍검명(李忠武公雙釼銘)

사직단 근처 마을에서 책을 교정하다(稷下校書記)

김영작(金永爵)

삼정의 개혁 방안(三政議)

고매산관기(古梅山館記)

이상적(李尙迪)

고려 석탑에서 발견된 용단승설(記龍團勝雪)

정벽산 선생 묘지명(鄭碧山先生墓誌銘)

삽을 든 장님(書鍤瞎)

조면호(趙冕鎬)

자기가 잘 모른다는 것을 잘 아는 선생(自知自不知先生傳)

심대윤(沈大允)
소반을 만들며(治木盤記)

박규수(朴珪壽)
그림은 대상을 충실히 재현해야 한다(錄顧亭林先生日知錄論畵跋)

신석희(申錫禧)
『담연재시고』 서문(覃揅齋詩藁序)

효명 세자(孝明世子)
시는 꽃과 같으니(鶴石集序)

신헌(申櫶)
민보 제도(民堡輯說序)

이대우(李大愚)
장모님의 시집(幽閒集序(恭人洪氏詩集序))

남병철(南秉哲)
바둑 이야기(奕說)

김윤식(金允植)
집고루기(集古樓記)
당진의 명산 유기(登兩山記)
현재의 시무(時務說送陸生鍾倫遊天津)

김택영(金澤榮)
『신자하시집』 서문(申紫霞詩集序)
양잠법의 교육(重刊養蠶鑑序)
대정묘 중수기(大井廟重修記)
김홍연전(金弘淵傳)
매천 황현 초상 찬(黃梅泉像贊)
여기가 참으로 창강의 집(是眞滄江室記)
안중근전(安重根傳)

이건창(李建昌)
당쟁의 원인(原論)
사슴의 충고(鹿言)
보물 송사(寶訟)
글쓰기의 비법(答友人論作文書)
정일헌의 시집(貞一軒詩藁序)

유길준(兪吉濬)
『서유견문』 서문(西遊見聞序)

이건승(李建昇)
『명이대방록』을 읽고(書明夷待訪錄後)

박은식(朴殷植)
역사를 잃지 않으면 나라를 되찾는다(韓國痛史緖言)
자주와 자강(與孫聞山貞鉉書)

이건방(李建芳)
안효제 묘지명(安校理墓誌銘)

정인보(鄭寅普)
길주 목사 윤 공 묘표(吉州牧使尹公墓表)
첫사랑(抒思)

특별편 — 근대의 피 끓는 명문 • 서재필 외

대한 제국기

김윤식(金允植)
국내 모든 백성에게 알리노라(曉諭國內大小民人(壬午))

지석영(池錫永)
현재의 시급한 대책(幼學池錫永上疏)

김창희(金昌熙)
나라의 미래를 생각하다(六八補上篇)

민영환(閔泳煥)
청나라 변법의 실패와 조선(淸國戊戌政變記序)

이남규(李南珪)
역적의 토벌을 청하는 상소(請討賊疏)

변영만(卞榮晩)
『20세기의 대참극 제국주의』 서문(二十世紀之大慘劇帝國主義自敍)

유인석(柳麟錫)
온 나라 동포에게(與一國同胞)

안경수(安駉壽)
독립협회서(獨立協會序)

장지연(張志淵)
오늘 목 놓아 통곡하노라(是日也放聲大哭)

이승만(李承晩)
독립정신 총론(총론)

안중근(安重根)
『동양평화론』 서문(東洋平和論序)

최남선(崔南善)
3·1 독립선언서(宣言書)

서재필(徐載弼)
독립신문 발간사(논셜)

주시경(周時經)
우리말 사용법(國文論)

손병희(孫秉熙)
세 가지 전쟁(三戰論)

최남선(崔南善)
일어나라 청년들아(奮起ᄒᆞ라 靑年諸子)

김문연(金文演)
소설과 희대의 효용(小說과 戱臺의 關係)

이광수(李光洙)
문학의 가치(文學의 價値)

신기선(申箕善)
신학문과 구학문(學無新舊)

이기(李沂)
도끼로 찍어 없애야 할 것(一斧劈破)
우리나라 지도에 대하여(大韓地圖說)

김하염(金河琰)
시급한 여자 교육(女子敎育의 急先務)

김옥균(金玉均)
조선에 주식회사를(會社說)
도로 건설이 먼저다(治道略論)

신채호(申采浩)
하늘의 북(天鼓創刊辭)

김성희(金成喜)

서구 종교와 유교의 차이(教育宗旨續說)

안확(安廓)

조선의 미술(朝鮮의 美術)

여병현(呂炳鉉)

과학이란 무엇인가(格致學의 功用)

김택영(金澤榮)

내가 이처럼 어리석었던가?(黃玹傳(壬子))

유길준(兪吉濬)

이루지 못한 김옥균의 꿈(金公玉均墓碣(代人作甲辰))

이건승(李建昇)

어찌 일본의 백성이 되리오(耕齋居士自誌(戊午))

안중근 의사의 전기(安重根傳)

민영환(閔泳渙)

대한의 자유와 독립을 회복하라(警告韓國人民)

대한의 자유와 독립을 도와라(各公館寄書)

윤희구(尹喜求)

바보 같은 사내의 울음(于堂生傳)

변영만(卞榮晩)

단재 신채호의 전기(丹齋傳)

정인보(鄭寅普)

빗돌에 새긴 슬픔(海鶴李公墓誌銘)

세상을 구하는 것이 지식인의 본분(蘭谷李先生墓表)

나라 잃은 백성의 슬픈 시(苔岑會心集序)

한국 산문선

근대의 피 끓는 명문

1판 1쇄 찍음 2019년 12월 27일
1판 1쇄 펴냄 2020년 1월 3일

지은이 서재필 외
옮긴이 안대회, 이현일, 이종묵, 장유승, 정민, 이홍식
발행인 박근섭, 박상준
펴낸곳 (주)민음사

출판등록 1966. 5. 19. (제16-490호)
주소 서울시 강남구 도산대로1길 62
강남출판문화센터 5층 (06027)
대표전화 02-515-2000—팩시밀리 02-515-2007
홈페이지 www.minumsa.com

ISBN 978-89-374-1577-7 (04810)
978-89-374-1576-0 (세트)